U0651331

福尔摩斯
探案全集
II

〔英〕柯南·道尔／著　　傅　聪／译

九州出版社
JIUZHOUPRESS

目 录

SHERLOCK HOLMES THE COMPLETE NOVELS AND STORIES

恐怖谷

历险记

恐怖谷

The Adventures of Sherlock Holmes

一　伯尔斯通庄园惨案

奇怪的密码

"我却认为……"我说。

"就应该如此做。"福尔摩斯有些烦躁地说。

我不得不说，他这样以嘲讽的口吻打断我的话，确实让我心里不爽，虽然我自认是一个很有耐性的人。于是我一本正经地说："不得不说，福尔摩斯，你有时确实让人很难堪。"

他当时正沉醉在思考中，没有立即回应我的不满。他一只手支着头，眼睛一眨不眨地看着刚从信封里抽出来的信笺。他面前的早餐还没有动。接着，他把信拿起来，对着阳光仔细审视信封的里面和封口。

"这是泼洛克写的。"他若有所思地说，"尽管我们仅仅只见过两次，不过我可以肯定这就是他的笔迹。希腊字母'ε'上带有花饰，这点与众不同。假如真是他写的，就一定有相当重要的事情要说。"

与其说他在和我说话，还不如说他在跟自己说话。虽然如此，他这番话还是勾起了我的好奇心，我的怒气也因此消散。

"谁是泼洛克呢？"我问。

"只是一个笔名，一个身份的符号罢了。不过，它却代表了它身后的人的诡计多端、神秘莫测。在上一封信里，他很坦白地跟我讲，这个名字是假的。他想考验我一下，看我能不能在这个大城市的茫茫人海中将他找到。泼洛克这个人的价值不在于他本人，而在于和他有来往的那个大人物。你可以发挥你的想象力，想想如果海鱼和鲨鱼相伴，豺狼和狮子同行——任何微不足道的小东西与异常凶恶的大东西结合在一起，那将是什么样的一种情况？不仅凶恶，还很阴险——极度的阴险。对于他，我的调查就是这样。你听我提到过莫里亚蒂教授吧？"

"一个臭名在外的科学罪犯，他在骗子中很出名，就像……"

"华生，不要往下说啦！"福尔摩斯小声制止道。

"我是想说就像公众对他一点都不了解。"

"狡猾！十足的狡猾！你竟然学会了随机应变，真出乎我的意料啊！在你面前我得防着点儿才行啊！不过，你说莫里亚蒂是个罪犯，从法律角度看这是一种诽谤——事实上他是一个难得的天才！他是少有敌手的大阴谋家，所有罪恶的组织者，黑社会的幕后主脑，这个主脑足以影响到整个国家的命运——他就是这样一个人！可是几乎很少有人怀疑他，更不会指责他，反而因为其高明的组织才能和低调行事而尊敬他。就你刚才的言论，他可以把你告上法庭，要你一年的薪水作为名誉损害费。他是那本有名的《小行星力学》的作者。据说，这本书是纯数学领域的巅峰之作，没有任何一个人可以找出它的不足，不是这样的吗？这样的人可以随意诽谤吗？出言不逊的医生和遭受诽谤的教授——这就是你们可能获得的冠名！他真是个天才，华生！不过他再做得不露马脚，我总会将他的罪恶抖搂出来的。"

"希望能看到这一天！"我忍不住地欢呼，"不过你说的却是泼洛克呀！"

"嗯，不错。这个泼洛克是整个链条上的一环，他距离最坚固的那环不远。他并不是非常坚固的环节——这话只能咱俩之间说说。我的调查告诉我，他是整个链条中唯一的薄弱环节。"

"可是，链条的坚固程度是取决于最薄弱的环节的。"我禁不住说道。

"一点儿也不错，亲爱的伙计！这就体现了泼洛克的价值。他还有一丝正义之感，我又找个机会偷偷塞给他一张十英镑的钞票去刺激他。他曾经一两次给我透露过有价值的信息——非常有价值。它可以有效防止犯罪的发生，而不是等事情发生了再去收拾烂摊子。显而易见，如果有密码的话，我们就会发现，这封信就是前面我说的那种情况。"福尔摩斯再次将信笺摊开，并将它平放在空碟子上。我走了过去，盯着上面那些神秘古怪的字母和数字：

534 C 2 13 127 36 31 4 17 21 41 DOUGLAS 109 293 5 3 7 BIRLSTONE

26 BIRLSTONE 9 47 171

"你知道这些字母和数字有什么寓意吗？"

"很清楚，这是在传达秘密信息。"福尔摩斯回答道。

"不知道密码，仅仅有密码信有什么用呢？"

"在这种情况下，根本就没什么用。"

"为何说'在这种情况下'？"

"因为很多的密码在我眼中都是极易解读的，就好像读广告栏上那些文字一样。这种平庸的手段只是一种简单的智力游戏，根本不必劳神。不过这次就不一样了。它显然是指某本书里某一页上的某些词。如果不告诉我哪本书上哪一页，我是毫无作为的。"

"可是为什么会有'道格拉斯'和'伯尔斯通'两个词呢？"

"很简单，一定是因为这两个词在那一页上找不着。"

"可是他为什么不直接说究竟是哪本书呢？"

"华生，我亲爱的朋友，你是很聪明的，朋友们都为此而高兴。如果换成是你，你肯定不会把密码和密码信装在一起，因为如果信件投递错误，你就要倒霉了。事实上，这种情况有可能发生。我们的下一封信也快到了。它可能传递更进一步的信息，不过更可能是说明这些数字所指代的书。假如都不是，我倒感到有些出乎意料。"

事情真如福尔摩斯所料，几分钟后，仆童比利进来了。他的手里拿着我们急切盼望的信。

"笔迹完全一样，"福尔摩斯打开信封的时候说，"这次还有签名呢。"在将信笺展开的时候，他高兴地补充道："哦，华生，有新情况啦！"可是他看完信的内容之后，脸上却蒙上了一层阴云。

"哎呀！真是让人受不了！华生，恐怕我们空欢喜一场。希望泼洛克平安无事。"

我急忙看了看那封信：

亲爱的福尔摩斯先生:

我不能再干这种事了,因为这太危险了——他对我产生了怀疑。我感觉出了这一点。我原准备把密码的答案寄给你,可是谁料想我刚写好信,他就过来了。庆幸的是我及时把它藏起来了。要是被他发现,我悲惨的日子就要到了。不过我通过他的眼神,看出他已经对我起了疑心。请把上一封密码信烧掉,它现在对你也没有用了。

弗莱德·泼洛克

福尔摩斯静坐了片刻,手翻弄着这封信。他眉头紧锁,眼睛一直盯着炉火。"或许事情没有那么严重,"他终于开口了,"可能只是他做贼心虚罢了。他知道自己是个叛徒,因此就能从对方的眼神里发现怀疑的目光。"

"我认为,那个人指的就是莫里亚蒂教授。"

"完全正确!在那个团体中任何一个成员提到'他',都明白指代的是谁。他们只有一个居于统治地位的'他'。"

"不过他又能如何呢?"

"你的这个问题很有意思。你想想,当你面对欧洲首屈一指的黑社会头头,并且他背后有各种黑恶势力撑腰时,那是什么事情都有可能发生的。无论怎么说,泼洛克一定是吓得够呛——你可以把信笺上的笔迹和信封上的字比较一下。他在信上说,信是在那个人到来之前写的,信上的字迹清晰而有力,可是信封上的字迹就非常潦草,几乎无法认出来。"

"那他为什么还要写这封信呢?完全不用写嘛。"

"因为他担心我调查案件的时候会找到他,这样会将麻烦带给他。"

"嗯,这是很自然的。"我说。我又拿起原先那封密码信试图揣摩清楚。"明知道这张纸上有重大的秘密,可就是没有办法读懂它,真急死人了。"我说道。

福尔摩斯推开面前没有动过的早餐,点着了呛人的烟斗。这是他思考事情的时候必不可少的行为。"真是令人费解!"他身子后仰,眼睛盯着天花板,说道,"可能有些地方,你还没有想到。我们从纯理性的角度来谈论一下这个问题。这个人是以一本书为蓝本来写的这封密码信。这就是我们思考的起点，你说是吗？"

"这个出发点有些玄乎。"

"看看是不是可以把范围缩小一点。当我集中精力思考的时候，事情好像就没有那么令人苦恼了。这本书能给我们什么启示呢？"

"丝毫启示也没有。"

"不是的，情况还没有那么糟糕。密码信开头就是一个很大的数字534，是吧？我们可以以它做出假设，534是密码所指的页数。这样看来，这本书页数还挺多。这是一点收获。那这会是一本什么样的书呢？下一个符号是C2。这代表了什么，你知道吗，华生？"

"可能是指第二章吧。"

"不一定吧，华生。我敢说，既然页码已经给出了，至于是第几章，就不显得那么至关重要了。你也会同意这一点。另外，假如534页在第二章，那么第一章可真够长的。"

"表示第几栏！"我叫喊道。

"棒极了，华生。今天早晨你真是太聪明了。假如不是指'栏'，那我就被骗得团团转了。听我说，我们来仔细琢磨一下，一本厚书每页分两栏排印，每一栏行数还很多，因为里面一个词的序号是293。我们的推理是不是就只能到这里了？"

"可能吧。"

"华生，这肯定不是你的真实水平，让你的智慧光芒再一次发光吧。你想，假如这本大部头的书与众不同，他应该早就给找寄过来了。而现在却恰好相反，在计划破灭以前，他也只是准备写信把线索告诉我。在信里他是如此讲的。这似乎是一种暗示，就是他认为我应该很容易就可以找到这本书。他有这本书——由此认为我理所应当也应该有才对。总之，华生，这是一本十分常见的书。"

"你的推论似乎说得通。"

"既然这样，我们就把范围缩小到搜寻一本分两栏排版的常见厚书。"

"是《圣经》！"我得意扬扬地喊道。

"很棒，华生，真不错，可是我不得不说，还不是太准确！无论如何，我想象不出莫里亚蒂的手下有《圣经》这本书。此外，《圣经》的版本实在繁多，他也不会认为任意两个版本的《圣经》会具有相同的分页。所以，这应该是一本版式统一的书。因为他确信，他书上的 534 页与我书上的 534 页是完全一样的。"

"不过符合这一条件的书不是很多。"

"是这样的，不过这是我们唯一的突破口。搜寻范围又缩小到找一本版式统一、十分常见的书。"

"Bradshaw 火车时刻表！"我高声说道。

"还是不对，华生。火车时刻表用词简练，可是词汇却有限。里面的词汇不适合传达这样的信息，因此可以排除 Bradshaw 火车时刻表。据我推断，词典同样也不符合这一要求。那么还有什么书呢？"

"年鉴！"

"棒极了，华生！如果这次你还没有猜对的话，我可是真的想不通了。就是年鉴！我们想想是不是惠特克年鉴，它是本常用书，页数符合要求，也是两栏排印的。虽然起初词汇不是很多，但是到了后来就丰富起来了，假如我记忆没有失误的话。"他将桌上那本年鉴拿了起来，翻到第 534 页第二栏，这里有很多字，内容是对英属印度的贸易和资源问题的讨论。"请你把这些文字记下来，华生！第十三个词是'马拉塔'。我担心这不是一个好的开端。第一百二十七个词是'政府'。这个词还是很有内涵的，尽管它与我们和莫里亚蒂教授没有任何关系。现在我们再找找其他词看看。马拉塔政府做了什么？啊！下一个词是'猪鬃'。坏事了，华生！坏事了！"

虽然福尔摩斯是用开玩笑的语气说出这些话的，可是他紧锁的浓眉还是显示出他的失望和恼怒来。我有些心灰意冷地坐在那里，想不出什么办法，只有望着炉火发呆。忽然，长久的沉默被福尔摩斯的一声惊呼打破了。他冲向书柜，从里面取出一本封面有些泛黄的书。

"我们吃了追赶潮流的亏了，华生！"他大声说道，"我们只顾追赶潮流，连年鉴都选择新版本。今天是一月七日，自然要翻新年鉴，可是泼洛克是根据旧年鉴来写这封密码信的。假如那封信写完了，他一定会向我们透露他用的是旧版年鉴。我们来看看 534 页上写了什么。第十三个词是'there'，和我们需要的正符合。第一百二十七个词是'is'——合起来是'有'

字——"福尔摩斯十分激动，两眼似乎都在发光。当他查到"危险"这个词时，他细长的手指由于紧张而不停地颤抖。"哈！哈！真是棒极啦！记下来，华生。'有危险即将降临到某人头上。'名字是道格拉斯！'有钱人——乡下——现在——在伯尔斯通庄园居住——信任——十万火急。'你看，华生！你还认为抽象推理没有效果吗？假如蔬菜水果商店有像桂冠之类的东西，我就叫比利去买一顶回来。"

福尔摩斯一面翻译，我一面把它快速地写在放在膝头的纸上。写完后我盯着这些奇怪的信息。

"他用这种拼凑法来传达信息，真奇怪！"我说。

"不奇怪，他做得很出色。"福尔摩斯说，"就是你想在书里某一栏找出一些词来传情达意，估计也不会认为一定能得偿所愿。把要表达的意思说明白了，剩下的问题肯定就留给收信人去猜。这封信的意思很清楚，有人要做对一个叫道格拉斯的人不利的事情。此人的身份还不确定，但是正如信里写的那样，他是一位有钱人，住在乡村。泼洛克肯定是找不到'confident'（确信）这个词，就只好用'confi-dence'（信任）替代——这说明事情实在危急。这就是我们分析出来的结果，我认为这个分析结果很精辟。"

福尔摩斯在工作中俨然一位艺术家。他不会因为没有达到既定目标而灰心丧气，但会为工作有了起色而喜不自禁。这时，比利推门进来，后面跟着伦敦警察厅的麦克唐纳警官。福尔摩斯还在为自己的成功而激动不已。

早在十八世纪八十年代末的时候，艾里克·麦克唐纳警官还没有像现在这样在全国有这么高的知名度。在侦探队伍中，他资历虽然不深却值得信任。由于在一些案子中的出色表现脱颖而出。他身材高大，面颊瘦削，身体里似乎蕴藏着巨大的力量；他有一个硕大的脑袋、两道浓眉，双眼深陷眼眶中，眼睛里闪烁着智慧的光芒。他说话不多，但言出必中，说话带有浓重的苏格兰口音。

麦克唐纳警官负责的两桩案子，都是由于福尔摩斯的介入才得以成功告破。而福尔摩斯得到的唯一回报，就是思考问题时收获的乐趣。正是由于这个原因，麦克唐纳警官对他这位业余同行怀有深厚的友爱和敬意。他对福尔摩斯的这种友爱和敬意通过他的坦诚表露无遗。每次遇到困难时，他都会如实地向福尔摩斯说明并请求赐教。向福尔摩斯请教，他丝毫没有觉得有辱身份，因为福尔摩斯办案的才能和经验，在整个欧洲都是无人可比的。福尔摩斯不怎么喜欢结交朋友，不过对麦克唐纳警官却是例外，可以说有求必应，而且每次见面他都是面带微笑。

"早，麦克先生。"他说，"祝你好运。恐怕又有案子需要我们了。"

"我认为用'希望'代替'恐怕'，可能与事实更接近，福尔摩斯先生。"麦克警官会心地笑了笑，答道，"可能喝点酒有利于驱除早晨的寒气。哦，真是对不起，我不抽烟，谢谢。我得赶紧行动起来。要知道，案发之后那一小段时间是十分宝贵的。这一点应该没有人比您更清楚，不过……不过……"

说到这儿，麦克警官突然停住了，他吃惊地盯着桌上的一张纸——就是我刚才记下谜一般信息的那张纸。

"道格拉斯！"他结结巴巴地念道，"伯尔斯通！发生了什么事，福尔摩斯先生？上帝呀，真是神了！您究竟从哪里搞到这些名字的？"

"这是我和华生凑巧破译出来的密码。为什么这么惊讶——这些名字有问题吗？"麦克唐纳警官茫然而又惊讶地看看我，又打量着福尔摩斯。

"这就是那个……"他说，"伯尔斯通庄园的道格拉斯先生昨夜死于谋杀，场面极其悲惨！"

福尔摩斯的讲述

这个消息太让人吃惊了，不过要说福尔摩斯为此而震惊或不安，那也是有些夸张了。他脾气有点古怪，却与残忍没有丝毫的关系。经常遇到这些让人受惊过度的事情，他已经对此有免疫力了。可是，要说感情迟钝的话，他的观察力却又十分敏锐。总之，听到这段简短的话，我感到我似乎失去了知觉，但福尔摩斯却一点儿事都没有。相反，他的脸上却表现出相当的镇静和兴致，那样子就如同化学家看见过度饱和的溶液中析出了结晶体一样。

"有意思！"他说，"很有意思！"

"你好像没有觉得意外！"麦克警官问道。

"我不感到意外，只是很感兴趣，麦克先生，我为什么要感觉意外呢？我收到一封有关方面寄来的很重要的匿名信，提醒我某某人将遭遇危险。没想到短短一个小时之内，这个提醒就成为现实，那个人已经死了。这样的事让我很感兴趣。不过，正如你所见，我没有感到意外。"

福尔摩斯用简短的几句话就向麦克警官把信和密码的事交代清楚了。麦克唐纳坐在椅子上，用手托着下巴，两道浅棕色的浓眉蹙成一块。

"我准备今天早上赶往伯尔斯通。"他说，"顺便过来拜会您一下，想问您和您的朋友是否愿意跟我一起去？可是现在情况变成这样，我认为我们还是从伦敦着手比较好。"

"真是让人不懂，福尔摩斯先生！"麦克唐纳警官大嚷，"不出两天，报纸上关于伯尔斯通杀人案的报道铺天盖地。可是在谜案没有发生之前，伦敦方面就有人预测到了，这还算什么谜案？我们只要找到这个人，剩下的问题就好解决了。"

"想法倒是没问题，麦克先生。不过你认为我们应该怎么去找这个泼洛克呢？"麦克唐纳把福尔摩斯递过来的信翻来覆去看了一遍又一遍。"信是从坎伯韦尔邮局寄出的，可是知道这个对我们也没多大的用处。你也说了，名字是假的。当然查不出什么结果。你不是说给他寄过钱吗？"

"是的，给他寄过两次。"

"都是怎么寄的？"

"现金汇到坎伯韦尔邮局。"

"那知道取钱的人是谁吗？"

"不知道。"

麦克警官看上去很惊讶，也有点震惊，问道："为什么不知道？"

"因为我一直很讲信用。他第一次写信来，我就给了他承诺，说不会追查他的下落。"

"你认为他的背后有人替他撑腰？"

"是的。我知道那人是谁。"

"就是你提到过的那位教授？"

"不错。"

麦克唐纳警官微笑了一下，然后把目光投向我，眼睑有些抖动，说道："实话跟您说，福尔摩斯先生，我们刑事调查部认为，您对这位教授的看法有些偏激。我也曾亲自调查过这件事。他留给我的印象是他是一位很有学问，且很受人尊敬的那种人。"

"你这般赏识别人的才能，我很高兴。"

"福尔摩斯先生，我不得不做出这样的评价啊！听了您的意见之后，我特意去拜访了一下他，跟他讨论些关于日食、月食的问题。可是他的见解我都听不懂。于是，他将反光灯和地球仪拿了过来给我做示范，这样就让我很快明白了其中的原理。他还借给我一本书。不过我不得不说，虽然我在苏格兰接受过良好的教育，可依然是有些读不懂。他面颊瘦削，头发灰白，说话时一副郑重的样子，完全可以当一个出色的牧师。出门时，他将一只手放在我的肩上，那情形如同父亲在你走进这个冷酷世界时，将他的祝福送上。"

福尔摩斯听后笑了笑，并搓了一下双手。"真是有意思！"他说，"好极了！请你告诉我，麦克唐纳警官，这次愉快而感人的会面，是不是在教授的书房里进行的？"

"不错，确实是在那里。"

"一间十分雅致的房间，是吧？"

"不错，里面的装饰确实相当华丽，福尔摩斯先生。"

"你就坐在写字台对面？"

"嗯，是的。"

"你面对阳光，而他却背对着阳光？"

"哦，不是，因为那是傍晚时分，我记得当时灯光正好照在我的脸上。"

"理应如此。你有没有看到他头顶上方悬挂着一幅画？"

"自然看到了，福尔摩斯。这个本领可能还是从你那里学到的。不错，我看到那幅画了——那是一个头枕在双手上、眼睛斜视着你的年轻女子的画像。"

"那是法国著名画家让·巴蒂斯特·格勒兹的油画。"

麦克唐纳警官努力显示出感兴趣的样子。

"让·巴蒂斯特·格勒兹是一位法国画家，"福尔摩斯十根手指绞在一起，靠在椅子上接着说，"他的活跃时期是在1750¯1800年间。当然，我指的是他的创作生涯。与他同时代的人给予了他很高的评价，比现在的评价还要高。"

麦克唐纳警官的眼神开始变得迷茫。"我们是不是不要扯到……"他说。

"我现在正在谈的就是这件事。"福尔摩斯打断他的话，"我现在跟你讲的，与你所谓的伯尔斯通谜案有直接而重要的关系。实际上它还要更重要些，是问题的关键。"

麦克唐纳警官无奈地笑了笑，向我投来求助的目光。"您的思路简直像飞一样，我跟不上。您省略了一两个环节，我无法将它们联系起来。到底这位已故画家与伯尔斯通案件有什么联系呢？"他问道。

"所有的知识对侦探都是有用的，"福尔摩斯说，"哪怕它是一件很小的事。1865年，格勒兹一幅名为《牧羊的少女》的画在波提丽斯拍卖会上拍得一百二十万法郎，一百二十万法郎可折合四万多英镑。这件事应该引起你一连串的联想。"

显而易见，事实确实如此。麦克唐纳警官看上去好像真的产生了兴趣。

"我要补充一下，"福尔摩斯接着说道，"从好几个地方都可以查到教授的薪水。他的年薪是七百英镑。"

"哦，那这么贵重的画他如何买得起？"

"不错！他如何买得起呢？"

"是，这一点确实值得怀疑。"麦克唐纳警官若有所思，"继续往下讲，福尔摩斯。我喜欢听您听，您说得太好了！"

福尔摩斯笑了笑。受到别人衷心的赞赏，他心里自然感到很受用——真正的艺术家一贯如此。

"警官先生，还去不去伯尔斯通了？"福尔摩斯问。

"还来得及。"警官看了看手表说，"我叫了辆车在门口等着。二十分钟之内就可以到维多利亚车站。说到这里，我记得您曾经告诉过我，您从未与莫里亚蒂教授见过面。"

"是的，从未谋面。"

"那您为什么对他的书房那么熟悉？"

"哦，那是另外一回事了。我去过他家三次，有两次是找了不同的借口等他回来，不过没等他回来我就离开了。还有一次是……这次的情况不方便向你们警方的侦探透露。就是最后一次，我在没有经过他的同意下翻看了他的文件——结果非常出人意料。"

"发现了问题？"麦克警官问道。

"没有发现任何问题，而这才是让我感到意外的地方。不管怎样，你也发现这幅画的问题了吧？这说明他是一个有钱人。那么，他的钱是怎么来的？他还没有结婚。弟弟是英格兰西部某车站的站长。作为教授，他的年薪是七百英镑，可是他却藏有格勒兹的一幅画。"

"确实有些不对劲儿！"

"这样推理得出来的结论当然是很明显的。"

"您的意思是他有大笔的收入，而且这些收入是不合法的？"

"完全正确。当然，我这么推断还有其他的理由——许多蛛丝马迹通向网的中心，一只有毒的怪物一动不动地蛰伏在那里。我之所以跟你提到格勒兹的画，那是因为它是你能够观察到的东西。"

"很不错，福尔摩斯先生，我感觉您的推理很有意思，不仅有意思——简直是对极了。不过您最好能把它们讲得更清楚一些。是印伪钞、铸假币、入室盗窃……这些钱究竟从何而来？"

"乔纳森·王尔德的故事，你知道吗？"

"哦，这名字听起来很熟，是小说中的人物吗？对于小说里的侦探，我通常不去关注——要知道这些家伙虽然个个都是破案能手，但是永远不让你明白他是怎么破的案。那是灵感的产物，不能将它们当作真的。"

"乔纳森·王尔德既不是侦探，更不是从小说里走出来的人物。他是一个高明的罪犯，生活在上个世纪，也就是1750年前后。"

"那他跟我没有什么关系，我是一个很实际的人。"

"麦克先生，你这一生要做的最实际的事就是，将自己关闭三个月不出门，每天花十二个小时研究犯罪编年史。任何事物都是在兜圈子，都在循环往复——莫里亚蒂教授也在此列。乔纳森·王尔德是伦敦犯罪集团的幕后黑手，他有极强的管理才能，而且聪明狡诈，他按百分之十五的比例将他的犯罪点子出售给伦敦多个犯罪团伙。旧的轮子转一圈，就把同一根辐条又转上来了。过去发生的事，将来还会发生。我跟你说一些关于莫里亚蒂的情况，相信对你会有吸引力的。"

"您说的一定能吸引住我。"

"我恰好了解莫里亚蒂链条——一端是一位罪无可赦的人物，另一端则是数以百计的打手、窃贼、敲诈犯和赌场老千，而中间则是他们犯下的种种罪行。塞巴斯蒂恩·莫兰上校是这个犯罪集团的军师。和莫里亚蒂一样，这位'军师'很难被看清，他十分懂得如何保护自己，法律拿他也没办法。你知道他从莫里亚蒂教授那里每年得到多少钱吗？"

"我非常想知道。"

"一年六千英镑。而且这只不过是参谋费用，这些小事我是偶然获知的。这比首相大人的收入还高。仅仅凭这一点，你就可以大致猜测出莫里亚蒂的收入和活动范围。还有一点：最近我特意去查了一下莫里亚蒂的部分支票——那是他支付家庭开支的普通支票，是从六家银行支取的。对于这件事，你认为正常吗？"

"当然不正常！你能从中获得什么推论？"

"他不想让自己的财产惹来人们的特别关注。谁也别想知道他到底有多少钱。我认为，他在许多家银行开了账户。他的大部分财产很可能都存在国外的德意志银行，也可能存在利翁奈斯信贷银行。假如有一两年的空闲时间，我希望你去对这个莫里亚蒂教授进行一些研究。"

虽然麦克唐纳警官对这件事的兴趣越来越浓——可以说他的兴趣已经完全转移到这件事情上了，可是他还有要紧的事情去办。

他说："福尔摩斯先生，您所讲的这些趣事将我们带离了正题，真正有价值的就是，您所说的这个教授和案子有关系，还有您收到泼洛克寄来的警告信。鉴于当前的实际需求，我们是不是可以进一步查一查？"

"对于犯罪动机，我们应该有所掌握。据我所知，犯罪动机有两种情况。首先，我告诉你，莫里亚蒂对他的属下实行的是铁腕统治，团体内纪律十分严明。在他的法典里，只有一种惩罚方式，那就是死。现在我们可以假定，凶杀案中被杀的这位——道格拉斯以某种方式背叛了他的首领，而这位首领的一个部下，了解到即将有危险降临到他头上。紧随而至的就是实施惩戒，并且会将惩戒公之于众，这么做的目的是杀鸡给猴看。"

"嗯，这是一种可能，福尔摩斯先生。"

"另一种可能性就是，这是莫里亚蒂策划的日常犯罪。现场有抢劫的痕迹没有？"

"这倒没有听说。"

"假如有抢劫发生，显然不符合第一种情况，却比较接近第二种情况。很可能有人授意莫里亚蒂制造这起凶案，对方承诺让他参与分赃，也可能是对方付给了他大笔费用。两种情况都有可能。可是无论属于哪种情况，或者还有第三种情况，我们都需要前往伯尔斯通寻找答案。对于这个对手，我十分了解，他肯定不会留下任何线索让我们找到他的。"

"我们一定要去伯尔斯通！"麦克唐纳从椅子上站了起来大声说道，"哎呀！现在才想起来，已经有点晚了。先生们，五分钟的准备时间。快行动起来吧！"

"我们两个已经准备好了。"福尔摩斯说道。他跳起身，匆忙将身上的睡衣脱下，换上外套。"麦克先生，路上你还得把事情的来龙去脉跟我说说。"

"来龙去脉"少得让人失望。不过，它却足以让我们相信，摆在面前的案子值得我们这位刑侦专家密切留意。在倾听麦克唐纳警官讲述这些少得可怜但引人注意的细节时，他显得十分激动，还时常搓那瘦削的双手。漫长而又无聊的几周就要过去了。合适的目标终于出现了，让他有机会得以施展自己那非凡的才能。如同所有具备特殊才能的人一样，假如无用武之地，都会为此烦躁不安、情绪难宁的。要知道，再精明的脑子不思考也会锈钝的。

福尔摩斯的眼神亮起来了，苍白的面颊也泛起了红晕。每当有事情需要他倾尽其所能的时候，他的脸上就会闪烁出内心迫切的光芒。他坐在座位上，让身体前倾，聚精会神地听麦克唐纳警官简要讲述眼前需要面对的案子。麦克唐纳警官跟我们解释说，他认为今天一大早通过运奶车送来的信里所写的东西是真实的。这封信字迹潦草。当地警官怀特·梅森和他是好朋友，所以当州政府需要援助时，他总是比别人先一步获得消息。这桩案子调查起来有难度，通常都依靠大城市来的刑侦专家去解决。

信的内容如下：

亲爱的麦克唐纳警官：

我特意给你写了这封信，正式文书在另一个信封里。你来这里之前，通知我早上你乘哪趟火车来伯尔斯通，我去接你——假如有事离不开，我也会派人去接你。这件案子很难缠，请马上出发。可能的话，叫福尔摩斯先生一起来，他会找到适合他的事情做的。要是中途没有死人的话，我们觉得整件事都可以搬进戏院。真的！这件案子确实有些古怪。

"你的朋友似乎十分精明。"福尔摩斯说。

"那是当然，先生。假如让我给一个评价的话，我认为怀特·梅森既聪明又能干。"

"好，还有什么比较有用的话要说吗？"

"见面时他会跟我们讲一切细节的。"

"你说说你是如何知道道格拉斯先生，以及如何知道他被谋杀，而且死状极其悲惨的？"

"附件里的官方报告对此说得很清楚。报告说：死者名叫道格拉斯，死因是被枪击中在头部。还提到，案发时间可能是昨晚午夜时分。最后又补充说，这件案子显然是件凶杀案，不过还不知道谁是犯罪嫌疑人，并且案件表现出来的特征透着古怪，很让人不解。这些就是目前所知的全部情况，福尔摩斯先生。"

"假如可以的话，我们就谈到这儿，麦克唐纳先生。事实了解得不够充分就贸然得出不成熟的结论，是我们的大忌。据我推论，目前只有两样东西是确定无疑的——一个藏在伦敦的大人物和一个躺在苏塞克斯郡的死人。我们现在的任务就是查清谋杀者和死者之间到底有怎样的复杂关联。"

伯尔斯通的悲剧

现在，暂时不去管那些无关紧要的人物，先来对我们到达案发现场以前发生的事描述一下。这些也是我们后来才了解到的。只有如此做，才能够让读者了解有关人物以及决定他们命运的独特背景。

伯尔斯通村庄的位置在苏塞克斯郡北部边界。村落由一些小巧而古老的木屋组成。几个世纪以来，它保持着古朴的原貌。近些年，它美丽如画的风景和优越的地理位置，将一些有钱人吸引了过来。村落四周的树林中错落着他们修建的别墅。当地人认为，这些树林是威尔德大森林的最外围，向北越来越稀疏，并一直延伸到有石灰岩的丘陵牧地。为了满足越来越强烈的购物需求，一批小商店顺应而生。由此推断，伯尔斯通有可能由一个古老的小村庄发展为一个现代化的小镇。这里是这一带乡村区域的中心地带，距离最近的要镇藤布里奇维尔市也有十到十二英里之遥，这座要镇位于伯尔斯通的东部，在肯特郡境内。

一座古老的庄园距小镇约半英里处。这座庄园里的山毛榉被远近人所津津乐道，这座古老的庄园就是伯尔斯通庄园。庄园里部分建筑历史久远，最早可以上溯到第一次十字军东征。当初，胡格·德·坎普斯在庄园的中心修葺了一座小堡垒，英王把这个小堡垒赐给了他。1543 年该小堡垒毁于一场大火。詹姆斯一世统治时期，在这封建城堡的废墟上建起一幢砖砌的乡村别墅，部分被烟熏黑的基石被用在了这里。

庄园里的建筑保留了很多山墙和镶有菱形玻璃的窗户，这与十七世纪修建之初是完全相同的。两条护城河围绕着庄园周围，好战的上一代庄园主人曾利用它们保护了庄园。两条护城河中，外围那条已经枯竭，变成了菜园子。内河约有四十英尺宽，几英尺深，现在依旧环绕在庄园四周。一条小溪流经这里，因此这条护城河里的水虽然不清澈，却也不像臭水沟里的水那样脏。庄园大楼一层的窗户距离水面还不到一英尺。

一座吊桥是进入庄园的唯一通道。吊桥的铁链和绞盘早在岁月的侵蚀中锈迹斑斑。然而，庄园的这一代主人却把它修好了。这样，吊桥不但能够升降起来，而且每天都可以升降自如。由此封建时代的庄园习俗就这样重新恢复运行。一到晚上，庄园就变成了一座孤岛。这一切与即将轰动整个英国的案件有着直接的关联。

已经多年没有人居住在庄园了。道格拉斯全家搬进来之前，庄园已经破落得不成样子，不过倒也别致。约翰·道格拉斯是和他的妻子一起搬迁过来的。道格拉斯为人随和，年龄五十岁左右，有一副结实的下巴，一脸的皱纹，花白的胡子，一双灰色的双眼锐利异常，身材高瘦结实，似乎体内蕴藏着无穷的力量。他对所有人都表现出谦逊友好来，虽然有点不拘礼节。这就给人一个他在苏塞克斯郡的中下层而非上层社会混迹过的印象。

虽然附近的邻居以好奇和谨慎的目光打量他，但他还是很快在村民中间取得好口碑，这是因为他肯为地方事务花钱，喜欢参加村民的烟火音乐会及其他聚会。他是个音色非常好的歌手，经常愉快地为大家献上优美的歌曲。从表面上看他很有钱，据说他是在加利福尼亚开金矿挣下巨额财富的。从他和他妻子口中得知，他曾在美国逗留过一段时间。

他慷慨大方、乐善好施，在大家心中留下了良好的印象。他还很勇敢，这极大地提高了他的声望。这声望让大家对他的印象更好了。虽然他不擅长骑术，可是他逢会必到。尽管不计其数地从马背上摔下来，他还是勇敢地与最佳的骑手一决雌雄。有一次，教区牧师家遭了火灾。当地消防队认为，火势过于凶猛，无法抢救财产，不过他却以大无畏的勇气多次冲进大火中，把财物从火海中抢救出来，表现得令人震惊。就这样，他在五年之内就为自己赢得了一个极好的口碑。

他的妻子也给众人留下很好的印象。按照英国的习俗，迁来本地的外乡人，如果没有人介绍，前来上门拜访的人不会很多。不过这对她没有过多的影响，因为她生性不喜交际，她将她的心思都放在丈夫和家务上。大家只了解到她出生于英国，在伦敦与道格拉斯一见钟情。当时道格拉斯正鳏居。她肤色较深，面孔如花，身材苗条修长，比丈夫大约年轻二十岁。不过年龄上的差距似乎丝毫没有影响到他们两人的感情。

但是，也有熟悉他们夫妇的人说，他俩事实上并不完全信任对方，因为妻子对丈夫的过去与其说闭口不言，还不如说很可能了解得不够透彻。还有些有心人发现，道格拉斯的夫人有时候神经有些反应过度，每逢丈夫回家很晚，她就显得极为惶恐不安。在平静的乡村，人们喜欢扯闲话，道格拉斯夫人这一特点很快流传开来。惨案发生后，这个事情在村民的记忆中就更加突出，由此也就具有了非凡的意义。

在庄园里，还住着另外一个人。尽管他不常住，可是就在惨案发生的时候他恰恰就在庄园里住着，因此他的名字已经进入公众视野，而且处于十分显眼的位置。这个人名叫塞西尔·詹姆斯·贝克尔，汉普斯特郡黑尔斯洛基人。

塞西尔·贝克尔有着高大的身材，动作灵敏。伯尔斯通村里的人都认识他，因为他是庄园十分受欢迎的常客。另外，更重要的是，他是道格拉斯先生来庄园居住前唯一的朋友。只有他了解道格拉斯鲜有人知的过去。贝克尔英国人的身份不容置疑，不过据他自己所说，他是在美国与道格拉斯相识的，并且交往密切。这一点也很明确。在人们眼里，他也很有钱，并且是个单身汉。

在年龄方面，他比道格拉斯小很多——只有四十几岁。他身材高大、身板挺直，胸膛宽阔，胡须刮得很干净，眉毛既浓又黑，一副职业拳击手的相貌。他的一双眼睛阴沉冷酷，不免给人留下一种专横傲慢的感觉。他不太喜欢骑马外出，也不喜欢打猎，却喜欢嘴上叼着烟斗，在这个古老的村庄到处转，或者和道格拉斯一起驾车外出，道格拉斯不在的时候，就陪着女主人在美丽的乡间兜风。"一位性情随和慷慨大方的绅士。"男管家艾姆斯这么评价他，"可是，上帝啊！我可不敢惹他！"贝克尔与道格拉斯过往甚密，与他妻子的交往也十分紧密——这种交往曾不止一次引发道格拉斯的不满，连其他人都能察觉出他的烦恼。这就是惨案发生时庄园里的第三个人。

现在再说一说庄园里住着的其他人，只要说一说艾姆斯和艾伦太太就可以了。艾姆斯为人呆板，不过办事很靠谱，值得信赖。而艾伦太太身材丰满，有着极佳的生活态度，经常出主意为女主人分忧。另外还有六个仆人，他们和这个案件扯不上任何关系。

当地治安办在晚上十一点四十五分才接到首次报案。苏塞克斯郡治安辖区的威尔逊警官是当地治安办的负责人。报案人是塞西尔·贝克尔。他来报案的时候情绪极其激动，他用力地敲门，见到威尔逊后喘着粗气说，庄园里发生了惨案，道格拉斯被人杀害了。说完他就又匆忙返回庄园。威尔逊警官马上将此事汇报给郡署，随后赶往案发现场。这个时候刚好过十二点。

来到庄园的时候，威尔逊警官看见吊桥已经降下来，有亮光透过窗户，整个庄园的人都处于混乱和惊恐之中。仆人们一脸仓皇之色，在大厅里乱成一团。管家神情惶恐，在门口惶惶然不知所措。看上去只有塞西尔·贝克尔能够保持自己的情绪不失控。他打开大门，将威尔逊警官迎了进去。这时候村里的医生伍德也来了。他有一套治病的本领，人们有病都找他。他们三人一起走进那间发生命案的房间。管家胆战心惊地跟在后面。他进屋后把门掩上，目的是不让屋内的惨状让外面的女仆们看到。

道格拉斯四肢舒展，脸朝上躺在房间中央，已经没了气息。他外面只穿了一件粉红色的晨衣，里面是睡衣，双脚没穿袜子，只穿着一双拖鞋。医生将桌上的手提灯拿了起来，在死者身旁蹲下。只要对受害者看上一眼，就完全可以了解到，这位医生在场是起不到任何作用的。受害人伤势非常严重，胸膛上横着一件奇怪的武器。那是一把猎枪，扳机前面的枪管被锯掉了约一尺。显而易见，这是近距离射击，受害人正面中了枪击，几乎整个脑袋都被打碎了。猎枪上的扳机被铁丝拧在一起，目的是射击时可以取得最大的杀伤力。

威尔逊警官突然肩负如此巨大的责任，一时之间也不知所措。"上头来人之前，不要移动任何东西。"他有些惊恐地盯着那颗令人毛骨悚然的头颅，低声地说。

"到目前为止，没有任何东西被移动过。"塞西尔·贝克尔说，"这点我可以保证。你现在看到的一切和我当初所见的完全一样。"

"当时是几点？"威尔逊警官拿出笔记本开始记录。

"正好十一点半。那时，我还没有脱衣服上床休息。枪声响的时候，我正在卧室壁炉旁烤火呢。枪的声音不是很响——好像被什么捂住了。我赶紧跑下楼来到这屋。我感觉这段时间应该不会超过三十秒。"

"门当时是敞开的吗？"

"是的，门是敞开的，就是你现在看到的样子，可怜的道格拉斯仰面躺在地上，卧室的蜡烛在桌上放着，并没有熄灭。手提灯是我来后几分钟点燃的。"

"当时屋里有人吗？"

"没有。我听见道格拉斯夫人跟在我身后下楼的脚步声，于是我就冲出去将她拦住，免得这血腥的场面被她看到。女管家艾伦太太出来后把她带回屋。艾姆斯也过来了。我又和他一起回到房间。"

"吊桥不是晚上一直都是升上去的吗？"

"不错。我没把它降下来，它一直是升着的。"

"那杀人凶手又是如何逃脱的呢？这是不可能的！道格拉斯先生肯定是自杀！"

"刚开始我也有这个想法，不过你瞧！"贝克尔将窗帘撩开，镶有菱形玻璃的长方形窗户完全展现在眼前，"你看看这个！"他把灯靠近窗户，灯光下赫然是一团血迹，那印迹就像是一只靴子后跟踩在窗台上留下的。

"有人逃跑的时候脚踩过这里。"贝克尔说道。

"你的意思是有人涉水过护城河逃离了？"

"我是这个意思！"

"假如说案发后三十秒之内你就赶到这里，我想他当时一定还在水里。"

"这个推断我完全认可。如果当时我跑到窗口看看就好了！不过刚才你也看见了，窗帘将窗户遮住了，况且，我也就没有想到这点。随后我就听见道格拉斯夫人下楼的脚步声。当时就只想着阻拦她不让她进来。真是恐怖极了！"

"确实恐怖！"看着被打碎的头颅和尸体周围的血迹，医生感触地说，"自从上次伯尔斯通火车相撞事故以来，我还没有见过如此惨烈的血腥场面。"

"不过，听我说。"威尔逊警官说，他的思想还在围绕着那面窗户，"你说有人涉水过河逃跑，这完全说得过去。可是我想知道的是，既然吊桥是升起来的，那凶手又是如何进来的呢？"

"对，问题就在这里。"贝克尔说。

"吊桥是几点钟升起来的？"威尔逊警官问道。

"大概六点。"男管家艾姆斯答道。

"据我所知，"威尔逊警官说，"吊桥一般日落时分就会被升起来。在这个时节，日落应该是在四点半左右才对，而不是六点半左右。"

"道格拉斯夫人邀请客人吃茶点，"艾姆斯说，"他们没有离开，我就不能把桥升起来。客人走后我亲自将吊桥升起来的。"

"既然如此，"威尔逊警官说，"假如有人从外面潜入——我说的是假如这样，那一定是六点前从桥上进入庄园，然后找个地方藏起来，一直到道格拉斯先生十一点后进入这个房间。"

"完全正确！每天晚上道格拉斯先生都会在庄园里巡视一遍，检查一下火烛是否正常。这是他上床睡觉前做的最后一件事，正是由于这个原因他才会到这里来。那个人在这里等着呢。道格拉斯一进来就被他枪击了，得手后这个人越窗逃跑，而将枪遗落在了现场。我是这样想象这件事的，因为其他的情况说不过去。"

威尔逊警官弯腰捡起一张死者身旁的卡片。卡片上有两个缩略字母 V，字母下面有数字 341。它们都是用钢笔写的，字迹凌乱。

"这是什么？"他拿着卡片问。

贝克尔也是一脸好奇地看着卡片。"我刚才没有发现它。我想应该是凶手留下的。"

"V.V.——341。字母和数字没有什么联系，不明白是什么意思。"威尔逊警官不停地抖动他那粗大的手指。"V.V. 代表什么？或许是某个人名字的缩略。你拿的是什么东西，伍德医生？"

那是一把大锤子，沉甸甸的，不过做工很细致。它一直放在壁炉前面的地毯上。塞西尔·贝克尔指着壁炉架上放着的一盒铜头钉。"道格拉斯先生昨天要换墙上的壁画，"他说，"我亲眼看见他站在椅子上将这幅大油画挂上去。他就是用这把锤子把画钉上去的。"

"不要动它，还让它在地毯上。"威尔逊警官搔搔头皮，一脸的困惑。"看来要想弄清这个案件，得出动警方的精干力量才行。伦敦方面要派人来。"他手举油灯，绕着屋子慢慢地走了一圈。"啊！"他把窗帘拉到一边，激动地喊道，"这窗帘是什么时候拉上的？"

"掌灯时分。"管家答道。"四点刚过的样子。"

"有人在这里藏身，看来是一定的。"他把灯放低一点，角落里有几个泥鞋印很明显地显露了出来，"我支持你刚才的说法，这些脚印印证了你的推测，贝克尔先生。看来，这个人是在四点以后、六点以前，也就是窗帘放下来以后偷偷跑进来的。他选择这间屋子藏身，是因为这里最靠近大门。屋里没有其他的藏身之处，于是他就钻到窗帘后面。这是显而易见的。有可能他主要是想偷东西，没想到被道格拉斯先生撞见，于是他痛下杀手，将道格拉斯先生杀害，然后仓皇逃离了这里。"

"我就是这么推断的。"贝克尔说，"在我看来，现在我们是在白白浪费宝贵的时间！趁那个凶手还没有逃远，我们为什么不去搜一搜整个村子？"

威尔逊警官沉思片刻。

"在凌晨六点以前火车还没有开出，因此他不可能乘坐火车出逃。假如走公路，他的两条腿湿淋淋的，一定会惹来别人的注意。可是不管怎样我都不能离开，除非有人来接替我。我认为在事情没有彻底真相大白以前，你们也不应该离开。"

医生拿着灯仔细地对尸体进行了检查。"这是什么标记？"他问，"它和案子会不会有什么关联？"

死者的右臂从衣服里露出来，一直到肘部。大约在前臂中间处，印有一个很奇怪的棕色图案：里面是个三角形，外面是个圆圈。在白色皮肤的衬托下，这个图案如同一座生动的浮雕，很引人注意。

"它与文身不一样。"医生扶了扶眼镜说，"这样的图案我从来没有见过，我只知道牲口经常打烙印，死者身上也打烙印，不知道代表了什么？"

"我也不知道那代表了什么。"贝克尔说，"不过在过去的十年当中，我在道格拉斯身上见过这东西很多次。"

"不管怎么说，它跟这案子好像没有什么关联。"威尔逊警官说，"可是，这真是挺奇怪的。这件案子处处透着令人不解的地方。又怎么啦？"

管家发出一声惊呼，指着死者伸出的手。

"主人的结婚戒指被拿走了！"他倒抽一口气。

"什么？"

"没错，就是如此！主人左手小指上一直戴着纯金的结婚戒指，而镶有天然金块的戒指在它的外面，中指上戴着盘蛇形戒指。现在最外面和中间的戒指都在，可是独独缺了结婚戒指。"

"他说的完全正确。"贝克尔说。

"你是说，结婚戒指被戴在另一只戒指下面？"威尔逊警官问。

"是的，一直都是如此！"

"意思是有人——凶手或者其他任何人，先将那块金块戒指撸下，然后摘去结婚戒指，接着再把这个金块戒指戴回去。"

"就是如此！"

这个乡村警察想了半天也没有想出结果，于是他摇了摇头。"看来只好尽快把案子移交给伦敦方面去办，而且越快越好。"他说，"怀特·梅森很聪明、很机智，地方上的案子没有他解决不了的，他不用多长时间就会过来协查此案的，不过我们还是要指望伦敦方面的援助，不然调查不清楚这个案子。说句不怕没面子的话，这样的案子不是我这样的人所能搞定的。"

黑　暗

凌晨三点的时候，苏塞克斯郡的侦探长怀特·梅森接到伯尔斯通威尔逊警官的急电，连夜坐马车从总部赶过来。一路上的奔跑，让马一直喘着粗气。来之前他借助早上五点四十的火车，把案件情况的报告传到苏格兰警场，中午十二点的时候又赶到伯尔斯通火车站迎接我们。

怀特·梅森沉默寡言，不愿意多说话，身上套着一件宽大的呢子外套，面色红润，胡子刮得很干净，略微发胖，两条强壮的罗圈腿上裹着绑腿，样子很像个乡下小农民，也像个退休的猎场看守人，但就是不像个出色的警官。

"还真是一件让人为难的案件，麦克唐纳先生！"他嘴里念叨着，"要是被记者知道了，他们就会像苍蝇一样扑过来。我希望，在他们像苍蝇扑过来把线索打乱以前，我们就将案子搞定。在我的记忆中，我还没有接触过这样的案子。有些小问题我需要事先说一下，福尔摩斯先生，希望您能谅解，还有您，华生医生，也请您理解，韦斯特维尔阿姆斯旅社是你们下榻的地方，除了那里再也没有合适的地方了。不过我听说，那儿挺干净的，环境也说得过去，仆人会把行李搬过去的。好的，先生们，赶快和我一起走吧。"

这位警探的和善和直爽，给我留下了良好印象。大约十分钟后，我们就找到了下榻的地方。又过了十分钟，我们坐在旅社的休息室里，听怀特·梅森跟我们讲述案情。同时，麦克唐纳不时地做点记录。福尔摩斯坐在那里专注地听着，满脸惊讶和钦佩的表情。

"是透着古怪！"在听了案情介绍后，福尔摩斯说，"相当的古怪！我就想不起来还有比这更奇怪的案子。"

"您的反应早在我的意料之中，福尔摩斯先生。"怀特·梅森非常高兴地说，"你们赶到苏塞克斯也还真挺快的。你们已经了解了案子的情况。这些情况是今天早上三四点钟之前所了解到的全部情况。我从威尔逊警官手里接过这桩案子，豁出我这条命赶过来，可是事实证明我根本没必要这么急的，因为没有什么特别紧急的事需要我马上去办。威尔逊警官掌握了大部分的情况，我核查过，也仔细参详过，同时我还将自己的一些想法融入进去。"

"什么想法？"福尔摩斯有些着急地问道。

"哦，首先我在伍德医生的协助下对那个锤子进行了检查。我们发现，上面并没有使用过暴力的痕迹。我原想，假如道格拉斯先生用锤子来自卫，那么锤子掉到地毯上，上面肯定会留下痕迹，可是上面一点痕迹也没有。"

"当然，那并不能真正说明什么。"警官麦克唐纳说，"以铁锤为凶器、并且不留任何犯罪痕迹的案件何止一件。"

"我承认这一点，这不能由此证明锤子没有被用过，不过真有痕迹的话，那倒可以多条线索，可是实际上，真的一丝痕迹也没有。然后，我又仔细对那把枪进行了检查。那是一把使用大号铅弹的双筒猎枪。情形就像威尔逊警官所说的那样，扳机是用铁丝绑在一起的，要是扣动后面的扳机，即刻双管都会喷发出子弹。改装枪的人就是想一击即中。锯过的枪长度不超过两尺，很容易藏在大衣下面。制造商的名字也不全，在两根枪筒之间的凹槽上印有 P、E、N 三个字母，剩余部分被锯掉了。"

"P 字体较大，上面带有花饰，而 E 和 N 字体小一点，是吧？"福尔摩斯问。

"完全正确。"

"那是宾夕法尼亚轻型武器制造公司——一家很出名的美国公司的标志。"福尔摩斯说。怀特·梅森目瞪口呆地看着福尔摩斯，那情形如同是一个小乡村的医生看着哈莱街的医学专家。仿佛专家一句话，就可以让他束手无策的疑难杂症迎刃而解。

"我认为这点对我们很有用，福尔摩斯先生。您说的一定不会错的。太棒了！太棒了！你是不是把世界上所有枪械制造商的名字都记在脑袋里？"

福尔摩斯并没有对怀特·梅森的肯定及疑问做出任何反应。

"这的确是一把美国猎枪。"怀特·梅森接着说，"我依稀记得在书上看到过，说美国有些地方就用这种锯短的猎枪。就算没有枪筒上的名字，我可能也会想到这一点。在我看来，进屋杀害主人的凶徒可能是美国人。"

麦克唐纳摇了摇头。"老兄，这样的判断你怎么能轻易出口？"他说，"我还没听说有证据可以证明庄园来了外人。"

"敞开的窗户、窗台上的血迹、古怪的卡片，角落里的靴印以及这支枪，这些不都可以证明吗？"

"现场的每一件物品都可以假造出来。道格拉斯先生是美国人，或者说在美国居住过很长时间，贝克尔先生也同样如此。为了说明凶手是美国人，没必要非要从外面找一个美国人。"麦克警官说道。

"还有那个男管家艾姆斯，他是个什么样的人呢？可靠吗？"麦克警官问道。

"他跟随查尔斯·钱多斯达十年之久，完全值得信任。五年前，道格拉斯买下这座庄园，他就一直陪在道格拉斯身边。他在庄园里也从来没见过这样的枪。"

"为了便于隐藏，对枪进行了改造，这就是枪管被锯短的目的所在。这样很多箱子都能放得下它。他为什么肯定庄园里就没有这样的枪？"

"哦，那倒是，可是他说他确实从未见过那把枪。"

麦克唐纳摇了摇头。"我到现在都不相信，曾经有人溜进庄园。"他说，"请你想想，假如枪是从外面被人带进来的，并且一切怪事都是外面的人进来做的，那说明了什么呀！老兄，这根本解释不通啊！一点儿也不符合常理！福尔摩斯先生，您根据我们听到的情况说一说您的看法。"

福尔摩斯皱了皱眉头，然后平静地对麦克唐纳说："我对这样的案子很感兴趣，麦克唐纳先生，不过我想先听听你对此案的看法。"

"可以确定凶手绝不是为了盗窃而来。戒指的事和名片都表明，这是由于存有私人恩怨而导致的蓄意谋杀。假如他足够明智，应该清楚，庄园四面都是河，要想逃脱是十分困难的。这种情况下，他需要在凶器上下功夫。他希望完事之后，越窗而出，然后涉过护城河扬长而去。这在情理之中。可是他明明知道凶器的声响如果很大，会把庄园里的人都引到现场，而且要多快有多快。另外，在涉水过护城河的时候也极有可能会被人发现，但是他却偏偏选了这样一把凶器，这就无法让人理解了。这可信吗，福尔摩斯先生？"

"嗯，你分析得很有条理。"福尔摩斯想了想说道，"当然，这些情况需要大量的证据来证明。请问，怀特·梅森先生，你去河的对岸检查过吗？是否发现有人从水里爬上岸的痕迹？"

"没发现任何的痕迹，福尔摩斯先生。因为有一些石头在岸边堆砌着，上面几乎看不出任何痕迹。"

"脚印、手印也都没有吗？"

"没有。"

"既然这样！我们现在去看看庄园里的情况。你没有意见吧，怀特·梅森先生？可能，一些小细节能够说明问题。"

"没有问题，福尔摩斯先生。只是我觉得，出门之前应该让您尽量了解相关的情况。我想，假如您有什么发现……"怀特·梅森带着犹豫的眼神疑惑地看着这位业余侦探。

"我曾经和福尔摩斯一起办过案。"警官麦克唐纳说，"他的为人向来光明磊落。"

"我向来遵循我的原则办事。"福尔摩斯笑着说，"我办案是为了伸张正义。假如说我没有与警方合作，首先是因为他们不与我合作，而我也根本没有占他们便宜的想法。还有，怀特·梅森先生，我有权要求根据自己的日程表并以自己的方法去查案，另外，宣布破案结果的时间由我自己定。我习惯一次性将事情说清楚，而不是分阶段汇报。"

"有您的参与，我相信我们会顺利破案。能够向您提供相关信息是我们的荣幸。"怀特·梅森的话显出他的真诚。

"走吧，华生，我的老伙计。"福尔摩斯说道。我们沿着一条老式且别致的乡村街道走着，街道两旁是一排被砍去树梢的榆树。远处是两排年代久远的石柱，由于经受了风吹日晒已经斑驳变色，苔藓覆盖其上。石柱上面是一尊狮子雕像，不过现在轮廓已经变得模糊不清了。曲折蜿蜒的车道两边是草坪和橡树，俨然一派园林式风景。走过车道，又过了一个急转弯，一长排低矮的建于詹姆斯一世时代的砖房出现在眼前。这些砖房呈暗淡的红褐色。砖房的两边各有一个老式的花园，里面的紫杉树修建得整整齐齐。再往前走，就看见了一座木制吊桥和一条齐整而宽阔的护城河。护城河里的水在寒冬阳光照射下，像水银一样闪着光亮。

　　古老的庄园有几百年的历史，多少人曾经在这里聚会、跳舞、纵情猎狐，可是令人唏嘘的是，现在这起恶性案件竟然在这斑驳古老的墙上投下了一抹阴影。另外，那些有着奇怪形状、高高耸起的屋顶以及那突兀的山墙，俨然将这险恶恐怖的阴谋掩盖起来。看着这些深深嵌在墙上的窗户和被水环绕的庄园，我突然有一种感觉，这里发生这样一桩惨案似乎很自然、很合适。

　　"瞧那扇窗，"怀特·梅森说，"就是吊桥正右方的那扇窗，现在还开着，就和昨晚一样。"

　　"那么窄，人要穿过去，能做到吗？"福尔摩斯问道。

　　"假如不是个胖子稍稍侧侧身就可以，不用再想了，福尔摩斯先生，您和我挤过去不成问题。"

　　福尔摩斯走到护城河边，眼睛紧盯着对面，之后蹲下来对河岸和岸上的草地进行了仔细的勘查。

　　"我已经认认真真检查过了，福尔摩斯先生。"怀特·梅森说，"什么都没有发现，更别说人爬上岸的痕迹——他为什么要留下痕迹呢？"

　　"你的话很有道理。是啊，为什么呢？河水一直都是这样浑浊吗？"

　　"通常都是如此。流下来的溪水里面总是夹杂着泥沙。"

　　"河水有多深？"

　　"距离岸边近的约两英尺，中间约三英尺。"

　　"哦，这样我们可以排除渡河时溺水的可能性。"

　　"那是自然。小孩掉下去也淹不死。"

　　我们踏上了吊桥，管家艾姆斯迎了过来，那是一个古怪乖戾、年老干瘪的老头。这个可怜的老人现在脸色苍白，一副心神不宁的样子。乡村警

29

察威尔逊个子高大，神情郑重，面带悲戚。他忠于自己的工作，没有离开发生命案的房间。医生伍德不在这里，已经回去了。

"有没有新的发现，威尔逊警官？"怀特·梅森问。

"没有，长官。"

"那你回去休息吧，你也够辛苦的。如果有什么事需要你，我们再联系。管家就在外面候着，让他去将塞西尔·贝克尔先生、道格拉斯夫人以及女管家叫来，一会儿我们找他们问话。好了，先生们，我先将自己的看法说一说，然后你们可以说一说你们的看法。"

我对这位乡村警察有一个好印象，他头脑冷静、思维敏捷、通晓事理，掌握的情况可靠，这些特点都有利于他的工作。福尔摩斯认真地听他讲，没有表现出官方人物常见的那种急躁。

"我们首先要确认是自杀还是他杀，是不是这样，先生们？假如是自杀，那死者肯定是先把结婚戒指摘下来藏好，然后穿着晨衣走下来，在窗帘后面的角落里留下带有泥巴的脚印，他之所以这样做是为了误导别人，让人以为早已有人在这里等着他。之后，他将窗户打开，弄点血迹……"

"对于这一点，我们可以不用考虑。"麦克唐纳说。

"我也抱有一样的观点，自杀的可能性是不存在的，一定是他杀。我们需要明确的是，凶手究竟是外人还是庄园里的人。"

"好，我们来听听你的推论。"乡村警察说道。

"实际上，这两种情况分析起来都有一定的难度，不过不是这种就是另外一种。我们首先假设，这是庄园里某个人或几个人联合作案。在寂静的夜晚，大家都还没有休息的时候，他们将死者杀害了。枪声惊动了大家，他们跑过来却发现没有人见过这件凶器，这样的事似乎不太可能，是这样吧？"

"不错，不太可能是这种情况。"麦克警官回应道。

"既然这样，还有另外一种情况可能大家都赞同，那就是，枪声响过至多一分钟，庄园里的人——不仅塞西尔·贝克尔一个，还有艾姆斯以及其他人都赶到了凶案现场。虽然贝克尔说他是首先赶到现场的人，那么现在问题来了，在这短短的时间内，凶手是如何做到既在角落里留下脚印，又打开窗户，在窗台上留下血迹，还要将死者的结婚戒指摘下来，这可能做到吗？”

“你的分析还挺严谨。”福尔摩斯说，“对于你的这个分析我表示赞赏。”

“既然这样，现在我们回过头来说，假定是外来的人作案，虽说分析起来有一定的难度，不过还是有这个可能的。这个人在四点半至六点之间潜入屋子，这个时间也就是黄昏至吊桥升起这段时间。由于这个时间，有客人到访，门是敞开的，因此他通行无阻。他可能是个一般的盗贼，不过也可能与道格拉斯先生有冤仇。道格拉斯先生大半生的时间都居住在美国，加之这把猎枪也像美国造的，由此看来因为私怨杀人的几率比较大。他之所以选择这间屋子作为藏身之所，是因为一进大门就是这间屋子，进屋后他就躲在窗帘后面。他在那里一直待到晚上十一点钟后，直到道格拉斯先生进来了。他们之间的交谈没有多长时间，因为道格拉斯夫人说，她丈夫离开几分钟，枪声就传了过来。”

“这一点桌上的蜡烛可以证明。”福尔摩斯说，“这是一支新蜡烛，点了不到半英寸。在被杀害之前，他肯定是先把蜡烛放在桌上了，要不然的话，蜡烛当然要掉到地上。这就说明，他不是一进屋就遭到了对方的袭击。贝克尔先生赶到的时候，蜡烛还点着，而油灯已经灭了。”

“是的，确实是这样。”

“现在可以根据我们掌握的这些线索重现一下当时的情形：道格拉斯先生走进屋，把蜡烛放在桌子上，一个人影从窗帘后闪了出来，他手里拿着枪。他要求道格拉斯将结婚戒指给他——谁知道什么原因，但是当时的情形肯定如此。道格拉斯先生将结婚戒指摘下来给他。接着，可能是事先有准备，也可能是挣扎过程中，道格拉斯抓起了锤子，就是地毯上发现的那柄——可是最终凶手还是残忍地射杀了道格拉斯。事后他将凶器扔在现场，同时遗落了一张很奇怪的卡片——V.V.341，暂且不知它是什么意思。就在塞西尔·贝克尔赶来的时候，他越过窗户、涉过护城河逃跑了。这么分析不知道合不合情理，福尔摩斯先生？”

“有些像，不过有些地方说不过去。”

“假如不是那样，情况更要糟糕！”麦克唐纳很激动地大声说道，“不管凶手是谁，我可以料定，他作案肯定采用别的方法。他这样切断自己的退路，意味着什么？不发出任何声响，这是他作案后逃跑的唯一机会。可是他却偏偏选择用枪，又说明什么问题呢？好了，福尔摩斯先生，既然您说怀特·梅森先生的观点缺乏理由，那就请您给分析一下吧。"

在这场你来我往的讨论过程中，福尔摩斯一直在认真倾听每位发言人的一言一语，他将他们的谈话一字不漏地听进去，锐利的目光不断打量着众人，额头上因为沉思也起了皱纹。

"麦克先生，在推理出结果之前，我还需要得多掌握一些情况。"福尔摩斯说完，在尸体旁蹲下来。"上帝啊！这些伤可真吓人。可不可以让男管家进来一下？"艾姆斯战战兢兢地走了进来。"我听说，你经常看见这个不一般的记号——里面是个三角形外面是个圆圈——它出现在道格拉斯先生的前臂上？"福尔摩斯问道。

"是的，先生。"

"有没有听说过这代表了什么？"

"没有，先生。"

"好的，依我看像是火焰，刚烙上去的时候肯定很疼。艾姆斯，我还发现，道格拉斯先生的下巴上贴着一小块膏药，你以前见过吗？"

"见过，先生，是主人昨天早上刮胡子时将自己刮伤了。"

"这样的事以前发生过吗？"

"好长时间都没发生过这样的事了，先生。"

"很有意思！"福尔摩斯说，"这件事有可能是巧合，不过也有可能说明他内心紧张。这就表明，他在惴惴不安地等着危险的到来。艾姆斯，你有没有发现，昨天你的主人的行为有什么不正常吗？"

"有的，先生，昨天我发现主人有些不安和激动。"

"这样就对了！这次的事并非完全出乎他的意料。事情有些眉目了，是不是？麦克先生，或许应该由你来提问。"

"不，福尔摩斯先生，还是您来进行比较好。"

"好吧，现在我们来看看这张卡片——V.V.341，这是一张薄纸板，不知道这样的纸板庄园里有吗？"

"应该没有。"

福尔摩斯来到写字台前，从两瓶墨水瓶中各蘸了一点墨水，并将它们滴到吸墨纸上。"卡片上的字是事先写好的，不是在这间屋里才写上去的。"他说，"那瓶是紫色的，这瓶墨水是黑色的。这些字是用粗笔写的，而桌上的笔都是细笔尖的。我断定，这是在别的地方写好的。你知道这些字母和数字代表什么意思吗，艾姆斯？"

"不知道，先生，我看不明白。"

"你知道吗，麦克先生？"

"在我看来，这是属于秘密团体标志一类的东西。他前臂上的烙印应该也属于这种情况。"

"我也有这个想法。"怀特·梅森说。

"我们可以先将它当作一个合理的假设，看看从这个假设出发能解决多少疑点。这个秘密团体派遣来的人潜入庄园，等着道格拉斯先生的出现。他用带来的枪将道格拉斯的头颅打开花，事后遗落一张卡片在死者身边，然后涉过护城河逃跑。报纸对此事进行报道时，就会提到这张卡片。这样，他就可以报告组织，任务已经完成。故事就前后串连起来了。可是，在所有的武器中，他偏偏用枪，这实在让人不解。"

"是呀！"怀特·梅森回应道。

"失踪的戒指又该如何解释？"福尔摩斯问道。

"对呀，这个该如何解释！"麦克警官禁不住也说道。

"疑凶为什么还没有抓到？现在已经两点多了。我以为从天亮到现在，方圆四十英里范围内的警察，一直都在寻找一个浑身湿透的陌生人呢。"

"是这样的，福尔摩斯先生。"

"除非他在附近有藏身的地方，或者有用来替换的衣服，否则他是躲不过检查的。但是，到现在还是没抓到！"麦克警官进行了补充。

福尔摩斯走到窗前，用放大镜对窗台上的血迹进行观察。"很明显，这是脚踩上去的。脚很宽，应该是八字脚。真是令人不解了，要知道墙角里带泥的脚印是一双小巧的鞋子印上去的，桌子下面那是什么东西？"

"道格拉斯先生的哑铃。"艾姆斯答道。

"哑铃——为什么只有一个，另外一个呢？"

"不太清楚，福尔摩斯先生，可能就只有一个。几个月都没见过这东西了。"

"一个哑铃……"福尔摩斯神情有些凝重地自言自语道。话刚说完，一阵急促的敲门声传来。

一个男子在门口探出头打量着我们。那是一个身材高大健壮、皮肤黝黑，看上去精明能干的男人。不用猜，他就是我曾经听人说过的塞西尔·贝克尔。他的眼睛在我们身上逐一扫描过去，目光里带有质问的眼神。他身上那种专横傲慢的态度能让人很明显地察觉到。

"不好意思，中断了你们的谈话。"他说，"有最新的消息。"

"抓到凶手了？"

"还没有这么好运，不过他的自行车被发现了。这家伙连自行车都不要了。你们过来看看，就在大门外三百英尺处。"

我们过去看见三四个马夫和闲人在车行道上围着一辆自行车在看。车原先就藏在树丛中，现在已经让人给拖出来了。这是一辆老旧的 Rudge Whitworth 牌自行车。车表面沾满了泥，估计可能是从很远的地方骑过来的。有个旅行包在车上，里面装着扳手和油罐，可是却没有任何能够揭示车主身份的东西。

"对警方来说，这有利于破案，"麦克警官说，"假如当初对它进行过编号登记的话，那现在就能查到这辆车的主人，那可真是谢天谢地。尽管可能不知道他的去向，但至少也有可能弄清楚他的来路。不过这个家伙为什么弃车不骑呢？没车他又是如何逃出去的呢？看来案情又陷入了复杂之中，福尔摩斯先生。"

"你这样认为吗？"福尔摩斯若有所思地答道，"我看不一定吧！"

剧中人

"对书房进行彻底检查了吗？"怀特·梅森折回屋子的时候问。

"检查过了。"麦克唐纳回答道。福尔摩斯也点了点头。

"现在我们应该让庄园里的人说说他们的意见，我看就在这间餐厅进行吧，艾姆斯，你先把你所了解的情况讲给我们听听。"

艾姆斯的讲述简单明了，他留给我们的印象是诚实、可信。五年之前，道格拉斯先生刚刚来到伯尔斯通，他就被雇来干活。据他所知，道格拉斯先生很有钱，是在美国发家致富的。他对家里的用人态度和蔼、体贴，艾姆斯对这样的东家还不太习惯。在道格拉斯身上，艾姆斯从来没有发现过一丝惶恐不安的迹象。恰恰相反，道格拉斯是他见过最勇敢的人。他要求吊桥在每天晚上都要升起来，因为这是庄园传承下来的规矩，他要把这习俗沿袭下去。

道格拉斯先生去伦敦的次数很少，也轻易不离开这个村庄。不过，案发前一天，他一直在藤布里奇维尔市集逛商店。就在那一天，艾姆斯注意到，道格拉斯先生好像有什么心事，情绪激动，给人的感觉很焦急、烦躁。这可有点反常。发生惨案的那天晚上艾姆斯还没有上床睡觉，而是在餐具室收拾银器。就在收拾的时候，一阵急促的铃声突然响起来。艾姆斯没有听到枪声；餐具室和厨房都在庄园的后面，中间还隔着几扇门和一条长廊，枪声传到这里很弱也是可能的。女管家也听见这急促的门铃声，所以很快跑了出来。他们一起来到前厅。

就在他们来到前厅楼下的时候，就看见道格拉斯夫人从楼上走下来。在艾姆斯看来，她并不是很惊慌的样子。道格拉斯夫人刚走下楼梯，贝克尔先生就从书房冲了出来。他将道格拉斯夫人拦住了，求她返回去。

"求您看在上帝的份上，请回去吧！"他喊道，"可怜的杰克已经死了！您不要去看了。看在上帝份上，您返回去吧！"

在他的极力劝阻下，道格拉斯夫人回房去了。她既没有高声尖叫，也没有号啕大哭。女管家艾伦太太将夫人送回楼上，并留在房间里一直陪着她。艾姆斯和贝克尔先生两个人回到书房，里面的一切和警方看到的一模一样。熄灭的蜡烛，仍在燃着的油灯；他们看了看窗外，可是，外面黑漆漆的，什么也看不见，什么也听不见。之后他们冲向大厅，艾姆斯转动绞盘把吊桥降下来，而贝克尔则快速跑着去找警察。

这就是男管家的证明之词，虽然简明，但是清晰。

　　女管家艾伦太太的供词没什么新鲜之处，它进一步证实了男管家艾姆斯的说法。与艾姆斯干活的餐具室相比，她的卧室与前厅更近。当时她正准备上床睡觉，忽然听见嘈杂的铃声传过来，这让她很惊异。她有些耳聋，可能这是她没有听见枪声的缘故。另外，书房离她这里也比较远。她记得好像听见一些声响，当时还以为是关门的声音呢。当时的时间要早得多——至少在铃响之前半小时。艾姆斯先生去前厅的时候，她也一同前往。在前厅，她看见脸色苍白、情绪激动的贝克尔先生从书房里冲了出来，并拦住正要下楼的道格拉斯夫人，请求她回屋。道格拉斯夫人听从了他的话。

　　"扶夫人上楼！留在那里陪着她！"贝克尔先生向艾伦太太喊道。

　　于是她将夫人送回卧室，并留下来陪着她。道格拉斯夫人情绪一度失控，浑身发抖，不过却不再打算下楼。她坐在壁炉旁，穿着晨衣，双手抱着头。艾伦太太差不多陪她一整夜。至于其他的佣人，他们还在睡梦中。直到警方赶来，他们才知道家里竟然发生了如此惊人的事情。他们睡在庄园的最后面，极有可能听不见什么声响。无论如何盘问，女管家也无法提供新的情况，只露出惋惜和惊恐的神情。

　　除了艾伦太太之外，塞西尔·贝克尔是第二个看见现场的人。对于头天晚上发生的事，他都已经将情况告诉警方了，除此之外，也没有什么再另外说的了。在他看来，凶手是通过窗户逃走的。他认为窗台上的血迹就是很好的证据。因为吊桥是升起来的，除此以外凶犯没有别的路可逃离。他不知道凶手出了什么事，为什么不骑自行车；假如那辆车真是他的，那么他也不可能淹死在护城河中。因为河水最深的地方也没有超过三英尺。

在贝克尔的印象中，道格拉斯是个不太爱讲话的人，很少提及过去的某些经历。他很小的时候就移居美国，并且在那里发的财。贝克尔和道格拉斯的第一次见面是在加利福尼亚，两人共同出资在一个名叫贝尼托峡谷的地方开矿。他们合作得很愉快，工作也很顺利，不料道格拉斯中途突然卖掉他的产业，返回了英国。那时他正鳏居。在他之后贝克尔也将自己的产业卖掉，并迁到伦敦居住。就这样，他们重新开始了交往。

道格拉斯给贝克尔的一种感觉是就好像有什么危险高悬在他的头上。贝克尔始终感觉道格拉斯突然离开加利福尼亚，来到英国如此僻静的地方找了一处房子住下来，肯定与这种危险有直接的关系。他估计，某个秘密团体或者某个不肯善罢甘休的组织，一直在追踪道格拉斯，而且看样子还要除掉他而后快。道格拉斯从来没跟贝克尔说过他参加过什么秘密团体，更没说过自己得罪过它。虽然道格拉斯没说过这些话，但是他给贝克尔留下的印象就是如此。贝克尔认为，卡片上的那些字母和数字肯定同这个团体有关系。

"在加利福尼亚，你和道格拉斯先生在一起共事有多长时间？"警官麦克唐纳问。

"五年时间。"

"你说他是个单身汉？"

"是的，他当时是个鳏夫。"

"了解过他前妻的事情吗？"

"不太清楚，记得道格拉斯先生曾经说过，她是个德国人。她的画像我曾经见过，那是一个很精致的女人。在我遇上道格拉斯先生的头一年，她就因伤寒感染离世了。"

"难道你不觉得，他的过去和美国某个地方有关联吗？"

"我曾听他提到过芝加哥。他曾经在那里工作过一段时间，所以他对那个城市非常熟悉。还听他提到过煤铁区。他年轻时去过很多地方。"

"他是不是搞政治的？"麦克警官问道。

"不是的，他对政治根本不关心。"

"你的意思是他做过什么不光彩的事情吗？"

"刚好相反，这辈子我还没遇到过像他一样有正义感的人。"

"在加利福尼亚的时候，你发现他的生活有什么奇怪的地方吗？"

"他对来我们山里矿上工作很满意。有人的地方，他能不去就尽量不去。这就是我刚开始认为有人在找他的原因。只是后来，他突然离开那儿去了欧洲，到那时我才确定还真的有事。在我看来，他受到了某种警告。他走了没超过一个星期，就有五六个人上门来打听他的下落。"

"哦，知道是些什么人吗？"

"是一伙长相凶恶、彪悍体壮的人。他们来到矿上，找人问他的行踪。我告诉他们，他去了欧洲，没人知道具体去哪里了。一看就知道，他们对他不怀好意。"

"那些人都是美国人——再具体说，是加利福尼亚人？"

"这我不清楚。都是美国人，这是肯定的。看样子应该不是矿工。我不知道他们是干什么的，当时就是期望他们早点离开。"

"这些是六年以前的事吧？"

"马上就要七年了。"

"在加利福尼亚你们一起待了五年，那么这件事少说也有十一个年头了？"

"不错。"

"我认为他们之间一定存在很深的过节，不然事情过去这么久了还不放手。事情的起因可能很复杂。"

"在我看来这给他以后的生活笼罩上了一层阴影，在他的心灵上久久地盘踞着。"

"不过假如一个人明知有危险逼近，也知道是何种危险，他为什么不向警方寻求帮助呢？"

"可能警方也没有办法提供这种保护。有件事你们可能需要了解，无论到哪里，他口袋里一直放着手枪用来防身。但是令人感到遗憾的是，昨晚他偏偏穿着晨衣，把枪忘在了卧室。在我看来，他可能认为桥一升起，安全就有保障了。"

"我想将这些时间梳理得更清楚些。"麦克唐纳说，"道格拉斯先生离开加利福尼亚已经六年了，而你第二年就与他在一起，是这样吗？"

"不错。"

"那时他再婚已经五年了。你回来的时候，肯定是他结婚的时候。"

"我记得我是在他结婚前一个月回来的。我还做了他的伴郎呢。"

"你和婚前的道格拉斯夫人认识吗？"

"不，我们不认识。我离开英国大约有十年时间了。"

"不过从此以后你们就经常见面。"

贝克尔一脸严肃地看着侦探。"我们是经常见面。"他答道，"我和她见面，是因为拜访一位先生，自然就要结识他的夫人。难道您觉得这之间有什么关联？"

"我并没有那样想，贝克尔先生。任何与案情有关的情况，我都要询问明白，我并没有冒犯你的意思。"

"可是你的话有些让人受不了。"贝克尔怒气冲冲地说道。

"我的目的只有一个，那就是调查清楚事情的真相，澄清所有的误会，对你、对大家都有好处。对于你和道格拉斯夫人的来往，道格拉斯先生本人持什么态度？"

贝克尔的脸色瞬间变得很苍白，粗大有力的双手也因为紧张而紧握在一起。"这个问题你没有权力追问！"他吼道，"这跟你调查案件有何关系？"

"我再问一次。"麦克警官强调道。

"我不会回答的。"

"你可以不回答，不过你要清楚，这本身就是一种回答。假如没有不可告人的秘密，你是不会不回答的。"

贝克尔脸色僵硬，站在那里一动不动，由于沉思，浓黑的眉毛拧在一起。过了好久，他抬起头，笑了笑说道："既然几位先生是履行公务，我无权阻挠，只好讲了，不过请求你们别再拿这件事去询问道格拉斯夫人。她的遭遇已经让人心生同情了。我可以告诉你们，可怜的道格拉斯有一个严重的缺点，那就是嫉妒心极盛。他对我很友爱——没有人对自己的朋友比他对我还友爱。他对自己的妻子也非常忠诚。他很欢迎我的到来，因此经常差人来叫我。不过只要我和他妻子在一起谈话，或者表示出彼此有好感来，他就会醋意大盛，大发雷霆，并且盛怒之下说出难听的话。我不止一次向他说明，既然这样，我就不来了。可是事后他又给我写信向我道歉，请求我原谅，而我也就不再放在心上。先生们，记住我说的一句话，假如这是最后一句话，无论谁的妻子都没有比她更爱、更忠于自己的丈夫了。此外，我还要说，没有人比我对自己的朋友更忠诚的了！"

这些话说得富有感情，很有煽动力，不过麦克唐纳警官还是不肯放过这个话题。

"有件事，你知道吗，"他说，"死者手指上的结婚戒指被人摘去了？"

"看上去有这么回事。"贝克尔回答道。

"'看上去'，你为什么这么说？你也知道，这本来就是事实。"

"说'看上去'，我是说还有一种可能，就是他自己把戒指取下来的。"贝克尔说道。

"将结婚戒指摘下来了，先不管是谁取下来的。这是否在告诉我们，这场婚姻和这桩惨案有一定的关联？"

贝克尔耸了耸他那宽阔的肩膀。"我不确定这之间有什么关系。"他答道，"不过你想说的是这可能和夫人的名誉有关。"他的眼睛里往外喷着火，不过随后很明显又尽力克制自己的情绪——"那你们的想法是不对的。我只能说这些了。"

"目前我想不出还有哪些问题要问你了。"麦克唐纳声音有些冷。

"还有一个小小的问题需要请教。"福尔摩斯突然说道，"你进去的时候，桌上只有一支蜡烛是亮着的，是这样吗？"

"不错。是这样的。"

"在蜡烛光下，你看见里面发生了惨案？"

"是的。"

"然后你就立刻按警铃叫人来帮忙？"

"对的。"

"他们很快就赶到了？"

"是的。一分钟左右他们就到了。"

"可是，他们过来的时候却发现蜡烛灭了，可是油灯还亮着。这似乎有些解释不通吧？"福尔摩斯追问道。

贝克尔又表现出一副犹豫不决的样子。"我没有觉得这有什么解释不通的，福尔摩斯先生。"他稍微停了停，答道，"蜡烛光不是很明亮。我的第一反应就是找个更亮的光。恰好我看见桌上有盏油灯，于是我就将它点着了。"

"是你把蜡烛吹灭的？"

"不错。"

福尔摩斯没有再问下去。贝克尔神情稳定地将我们逐个看了一眼。在我看来他有点对立情绪。看完之后，他转身走了出去。

麦克唐纳警官叫人上楼给道格拉斯夫人送了一张字条，说要去她的卧室看望她。而道格拉斯夫人则回话说在餐厅会面。很快，她就走进餐厅。看她的样子，年龄在三十岁左右，身材高挑，模样靓丽，虽然脸色苍白，但举止从容镇定，根本没有我们想象中的那种遭逢惨变而惊魂失魄的样子。她将她秀气的手放在桌沿，和我们的手一样，都是那么的平稳。她用她那哀怨而又楚楚可怜的眼神从我们每个人身上扫过。突然，她开口说话了。

"你们发现了什么线索？"她问。

这个问题包含恐惧而没有希望的意味。我不知道这是不是我的幻觉？

"我们已经尽了我们最大的能力，道格拉斯夫人。"麦克唐纳警官说，"不过您不要过于担心，我们不会忽略任何可疑之处。"

"无论要付出怎样的代价，"她的语气冷淡平缓，"我希望尽你们最大的努力。"

"也许，你应该将你所知道的所有情况提供给我们，以帮助我们破案。"

"我没有多少情况可提供的，不过我会将我知道的一切都告诉你们的。"

"塞西尔·贝克尔跟我们讲，你实际上并没有看到现场，也就是说你没踏进过发生凶案的屋子？"

"不错。在楼梯上他就让我回到楼上的房间。"

"哦。听到枪声后，你就马上下来了？"

"我是穿上晨衣才下楼的。"

"从你听到枪声到贝克尔先生让你返回楼上，这之间大约有多长时间？"

"几分钟的时间吧。这时候人对时间是没有概念的。他恳求我不要再去了，他说，我去了对事情也没有什么作用。接着，女管家艾伦太太送我上楼。这就像一场噩梦。"

"你是否还记得，你丈夫下楼多久你就听到了枪声？"

"这不好确定，因为他是从梳妆室下去的，我没有听到他离开。每天晚上他都要对整个庄园巡视一遍，他担心有火灾发生。在我看来，这是他唯一惧怕的东西。"

"还有，道格拉斯夫人。你和你的丈夫相识在英国吗？"

"不错。我们结婚已经五年了。"

"你听你丈夫提起过他以前在美国发生的事会给他带来什么危险吗？"

道格拉斯夫人沉思了一会儿，才做出回答。"有的。"她开口说话了，"我的感觉告诉我，他认为危险正在向他逼近，可是他不愿意和我讲这些。倒不是因为他不相信我——我们全心全意地爱对方，彼此坦诚相待——而是他不想让我知道，以免我为此担惊受怕。他觉得，假如我知道了，可能会一直忘不了它，所以他干脆不说。"

"那你又是如何了解到的呢？"

一抹微笑在道格拉斯夫人的脸上掠过。"做丈夫的内心一直有个秘密，而深爱他的妻子怎么会对此没有一点儿察觉？他很少提及他在美国的一些事情，由此我感到奇怪。一次他不留意说漏了嘴，因此我有所察觉；另外，他对不速之客充满了警惕之心，这也引起了我的注意。因此，我完全可以肯定，他一定是有劲敌，并且知道对方在找他，所以他一直都在提防着。这一点我十分相信。正因为如此，这些年来，只要他晚归，我就不免为他担心。"

"恕我唐突，我想知道，"福尔摩斯问，"是什么话引起了您的注意？"

"'我已经深陷恐怖谷。'"道格拉斯夫人说道，"每次就是否有麻烦的事我问他，他都用这句话来回答我：'我已经身陷恐怖谷，现在还没有脱身。'——'我们是不是永远都没有办法走出恐怖谷？'见他神情严肃，我就这样问他。'很多时候，我是有这样的感觉，永远也出不来。'他是这样回答的。"

"你肯定也问过，他说的'恐怖谷'到底代表着什么吧？"福尔摩斯追问。

"不错，我是问过，可是他一听就满脸严肃，一个劲儿地摇头。'我们任何一个人都处于它的阴影之下，情况特别糟糕。'他这样说，'恳求上帝的保佑，它不要降落到你的头上。'我认为这么一个山谷是肯定存在的，他在里面待过，并且还有过可怕的遭遇。对此我深信不疑。我所了解到的情况就这么多。"

"他一直以来都没有提到过什么人或物的名字吗？"

"提到过。三年前，他外出打猎，发生了一点儿小意外，结果就发高烧说胡话。当时，我听见他嘴里一直念叨着一个名字，语气中充满了愤怒和恐惧。这个名字就是麦克金迪——身主麦克金迪。他身体痊愈之后我问他：身主麦克金迪是谁，他主宰谁的身体。'幸亏不是我的，感谢上帝！'他笑着回答。从他那里我了解到的情况就这么多。我认为，身主麦克金迪和恐怖谷之间一定有着不为我们所知的联系。"

"我还要问一件事，"警官麦克唐纳说道，"你和道格拉斯先生在伦敦的一所寄宿舍认识的，难道不是在那里订的婚吗？关于你们的婚姻，其间没有恋爱史或者秘史吗？"

"恋爱史是有的。结婚总要恋爱的，不过根本没有什么秘史。"

"他没有遇到情敌吗？"

"没有。当时还没有人追求我。"

"我相信你应该听说了，道格拉斯先生手指上的结婚戒指被人摘去了。这是否在向你暗示什么？如果是过去的仇敌找上门来报复杀人，那他又为什么要拿走你先生的结婚戒指呢？"

在那一瞬间，我可以肯定，道格拉斯夫人嘴唇上有一丝淡淡的微笑隐现。

"我也不清楚这是因为什么。"她答道，"不过这件事肯定事有蹊跷。"

"好的，就这样吧，在这个时间来打扰您，很抱歉。"麦克警官说，"我们还有一些其他的问题可能需要问您，需要的时候再来打扰您。"

她站了起来。我又一次发现她那闪烁不定的眼神，里面含有询问的意思。她刚才就是以这样的眼光看我们的。"对于我提供的情况，你们有哪些意见？"显然这个问题问得意义不大。随后她微微点了一下头，像一阵风似的走出了屋子。

"她是个美貌的女人——一个相当漂亮的女人。"房门在她离开后掩上，麦克唐纳若有所思地说，"贝克尔自然被吸引经常来此了。他是能讨女人欢心的男人。他说过，死者生前经常为此吃醋，并且他自己也很清楚，死者是因为什么而吃醋。还是要说到那只结婚戒指，这一点我认为我们要重点关注。对这个从死者手上抹下戒指的人——您怎么看，福尔摩斯先生？"

福尔摩斯双手托着下巴坐在那里，他正在思考问题，忽然他站起来按响了门铃。

"艾姆斯，塞西尔·贝克尔先生在哪里？"等男管家进来，福尔摩斯这样问道。

"我去找一找，先生。"

几分钟之后，他就回来了，告诉我们贝克尔在花园里。

"艾姆斯，你还能否想起，昨天晚上在书房和他见面的时候，他脚上穿的是什么鞋子？"

"能想起来，福尔摩斯先生。当时他穿的是睡觉前穿的拖鞋。在他去找警察之前，我才拿来靴子让他将拖鞋换掉的。"

"知道那双拖鞋现在在哪儿吗？"

"一直在大厅的椅子下面放着。"

"棒极了，艾姆斯。你要能辨别出，哪些脚印是属于贝克尔的，哪些是外人留下的脚印，了解这些对我们是十分有必要的。"

"我明白，先生。我也发现拖鞋上有血迹——不过我的鞋上也有。"

"这很正常，因为屋里当时是那种情况。就这样了，艾姆斯。需要你的时候我会再叫你的。"福尔摩斯把艾姆斯打发走。

我们又一次来到书房。福尔摩斯把大厅里那双拖鞋拿了过来。就像艾姆斯刚才说的，鞋跟上沾有血迹。

"有些意思！"福尔摩斯站在窗前，阳光照耀着他，他仔细地检查这双拖鞋，嘴里自言自语道，"真是有意思！"

福尔摩斯突然迅速地俯身上前，把一只拖鞋放到血迹上。他发现完全吻合，随后他向其他人微微笑了笑。

乡村警官激动得有些不能自己。他哇啦哇啦的说话音如同棍子敲在栏杆上发出的声音。

"看吧，"他大喊道，"你们看到了吧？窗台上的脚印是贝克尔留上去的，比我的脚印宽得多。哦，不要忘记你的话，你说他是八字脚。目前情况已经很明了了。可是，这是什么把戏，福尔摩斯？——这是什么把戏呢？"

"对啊，这是什么把戏呢？"福尔摩斯若有所思地附和道。

怀特·梅森轻轻地笑了笑，同时揉搓着他那肥大的双手，显得很满意。"我就给你们说这个案子非同一般！"他大声嚷嚷，"肯定非同一般！"

起死回生

对于这三位侦探来说，还有很多小问题需要探查明白，于是，我一个人返回乡村旅社那间陈旧简陋的房间。在回到旅社之前，我在庄园两旁那个给人留下神秘古怪印象的花园里转悠了一圈。花园四周是一排排古老的紫杉树，它们被修理成十分古怪的样式。花园里有一片翠绿的草坪，在草坪的中央竖立着一架日晷仪。花园给人的整体感受是舒适宁静，多少可以让我有些紧张的神经舒缓一些。

在这如此安静的环境里，一个人可能忘记，也可能隐约记得某一场荒诞离奇的怪梦。梦境里，一个人四脚朝天躺在地上，浑身是血。可是，就在我到处转悠、努力让自己的灵魂融入柔和的花香中时，有一件怪事发生了，它将我拉回到这次惨剧面前，并且给我的心灵留下了阴影。

前面我已经提及花园四周装点着紫杉树，它们在花园四周环绕。从庄园往里，一直到最深处，这些紫杉树越往里就越显得稠密，形成一条接连不断的篱笆。有一条石椅在篱笆的那一边。要是有人从庄园方向走近，是不能看见它的。当我来到跟前时，听到有人说话的声音。首先是一个男人低低的声音传来，接着又传来一阵女人娇柔的笑声。几分钟之后，我绕回到篱笆的这端，让我出乎意料的是我看见了道格拉斯夫人和贝克尔。他们还不知道我在那里。道格拉斯夫人的样子让我大吃一惊，在餐厅的时候，她如淑女般矜持，言行谨慎，可是现在，那副郑重悲戚的样子已经荡然无存。她的眼睛里闪烁着幸福的光芒，同伴的话让她激动得脸上的肌肉不住颤动。贝克尔坐在那里，身子前倾，双手握在一起，粗犷而英俊的脸上流露出开心的微笑。突然——不过还是迟了一点——他们看见了我，就很快回复到一本正经的样子。他们匆匆说了两句，然后贝克尔就站了起来并向我走过来。

"请恕我冒昧，"他说，"你是华生医生吧？"

我点了点头，脸上没有显示出任何神情。可能这直截了当地表明了我心里对他的印象。

"我们认为你肯定是华生医生。你和福尔摩斯先生之间的友情没有谁不清楚。要是不介意的话和道格拉斯夫人说说话吧？"

我面无表情地跟在他身后，脑海中浮现出地上那具脑袋开花的尸体。就在惨案发生后仅仅几个小时，他最要好的朋友和他的妻子就在花园里的一簇树丛后面嬉笑打闹。要知道这花园曾经是属于他的。我冷漠地向道格拉斯夫人打了个招呼。在餐厅里，我曾为她的不幸而对她产生同情。可是现在，看着她那双迷人的眼睛，我却丝毫不为所动。

"我猜，你会认为我是一个冷酷没有情义的人吧。"她说。

我耸耸肩。"这与我没有任何关系。"我说。

"可能总有一天，你会对我有个客观公正的评价。要是您了解……"

"华生医生没有知道的必要。"贝克尔将她的话打断，"何况他自己也说了，这与他没有任何关系。"

"说得不错。"我说，"就这样吧，我告辞了。我还要继续去四处转一转。"

"请稍等一会儿，华生医生。"道格拉斯夫人用哀求的口吻说道，"有一个问题，可能现在这个世界上只有你最有资格回答。答案对我来说十分重要。对于福尔摩斯以及他与警方的关系，应该没有人比您更清楚的了。要是有人暗地里告诉他一件事，他是不是一定要把这件事告诉警方？"

"问得好，就是这样的。"贝克尔有些急切地说，"他是独自一人行事还是与他们结成联盟了？"

"我真不知道我该不该跟你们说这个问题。"

"我央求您——希望您帮帮我，华生医生！我认为您会帮我们的——在这个问题上给我们指一下方向，这样您就给我天大的帮助了。"

道格拉斯夫人的话里充满了诚意。这让我几乎忘记了她的轻浮，而只想着帮她的忙。

"福尔摩斯调查案件时从来都是独自进行的。"我说，"他自己的事情自己做主，并且依据自己的判断去行动。当然，对调查同一件案子的警方人员，他也会尊重他们的，不会对他们隐瞒任何有助于将罪犯绳之以法的事。我只能跟你们讲这些了，假如想知道更多一点，我可以带你去见福尔摩斯先生。"

讲完这些话，我抬了一下帽子转身离开了，而他们两人还是坐在那不易被人发现的篱笆后面。从另一端绕过来后，我回过头，发现他们仍旧在那儿争来争去。显而易见，他们是在争论我刚才跟他们说的话。

"我才不指望他们跟我说什么悄悄话呢。"当我将我看到的一切告诉福尔摩斯，他这样说。整整一个下午他都待在庄园里和两位同行研究案情，五点钟的时候才回来。对于我给他要的茶点，他食欲大增。"他们的鬼话没人会相信，华生。到时候以参与谋杀罪将他们投入监狱，有他们受的。"

"你内心真的是如此打算的？"

我看得出来他此时心情愉快。"亲爱的华生，等我吃完第四个鸡蛋，就把整个情形都告诉你。虽然还不敢说已经完全弄明白了——还有些距离——不过只要找到那个失踪的哑铃——"

"什么，失踪的哑铃？"

"上帝啊！华生，难道你还没发现在这件案子中失踪的哑铃有着非凡的意义？好了，好了，你不必泄气，这话我只能与你讲，我认为麦克警官和那个本地精明的侦探都没有将案件的要害抓住。一个哑铃，华生，你认真想想，一个运动员只有一个哑铃！想象一下，身体发育不平衡，极容易引发患脊椎弯曲症的危险。这听起来多么让人害怕，华生，真是让人害怕！"

他的嘴里塞满了面包，坐在那里打量着我一头雾水的样子，一股调皮的神色从他的眼睛里闪烁出来。只要看到他的食欲绝佳，就表示他对案件有了一定的把握。因为我不会忘记，曾经有多少个日日夜夜，遇到问题百思无解的时候，他什么东西都不肯吃，像个苦行僧一样将自己投入到思考中，原本瘦削的脸庞更加消瘦。可是眼前，他点燃了烟斗，坐在这破旧的乡村旅社的壁炉旁边，神态安定、漫不经心地谈论着案情。与其说他的话是经过深思熟虑的，还不如说他随意地想到哪儿就说到哪儿。

"撒谎，华生——一个瞒天过海、彻彻底底的谎话——开始就在扯这个弥天大谎！而我们却还把这个谎言当作我们破案的线索。贝克尔所讲的故事完全是一派胡言，而道格拉斯夫人的话偏偏对他的谎言进行了佐证。所以，她也在撒谎，他们都在撒谎，并且还是联合在一起说谎。现在我们要弄清楚的问题是：他们撒谎的理由是什么？他们竭力想掩盖什么样的真相？华生，我俩来推理一番，看看可不可以将谎言背后的真相查明，进而再将真实的情况还原出来。

"我是如何猜到他们在撒谎的呢？就是因为这个故事编得不是很高明，不可能真有其事。你可以想一想，根据他们所讲的情节，凶杀案发生后，在一分钟不到的时间里，行凶之人要摘去死者手指上的结婚戒指，你要知道，结婚戒指上面还有另一个戒指，想要摘去结婚戒指，就得把这个戒指先取下来，之后还得再戴上去。这么短的时间内是无法做到的，况且，还要放一张奇怪的卡片在死者身旁，这更不可能，所以我认为这个故事是编造的。

"可能你不同意我这个判断——华生，我尊重你的判断，你可能会说戒指可能在死者遇害之前就已经被人取走了。蜡烛刚刚点了一会儿，这一情况告诉我们，两人的会面时间很短。另外，我们调查获知道格拉斯很勇敢，天不怕地不怕，难道对方稍微一恐吓，他就把结婚戒指自己奉上吗？这可能吗？或者说，他是自愿交出结婚戒指的，这现实吗？他根本不是这种人，所以，这难以想象。华生，你要知道，凶手和死者只单独待了一会儿，屋里当时点的是油灯。对于这一点我毫不怀疑。

"不过死者显而易见死于枪击，因此，开枪的时间肯定要早过他们跟我们所说的时间。可是，这样的问题应该不至于弄错的。正因为如此，这恰恰表明这是一场精心策划的阴谋。策划者就是听到枪声的这两个人——男的是贝克尔，而女的则是道格拉斯夫人。在肯定了这一点后，我就能够断定，贝克尔故意在窗台上留下血迹，他这样做是为了把警方引入歧途。你不得不承认，这件案子查下去将会对他极为不利。

"推论到这里，我们就要反问一下自己，凶案到底是在几点发生的？在十点半的时候，仆人们都还在庄园里活动。凶案时间不可能早过这个时间。十点四十五分的时候，他们各自回房休息。有一个人除外，那就是艾姆斯，那个时候他还在餐具室忙碌。你走了以后，整个下午我都一直忙于一个实验。我将自己关在餐具室，所有的门都被我关上了。实验的结果表明，无论麦克唐纳在书房里发出什么样的声响，声音都不会传到这里来。

"不过，女管家房间的情况与这里就不一样了。她的房间位于走廊往里不远的地方。在她的房间里，书房发出的声响如果很大，我能隐隐约约听到。近距离射击时，猎枪发出的声响，在某种程度上讲声音是沉闷的，本案的情况正好如此。枪声应该很沉闷，不过在寂静的夜里，还是应该很容易就传到艾伦太太的房间里的。艾伦太太曾跟我们说她有点耳背。不过在证词里面，她还是说了这么一句，就是出事前半个小时，她确实听到某种声响，那声音就像用力关门的声音。出事之前半个小时，也就是十点四十五分。由此我推断，她听到的应该是枪声，而且这枪声才是凶案真正发生的枪声。

"假如情况真如我所料，我们就得弄明白，如果贝克尔和道格拉斯夫人不是真正的杀人者，从十点四十五分听到枪声跑下楼，一直到十一点十五分按铃把仆人都召集过来，这段时间内他们在做什么，为什么不马上报警？这是需要我们弄明白的问题。这个问题如果调查清楚，我们就向前迈了一步。"

"我本人支持这种想法，"我说，"这两个人是沆瀣一气的。丈夫被人杀害没多长时间，就坐在那里和别的男人嬉笑打闹，她真是个冷酷无情、没心没肺的女人。"

"一点儿不错。从她的讲述中可以看出，她不是一个好妻子。华生，我的情况你是了解的，我不是女性的狂热崇拜者，我的生活阅历告诉我，自己丈夫遇害还未查明，别的男人一句话，她就将丈夫的死抛诸脑后，这样的妻子不多见。如果我要是结婚的话，华生，我希望唤起她对我的感情，我可不想我的尸首就躺在不远处，她在女管家三言两语的哄骗下就弃我不顾。这出戏的编排也真叫人汗颜。在这种情况下，做妻子的居然没有伤心地哭得死去活来。再笨的侦探遇上这样的情况也不免起疑心。在我看来，就算没有其他可疑之处，仅仅就这件事情就足够提醒我们，这是一起事先策划好的阴谋。"

"那你就认定贝克尔和道格拉斯夫人是这次谋杀的凶手？"

"华生，你的这个问题可真够直接的，也够吓人的。"福尔摩斯向我摇了摇他的烟斗，他又接着说："它如同子弹一样，径直向着我冲过来。要是在你看来，道格拉斯夫人和贝克尔知道凶杀案的真相，并且合谋隐瞒了真相，那么我就告诉你，我相信情况就是如此。你的想法直击要害，不过论点不太清晰。我们不妨想一想，前面还有多少难题需要我们解决。

"暂且先假定一下，这两个人之间的关系不被法律认可，因此他们决心将阻碍他们好事的人除掉。这是一个大胆的设想，我曾在仆人和旁人之间经过小心求证，尚且无法得到证明。恰恰相反，大量的证据表明这对夫妇恩爱有加。"

"我认为这不太现实。"我说道，同时脑海里浮现出花园里那张如花的笑脸。

"不管怎么说他们给人的印象就是这样的。可是我们可以假定，这两个人非常狡诈，在这个问题上将所有人都欺骗了。他们合谋杀害了道格拉斯先生，而当时道格拉斯先生也恰巧正处于危急当中。"

"我们只是听了他们的一面之词。"我说道。

福尔摩斯沉思片刻，然后说道："华生，我知道你要表达什么意思。你大概讲了一下你对这个问题的看法，即从一开始他们就在欺骗咱们，他们所说的全是假话。在你看来，不存在任何潜伏的危险，不存在任何的秘密团体，所谓的恐怖谷也是虚构出来的，那个叫麦克金迪的幕后黑手更是无中生有，所有的一切都是虚构的，这是一个相当全面的概括。我们来看看，这可以给我们带来哪些启示。他们编造这套说法，目的是为了合理解释这件凶案。后来，为了表明有外人进入过庄园，他们在花园里故意放了一辆自行车，以此来配合他们之前的谎言。窗台上的血迹也是为了达到这样的目的故意留上去的。尸体旁边的卡片还是出于同样的目的，上面的字可能也是在屋里才写上去的。这一切与你的假设完全符合，华生。可是如果这样认定的话，我们就要面临一些很难解决、处处不合情理的小问题，比如，为什么这么多武器，却非要选择用那把锯短了的猎枪——而且还是美国制造的？他们根据什么来确定枪声不会把庄园里的人引过来？事实上，听到好像用力关门的声音，艾伦太太没有出去查看，这仅仅是一次偶然。华生，你说这两个罪犯因为什么要这样做呢？"

"我不得不说，对此我也很糊涂。"

"另外，要是一个女人与他的情夫要合谋害死自己的丈夫，那么得手之后为什么故意抹下他的结婚戒指呢，难道是为了想让众人都知道这件事？你认为这样符合情理吗，华生？"

"不，我认为这不合情理。"我说道。

"还有，假如按照你的想法，那辆自行车是他们藏在外面隐蔽处的，真的值得这么做吗？要知道，这些伎俩最笨的侦探都能看得出来，这肯定是个幌子，因为逃犯出逃的首选工具大多是自行车。"

"我猜不出来合理的解释。"

"可是，还会有什么事情人类是无法做出解释的吗？就当是一个智力测试题，让我来说一个可能的思路，即便不能证明这是正常的。然而，这只不过是想象，但是，通常证实真理不就是通过想象吗？

"现在让我们来假设一下，道格拉斯在生前有一个无法告人的秘密，一个罪恶的秘密。这就是给他带来杀身之祸的原因。我们假设凶手是来报仇的，而不是庄园内部的人。复仇者将死者的结婚戒指拿走，到现在我还无法对此做出解释。我猜想，仇恨也许来源于死者的第一次婚姻，拿走戒指也许是这个原因。

"得手之后复仇者还没来得及离开，受害者的妻子和贝克尔就进来了。凶手说，假如他们要抓捕他，他就会把那个骇人听闻的丑事公告天下，所以他们的主意就改变了，选择放他离开，或许就是因为这个原因，他们降下吊桥，这可以不惊动其他人，之后又把它升起来。凶手逃出庄园之后，冷静地琢磨了一下，认为走路比骑车可以更安全地逃跑，因此他把自行车扔在一个不容易让人找到的地方。等到被发现的时候，他早已经逃远了。到目前为止，我们所说的一切都是存在可能性的，是这样的吧？"

"嗯，是有可能，是吧？"我没有将话说透。

"我们不要忽略了，华生，发生的一切事情都是出乎我们意料的。我们现在接着对这件案子进行推理。这两个人——他们不一定就是罪犯——在凶手逃离后才意识到，他们面临的处境让他们很为难，既不容易证明自己的清白，也不容易证明自己没有纵容凶手的错误行为。这个处境让他们不知怎么办才好。贝克尔在窗台上用带血的拖鞋留下印记，目的是想告诉我们凶手是从这里逃走的。显而易见，他们就是听见枪声的那两个人。正是如此他们才会报警，不过那个时候已经距离案发整整半小时了。"

"在你看来，如何去证明这一点？"我问道。

"哦，要是凶手是外面来的人，那么应该能找到并且将他抓获。这个证据是最有说服力的。但假如不是的话——当然啦，科学的手段还是可以找到解决办法的。我认为，在书房独自待一晚上，对我的调查会很有好处的。"

"独自待一晚上？"

"我即刻就去，我已经和艾姆斯说好了，我认为他这个人很靠谱，绝对不会和贝克尔沆瀣一气的。我会静静坐在那间屋子里，仔细感受一下里面的气氛，看它是否可以给我带来灵感。我认为每个地方都有自己的保护神。你笑了，华生，好，让我们试验一下就知道了。哦，你带了你那把大雨伞了吗？"

"带来了，就在这里。"

"好极了，拿给我用一用。"

"没问题——不过用来防身就没有多大用了！万一有人要袭击你——"

"不会有大事的，华生，我亲爱的朋友，如果那样的话我会找你帮忙的。不过我就要这把伞。现在我需要等着两位同行从藤布里奇维尔市赶回来，这个时候他们正在对那辆自行车的主人进行查访。"福尔摩斯说道。

警官麦克唐纳和怀特·梅森调查回来时天色已经暗了下来。看他们兴奋的样子，可能此行有很大的收获。

"福尔摩斯先生，我承认，刚开始的时候我认为是外人犯下的罪行，"麦克唐纳说，"不过现在却不用胡乱猜测了。我们已经找人认过这辆车了，并且也已经对车主的长相特征进行了记录。这无疑让调查向前迈出了一大步。"

"意思是案子马上就要结束了？"福尔摩斯说，"那我诚心诚意地祝贺两位。"

"谢谢。在案发前的一天，也就是从市集回来那天，道格拉斯先生一副心事重重的样子。我就从这一点入手，推断在藤布里奇维尔市，道格拉斯先生感觉到了危险正在向自己逼近。由此我判断假如有人骑车来庄园，那么他应该是从藤布里奇维尔市方向过来的。对于这一点，我很确信。于是我们将自行车带上，去旅馆找人辨认，没费多大周折，依格商业旅社的经理就将这辆自行车认出来了。他说这辆自行车为一个叫哈格雷夫的男子所有，案发前两天这个人才入住旅馆的。全部的行李就包括这辆自行车和一个旅行包。旅客登记簿上表明这个人来自伦敦，不过却没有具体地址。旅行包的产地是伦敦，里面装的是英国货。不过这个男子是个美国人，这一点是不会错的。"

"真不错，不错。"福尔摩斯高兴地说，"我和我的朋友坐在这里臆想各种可能时，你们却做了些实实在在的工作，真不错，查案就得脚踏实地，这是教训，麦克先生。"

"嗯嗯，就应该如此嘛，福尔摩斯先生。"麦克警官有些得意。

"这可能与你的推理也相符呀。"我说。

"这可说不好，先听下去再说。麦克先生，为什么没有找到那个男子，没有办法吗？"福尔摩斯问道。

"几乎没办法。可以看得出来，他是事先有所防范的，就是不让人查清他的来历。身上没有可以证明身份的证件和信件，衣服上也没有什么标识。只有一张骑车用的本郡交通图在房间桌子上放着。昨天早上吃过早餐后他就骑车从旅社离开了，到我们前去调查之前，没有人知道与他有关的任何消息。"

"这样就让人不解了，福尔摩斯先生。"怀特·梅森说，"假如这个家伙不想被人注意，他就应该像置身事外的普通旅客一样，回到旅社才合理呀。事实上，他也一定会想到，旅社经理会向警方举报他行踪诡秘，并且会将他的失踪与凶杀案联系起来。"

"这些事谁都能想到。可是，这也说明他很机警，无论如何我们现在还没有抓到他。他的长相什么样？"福尔摩斯问道。

麦克唐纳将他的笔记本翻开，说道："我将他们说的都记录下来了。他们似乎对他的印象也不是多深刻。门房、前台和女服务员所讲述的相差无几。他们说那是一个身高大约五点九英尺、年龄在五十岁上下的男子，头发略微有些花白，胡须银白，长着一个鹰钩鼻。他们都说，他那张脸是一副凶恶的模样，令人望而生畏。"

"哦，从这些描述来看，这个人几乎就是道格拉斯先生本人的翻版。"福尔摩斯说，"他年龄在五十岁左右，花白的头发，花白的胡须，身高也相差无几。还有别的情况吗？"

"他里面穿一件很厚的灰色衣服，一件短夹克套在它的外面，短夹克外面又套着一件黄色的短大衣；头上戴着一顶软帽子。"

"关于那支猎枪有什么新线索吗？"

"那支猎枪不超过两英尺，完全可以将它塞进旅行包里面，他原本可以轻松地把枪裹在外套里面带走的。"

"那你为什么认为这点与这个案件有关联？"福尔摩斯问道。

"我是这样想的，福尔摩斯先生。"麦克唐纳说，"等我们把这个人抓住——你可能也知道，听到情况汇报之后不到五分钟，我就将他的模样特征发电报通传了——你就更清楚答案了。不过，根据目前的情况来看，我们确确实实已经获得了实质性的进展。我们了解到，两天前那个叫作哈格雷夫的美国人骑着自行车到达藤布里奇维尔市。他随身只有一件行李，就是一个旅行包，里面装着一把被锯短了的猎枪。由此我们可以判定，他是怀着犯罪的意图而来的。昨天早晨他骑车到达这里，他在外套下面藏了一把猎枪。我们调查结果表明，没有人看见他来。不过他要抵达庄园大门，是不必从村庄经过的，另外，路上有很多人骑自行车。我认为，他找机会快速地把自行车藏在月桂树丛下，就是在那里发现的自行车。之后他或许就地潜伏在那里，监视着庄园的动静，等着道格拉斯先生出来。在庄园里用猎枪杀人，看上去好像不合情理，不过他原本准备在外面下手的，这样做的好处显而易见，这样成功的几率更大，并且英国人喜好打猎，对枪声司空见惯，不会引起他人的警觉。"

"这样就将事情讲明白了。"福尔摩斯说。

"可是，道格拉斯先生没有出来。下面他该采取什么措施呢？他将自行车丢弃在那儿，在暮色中向庄园靠近，他发现吊桥平放着，附近没人看守。他如何肯放过这个千载难逢的好机会，内心想假如有人盘问，就找个借口搪塞过去。让他高兴的是，他没有碰到任何人。进到庄园，他看见一间屋子，就赶紧溜了进去，并且在窗帘后面将自己隐藏起来。他从窗帘后面看见吊桥升了起来，心里清楚自己唯一的退路就是涉护城河离开了。他一直在窗帘后面待到十一点十五分。这时，道格拉斯先生像往常巡夜一样进入到这间屋子。他用枪将道格拉斯打死了，然后按照事先想好的路线逃跑。他很清楚，旅社里所有的人都能说出这辆自行车的特征，这样将对他极为不利，于是他撇下自行车，改别的方式逃往伦敦，也可能躲到其他某个早已安排好的安全的藏身之所了。我这个解释说得通吧，福尔摩斯先生？"

"相当不错，麦克先生。从你的分析来看，你的这个说法既合理，同时又很清晰，这就是你所说的故事结局。可是我的推论结果却是：报案的时间要比凶案发生的真正时间晚了半个小时；贝克尔先生和道格拉斯夫人联合起来隐瞒事实真相；在他们的帮助下凶手逃脱——或者说，至少是他们进入书房的时候凶手还未逃跑——另外，他们伪造证据，说凶手是从窗户逃跑的，而真正的情况却极有可能是他们自己降下吊桥放凶手离开的。我的推论就是这样的。这是我的前半部分结论。"

两位警察听了都摇了摇头。

"福尔摩斯先生，假如情况真如您所说，我们就只是刚将一个谜团解开，之后又陷入了另一个谜团。"来自伦敦的麦克警官说。

"从一定角度上看是一个更难解的谜团。"怀特·梅森接着麦克的话茬说道，"道格拉斯夫人根本就没去过美国。她又怎么和一个美国凶犯有关系，值得她下如此大的力气为他掩护？"

"实话实说，我也觉得这确实让人难以接受。"福尔摩斯说，"所以，我认为有必要今晚亲自去查探一下，这样做或许能够将调查推进，对大家都有好处。"

"需要我们出力吗，福尔摩斯先生？"麦克警官问道。

"谢谢，不需要。我只需要两样东西——黑暗和华生医生的雨伞——就这么简单，哦，还有艾姆斯，忠诚的艾姆斯会破例为我提供帮助的。我所有的思绪全部都围绕着一个根本的问题——缘何一个热爱运动的人，却仅仅用一个哑铃来锻炼身体？难道这不叫人觉得十分奇怪吗？"

福尔摩斯只身一人出去查探，返回来的时候已经很晚了。我们住的是双人间，这是这家乡村旅社最好的房间了。我原来已经进入梦乡，可是他回来时把我惊醒了，不过还没有完全清醒过来。

"哦，福尔摩斯，"我喃喃道，"有什么发现吗？"他什么也没有说，站在我的床边，手里还拿着蜡烛。接着他弯下腰。"华生，我问你，"他在我耳边低低地问，"与一个疯子、一个脑子有问题的人、一个大脑失控的白痴同住一屋，你害怕吗？"

"不害怕，一点儿都不害怕。"我出乎意外地回答道。

"哦，那就好！"他说。这是他那天晚上说的最后一句话。

真相大白

第二天在享用过早餐以后，我们发现麦克唐纳警官和怀特·梅森正坐在当地警察局的小会客厅里，表情郑重地讨论着案件。一大堆信件和电报在他们面前的桌子上堆着。他们正仔细地对它们进行分类整理。他们的旁边放着三份已经处理过的信件。

"是不是还在对那位神秘的骑车人进行追查？"福尔摩斯心情愉快地问道，"那查询到结果了吗？有最新的消息吗？"

麦克唐纳有些懊恼地用手指了指他面前那堆信件。

"现在的情况是，包括莱斯特郡、诺丁汉、南安普顿、德比郡、东哈姆地区、里士满在内，还有其他十四个地方，都有人说曾经见过他。在其中三个地方——东哈姆地区、莱斯特郡和利物浦——还都有对他不利的举报，此外，还有人说他已经被抓住了。全国似乎哪儿都有这个穿着黄色外套的逃犯。"

"上帝呀！"福尔摩斯满怀同情地说，"哦，麦克先生，还有怀特·梅森先生，我现在郑重地跟你们讲，最初和你们一起协查该案件的时候，我提出的条件你们应该没有忘记吧？我不会跟你们讲不成熟的观点，我是要等到连自己都认为对、感觉满意的时候，才会将自己的想法和盘托出。为此，现在我不能跟你们讲我的想法。另外，我还谈到，和你们一起查案我会遵守职业道德。假如眼睁睁地看着你们把没有必要付出的时间和精力，浪费在一项毫无进展的工作上，我想那应该是我失职了。为此，我一大早就来劝告你们。我的劝告用三个字可以概括，这三个字就是——放弃吧！"

麦克唐纳和怀特·梅森都将眼睛瞪大，看着这位大名鼎鼎的同行。

"你认为我们的这种做法没有任何希望？"麦克唐纳高声喊叫道。

"我是说你们的查案方法没有成功的可能，不是认为没有希望查出真相。"

"不过这个骑车人是真实存在的呀。他不是我们凭空捏造的。他的长相特征我们也掌握了，他的旅行包和自行车我们也已经找到了。这个家伙一定在什么地方躲着，为什么不将他抓捕归案？"

"你说得很对，没有错误。他一定躲在哪个地方，我们也一定会将他抓捕的。不过，我不想让你们把精力都浪费在东哈姆地区和利物浦这两个地区。在我看来，我们一定可以找到一条破案的捷径。"

"您的话没有说透。这可不像你的一贯作风啊，福尔摩斯先生。"麦克唐纳显出不高兴的样子。

"我的工作方法你应该是了解的，麦克先生，我只是认为我们应该把各个小问题都加以证实，这是不难做到的。成功之后我就把我的工作成果全部交给你们，自己悄然隐退，返回伦敦。不然，就有些对不住你们了。我还真的想象不出来比这更奇怪、更有趣的经历。"

"对您的转变我也完全被弄糊涂了，福尔摩斯先生。昨天晚上从藤布里奇维尔市回来我们碰面的时候，你还基本上同意我们的判断，现在又是什么事情让您这么快就改变了对案件的看法？"

"好吧，既然你问起这个问题，我就实话告诉你们吧。之前我跟你提起过，我要去庄园查探一下，昨天晚上我在那里待了几个小时。"

"哦，有什么发现吗？"麦克警官急忙问道。

"现在我只能大致说一下。我先要补充一点，我正在看一篇关于这座古建筑的文章，文章不是很长，不过讲述清晰，有些意思。在本地商店里花一便士就可以买到，价钱不贵。"

话音未落，福尔摩斯就从马甲口袋里将一本小册子取出来。小册子封面上刻有粗糙的古庄园图案。

"如果你对自己所处的历史环境有所感悟的时候，它会极大地将你的调查热情提高，麦克先生，你要有耐心，因为我可以向你保证，这样一种坦率的陈述，能够使你脑海里浮现出过去的画面。请允许我读一点让你们感受一下：'詹姆斯一世第五年开始兴建，原址以前是一处历史更为悠久的建筑，伯尔斯通庄园是现存最为完美的詹姆斯一世时期被护城河围绕的宅邸之一……'"

"你将我们当作傻子一样的人啊，福尔摩斯先生！"麦克警官有些不高兴地嚷道。

"一定不要这么讲，麦克先生！我已经感觉到你们有些不高兴了。好吧，既然你们的反应那么强烈，我也就不往下读了，不过，我要跟你们说的是，1644年国会一位上校曾经是这个地方的主人；英国内战期间，查理一世曾在这个地方躲避好多天；还有，国王乔治二世也曾来过这里游览。小册子对这些都有清楚的记载。你们不得不承认，这座古老的庄园和很多大事都多多少少有所关联。"

"对这些我毫不怀疑，福尔摩斯先生。不过，它和我们的事没有什么关系啊。"麦克警官说道。

"没有什么关系，是这样吗？亲爱的麦克先生，做我们这一行需要见多识广，要知道，各种思想是相互作用的，间接地对这些知识加以利用，往往会起到重要作用的。说这话的人虽然是个破案专家，不过到底要比你大上几岁，也比你多一点经验，因此对他讲的这些话还请你多多体谅，也多多思考。"

"我首先要承认，"麦克警官道出自己的心里话，"你说到了问题的根本。我不得不说，你有你的道理，不过，你处理问题的方法也实在绕得太远了。"

"就这样吧，就这样吧！过去的事我们不谈了，还是解决眼下的事吧。我刚才已经提及，昨天晚上我去过庄园。我没有让贝克尔知道，也没让道格拉斯夫人知道。我认为还是不要让他们知道的好。听人说她并没有因这件事食欲不振，晚上还吃了一顿丰盛的晚餐，对此我很高兴。我去见了肯与人方便的艾姆斯先生，和他聊了一阵儿，之后他允许我独自在书房里待上一段时间，但是他不让我跟其他人说起这件事。"

"什么？你和死尸待在一起？"我禁不住问道。

"不，里面的一切都保持原状。你是答应了的，麦克先生，人家也是这么与我讲的，屋子里一切正常。我只在里面待了一刻钟，不过却大有收获。"

"你到底都干了些什么？"麦克警官问道。

"我做这件事的目的是避免让简单问题复杂化，我一直在找那个不见了的哑铃。根据我对案情的估计，这个哑铃至关重要，所幸的是我终于找到它了。"

"在什么地方找到它的？"

"真是棒极了，事情马上就要水落石出了。再加加油，我保证把调查的结果都告诉你们。"

"既然这样，我们只好按照你的意思行事了。"麦克警官说，"不过，你让我们放手——能告诉我们究竟为什么要放手吗？"

"实际上，理由很简单，麦克先生，就是因为你们还没有弄明白你们要调查什么。"

"我们不是在对伯尔斯通庄园道格拉斯先生的凶杀案进行调查吗？"麦克警官有些糊涂。

"是的，这没错，你说得对。不过请不要再费周折去找那位骑车的先生。我敢说，这对我们实际上并无多大的帮助。"

"那你说我们现在如何行事？"

"要是你愿意遵照我的安排行事，我就告诉你。"

"实话实说，我认为你行事古怪，不过却很有道理，所以我决定按照你说的去做。"

"你怎么打算呢，怀特·梅森先生？"福尔摩斯又问怀特·梅森。

这位乡村侦探有些不知所措，他看看这个，又看看那个。对于福尔摩斯这个人以及他的查案方法，他是第一次见识，所以有些茫然。"哦，既然麦克警官都说好，那我也遵照行事。"他最后这样说。

"棒极了！"福尔摩斯说，"我建议你们两位现在到乡间去转一转。午饭嘛，随便找一家像样的客栈应该就可以解决。虽然我对这里的乡村不了解，无法介绍好的客栈给你们。到了晚上，我相信你们虽然很疲惫，不过精神却是富足的……"

"老兄，你这不是在寻我们开心嘛！"麦克唐纳从椅子上站起来，十分生气地大声说道。

"好了，好了，随你们怎么打发这一天好了。"福尔摩斯说，同时还有些得意地拍了拍他的肩膀，"听从内心的想法，想去哪儿就去哪儿，想干些啥就干些啥，不过请务必在天黑之前回来见我——务必，懂吗，麦克先生？"

"这还说得过去。"

"我认为这是个不错的意见。我不强求你们采纳，只要在我需要你们的时候，你们能及时出现就没问题。现在，趁分手之前，我打算让你给贝克尔先生写张便条。"

"写张便条？"

"要是可以的话，我念你写。准备妥当了吗？"

"亲爱的先生：我忽然有个想法，我们应当将护城河水排干，这样可能找到……"

"这是完全做不到的。"麦克警官说，"我已经调查过了。"

"这你先不用去理！亲爱的先生，请按照我说的去写就可以了。"

"好吧，你说吧。"

"希望能发现对我们调查有用的东西。我已经安排好了，明天一早工人就会开工把河水引出去。"

"这根本办不到！"

"把河水引出去，我认为应当事先知会一下。"

"现在将你的名字签上吧，四点左右时叫人送过去。到时我们还在这个地方见面。届时我们各干各的事。我可以向你们承诺，调查到时就告一段落。"

等我们再次见面的时候天都快黑了。福尔摩斯神情严肃，而我则内心充满好奇，其他两位侦探心情不佳，所以无论看什么都一副不耐烦的样子。

"诸位，事情是这样的，"福尔摩斯神情郑重地说，"现在我领你们去检验一下每件事情，通过观察你们可以自己做出结论，看看我的查探结果是否可以与我得出的结论相符。晚上气温很低，也不知道要去多长时间，所以大家还是穿厚点。当务之急就是要在天黑以前赶到那里。要是没什么事情的话，我们需要马上动身。"

从庄园花园的外围绕过，我们来到一处地方，这里的围栏有个缺口，我们就从这个缺口进入庄园，借助慢慢浓密起来的夜色的掩护，福尔摩斯领着我们潜入到一片灌木林，灌木丛的对面就是庄园大门和吊桥。吊桥还没有升起来。在月桂树后面福尔摩斯蹲了下来，我们三个跟着他也蹲了下来。

"哎，我们这是要干什么呢？"麦克唐纳压低嗓门问。

"耐心等待，尽量不要出声。"福尔摩斯回应道。

"能告诉我们来这里的目的吗？我真的认为我们应该知道您的意图。"麦克警官还是忍不住问道。

福尔摩斯微微一笑。"华生一直说我在现实生活中很像一个戏剧家。"他说，"说我有表演细胞，曾不止一次地要求我要好好演一场。实话实说，做我们这个工作，麦克先生，假如不能上演点富有戏剧性的东西来颂扬我们的战果，那还真的是无聊之极、可怜之至。直截了当的检举、一刀见血的处决——这样的过程如何能演绎出吸引人的好戏？不过，经过严密推理、巧妙布局和明确预见未来，最终以事实证明自己当初惊人的设想——这一切难道不能说明我们职业的巨大意义吗？不值得我们骄傲吗？目前，由于案情的刺激性以及期待抓获凶手的心理，你的内心忐忑、紧张不安。假如有破案时间表，这紧张又从何而来？还是将心安稳下来吧，麦克先生，真相很快就水落石出了。"

"唉，我真心祈祷在我们被冻僵之前，这些让我们骄傲和体现我们职业巨大价值的事，以及其他好处都能够早一点降临。"这位伦敦来的警官有些无奈地开玩笑说。

我认为我们现在都应该有这种心愿，因为我们等候得太久、太让人难受了。黑暗慢慢地将这座古老的庄园笼盖住了。我们都被从护城河里泛起来的一股寒冷而潮湿的臭味刺激到了，越发感到寒气刺骨，牙齿不停地打颤。一盏灯在庄园大门上被悬挂起来，有一束灯光从那间发生过命案的书房里透出来，此外其余的一切都黑暗而静谧。

"这要等多长时间啊？"警官终于又开口问了，"我们到底在等什么呢？"

"我和你们一样，也不知道要等多久。"福尔摩斯这次的回答有些态度粗鲁，"假如罪犯安排他们的行动，就像火车班次那样有规律，那我们办起案来岂不顺利得多了，可是事实上——看，我们终于等到了！"

就在福尔摩斯说话的时候，书房里昏黄的灯光，忽然被一个在灯前走来走去的人给挡住了。我们藏身的位置刚好就在书房窗户的对面，距离书房肯定不超过一百英尺。我们发现，窗户嘎吱一声被人推开了。我们恍惚之间发现一个男子的黑影正探出身子看着窗外的夜色。他行踪鬼魅，偷偷摸摸地向前窥视了片刻，看他那样子应该是在观察附近有没有人。四周非常安静，之后他身子向前倾，随之河水轻轻拍打河岸的声音传了过来。他手里好像拿着什么东西，并用那个东西搅动护城河里的水。突然，如同渔夫钓到鱼一样，他用力拉上来一件又大又圆的东西。随后企图通过打开的窗户拖进去那件东西。

"快！"福尔摩斯突然喊道，"快！"

我们马上站起来，拖着还有些麻木的双腿跟跟跄跄地跟在跑在前面的福尔摩斯的后面。他快速地奔过吊桥，用力地按门铃。门里响起下插销的声音，随后门打开了，门后是满脸惊愕的艾姆斯。福尔摩斯没有来得及跟他打招呼，就直接冲进书房。我们马上紧紧跟了上去。刚才一直监视着的那个人还在书房里。

我们在外面见到的灯光原来是屋内桌上油灯发出的亮光，现在这盏灯就在塞西尔·贝克尔手里提着。我们冲进屋子的时候，他举灯凑近我们。灯光照出他那粗犷、坚毅而白净的脸庞和咄咄逼人的双眼。

"你们这是要干什么？到底什么意思？"他吼道，"你们到底要找什么？"

福尔摩斯快速地打量屋内四周，很快，他迅速扑向一个用绳子捆得严严实实同时又是湿漉漉的包裹。这个包裹就塞在写字台下面。

"我们要找的东西就是它，贝克尔先生。这个包裹，如果加了个哑铃就更重了，这就是你才从河底捞上来的东西。"福尔摩斯说道。

贝克尔紧紧看着福尔摩斯，一脸的惊愕之色。"你到底是如何知道的？"他问。

"十分简单，因为它是我放进去的。"

"你说什么，它是你放的？"

"准确说是'重新放进去的'才对。"福尔摩斯说，"麦克唐纳警官，你应该还没有忘记我跟你说过一只哑铃不见了，这点我记得十分清楚。我记得我让你把精力转到这上面来，不过你却要处理其他事务，而没有时间来思考这件事，否则你也有可能找到它的。河水就在眼前，一只哑铃又不见了。想想，假定是有人把什么东西沉到了河底，那这个理由不是很充分吗？至少这个想法值得我们验证一下。这件事多亏了艾姆斯的帮忙，他允许我进书房查探。另外也幸亏了华生雨伞柄上的钩子，昨晚我借助它才能把包裹捞起来检查一番。"

"问题的关键是，要先查出是谁把这个包裹放进河里去的。要查出这个人来，我这样计划：我们放出消息，说明天早上就要把河水排干。这样的话，就会促使谁沉的包裹，谁肯定会在前一天趁着夜色将它捞上来。现在我们有四位目睹者，亲眼看见了是谁在利用这一难得的时机捞回包裹，所以我认为，现在应该由贝克尔先生你来说说啦。"

福尔摩斯将那个湿漉漉的包裹放在桌上油灯旁边，然后将捆扎包裹的绳子解开。里面有一只哑铃，他将它取出来，并把它扔向墙角里的另一只哑铃。随后他又取出一双皮靴。"美国制造，你们都看见了。"他指着靴尖说。之后他又从里面拿出一把出鞘的长刀，并把它摆在桌上。最后又拿出一捆衣服，并解开它，有一整套内衣、一双袜子、一套灰色的呢子大衣，还有一件黄色的短外套。

"只看这些衣服，它们都很普通。"福尔摩斯说，"可是这件外套上面有很多线索可循。"他将外套慢慢地凑向灯光。"就是这里，你们来瞧。内口袋加深了，并一直延伸到里衬。这样一来里面就可以装下一把截短了的猎枪。哦，衣领上还有裁缝的标签——'美国沃米萨镇的尼尔服装店'。我曾在神学院院长的资料室里逗留过一个下午，了解过这方面的知识。我查到，沃米萨镇是美国十分有名的煤铁谷谷口的一个繁荣小镇。贝克尔先生，你曾经跟我讲过，道格拉斯先生原来的妻子和这个产煤区有关联。在此基础上，我猜测死者尸体旁卡片上的 V.V. 表示沃米萨谷，或者代表派出杀人使者的这条山谷，也就是我们都听说过的恐怖谷，我的推断是有一定根据的，不是望风扑影，这样就相当清楚了。贝克尔先生，我似乎极大地妨碍了你的解释。"

在福尔摩斯阐述上述问题的时候，塞西尔·贝克尔的脸上变幻着各种各样的表情，愤怒、惊愕、恐慌、犹豫轮番上场，真可谓变幻无常，最后他只得用极具讽刺意味的话来脱身。

"你了解到的还真不少呀，福尔摩斯先生，既然这样那你继续说好了。"他冷笑道。

"确实我还能讲出更多的东西，贝克尔先生。不过还是由你来讲会好得多。"

"哦，你是如此打算的？好，我能够告诉你们的就是假如这里藏有秘密的话，也不是我的秘密，不应该由我来给你们讲。"

"贝克尔先生，假如你采取这种态度的话，我们没有办法只能将你看起来，有了逮捕证就逮捕你。"警官声音有些冷酷。

"要怎么做悉听尊便。"贝克尔一副拒不合作的样子。

看来对他的问话只能这样了。只要看一看他那铁青的脸色就知道，即使对他用刑，也不能强迫他做出违背自己意愿的事。就在这时，一位女性的话音将眼下的僵局打破了。道格拉斯夫人随着声音走了进来，原来她一直站在虚掩的门外面听着屋里的动静。

"你已经尽到力了，塞西尔。"她说，"无论将来再有什么事发生，你都尽力了。"

"尽力了，是的，已经尽力了。"福尔摩斯神情郑重地说，"我对你的遭遇非常同情，夫人。我郑重地劝你，对于我们办案的公正性，你应该完全相信，发自内心地相信。可能我也有不对的地方，你托我的朋友华生医生转告我的线索，我没有将它一直追查下去，不过，当时我有充分的理由认为你与这个案子有直接的关系，可是现在我相信事实不应该是这样的。另外，还有很多事情都没有得到合理的解释，所以，我给您一个建议，您还是把道格拉斯先生请出来，并跟我们讲讲他的真实经历。"

福尔摩斯这席话刚一出口，道格拉斯夫人就禁不住发出一声惊叫。就在这时，我们看见一个人好像从墙里钻出来，接着又从昏暗的墙角里走出来。我认为那两位侦探和我都有一样的感觉。道格拉斯夫人忽然转过身，一下子抱住了来人，贝克尔也伸出手抓住那个人伸出来的手。

"这样也好，杰克。"道格拉斯夫人翻来覆去地这样说，"我认为，这样最好。"

这个男子眼神涣散、目光呆滞地站在那里。一个人由黑暗的地方来到光明，都具有这种眼神。这是一张看起来与众不同的脸，有一双黑白分明的眼睛，浓密而剪得很短的花白胡须，下巴方正而突出，一张看起来能说会道的嘴。他把我们仔细打量了一番，然后令人意外地朝着我走过来，并递给我一捆纸质的东西。

"早就听说过您的大名。"他的口音既与地道的英国人口音不同，也和地道的美国人不同，但是总体上声音柔和悦耳，"这捆东西上面记载的历史值得您好好研究。哦，华生医生，我可以跟您保证，你一定没有读到过这样的故事。你可以用自己的方式来对这个故事进行描述，不过别忘记了不要脱离事实真相。假如能掌握这些事实真相，那么你肯定会赢得听众的肯定。我已经关了两天的禁闭，用白天的时间——只有那个时候那个鼠洞里有光线——把这件事情写下来。真诚希望你们来聆听这些事实真相，这是关于恐怖谷的事情。"

"那些事都已经过去了，道格拉斯先生。"福尔摩斯平静地说，"我们对现在的事情更感兴趣。"

"我会告诉你们的，先生。"道格拉斯说，"允许讲故事的时候吸烟吧？哦，不错，谢谢，福尔摩斯先生，要是我的记忆没有出错的话，你也吸烟。在那里禁闭了两天，口袋里装着烟却不敢吸，担心烟味把自己出卖了。我认为这种难受的滋味你肯定也能想象得到。"他倚在壁炉架上，吸着福尔摩斯递给他的雪茄。"福尔摩斯，你的大名我早有耳闻，但从未想过会见到你。在没有看完以前，你们会认为我给你们带来的是新鲜事。"他朝着这些纸质文件微微颔首。

麦克唐纳警官始终紧盯着这位不约而至的人，脸上显现出极度的惊诧。"这还真把我难住了！"随后他又大声说，"假如你真的是伯尔斯通庄园的道格拉斯先生，那我们这两天在调查的被杀害的人又是谁？你又是从什么地方钻出来的？感觉你似乎是从地底冒出来的，就好像打开匣盖一下子就跳出来的玩偶。"

"不要这样说，麦克先生。"福尔摩斯摇了摇他的食指表示了不同的意见，"你也不读一读那本精彩的地方志，书中将查理一世在这里藏身的情形描述得很细致。当初，没有绝佳的藏身之所，人们谁也别想藏得住。一个好的藏身之所，用过一次可能还会再用。因此我说服自己，在这里我们应该能寻找到道格拉斯先生。"

"那你骗了我们那么长的时间啊，福尔摩斯先生？"麦克唐纳有些气愤地问，"你明明知道我们在白费劲，你还让我们耗时费力去找。你知道我们到底费了多少工夫？"

"事情不是简单能说明白的，亲爱的麦克先生。直到昨天晚上我才对这个案件有了自己的看法。因为要等到今晚才能证实，所以我才让你和你的同事出去转悠一天。要不你说说，我还能如何做？等我发现河里那套衣服的时候，案情一下子就清晰起来了。我料定，我们所看见的尸体根本不可能是道格拉斯先生，而肯定就是从藤布里奇维尔市来的那个骑车人。这样的话我就得找出约翰·道格拉斯先生本人。我琢磨来琢磨去，断定只有一种可能性，那就是他在妻子和朋友的协助下，躲在一间不为人知的屋子里，等风声过去之后再逃避追踪。"

"嗯，你猜得与事实相差无几。"道格拉斯赞许地说，"我原本以为可以躲避你们英国法律的制裁，因为我不知道该怎样去承受。同时我也发现我是有机会可以摆脱这些警探的追踪的。跟你坦白地讲，自始至终我都没干过愧对良心的事。就算事情可以重新来过，我还是会如此做的。但是，你们是否相信我的话，就由你们来判断吧。警官，不用你故意提醒我：在真理面前我是从来都不知道退缩的。

"我不准备从头讲起，那些往事这里面都有记载。"他指了指我手上的纸卷，"在这里面，你们会读到一个荒诞至极的故事。概括来说：我与某些人结下了深仇大恨，他们不惜一切代价要杀了我。只要我还活着，他们也活着，他们就不会放弃追杀我，我就无法有立命安身之所。他们从芝加哥一直追到加利福尼亚，最后我被迫无奈离开了美国。结婚之后，在这个远离繁华的小地方安定下来，我原以为剩下的岁月可以波澜无惊地度过。

"我一直没有将这些事跟我的妻子讲过，为什么要把她也扯进来呢？如果真要是跟她讲了，她就不会再有片刻的安宁了，一天到晚都会忧心忡忡。我想，她对此已经有所察觉，因为我说话时有时候避免不了说漏嘴。不过昨天诸位先生和她见面之前，她一点儿也不知道事情的真相。她将她所了解到的都告诉你们了。贝克尔也是这样做的。事情刚好就发生在当晚，时间仓促，没有时间详细解释。现在她已经知道事情的真相。看来早些时候告诉她真相，才是比较明智的。不过这个问题还真的不好解决呀，亲爱的。"他将妻子的手拉过来放在自己的手里捧了片刻。

"诸位先生，在事发前的一天，我到藤布里奇维尔市走了一趟，我在街上看见一个人。虽然我只看了一眼，不过对那些人我的眼睛是很尖的，我认为我不可能认错人，他是我的敌人中最残暴的一个——这些年来，他就像一条饿狼追捕驯鹿一样跟着我。我意识到灾祸马上就要降临了，于是我回家做好准备。我估计一个人就可以解决。1876年，我的运气不错，美国人都知道。我始终认为，这样的好运没有远离我。

"第二天我始终保持着警惕，根本就没有进过花园，这样相对安全些，要不然我还没靠近他，他就用那支装了大号铅弹的猎枪袭击了我。等晚上吊桥升起来以后我就更安心了，我也就不去担心被袭击了。可是出乎我意料的是，他竟然会溜进庄园等着我。可是我穿着晨衣巡视的时候——这是我一直以来的习惯，还没进书房，我潜意识里就感觉到了有危险。我相信，人生命受到威胁时——我一生中这样的经历真是太多太多了——会有一种第六感觉向你示警。我十分敏锐地捕捉到了危险的信号，可是让我讲是怎样的一个感觉，我也讲不出来。紧接着，我发觉了窗帘下面露出来的靴子。那一刻我立刻醒悟过来是怎么回事了。

"那个时候我的手里只有一支蜡烛，不过书房门是开着的，大厅里的灯光射过来让这里挺明亮。我将蜡烛放下，迅速上前拿起放在壁炉上的锤子。就在这一刻，他向我扑了过来。我看见刀光一闪，就抢起锤子反击过去。锤子砸到他身上，并将他手里的刀击落在地上。他就像鳝鱼一样滑溜地绕着桌子左躲右闪。几分钟过后，他从衣服下面掏出枪。我听见他扣动扳机的声音，不过我还没等他开火，就一把抓住了他手里的枪管。我们俩争抢了一分钟左右。我们都知道谁先松手，谁就是死亡者。

"他的手握得紧紧的。争夺中枪托始终是朝下的。或许是我扣动了扳机，也可能是争抢过程中将扳机振动了。不管怎样，两根枪管的铅弹都射在他脸上。我站在一旁，看着地上特德·鲍德温留下的一切东西。在镇上我就知道他是我认识的那个人，他向我扑过来的时候，我又认出是他。可是当时的情况，我认为连他的母亲恐怕也无法认出他来了。对于血腥场面，我已经见惯不怪了，可是看见他的样子，我还是无法保持镇静。

"贝克尔下来的时候，我还靠在桌沿。听见妻子也下来了，我急忙跑到门口拦住她。这样的场面真的不适合让女人看到。我向她承诺我很快就过去找她。我向贝克尔简单交代了几句——他一看自然很快就知道发生了什么事——我们就等着庄园里其他的人赶过来。可是他们一个人都没赶过来。那时我才明白，他们什么都没听到，只有我们知道这件事。

"就在那一刻我灵光一闪想到一个主意。我自认为能想到这么绝妙的主意，真的是有些意外。这个人的袖子翻了起来，露出前臂上的秘密团体分会的烙印标记。你们看这儿！"

说着这个叫道格拉斯的男子将自己的袖口卷起来，胳膊上露出一个褐色的圆形标记，里面有个三角形图案。这个标记与我们在死者身上发现的标记完全一样。

"我发现那个烙印，才突然想出这个绝妙主意。他的身高、头发和身材与我都很相像。而且现在没有人能够认出他的面目，这个倒霉可怜的混蛋！我将他那身衣服扒了下来。大约一刻钟的时间，贝克尔和我就把我的晨衣穿到他身上了，而且他躺在地上的姿势和你们调查时看到的完全一样。我们用包袱将他的东西都包裹起来并绑好，在上面还加了一只哑铃，随后从窗户将它扔出去。原本准备放在我身上的卡片也放在他身边。

"我将手上的戒指撸下来套在他一根手指上，不过这结婚戒指……"说着他将他那只肌肉饱满的手伸了出来，"你们也看见了，确实无法取下来。自从结婚那天带上去就没取下来过。估计不用锉刀是无法取下来了。再说了，我也不知道自己是否舍得把它从上面取下来。这件小事那个时候我们也无法顾及了。另外，我还去拿了一块膏药下来给他贴上，因为我当时身上同一处也贴着同样的膏药。你，福尔摩斯先生，以聪明闻名，但也居然会漏过这一点。因为撕下膏药，你会发现它的下面并没有任何伤口。

"就这些了，当时的情况就是如此。假如能够躲过此次事情，就可以和我的'遗孀'会合，还可以有机会安安稳稳地过好下半辈子。只要我还在这个世界上，这些恶魔就不会善罢甘休。可是假如他们在报上看到鲍德温成功的信息，那么我的麻烦也就可以宣告结束了。我没有充足的时间向贝克尔和我的妻子将这些事情说明白。不过他们却很明事理，能够帮我。藏身的地方我很熟悉，而艾姆斯也很熟悉，不过他却从未意识到这两者竟然有如此的关联。我躲进藏身的地方，其他的事就交给贝克尔去处理。

"我认为，您应该能猜到他是如何处理的。他将窗户打开，把血迹印在窗台上，目的是让调查者误认为凶手从这里逃跑的。实际上这是很不容易做到的事情。不过当时桥已经升起来了，没有另外的路可以选择。等一切都安排妥当了，他才按铃把应该叫的人都叫来。之后发生的事你们都清楚了。所以，各位先生，你们研究着处理吧。我已经将真相一五一十地讲给了你们听，还是全部真相。上帝啊，求您怜悯您的子民吧！现在我想要知道的是，按照英国的法律我该接受如何的惩罚？"

没有人开口。最后还是福尔摩斯率先将沉默打破。"英国的法律基本上是公平的。你受到的惩罚也应该与你犯下的罪行相适应，道格拉斯先生。可是我想知道，这个人如何知道你住在这里？他又是如何进来的？另外，他又是从哪里向你发动袭击的？"

"这些我就无从了解了。"

福尔摩斯的脸色变得苍白起来，神情也显得郑重。"我认为这件事没有完。"他说，"你会遇到更大的危险，它甚于英国法律加在你身上的惩罚，甚至更甚于你那些美国敌人。我看麻烦还会找到你，道格拉斯先生。听我的话没错，继续提高警惕。"

各位读者，请耐下心来，随我暂时远离苏塞克斯郡的伯尔斯通庄园，也远离这一年。在这一年里，我们进行了一次不同凡响的旅行，此次旅行的终点就是发生在这个叫道格拉斯的男子身上的神秘古怪的故事。希望你们回到二十年前，然后向西远行几千里，我会告诉你们一个既离奇又恐怖的故事——虽然它离奇恐怖得让你几乎无法相信，可是那确实是真实发生的事。

不要误解我的意思，以为我一个故事还没讲完，又要讲下一个了。接着往下读，你会发现并不是这样的。我要把那些发生在多年前的事详细讲完，这样你们也就解开了一个过去的谜团。之后，我们就可以在贝克尔大街上重聚。在这里，就像很多其他精彩的故事一样，这个故事也有它的结局。

二　死酷党

逃亡的旅客

　　故事发生在 1875 年 2 月 4 日，那是一个异常寒冷的冬天，吉尔蒙特山区的每一条峡谷都被厚厚的积雪覆盖着。即使如此，冒着蒸汽的扫雪机依然能够保持铁路的畅通，夜班火车在连接煤矿和炼铁区之间长长的轨道上吃力缓慢地爬上陡峭的山坡，这道山坡将平原上的斯泰戈维勒和位于沃米萨山谷口的中心城镇沃米萨连接起来。铁道在这里拐了个弯儿然后通向巴顿渡口、海姆岱尔以及单纯的农业县默顿。这条铁路是单行线，不过在每一个岔道上（这条铁路有很多岔道口）有一辆辆装满了煤和铁矿石的长长的火车，这些火车告诉人们这里所隐藏的财富，正是由于这些财富给这个美国最偏僻荒凉的角落，带来了无数的粗鲁的劳力以及热闹繁华的生活。

　　这里真的是偏僻荒凉之极，所以，首位踏上这个地方的探险者几乎无法想象，最富饶的大草原和水草最丰美的牧场，与这片布满黑色山岩和森林的阴郁的土地相比，没有丝毫的价值。山的一边是高耸入云、白雪覆盖的山顶，它位于那黑黢黢的、人难以穿越的树林上方，山顶上面寸草不生，随处可见的是锯齿状的岩石，一条长长的、绵延曲折的山谷位于中间地带。这辆小火车就是在这条狭长的山谷里缓慢地向上攀爬着。

　　前面的乘客车厢里的油灯刚被点亮，光亮照耀着长长、空荡荡的车厢，车厢里坐着大概二三十个人。其中大部分人，少说也有十一二个人，是收工回家的工人。他们白天在山谷谷底干活，晚上坐车回家。从冷酷的脸庞和随身佩戴的安全灯来看，一定是矿工无疑。这些人坐在一起，一边抽烟，一边用很低的声音说着话，不时用余光看坐在车厢一端的那两个男人。从那两个人的制服和徽章上看，他们应该是警察。

　　除了他们，车厢里还有几个劳动阶层的妇女和一两个旅行者，他们可能是当地店铺的老板。除了他们之外，还有一个独自坐在角落里的年轻人。我们要注意的正是这个人。仔细观察一下他，因为他配得上这种关注。

　　他脸色润泽，个子中等，看样子可能三十出头，长着一双灰色的大眼睛，眼神中透着几分狡黠和幽默，当他的目光透过眼镜打量他周边的人时，总是好奇地眨眨眼睛。从外表上你可能会认为他是一个易于交往、性格简单的人，迫切想要和所有的人友好接触。任何人都可以马上和他热聊起来，因为他喜欢热闹，好打交道，头脑也非常灵活，随时都会露出微笑。不过你要是认真地观察这个人，你就会发现他的下巴透着一种特殊的坚毅，他的双唇紧紧闭着，这时你就能很快清楚眼前这个人不简单。可以想象出来，这个看上去随和、长着一头棕色头发的爱尔兰年轻人，会让他被引见的任何群体印象深刻的。

　　这位年轻人企图同离他最近的矿工说话，却只得到对方简短而没有礼貌的回应，于是又重新沉默下来，一个人呆呆地坐在那里，心情烦躁地看着窗外飞驰而过的景色。

　　实际上，窗外的景色并没有带给人舒服的感觉。透过越来越浓的暮色，隐约可以看到山坡上有炉火在不停地跳跃。大堆的矿渣和炉渣被堆放在山的两边，上面是矿井的通风管道。长长的铁路两边分布着一处处挤在一起的简陋木屋。借助透出的灯光可以看出它们窗户的形状，在一会儿一个的小站上，涌动着这些房屋中的住户。

　　沃米萨地区的山谷出产矿石和铁，并非是有闲阶层或文化人的度假村。这里随处可见严酷的生活之战的印记，随随便便就可遇到准备找粗活干的粗人。

　　这位年轻的旅行者紧盯着外面阴郁的乡村，脸上显示出既厌恶又感觉很有趣的表情，这说明他之前从来没有见过窗外的景色。他间或从口袋里拿出一封厚厚的信，并且还在信的空白处写上一些什么。有一次他从腰后拿出一件东西，你或许无法猜想如他这样一个温文尔雅的人，居然会携带着这种东西。那是一把大型号的海军用左轮手枪。他把枪倾斜对着光，这时，弹鼓中黄铜子弹边缘发出的光泽，表明这把枪已经装满了子弹。很快他就又将他的枪重新放回很难让人察觉的口袋里，不过他的这一动作还是被坐在临近座位上的一个工人察觉到了。

"哎，伙计！"他说，"你似乎有一把枪，而且很好用。"

年轻人有些不好意思地笑了笑。"嗯，是的，"他说，"我来的那个地方，有时用得着它。"

"哦，那是个什么地方？"

"我刚从芝加哥过来。"

"这里，你人生地不熟？"

"不错。"

"哦，你会发现，在这儿你也需要用到它。"那个工人说道。

"哦！是吗？"年轻人的兴致好像一下子被提了上来。

"你没听说过这附近发生的事情吗？"

"哦，我并没有听说过。"

"哦，我认为这地方经常发生出格的事，你很快就能听说。能告诉我你来这里的目的吗？"

"我听说肯下力吃苦的人总能在这儿找到工作。"

"你是工会成员吗？"

"是的。"

"那我认为你还是会找到工作的。这里你有朋友吗？"

"暂时还没有，不过我有办法交到朋友。"

"什么办法？"

"我是卓越自由人成员。卓越自由人在所有城镇都有分会，而有分会的地方，我就能找到朋友。"

这番话在他同伴身上发生了影响。一个工人用怀疑的眼光打量了一下车厢里的其他人。矿工们还是围坐在一起用低低的语音交谈，那两位警察在睡觉，于是他走了过来，并坐在这位年轻的旅行者旁边，向对方伸出了自己的手。

"让我们握个手吧！"他说。

两人的手只是礼节性地碰了碰。

"我清楚你所说的是真话，"工人说，"不过证实一下并没有什么不妥。"他把右手举到右眼眉上。旅行者立刻将左手举到左眼眉上。

"黑漆漆的夜晚给人的感觉很难受。"工人说道。

"不错，出门旅行又人生地不熟的人有这样的感觉。"另一个回答道。

"已经不错了，我是斯坎兰兄弟，沃米萨谷三四一分会是我的家。在这个地方见到你让我很高兴。"

"哦，好的。我叫约翰·麦克默多兄弟，在芝加哥第二十九分会居住。身主是 J.H. 斯哥特。能这么快就遇到兄弟，我认为我是十分幸运的。"

"嗯，很多我们的人都在这附近。你会发现，在这个国家，我们的组织无论在哪个地方，都不像在沃米萨谷这样蓬勃兴旺。我们需要像你这样的人加入。工会里如此活跃的人在芝加哥竟然找不到工作，对此我很不理解。"

"我曾面试了很多工作。"麦克默多说。

"可是你为什么还要离开？"

麦克默多向那两个警察点了点头，又微微一笑。"我认为那些家伙也很想知道。"他说。

斯坎兰同情地叹了口气。"遇到麻烦了？"他轻声问道。

"是的，而且是大麻烦。"

"可能被投进监狱吗？"

"而且是整个后半生。"

"啊，那不会是杀人了吧？！"

"现在议论这件事有些不太合适。"麦克默多说道，"离开芝加哥我有足够的理由，你只要了解到这一点就可以了。你是谁，为什么要肆无忌惮地打听这些事情？"年轻旅行者眼镜后面的灰眼睛里闪过些许不悦之情。他的不悦之情很突兀，给人一种危险的感觉。

"不要担心，朋友，我没什么恶意。不管你做了什么，这儿的小伙子们都会对你友好的。你现在要去哪儿？"

"沃米萨。"

"哦，那是这条线上的第三站。你准备在哪儿留宿？"

麦克默多将一个信封取了出来，凑到发出微弱灯光的油灯旁边。"这里有地址——雅各布·沙福特·谢里丹大街。这是个公寓，我的一个芝加哥朋友推荐的。"

"哦，这个地方我不知道，我对沃米萨不是很了解。我住在霍布森的帕奇，我们现在到的这一站就是这个地方。在我下车之前，我要给你一个建议：要是在沃米萨你有麻烦缠身，就直接去找老板麦克金迪。他是沃米萨分会的身主，在那里，凡事没有布莱克·杰克·麦克金迪点头，那么无论什么事都无法办成。再见了，伙计！说不一定我们哪天晚上又会见到。要记住我的话噢：要是有麻烦缠身，记得找老板麦克金迪帮忙。"

车到站了，斯坎兰下车了，麦克默多重新一个人陷入思索当中。现在，天已经完全黑了下来，沿线接连出现的炉子中的火焰在黑暗中欢呼跳跃。在血红的火光映衬下，工人们的身体随着绞盘的移动和它那咣当咣当似乎永远都不会停止的喧嚣节奏，有时拉紧、有时扭曲、有时弯转。

"在我看来，地狱也就如此这般吧。"一个声音传来。

麦克默多将头扭过来，发现两个警察中的一位来到他的座位旁边，此时正盯着窗外那炽热的荒野。

"就因为那件事，"另一个警察说道，"我觉得地狱也就是这个样子了。要是还有比那边我们所能叫出名字的家伙更邪恶的魔鬼，我想那是我无法想象的。我感觉你是第一次来这里吧，年轻人，是吗？"

"不错，可那又如何呢？"麦克默多有些不友好地回答道。

"先生，我只不过想提醒您交友要小心一些。假如我是你的话，我认为我不会把麦克·斯坎兰作为我交友的开端。"

"我把谁当作朋友跟你有什么关系？！"麦克默多生气地吼道，声音使得车厢里所有的人都扭过头来看这边发生了什么事。"我请你给我建议了吗？或者你认为我很愚蠢，没有你的建议我就会处处碰壁？我跟你讲等有人问你时你再给建议，好不好？上帝呀，假如那个人是我，你估计得等好长时间！"他把脸朝那两个警察伸过去，高声狂吼，活像一头狮子在发威。

那两个警察外形笨拙，不过性格却很温和，他们没想到自己善意的劝告竟遭到对方如此激烈的反应，不禁非常吃惊。

"初来乍到的伙计，我们没想冒犯你。"一个警察说道，"提醒你不要滥交朋友是为你自己好，你看你如此激动的样子，肯定是新到这里的。"

"不错，我是初来乍到，第一次来这个地方，不过我不是第一次与你们这样的人打交道！"麦克默多声音冷酷、狠狠地嚷道，"在我看来，你们在哪儿都一个样，即使没人问你们什么，你们也只顾按自己的想法给人家提出建议。"

"或许不用多长时间，我们就可以看到更多像你这样的人。"其中一个警察笑着说，"你可是那种百里挑一的人物，假如我是法官的话。"

"不错。"另一个警察接着说道，"我认为我们会再见面的。"

"不要威胁我，我并不害怕，难道你们不觉得如此吗！"麦克默多高声说道，"我叫杰克·麦克默多——听清楚了吧？假如你们想抓我，你们就到沃米萨谢里丹大街的雅各布·沙福特公寓来吧；你们看我没有躲你们，是不是？无论是白天还是晚上，我都不害怕和你们这种人面对面——一定不要将这点搞错了！"

这个新来的人如此的肆无忌惮，在矿工中间引发了一阵充满同情和敬佩的低语，而那两个警察对此耸耸肩，没有再说什么，而是又重新开始了他们两人之间的交谈。

　　仅仅几分钟，火车就驶进了灯光昏暗的站台。站台有一大块常见的空地。沃米萨是这条线上最大的城镇。麦克默多将自己的皮包拎了起来，下了车，正准备走进黑暗的夜色中，就在这个时候，一个矿工向他走了过来。

　　"上帝啊，你真是够棒的！只有你敢如此跟警察讲话。"他的声音中含着敬畏，"你的这番话真是让我们佩服。来，我给你拿包，给你指路。我回我那个茅草房，正好要路过沙福特。"

　　这时，其他矿工走过站台，也一起态度友好地跟他说晚安。在还没有真正踏上沃米萨的土地之前，麦克默多的野蛮不羁的名声就已经传开了。

　　当时，这个国家恐怖动荡的地方随处可见，而且这个镇子还有种特别的东西，给人一种特别沮丧的感觉。沿着绵长的山谷，那熊熊的大火和漂浮在半空中的烟云，形成了一种不寻常的形状，给人一种阴郁的感觉。周围的一座座山俨然变成了人的力量和工业的最恰当的纪念碑。人在惊人的挖掘中挖出的土堆成了这些山。这座城镇本身显出与其他城镇毫无两样的平庸丑陋和贫困肮脏。原本还算宽敞的街道被来来往往的车辆搅和成了一个烂泥滩，搅和在一起的雪水和泥土上面是一道道的车辙印；狭窄的人行道凹凸不平；一盏盏的汽灯将长长的一排木板房照得清晰可见，每栋房子无一例外都有一个既脏又乱的朝街的走廊。

　　当他们到达城中心的时候，一排排光线明亮的店铺，特别是接连几家的酒吧和游戏室，让这里的街道显得灯火通明。就是在这些酒吧和游戏室里，这些工人将他们辛苦赚来的大把钞票挥霍掉。

　　"那就是帮会。"那个矿工一边说，一边指着一个与旅馆一样光鲜亮丽的酒吧，"那儿的老板就是杰克·麦克金迪。"

　　"他为人怎么样？"麦克默多问道。

　　"啊！难道你之前不了解这位老板？"

　　"你不是已经知道我在这里只是个新来的人吗，我怎么可能听说过他？"

　　"哦，在我看来他的大名全国人人都应该知道，报上经常出现他的大名。"

　　"为什么？"

"啊，"矿工将他的声音压低，"他跟那些事情连在一起。"

"那些事情，哪些事情？"

"上帝呀，先生！你神经没有问题吧？假如我这么说没有伤害你自尊的话。在这里你只有一种事情可以听到，那就是死酷党的事情。"

"哦，在芝加哥我就已经了解到关于死酷党的事情。不就是一帮搞暗杀的嘛，我说得对不对？"

"嘘，这么说你还要不要命了！"矿工惊叫道，他呆呆地站立着，一时回不过神来，用那种惊讶无比的眼神看着他的同伴。"伙计，在这里，假如你在大街上这样讲话，那你在几天之内就会被弄死。有许多人就为了点小事被活活打死。"

"哦，他们的事，我知道得很少，我仅仅了解到一点点儿。"

"我不是说你了解到的不真实。"他说话的同时紧张地看了一下附近，连背阴处也不放过，样子极怕看到什么隐藏的危险，"假如杀人就是暗杀，那么上帝知道存在暗杀，而且还不止这样。可是你要记住，不要把杰克·麦克金迪的名字和这种事牵扯到一起，记住吧，新来的伙计，因为任何背地里说的话最后他都会知道，同时他可不是那种知道了就完事的人。哦，到了，这就是你要找的房子，这里离街道有些远。你去见雅各布·沙福特，他是个实在人，是这栋房子的房主，一直生活在这个镇上。"

"非常感谢！"麦克默多一边说，一边与领着他走了这么难走的一段路的新朋友握手，算是告别。之后他手里提着皮包，顺着那条通往他要找的住所的路接着走，到了门口，他就用手咚咚地敲门。

很快门打开了，让他感到有些意外的是给他开门的人不是他想象中的人。那是个年轻貌美的女人，属于那种日耳曼女子，有一头耀眼的金发和一双调皮可爱、黑白分明的美丽大眼睛，现在她就在用这双美丽的眼睛打量着这个陌生人，表情有些惊讶，还有一些讨人喜欢的尴尬，这给她原本苍白的脸上带来一抹红潮。她站立在门厅明亮的光线中，麦克默多认为这美丽的画面是他从来没有看过的。他意识到自己从未见过比这更有吸引力的场景，因为它与周围肮脏阴郁的环境形成了鲜明的对比。即使此时此刻在矿井那黑乎乎的矿渣堆上长出一朵可爱的紫罗兰，也不会比现在更让他惊喜。他就这样出神地看着，站在那儿一句话都没有说出口，只是看着，最终还是她打破了沉默。

"我还以为是爸爸呢。"她话音中有一点儿讨人喜欢的德国口音，"你是来拜访他的吗？可是他去城里了。我现在时刻盼望着他回来。"

麦克默多仍然紧紧盯着对方看，丝毫不掩饰对她的艳羡，一直到她在这位直白的来访者面前满怀疑惑地垂下眼睛。"不是的，小姐，"他终于开口了，"我不着急见你的父亲，是有人介绍我到这里住宿。现在我认为这儿可能很适合我——不，不是可能，而是十分适合我的。"

"这么快你就如此确定了？"她笑着问。

"无论是谁都会如此的，除非他是个瞎子。"麦克默多答道。

这句露骨的赞扬，让她再一次笑了。"那进屋吧，先生。"她说道，"我叫艾蒂·沙福特，是沙福特先生的女儿。我妈妈离开了人世，我在操持这栋房子。你可以坐在前屋的火炉边等我爸爸回来——哦，他回来了！你们马上就可以谈话了。"

一个体态臃肿的老人脚步沉重地沿着那条路走来。麦克默多简单地将自己的情况介绍了一下，说是一个叫莫菲的人在芝加哥给他的这个地址。不过他也是从别人那里拿到这个地址的。显然，老沙福特对此见怪不怪了。这个陌生人对这里的要求没有任何的质疑，马上同意他提出的每一项条件，而且看得出来在用钱方面很大方，这可以从他预先付了一星期七美元的食宿费用看出来。

这就是麦克默多，那个没有逼供就自己招供的逃亡者。他把自己的住所安排在沙福特家的屋檐下，这是他计划的第一步，随后发生的一系列漫长而黑暗的事件，将在遥远的地方画上句号。

加入吸血党

不得不承认，麦克默多是一个能在很短的时间内就能获得关注的人。无论他在哪里，周围的人会很快发现这一点。在一周的时间里，他就成了沙福特家里十分重要的人。沙福特家共有十多个房客,不是老实的工头,就是普通的店铺职员,与他这个年轻的爱尔兰人完全是两路人。晚上大家聚在一起的时候,他幽默的笑谈经常脱口而出。他的谈吐最欢快,他唱歌也是最受人欢迎的,他似乎天生就擅长寻欢作乐,身上带着强大的磁场,把他周围好玩的东西都吸引到他身上。

但是,就像他在火车车厢里表现的那样,他时而在平静的时候突然显露出火冒三丈的习性,这让那些与他接触的人不得不敬重他,甚至还怕他。对待法律以及牵涉到法律的事情,他总是表现出一种尖刻的轻蔑,这也让和他一起住在这里的人感到十分吃惊。

从一开始他就跟人说,自己在看到艾蒂·沙福特小姐的美貌和优雅风度的时候起,她就俘房了他的心。对她的爱慕,他一直没有掩饰。他不是个落在人后的求婚者。实际上,来此的第二天,他就直接跟艾蒂·沙福特小姐说自己爱她,而且那以后他一直重复着类似的话,对她说的打击话,他从来不在乎。

"别的人?"他大喊起来,"好吧,让什么别的人见鬼去吧!让他们留神他们自己!我怎么可能放弃我一生的机会和我全心爱着的人?你可以一直不同意,艾蒂,总有一天你会同意的。我还年轻,我等得起。"

他是一个很有能量的求婚者,既有爱尔兰人的甜言蜜语,还有其他花招不断的哄人本领。有人描述他是如何获得女人的好感,并最终获得甜美爱情的辉煌经历和奇迹。他经常跟人讲起他的故乡莫纳翰县那美丽如画的山谷、遥远的岛屿、低矮的山丘以及那绿草如茵的草场,那些地方在这些整天只能看到煤渣和积雪的人们的想象中别提有多美丽了。

很快,在底特律,在北方许多城市人们的生活中,在密歇根那些干着砍伐工作的工人圈子里,他成为了人们经常谈论的人物。随后,在人们的谈论中关于他的浪漫故事开始滋生、流传,这使得人们认为在芝加哥那座不凡的城市里,他的身上发生了一些神秘稀奇的事情,神秘稀奇到难以明言的地步。他悲伤地说起自己被迫远走他乡,和之前的所有朋友都断了联系,之后来到一个陌生的世界,生活在这个单调乏味的山谷。艾蒂·沙福特小姐静静地听着,怜悯和同情的光芒从她黑黑的眼睛里流露出来——那两种情感很快同时也很自然地转化成了爱情。

麦克默多寻求到一份记账员的临时工作，这得益于他受过良好的教育。这一点让他在大部分时间和大家格格不入，由于缺乏机会他一直没有向卓越自由人团体的领导汇报自己的情况。不过一天晚上，在火车上他与组织里的兄弟麦克·斯坎兰遇见了。实际上，斯坎兰是来看他的，斯坎兰提醒他组织里没有他的位置。斯坎兰矮矮的个子、刀条脸、黑眼睛，他对再一次见到麦克默多感到很兴奋。三两杯威士忌下肚，他就说出了自己为什么来到此地。

"麦克默多，"他说道，"我知道你的地址，所以我冒着风险找你来了。对于你还没有向身主报到，我感到很吃惊，你为什么还没有去见麦克金迪老板？"

"哦，我得找工作。这一段我时间很紧张。"

"即使你没时间做别的任何事，你也得抽空去拜访他。上帝啊！你到这儿的第一天早上，居然没有先去帮会登记，你该有多么的愚蠢！要是你和他对着干——你绝对不能，事情就是如此！"

麦克默多听了感到有些震惊，说道："斯坎兰，我入会有两年多的时间了，我从来不知道有这么严格的义务。"

"或许在芝加哥没有。"

"可是，在这里也是同样的团体呀。"

"事情是这样的吗？"

斯坎兰盯着他打量了好一会儿。他的眼睛里有种让人感觉不安的东西。

"难道不是吗？"

"希望一个月后你还能跟我这样说吧。听说你下车后跟警察聊了几句。"

"你是如何知道的？"

"哦，人人皆知——在这条街上无论是好事还是坏事都这样。"

"哦，这样啊。我告诉那些狗腿子我对他们有着怎样的看法。"

"上帝啊，你会成为麦克金迪心腹的！"

"什么意思，他也看不惯这些警察？"

斯坎兰高声笑了起来。"你去见他吧，年轻人。"说着他站了起来道别，"假如你不去，他恨的就不是警察而是你了！现在，希望你听从一个朋友的主意，马上就去见他！"

很巧的是麦克默多当天晚上还有另一个必须要去的面试，而且是在同一方向。可能是他对艾蒂·沙福特小姐的关注要比之前更加的引人关注了，也可能是善良的德国房主那反应迟钝的大脑，也开始渐渐意识到他对自己女儿的注意了，不过无论是因为什么，这所公寓的主人把他叫到自己的屋里，没有含蓄，而是开门见山地跟他谈起这个问题。

"先生，我隐隐约约感觉到，"他说道，"你在打我的艾蒂的主意。事情是这样的吗？也可能是我说错了。"

"没说错，是那样的。"年轻人回答道。

"哦，那我现在给你讲，不会有啥结果的，因为有人已经捷足先登了。"

"她已经将此事跟我讲了。"

"嗯，你可以置之不理她告诉你的事实，可是我要问一下她告诉你那个人是谁了吗？"

"没有，我问她了，可是她没有告诉我。"

"那是她不敢说，这个小家伙！或许她不想把你吓跑。"

"吓我！"麦克默多立时怒火升了起来。

"啊，不错，我的朋友！实际上你被这个人吓着也没有什么可丢人的。那家伙就是泰迪·鲍德温。"

"我不认识，他是个什么人？"

"他是死酷党的一个头目。"

"死酷党！我之前知道这个组织。这儿有死酷党，那儿有死酷党，而且总是背地里鬼鬼祟祟地说！你们到底在怕什么？死酷党到底怎么了？"

房东将自己的声音压低，和每个谈到这个可怕组织的人毫无二致。"死酷党，"他说，"就是卓越自由人！"

麦克默多瞪大了眼睛，高声嚷道："我自己就是那个组织的成员。"

"什么，你是那个组织的成员！如果我知道这一点，我是一定不允许你住进我的房子的——即使你一星期付我一百美元我也不会同意的。"

"难道这个组织有什么不对的地方吗？要知道它弘扬慈善和友情，条例上是这么说的。"

"可能在有些地方是这样的，但是在这里却不是！"

"那它在这里是什么？"

"是个暗杀团伙，它主要的业务就是这个。"

麦克默多笑了起来，他不相信。"你如何证明你所说的这些？"他问道。

"证明还不好说！五十起血案不就是证明吗？米尔曼和范·肖斯特的事，还有尼科尔森一家，还有亚姆老先生，还有小比利·詹姆斯，等等，他们的事都是怎么发生的？证明！这条山谷里无论男人还是女人，谁不知道？！"

"你听好了！"麦克默多急切地说，"我要求你将你刚才所说的话收回去，否则的话，我对你不客气了。在我退掉这间屋之前你要做几件事。站在我的位置替我想一下，我初来乍到，在这个镇子上我只是一个陌生人。我加入了某个团体，我只知道它是纯洁的。在这个国家，任何一个地方你都可能看到它。它一直都是个纯洁的组织。现在，我正想加入它在这里的组织，而你却跟我讲，它是一个死酷党的暗杀组织。我认为你要么向我道歉，要么你给我一个解释，沙福特先生。"

"我只是将所有人都知道的事讲给你听，先生。他们的老板是同一伙人。假如你惹了一方，那么另一方就会来收拾你。关于这个我们已经证明不止一次了。"

"那只是人们的传言——我需要证据！"麦克默多说。

"你在这里生活时间久了自然就会有证据的。不过我忘了，你自己就是他们的一员。用不了多长时间，你也会变得和他们一样。你得另寻住的地方，先生，我不能留你住这儿。难道有一个那样的人缠着我的艾蒂，而我又不敢拒绝，这还不叫我难受的吗？我还要再弄一个作我的房客吗？是的，今晚之后，你就不能在我这儿居住了！"

麦克默多知道自己被主人驱离了，不仅将要失去自己舒服的住所，更令他难受的是还要离开自己深爱的女人。就在那天晚上，他发现自己深爱着的女人独自待在客厅，于是他不顾一切地将自己的烦心事讲给她听。

"这是真的，你爸爸已经不让我在这儿居住了。"他说，"要是仅仅是失去我的那间屋，那是无所谓的，可是，说真的，艾蒂，我们认识虽然仅仅一周，可是我发现你就是我的命，没有你我真的无法生存下去！"

"唉，不要再讲下去了，麦克默多先生，不要说了！"姑娘说道，"我已经告诉过你你出现得过于晚了，不是吗？已经有人捷足先登了，即使我还没有答应马上嫁给他，可是我至少不可以再答应其他人了。"

"要是我是第一个，艾蒂，我是不是还有机会？"

姑娘用手捧住脸。"我当然希望上天让你是那第一个！"她抽泣着。

麦克默多扑通一声跪在她面前。"艾蒂，请多看在上帝的份儿上，不要这样！"他带着哭腔大声说，"你不会为了这份承诺将你我的生活都毁掉吧？让你的心牵着你走，我的爱人！假如你不知道自己在说什么，我告诉你它是比任何承诺都安全的向导。"

他一把将艾蒂白皙的手抓起来放在自己黝黑有力的手掌之间。

"你告诉我你属于我，我们一起面对这件事！"他高声说道。

"我不是在这里吗？"

"我明白，是在这儿。"

"不，不，杰克！"她用双臂抱住他，"不能在这儿。你能带我离开吗？"

麦克默多的脸上有一丝犹豫的表情快速闪过，不过很快又像花岗岩一样坚定。"不，就在这儿。"他说，"我们要一起面对这个世界，艾蒂，就在我们现在所在的这个地方！"

"可是我们为什么不可以离开？"

"不，艾蒂，我不可以离开这里。"

"能告诉我原因吗？"

"假如我感到自己是被驱逐的，那么以后的日子我就无法再抬起头来。再说，这儿到底有什么可害怕的？难道我们不是生活在自由国家中的自由人吗？假如我们相爱，谁敢在我们中间横插一刀呢？"

"你不明白的，杰克。你在这儿的时间很短。你对这个鲍德温不了解，对麦克金迪和他的死酷党也不了解。"

"不错，我对他们不了解，可是我也不怕他们，而且我也不认为他们会把我们怎么样！"麦克默多说，"我一直就在一群粗人中间生存，我的爱人，对于他们我不但不害怕，而且最后往往是他们怕我——事情始终是这样的，艾蒂。那些恐怖的事只能算是望风扑影的疯狂！假如这些人，真像你爸爸说的那样，在这条山谷里犯下了那么多的罪行，假如每个人都听过他们的名字，为什么他们中没有一个人因此受到惩罚？你告诉我，艾蒂！"

"这是因为没有哪个证人敢出来指证他们。要是真有人这么做了，那他肯定活不了一个月。另外，还因为他们总是能够找到人发誓说，被指控的人绝对不在犯罪现场。杰克，这一切我认为你一定能了解到。我早就知道美国的各家报纸都曾经报道过这些事。"

"嗯，不错，我是了解过一些，可在我看来，那只是个故事。可能这些人做那些事自然也有他们的道理。也有可能他们被冤枉了，却又没有其他办法来摆脱困境。"

"哦，杰克，我不希望你跟我讲这些！他就是这么说的——那另一个人！"

"鲍德温——他也是如此讲的吗？"

"正是因为这个原因，我才讨厌他。哦，杰克，现在我把我的心里话讲给你听。我打心眼讨厌他，可是我也从内心害怕他。一方面我因为自己的原因害怕他，可更重要的是因为父亲。我很清楚假如我把自己的真实感受讲出来，必将会有巨大的不幸降临到我们头上。这也是我为什么用真真假假的话搪塞他的原因。不过假如你和我一起逃走，杰克，我们还要把我的父亲带着一起离开，到一个永远见不到这些坏蛋的地方去生活，那我们就可以安稳度日了。"

麦克默多的脸上又一次闪现痛苦挣扎的表情，不过还是同上一次一样很快又变得如同大理石一般坚定。"你不会受到一丁点儿的伤害，艾蒂——你父亲同样也是安全的。至于那些坏蛋，我希望你能明白在我们得到安全之前，我将会与他们中最恶的那个一样坏。"

"不，不，杰克！不管在哪里我都完全信任你。"

麦克默多脸上露出一丝苦笑。"仁慈的上帝啊！你对我几乎没什么了解！可怜你无辜的灵魂，我的爱人，你想不出我心里现在的想法。不过，好了，看是谁来了？"

门突然被推开了，一个年纪不大的人晃晃荡荡地走了进来，仿佛他是这里的主人。那是一个有着帅气外表、看着孔武有力的年轻人，年龄和体格与麦克默多不相上下。头上戴着一顶宽沿黑礼帽，看样子懒得将帽子摘掉，帽子下面是一张英俊的脸孔，脸上有一双狂妄无知的眼睛和一个鹰钩鼻子。现在他带着怒意看着坐在火炉边的这对男女。

艾蒂吓得马上跳起来，带着一脸的惊慌。"见到您很高兴，鲍德温先生，"她说，"真不知道您这么早就来。过来坐一坐吧。"

鲍德温两手叉着腰盯着麦克默多看。"他是谁呀？"他不礼貌地问道。

"我的一个朋友，鲍德温先生，一个新入住的房客。来，麦克默多先生，我介绍你与鲍德温先生认识，好吗？"

两个年轻人彼此心照不宣地点点头。

"或许艾蒂小姐已经跟你讲过，我们是怎么一回事了吧？"鲍德温问道。

"我不清楚你们之间有什么关系。"

"你不清楚吗？好吧，你现在清楚了吗？我现在可以告诉你，这位年轻的女士是我的，现在你可以去外面转一转了，你会发现这个夜晚是美好的。"

"谢谢，可是我现在没心情出去。"

"你确定吗？"这个人充满野性的眼睛里开始闪现愤怒的火花。"可能你有心情打一架吧，麦克先生！"他问道。

"这个倒是可以！"麦克默多吼着跳起来，"你一直没说过一句让人舒服的话。"

"请瞧在上帝的份儿上，杰克！"可怜的艾蒂内心惶恐地哭喊道，"啊，杰克，杰克，不要这样，他会把你打伤的！"

"哦，你叫杰克，是吗？"鲍德温表情凶狠地说道，"你早就想如此了，对吧？"

"哎，泰德，请您冷静些——行行好吧！请多多照顾我的面子，泰德，要是你曾经爱过我的话，请您多宽容一些，放过他吧！”

“艾蒂，我认为假如你不参与进来，我们可以将事情处理好。”麦克默多平静地说，“可能的话，鲍德温先生，你可以与我到街上转一转。你看这个夜晚多么美好呀，下一个街区那里有一个空场子。”

“我不用将我的手弄脏，就可以把你撂倒。”鲍德温说道，“在我把你摆平之前，你会奢望自己的双脚从来没有踏进过这座房子。”

“是的，我从来没有像现在这样希望过。”麦克默多高声说道。

“我要选择自己喜欢的时间来解决此事，先生。你可以把时间留给我。瞧瞧这里！”他突然卷起袖子露出前臂上的一个特殊符号，那印记好像已经烙在胳膊上了。那是一个里面有一个三角形的圆圈。“知道它代表什么吗？”

“不知道，也没有兴趣知道！”麦克默多声音冷漠。

“好吧，早晚你都会知道的，这一点我向你承诺。你也不会太老吧。可能艾蒂小姐会告诉你关于它的一些事。还有你，艾蒂，你要跪着爬到我面前——你清楚了吧，艾蒂小姐？——跪着爬到我面前——然后我会跟你讲你将会遭受何种惩罚。你已经种下了种子——上帝呀，我要看到它结果！”他带着怒意的眼光看了他们两人一眼，然后转身起步，只一会儿的工夫，外面的人门在他身后砰地一声关上了。

在那之后的一段时间，麦克默多和艾蒂小姐一言不发地站着，然后她张开双臂将他抱住。

“啊，杰克，你刚才的表现好英勇啊！可那没用，你必须马上就走！就今天晚上——杰克——今晚！这是你剩下的唯一的机会。他会将你的命夺去。我在他那双可怕的眼睛中看到了。你一个人要对付他们十几个，还有他们的老板麦克金迪，以及他们身后整个组织的力量，你说你能有多大的希望？”

麦克默多将她的手挪开，吻着她，并把她轻轻地推回到她身后的椅子上。“我的爱人，请坐下，坐下！不要为我担心，也别为我感到害怕，我自己就是一名自由人成员。这个事情我刚刚已经告诉过你父亲了。可能我比其他人好不到哪儿去，因此，请不要把我当成个圣人。现在我将这件事告诉了你，或许你也恨我了吧？"

"恨你？不，杰克，只要活着，我不可能会恨你的！我之前都已经了解清楚了自由人除了在这里，在其他任何地方都不为非作歹，所以，我怎么会什么因为你是一名自由人而把你想成一个坏人呢？可是假如你是一名自由人，杰克，你为什么不去拜会一下老板麦克金迪呢？哦，不要耽搁了，杰克，赶快去吧！让他先听到你的话，要不然那些坏蛋就会追到这里来。"

"我也是如此打算的。"麦克默多说，"我现在就去将事情处理好。你把这件事跟你父亲讲，今天晚上我还睡在这里，明天早上再去找别的地方。"

麦克金迪的酒吧还像每天一样人潮如织，这里是这个镇子里所有闲杂人消遣娱乐的最佳场所。麦克金迪这个人有着非常广泛的交际。由于他性情豪爽粗犷，这成了他的一个面具，掩盖了许多背后的事情。不过，除了深受很多人的欢迎外，人们对他的恐惧也是真实的，这种恐惧遍布全城的每一个角落，整个这三十英里长的山谷以及两边的山区，没有人不知道他有多么不好惹。自然这个酒吧也充满了这种恐惧，因为没有人能够忽视他的"好意"。

他惯于用残酷无情的手段来施展他的淫威，大家也都清楚他的那些残酷无情的手段是什么。他还是高级公共官员，是市政厅议员、道路委员，那些不法分子投票选举他进入政府部门，是希望从他手里捞到好处。评估和税收数目巨大；该管的公共事务没有人去管，账目被那些受贿的检察官员弄得一团糟；有正义感的公民被恐吓偿付公开的勒索，而且还得把嘴巴闭得严严的，以避免更不幸的事情降临到自己身上。

正是因为这样，年复一年，老板麦克金迪的钻石别针变得更加晃人眼球，他的金链子也变得更加沉甸甸，搭在一件越发华丽的背心上，而他的酒吧也开得规模越来越大，市场的一半几乎都被它占据了。

麦克默多将酒吧那扇可以前后摇动的门推开，径直穿过晃动的人群，浑浊的空气中烟草和浓烈的酒精气息让人窒息。这个地方灯火辉煌，每面墙上都镶嵌着巨大的青铜色镜子，镜子将乱射的灯光反射出去，这些灯光交织在一起。几名穿着衬衣的男侍者，正在很用心地为围在宽大的黄铜包边的吧台前那些无所事事的客人调制饮料。

有一个身材高大威猛、体格健壮的男人端坐在柜台的另一头，他将自己的身体倚靠在吧台上，一支雪茄在嘴角上斜吊着，他不可能是其他人，他就是麦克金迪本人。这个黑塔似的巨人的身上覆盖着浓密的体毛，有浓密的络腮胡子、一头散开的乌黑长发。他黝黑的皮肤几乎与意大利人没有两样，而他的眼睛透露着一种奇怪的死亡信息的黑色，另外，再加上他有些轻微的斜视，这让他显现出一种邪恶的表情。

这个人身材比例合适，有着很健美的身材，风度翩翩，这与他精心表现出来的豪气气概很是相配。你或许认为，这是一个既爽快又老实的人，无论他说出的话多么粗鲁，他的心都是真诚的。可是当他那双充满死亡气息的、深邃冷酷的黑眼睛射到某个人身上时，这个人才会内心受到打击，始发觉自己面对的是一个可能什么事都做得出来的混蛋。他的强壮、勇敢、狡诈，使他变得对人更具有致命的危险性。

在仔细地看过自己要找的这个人后，麦克默多如同往常似的大大咧咧、肆无忌惮地用胳膊拨开一条路，他从围在掌握权力的老板身边阿谀奉承的那一小撮底下人中间挤过去，然后无论听到什么无聊的笑话他都无所顾忌地高声大笑。这个年轻的陌生人肆无忌惮的灰眼睛，透过眼镜毫无胆怯地看着那双冷酷无情的黑眼睛，此时，那双黑眼睛也正凶狠地看着他。

"嗨，年轻人，我好像不认识你。"

"我初来乍到，麦克金迪先生。"

"新来也不至于不知道如何尊敬地称呼一位绅士吧？"

"他是尊敬的麦克金迪议员，新来的人。"人群中有个声音传来。

"真是不好意思，议员，我还不清楚这个地方的规矩，有人建议我来拜见您。"

"哦，现在你见到我了，你对我印象如何？"

"哦，现在问这个问题有些过早。要是你的心胸与你的身体一样宽大，你的灵魂与你的面容一样优雅，那么，我认为就无可挑剔了。"麦克默多说道。

"上帝呀！你的脑袋上长了一个爱尔兰人的舌头。"麦克金迪高声叫道。不知道他这样说是拿这个放肆的来访者开玩笑，还是在保持自己的颜面。

"哦，你的这个说法让我感觉你还够意思，认可了我的外表。"麦克金迪又说道。

"没错。"麦克默多说道。

"你说有人建议你来见我？"

"是的。"

"哪个人呀？"

"沃米萨谷三四一号帮会的斯坎兰兄弟，议员，让我们为您的身体，也为我们共同的朋友，共同喝一杯。"说着他将一只杯子举了起来，他已经用这只杯子喝过酒了，他喝酒的时候小拇指翘着。

麦克金迪将他的黑眼睛眯起来，然后扬起浓密乌黑的眉毛。"哦，情况是这样的吗？"他说，"我要再靠近你一点看看你，你叫……"

"麦克默多。"

"再过来一点，麦克默多先生。我告诉你在这个地区，别人无法获得我们的信任，我们也不相信别人说的话。过来一些，站到柜台后面。"

柜台后面有一个小块地方摆放着一些酒桶。麦克金迪小心地关上门，然后坐在一个酒桶上，有些心事地咬着手里的雪茄，用一双惶恐不安的眼睛对他旁边的这个人打量着。麦克默多神情轻松地接受了他的审查，他的一只手放在外衣口袋里，另一只手卷弄着他那棕色的胡子。突然，麦克金迪低下身子拿出一把外形好看的左轮手枪。

"看这是什么？伙计，"他说，"要是我认为你在跟我们耍什么阴谋诡计，那对你来说，所有的一切很快就会结束。"

"你的这个见面礼让我不解。"麦克默多十分得体地答道，"一个自由人帮会的身主，对一个从未谋面的兄弟这样。"

"哦，可是，你也需要证明自己。"麦克金迪说，"假如你办不到，那就只有请上帝保佑你了！告诉我，你是哪个地盘儿的？"

"芝加哥第二十九帮会。"

"记得加入的时间吗？"

"1872 年 6 月 24 日。"

"身主是谁？"

"詹姆斯·H·司各特。"

"你们那个区领导者是谁？"

"巴萨罗米欧·威尔森。"

"哦！你在我对你的测试中显得十分老练。你到这里来的目的是什么？"

"干活，和您一样——不过却是份更辛苦的活儿。"

"你回答问题不假思索。"

"是的，我说话一直以快著称。"

"行动也很快吗？"

"在那些对我很了解的人当中，我一向以行动迅速而为人所知。"

"哦，我们在你还没有想到的时候对你就进行了考验。这个地区帮会的事情你了解清楚了吗？"

"我听说它要接纳一个人做兄弟。"

"你可真是与传闻中没什么差别，麦克默多。你因为什么原因离开芝加哥？"

"我不会回答这个问题的！"

麦克金迪猛地睁大了眼睛。他以前从不习惯别人这样回答他的问题，这让他觉得事情有些趣味了。

"为什么不能说？"

"因为兄弟之间不能撒谎。"

"哦，这么说来，真话讲起来让人太难堪了？"

"假如你愿意，你可以那样理解。"

"看着我，先生，你不能指望我，作为身主，我不会把一个无法将自己过去交代清楚的人领进这个帮会的。"

麦克默多的脸上露出不解的表情，随后他从一个里面的口袋里取出一张破报纸。

"你不会把这件事告诉警察吧？"他问。

"假如你这样对我讲话，我会用巴掌抽你！"麦克金迪生气地大声喊道。

"议员，您是对的，"麦克默多有些谦卑地说道，"对不起。我说的时候没有想周全。嗯，我知道在您的手里我是安全的。既然这样，这份剪报您看一下。"

麦克金迪溜了一眼那份关于 1874 年新年期间，发生在芝加哥市场街雷克酒吧的一桩枪击案的报道，遭受枪击的是一个叫乔纳斯·品图的人。

"这事是你犯下的？"他问道，同时将报纸还给麦克默多。

麦克默多微微点头。

"你为什么对他开枪？"

"那个时候我在帮塞姆大叔做美元。我的金子或许不如他的好，不过它们看起来也不错，而且成本低。品图当时就帮我洗货……"

"干什么？"

"哦，就是把这些美元弄出去流通。之后他说他要将此事捅出去，他可能已经捅出去了。我等不及看最后的结果，于是我索性杀了他就匆匆逃到这个煤乡来了。"

"为什么要逃到这里？"

"因为我在报纸上看到，在这些地方这些事很稀松平常。"

麦克金迪高声笑了起来，随后说道："你先是造假币，然后杀了人，接着你来到这里，因为你认为你在这里会混得开。"

"情况差不多吧。"麦克默多回答道。

"哦，我想你会更有发展的，假如，你还能造那些美元，是吧？"

麦克默多从口袋里掏出半打美元。"这些美元一直就没有通过费城造币厂的检验。"他说。

"好了，不要说下去了！"麦克金迪用自己的大手掌将这些钱举到灯下，他的大手掌和大猩猩的手一样毛乎乎的。"上帝呀，我分辨不出区别来呀。你会成为一名非常有才能的、有用的兄弟，我现在就这么认定你了！我们也得忍受我们中间有那么一两个坏东西，麦克默多老弟，因为我们也必须有我们自己的买卖才能生存啊。假如我们不回击那些挤压我们的家伙，那么我们也早就被他们给灭掉了。"

"没问题，我认为我会尽我所能，和其他弟兄一起回击。"

"你的胆量看起来很大，刚才我用这把枪对着你，你没有显出丝毫害怕的神情。"

"在我看来，有危险的人并非是我。"

"那么危险的人是谁？"

"是您，议员先生。"麦克默多从他厚厚尼子上衣的侧面口袋中掏出一把已经打开扳机的手枪，"不妨给您说，您一直都在我的控制范围之内。我认为我开枪的速度不会比您慢。"

"上帝呀！"麦克金迪气得脸都涨红了，不过，随后又放声大笑起来，"我跟你讲，这么多年了还从来没有人如此让我感觉刺激。我强烈感觉到我们帮会会因你存在而骄傲……好了，告诉我你到底想要干什么？难道我不可以和一位绅士单独畅谈一会儿，你非要打断我们吗？"

那位男侍者的脸涨红了，局促地站在那儿。"真是不好意思，议员，是泰迪·鲍德温要求见您。他说，他必须立刻与您见面。"

这个通报已经失去了意义，因为那个人正冷冷地拉着脸，眼睛越过侍者的肩膀注视着这里。随后侍者被他推出去了，并让其在外面把门关上。

"现在看，"他恶狠狠地看了麦克默多一眼，"你抢先一步，是吗？议员，关于这个人我有话要告诉您。"

"那好啊，就在这里当着我的面说！"麦克默多大声喊道。

"我要根根据我的时间，以我想用的方式说。"

"嗨！嗨！"麦克金迪从酒桶上站起来。"这不可以。我们现在有了一位新兄弟，鲍德温，你不能用这种方式欢迎他。来，将你手伸出来，伙计，你们和解吧！"

"永远没有这种可能！"鲍德温咆哮着说。

"要是他感觉我冤枉了他，那我已经跟他表明了愿意和他较量一番。"麦克默多说，"我要用拳头和他较量，假如这还没有让他满意，那么我可以按照他选择的其他任何方式与他较量。现在，我恳请您，议员，作为身主，请您对我们之间的竞争做出您的决断。"

"你们之间有什么事？"

"跟一位年轻的女士有关。她有权做出自己的选择。"

"她做了选择了吗？"鲍德温吼道。

"假如是在我们帮会的两个兄弟之间，我得说她有这个权利。"麦克金迪说道。

"哦，这就是你的决断，是吗？"

"不错，泰迪·鲍德温。"麦克金迪说，并且用富含意味的眼神看着他，"难道你不同意我的决断吗？"

"难道你要抛弃一个支持了你五年的人，而去袒护一个你未曾见过面的人吗？你再也别想是身主了，杰克·麦克金迪，上帝呀！下次投票的时候，你别想……"

就在这时，议员如同猛虎一样朝他的手下猛扑过去，用他宽厚的大手卡住对方的脖子，将对方从酒桶上揪过来。如果麦克默多没有及时阻拦，他在暴怒的情形下已经要了鲍德温的性命了。

"不要生气了，议员！看在上帝的面子，消消气！"他喊道，当时麦克金迪正将鲍德温向后拖。

麦克金迪将手松开，而鲍德温则吓得身体不停颤抖，大口喘着粗气，四肢不由自主地发抖，仿佛刚才在死亡的边缘转了一圈，他瘫坐在自己刚才被从上面揪起来的酒桶上。

"这么长时间了，你一直有这种想法，泰迪·鲍德温，现在你有机会了！"麦克金迪高声喊道，他厚实的胸膛剧烈起伏着，"你或许是设想假如投票将我从身主的位置上拉下来，你就会取而代之。那要等到帮中大会召开再说。不过我要告诉你，只要我还是领导，我就绝不允许任何人拒绝我和我的裁决。"

"我一直没有对您的裁决持反对意见。"鲍德温一边喃喃说道，一边用手摸着自己的喉咙。

"既然这样，那好。"麦克金迪大声说道，随即又恢复一种直爽随和的样子，"我们还是好朋友，这件事就这样吧。"说完他从架子下面拿出一瓶香槟，并拔出塞子。

"现在这样，"他在说着的同时往三个高脚杯里倒满了酒，"让咱们把内部的纷争在酒中化解了吧。从这开始，你们都要清楚，我们之间再无误会和过节。那么，你告诉我，泰迪·鲍德温，由于什么事情让你如此生气，先生？"

"积怨很深。"鲍德温答道。

"可是它们会永远消散。"

"我可以保证！"鲍德温被迫说。

麦克金迪将杯中的酒一饮而尽，鲍德温和麦克默多也同样碰杯喝干了酒。

"啊！"麦克金迪高声叫道，同时两手不停地相互搓着，"现在没有误会了。只要我们的组织存在一天，你们就都要遵守一样的行规。这个地区的行规非常强硬，鲍德温兄弟是清楚的——你，麦克默多兄弟用不了多久也会清楚的，假如你找麻烦的话！"

"请不要误会，我找麻烦的速度很慢很慢。"麦克默多说。然后，他又朝鲍德温伸出手，说："我这人生气快，不过好得也快，这一切只因为我是爱尔兰人，容易情绪化。不过我认为，一切都结束了，而且我从不记仇。"

鲍德温没有办法只好与麦克默多握了握手，因为那位残暴的麦克金迪正拿凶狠的眼光盯着他呢。从他阴沉的脸可以看出对方的话并没有打动他。

麦克金迪将两人的肩膀搂住。"啊！这些姑娘们！这些姑娘们！"他喊道，"你们想一想，我的两个兄弟之间会争夺同一件内衣！真是让人费解了！那就让那个闯入他们中间的姑娘来做出自己的选择吧，因为她不在我的管辖范围之内——要为此多多感谢上帝！我们的事已经让我们忙不过来了，不算女人就已经够多了。麦克默多兄弟，你现在只能挂在第三四一帮会。我们有自己的方式和办法，这或许和芝加哥不一样。我们在星期六晚上开会，假如到时候你参加的话，我们会让你在沃米萨山谷永远畅行无阻。"

沃米萨第三四一帮会

在这个令人心潮澎湃的夜晚过后，接下来的那天，麦克默多从雅各布·沙福特的寓所搬了出来，在最靠近城边那个由寡妇麦克娜玛拉开的公寓居住了下来。不久，斯坎兰，这个他最先在火车上认识的熟人，由于一个偶然的机会也来到了沃米萨。他们两人生活在一起。没有别的住处，而且女主人又是个极好说话的爱尔兰老妇，所有的一切都由他们自己做主，正因为如此，他们享有那种有共同秘密的男人都喜欢的自由，可以随心所欲地说自己想说的话，做自己想做的事。

沙福特做出妥协，答应麦克默多在方便的时候，到他家里吃饭。因此，他和艾蒂之间的交往一直还保持着，不但如此，几周之后，他们的交往更频繁、更密切了。

在这个新居所里，麦克默多觉得没什么问题时，就将那个造假币的模板拿出来。他这个帮会的一帮兄弟，在发过几次保守秘密的誓言之后，也得到允许过来参观这些模板。在离开的时候，每个来访者的口袋里都装着几块假币样品。这些假币做得十分逼真，绝对没有一丁点问题和风险就可以通过检验。既然有如此的谋生手段，麦克默多为什么还要辛苦工作，对他的同伴来说这恐怕永远让他们费解。尽管他明明白白地告诉每个问到这个问题的人，假如他没有一个公开的谋生手段，那用不了多长时间，警察就会找到他，可是人们仍然不明白。

实际上，已经有一个警察盯上他了，只不过他的运气比较好，这件事有惊无险地过去了，并没有给他带来多大的伤害。在那次风波之后，他晚上就再也没有去过麦克金迪的酒吧，没有继续和那里的"帮会兄弟"作进一步的接触。他鲁莽的作风和勇敢无惧的话语，让他在这些人中间成为受人欢迎的人；而他能在"没什么准备"的酒吧争斗中痛快、老练地臣服对手，则使他获得了这群为非作歹的人的敬佩。另外，还有一件事则把他在这些人心目中的地位提升到一个新的高度。

事情发生在一个晚上正热闹的时候，一个穿着蓝色制服、头戴矿区警察尖顶帽的男人将酒吧的门推开了。由于普通民事警察力量不足，再加上那些民事警察在扰乱该地区治安的有组织的暴徒面前毫无用武之地，因此铁路和煤矿的老板们专门供养了这样的一批人。

这个人进来的时候，人们立刻停止了喧闹，很多人向他投去了好奇的目光。不过，在美国，警察和罪犯之间在某种意义上关系很微妙。那个时候麦克金迪正站在柜台后面，当那个警察走到他的客人们中间时，他很镇定，并没有像其他人表现出惊讶来。

"来一杯纯威士忌，晚上气温有点低。"那个警官说，"我想我们以前素未谋面吧，议员？"

"我猜你是那个新来的巡长吧？"麦克金迪问道。

"不错。我是马文巡长。我们都期待着您，还有其他有头有脸的公民帮助我们管理好这个镇上的秩序，议员。"

"你们不存在，我们会做得更好，马文巡长。"麦克金迪声音冷酷地说，"因为我们有自己镇上的警察，不需要任何外面的人来管理。你们不过是资本家花钱雇的工具，他们花钱让你们来棒打、枪杀你们那些更穷苦的同胞。除了这些，我不知道你们还可以做些什么？！"

"好了，对于这样的问题我们还是不要讨论的好。"警官很有涵养地说道，"我只想我们可以都做好自己的事，就像我们都明白的那样，或许我们对职责的理解是不一样的。"他已经喝完杯中的酒，转过身要走，这时，杰克·麦克默多吸引了他的目光。"喂！喂！"他嘴里不停地喊着，将麦克默多全身上下打量了一番，"呦，这不是老熟人吗？！"

麦克默多下意识地往后退了退。"我想我这一生都不会和你或其他任何遭诅咒的警察结识。"他说道。

"熟人不代表就是朋友。"那位警官一边说，一边咧嘴笑了起来，"你难道不是芝加哥的杰克·麦克默多吗？只要是这就够了！"

麦克默多耸了耸肩。"这一点我承认。"他说，"你是不是以为我会为自己的名字感到羞耻啊？"

"你是应该为你的名字感到羞耻呀,无论如何都如此。"

"你这么说究竟是什么意思?"他生气地喊道,同时将拳头握紧。

"不必如此,不必如此,杰克,恐吓对我是起不到任何效果的。我来到这个该死的煤窟之前,曾是芝加哥的一名警察,当我发现某个人的时候,我就知道他是芝加哥的一个恶人。"

麦克默多的脸色冷酷起来。"不要跟我讲,你就是芝加哥中心城区的马文!"他叫道。

"不错,我就是泰迪·马文那个老不死的,听候您的吩咐。我还清楚记得那里发生的枪击乔纳斯·品图的案件。"

"我不承认向他开过枪。"

"你真的没有吗?这可是听起来很充分的一面之词,不对吗?好吧,对你而言,他的死应该是一个千年难遇的巧合了,可能他们会因使用伪钞将你逮捕。呵,我们可以让那件事成为过去,因为在我们之间——可能我要说的话已经在我的职责范围之外——他们或许也没有什么对你不利的案子,如果想回芝加哥的话,你明天就可以回去。"

"我认为那个地方不错。"

"随便吧,我已经给过你提示,不过你这条赖狗却没有对我表示感谢。"

"哼,我想你的动机或许是好的,所以我确实要感谢你。"麦克默多的语气多少有些刻薄。

"只有在看到你脱离恶人的行列,我才会闭嘴。"巡长说,"不过,以上帝的名义!假如从现在起,你再犯了事便逃之夭夭,那可另当别论了!好了,祝您晚安,议员先生。"说完离开了酒吧。

在那之后,麦克默多变成了一个当地人心中的英雄。在这之前,人们开始在暗地里传诵着他在芝加哥的所作所为,而他总是用微笑应对所有的提问,那似乎表明他并不想把"了不起"的事迹强加在自己身上,不过现在这件事被官方证实了。酒吧里那些闲来无事的人簇拥着来到他身边,真心诚意地与他握手。也就是从那个时候开始,他不用再承担什么义务了,他可以随便喝酒却不露痕迹。

在一个星期六的夜晚,麦克默多被举荐给当地的帮会。他本来想自己在芝加哥已经入会了，所以应该不用再走任何仪式了，可是在沃米萨，他们有让自己感到自豪的特殊仪式，每一个志愿入会者都要严格遵守。举行仪式时，人们全都聚集在帮会大厦中一间专门举行这种仪式的大厅里。参加集会的有六十名会员，不过不要误会，这自然不是这个组织的全部力量，因为这条山谷里还有另外几个帮会，整个山脉的外侧也有另外的帮会，假如出现什么紧急情况，这些帮会可以交换调遣对方的会员，所以，有时罪犯并不见得是本地人士。会员人数总共不到五百名，散布在整个煤区。

这间会议室没有多余的摆设，一个长条桌子周围围满了人。长条桌子旁边摆放着另一张桌子，上面摆放了一些瓶子和杯子，有些人的眼睛已经开始不住地打量它们了。坐在桌子首位的是麦克金迪，他浓密卷曲的头发上戴了一顶黑色天鹅绒平顶帽，脖子上戴着一条鲜艳的紫色绶带。这副打扮让他看上去像是一位牧师在主持一场魔鬼的仪式。帮会的高层头目位列麦克金迪的左右两旁，其中能够发现泰迪·鲍德温那张英俊却冷酷的脸孔。他们每个人都佩戴着与他们职权相应的领巾或勋章。

这些头目大多是成年人，而其他人中间则包括十八岁到二十五岁的年轻人，他们是一伙随时可以执行领导命令的打手。在那些年龄较大的那群人中，有很多人仅仅从面孔上就可以看出，他们深藏在骨子里那种残暴无情的性格和无法无天的灵魂。可是如果仅仅看那些普通成员，却无法一下子相信这群热情、单纯的年轻人确确实实是一个极具危险性的杀人团伙。他们的心灵已经完全被蒙蔽，他们甚至为自己在这一行当里的技术感到由衷的自豪，这种自豪令人感到可怕，而且对于那个获得他们所谓"活儿干得漂亮"这种赞誉的人，他们是怀着深深的，甚至是神圣的敬意。

他们那扭曲的本性，使得他们认为主动去攻击某个从来没有危害过他们或者他们在自己的生活中素未谋面的人，成了一件值得宣扬、鼓励、自豪的事情。他们争论不休的，是在他们所犯下的罪行里到底是哪个人发出致命的一击，他们一直把描述受害者的哭喊声和痛苦的表情，作为他们彼此之间或他们团伙的谈资和娱乐。

最开始的时候，他们的安排布置还没有公开，可是在这个故事讲到他们时，他们的一切过程都完完全全公开化了。因为在他们看来，法律一次次的失败表明，一方面没有人敢出面做出危害他们利益的证词；另一方面，他们有无数的证人坚定地维护他们的利益，他们可以随时打电话将这些人召集来，而且他们还有巨大的财产，他们可以用这些财富将这个国家顶尖级的法律精英聘来为己所用。在长达十年的对法律的冒犯中，他们没有一次被判有罪，唯一的一次威胁到死酷党的危险则来自于受害者本人——他在人数上无法与对方相比，而且又是被突然袭击，不过他还是想办法在袭击他的人身上留下了自己的记号。可是他最终也没有赢得胜利。

帮会中有人提醒麦克默多要面临严酷的考验，可是却没有告诉他那考验都是什么东西。两个一脸严肃的兄弟将他带到外面一间屋子中。透过木板隔断，他可以听到在里间聚会的那些人交织起来的低语。曾有那么几次，他听到了自己的名字，他感觉那些人正在讨论他的申请资格。随后，走进来一个贴身卫士，来人胸前佩戴着绿色和金色两种颜色的彩带。

"身主说将他绑了，将眼睛蒙上，然后带进来。"他说。

三个人过来将他的外衣脱掉了，又把他右臂上的袖子卷起来，之后用一根绳子在他的两肘上方绕过、绑紧，最后他们又将一顶黑色的帽子扣在他的头上，帽子将他的眼睛遮住了，这样，他就什么都看不见。接着他被带到了会议大厅。

他的眼睛被遮挡住，眼前一片漆黑，他感到特别压抑。他只听到周围人的响动和低语声，由于耳朵也被捂上了，这让他感觉麦克金迪的声音听起来很遥远。

"约翰·麦克默多，"那个声音说，"你已经加入到自由人古老团体中，是这样的吗？"

他一言不发地点了点头。

"你所在的帮会是芝加哥第二十九号，是不是？"

他弯下了身子。

"黑夜的感觉不好受。"那个声音说道。

"嗯，不错，对旅行的陌路人是这样。"他答道。

"乌云低沉。"

"不错，暴风雨马上就要降临。"

"兄弟们满意吗？"身主问道。

周围的人低声表示了肯定。

"兄弟，通过你的标记和口令，我们了解到你的确是我们的一员。"麦克金迪说，"不过我们还是要跟你强调，在这个城镇和这一地区的其他城镇，我们有独属于自己的仪式，也有属于我们的特殊职责，只有那些优秀的人才有可能承担得起，你准备好了接受检验吗？"

"我已经准备好了。"

"你确定么吗？"

"我确定。"

"向前迈一大步来表明你的态度吧。"

这句话的话音刚落，他就感到他的眼前有两个很锋利的尖尖的东西，它们压在他的眼睛上，好像在告诉他如果不想冒险失去这双眼睛，就不能向前移动。虽然这样，他还是鼓起勇气，坚定地向前迈了一步，而在他向前迈步的时候，那股压力却突然不见了。随即，周围响起低低的喝彩声。

"他确实下定决心了。"那个声音说，"你认为你能忍受痛苦吗？"

"别人能，我也能。"他答道。

"试试他！"

他集中全身的意志力才没有让自己发出声来，一股剧烈的痛楚穿过他的前臂。这突如其来的剧痛几乎让他失去知觉，不过他咬紧嘴唇，攥紧拳头，将巨大的痛楚掩饰住了。

"更严重的痛苦我也能承受。"他说。

这一次，他又获得了周围人的高度肯定。在这个帮会里还从未见过比这更精彩的表现。好几只手用力地拍着他的背，那顶帽子也被人从他头上拽下来。他站在那里对兄弟们的祝贺眨眼微笑。

"还有一件事，麦克默多兄弟，"麦克金迪说，"你已经保证不泄露秘密，忠诚于组织，无论你背离了其中哪一条，立刻就会受到惩罚，而且只有死路一条，你清楚这一点吧？"

"我清楚。"麦克默多说。

"另外，在任何情况下都要接受现任身主的这个规定吗？"

"我接受。"

"既然如此，以沃米萨地三四一帮会的名义，你现在可以加入这一帮会的权力圈，我们表示欢迎。把这些酒拿到桌上来，来，斯坎兰兄弟，我们要为这位尊贵的朋友加入帮会而庆祝。"

已经有人将麦克默多的外衣拿给他了。他在穿上外衣之前，对自己的右臂进行了检查。右臂还是刺骨地疼。在前臂的皮肉上有一个圆圈，圆圈中间是一个三角，伤口又深又红，就像烙铁烙上去的一样。他旁边有几个帮会兄弟将袖子卷起来，让他看烙在自己胳膊上的帮会标志。

"我们每个人都有这么一个标记，"一个人说道，"不过我们中可没一个人像你所表现的那么勇敢。"

"哦！这并没有什么。"他说。虽然说得轻松，那个地方还是火辣辣地疼。

在入会的仪式结束后，众人开始了狂饮。狂饮结束之后，帮会的正事继续进行。麦克默多由于只熟悉芝加哥帮会那种呆板的做事风格，因此支着耳朵听，对接下来发生的事情，他所表现出来的震惊要远远超过他所表现出来的勇敢程度。

"日程表上的第一项事务是对莫顿县第二四九帮会小组负责人温德尔的来信进行宣读。"麦克金迪说。

尊敬的先生：

雷和司徒马什手下的安德鲁·雷是这个地区附近的煤矿主，现有一个工作需要你们去做，你们应该不会忘记，你们帮会欠我们一个情，去年秋天，在与巡警的那件事中，我们派出了两个兄弟摆平。这次你们也得派出两个优秀的兄弟，他们将听命于我们帮会的财务总管黑金斯，他的地址你们知道。他会告诉你们，什么时候在什么地方动手。

自由会兄弟，"J·W·温德尔，D.M.A.O.F."

"我们有什么事情需要帮忙时会从他们那里借一两个人，温德尔从来没有拒绝过，所以他请求我们帮忙时，也不能拒绝他。"麦克金迪用他那双精光闪闪、恶狠狠的眼睛打量了一下屋内的人。"谁愿意主动去完成这个工作？"他问道。

有几个年轻人举起了手。麦克金迪看着他们，露出欣赏的微笑。

"你去吧，老虎考麦克，希望这次你能把这件事处理得和上次一样让我满意，我相信你不会有问题。威尔森，你也去吧。"

"可是我没有手枪。"这个自告奋勇的小伙说。他还只是个十几岁的未成年的孩子。

"这是你第一次干这样的活，是吧？嗯，有时你需要出点血。对你而言，这将是个不错的开始。至于手枪，你不用担心，它正等着你呢，假如我所料正确的话。但愿你们星期一能回来汇报，时间是够用了。兄弟们会热烈欢迎你们凯旋的。"

"这次有奖赏，是吧？"考麦克问道。他是一个个子不高的黑脸小伙，有着凶恶的长相，他的残忍无情为他赢得了"老虎"的绰号。

"关于奖赏不用担心。你尽管为了这件事所能带来的荣誉去竭尽所能。或许干完了活你可以在箱子底找到几个小钱。"

"那个人干了些什么？"年轻的威尔森问道。

"记住，那个人干了哪些事，不是你这样的人随便打听的。那边已经对他做出判决，这与我们没有关系。我们要做的，就是替他们把这件事处理了。他们对我们也是如此。说到这儿，下个星期，莫顿帮会要来两个弟兄，帮我们处理我们这个地区的一些事情。"

"来的是谁？"有人问道。

"费斯，这种事最好不要打听。假如你什么都不知道，你就什么也证明不了，也就不会因此让麻烦降临。不过，这两个人，他们一旦做，就会将事情处理得干干净净。"

"还有时间呢！"泰迪·鲍德温高声喊道，"这些地方人手都离开了。就是上个星期，我们有三个人被福曼·布莱克退回来。他将这件事已经拖了挺久了，要是再不办，顺理成章地都被他得了。"

"得什么？"麦克默多低声问他身边的人。

"一大笔弹药买卖！"那人笑着说，"你认为我们的方式如何，兄弟？"

麦克默多内心中那个罪犯的灵魂，好像已经吸收了这个犯罪组织的精神，他现在也是这个邪恶组织中的一分子了。"我很喜欢。"他说，"这是勇敢者施展他才能的最好场所。"

坐在他周围的几个人听到这些话，拍手表示赞赏。"发生什么事了？"大胡子的身主从桌子的一端喝问道。

"我们这位新加入的兄弟说我们的这种方式让他很喜欢。"

麦克默多随即站了起来，大声说道："我想说的是：尊敬的身主，要是需要人的话，我希望有机会被选中帮助哪个帮会。"

他的毛遂自荐立刻赢得一阵热烈的鼓掌，好像一个崭新的太阳正在将自己的光轮推上地平线。在那几个年长者来看，这个进程似乎有些太快了。

"我的意思是，"帮会秘书哈拉威说，这个人有一副兀鹫般的面孔，胡子已经灰白，他坐在距离身主麦克金迪不远的地方，"麦克默多应该再等一段时间，等哪个帮会需要他帮忙时再去。"

"那是自然，我正是这个意思。我随时听候调遣。"麦克默多说。

"你肯定会有机会施展身手的，兄弟。"麦克金迪说道，"我们已经将你的自告奋勇记录了下来，我们相信你会在这里大有用武之地的。今天晚上有一桩小事，要是你愿意，可以进行一下配合。"

"我会等待需要我出手的时候。"

"无论怎么说，今晚你可以过来，这对于你了解我们在这个区域的地位很有益处。我待会儿会通知你。同时，"他看了一眼日程表，"我还有一两个问题需要跟大家明确一下。首先，我要请我们的财务总管将我们在银行的账目平衡这个事给大家通报一下。我们要发给吉姆·戛纳威的寡妇一笔救济金。吉姆·戛纳威是在为帮会做事的时候死去的，我们肯定不会不管他的家人。"

"吉姆是在准备杀掉马雷·克里克手下的切斯特·威尔考克斯的时候，遭遇枪弹的。"麦克默多旁边的人跟他讲道。

"现在我们各项资金运转正常。"财务总管说，银行的存折正摆在他面前，"最近一段时间那些公司出手阔绰。麦克斯·林达公司拿出了五百元，没它什么事了。沃克尔的那帮兄弟们拿出了一百元，可是我将那一百元给退了，让他们拿五百元。假如到星期三他们还没有给我满意的答复，他们的升降机或许就无法使用了。去年的时候，他们是在我们无奈之下烧了他们的粉碎机后，才被迫变得理智了。西边的煤矿公司已经按照我们的要求将一年的供款如数交了上来。我们手上的钱足够我们尽所有义务时的支出。"

"那个阿奇·司文顿呢？"一个兄弟问道。

"他将自己的产业卖掉了，然后离开了这个地方。这个不知好歹的老家伙给我们留了张字条，说他就是去伦敦做清洁工作，也不愿意在一群敲诈者的控制下做一个大矿主。他在这张字条到我们手之前，就逃之夭夭了！我认为他不会再在这个山谷出现了。"

一位看上去已经上了一些年龄，脸刮得很干净，面相平和、额头宽阔的人，从和身主相对的桌子另一端站了起来。"财务总管先生，"他说道，"我能否知道，买下了被我们赶出这个地区的那个人产业的人是谁吗？"

"没问题的，莫里斯兄弟。那个人的产业被国有莫顿县铁路公司买去了。"

"那又是谁将托德曼和李的矿井买走了，它们去年是因为同样的原因被卖掉的？"

"同一家公司买走的，莫里斯兄弟。"

"那么曼森、舒曼以及范·德赫，还有阿特伍德的铁厂又是被谁买走的？它们都是近一段时间被卖掉的。"

"西基尔默顿通用矿井公司将它们买下了。"

"我就不清楚了，莫里斯兄弟，"麦克金迪说，"这些产业被谁买走了和我们有什么关系？无论谁买走了它们也不可能把这些产业带出这个地区。"

"对于您的这个问题，我有不同的看法，尊敬的身主，在我看来，它或许对我们非常重要。这个程序已经进行了长达十年之久。在这个过程中，我们慢慢使所有的小本经营者一个个都倒闭了，结果怎么样呢？我们发现他们被铁路公司或通用制铁这样的大公司取代了，在纽约或费城这些公司有他们自己的后台，一点儿也没有把我们的威胁当作一回事。我们可以从他们的当地老板那里获得收益，不过这只代表着其他的利益会被交到他们自己人手里。我们的行为将造成对我们很不利的环境。那些小本经营者不会损伤到我们的利益。他们既没有大量的钱，也缺乏绝对的权力，只要我们给他们一线生机，他们就会屈服于我们的势力。可是假如这些大公司发现我们有碍于他们利益的实现，他们会不遗余力地与我们较量直至将我们送上法庭。"

这些事关大局的话让屋内一时间悄无声息，每个人都沉下脸，好像都换上了一副忧郁的表情。他们给人的感觉一直以来似乎都是无所不能，很少遇到挫折和反抗，他们心里早都没有了自己可能会遭受惩罚的意识。不过一旦想到这一点，即使他们当中那些最为胆大的人也禁不住害怕起来。

"所以我的意见是，"那个发言者继续说，"对那些小本经营者的要求宽松一些。一旦他们全部被驱赶离开这个地方，这里的力量平衡就会被打破。"

不受欢迎的真相往往不受待见。发言者坐下后，有人就暴躁地高喊起来。麦克金迪紧蹙着眉头站起身来。

"我说莫里斯，"他说，"你总是在替外人鸣不平。只要本帮的兄弟上下团结，我们就不会被美国别的什么势力所伤害。这种情况，难道我们在法庭上没有经常看到吗？在我看来，那些大公司会发现拿钱保安全要比打斗更轻松，就像小公司所做的那样。好了，兄弟们，"麦克金迪将他那顶黑天鹅绒帽子和绶带摘下来，说道，"本帮今晚的事务全部妥善解决完了，还有一件小事等我们离开的时候再说，现在是庆祝我们兄弟情谊和共同欢乐的时刻。"

说真的，人的本性确实耐人琢磨。对他们来说，将一个人杀害已经是很自然的事了，他们一次次杀死某个家庭的男主人，杀死某个与他们没有个人恩怨的人，可却从来不觉得有什么不对，或想到给这个人哭泣的妻子或无助的孩子少许的补偿；可是柔和或凄惨的音乐却能够催下他们的眼泪，真是奇怪。

假如说麦克默多先前还没有赢得这个帮会的好感，可是自从他那两句让他们颤抖的话之后，这种好感就势无可挡了。自从他被吸收进入帮会的第一个夜晚，他就成为了兄弟们中间最受欢迎的人，这意味着他会有所作为，会担任重要职位。可是，除了人缘好这类的条件以外，尚需要其他的品质，他才有机会成为一个有较高地位的自由人成员。而关于这些品质，在那天晚上结束之前，他发现了一个样板。装威士忌的瓶子已经转了好多圈了，众人已经被酒精刺激得脸庞绯红，而且开始耍酒疯，就在这个时候，身主再一次站起来对大家发话。

"兄弟们，"他说，"这镇上有一个人需要我们'关照'一下，你们会看到他是如何被关照的。我说的这个人是《先驱报》的詹姆斯·斯坦格。想必你们已经了解了他是怎样张开大嘴和我们作对吧？"

一阵表示同意的低语声响起来，此外，还有很多人在低声诅咒。麦克金迪从他的腰包里掏出一张纸片，念道：

"它的标题是'法律与秩序！煤铁区的统治和恐怖！'

"从第一起暗杀发生到现在，时间整整过去十二年了，这些暗杀告诉我们在我们中间有犯罪组织存在。从那一时间起，这种挑衅就一直没有停止过，到现在，他们为所欲为达到了登峰造极的地步，这让我们这里成为了闻名世界的奇耻大辱之地。我们这个伟大的国家将它宽广的胸怀敞开，欢迎那些逃离欧洲专制统治下的外侨，难道说就是为了这样的结果吗？难道他们自己要成为那些为他们提供了保护的人们的君主吗？难道是设想自由的、神圣的星条旗下应该允许一个恐怖主义和无法无天的国家存在吗？假如我们了解到它就像东方最颓废的君主专制下存在的情形一样的东西，自由在我们内心激起的除了恐惧还有别的吗？这些人大家都了解，这个组织是公开的公共组织。我不清楚我们的忍耐还能保持多久？我们能够永远忍……

"说实话，这篇像狗屎一样的文章我已经读得够长了！"麦克金迪叫喊着，与此同时把那张纸扔在桌上，"他就是这样描述我们的。我要问你们的问题是对这样的挑衅我们将如何处理？"

"让他消失！"十几个狂怒的声音同时喊道。

"我不同意这么做。"莫里斯说。说话的人就是那个脸刮得很干净的人。"我跟你们讲，兄弟们，在这条山谷里我们的出手已经够狠辣无情的了，总会有一天，为了保卫自身的安全，他们会联合起来将我们摧毁的。詹姆斯·斯坦格只是一个老人。在这个镇上、这个地区他受到了很多人的尊敬。他的报纸代表了所有那些在这个山谷里根基稳固的人的意见。假如这个人被人杀害，在整个国家都会引起震动，最终的结果只能让我们走到末路。"

"你告诉我，他们如何将我们毁灭，莫里斯先生？"麦克金迪吼道，"通过警察吗？事实上他们有一半人接受了我们的贿赂，而另一半人对我们充满畏惧。不靠他们，靠法律和法庭上的法官吗？难道我们之前没有试过吗，结果难道不是很清楚吗？"

"有一位林奇法官极有可能会接这个案子。"莫里斯说。

这句话引来了一阵愤怒的吼声，表达出对这个提议的反对。

"我丝毫不用大动作，"麦克金迪吼道，"就可以调来两百人，他们能把这座城镇从头到尾清理一遍。"说到这里，他突然提高了声音，粗黑的眉毛有些让人恐惧地紧蹙在一起。"看这里，莫里斯兄弟，我在看着你呢，我已经注视你有一段时间了！你不但自己缺乏决心，而且你还试图将别人的决心摧毁。今天对你来说是个让你悲伤的日子，莫里斯兄弟，你自己的名字已经上了我们的日程表，我目前考虑的是我应该让它留在哪儿。"

听到这里，莫里斯的脸色变得惊人的惨白，他的双膝似乎无法再支撑他的身体了，一下子跌坐在椅子上。他用哆嗦的手端起杯子喝了一口水，然后才开始说话："尊敬的身主，假如我说了与我身份不符的话，我向你和本帮的每一位兄弟说声对不起。我是忠诚的——这一点你们是清楚的——我是不想让组织变得那么邪恶，才这样口不择言的。不过我相信您的英明判断会远远超过我的，尊敬的身主，我跟您承诺像这样的冒犯以后不会再有了。"

听到这番谦恭的话，麦克金迪愤怒的神情明显有了一些缓和。"很好，莫里斯兄弟。假如必须要给你一点颜色看看，就我本人来说内心是非常不好过的。不过，只要我还坐在这把交椅上，我们在言语和行动上都要从一个统一的组织出发。现在，兄弟们，"他说的同时环视了一下屋子里的人，"我要跟大家强调的是，假如斯坦格尝到了全部的甜头，那会比我们要找的麻烦更为可怕。这些编辑们联合起来，全国上下的每一家报刊都会呼吁警察军队采取行动。不过我打算让你能给他们一个非常严厉的警告，你可以搞定这件事吗，鲍德温兄弟？"

"没问题！"那个年轻人急切地说道。

"你需要多少人协助？"

"六个人就可以，两个负责望风。你过来，高沃尔；还有你，曼瑟尔；还有你，斯坎兰；还有维勒比兄弟。"

"那位新加入的兄弟也要去，我已经答应了他。"麦克金迪说。

鲍德温盯着麦克默多看，那种眼神说明他既没有忘记更没有原谅对方。"好吧，假如他愿意，他可以来。"他声音冷酷地说，"就这样了。我们动手越早越好。"

会议结束了，众人嘴里叫着、喊着、醉醺醺地哼着有上句没下句的歌。酒吧里依然还有很多喝得酩酊大醉的人，帮里的很多弟兄也还留在那里。那一小队被分派了任务的人从人群中穿过，来到街上后，三两个一组分开行走在人行道上，这样可以避免引起其他人的注意。

这是一个气温异常低的夜晚，弯弯的月亮在清冷的、星光熠熠的天空发出明亮的光芒。在一个院子里那些分散的人又集合起来，这个院子正对着一幢高楼。"沃米萨先驱报"的字样用金字印在灯火通明的窗户之间，从窗户里面传出米印刷机哐啷哐啷的响声。

"你，守在这里，"鲍德温对麦克默多说，"你站在楼下门的旁边，任务是保持这条路畅通，好让我们及时撤离。阿瑟·维勒比和你一起。你们其他人跟我走。不要担心，伙计们，我们有一打的证人，会给我们证明，说我们这个时候还在联合酒吧里喝酒呢。"

大约午夜的时刻，街道上除了一两个喝得醉醺醺的人正在往家赶，路上已经没有了行人。这伙人穿过马路，将报社办公室的门推开，鲍德温领着几个人冲了进去，朝着他们面前的楼往上闯。麦克默多以及帮会的一个兄弟留在下面。从屋里传来救命的呼喊声，随即响起脚踏在东西上的声音和椅子倒在地上的声音。只一会儿的时间，一位头发灰白的男人冲了出来，但随即跌倒在地上。

他爬起来又跑，可是没跑几步就被抓住了，他的眼镜跌落在麦克默多的脚边，发出叮当的响声。随即砰的声音和那个人痛苦的呻吟响起。六根棍子噼噼啪啪一起打在他的脸上和身上。他身体蜷缩着，顾长瘦弱的四肢在棍棒的猛击下不停地抖动着。除了鲍德温外，其他人逐渐都停了下来，鲍德温冷酷的脸上显现出如魔鬼一般的笑容，他继续朝着那个人的头部猛打。那个人用胳膊抵挡着，不过显然效果并不大。他的白发染上一块块的血迹。鲍德温低下身体，对着这位受害者身上任何他能看到的地方继续来一顿暴拳，就在这个时候，麦克默多冲上楼梯将他一把推开。

"住手，你这样会要了他的命的！"他说道。

鲍德温有些惊讶地看着他。"混蛋！"他吼道，"你是谁呀，还想管我的事——就你这个新来的？滚一边去！"他将棍子举了起来。可是麦克默多已经从腰间的口袋里掏出了手枪。

"是你滚到一边去！"他喝道，"你要胆敢碰我，我就让你的脸开花。至于帮会，难道身主的命令不是说这个人不该杀吗——你这样不是在杀他吗？"

"身主是这么说的。"有一个人说道。

"天啊！你们最好快点结束！"下面的人喊道，"所有的窗户都亮了，五分钟内你们将会把镇上所有的人都招过来的。"

的确街上传来了一阵阵的喊叫声，一伙儿排字工人和印刷工人正往大厅里汇聚，而且正在准备行动。这群做坏事的家伙把那个人已经瘫软的、一动不动的身体留在楼梯口便冲下来，然后沿着街道很快离去了。回到帮会大厦，其中几个人混到麦克金迪的酒吧里乱哄哄的人群中，隔着柜台小声地向老板报告任务完成了。其他人，其中有麦克默多，跑到旁边的街上，顺着背街的小路都各回各家了。

恐怖谷

第二天早上麦克默多从睡梦中醒来的时候，脑海中还清晰地记得他入会时的仪式。由于喝了酒的原因，他的头很疼，胳膊也痛，他在那儿被打了记号，现在胳膊又烫又肿。因为有自己特殊的收入渠道，他不用按时去做他的工作，也正由于此，他早餐吃得很晚，而且一早上都没有出门，赖在家里给一位朋友写一封很长的信。在这之后，他又阅览了《先驱日报》。最后，他在一个专栏里看到：

"《先驱报》报社发生惨案——编辑被打成重伤。"

这是对那件事情的简单描述，对于这件事情的真相，他本人自然比这篇文章的作者所了解的内幕多得多。它的结尾是：

"客观上说，这件惨案很难指望通过警察的努力获得比从前更好的结果。有些人已经被指认，希望他们得到惩处。这桩暴行的起因，几乎不用再多说些什么，就是因为反对那个臭名昭著的组织，它控制这个地区为时已久了，对这个犯罪组织，《先驱报》采取了毫不妥协的反对立场。对于下面这个消息，斯坦格先生的很多朋友将会很高兴地听到，虽然斯坦格先生遭到野蛮残暴的毒打，虽然他的头部受到了严重伤害，他的生命却没有受到威胁。"

接下来，文章又描述道，他们已经正式郑重要求，派一名配备温切斯特步枪的警卫保护报社的安全。

麦克默多将报纸放下，用一只手将烟斗点上，他的手因为头天晚上的过分行为现在还有些控制不住地颤抖。就在此时，外面传来敲门声，随后他的女房东拿给他一张字条，并告诉他刚才一个小伙子送了这张字条。字条上没有署名，上面的字体很潦草：

"我想与你交谈一番，不过地点不是在你的房间里。你会在米勒山的旗杆旁找到我。假如你现在就来，我可以告诉你对你我都很重要的事情。"

麦克默多十分吃惊，他将这张字条读了两遍。他不知道给他写这张字条是什么意思，也不知道是谁写了这张字条。要是它出自一位女性之手，他可能还能想象出是在某一次冒险之初，在他过去的生涯中，一切都再熟悉不过了。可是他感觉这张字条出自一个男人之手，而且还是一个受过很好教育的人。一番犹豫后，最后他决定去看个究竟。

米勒山是城中心的一个公园，虽然管理得很不好，但是在夏天它还是成为人们最喜欢的休闲场所；不过在冬天，它是十分冷清的。在山顶俯瞰，不仅可以看到这座落后、有些沉闷的城镇的全貌,还可以看到下面绵延不绝的山谷,山谷里的一个又一个矿井和工厂,将山两边的雪都染黑了;此外,还可以看到山谷两侧长满树木表面却被白雪覆盖的山脉。

麦克默多顺着被常绿灌木丛掩盖的弯曲小路大步走来,他一直来到一座空荡荡的餐馆,那是夏天人们消闲娱乐的场所。一根光秃秃的旗杆在餐馆的旁边矗立着,旗杆下有一个人,他将头上的帽子拉得很低,同时将外套领子竖了起来。当他转过脸时,麦克默多马上认出他是莫里斯,就是头天晚上让身主发火的那个人。他们见面后,相互拿出并交换了帮会的标志。

"我想同你说说话,麦克默多先生。"这个年纪较长的人说。他的话语中带着犹豫,表明他小心谨慎的心理。"你能来真是太好了。"他说道。

"你为什么不在字条上留下名字?"

"我必须要谨慎行事,先生。你永远都可能不知道在这样的时候什么东西会返回到你手里,你永远也搞不清楚你到底该信任谁,又不信任谁。"

"你当然可以相信帮会的兄弟。"

"不,不,有些时候并非如此。"莫里斯恨恨地大声说,"不管我们说什么,甚至思考什么,好像都会传到麦克金迪耳中。"

"看这里!"麦克默多突然声音非常严厉地说,"就在昨天晚上,你应该十分清楚,我发誓要忠于我们的身主。你这是让我对他背叛吗?"

"假如这就是你采取的态度,"莫里斯声音悲切地说,"我只能跟你讲,我很抱歉麻烦你到这儿来见我。没想到事情已经到了一个让人尴尬的境地,两个自由的公民无法相互畅谈他们内心的真实想法。"

麦克默多十分认真地盯着他的同伴看,神情慢慢放松了。"我的话确实只代表我自己。"他说,"我初来乍到,你知道,我对一切都十分陌生,很多事情还轮不到我来发言,莫里斯先生,要是你想好了要对我说什么,我洗耳恭听。"

"然后将我跟你讲的话传给麦克金迪老板!"莫里斯痛苦地说。

"要是这样的话,你这样确实对我不公平。"麦克默多高声说道,"我从自身利益出发,我忠实于帮会,所以我直截了当地告诉了你,可是假如我将你私下告诉我的事,再说给第二个人,那我就是个卑鄙的小人。放心,我不会将你的话传到我之外的其他人那里，不过我得警告你，在我这里或许你既得不到帮助，也赢不来同情。"

"我已经对去找另外什么人的同情失去了信心。"莫里斯说，"我将这些话告诉你，就是把命放在你手上了。不过，像你这样的坏人——在我看来，你昨天晚上的行为告诉我你正在逐渐变得像那些最坏的家伙一样坏。可是你到底还刚来，你的良心还不会像他们一样变得那么硬。这就是我决定将这些话告诉你的原因。"

"好吧，你要告诉我什么？"

"要是你将我的话泄露出去，你会受到诅咒！"

"放心吧，我说过我不会。"

"好吧，我问你，你在芝加哥参加自由人社团的时候，你下过保证要做到仁慈、忠诚，你内心是否真的有过这样的念头？你发现它们把你引向犯罪了吗？"

"假如你将它视为犯罪的话。"麦克默多答道。

"视它为犯罪！"莫里斯高声说道。由于情绪激动他的声音高而颤抖。"要是你可以视它为别的东西，那你就对它知道得太少了。就在昨天晚上，一个年纪大到可以做你父亲的老人，被打到鲜血从他的白发中渗出来，你说这难道不是犯罪吗？如果不是犯罪，那你告诉我你称它为别的什么？"

"有人将那视为一场战争，"麦克默多说，"一场牵扯到所有人的两个阶级的战争，两个阶级无论哪一方都会进行最猛烈的进攻。"

"好，那你在芝加哥加入自由人社团的时候，你有没有想过会有此类的事？"

"那是没有的，这一点我敢说我从来没有想到过。"

"当初在费城入会的时候我也没有想到。在我看来，那只是一个获取利益的组织，是某个人的下属聚会的地方。之后我知道了这个地方——我诅咒那个名字第一次传到我耳中的那个时间！——我来是为了提高我自己！上帝啊！提高我自己！我，还有我的妻子以及三个孩子一同来到这里。市场广场的一间纺织品店是我们全家的安身立命之所，而且我的生意不错。因为我是自由人一员的话传开了，所以我被迫加入到当地的帮会，与你昨天晚上一样，耻辱的印章已经印在我的前臂上，不过印在我心里的标记则更让人颤抖。我发现自己受制于一个黑帮老大，并且陷在一个犯罪网络当中无力自拔。我能做什么？我说的每一句企图让事情变好的话，都会惹来对我的怀疑，就像昨天晚上那样。我无力离开，真的，因为我在这个世界上所有的一切都在我的店里。假如我贸然离开，我很清楚那对我来说意味着被杀害，而这对我的妻子和孩子来说会是什么，只有上帝清楚，哦，这太可怕了——太可怕了！"他用手将脸捂住，身体由于痉挛般的抽泣而不停地颤抖。

麦克默多耸了耸肩膀。"你性格懦弱，干不了这活儿。"他说，"这行不适合你。"

"我有良知，有我的信仰，不过他们却把我变成了他们中的一名罪犯。我被选中去完成一个任务。要是我不去，我知道会有什么降临到我身上。可能我性格真的懦弱。可能是想到我可怜的妻子和孩子们，让我成了一个懦夫。可是无论怎样，我去了。我想这件事在我以后的生活里都是我心上挥之不去的阴影。

"离这里大约二十英里的一个地方，在那座山脉那边，有一栋孤零零的房子，他们让我待在门外，和你昨晚的任务一样。他们同样不会相信我能干得了他们要干的活儿。其他人进入房中。他们从里面走出来的时候，从手上一直到手腕都被鲜血染红了。我们转身离去的时候，一个孩子在我们身后的房中大声哭喊。那只是个五岁的小男孩，他目睹了他的父亲被杀死。这样残酷的事情几乎让我晕过去，可是我却要表现得满不在乎，而且还要面带微笑。因为我很清楚，假如我不这样，下一次他们就会从我的家里出来，同样双手也沾满鲜血，而我的小弗雷德将为他的父亲哭喊。

"可是我当时也是一名罪犯，这场谋杀我也参与了，在这个世界上我永远地堕落了，在下一个世界也同样永远地堕落了。我是一个虔诚无比的天主教徒，可是假如牧师了解到我是一名死酷党，便不会和我再说一个字，他的信仰中已经没有了我的位置。我就是这样和它绑在一起的。我看你正在走和我一样的路，我要问你，你清楚你的将来吗？你也已经准备好要成为一个残酷无情的杀手了吗，还是我们可以做些什么来使这个过程结束？"

"你要采取什么行动吗？"麦克默多突然问道，"你不愿意跟我讲，是吗？"

"上帝不准许我这样做！"莫里斯喊叫道，"你要知道，这个想法会让我付出生命的代价。"

"好了，就这样吧。"麦克默多说，"在我看来，你是一个懦弱的人，你太夸大那件事了。"

"什么？太夸大！让我们看看吧，等你在这里生活的时间再长一些，你就知道了。看看下面的山谷！那百十个烟囱在山谷上空形成的乌云，你看见了吧！我跟你讲，谋杀的阴云更沉更低地压在人们的头上。这将是一个恐怖的山谷、死亡的山谷。恐惧将一直存在人们的心里，从黄昏到黎明。等着吧，年轻人，最后你自己会看到这一切的。"

"好吧，我现在就跟你讲，要是我看到更多的事情，我会怎么想。"麦克默多漫不经心地说，"有一点我现在了解到，你不是那种适合生活在这里的人，你越早将你的买卖售卖出去——无论它价值几何，哪怕你只能得到其中的一角钱——对你越好。我保证我不会将你跟我说的话说给别人听，它是安全的，不过，上帝知道！要是我认为你是个通风报信的人——"

"不，不！"莫里斯可怜地喊道。

"那就好，让它过去吧。我会把你说的记在心里，将来的一天我可能还会想起它。我希望你跟我讲这些话源自于你的善意。好了，现在我要回家了。"

"你离开之前我还要跟你讲一句话，"莫里斯说，"可能有人发现我们在一起了。他们可能想知道我们都说了什么。"

"哦！这需要认真想想。"

"我在我的店里给你安排了一个职位。"

"可是我没有接受，这是我们之间的事。明白了，再见，莫里斯兄弟，希望你将来情况会更好。"

就在当天的下午，麦克默多坐在他起居室的炉子旁边吸着烟，同时在思考事情。突然，门一下子被撞开了，老板麦克金迪巨大的身形出现在门口。他递过标记，然后便在这个年轻人对面坐了下来，他定定地看了麦克默多一会儿，而麦克默多也同样回敬以一样的目光。

"麦克默多兄弟，我跟你讲我不是来拜访你的。"他终于开口了，"你知道，应付那些来拜访我的人，我都忙得团团转。不过我认为我还是破个例，到你的住处来看看你。"

"在这里见到您我感到很荣幸，议员。"麦克默多显出一副真情实意的样子，说这话的同时他从他的柜子里拿出了威士忌，"我没有想到我会有这种荣幸。"

"胳膊的伤势如何了？"老板问道。

麦克默多做了个怪相。"哦，我还没有忘记它的疼痛，"他说，"不过我认为值得。"

"不错，值。"老板答道，"对那些忠诚的、经受得住痛苦而且能给帮会带来利益的人来说是值得的。"

"你跟莫里斯兄弟今天早上在米勒山谈论了什么呢？"

这个问题来得太突然，所幸的是他已经准备好了回答的话。他开心地哈哈大笑起来。"莫里斯不相信我整天待在家里就能将钱挣到。因为他把我这样的人的良心估计得过高了。不过从中可以看出他是一个心地善良的兄弟。他跟我说假如我闲着没事干，他愿意帮助我一下，给我在他的纺织品店里安排个职位。"

"哦，是这么回事吗？"

"是的，事情就是如此。"

"你没有接受？"

"那是自然。难道我在自己的卧室里干四个小时，还不能挣到十倍于他的工钱吗？"

"那倒是可以的。不过我对莫里斯了解得不是很多。"

"这话怎么讲呢？"

"好了，我想我现在不方便把原因告诉你。对于这地区的大多数人来说，这就够了。"

"可能对多数人是够了，可是对我来说这不够，议员先生。"麦克默多直截了当地说，"假如你把自己看作是大家的裁判者，你会清楚的。"

这个黑皮肤的巨人盯着他的同伙看，他那毛茸茸的利爪握紧了他手里的杯子，好像要把它扔到他这个同伙的头上。然而他又突然大笑起来，笑得狂野虚假。

"你真是个怪人，没错。"他说，"既然这样，要是你想知道原因，那我就告诉你。莫里斯没跟你说任何不利于帮会的话吗？"

"没有的。"

"反对我的话也没说？"

"不错。"

"哦，那是因为他对你不放心，还没完全相信你。在我心里，他不是一个值得信任的兄弟。这一点我们都知道得很清楚，这也是我们监视他的原因，到时候我会提醒他的。我想快到时候了。在我们的羊圈里没有长癣的羊待的地方。现在我要跟你讲，假如你跟一个不忠实的人交往，我们也自然会认为你也不忠实。你知道我这样说的意思吗？"

"我不可能和有问题的人来往的，因为对于这个人我也不喜欢。"麦克默多答道，"至于不忠实，我想除了您，不会再有其他人第二次对我使用这个词。"

"就这样吧，够清楚了。"麦克金迪说，同时喝干了杯子里的酒。"我过来就是跟你讲这个话的，你也明白了。"他说道。

"我想我明白了，"麦克默多说，"我想知道你是如何知道我跟莫里斯说过话？"

麦克金迪笑了起来。"我的工作就是了解这个镇上所发生的事。"他说，"我想，你最好相信我能听到任何人说过的任何话。好了，时间到了，我要跟你说……"

没想到他的告别被一个意外打断了。门突然被推开了，三张眉头紧锁、神情专注的面孔正从警帽的帽檐下与他们相对。麦克默多一下子站了起来，刚想将他的左轮手枪掏出来，可是他的胳膊在半空中停住了，因为他已经察觉到有两只温切斯特步枪对准了他的头部。随后一个穿制服的男人走进屋里，他的手里拿着六发式左轮手枪。这个人就是曾经在芝加哥干过，现在在矿区警队供职的马文巡长。他摇了摇头，脸上一副似笑非笑的样子，盯着麦克默多看。

"你麻烦上身了，芝加哥的克鲁柯德·麦克默多先生。"他说，"无论如何你有麻烦了，不否认吧？戴上帽子，跟我们走吧。"

"马文巡长，我告诉你你要为你的愚蠢行为后悔的。"麦克金迪说，"我想你应该清楚你是什么身份，竟可以如此闯进别人的房子，来惊扰这些城市守法的人！"

"这事和你没有什么关系，麦克金迪议员。"警长说，"我们这次不是冲着你来的，而是要来拿这个叫麦克默多的人。你应该帮助而不是阻挠我们执行任务。"

"我是他的朋友，我可以为他的行为担保。"麦克金迪说。

"许多人都有一个感觉，麦克金迪先生，最近哪一天你恐怕得为你自己的行为担保了。"巡长回答道，"没有来到这里之前，麦克默多就是个坏家伙，现在仍然旧习难改。盯住他，警士，我来下了他的枪。"

"要下我的枪，"麦克默多声音冷酷地说，"马文巡长，要是我们两个一对一，你可能还不能这么容易捉到我。"

"因为什么抓他？"麦克金迪问道，"上帝呀！假如你这样的人做警察工作，一个人生活在俄国和生活在沃米萨没什么区别。这是资本主义的暴行，我认为，这种声音你将会听到得越来越多。"

"你的职责是把你该做的事情做到最好，议员。我们的事我们自己会想的。"

"我的罪名是什么？"麦克默多问道。

"有人举报你在《先驱报》报社参与殴打老编辑斯坦格。之所以没有以谋杀罪起诉，不是因为你不想杀人。"

"这样啊，假如这就是你们抓他的唯一理由，"麦克金迪笑着大声说，"你们现在就可以罢手了，因为这样会省去你们很多麻烦。我跟你们讲，这个人和我在酒吧一直打牌到午夜，我毫不费力就可以叫来很多人来证明。"

"你愿意做你就去做，我想，你明天可以到法庭上去证明。而现在，你跟我走吧，麦克默多，要是你不想枪打爆你的脑袋，你就老老实实地跟着我们走。麦克金迪先生，你站到一边去。我不得不提醒你，我在执行任务的时候缺乏耐心！"巡长的脸上显出刚毅的表情。麦克默多和麦克金迪也不得不接受这个现实。麦克金迪设法在他们分开的时候，低声对已经是嫌疑犯的麦克默多说了几句话。

"那个安排得怎样了——"麦克金迪翘起大拇指，表示造币机。

"放心吧，没问题。"麦克默多低低地说。他事先在地板下做了一个稳妥的隐蔽处。

"我现在不得不跟你说再见了。"麦克金迪说，随后与麦克默多握了握手，"我要去拜访雷利律师，我要亲自出庭辩护，请相信我的话，他们无法难为你。"

"我可不愿意在那件事上与你较劲。你们两个看好这个犯人，假如他动什么歪心思，就开枪。离开之前我要搜查一下房间。"

马文仔细检查，可是显然没有发现那藏匿好的造币机。他下来后，就和其他人押着麦克默多朝总部走去。夜色降临，寒风袭人，街上几乎没有了行人，不过还是有几个闲来无事的人跟着这群人，依靠黑暗的夜色的掩护，他们向这个被抓的人大声咒骂着。

"处死这个万恶的死酷党！"他们喊道，"处死他！"当他被推搡进警察局时，他们高声大笑，尽情嘲笑他。负责这个案子的检察人员在简单地问了几个形式上的问题之后，他就被投进普通牢房。在那里，他看到了鲍德温和头天晚上的其他几名一起行动的帮会兄弟，他们都是在那天下午被逮捕的，此刻都在等着明天上审判台。

但即使是在这个受着法律严管的堡垒之内，自由人组织的触角也探了进来。深夜，一名看守拿了一捆稻草来为他们铺床，他们在稻草里发现了两瓶威士忌和几个杯子，还有一副牌。就这样他们在监狱里度过了一个狂欢之夜，对第二天早上的审判丝毫不在意。

果真，他们没引起新的诉讼，结果如预料中的。法官无法根据现有的证据，就将他们交给更高一级法院。另外，排字工人和记者们也不得不承认当时灯光昏暗，他们的精神高度紧张，所以很难对袭击者的身份作进一步的确认，不过他们相信这些被起诉的人中一定有那些人。后来又请来更有经验的律师——这个律师是麦克金迪雇佣的——他对他们进行了交叉询问，结果是对他们的指正变得更加模糊含混了。

被打伤的那个人提供的证词表明，他在那突然的攻击中惊慌失措，并且乱了方寸，他只能提供一个事实，就是一个留着胡子的人第一个打了他。他补充说，自己清楚地感知到那伙人是死酷党，因为在这个地区他没有和别的什么人或者组织结下恩怨，而且因为他那些仗义执言的评论，已经有多次威胁降临。另一方面，六位公民（其中有那位高级政府官员麦克金迪议员）提供的确凿证据可以相互印证，当时这些人都在帮会大厦打牌，直到那起暴行发生后一个多小时，他们都在那里打牌，始终未离开。

可以猜想得出来，他们被当庭释放，不过法官要求他们为他们造成的麻烦表示道歉，同时法官对马文巡长以及那几个警察们的多管闲事多少有些不高兴。

这个处理结果受到一群人的热烈欢呼，在他们中间麦克默多发现了很多熟悉的面孔。帮会的弟兄们面露微笑，挥手相互致意。不过当他们一个个走出法庭大厅时，还有另外一些人紧闭嘴唇静坐在那里，眼神中闪现出沉思。当这些刚才还是嫌疑犯的人走过这些人身旁时，有些人说出了他自己和他的同伴们的心思。

"你们这帮该受惩罚的杀人犯！"他说，"早晚有一天我们会制服你们的！"

最黑暗的时日

假如说有什么事让杰克·麦克默多在他的帮会兄弟们中更加声名大噪，那就是这次他先被逮捕，然后很快又被无罪释放。在入会的当天晚上就牛刀小试，以至于被带上法庭，这在这个帮会的历史上尚属一项新纪录。为此，他为自己赢得了一个好名声，大家都把他视为慷慨大方的同伴，可以潇洒地享受生活，而且性格还是如此的豪放，甚至连掌控一切生杀大权的老板本人都没有对他责备过。可是这还只是一部分，他无形中还给他的同伴们留下这样一个印象，他们当中没有任何人的头脑中随时都在算计一桩残忍的罪恶，也没有任何一个人比他更具备犯罪的能力。"他将是一个吃干净饭的家伙。"帮会中有资格的老人却下了这样的结论，而且在等待时机好让他干自己应该干的工作。

可以让麦克金迪随意支配、使唤的人已经够多了，不过在他内心，他很清楚只有这个人是最有才干的。他把自己看成是一个用皮带牵着一条猎犬的人。有很多需要小菜鸟去干的那些不起眼的活儿，可是总有一天，他会让这个出色的猎手去捕捉一个令人吃惊的猎物。帮会里有一些人，其中就包括那个泰迪·鲍德温，对这个新手的迅速蹿升感到愤懑不平，并且因为这件事而对他怀恨在心，不过他们不敢去招惹他，因为他随时可以出手，就像他什么时候都会放声大笑一样。

虽然可以说他在他的同伴中受到了一些人的喜爱，那么还有一部分人，对他来说更是至关重要的，甚至是不可或缺的，他却失掉了他们的感情。艾蒂·沙福特的父亲同他再没有任何的往来，也不允许他再跨进自己的家门。艾蒂本人虽然依然深深地爱着他，不愿像父亲一样放弃他，可是她清醒的理智不止一次地提醒她，和一个被认为是罪犯的人结婚将会有什么可怕的后果。

一天晚上，她又是一夜未眠，早上她思考过后决定去见他，这可能是她最后一次与他见面了，她要再做一次巨大的努力，希望能够从那些正在吞噬他的罪恶中将他拉回来。她来到他的住所——曾不止一次他求她走进他用作起居室的房间。她进去的时候，他正坐在桌子旁边，背对着她，他的面前放着一封信。突然一阵属于女孩的忧伤向她袭来——毕竟她还只有十九岁。她推门的声音没有引起他的注意，她轻手轻脚地走过去，将两只手轻轻放在他弯着的肩膀上。

假如说她想吓他一跳，那她确实是圆满达到了这个目的，可是紧接着被吓着的就变成她自己了。因为就在那一刻他猛然转身，右手卡住了她的喉咙，同时用另一只手把放在他前面的那张纸揉皱了。那一刻他的眼睛挣得大大的，不过随即震惊和喜悦取代了他因为动作凶猛而扭曲的表情——可是那股凶猛的劲头却给她带来了很大的惊吓，就好像遇到了她温和的生活中从来没有出现过的可怕事情。

"你呀！"他一边说，一边擦了擦额头上的汗，"你终于肯到我这儿来了，我的心肝，可我却差一点掐死你！真是抱歉，过来，亲爱的。"他将双臂张开，"让我补偿一下我犯下的过失。"

她很快从刚才因为突然看到这个男人脸上那充满罪恶感的恐惧而受到的惊吓当中恢复了镇定。可是女人所有的直觉都在提醒她，那不仅仅是一个男人受到惊吓时表现出的害怕，而是一种恐惧和愧疚——对，就是这种表情——愧疚和恐惧！

"你反应怎么会这样，杰克？"她大喊道，"你怎么如此怕我？哦，杰克，要是你的良心没有感到不安，那你是不必如此怕我的！"

"确实如此，不过当时我正在想其他的事情，而你正好像一个精灵轻悄悄地走过来——"

"不，不，不像你说的那样，杰克。"一种突然而至的怀疑出现在她的心里。"给我看看你正在写什么信。"她说道。

"哦，艾蒂，这封信我不能让你看。"

她的怀疑进一步获得了佐证。"是写给其他女人的，"她喊道，"我就猜到情况是这样！除了这个还有别的事你在瞒着我？你是在给你的妻子写信吗？我如何才能知道你不是一个有妻子的男人——你，一个谁都不认识的陌生人？"

"我没有妻子，艾蒂。你要清楚这一点，我发誓！我在这个世界上唯一爱的女人就是你。关于这一点我向耶稣的十字架起誓！"

他急得脸都变白了，她无法不相信他。

"好吧，那么，"她大声说道，"你解释一下你因为什么不给我看那封信？"

"我来解释一下，我的好姑娘，"他说，"我之所以不给你看，那是因为我不能在你面前违背我立下的誓言，我只会让那些我对他们发过誓的人看。那是关于帮会生意上的信件，即使对你也需要严格保密。你把手放在我肩上时，难道你没有想过我会将你的手当作是侦探的手吗？"

她认为他的话合情合理。他将她拥在怀里，用吻将她的恐惧和疑虑去除。

"来，到我身边坐下。这是像你这样的女王的专有宝座，也是你贫寒的爱人所能寻觅到的最好的地方。我在想，过些日子会有那么一天他要为你做得更好。现在，你内心是不是恢复了平静，是这样吧？"

"要是我知道你是那些为非作歹的人当中的一员，要是我永远都不知道哪一天就会得到你因为谋杀被带上法庭的消息，我的内心又如何能平静，杰克！'死酷党麦克默多'，昨天我的一个房客就是以这样的称呼说你的，它就像一把刀子在我的心上划过。"

"放心好了，恶言恶语伤不了人。"

"可那是事实。"

"好了，亲爱的，事情没你猜想的那么不可救药。我们不过是穷人，我们在用我们的办法将我们的权利争取到手。"

艾蒂将自己所爱的人的脖子搂住。"不要再继续做下去了，杰克！为了我，为了上帝，请停止吧！我今天来就是求你这件事的。哦，杰克，你看——我都跪下来请求你了！我跪在你面前求求你不要再错误下去了！"

他将她拉了起来，头在她的胸前摩挲着，借以安慰她。

"哦，我的爱人，从你的要求中我知道你对你的要求的真实意味并不了解。那样要违背我的誓言，抛弃我的同伴，我如何能做得到？假如你能明白我的处境，我相信你永远都不会提出这种要求的。不仅如此，即使我想不干，我又如何做得到呀？你不会以为帮会会随随便便同意一个知晓了它所有秘密的人轻易撤出吧？"

"这些事我考虑过，杰克，我都计划好了。父亲已经为我攒了一些钱。对这个地方他已经厌烦透了，常年的恐惧让我们的生活暗淡无光，他准备从这里搬走了，我们一起逃到费城或纽约，到那里我们就不用顾虑还会遭到他们的报复。"

麦克默多笑了起来，问道："帮会的触角很长。你为什么会认为它的触角不会从这里伸到费城或纽约？"

"好吧，那我们就到西部去，去英国，去德国，父亲就是德国人——不管哪里，只要离开恐怖谷！"

麦克默多的脑海中浮现出莫里斯的身影。"的确，这是我第二次听到这个山谷叫这个名字。"他说，"我感觉它的阴影好像重重地压在你们有些人的心头。"

"在它的重压下我们生活的每个时刻都暗无天日。你是不是以为泰迪·鲍德温已经放过我们了？要不是因为他现在对你有所忌惮，你想想我们会有什么机会？你只要看到他手下人带着那种阴暗贪婪的眼光看着我就什么都了解了！"

"天啊！假如我碰到他那样，我会让他更清楚该怎么守规矩！但是你看，小姑娘，目前我是不适宜离开这儿的。我不能——请永远别对我提类似的要求，不过假如你让我自己想办法，我会尝试计划一个体面的退出计策。"

"在这种事里就没有体面可言。"

"好了，好了，这只代表了你的看法。假如你给我六个月的时间，我就可以处理好此事，那样的话，我就可以问心无愧地离开了。"

姑娘闻言开心地笑了。"六个月！"她大声说，"你确定吗？"

"也可能七八个月吧，最多一年，我们就可以永远从这个山谷离开了。"

最终艾蒂只能得到如此的回答了，不过这样还是有些收获的。这缕未来的弱弱的光，让阴郁的期待有了一丝亮色。她返回父亲那里，自从杰克·麦克默多闯入她的生活以来，她的心情还从来没有像现在这样轻松。

麦克默多误以为作为帮会成员，自己应该知晓帮会里的所有事，可是他很快就发现这个组织要远比一个单纯的分会大得多，同时也更为复杂。即使是老板麦克金迪也对很多事情毫无所知，这是因为在霍布森的帕奇还居住着一个叫城镇特派员的头头，他那里还要沿着铁路走一段很远的距离才能到达，他掌管着几个不同的分会，他用出其不意的武断作风掌控着这几个分会。麦克默多与他有一面之缘，那是一个行踪诡秘的人物，个子不高、头发灰白，给人的感觉猥琐卑鄙，走起路来轻飘飘的，总是心有叵测地对人侧目而视。他的名字叫伊万斯·波特，他是一个危险的人物，就连沃米萨的大老板对他也是既恨又怕，那感觉同大块头的丹东对矮小但危险的罗伯斯庇尔的感觉相类似。

　　一天，和麦克默多生活在同一所公寓里的斯坎兰收到老板麦克金迪的一张字条，这张字条与伊万斯·波特的字条附在一起。伊万斯·波特的字条告诉麦克金迪他将派能干的劳勒和安德鲁过来。这两人已经接到命令将在附近地区参加一次行动，不过关于目标的详细材料他们却不知道。麦克金迪要保证到行动时间来临时他们的食宿及其他便利条件都安排稳妥。麦克金迪额外强调的是，帮会大厦里不是每个人都能做到严守秘密，因此，假如麦克默多和斯坎兰能安排这两个生人在自己的寓所住几天，那么他会为此感到非常高兴的。

　　就在收到字条的当晚，那两个人就到了，他们每人提着自己的旅行包。劳勒年龄要大一些，话不多，看起来一副精明的样子，他把需要的东西都带齐了。他的外套是一件很旧的双排扣大衣，头上戴着一顶软塌塌的帽子，再加上他那乱糟糟的灰白胡子，这让他看上去如同一名到处巡游的牧师。而他的伙伴那个叫安德鲁的还是一个大男孩，脸上洋溢着率真和喜悦，神情就像是一个出门度假而且准备要享受每一分钟的人一样轻松活泼。无论是劳勒，还是安德鲁都对酒敬而远之，做起事来从各方面看都可作为帮会的表率，更让人吃惊的是，他们都是帮会的杀手，他们已经不止一次地证明自己是这个杀人组织最有力的武器。劳勒已经完成了十四起这样的任务，而安德鲁也完成了三次。

　　麦克默多很明显地感觉到他们会随时讲出他们过去为帮会所做的事，他们会带着那种为组织做出尽己所能的无私贡献后所产生的稍显腼腆的自豪神情，来描述那些过往的事情。不过，对手头这件马上要做的事情，他们还是保持了警戒之心，没有多说什么。

　　"我们之所以被安排完成这个任务，是因为我和这个孩子都滴酒不沾。"劳勒解释道，"他们信得过我们，不过也只是跟我们讲了我们该知道的东西。你们一定不要误会，这是城镇特派员的命令，他掌管着这一切。"

　　"说得对，我们都是一伙的。"斯坎兰说。他就是跟麦克默多生活在一起的那个人，当时他们四人正坐在一起享用晚餐。

　　"是的，确实如此，过去的任何事情你想听到什么时候，我们保证可以跟你讲到什么时候，比如像杀死查理·威廉斯或西蒙·伯德之类的事，都可以如实告诉你，不过关于目前要做的这件事，我们什么都不能跟你们讲。"

"既然这样，我想这样问一下。"麦克默多一本正经地说，"我想知道的是你们的目标不会是铁矿山的杰克·诺克斯吧？关于他，我自有办法让他得到应有的下场。"

"不是，他还没排上号呢。"

"那么是赫曼·施特劳斯？"

"不，他也没排上号。"

"好吧，既然你们不打算跟我们讲，我们也不为难你们，不过我确实还是想知道。"

劳勒微笑着摇了摇头。泄密的话他是无论如何不会说的。

尽管这两个客人什么也不肯透露，斯坎兰和麦克默多还是决定对他们的行动进行监视。所以，第二天早上，麦克默多听到他们蹑手蹑脚地溜下楼梯，他便将斯坎兰叫醒，两人快速将衣服穿好。等他们收拾好后，他们发现门大开着，那两人已经偷偷地出去了。当时，天还没有完全亮，在灯光的帮助下，他们看见那两人沿着街道已经走出了一段距离。他们非常谨慎地跟在后面，脚步轻轻地落在厚厚的积雪上。

他们住的地方在城边上，所以他们很快就来到了出城的十字路口。他们发现已经有三个人在那里等候了，劳勒和安德鲁匆忙地与那三个人简单沟通了几句，然后便一同离开了。显而易见，这是一件很要紧的事，需要几个人协同完成。那个十字路口有几条通往不同矿区的小路。这些人都沿着去往克鲁山的那条路走，那里有一家大公司，能够在这个恐怖的地带维持相对稳定的秩序和治安，多半原因得益于这个公司手腕强硬的经理。那是一位精力充沛、勇敢无畏的新英格兰人，名叫约书亚·H·杜恩。这时，天已经透亮了，一伙工人正慢慢地沿着黑乎乎的小路走过来，有的是一个人单独走，而有的是几个人搭伴一起走。

麦克默多和斯坎兰快步走了过去，和那些人混在一起，同时没有忘记监视他们跟踪的那几个人。他们被一场浓雾淹没了，从浓雾之中突然传来尖利的汽笛声。这代表了一个信号，代表着还有十分钟罐车就要下井了，一天的劳作也随即开始了。当他们来到矿井周围的那片较为宽敞的空地时，已经有百十名矿工等在那里了，他们一边跺着脚，一边朝捧着的双手呵气。气温实在低。那几个不怀好意的人站在发动机房的阴影下那一群矿工中间。麦克默多和斯坎兰爬上一个矿渣堆起来的小山，在那里他们可以把下面的一切都看得十分清楚。他们看到，那个长着一脸大胡子名叫孟西斯的矿井工程师从发动机房中走了出来，一边吹着口哨，一边向即将下井的罐车走去。

可是就在那个时候，一个个子很高、脸部刮得很干净的年轻人急急忙忙地朝着矿井口走去。在疾步向前走的时候，他的目光落在发动机房阴影下的那群人身上，他沉默着，不动声色。这些人将头上的帽子拉低，并将衣领竖起来挡着他们的脸。有那么一会儿的时间，一种不祥的预感将那只冰冷的"手"放在了那位经理的心头。他快速将那只"手"抖到一边，然后他盯着那些来路不明的陌生人。

"你们是谁？"他走过来问道，"你们在这里转悠准备干什么？"

没有人回应，随后那个叫安德鲁的小伙子向前跨了一步，对着他的腹部扣动了扳机。站在那里的百十名矿工身形不变地站着，没有人有任何的行动，仿佛都瘫在那儿了一样。那个经理用两只手将伤口捂住，同时身体向中间蜷缩。他踉跄着要逃离，可是另一个枪手的枪又响了，于是他身子一斜倒下了，在一堆矿渣中间踢腾挣扎。那个苏格兰人孟西斯，就是那个矿井工程师看到这一幕，愤怒地大吼一声，挥着一把铁扳手向这群杀手冲了过来，可是迎面射来的两颗子弹将他放倒了，他倒在了他们的脚下。

有几名矿工发出愤怒和痛苦的声音，向前冲了几步，可是，那几个陌生人用他们的六发式左轮手枪对着这几个矿工的头顶连发数枪，受了惊吓的矿工一哄而散四下逃命去了，有几个矿工精神失常般地跑回到他们在沃米萨的家里。

当几个胆量比较大一点的矿工再一次结伴回到矿井时，那些杀人犯已经在清晨的雾气当中消失不见了，没有一个证人可以将这些杀人犯的身份说清楚，这些杀手就当着这一百来人的面残忍地杀了这两个人。

　　麦克默多和斯坎兰朝着自己的住处走去。斯坎兰有些精神不振，这是因为他是第一次亲眼目睹杀人的活儿，好像没有别人跟他讲的那么有意思。在他们急忙返回镇上的时候，那位经理的妻子那凄厉可怕的哭喊声始终在他们耳边萦绕。一路上麦克默多显得心事重重，一句话也没有说，他对同伴的精神萎靡也没有表现出任何的理解和同情。

　　"是啊，这就如同一场战争。"他内心反复在念叨着这句话，"如果不是我们和他们之间的战争，那这又算是什么呢？我们自然会在最为有利的时机下予以反击。"

　　一场狂欢在帮会大厦的分会办公室热闹地举行着，不仅是因为成功地将克鲁山矿的经理和工程师铲除，使得这一公司也和其他公司一样要被迫接受他们的敲诈，同时还为了庆祝该分会在其他的地方也已经取得的一场行动胜利。

　　那件事情似乎是，当城镇特派员派了五个人在沃米萨发动袭击的时候，礼尚往来，他要求沃米萨这边也挑选出三个人去刺杀斯替克罗亚的威廉·黑尔斯。威廉·黑尔斯是基尔默顿地区最为有名，同时也是最有人脉的矿主，几乎没有人认为他在这个世界上有对他怀有歹意的人，因为他在各方面都堪称是一个行为的楷模。不过他坚持讲究工作效率，所以毅然将那些经常喝得醉醺醺、又不好好工作的工人辞退，而这些人正是那个无所不能的社团的成员。于是有恐吓信贴在了他的门外，可是这并没有阻止他的举措，由此，在一个自由文明的国家他发现等待自己的只有死亡。

　　这次暗杀已经获得了成功。泰迪·鲍德温一脸的兴奋之色，此刻他大大咧咧地坐在身主旁边。作为这个分会的头儿，身主此刻通红的脸庞和呆滞充血的双眼，说明了他日日夜夜地在狂饮。头天晚上他和他的两名同谋在山里潜伏了一夜。这让他们外形散乱、面色枯槁。

　　可是与此同时，也没有哪一个人在完成了本来没有丝毫成功希望的行动之后，能够从他们的同伴那里获得比这更加狂热的欢迎。

　　他们的英雄壮举在欢声笑语中被一遍一遍地讲述着。他们埋伏在山顶，为的是等待着目标在夜晚时骑马回家途经这里，在经过此地时，他的马必须放缓速度。由于气温低，他穿得特别多，他的手根本无法拿到枪。他们将他拖下马，对着他开了好多枪。他哭喊着让他们放过他。帮会的成员一遍遍重复他哭喊的话语来娱乐大家。

"让我们再听一遍他是如何哭喊着哀求我们放过他的吧。"他们高喊着。

他们之中没有一个人认识这个人，可是他们却能从杀害这个人当中找到永久的刺激。更让他们高兴的是，他们已经向吉尔蒙特的死酷党表明，沃米萨人是完全可以值得信任的。

当时还有那么一段小插曲：当他们正对着一具已经失去了气息的尸体疯狂开枪的时候，一个男人和他的妻子驱车过来。有人主张将这两个人也一起处理掉。可是这两个人是无辜的百姓，和这些矿一丁点儿关系都没有，于是这两个人被狠狠地敲了一笔，而且还要保证对此事守口如瓶，否则的话，会遭遇更大的祸事。他们将那具血淋淋的尸体丢弃在那里，作为对那些强硬矿主的示威性警告。做完这些后，那三名肩负重大使命的杀手迅速逃进大山之中。大山里，荒凉的原野中随处可见高炉和矿渣。如今他们回来了，丝毫无损，这趟活他们干得圆满，同伙的赞扬声一阵接着一阵。

这一天对于死酷党来说是个意义非凡的日子。笼罩在沃米萨山谷上空的阴影更加沉重了。由于聪明的将军总是选择让自己在顺利的时候能够事半功倍，这样他的对手就失去了重整旗鼓、东山再起的机会，因此，麦克金迪老板用他那双阴郁凶狠的眼睛认真审视着这欢腾的场面，同时心里在琢磨着一伙新的行动来进一步击垮自己的对手。就在那天晚上，那些喝得酩酊大醉的同伙散去之后，他拉了拉麦克默多的手臂，将他领到旁边那间内室，这里是他们首次见面的地方。

"好运降临了，伙计，"他说，"我安排你去完成一件任务，可以让你大显身手了。你要亲自去完成它。"

"听你这么说，我十分荣幸。"麦克默多答道。

"你可以带曼德斯和雷利这两个人去。这次行动他们两人是被迫参加的。在切斯特·维尔克斯还没有除掉之前，我们在这个地区永远不能高枕无忧，要是你能把他除掉，煤矿所有的分会都将对你感恩戴德。"

"无论如何，我都会尽全力的。他是谁，我在哪里能找到他？"

麦克金迪将嘴角上那永远半嚼半抽的雪茄拿了下来，然后从他的笔记本上撕下一页画了一张草图，边画边说：

"他是爱恩·戴克公司的老板，是一名经历过战争且获得很多荣誉的老士官，他很难对付，经受过数不清的伤痛磨难。我们两次试图将他除掉，可都是功亏一篑，还让吉姆·卡纳威在行动中丢了性命。现在我们把这艰巨的任务交由你来完成。这里就是那栋宅子——爱恩·戴克公司在那里只有这么一栋房子，情况如同你在这张图上看到的——它的周围没有另外一栋房子能听到这里的动静。可是行动不能在白天展开。因为他有枪，而且又快又准，这一点根本不容质疑。必须在晚上动手——嗯，那时只有他和他的妻子以及他们的三个孩子，哦，还有一个佣人。你们是不能等到看清情况再动手的。只有两种情况，或者全部杀光，或者一个都杀不了。假如你们可以弄一包炸药放在正门口，另外再加上一根燃得很慢的捻子——"

"这家伙做过什么事？"

"我刚才不是说了，他开枪将吉姆·卡纳威打死了。"

"他为什么将吉姆·卡纳威开枪打死了？"

"这跟你没有关系，有什么关系吗？卡纳威晚上在他的房子周围转悠，他就开枪了。我们只需要知道这一点就可以了。你要把这件事解决好。"

"那两个女人和孩子，也要杀死她们吗？"

"是的——要不我们怎么可能杀死他？"

"对她们来讲，这似乎不公平，因为她们什么都没做。"

"说这些话有什么用！你要打退堂鼓吗？"

"不要动怒，议员，我刚才说的，怎么会让您认为我是要违背您这个分会身主的命令呢？不管是对是错，都由您决定。"

"你的意思是你会去做？"

"我当然会做。"

"时间呢？"

"这个，您最好给我一两个晚上的时间，因为我要看一下那栋房子并且制定一个严密的行动计划，然后再动手。"

"棒极了。"麦克金迪说道，同时伸出手握了一下麦克默多的手，"那么，我把这件事就交给你了。你给我们消息的时候对我们来说肯定是个好日子。这是让他们所有人都臣服于我们的最后一次打击。"

麦克默多面对这突如其来的任务，认真地思考了很长时间。切斯特·维尔克斯所居住的那栋孤屋在距离这里大约五英里的一条山谷里。那天晚上，麦克默多一个人开始准备这次行动，他去了要行动的地方侦察。等他侦查回来，天已经亮了。第二天，他见了一下自己的两名手下曼德斯和雷利，对于新的行动，这两个鲁莽的年轻人如同去猎鹿一样激动和兴奋。

两个晚上后，他们在城外又一次见面了，三个人都备了枪，其中一个还带了一包炸药，是采石场用的那种炸药。不到凌晨两点他们就到达了那栋房子附近。那天晚上有风强劲地吹着，被吹散的云团轻快地掠过弦月的表面。事先他们已经被提醒要小心猎犬，因此他们每走一步都十分谨慎小心，手里的手枪都上了扳机。不过耳边除了风的呼啸外，没有一点其他的声音，头上摆动的树枝似乎也没有带起任何的声响。

麦克默多悄悄来到这栋孤屋门前侧耳倾听，可是里面什么动静都没有。他把炸药包抵在门上，然后用刀子在上面掏了一个洞，将引信放了进去。最后将引信点燃，麦克默多和他的两个同伙撒腿就跑。等炸药轰然响起的时候，他们已经将身体藏在远处一个安全的沟里了。轰响声中房子迅速坍塌了，这代表着他们的这次任务圆满干完了。在帮会血迹斑斑的记录上，还没有哪一次行动像这次一样如此的顺利圆满。

可是事实上，这次令人兴奋、大胆实施的行动却没有任何实际上的收获！因为受到各位受害者遭遇的警示，切斯特·维尔克斯意识到自己一家早晚要受到打击报复，于是他已经在前一天将家搬迁到一个更安全、更不为人所知的住所，那里他以及他家人的安全有警察负责。炸药炸毁的不过是一栋空宅，就在他们自以为得手的时候，那位经受过战争考验的传奇老士官却在爱恩·戴克给矿工训话呢。

帮会从上到下分都感谢他，并且十分笃信这次事情终于解决了。几个星期之后，当报纸上说维尔克斯遇到埋伏遭枪杀时，麦克默多仍然在周密布置他没有完成的任务，这已经是一个人人皆知的秘密了。

而这就是自由人社团的行事作风，在这个广大而又富庶的地区死酷党正是以这种方式宣传他们的恐怖法则，这个地区许久以来就一直被他们的恐怖所笼罩。为什么要让更多的篇幅被更多罪行所玷污呢？难道我上面所讲述的还不足以将这些人和他们的行径揭露吗？

这些行为被记录了下来，从这些历史记录上，你可能会读到关于这些行为的具体细节。你也许会知道伊文思事件和枪击警察巡逻队的情况，原因是他们冒着生命危险抓获了该社团的两名成员。你一定也读到过关于枪击拉贝夫人的一些情况，她那时正在看护自己的丈夫，她的丈夫几乎死于奉老板麦克金迪之命的暴徒之手。年长的金肯斯被杀于他弟弟遇害后不久，詹姆斯·默多克遭人杀害，斯塔夫豪斯一家被炸死，斯坦道斯被谋杀，这些惨案都是在同一个可怖的冬天里接连不断发生的。

恐怖谷被一种浓重的阴影低沉地笼罩着。春天伴着奔流的小溪和抽芽的树木如期而至。长期控制在铁拳中的自然开始焕发出勃勃生机，可是生活在恐怖的枷锁之中的男男女女却依旧生活在黑暗之中。他们头上的乌云从未像 1875 年初夏时那样阴沉，那样让人产生绝望之感。

危 机

恐怖统治攀升到了所能达到的最高点。麦克默多已经被任命为分会执事，并很有可能接替麦克金迪成为身主。另外，他现在在顾问委员会里也有很高的地位。没有他的协助或指点，什么事情都无法顺利完成。可是，在自由人会中的地位越高，经过沃米萨大街时受到的白眼也就越多。当地的居民不堪忍受他们实施的恐怖统治，下定决心联合起来共同反抗压迫者。传闻先驱报社里有秘密集会，还有人向那些一贯老老实实的民众分发枪支。这个谣言已经传到了分会，可是这并没有引起麦克金迪和他那帮手下过多的关注。他们人多势众，下手无情，而且武器称手，在他们看来，他们的对手散沙一盘，势孤力弱。就像过去一样，只是随便说说而已，顶多抓几个人回去，也不会起到多大作用。麦克金迪和麦克默多以及几个胆子稍大的同伴都是这样说的。

五月份的一个晚上，分会举行狂欢派对。麦克默多正要离家去参加聚会，帮会里那个做事谨慎的兄弟莫里斯上门来找他。他一脸的愁容，面容枯槁。

"你是否可以和我畅快地谈一谈，麦克默多先生？"

"自然没问题。"

"我没有忘记上次跟你说的心里话，你真的没有跟别人讲，就连老板本人问了你也没有讲。"

"你那么信任我，我怎么能做出那种事，不过这并不表示我认同你的那套说辞。"

"这我心里有数，不过你却是个我认为可以讲真心话的人，也是个不会将别人秘密透露给他人的人。我知道一个秘密，"说到这里的时候他将手放在胸膛上，"这真叫我不知如何是好，但愿你们都知道这件事，而不仅仅是我一个人知道。假如我将它讲出来，可能会闹出人命，这是极有可能的。不过假如我不说，我们可能都要遭殃。上帝啊，求您指点我！我真不知道该怎么办了。"

麦克默多神情郑重地看着眼前这个人，只见他四肢不停地颤抖。麦克默多往酒杯里倒了点威士忌然后端给他。"将它讲给我听听吧。"麦克默多说道。

莫里斯一口气将酒喝掉，苍白的脸上逐渐浮现血色。"简单来说，一句话就可以。"他说，"我们被侦探盯上了。"

麦克默多十分惊讶地看着他。"嗨，老兄，你精神出问题了吧？"他说，"这儿随处可见警察和侦探，可是这对我们有什么影响呢？"

"可是他不是我们这个地方的。你也说了，对那些警察和侦探我们都了解，他们对我们也没什么影响。哦，平克顿全国侦探事务所，你以前知道吗？"

"好像在报纸上看到过这样的名字。"

"哦，那就好。我跟你讲，当他们盯上你的时候，你一定得提高警惕。

那不是一个办事不较真的政府机构，相反，它是一家办事十分较真的机构。无论如何他们都要得到想要的结果，达不到目的绝不肯收手。要是一个平克顿的侦探插手过问这件事，我们的好日子就到头了。"

"那我们就要除掉他。"麦克默多很干脆。

"啊，难道这就是你的第一个想法吗？这得拿到分会上讨论。我不是跟你说过吗，这样行事闹不好会出人命。"

"是啊，出人命那又怎么样？这样的事在这儿是多么稀松的事啊。"

"虽然如此，不过这件事不该由我来说，我说出来我就没有好日子过了。可是，我们自己都可能危在旦夕。上帝啊，我该何去何从？"莫里斯坐立不安，不知该怎么应对，非常焦灼不安。

麦克默多被他的话深深地打动了。能够看出，他们的感觉和想法是一样的，面临危险不应躲避。他按着莫里斯的肩膀用力地摇了摇。

"我跟你讲，老兄。"他情绪激动，以至于说这些话的时候好像在尖叫，"如同一个老太婆一样坐在那里只知道痛哭流涕是于事无补的。我们得知道事实啊。他是谁？他又住在哪里？你是如何打探到他的消息的？又因为什么要来跟我讲？"

"我之所以跟你讲，是因为希望你能指点我，我以前跟你说过，我在东部地区开了一家商店。我在那里交了一些好朋友，其中有一个朋友在电报局供职。来这里之前，他给我写了一封信，昨天才收到的。信一开头就提到这件事。这是那封信，你自己看看。"

麦克默多将信打开，上面是这样写的：

你那边的死酷党是什么情况？关于他们的报道我们在报纸上了解得挺多。这些话就你我之间说说而已。我希望在不久的时间内能够收到你的消息。五家公司和两家铁路公司已经认真地着手处理这件事。这次他们动真格的了。不要怀疑他们的态度，他们会达到目的的。他们委托平克顿侦探事务所进行调查，平克顿侦探事务所派出了最得力的侦探伯蒂·爱德华。你们得马上停止行动。

"再看看附言还写了什么。"

当然，我说的这些都是我在处理业务过程中了解到的。内容就这么多。由于使用了奇怪的密码，每天处理起来都十分麻烦，令人很厌烦，也不知道是什么意思。

麦克默多手里捏着那封信，精神萎靡地坐了一会儿。他感觉眼前似乎涌起了一团迷雾，而再往前就是深渊。

"除了我们还有其他人知道这件事吗？"他问。

"我没跟别人聊过此事。"

"可是那个人，就是你的那个朋友会不会写信把这件事告诉其他人？"

"据我所知，他可能还认识一两个人。"

"你是说认识帮会里其他的人？"

"有这个可能。"

"我这么问是有原因的，他或许会告诉我们，这个叫伯蒂·爱德华的家伙长的什么模样——给我们找到他创造条件。"

"嗯，倒是有这个好处，可是我并不觉得我这位朋友认识这个人。他只不过是把他在工作中获知的消息告诉我。他又怎么会认识那个平克顿侦探所的侦探呢？"莫里斯说道。

麦克默多猛地跳了起来。"上帝啊！"他吼道，"我一定得设法找到他。我怎么这么愚蠢，竟然一点都不知道。上帝啊！不过还不是最糟，还有些运气。我们要赶在他下手之前找到他。我说，老兄，将这件事情交给我来处理吧？"

"这没问题，只要不和我扯上任何关系就行。"

"这个你放心吧，你可以站到一边去，其余的事由我全权负责好了，我甚至不会提你的名字，我一个人会将此事担起来的，就算这封信当初是写给我的，这下你放心了吧？"

"当然这样我就放心了。"

"那现在你就把这件事彻底忘记吧。我现在就去分会处理此事，很快就会让这个平克顿来的侦探见识一下我们的手段。"

"他不会为此将性命丢掉吧?"

"知道得越少,就越不操心,睡得也就越安稳。不要再管这件事了,任其自然吧。现在全交由我来负责吧。"

莫里斯离开的时候,神情忧虑地摇了摇头。"我怎么感觉我手上沾满了这个人的鲜血呢。"他痛苦地说。

"无论从哪方面讲,自卫算不上谋杀。"麦克默多冷笑着说,"不是他死,就是我们亡。假如让这个家伙继续留在谷里,他就会将我们完全毁去的。哦,莫里斯兄弟,我们要选你当身主,因为这次分会因你而生存下来。"

显而易见,从他的行动来看,他认为外人闯进谷这件事要比自己嘴上说的严重得多。或许是因为心中有愧,或许是因为平克顿侦探所的威望,或许是因为获知了那些财大气粗的公司下定决心将死酷党人清除,不管是什么原因,他已经做好了最糟糕的准备。

他首先把家中所有可能对自己不利的字纸都销毁了,之后才满意地长出了一口气,这样他从心底感觉有那么一些安全感了,可是他认为危险仍然压在他头上。在去分会的路上,他去了一趟老沙福特家。由于进不去屋,他就在窗户上敲了几下。艾蒂打开门走了出来。她发现情人眼里经常闪烁的那种爱尔兰人恶作剧神情消失了。她从他那绷紧的脸上意识到了有什么危险要降临。

"你有事情了!"她大喊,"杰克,你有危险!"

"是的,不过还不是太糟,亲爱的。在形势没有变得更糟糕之前,我认为搬家是个好办法。"

"什么,搬家?"

"以前我就告诉过你,总有一天我会从这里离开的。我认为现在是时候了。今晚上我收到一个消息,而且还是一个糟糕的消息,我感觉麻烦就要降临了。"

"警察找你们麻烦了吗?"

"不是警察,是一个平克顿的侦探。你不用打听具体是什么事,也不用理会他对我们这些人意味着什么。我已经让自己深陷其中,需要马上摆脱才可能有救。你说过,你会跟我一起离开的。"

"啊,杰克,这会让你获得重生的!"

"我这个人讲究诚信,艾蒂,你那么美丽、善良,我绝对不会伤害你一根汗毛,也不会把你从云端的金宝座上拉下来。你认为我能做到吗?"

她将自己的一只手放在他手里,沉默不语。

"那你听我讲,并且一定按我讲的去做,因为在我看来,我们唯一的逃脱之路就在此。我有预感,谷里即将有大的变故发生。我们很多人都得为自己考虑一下,我也是如此。要是我离开这里,不管是白天走,还是晚上走,我都一定要带着你一起走。"

"我会随后跟上的,杰克。"

"不是的,不是的,你是要与我一起离开的。假如山谷关闭了,就再也没有办法返回来了,我如何能将你扔下不管呢?可能因为躲避警方的追捕,我们有可能失去联系,所以你必须跟我一起走。在家乡我认识一个心地善良的女人,我可以将你托付她照顾,然后我们就结婚。跟我一起走吗?"

"好,杰克,我跟你走。"

"你如此信任我,愿上帝一直庇护你!要是对不起你,我就不是人。你听好,艾蒂,我会让人给你送信来。你一收到信无论在干什么,都要马上放下,赶到车站候车室与我会合。我会去接你。"

"无论是白天,还是晚上,我收到信就会立即赶过去,杰克。"

这样一来,麦克默多心里多少有些踏实了,接下来就得开始做好出走的准备。他随后就去了分会。分会已经聚集了很多人。只有通过复杂的暗号和切口的考核,才能通过守卫森严的外围和内围哨卡。麦克默多一走进去就受到其他人的欢迎。在弥漫的烟雾中,他看到身主那一头乱蓬蓬的黑发,鲍德温凶残且有恶意的表情,秘书哈拉威鹰鹫一样的脸,分会里十多位头目都在。他很高兴,大家都来商议他带来的消息。

"兄弟,再一次见到你我们都很高兴!"麦克金迪高声说,"现在有一件事需要一位具有像大智者所罗门一样智慧的人来进行决断。"

"这件事是关于兰德和伊根的。"在坐下来的时候邻座向他解释道,"他们两个人一起去斯蒂尔斯镇将克雷布老人除掉了,可是他们两人都说自己应享有分会给的赏金。问题的难点在于谁都说不清楚究竟是谁开枪打中的。"

麦克默多站了起来，并举起一只手。他脸上郑重的表情让大家不得不专注地看着他。一时之间屋里一片寂静，大家都在等他开口。

"尊敬的身主，我有紧急情况需要汇报。"麦克默多说话的语气很严肃。

"麦克默多兄弟有紧急情况汇报。"麦克金迪说，"按照本会的规定，这应当优先进行。既然这样，那么兄弟，你说吧，我们洗耳恭听。"

麦克默多将那封信从口袋里掏出来。

"尊敬的身主以及帮会的各位兄弟，"他说，"我今天给你们带来的是一个不好的消息。所幸的是，我们提前知晓了这件事，还能讨论如何应对。如果在毫无任何准备的情况下，这样的打击定会将我们彻底击溃。我获知一个消息，国内最有钱、势力最庞大的公司已经联合起来准备将我们剿灭，而且，恰恰就在这个节骨眼上，一个叫伯蒂·爱德华的平克顿侦探来到谷里搜集我们犯罪的证据，极有可能让我们中的很多人死于非命，在座的各位有的还将被打入重罪犯监狱，大概情形就是这样。在我看来，情况十分紧急，所以提出来让大家讨论。"屋里顿时什么声音都没有了，最后还是麦克金迪开口打破沉默。

"你讲的这些有什么根据吗，麦克默多兄弟？"他问。

"我手上这封信就是证据。"麦克默多说完，将信上的那段话大声念出来，"此事关乎我个人的信誉，因此详细情形我不便向各位多说，也不能把信交与你们，不过我可以向你们保证，信里其他内容均与分会没有丝毫的关系。我一收到信，就马上赶过来向诸位报告这件事。"

"主席先生，我来说一说。"一位年龄较大的兄弟说，"伯蒂·爱德华这个人我知道，他是平克顿侦探所最有名的侦探。"

"哪个人见过他？"麦克金迪问。

"我。"麦克默多说，"我见过。"

大厅里顿时响起一阵低低耳语声，显然大家都很吃惊。

"在我看来，他逃不出我们的手掌心。"他面露轻松得意的微笑接着说，"假如我们迅速采取明智的行动，完全可以制止这件事发生。有你们的信任和帮助，我认为没什么可担心的。"

"到底有什么好怕的？他到底了解了我们多少事？"一个人问道。

"要是帮会兄弟都像你这么坚定，可以这么说。不过这个家伙有那些资本家的巨大财力做靠山。难道你认为帮会中每个人的意志都像你这般坚定，不会被他收买？他会查到我们的秘密——或许已经得手了都说不好。只有一个办法，可以确保没有什么闪失。"

"不能让他离开这儿。"鲍德温说。

麦克默多闻言点了点头。"说得不错，鲍德温兄弟。"他说，"我们的意见之前经常有分歧，今晚的意见却一致了。"

"知道他藏身在什么地方吗？上哪儿去找他？"

"尊敬的身主，"麦克默多神情郑重地说，"我想告诉您，这件事对我们关系重大，不宜在分会公开讨论。我在此郑重声明，我绝对不是信不过帮会的各位兄弟，可是我担心人多嘴杂，一不小心泄露了消息，让那个家伙知道了，我们就别想抓住他。我认为分会应该成立一个行动委员会。要是让我提名的话，主席先生您自然是成员之一，还有鲍德温兄弟，另外再找五个人。这样我就可以在这个行动委员会里畅所欲言，把自己所知道的和下一步的计划完全地讲出来。"

麦克默多的这个提议当即就被允许了，委员会的成员也确定下来了。

有主席和鲍德温，面如鹰鹫的秘书哈拉威、老虎考麦克、残暴的年轻杀手兼司库卡特以及亡命之徒维勒比。

与以往的聚会不一样，这次聚会没多久就散了，因为众人的心头都笼罩着一层阴云，很多人还是首次感觉到报应就像乌云一样飘到他们头上。一直以来他们都舒服地在这片天空下生活，从来都是他们给别人制造恐怖气氛。他们也一直以为遭受报应的可能性是十分微小的，可是如今报应就要降临到自己头上，这让他们的心情难以像之前那么稳定了。他们早早离开，剩下几个头头在商讨对策。

"赶快讲吧，麦克默多！就剩下我们了。"麦克金迪说。

七个人坐在座位上静静地坐着。

"我已经说了，对那个伯蒂·爱德华，我是认识的。"麦克默多解释道，"不用我说，你们也肯定能想到，他在这里一定不会再用这个名字。他有胆有识，又十分谨慎。他化名史蒂夫·威尔逊，目前在霍布森的帕奇逗留。"

"你是如何知道的？"有人问道。

"这是由于我跟他说过话。当时我没有过多留意。如果不是收到这封信，我也不会想到这一点。可是我现在敢确认这个人就是他。星期三那天我去了霍布森帕奇一趟，在车上遇到他。他告诉我他是记者，我当时丝毫没有怀疑。他说他要给纽约一家报纸写报道，想了解一切有关死酷党人以及他称之为'暴行'的情况，于是他向我了解这方面的情况，他的目的无非是想从我这里套取情报。你们不要担心，我没有泄露一分半毫。'我给你报酬，很高的报酬。'他说，'只要能了解到一点东西向编辑交差就可以。'我说了一些他想听到的话，他给我一张二十美元的钞票作为报酬。'即使十倍的报酬也是可以的，'他说，'只要你将你知道的这方面情况告诉我。'"

"那你跟他说了什么？"

"我是胡乱说的。"

"那他有没有可能是报社的？"

"接下来我就会讲到这个。他在霍布森帕奇下车，而我也在那里下车。我去了一趟电报局，巧合的是我又一次看见了他，当时他正好从里面走出来。

"你来瞧瞧，'他走了以后，营业员说，'我认为我们应该收取双倍的费用才合理。''我也认为应该收双倍费用才公平。'我说。电报上密密麻麻地写满了字。我们怎么看都觉得像是汉字。'每天他都要发这样一封电报出去。'营业员说。'这样啊，'我说，'那是报社的专稿。他担心他人窃取其中的信息。'当时无论是我还是营业员都是这么认为的，可是现在我却完全不这么看了。"

"上帝啊！我认为你的感觉是真的。"麦克金迪说，"可是依你看，我们应该采取什么措施应对呢？"

"要不咱们赶快出手杀了他？"有人提议。

"是啊，而且越快越好。"有人迎合。

"如果探查到他在哪里，我会马上行动的。"麦克默多说，"我虽然知道他落脚在霍布森帕奇，但不知道住哪儿。不过，我有个计划，你们看看是否合适。"

"哦，什么计划？"

"明天早晨我去一趟霍布森帕奇，找到那个电报局的营业员，他会告诉我那个人住在哪儿。找到他之后，我就跟他说，自己是个自由人会员，可以有偿出售帮会里的一切秘密，让他出个价。我想他肯定会乐意的。接着告诉他，我把准备好的东西放在家里了。因为它非常重要，跟我的命一样值钱，所以白天有人的时候不方便取。关于这一点那个人自然也明白，这是基本常识。我让他晚上十点过来，我把一切都给他看。等到他来的时候我们就可以搞定他。"

"可行吗？"一个兄弟问道。

"没有问题的。后面的事就需要你们去办了。麦克娜玛拉寡妇家是一栋孤零零的宅子。她本人是个聋子，什么都听不见，绝对安全可靠。屋子里面就斯坎兰和我两个人。假如他同意了——我就马上通知你们——而你们七个人九点钟全部都上我那儿去。他来的时候我们给他来个瓮中捉鳖。要是这样他还能安全地离开，那就算他走运，让他下半辈子都生活在吹嘘中吧！"

"事情顺利的话，平克顿侦探所马上要有一个职位空缺了。我的计划就是这样的。"麦克默多结束了说话。

"麦克默多，就按照你说的明天九点我们就去你那儿，他来后，你只要把门关上就可以了，后面的事我们来搞定。"

伯蒂·爱德华的妙计

麦克默多所说的丝毫不差，他租住的房子孤零零的，它在小镇的最边上，距离公路也有不算短的一段距离。十分利于展开他们预先计划好的犯罪活动。以前，这些密谋害人的家伙只需把目标想方设法弄出来，把枪里的子弹全部都打入对方的身体就可以了。多数情况下他们都是这么干的，可是这一次不同了。他们需要先了解对方知道多少，怎样知道的，又给雇主传达过多少情报。

或许事情已经无可挽回了，因为那些情报已经送出去了。假如事情真是如此的话，他们至少也要拿这个家伙出气。不过他们仍然希望这个可恶的家伙没有探听到什么具有重大价值的信息。要不然，正像他们认为的那样，他为什么要把麦克默多告诉他的那些毫无价值的东西写下来发送出去呢？但是，不管怎么说，这一切还需要从他嘴里说出来才可信。他们相信，要是他落入他们手里，他们自然会找到办法让他讲出来的。对付这样一个不愿意合作的家伙，对他们来说已经不是什么新鲜事。

按照计划，麦克默多去了一趟霍布森帕奇。那天早上，警方对他好像也十分留意。那个队长马文——就是那个说在芝加哥时就与麦克默多是老熟人的警察——见他在站上等车，上前主动跟他打招呼。可是麦克默多不愿意搭理他，就把脸转到一边。他刚完成任务，下午还要赶回帮会向麦克金迪汇报。

"他答应来了！"他说。

"棒极了！"麦克金迪说。这个高大魁梧的人只穿了一件衬衣，露出背心的链子金光闪闪，一颗钻石透过竖立的胡须闪烁出耀眼的光芒。这个人既从事商业，又操弄政治，这让他既有钱又有权。可是，一直得意的他头天晚上一直有一种不祥的预感。

"你猜测他了解到多少情况?"麦克金迪忧虑地问。

麦克默多神情沮丧地摇了摇头。"他来这里已经挺长时间了——少说也有六个星期了。不过我猜测他还没来这儿搜集我们的情报。假如他一直都混在我们中间,又有铁路公司作后台,那我会认定他已经有收获,并且已经把了解到的信息发出去了。"

"咱们这里面不会有意志薄弱的人。"麦克金迪大声说,"每个人都值得信任。哎呀,不对,上帝啊!就只有那个让人讨厌的莫里斯让人担心。他的情况怎么样?要是说有人将我们出卖了,那么那个人一定是他。我想叫几个弟兄天黑的时候将他弄来收拾收拾,看看能不能问出什么情况。"

"嗯,那样做倒也可以。"麦克默多答道,"我得说,我对莫里斯很有好感,实在不忍心看见他受伤害。我们之间聊过一两次关于咱们帮会的事,他的意见或许与我们不同,不过据我看来,我肯定他不会做出出卖我们的事来的,不过我不应该介入你和他之间的事。"

"我一定要将这个老家伙解决的!"麦克金迪赌咒发誓,"对他我都留意一年了。"

"这件事你看着办吧。"麦克默多说,"但是不管怎样办,也等到明天再说吧。在平克顿侦探这件事还没有获得解决之前,我们不方便做别的事。有的是时间,不一定非要在今天去惊动警察,您说是这样吧?"

"嗯,你说的有道理。"麦克金迪说,"在将伯蒂·爱德华处理掉之前,我们得弄清楚他是从哪里获得的消息。哦,对了,他有没有察觉这是个陷阱?"

麦克默多脸上浮现出笑容。"我想他的弱点被我抓住了。"他说,"如果真的可以查到死酷党人的踪迹,我估计即使是下地狱他也会毫不犹豫的。我拿了他的钱。"他咧嘴笑了笑,同时掏出一叠美钞。"他答应看了所有的文件之后,还会给我更多的报酬。"

"文件?什么文件?"

"哈,哪里来的文件啊?那是糊弄他的,我跟他说我这里有帮会章程、会规和会众登记表之类的东西。他对我表示想在离开之前把一切都搞清楚。"

"不得不说，他还想得真美。"麦克金迪冷着脸说，"他难道没问你为什么没有将文件直接带过去吗？"

"假如我身上带着这些东西，那我岂不是成了怀疑对象了吗？况且马文队长就在那天还在车站上和我搭过话呢！"

"嗯，这件事有人跟我讲了。"麦克金迪说，"我认为事情的关键就在你身上了。将他干掉之后，尸体扔到一个废弃的矿井就完事。不过，很难瞒住霍布森帕奇的其他人，更何况你今天还去过那里。"

麦克默多听了耸了耸肩。"放心，假如处理得当，他们虽然可能怀疑，可是却无法证明是我们杀的人。"他说，"天黑之后，他过来没有人看见，他离开也没有人看见。我会安排的。现在，议员先生，我将计划跟你解释清楚，然后你再将计划通知其他那几个人。你们得及早过来，那样才稳妥。他十点过来，会敲三下门。我来给他开门，然后在他身后把门关上。之后事情就由我们掌控了。"

"这很容易啊。"

"是的，不过具体的行动需要计议一下。要知道他不是个容易对付的人。他的身上带着硬家伙呢。虽然说他答应来了，可是他很可能不会放松戒心。可以料想他原以为就我一个人，结果却发现屋里有七个人，他当时就会开枪的，我们这边就会有伤亡。"

"嗯，肯定会出现这样的情况。"

"而枪声会马上把镇上所有该死的警察都引过来。"

"不错，是这样。"

"我是这样打算的。你们先都在大屋里藏着——就是上次我们聊天的那间大屋。等他来的时候，我去开门，并将他引到大门旁边的客厅。让他在那里等着，而我假装去取文件，借这个机会我将外面的情形告诉你们。之后我拿一些假的材料出去给他。在他低头看那些假材料的时候，我就猛扑上去按住他掏枪的手。听到我的呼叫，你们就冲进来，记住要快，能有多快就要多快。他力气很大，跟我差不多，弄不好我还无法控制住他，不过我应该会坚持到你们进来。"

"好办法。"麦克金迪说，"要是这件事成了，分会不会忘记你的功劳。我在想，等我退位了，我就提名让你来当这个分会的身主。"

"这是我应尽应分的，议员先生。我也就刚入会不久。"虽然麦克默多嘴上这样说，可是得到老大的表扬，他的脸上还是禁不住露出欢喜的神色。

回到家后，麦克默多就开始准备晚上这场凶险的恶斗。首先他把史密斯·文森牌左轮手枪仔细擦拭一遍，然后上油、装满子弹。然后又对那间即将用来困住侦探的房间进行了检查。这是一间很宽敞的房子，房间中央有一张松木长桌，旁边摆放着一只大火炉。两面墙上各有一扇窗户，窗户上面没有百叶窗，只有薄薄的一个窗帘。麦克默多将这一切认真检查了一遍。他内心一直认为，在这里做一些犯罪的事，很容易被人发现。不过，屋子离公路尚有不算近的距离，这就让它不那么惹人注意了。检查完之后，他还与分会兄弟斯坎兰商讨了这件事。斯坎兰也是个死酷党分子，不过只是个小人物，可是他不令人讨厌，性格软弱，对帮中兄弟的意见从来不反对，有时候被迫参与杀人，心里常常会恐惧不已。麦克默多将计划简要地跟他讲了。

"假如我是你的话，迈克·斯坎兰，我就会选择连夜离开，不与这件事扯上一点关系。天亮以前，这里将会发生一场血案。"

"真的是这样，麦克。"斯坎兰应道，"我不是不想参与，实在是没勇气啊。在那边煤矿看见杜恩经理被打死，我的心都禁受不住了。不像你或者麦克金迪，找缺乏那样的胆量。假如帮会不找我麻烦的话，我肯定会遵照你的建议，晚上离开这里，不会影响你们的任何行动。"

参与行动的几个人按照约定赶过来了。从外表看，他们都是衣着光鲜整洁的好公民，可是只要看看他们紧闭的嘴角和凶残的眼神，就要为伯蒂·爱德华担心了，恐怕他要凶多吉少了。这间屋子里的人，没有哪一个双手是干净的，都沾满了血腥，他们杀人毫不犹豫，就像屠夫宰羊一样。

这群人中，无论从外表还是所犯的罪行来论，为首的自然就是那个看上去让人害怕的老大。秘书哈拉威则是个很瘦弱，却很毒辣的家伙。他脖子又瘦又长，四肢总是好像在动。对于分会的资金来源是否合法，在外人面前他是绝对不会透露一星半点的。财务主管卡特是个中年人，成天板着他那张脸，没有任何生气，皮肤就像羊皮纸一般蜡黄。他为人阴险狡诈，鬼点子很多，几乎每次罪恶的细节都出于他的谋划。维勒比兄弟俩是执行实际任务的人。他们个子很高大，不过却很灵活，脸上经常显示出坚毅的神色。老虎考麦克是个皮肤黝黑的大汉，有一双浓眉大眼。他凶狠残暴，会中兄弟对他都惧怕三分。这几个人聚集在麦克默多家里，静候着那个平克顿侦探所来的侦探，然后干脆地解决掉他。

麦克默多已经在桌上给他们预备好了威士忌。他们赶紧喝一点壮壮胆量。鲍德温和考麦克有些喝多了，在酒精的作用下他们凶残的本性暴露无遗。夜里气温很低，炉火已经升好。考麦克将双手放在火炉上烤了一会儿。

"肯定没问题！"他咬牙切齿地说。

"嗯，没问题。"鲍德温明白他想说什么，于是接过话茬说，"只要他进入我们的埋伏圈，落到我们手里，就不怕他不说真话。"

"我们会让他将我们需要知道的东西讲出来的，这点不用担心。"麦克默多说。这个人有着如钢铁般坚强不屈的意志，因此虽然肩上压着全副重担，但是他依然毫不慌乱。其他人都看在眼里，对他自然十分敬佩。

"最后这个人就让你来处理。"老大赞许地说，"等他发现你的手卡在他的脖子上时，会知道什么都已经来不及了。可惜的是你这些窗户上没有百叶窗。"

麦克默多走过去将窗帘挨个拉严了一些。"放心，这样遮挡就肯定没人能窥探到我们的行动了。哦，时间快到了。"

"可能他嗅到了不祥的气味，改变主意不来了。"秘书说。

"不用多虑，他会来的。"麦克默多说，"他是如此急迫要过来，就像你们急迫地想看见他一样。你们听！"

这一刻，他们就如同蜡像一样呆坐在那里，有的人酒杯还没举到嘴边，也就停顿在那儿不动了。门上响起三声响亮的敲门声。

"嘘！"麦克默多举手示意其他人不要弄出声音。他们都很兴奋地互相环顾了一眼，手不由自主地摸向自己身上的枪。

"不要弄出声，否则有可能没命！"麦克默多小声说，然后他就走了出去，并小心地将门关上了。

这帮准备犯罪的人竖起耳朵听着。他们内心默默地数着同伴的脚步，听到了开门的声音以及打招呼的声音。接着，他们听见外屋里奇怪的脚步声和陌生的嗓音。过了一会儿，门关上的声音响起，还上了锁。看来猎物已经落入了埋伏圈。老虎考麦克脸上露出狰狞的笑容，麦克金迪马上用粗大的手将他的嘴捂住了。

"别弄出声音，你这蠢货！"他压低嗓门说，"你不怕把事情搞糟啊！"

隔壁响起一阵低沉的说话的声音，似乎讲了很多话。忽然门被推开了，麦克默多走了出来。他的手指掩住嘴唇。

他来到桌子的另一端，挨个看了他们一眼。他身上有些微妙的变化，那副神情就好像身负重担似的。脸上的表情如同花岗岩一般坚毅，他眼镜后面的眼睛中闪现出极度兴奋的光芒。显而易见，此刻他已经成了众人的首领。这些人急切地望向他，而他却一句话也没有说，仍旧用那种令人费解的眼神看着每个人。

"喂！"老大麦克金迪终于忍不住开口了，"他来了吗？那个伯蒂·爱德华？"

"嗯，来了。"麦克默多缓慢地回答道，"伯蒂·爱德华来了，就在这里，我就是伯蒂·爱德华。"

这句话一说出来，十秒钟内，屋里就好像没有人一样鸦雀无声。火炉上的水壶嘶嘶作响，听上去令人烦躁不安。七张惨白的脸仰望着这个掌握着局势的人。他们都惊恐得呆若木鸡。随后，随着窗户上的玻璃哐啷啷破碎的声音，一排锃亮的来复枪从窗口伸了进来并对准了他们，同时窗帘也被扯下来了。

情况危急之下，老大麦克金迪就像一只遭受重创的熊，发出一声咆哮，同时冲向尚未关紧的门。突然出现了一支手枪指着他，瞄准器后面矿警队长马文一双蓝眼睛严厉地盯着他。他被逼得连连退步，然后一下子跌坐回椅子上。

"议员先生，对你来说，这儿才比较安全。"这个他们以为是麦克默多的男子说，"哦，那个鲍德温，假如你还不把手从枪上拿开，那你就是

活够了。把手拿出来，不要逼我动手——好，懂得配合才好。外面有四十名武装分子已经将这栋房子重重围住了，你们可以想一想，你们冲出去的几率有多大。将他们的枪都卸下，马文。"

在这些黑洞洞的枪口下，他们没有反抗，乖乖地将自己的武器交了出来。他们还是坐在桌子四周，态度变得如绵羊般温顺，不过脸上却是愤怒和惊愕的表情。

"我们很快不再有交集了，我有几句话说。"这个挖了一个大坑让他们往下跳的人说，"我认为在上法庭之前，我们见面的机会不大了。有些事你们好好想想。跟你们实话实说吧，我就是伯蒂·爱德华，侦探所派我来铲除你们的犯罪团伙。这场游戏有一定的危险。除了这位队长马文和我的雇主以外，其他没有任何一个人，哪怕是最亲近的人，都不知道我的使命，不过已经无所谓了，今晚一切都结束了。感谢上帝，我顺利完成任务了！"

七张惨白僵硬的脸齐刷刷看着他。他们的眼睛里充满了压抑不住的的仇恨。从他们的眼神里，爱德华发现这种无情的威胁。

"可能在你们看来，这场好玩的游戏还没有结束，那好，我就奉陪到底。可是无论如何，你们当中有些人的命运已经无可挽回了。除了你们，还有六十多个人会在监狱里度过今天晚上。实话实说，在接受这件差事以前，我是不相信竟然有你们这样的社团存在的。起初以为这只是报纸上的无稽之谈，我会证明他们是错的，而我是对的。他们告诉我，这个团体与自由人会有关，因此我就去了芝加哥，并且成为了社团的一分子。加入之后我更加相信自己的判断，因为我发现它没有做什么坏事，相反还做了很多好事。

　　"可是，我还得将任务执行到底啊，于是来到了煤谷。来到这里我才知道，我最初的判断确实是不对的，这根本不是无聊的瞎编乱造，而确实是实情，由此我决定留下来想查个究竟。在芝加哥我根本没有杀过人，也从未制造过假币。我给你的那些纸币实际上都是真的。我从来不懂得怎样花钱，可是我知道如何去迎合你的心理，所以我告诉你自己是个负案在身的逃犯，一切都按照我的计划有条不紊地进行。

　　"成功加入了帮会后，我发现自己就像进了地狱。我有机会参与议事。可能他们会说，我与你们是一丘之貉，都好不到哪里去。随他们怎么说了，只要能抓住你们就行。可是事实又是怎样呢？那天晚上你们毒打斯坦格老人，我也被迫加入了。事先没有机会通知他，主要是因为没时间。我劝你不要下毒手，鲍德温，否则你就把他打死了。为了在你们中间维护住我的地位，我不得已向你们献计，那也是因为我知道自己没有能力阻止那些行动。我没能挽救杜恩和孟西斯的性命，主要是因为我不太了解其中有哪些隐情，但是我可以保证，杀死他们俩的凶手会被处以绞刑。切斯特·维尔克斯没有遭到你们的迫害，那是因为我提前向他发出过警告，等你们去的时候他和家人都已经躲了起来。还有很多罪恶我都没有办法阻止，但是，你们仔细回想一下，有多少次这样的情况，你们要迫害的目标没有经过你们守候的那条路，而偏偏选择另一条路，或者等你们找上门的时候他们却偏偏去了镇上，或者以为他出门了，可是他却偏偏就在家里。我想现在你们应该明白，都是我帮助他们躲过迫害的。"

　　"你这个该死的内鬼！"麦克金迪咬牙切齿地说。

　　"呦，约翰·麦克金迪，假如这样可以让你的伤痛有所减轻的话，你大可以这样称呼我。你们这样的人不顾上帝的存在，与周围的民众为敌。需要有一个人到你们和受你们迫害的那些可怜的民众中间去了解情况，这是唯一切实可行也是非常必要的办法，而我就是这个人。你说我是内鬼，可是在我看来，成千上万的人会将我当作救命恩人，因为我把他们从受迫害的地狱中解救出来。这样的日子我整整经历了三个月。假如他们当初让我到华盛顿的金库去工作，我想我应该不会熬这三个月。如果不是得知自己的秘密即将有危险泄露，我甚至想继续查下去。镇上有人收到一封信，这会引起你们的警觉。没有办法我只好采取行动，而且是马上行动。

"跟你们讲的只有这些了。想到你们临死前定会想起在这个谷里所干的事情，我想我会更加平静地离去。好了，马文，不妨碍你们执行公务了，把他们押回警察局收监。"

还有一些事情有必要向公众交代一下，行动当天有人交给斯坎兰一封密封的便笺，让他交给艾蒂·沙福特小姐。接受这个任务时，斯坎兰眨眨眼，脸上带着心领神会的微笑。第二天一大清早，一位美丽的女子和一个浑身上下裹得十分严密的男子登上铁路公司安排的专列一路风驰电掣地离开了这个恐怖的山谷。这是艾蒂和他的爱人最后一次踏足这条恐怖的山谷。十天后，在芝加哥有一场婚礼举行了，新郎是伯蒂·爱德华，而新娘是艾蒂小姐，证婚人是老雅各布·沙福特。

对这些死酷党人的审判在一个很远的地方进行，之所以这样做是因为避免他们的党徒去威胁这些法律的监护人。死酷党人的抗争是徒劳的。分会的钱——都是从整个地区通过敲诈得来的不义之财——像流水一般花出去，为的就是挽救他们，可那是枉费心思。有个人对这些罪大恶极的人的生活、机构组织、犯下的罪行等情况掌握得十分清楚。他的陈述客观、清晰，他不急不缓地娓娓道来，任凭辩护人使出什么样的伎俩也无法反驳成功。多年以后，他们的组织彻底地瓦解了，会众也解散了，笼罩在山谷上空的乌云终于消散不见了。

麦克金迪被判以绞刑。当他的性命即将结束之前他吓得缩成一团，哀嚎不止。另外八名主要的犯罪分子也和他落得同样的下场。另外，还有五十多人被判处不同程度的监禁。到现在为止，伯蒂·爱德华的任务才算圆满完成了。

诚如他所预想的那样，游戏还没有彻底结束，要有别的人登台，将这个游戏继续进行下去。比如说，逃过死刑的鲍德温，还有维勒比兄弟俩及其他几个罪孽深重的会员。他们在监狱中熬过了十年，终于熬到了重获自由的那一天。爱德华很清楚，他的对手重获自由的那一天，就是他平静生活即将结束的时候。他知道他们下保证要他血债血偿，为会中兄弟报仇。

不达到这个目的他们绝不会松手！

从芝加哥开始他就遭到了他们的追杀，有两次差一点惨遭他们的毒手。看来第三次就更难逃过了。离开芝加哥他就将名字改了，并一路逃到了加利福尼亚。在那里艾蒂·爱德华离开了人世，这个打击几乎让他无法承受。有一次他险遭毒手，只好改名道格拉斯躲进一条偏僻的峡谷。在这里，他与一个名叫贝克尔的英国搭档合作创业，积攒下巨额的财富。后来他得到警报，这些穷凶极恶的坏蛋如同猎犬一样又要找上门了。他决定还是逃之夭夭——只有抓紧时间逃——这一次他逃往英国。就这样，改名约翰·道格拉斯的他来到苏塞克斯郡，在这里他又娶了一位有钱的太太，以乡绅的身份在那里生活了五年。接下来就发生了我们都已听说过了的奇案，这段平静的生活也不得已宣告结束。

三　尾声

对此事的审讯已经结束，道格拉斯的案子被移交给了上一级法庭。最终季审法院以自卫为由，宣判道格拉斯重获自由。

"要想方设法让你的老公离开英国。"福尔摩斯给道格拉斯夫人的信里这样写道，"对他来讲，这里依旧危险重重，比逃亡还要凶险，英国已经没有了能给他平静生活的地方。"

两个月的时间很快过去了，这件案子在我们的脑海中已经渐渐模糊。有一天早上，有人往信箱里偷偷塞进去一封令人费解的信。"上帝啊，福尔摩斯先生！我的上帝！"这封让人感到奇怪的信上就写了这几个字。上面既没有地址也没有落款。对这样的怪事，我觉得很好笑。可是福尔摩斯却显示出非同一般的严肃。

"事情不妙，华生！"他说。说完之后就呆呆地坐在那里，一脸的愁容。

昨天很晚的时候，房东哈德逊太太跟我们说，有一位先生想见福尔摩斯，他说他有十分紧要的事。紧随传信人其后进来的人就是塞西尔·贝克尔。他是我们的熟人，算是朋友，来自有护城河的庄园。进来的时候他一脸的憔悴，面容枯槁。

"我通知您一个坏消息———一个让人害怕的消息，福尔摩斯先生。"
他说。

"我同样很担忧。"福尔摩斯说。

"你没有收到电报吗？"

"我收到的不是电报，而是一封信，是收到电报的人写来的。"

"是关于可怜的道格拉斯的。他们跟我讲，他原来的名字叫爱德华，
不过，在我眼里他永远是那个贝尼托峡谷里的杰克·道格拉斯。您知道，
三个星期前他们俩就乘坐巴尔米拉号轮船到南非去了。"

"我知道这个消息。"

"昨天晚上他们乘坐的轮船就到了开普敦。今天早上我收到了道格拉
斯夫人发来的电报。电报是这样写的：

> 海上骤起狂风，杰克在圣赫勒拿岛附近失去联系。没人清楚是怎么回
> 事。
>
> 艾维·道格拉斯。"

"哎呀！没想到事情竟然是这个样子，难道不是吗？"福尔摩斯若有
所思地说，"不过，显而易见，这是经过精心策划的。"

"你的意思是这绝非是个意外？"

"那是！"

"我也有过怀疑。这些该死的死酷党人，这帮罪该万死的复仇罪
犯……"

"不，不，我的朋友。"福尔摩斯说，"谋划这件事情的应该是一个高手。
这根本不同于那件用锯短了的六发手枪作为凶器的案子。行家一伸手，便
知有没有。我有个很强烈的感觉，这是莫里亚蒂谋划的。这次行动是伦敦
方面而非美国方面指挥的。"

"哦，那么他们的目的何在？"

"做这件事情的人是个不甘心失败的家伙。他有着坚强的意志，不达

目的不肯罢休，这就是他的与众不同之处。这样的一个人与一个庞大的组织联手去消灭一个人，情形如同用铁锤砸胡桃，虽然用力过度显得有点可笑，不过胡桃照样还是被砸碎了。"

"可是道格拉斯这件事与这个人到底有什么牵连呢？"

"关于这件事，我最初的消息来自于他的一个助手。我跟你讲，这些美国人办事考虑很周到。他知道，要想在英国作案，就要像其他的国际罪犯一样，要与这个罪犯军师合作。从那一刻起，他们的目标就难逃他们的毒手了。首先他们想尽办法找到目标的下落。这一步是很关键的，找到了就够了。然后他就对下一步的行动作出指示。在获知鲍德温暗杀失败的消息后，这个人就亲自出马了，并使出自己的撒手锏。你不应该忘记，我在伯尔斯通庄园向贵友发出了提醒，给他讲未来的危险比过去的要大得多，这回验证我的话了吧？"

贝克尔将拳头紧紧握住，不断敲打自己的脑袋，十分恼怒。"难道说我们就只有坐以待毙吗？难道就没人能与这魔王抗衡吗？"他问道。

"不，我没有这个意思。"福尔摩斯说。他的眼神迷茫起来，似乎看向遥远的未来。"我并没有说他不可抗衡，不过你得给我时间——我有时间才行！"

一时之间我们都坐在那里沉默着。福尔摩斯的眼睛深邃地望向前方，好像要看穿眼前的黑幕。

历险记

The Adventures of Sherlock Holmes

一 波希米亚丑闻

（一）

夏洛克·福尔摩斯始终都称她为"那位女士"。我几乎没有听见过他以其他的方式称呼她。在福尔摩斯的眼里，她的美丽是无人能及的，与她相比，其他的女人无不黯然失色。实际上并不是他对艾琳·艾德勒心生爱慕。他的冷静、严谨、缜密的头脑让人钦佩，但是所有的情感，特别是爱情，都会被他拒之千里之外。我觉得，他是一架世界上无可挑剔的用于推理以及观察的机器。但是作为情人，他却无所适从。他用讥笑以及轻蔑来替代温情。对于观察家而言，这是值得赞赏的，因为它对揭示人的动机和行为都是非常有利的。可是对于一个训练有素的人而言，自己细致严谨的性格让感情侵扰到，会导致精力分散，致使所有的脑力成果都会遭到怀疑。对于就像他这样天性如此的人而言，精密仪器中的砂粒或者是高倍放大镜的镜头中的裂纹都比不上一种强烈的感情对他干扰更大。然而刚好就有这样一个女人在他的模糊的记忆之中，这个女人就是艾琳·艾德勒。

这段时间我很少和福尔摩斯见面。自从我结婚以后就很少和他往来。家庭的幸福以及自己成为主人的兴奋几乎占据了我的全部注意力。但是福尔摩斯放荡不羁，对社会上一切的繁文缛节感到厌恶。他仍然还住在我们在贝克街的那座房子里面，埋头于旧书之中，有的时候借助可卡因昏昏欲睡，有的时候又干劲十足。他依然沉迷于研究犯罪行为，依靠他卓越的才能以及非凡的观察力去寻找破案线索，去探索那些就连警方都觉得没有希望而放弃的难解之谜。我偶尔会听到一些关于他活动的大概情况，例如他到奥德塞去办理特雷波夫暗杀案；侦破亭可马里阿特金森兄弟惨案，还听说他特别成功地为荷兰皇家完成了使命。除了这些以外，关于他的别的情况我就了解得很少了，上述这些情况，我和其他读者一样都仅仅是从报纸上面获得的。

1888 年 3 月 20 日的晚上，我正在从病人的家里回家的途中（这个时候我已经又开业行医了），刚好路过贝克街。当看到那个熟悉的大门时，我突然有一种强烈的欲望，想去见一见福尔摩斯，看看他是怎样用他的非凡智力解决问题的。那扇大门在我的心中总是和我的追求以及《血字的研究》中的神秘事件联系在一起。他房间里的灯光特别的亮。我抬头看见他瘦高的侧面影子从窗后闪过，只见他低着头，背着手，在屋子里面不停地走来走去。我实在是太了解他了，他的思维和习惯我都非常的熟悉，所以看他的举动我就知道他肯定又在工作，而且他一定吸过毒，刚从睡梦中醒来，正在认真地思索某一个新问题的蛛丝马迹。我按响了门铃，随后我来到了原本部分地区属于我的那间屋子里面。

他看上去并不十分热情，我已经习惯了。可是我发现见到我，他还是高兴的。他的目光亲切，却没有说什么话，而是指向一把扶手椅示意我坐下，又将他的雪茄烟盒扔给了我，并指了指角落里的酒精瓶和饮水机。接下来，他站在壁炉的前面，用他那独特的眼神打量着我。

"婚姻真的非常适合你，华生，我觉得从我们上次见面到现在，你的体重增加了七磅半。"

我回答道："七磅。"

"是吗？我觉得是七磅多，华生，七磅多一点儿。根据我的观察，你一定又开业看病了吧？但是你之前并没有告诉过我，你还要重拾旧业。"

"你是如何看出来的呢？"

"是我看出来的，也是我推断出来的。不然我怎么会知道你最近一直挨淋，还雇用了一个很粗心大意又笨手笨脚的女佣呢？"

"你实在是太厉害了，我亲爱的朋友。如果你活在几百年前，一定会被处以火刑的。没错，星期四我去过乡下一趟，回来的时候被雨淋得一塌糊涂，但是我已经换了衣服，真的不知道你是通过什么推断出来的。有关玛丽·简，她真的是不可救药，我的妻子已经警告过她，可是我真的不明白这件事你是如何推断出来的。"

他笑了起来，不停地搓着他那双瘦长的又有些神经质的双手。

"这其实并不难，"他说，"我注意到，在你的左脚那只鞋的内侧，就是现在炉火刚好照到的位置，有六道几乎平行的刮痕。很显然，这些刮痕是因为有人为了去掉沾在鞋上的泥巴，擦鞋的时候不够细心而导致的，所以，我能够得出这样的双重推断：你之前在很恶劣的天气中出去过，你穿的皮靴上面那个很难看的裂痕是无知的伦敦女佣人所为。关于你开业行医，那是因为如果一位先生走进我的屋子，身上带有碘酒的气味，他的右手食指上面有硝酸盐的黑色斑点，他大礼帽的右侧因为放过听诊器鼓起了一块，那说明他肯定是一位医生。假如连这些都不能看出来，我就真的是太蠢了。"

我禁不住笑了起来，他解释推理的过程真的是轻松啊。

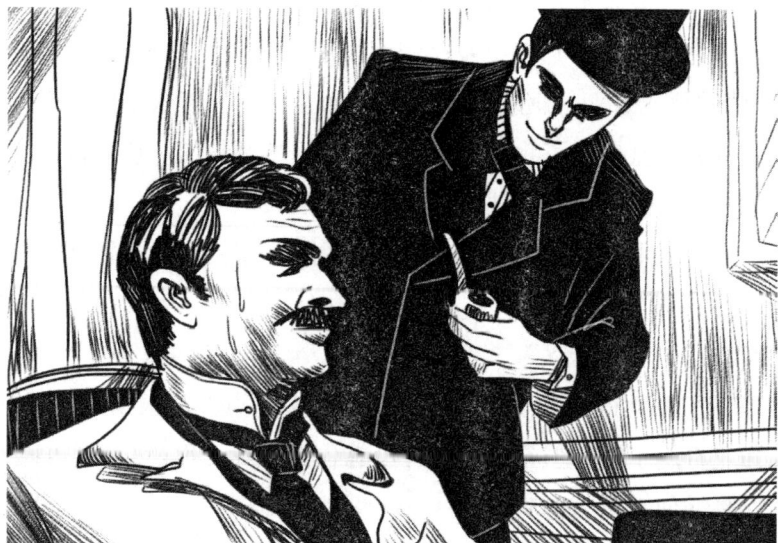

"听你讲述这些推理的时候，"我说，"事情好像简单到了一定的程度，虽然我在你将整个过程完全解释之前，对你推理的每一个细节都感到迷惑不解，可还是认为自己也能够推理。我还认为我的眼力并不比你的差。"

"确实是这样，"他点了一支烟，靠在椅子上面，说道，"你是在看并不是在观察。这二者之间的差别非常大，比如说，你经常会看到从大厅通往这间屋子的楼梯吧？"

"经常看到。"

"有多少次呢？"

"得有几百次吧。"

"那么，上面的台阶有多少个呢？"

"多少个台阶？我不知道。"

"正是因为这样，你看到了，但并没有观察，这就是我所说的不同。我知道一共有十七个台阶。因为我不但看到了而且还进行了观察。顺便提一下，你对这些小问题既然这么感兴趣，还将我的一两次不值一提的经历记录了下来，我想你对这个东西也会产生兴趣的。"他将放在桌子上面的一张厚厚的粉红色的纸向我扔了过来。"这是最近一班邮差送来的，"他说道，"你可以大声地读读看。"

纸上并没有标注日期，也没有签名和地址，上面只是写道：

"将会有人在今晚七点四十五分前来拜访，有要事相商。您近期为欧洲一王室所做的事证明您是值得信赖的人。您的名声远扬，我等早有听闻。事情非常重要，望能够在家中等候。如果来客戴着面具，请勿介意。"

"这确实是一件很神秘的事情，"我说，"你觉得这意味着什么呢？"

"现在我并没有论据。在得到证据之前就下结论是非常大的错误。有的人会不经意地扭曲事实来适应理论，但不是以理论来适应事实。单单通过便条本身你可以得出什么推断？"

我认真地检查着笔迹以及这张写着字的纸条。

"写这张条子的人应该是很富有的，"我说道，我努力地模仿着福尔摩斯的推理过程，"这种纸一叠的价值高于半克朗。纸质特别硬而且结实。"

"特别——就是这个词，"福尔摩斯说，"这种纸肯定不是英国造。你举起来对着亮处照照。"

我按照他所说的做了，发现纸质纹理中有一个大写的"E"，还有一个小写的"g"、一个"P"以及一个"G"与一个小写的"t"交织在一起。

福尔摩斯问道："你觉得这是什么意思？"

"这肯定是造纸者的名字，也许是他名字的字母组合图案。"

"不是的，G和小写的t表示Gesellschaft，便是'德文公司'这个词，它就如同我们'Co.'一样是一个常用的缩写。当然，P 代表的是'paper'纸的意思，现在应该轮到 Eg 了。我们来看一下《大陆地名词典》。"他从书架上面拿起一本特别厚的棕皮书，"Eglow Eglonitz，哦，是 Egria。它在一个说德语的国家里面，也就是在波希米亚，距离卡尔斯巴德很近，以瓦伦斯坦死于此地而闻名，同时也以其诸多玻璃工厂以及造纸厂而著称。太好了，老兄，你明白这是什么意思了吗？"他的眼睛在闪闪发着光，得意地从口中喷出一大口蓝色的烟雾。

我说："这种纸是在波希米亚制造的。"

"没错。写这张纸条的是一位德国人。你有没有注意到这句话的特殊结构：'您名声远扬，我等早有耳闻。'法国人和俄国人不可能这样写。也只有德国人才会这样乱用动词。所以，现在需要查明的就是这位使用波希米亚纸写字、戴着面具而不愿意以真面目与人相见的德国人究竟想要干些什么。如果我没有猜错的话，他马上就要来到了，所有的疑团都要解开了。"

就在这时，有一阵尖锐的马蹄声和勒马声传过来，随后就有人用力地拉着门铃。福尔摩斯吹了一下口哨。

他说道："听声音像是两骑马，哦，没错。"他向窗外看了一眼，"是一辆可爱的小马车和两匹漂亮的马，每匹马的价钱约一百五十基尼。华生，这件案子可以赚到钱。"

"我觉得我应该走了，福尔摩斯。"

"个要走，华生，你就在这里待着。如果没有助手，我会不知所措的。这个案子肯定特别有意思，错过了你会感到后悔的。"

"但是你的委托人……"

"不用管他。我也许需要你的帮助，他可能也是如此。他来了，你就在那张扶手椅上坐着。华生，请留心我们的谈话。"

一阵缓慢而沉重的脚步声渐渐靠近了，先是上楼梯，之后又来到过道里，走到门口的时候突然停下，接下来是大声的、有些催促性的叩门声。

"请进！"福尔摩斯说道。

只见一个身高不低于六英尺六英寸、身材魁梧的人走了进来。他身穿华丽的衣服，可是品位比较差。在他的袖子以及双排纽扣的上衣前襟开衩的地方，镶有宽阔的羔皮镶边，肩上披着用红色的丝绸作衬里的深蓝色大氅，领口别的饰针是用火焰形的绿宝石镶嵌而成。脚上穿着一双皮靴，靴子的高度到小腿的位置，靴口上面镶着深棕色的毛皮，这使人们对于他整个外表的印象有了一个概念：粗野而且奢华。他的手里拿着一顶宽边的帽子，一只黑色面具把他的上半张脸盖住，一直盖过颧骨。他的面具看上去刚刚整理过，因为进屋的时候，他的手还在面具上停留着。看他的下半张脸，很像是一个有个性的人，厚厚的嘴唇向外翻着，下巴又直又长，显示出一种近乎顽固的果断。

"我给你写的条子你收到了吗？"他问道，声音很小而且沙哑，带着很重的德国口音。"我跟你说过，我要过来拜访你。"他看了看福尔摩斯，又看了看我，似乎不知道该跟谁说话。

"坐吧，"福尔摩斯说，"这位是我的朋友以及同事——华生医生。有的时候他会帮助我办案子。请问，阁下怎么称呼？"

"你可以叫我冯·克拉姆伯爵，我是波希米亚的贵族。我认为这位先生——你的朋友，是一位值得人尊敬和特别谨慎的人，如此重要的事，我能够相信他。不然，我宁愿与你单独交谈。"

我站了起来示意要离开，可是福尔摩斯将我的手腕抓住，把我推回到扶手椅上。"要么两个人一起谈，要么不谈，"他对来客说道，"在这位先生面前您就放心地说。"

伯爵耸了耸他宽阔的肩膀说道："好的，但是首先我得要求二位在两年以内绝对保密，这件事情两年之后就无关紧要了，可现在它的重要性可以说会对整个欧洲历史造成影响。"

福尔摩斯回答："没问题，我可以保证。"

"我也可以保证。"我说道。

"请不要介意我戴着面具，"我们这位陌生的来访者接着说道，"有位尊贵之人派我过来，但不希望你们知道我是谁，所以现在我承认刚才我所说的并不是我真正的称号。"

"我明白，"福尔摩斯不露声色地答道。

"情况非常的微妙。我们一定要采取所有的预防措施来防止事情发展成为一大丑闻，避免伤害到一个欧洲王族。坦白地讲，这件事也许会使伟大的奥姆斯坦家族——波希米亚世袭国王受到牵连。"

"这个我也清楚，"福尔摩斯喃喃地说道，说完他合上了眼睛。

我们的来客诧异地看着在椅子上坐着、似乎很疲倦的福尔摩斯。因为在来客的心里，福尔摩斯无疑是欧洲最敏锐的推理者以及精力最充沛的侦探，而现在却似乎有些异样。

福尔摩斯慢慢地将双眼睁开，不耐烦地看向这个身材高大的客人。

"如果陛下能够把案情阐述明白，"他说，"我一定会更好地为您效劳。"

听到这里，来者猛地站起身来，在屋子里面走来走去，似乎有些控制不住情绪。接下来，他失望地将脸上的面具扯下来扔在地下。

"你说的没错，"他大声喊道，"国王就是我，我为什么要试图隐瞒呢？"

"您真的如此决定了？"福尔摩斯喃喃地说，"陛下还未开口，我就察觉到了我即将要与卡斯尔－费尔施泰因大公、波希米亚的世袭国王等人进行交谈。"

"但是你能够理解，"我们的来客又坐了下来，手摸着他那白皙的、长长的前额说道，"你可以理解我并不习惯亲自来办这种事情的，但是这件事情极其微妙，假如我委托别人来做的话，就会受人摆布。我就是为了向你征求意见，特意从布拉格来到此处的。"

"那我们就开始吧。"福尔摩斯说道，说完他又合上了眼睛。

"事情大概是这样的：大约在五年前，在我到华沙进行长期访问的时候，与一位有名的女冒险家艾琳·艾德勒结识了。想必这个名字你一定是很熟悉的。"

"华生，请你从我的资料索引中查一下艾琳·艾德勒这个人。"福尔摩斯喃喃地说，可是没有睁开眼睛。这些年来，他将一些重要的人和事件的材料都进行了收集，还贴上标签。假如他不能立刻想起某个主题或者人，可以去那里查找。

很快，关于她的材料我找到了，它在一个犹太法学专家和写过一篇关于深海鱼类专题论文的官员两份材料的中间夹着。

"拿给我看看，"福尔摩斯说，"1858 年出生于新泽西州。女低音，华沙帝国歌剧院的首席女歌手，经常在意大利歌剧院演出；退出了歌剧舞台，住在伦敦。完全正确，我认为，陛下与这位年轻的女人有所牵连。您曾经给她写过几封会让自己受到连累的信，现在是要把那些信弄回来？"

"是这样的。可是，这似乎不太可能……"

"你和她秘密结过婚吗？"

"没有。"

"有没有法律文件或者证明呢？"

"也没有。"

"那我就不能理解了，陛下，假如这个年轻女人会借助信来达到讹诈或者别的什么目的，她怎样才能证明这些信是真的呢？"

"可以伪造我的笔迹。可以偷我的私人信笺。可以仿造我自己的印鉴。可以买我的照片。更让人为难的是，还有我们两人的合影。"

"这样啊，那真的是很糟糕。陛下的生活确实是有些不太检点。"

"那个时候我真的是疯了——可以说精神错乱。"

"您已经对自己造成了非常严重的威胁。"

"我当时只不过是一个王储，还比较年轻——当然，现在我也才三十岁。"

"那一定得把那张照片弄回来。"

"我们试过，可是都没有成功。"

"陛下可用钱把照片买过来。"

"她不肯卖。"

"那只能去偷了。"

"我们都已经试过五次了。有两次是我出钱雇人把她的房子都搜遍了。有一次在她旅行的时候把她的行李调换了。还有两次对她进行了拦路抢劫。可每一次都劳而无功。"

"丝毫没见照片的踪迹吗？"

"一丝一毫都没有。"

福尔摩斯笑道："这件事情也没有什么大不了的。"

"可是对我而言，却是一个非常严重的问题。"国王有些恼火地回了一句。

"哦，非常严重。那么她会用这照片做些什么呢。"

"将我毁掉。"

"为什么这么说呢？"

"因为我很快就会结婚。"

"我已经听说了。"

"我很快就会和斯堪的纳维亚国王的二公主克洛蒂尔德·洛特曼·冯·札克斯迈宁根结婚。你也许已经听说过，他们的家族对品行极其看重吧。她本人也是一个特别机敏的人。只要我的行为留下一丝一毫可疑的地方，这个婚事就会泡汤。"

"艾琳·艾德勒是如何说的？"

"她威胁我说会把照片寄给他们看。她一定会那样做的。我很清楚她是个说到就能够做到的人。你对她不了解，她的性子极其刚烈。虽然她拥有一副非常美丽的女人的面孔，可是她的心如同男人心一样坚硬。只要我与另一个女人结婚，她什么事都会做出来的。"

"您可以确定她现在还没有将照片寄出来吗？"

"我可以肯定。"

"为什么这么说呢？"

"因为之前她说过，婚约公布的时候，她就会把照片送过来，而我们婚约的时间是下周一。"

"这样，那现在咱们还剩三天时间，"福尔摩斯说着，打了一个呵欠，"那已经很幸运了，因为现在我的手头上还有一两件比较重要的事情需要进行调查。陛下，您会暂时在伦敦待着吧？"

"是的。你到兰厄姆旅馆可以找到我。我使用的名字是冯·克拉姆伯爵。"

"等到事情有了进展，我会向您发一封电报。"

"实在太好了。这件事情让我寝食难安。"

"能说说这次的报酬吗？"

"这个你来决定。"

"我完全可以决定吗？"

"可以跟你讲，我为了将那张照片弄到手，用我领土中的一个省来交换我都没有意见。"

"但是眼前的费用呢？"

国王从他的大氅下面拿出了一个特别重的羚羊皮提袋，放在桌子上面。

他说道："这里有三百镑金币以及七百镑钞票。"

福尔摩斯在他笔记本上撕下了一张纸，草草地写了一份收条递给他。

他问道："那位女士的地址呢？"

"圣约翰伍德，塞彭泰恩大街，布里翁尼府。"

福尔摩斯记录了下来。"我还有一个问题，"他说道，"照片是不是六英寸的？"

"没错。"

"那好，晚安，陛下，相信您很快就可以听到我们的好消息。"他接着对我说道："华生，你明天下午三点钟最好可以过来一下，我要和你聊一聊这件事。"

（二）

第二天下午三点钟的时候，我来到了贝克街，可是福尔摩斯还没有回来。听女房东说，他在早上八点多钟就出去了。我在壁炉旁边坐了下来，我决定无论他啥时回来我都会在这里等着他，因为我对他的调查有着深厚的兴趣。即使这个案子不像我之前记录过的那两件罪案一样离奇古怪，让人感到心惊胆战，但是，这个案子本身的性质以及委托人尊贵的身份，足够让它有自己的特色。除此之外，我也特别喜欢研究我朋友的那种工作方式，他总能特别老练地把所有的情况都掌握，接下来再进行敏锐而透彻的推理；我还喜欢学习他的那些巧妙而且快速的工作方法，他总会把谜底一层一层地揭开。这些对我而言，简直就是一种享受。他总是会赢得最后的胜利，这点我已经习以为常。

大约四点钟的时候，房门开了，一个醉醺醺的马夫走了进来。他的样子邋邋遢遢，留着络腮胡须，两颊红肿，衣服破烂不堪。即使我对我朋友惊人的化装术早就已经习惯了，我还是需要再审视一翻，才敢确定真的是他。

他点点头和我打了一下招呼便去了卧室。还不到五分钟，他就如同往常一样穿着花呢衣服，体面地出现在我的面前。他将手插在衣袋的里面，在壁炉前将双腿舒展开，尽情地笑了很长的时间。

"哦，真是的！"他喊道，突然顿住了，接着又大声地笑了起来，一直笑得软弱无力，躺在了椅子上面。

"到底是怎么回事？"我问道。

"实在是太有意思了。我认为你肯定猜不出我上午都在忙什么，以及我忙的结果怎么样。"

"我真的想不出来。我想你一直在仔细地调查艾琳·艾德勒小姐的生活习惯，可能你对她的房子也进行了研究。"

"你说的很对，但是结局却出人意料。不过我还是愿意把看到的情况跟你讲。今天早晨八点多一些我从这里离开，我装扮成了一个失业的马夫。马夫们不但相互同情，而且还往往意气相投，所以你一旦成为他们中的一员，你就能够知道你想要知道的一切问题。我很容易就找到了布里翁尼府。那是一幢特别雅致的双层别墅，别墅的后面有一个花园，前面正对着马路。门上使用的是丘伯保险锁。门右边是非常宽敞的起居室，装修得非常豪华，有长长的落地窗，令人感到好笑的是那些英国窗闩就连小孩都可以将它打开。除了通过马车房的房顶能够爬上过道的窗户之外，就没有其他值得我关心的了。我在别墅的四周巡视了一遍，每个角度我都进行了认真的侦察，但是并没有发现能够让人感兴趣的地方。

"然后我便顺着街道闲逛，正如我想的那样，在靠近花园墙的小巷里，我找到了一排马房。我走过去帮着那些马夫梳洗了一会儿马匹。他们不但给了我两个便士、一杯混合的酒（黑啤酒和烈啤酒或新陈两种啤酒各一半的混合物）、把两个烟斗都可以装得满满的板烟丝，还给我提供了我特别感兴趣的关于艾德勒小姐的很多情况。除她以外，他们还跟我讲了在附近住着的其他六七个人的一些情况，但是我对这些人的事一点儿也不在乎，可是又不得不接着听下去。"

"艾琳·艾德勒的情况到底如何？"我问道。

"哦，她是那一带所有男人的倾慕对象。在这些男人眼里，她是这个世界上最美的人。在塞彭泰恩大街的马房，大家都是这样说的。她过着安静的生活，经常去音乐会上演唱。每天五点钟的时候出去，七点整就回到家吃晚餐。除了演唱以外，她剩下的时间几乎都是在家里面度过的。她只和一个男人有来往，而且交往很频繁。他的肤色黝黑，英俊大方，非常有活力。他至少每天都会来看她一次，多数时候都是每天过来两次。他叫戈弗雷·诺顿，住在坦普尔。这下你知道有马夫朋友有多好了吧？这些马车夫为他赶车不下十几次，从塞彭泰恩大街马房把他送回家，他的事马车夫基本全都知道。听他们讲完之后，我便再一次到布里翁尼府附近漫步徘徊，认真地想着我的行动方案。

"很明显，这个戈弗雷·诺顿是这件事情的重要人物。他是一位律师。这听上去不太妙。他们两个人之间究竟是什么关系呢？他这么多次地到她这里来是什么目的呢？她是他的委托人、朋友，还是情妇？假如是他的委托人，她也许已经将照片让他帮助保存了。假如是他的情妇，这样做似乎不太可能。我想我是继续对布里翁尼府第进行调查呢？还是应该把我的注意力转移到那位先生在坦普尔的住宅呢？这是必须得仔细思考的问题。如果是后者，我调查的范围就扩大了。我担心这些琐碎的细枝末节会让你感到没意思，可是如果你想要搞清情况的话，你一定要把我遇到的这些小问题弄明白。"

我回答道："你的意思我完全明白。"

"就在我认真盘算这件事的时候，突然看见一辆双轮小马车出现在布里翁尼府门前，从车里跳下来一位绅士。他长得特别帅气，黑黑的皮肤，鹰钩鼻子，还留着小胡子——很明显，这就是我所听说的那个人。他看上去特别着急的样子，让车夫等着他，然后从替他开门的女仆身边快速走进屋，就像在自己的家里一样随便。

"他在屋子里面待了半个小时左右。透过起居室的窗户我能够模糊地看见他在那里走来走去，高兴地说着什么，时不时地还挥动着手臂。至于女主人，我什么都没有看到。很快他就走了出来，看上去比刚才还要忙乱。上马车的时候，他从口袋里面掏出了一块金表，看了看大声说道：'快点赶过去，先去摄政街格罗斯汉基旅馆，之后再去埃杰维尔路的圣莫尼卡教堂。你如果可以在二十分钟之内赶到，我付给你半个基尼。'

"马车很快离开了。当我在犹豫是不是应该紧紧跟在后面的时候，只见又有一辆小巧雅致的四轮马车从小巷里出来了。那个马车夫的上衣扣子只扣了一半，领结都歪了，马挽具上的金属籁头都已经从搭扣中突出来了。还没等车停稳，她就从大门里飞快地跑了出来，一头钻进车厢里面。在那一瞬间，我只瞥了她一眼，就已经看得出来她是一个可爱的女人，那绝美的容貌，会让所有的男人心甘情愿地为她去死。

"'约翰，去圣莫尼卡教堂，'她大声说道，'如果二十分钟之内能赶到那里，我就赏给你半镑金币。'

"华生，这是一个不能错过的好机会。我正在想是不是应该租一辆车赶上去，还是直接爬上去躲在她的车后面的时候，有一辆出租马车正好从这条街上路过，我伸手拦住了它，车夫看了看我这个衣衫褴褛的乘客，可是我没等他说话，就立即跳进了车里。'圣莫尼卡教堂，'我说，'如果二十分钟之内你能赶到那里的话，我会给你半镑金币。'那时是十一点三十五分，会有什么事情要发生呢，那当然是很清楚的。

"我的马车夫飞快地赶着车。我似乎从来都没有坐过如此快的马车，可是那两辆已经在我们之前就到了。我赶到那里的时候，那辆出租马车以及四轮马车已经在门前停着了，两匹马都在气喘吁吁地流着汗。我把车钱付了后，就急忙地冲了进去。那里除了我追踪的两个人，还有一个穿着白色法衣的牧师，此外，就再也没有其他人了，那位牧师似乎正在劝告他们。三个人围在一起在圣坛前面站着。我装作是不经意遛达到教堂里来的闲人，顺着教堂侧面的通道慢慢向前走。让我感到惊奇的是，圣坛前的三个人突然都转过脸来看着我。戈弗雷·诺顿还拼命地向我跑了过来。

"'谢天谢地！'他喊道，'感谢你的到来，太好了，来！来！来！'

"'这是怎么回事？'我问道。

"'快来吧，老兄，过来，只有三分钟的时间了，不然就不合法了。'

"我被拉到了圣坛那里，在我还没有弄清楚到底是怎么回事的时候，我已经糊里糊涂地对在我耳边低声的问话做出了答复，为我一无所知的事作证。总的来说，是帮助把未婚女子艾琳·艾德勒和单身汉戈弗雷·诺顿结合在一起了。这一切很快就完成了，然后新郎站在我这一边对我表示感谢，新娘也站在我的另一边对我表示感谢，而牧师则非常高兴地站在我前面。这几乎是我有生以来遇到的最荒谬好笑的事情了。刚才我忍不住大笑，就是因为想到了这件事，所以停不下来。看来，他们的结婚证明有些不够正式，牧师在没有证人的情况下，坚持不给他们证婚，多亏我去了那里，新郎才不至于跑到大街上去拉一位傧相。后来新娘赏给我一镑金币。我打算把它拴在表链上戴着，来纪念这个很有趣的奇遇。"

"这太出乎我的意料了，这样一来情况就发生了变化。"我说道，"后来又怎样了呢？"

"我认为我的计划受到了严重的威胁。这一对好像是要急着离开这里，所以我这边也一定要快速采取有力的措施。对了，他们到了教堂门口便分开了。戈弗雷·诺顿坐车回坦普尔，而她回到她自己的住处。'我和往常一样，五点钟坐着车去公园。'她离开的时候与他约好。其他的话我就没有听到了。他们坐着车向不同的方向走了，我也从那里离开了，去安排自己的事情。"

"什么事情呢？"

"一杯啤酒和一些卤牛肉，"他按了一下电铃笑着答道，"我实在太忙了，一直都没顾上吃饭，今天晚上我可能更忙。另外，华生，我希望你可以配合我一卜。"

"我非常愿意。"

"你不会介意犯法吧？"

"丝毫不介意。"

"那也不介意可能会被逮捕吗？"

"如果是为了一个值得的目的，我也不会怕。"

"没错，这个目的的确非常值得。"

"那就这样，我听凭你的吩咐。"

"我本来也是认定我能够依靠你的。"

"能告诉我你的计划吗？"

"一会儿特纳太太将食物端上来，我再跟你讲。"

很快，他大口地吃着女房东拿过来的简单食物，同时对我说："现在，我只有一边吃一边来说这件事了，因为留给我们的时间不多了。现在都快五点钟了。我们两个小时内就要到达行动的地点。艾琳小姐，哦，是夫人，七点钟的时候，她会坐车回来。我们一定得在布里翁尼府前和她相遇。"

"那接下来怎么办？"

"这之后的事情必须由我来处理。因为我对即将发生的事情已经做好了安排。现在必须要强调的只有一点，那就是，无论有什么情况发生，你一定都不要介入，你明白吗？"

"无论任何事都不管吗？"

"对，任何事情都不要管，也许会有一些小小的不太愉快的事件。你保证别搅和进来。我被送进屋子里面的时候，这些不愉快就会结束的。四五分钟过后，起居室的窗户就会被打开。你就站在窗户边等着就行。"

"没问题。"

"你必须要对我的一举一动特别留意，我会在你能看得见的地方待着。"

"没问题。"我答应道。

"只要我举起手，你就将我让你扔的东西扔到屋子里面去，同时，大声地喊'着火了'。我说的你能明白吗？"

"我能明白。"

"这个任务不是很艰巨，"他从口袋里面掏出了一只长长的雪茄烟模样的卷筒，对我解释道，"这是一只普通烟火筒，是管子工用的，两头都装有盖子，能够自燃。你只要负责好这个东西就可以。当你大声喊着火了的时候，一定会有很多人赶来救火。接下来你就趁机溜到那条街的尽头。十分钟之内，我会与你重新会合。我的意思你都明白了吗？"

"我不能介入那些不愉快的事情；紧挨着窗户；注意观察你的举动；

一发现信号，就立即把这个东西扔进去；然后再大声呼叫着火了；最后去街的拐角处等着你。"

"完全正确。"

"你尽管放心好了。"

"棒极了！现在我需要为扮演新角色做准备了。"

他回到了卧室里面。几分钟后他出来的时候，看上去完全是一个和蔼可亲而且单纯厚道的新教牧师了。他头上戴着一顶宽大的黑帽、下身穿着宽松的裤子，胸前佩戴着一条白色的领带，脸上堆满了微笑，还有专注的目光、亲切好奇的神情，活脱脱另外一个人，他的演技简直和约翰·里尔先生（英国著名喜剧演员）不相上下。他不但换了装束，就连神情举止，还有灵魂好像都随着他所装扮的新角色发生了相应的变化。遗憾的是他是一名调查案件的职业侦探，舞台上由此失去了一位优秀的演员，甚至科学界也少了一位思维敏锐的推理家。

我们六点一刻的时候从贝克街离开，要比计划的时间提前十分钟到达了塞彭泰恩大街。那个时候天色已经暗了下来，我们在布里翁尼府的前面等待它的主人回来的时候，路边各家的灯已经亮了。这所房子就像我根据福尔摩斯的简单描述所想的一样。只是它所在的地方不如我预期的那样幽静，正好相反，对于附近地区都特别安静的一条小街来说，它还是十分的热闹。街头的拐角处有一群穿着破烂的流浪汉正在抽着烟，边说边笑；一个磨剪子的人在他的脚踏磨轮旁待着；两个警卫正在与一个保姆调情；还有几个穿得特别整齐的年轻人嘴里叼着雪茄烟，懒洋洋地在那里闲逛。就在我们在房子的前面来回走动的时候，福尔摩斯跟我说道："你看，他们结婚了，事情反而没有那么复杂了。这个时候，那张照片就如同一把双刃剑。也许她也害怕那张照片被戈弗雷·诺顿看见，就如同我们的委托人担心它会出现在公主的面前一样。现在我们所面临的问题是，我们要去哪里找那张照片呢？"

"没错，要去哪里找呢？"

"她应该不会随身带着它。假如那是一张六英寸的照片，如果藏在一件女人的衣服里面，确实是太大了一些，而且她也会想到国王是会拦劫并搜查她的。这样的事情之前已经发生过两次了。所以，我们可以确定她不可能把它随身带着。"

"既然如此，会在哪里呢？"

"在她的律师或者银行家的手中，这两种情况都有可能，可是我却认为都不会。女人天生就爱保密，她们往往都会选择由自己来保守那些秘密。她是不会把照片交给别人的，她特别相信自己的守护能力。可不要忘记她已经决定在近几天就会用到这张照片，所以这张照片一定是放在她随手就能够拿得到的地方，肯定是在她自己的屋子里面。"

"可是屋子都已经被搜过两次了呀。"

"没错！可是他们根本就不知道应该要怎样去搜。"

"可是你又能怎么找呢？"

"我是不会去找的。"

"那你要怎么办呢？"

"我会让她把照片指给我看。"

"她应该不会这样做的。"

"她会的。我听见了车轮的响声，她坐的马车过来了，接下来一定要按照我的指示行事。"

在他说话的时候，那辆马车侧面的灯发出的微弱的光已经从街道拐角的地方照了过来。很快，那辆漂亮的四轮小马车行驶到布里翁尼府门前停了下来。马车刚停下来，就有一个流浪汉从角落里冲上去开车门，希望可以赚个铜子，可是却被有着同样想法的另一个流浪汉用胳膊丁了挤到一边去了，就这样一场激烈的争吵爆发了，两个警卫站在一个流浪汉一边，而磨剪刀的却维护着另一个流浪汉，双方越吵越厉害了。然后也不知道是谁先动的手，一下子就打了起来，就在这个时候，那位夫人刚好下车，马上就被卷进了一群闹得不可开交的人中间了。这群人的脸都涨得通红，拳打脚踢地打在一起，激烈地互相殴打着。

这个时候，福尔摩斯突然冲进了人群，试着要去保护那位夫人。可是，他刚挤到她身边的时候，就发出一声惨叫，倒在了地上，脸上鲜血直流。看见有人倒在地上，两个警卫立即逃跑了，那些流浪汉也朝着另一个方向跑去。接着，那些穿着整齐、在一边看热闹而没有参加斗殴的人靠了过来，希望可以为夫人解围、关心一下这位先生的伤势。艾琳·艾德勒——我还愿意这样称呼她——快速逃上了台阶，但是她在最高的台阶那里停了下来，门厅里透出来的灯光将她那极其优美的身材的轮廓勾勒出来。她回过头来朝着街上问道：

"那位可怜的先生怎么样了？"

"他好像死啦。"几个声音一起说道。

"没有，还有气，"另一个声音大声叫着，"但是现在把他送进医院恐怕也已经来不及了，他应该很快就会死去的。"

"他真是一个勇敢的人，"一个女人称赞道，"如果不是他的话，那些流浪汉肯定会把夫人的钱包和表给抢走了。他们真是一帮坏蛋，一帮粗暴的家伙。啊，他现在可以呼吸了。"

"我们不能让他在街上躺着，我们能不能把他抬进屋子里面呢，夫人？"

"当然没问题。把他抬到起居室里面吧，那里有一张非常舒服的沙发。请从这边走。"大家慢慢地非常小心地将他抬进了布里翁尼府，安置在起居室里。这个时候，我就在靠近窗口的地方站着，认真地看着整个事情的经过。所有的灯都点燃了，但是窗帘并没有拉上，福尔摩斯被安放在沙发上之后，我就能够很清楚地看见他了。我不知道当时他对自己所扮演的角色是否会感到有些内疚，可是我却知道，当我看见我们所密谋算计的这位佳人的时候，看见她服侍伤者时所流露出的那种优雅的气质、那些全都是关怀的举止，我忽然有一种有生以来从来没有过的羞愧。但是现在如果把福尔摩斯交付给我的任务甩手不管的话，那一定是对他最卑鄙的背叛，于是我便狠下心来，从我的长外套里面将烟火筒取出。我想，我们并不是故意要伤害这位美人的，我们只是不想让别人受到她的伤害。

福尔摩斯靠在了那张长沙发的上面。他的样子看上去似乎非常需要新鲜空气。一个女仆急忙走过来用力地将窗户推开了。就在那一刹那我看到他把手举了起来。见到这个信号，我立即把烟火筒向屋里扔去，然后大声喊道："着火啦！着火啦！"我的喊声刚落，那些听到喊声和看到烟雾的人，其中有一些人穿得特别整齐、有一些人衣冠不整，包括绅士、马夫以及女仆们，也跟着高声大喊起来："着火啦！着火啦！"很快，浓烟滚滚，缭绕全室，还从打开的窗子里面涌了出来。我只看到慌乱匆忙跑着的人影。过了一小会儿，我听到福尔摩斯的声音从房间里面传出来，他告诉大家不要着急，告诉他们那是一个假警报。我悄悄从惊慌的人群里面溜了出来，向街道的拐角处跑去。还不到十分钟的时间，我很开心地发现我的朋友将我的胳膊挽住，我们便一起从这喧嚣骚动的现场逃离了。福尔摩斯快速地向前走着，有几分钟的时间都没有说话，一直等我们转到埃杰维尔路一条安静的街道上，他才开口说话：

"华生，你干得非常的漂亮，没有比这再漂亮的了，特别的成功！"

"你有没有弄到那张照片？"

"我知道它在哪里放着了。"

"你是如何发现的？"

"就像我跟你说过的那样，是她指着照片让我看的。"

"我还是没有弄明白。"

"我不喜欢故弄玄虚，"他高兴地笑了起来，"这件事情并不难。我想你已经看出来街上的每一个人都在配合着我们一起演戏。他们都是我今天晚上雇来的。"

"我已经猜到了是这么回事。"

"我在手里捏了一小块湿的红色颜料。就在两边争吵起来的时候，我便冲了上去，然后倒在地上，把手赶紧按在脸上，所以就变成了一副非常可怜的样子了。当然，这是一套老花招了。"

"这个我也看出来了。"

"接下来他们就把我抬进去。她不得不将我弄进去，不然她又能怎么办呢？她将我放在了起居室里面，这间屋子正是我所怀疑的那间。照片或者就在这间屋子里藏着，或者就藏在她的卧室里面，我决定要看看究竟是在哪间屋子里面。他们将我放在长沙发上面，我故意装出了一副特别需要空气的样子，他们只好把窗户打开，这样你的机会就来了。"

"可是，这对于你来说能起到什么作用呢？"

"这一点非常重要。如果一个女人意识到她的房子可能要着火了,她的第一个反应肯定就是冲过去抢救她最宝贵的东西。这已经不是我第一次利用过她们这种完全不能抗拒的冲动了。在达林顿顶替丑闻案中,我也是利用了这一点;在阿恩沃思城堡案中也利用了这一点。结了婚的女人第一反应就是赶紧将她的孩子抱起;没结过婚的女人首先会冲过去拿她的珠宝盒。现在我非常清楚,对于这位夫人而言,这所房子里面的东西,再也没有比我们正在找的那样东西还要珍贵的了。她一定会冲上前去保证它的安全。着火的警报发得实在妙极了。喷出的浓烟以及惊呼的声音足够让钢铁般的神经也受到震惊。她的反应就是我所希望的结果。那张照片在一个壁龛里收藏着,这个壁龛就在右边电铃拉索上面的那块可以挪动的镶板后面。她在那个地方只待了片刻。当她将那张照片抽出一半的时候,我一眼就看到了它。所以我就大声喊那是一个假警报,她又将照片放了回去。她看了一下烟火筒,就迅速地跑出了屋子,之后我就再也没有见到她了。我站了起来,找了个借口想从那所房子溜出来。我也犹豫过要不要试着把那张照片立即弄到手,可是她的那位马车夫进来了。他一直都把我盯得很紧,所以我还要等待时机,我想稍微等等也许更保险一些。不然,我可能会全盘皆输的。"

我问道:"那我们现在该怎么办呢?"

"实际上我们的调查已经完成了。明天我要和国王一起去拜访她。如果你不介意的话,就和我们一起去吧。我们会被引进那间起居室里面等候那位夫人,但是恐怕等到她出来会客的时候,我们和照片就已经都消失了。如果陛下可以亲手重新得到那张照片,他肯定会特别满意的。"

"那么,你们打算什么时候去拜访她呢?"

"早晨八点的时候,因为那时她还没有起床,我们才能够无所顾忌地放手做事。还有,我们必须马上行动,因为等到结婚以后她的生活习惯也许就会彻底变了。我必须马上给国王发个电报。"

这个时候我们已经走到了贝克街,我们在家门口停了下来。正在福尔摩斯从口袋里面掏出钥匙的时候,有个人从这里路过,还打了一个招呼:

"晚上好,福尔摩斯先生。"

这个时候人行道上还有几个人。这句问候的话似乎来自一个身材瘦长、身穿长外套的年轻人，是他从这里匆匆走过时说的。

"我之前听见过那个声音，"福尔摩斯望着昏暗的街道喃喃道，"我现在非常想知道那家伙究竟是谁。"

（三）

那天晚上，我留宿在贝克街。第二天一早，我们还在吃着烤面包、喝着咖啡的时候，波希米亚国王急急忙忙地冲了进来。

"你们真的已经将那张照片弄到手了？"他高兴地抓住夏洛克·福尔摩斯的双肩，神情激动地望着他。

福尔摩斯回答道："目前还没有。"

"但是你已经非常有把握了，是吗？"

"没错。"

"那我们马上走吧。我恨不得现在就赶到那里。"

"我们必须要雇一辆马车。"

"不用，我的马车就在外面等着呢。"

"这样就更方便了。"

我们走下台阶，又一次动身前往布里翁尼府第。

福尔摩斯对国土说道："艾琳·艾德勒已经结婚了。"

"结婚了？这是什么时候的事？"

"就在昨天。"

"和谁结婚了？"

"和一个名叫诺顿的英国律师。"

"可是她是不会喜欢他的。"

"我希望她是喜欢他的。"

"你为什么会这样说呢？"

"因为如果是这样的话，陛下就不用担心将来会有什么麻烦了。假如这位女士很喜欢她的丈夫，那么她就不再喜欢陛下了。假如她不喜欢陛下，那么她就不会来妨碍陛下的计划了。"

"说得不无道理，但是……唉，我多么希望她可以和我有着一样的身份地位，她肯定会是一位特别完美的王后！"说完后，他又重新陷入了自己的感伤中，不再说话了。直到我们在塞彭泰恩大街停下来的时候，他才勉强打起一点精神。

布里翁尼府的大门敞开着，一个中午妇女在台阶上站着。我们从四轮马车里面下来的时候，她有些嘲弄地看着我们。

她开口说道："我觉得你是夏洛克·福尔摩斯先生吧？"

"没错，我是福尔摩斯。"我的伙伴有些迟疑地回答道，同时以惊愕的眼神望着她。

"看来是真的！我的女主人跟我说也许你会来的。今天早上她和她的先生一起前往欧洲大陆了，他们是从蔡林克罗斯乘坐五点十五分的火车走的。"

"啊！"夏洛克·福尔摩斯不禁向后打了个趔趄，又惊又恼，脸色都变白了。"你是说她已经从英国离开了吗？"他问道。

"没错，而且以后不会回来了。"女仆答道。

"那张照片在哪呢？"国王的声音嘶哑，绝望地说道，"全都完了！"

福尔摩斯推开仆人说道："让我们看一下。"他匆忙奔进了客厅，我和国王也立即跟了进去。里面全都是散落着的被翻得乱七八糟的家具，架子拆了下来，抽屉也全部拉开了，看来这位女士在她出逃之前彻底翻箱倒柜地搜查过一遍。福尔摩斯跑到了电铃拉绳那里，拉出来一块小遮板，伸手进去掏出了一张照片，还有一封信。可是照片上面只有艾琳·艾德勒一个人，她穿着晚礼服。信封上面写着："致夏洛克·福尔摩斯先生，留交本人亲启。"我的朋友将信拆开后，我们三人凑到了一块看这封信。信是在昨天半夜里写的。信中的内容是：

亲爱的夏洛克·福尔摩斯先生：

你确实干得特别漂亮，我被你彻底骗到了。一直到发出火警的时候，我都一点儿疑心也没有，但是后来我便发觉我已经把自己的秘密给暴露了，所以我才开始认真思考了。几个月以前，就有人跟我说过国王要雇一位侦探，那肯定是你。他们告诉我要好好地防备你。我还拿到了你的地址。但是尽管这样，我还是把你想要知道的秘密给泄露了，甚至在我已经开始有了怀疑之后，我还认为自己很难相信那样一位上了年纪而且和蔼可亲的牧师，会因为什么企图才过来帮我的。可是，你应该知道，我自己也是一个非常优秀的演员。男性装扮对我而言并不陌生，因为我自己就经常会女扮男装，以便利用男性身份所带来的自由以及方便。我让约翰——我的马车夫，对你进行监视，之后我立即跑上楼，将我的散步便服穿上。在你离开的时候，我立刻紧跟着下了楼。

后来，我便一路跟踪你，一直走到了你家门口，这样，我就非常确定，我真的成为著名的夏洛克·福尔摩斯先生密切关注的对象了。接下来，我还冒失地与你道了一句晚安，然后便赶到坦普尔去找我先生。

我们俩都认为让这样一位出色的对手盯上了，我们只有选择三十六计里面的走为上策，所以等到你明天过来的时候，已经是人去楼空了。关于那张照片，可以让你的委托人放心。我现在爱上的这位男人，要比他好很多，而且这个人也很爱我。国王可以尽情地做他想做的事，不用去顾虑他曾经无情地对待过的人会对他产生什么妨碍。我之所以会保留着那张照片，只是为了保护自己，保留着一件永远有效的武器，这样他将来无论采取什么手段，都无法对我造成伤害。我留下了一张照片，他可能愿意收下。

谨此向您—— 亲爱的夏洛克 福尔摩斯先生致意。

艾琳·艾德勒·诺顿敬上

"真是一个了不起的女人啊，一个如此了不起的女人！"我们三人一起看着这封信的时候，波希米亚国王忍不住大叫起来。

"我之前跟你们说过，她有多么的机灵和果断！如果她可以成为我的王后，她会是一位多么令人钦佩的王后啊！遗憾的是，她和我的地位不一样！"

"以我现在对这位女士的了解，陛下和她确实有很大差距，"福尔摩斯一语双关，冷漠地说道，"我感到非常遗憾，没有让陛下的事情得到一个圆满的结局。"

"亲爱的先生，恰恰相反，"国王说道，"再也不会有比这更好的结局了。我对她太了解了，知道她说出的话是一定不会改变的。这样的话，就如同那张照片现在已经被烧掉了一样，已经对我没有任何威胁了。"

"听陛下这么说，我感到很开心。"

"我真心对你表示感激，请一定接受我对你的酬谢，这只戒指……"说着，国王从手指上褪下了一只蛇形的绿宝石戒指，放在掌心上面递给福尔摩斯。

"我觉得陛下有一样东西，远比这戒指有价值。"福尔摩斯说。

"什么东西呢？你尽管说吧！"

"就是这张照片！"

国王睁大眼睛惊讶地望着他。

"艾琳的照片！"他大声地说道，"如果你想要的话，当然没问题。"

"感谢陛下。那么，这件事就算结束了。我谨祝您今天度过一个愉快的早晨！"他鞠了个躬，然后便转身离开了，似乎并没有看见国王向他伸出的手。我和他一起回到了他的住处。

这就是波希米亚王国如何受到一桩大丑闻的威胁，而著名侦探福尔摩斯的完美计划又是如何被一个聪慧的女人识破的经过。福尔摩斯过去一直对女人的聪明才智不屑一顾，偶尔还会嘲笑她们，近来我几乎听不到他再说这类的话了。不仅如此，而且当他每次提到艾琳·艾德勒以及提到她那张照片的时候，他总是会用"那位女士"这个充满敬意的称呼。

二　红发会

那年秋季的一天，秋高气爽，我又来到了我的好朋友夏洛克·福尔摩斯侦探的家里面。我来的时候，福尔摩斯正在和一个又矮又胖的红头发老先生谈话。我不愿意因为我的到来而影响他们的谈话，因此我打算悄悄地离开,但是在这个时候福尔摩斯突然上前把我拉进了房间里面,并关上了门。

他热情地说道:"亲爱的华生,非常感谢你的到来。"

我略带歉意地说道:"我以为你正在忙着呢。"

"没错,我确实很忙啊。"

"哦,那你先忙着,我可以在隔壁等你。"

"华生,且慢。"他转过身又对那位红发老先生说道:"威尔逊先生,这位先生是我的好朋友,还是我最得力的助手,他曾经帮助我处理过很多案件,所以,我认为你的案件,他同样也能够起到很大的作用。"

红发威尔逊先生慢慢地从座椅上欠身对我点了点头,通过他的动作以及眼神,我能感觉到他对我还是有一丝的不信任。

"华生,你可以去高靠背椅上坐着。"福尔摩斯边说边回到他那张扶手椅上坐下,像往常沉浸于思考时一样,将两手的指尖合拢。

"华生,你和我一样,总是对平淡乏味的生活感到厌烦,反而那些稀奇的东西,会让我们产生浓厚的兴趣,就好像你总是喜欢把这些东西都用你的文字记录下来一样,足以可以证明这一点。实际上对于我来说,我觉得你这样做,真的是将我的探案工作增加了不少色彩。"

我开心地回答道:"就如同你说的,那是因为对你经手的那些非凡的案件我极其感兴趣。"

"还记得我们那天谈到玛丽·萨瑟兰小姐,关于她曾经提到的一个并不复杂的问题。我说过:在我们深入生活,获得了一些稀奇或者非同寻常的信息的时候,它远远要比单纯的、甚至任何大胆的想象都更加丰富而且更具冒险性。这些都是我们必须要去做的!"

"请原谅我并不是很赞同你的看法。"

"啊?那好吧!我可能要用一些事实来跟你阐明,而最终让你对我的看法非常赞同。好啦,跟你介绍一下,这位是吉贝茨·威尔逊先生,他是在今天上午光临这里的,他人很好,他给我讲述的事情,可能正是我希望听到的离奇而且有趣的事情。就如同我经常说的,这样离奇有趣的事情通常并不是与什么大的罪行有直接联系的,但是却与比较小的犯罪有着剪不断的关联,甚至小到都不能被称之为犯罪。而威尔逊先生刚才所描述的事情，至少现在来说，我还不能肯定它们和犯罪有关系。而就事情本身的经过而言，华生，我敢说这是我所听到过再新鲜不过的事情了。

"威尔逊先生，你能不能把这个离奇事情的经过给华生先生再讲述一遍，而且一定要从头讲，因为这些对于我来说也非常重要，我需要了解从事情开始到现在为止的所有细节。虽然每当我听到一个案件或者事件开头时，我都会联想出一系列与之相近的类似案件，可是我相信你所讲述的这些事情确实是非常独特的，我想象不到与此类似的事情。"

威尔逊先生也许是因为福尔摩斯所说的"独特"二字，有了一点骄傲的感觉。他微微起身，然后从大衣的口袋里掏出一张破旧褶皱的报纸，并将其在膝盖上展平，然后找到报纸上面的广告栏。现在我终于有机会仔细打量一下这个又矮又胖的老先生了。这也是福尔摩斯经常会做的事情，就是通过一个人的衣着举止，推测出他的背景和经历。当然，对我而言，并不是特别容易的事情。从他的表面上看，他是一个非常普通的英国商人，肥胖导致他的动作有一些迟钝。他的衣着特别普通，下身是松垂的灰格裤子，上身是不甚干净的燕尾服。上衣的扣子没有扣好，甚至可以看到他里面穿的是一件土褐色的背心。他的脖子上面坠着一条带有方形窟窿的金属片儿做装饰的艾尔伯特式的粗铜链。他的礼帽就在旁边的椅子上面放着，已经有些破旧了，棕色的大衣也已经褪色，线绒领子有些皱褶。在我看来，他真的没有什么特别的地方，除了长着一头火红色的头发、面带着很恼怒的表情。

好像什么都不能逃脱我这位好朋友敏锐的眼睛。他微笑着向我摇了摇头说道："他之前是一个做过体力活的工人，而且还有吸鼻烟的习惯。他是一个共济会会员，曾经去过中国，近期写过很多东西。当然，这些都很明显，我推断不出其他的什么了。"

突然，吉贝茨·威尔逊先生挺直了身子，他的食指依然还在报纸上压着，但是目光已经从报纸上面转移开了，正惊讶地看着福尔摩斯。

他大声地喊道："天哪！我的事情你为什么会知道这么多？我干过体力活你也知道？那是千真万确的，我之前确实在船上做过一段时间的木匠。"

"先生，"福尔摩斯解释道，"这一点看一下你的双手就会知道的啊，你的右手看上去要比左手大一圈，我认为这是由于你经常用右手干活，因此右手的肌肉要比左手发达。"

"我确实也吸鼻烟，我也是共济会会员。"

"这更容易理解了，我注意到了你没有顾及你们团体的严格规定，带了一枚弓形指南针形状的别针。"

威尔逊先生点了点头表示同意，"哦，这个我忘了。可是最近写过很多东西，应该不会那么轻易地看出来吧？"

"是的，不过看看你右手的袖子，上面很明显有着五寸多被磨光的地方，而且左手袖子手腕的位置打了一个整洁的新补丁。"

"还有，你是如何知道我去过中国的呢？"

"实际上，我对皮肤刺青还是有一些了解的，可以说曾经做过研究。我观察到在你的右臂有一个刺青，这个鱼的图案就是利用皮肤特有的细腻的粉红色来着色的，根据我的了解，使用细腻的粉红色来给大小不等的鱼着色，这种绝技只有在中国才会有的。当然，最明显的便是你带的那枚中国钱币。这些还不够吗？"

老先生大声笑道："原来是这样，我并没有想到。通过你这么一讲，看上去神秘得如同算命一样的东西居然会如此简单。"

福尔摩斯又对我说道："华生，你是不是认为我不应该这样张扬啊？不收敛的行为通常都不会让人产生好的印象。先生，那个广告你找到了吧？"

"没错，找到了，就在这里！"他的手指在报纸上面按着，好像就是广告所在的位置。然后他将报纸递给了我们，"这里就是这件离奇事情的缘由。"

广告上面的内容是这样的："红发会：已故黎巴嫩人伊齐基亚·霍普金，之前住在美国宾夕法尼亚州，现遗赠有一空缺职位。应聘要求：红发会会员，二十一岁以上，身体健康，智力健全。因为职位实际为挂名，所以是红发男子即可。报酬为每周四英镑。应聘者请于星期一上午十一时前往舰队街教皇院七号红发会办公室邓肯·罗斯处提出申请，并且在现场核实即可。"

"这到底是怎么回事呢？"对于我来说，这件事情的因由确实足够离奇了。

福尔摩斯却在椅子上坐着不停地笑，身子扭来扭去。他每次高兴的时候都是这个样子。他说："是不是很不寻常？好啦，威尔逊先生，现在需要你原原本本地将这件事情的经过，包括你自己以及与你同住的人的一切都跟我们讲述一下。当然，也包括你能从这个广告中得到什么好处。对了，华生，你把报纸的名称和日期记下来。"

"1890 年 4 月 27 日的《纪事年报》，大约在两个月以前。"

"先这样，我们开始吧，威尔逊先生。"

"没问题，福尔摩斯先生，就如同我刚才跟你讲的。"吉贝茨擦了擦前额，开始了讲述，"我自己经营一个小当铺，在市区附近的萨科斯 - 克波哥广场。这就是这些年来我维持生计的办法。过去生意还好，曾经雇过两个伙计，可是现在只雇一个，而且这一个伙计，也是由于他在我的店里学习生意，只要付他一半的工钱就可以，我才勉强雇的。"

福尔摩斯问道："哦，那真是件很好的事情，怎么称呼他呢？"

"文森特·斯波尔丁。虽然我不知道他的准确年龄，可是他也并不是很年轻。实际上他特别的精明能干。我很清楚，假如他凭借自己的头脑绝对可以赚到更多的报酬。当然，对于我来说并不是什么坏事，我就不会过多去想他为什么会委曲求全在我的小店里。"

"哦，是的，这么便宜的事情实在难得。看来你的伙计也不是那么简单啊？"

威尔逊先生说："如果说他有什么缺点，就只能是他太喜欢照相了。他到处照相，但是却不会在业务上有所提升。更奇怪的是，他每次照完相都会马上冲到地下室里冲洗，从来都不耽搁。可是单纯地从工作上来说，他算是一个称职的工人，而且人也不错。"

"你现在和他住在一起吧？"

"没错，先生。另外和我们一起的还有一个帮助我们整理家务以及房间的十四岁的小女孩。我没有结过婚，所以家里面就这些人。日常的生活只是打理一下店铺，还算是比较平静。

　　"在四月的一天，斯波尔丁手里拿着这张报纸递给我看，他说道："先生，上帝保佑，我如果是一个像你一样有着红头发的人该多好啊！"我当时很好奇，他解释道，"你看这张报纸上面有一则广告，说红发会正在招聘一个空缺，而且还是一个肥差啊！我认为，能够得到这笔遗赠的理事可真是太幸运了。假如我是红发，就一定会去应聘这个美差的！"我不得不承认，因为我的生活圈子非常小，所以外面的事情我很少知道，包括关于红发会的事情。这是由于我工作的缘故，我只要在铺子里面等着买卖的到来就可以了。所以，可以说是孤陋寡闻。这件离奇的事情让我感到特别好奇。而当我问他有关红发会的事情时，他居然奇怪地反问我关于红发会的事一直都没有听过吗，就如同这件事情是众所周知一样！他说道："你这样的人竟然连这个团体都不知道？这真的很奇怪。"他和我解释道，"虽然一年二百英镑并不是很多，但真的是非常轻松的啊，更重要的是，一点都不会耽误你做生意。"

　　"这个消息其实让我感到非常高兴，因为我店里的生意并不景气，每天只是在店里等着生意找上门，还不如去赚这么容易就可以得到的二百英镑，我感觉这件好事真的是从天上掉下来的。

　　"抱着这样的想法，我又继续了解更为详细的情况。

　　"他将广告指给我看，说，"嗯，这里写得非常明白——红发会，这里有地址，似乎去那里就能直接申请。手续还比较简单。红发会的发起人是一个名叫伊齐基亚·霍普金的美国富翁。他是一个非常奇怪的人，因为自己有　头红发，因此对所有红发人都有着较深的感情，可以称得上是爱屋及乌吧。他去世前，用一笔丰厚的财产利息创办了红发会，红发会为有红发的男人提供一些比较舒服的职位，待遇非常高，工作却非常少。"

　　"我说道："肯定会有特别多的红头发男人抢着去应聘了。"

　　""也不是这样的。因为这个富商最初的产业在伦敦，因此红发会只限于招聘伦敦的成年男人。也许这也是他的夙愿吧。当然，那里面对头发的要求也特别严格，只有像你这样的火红色才可以，别的都会被拒之门外。哈哈，你瞧，这就像特意为你准备的一样。不如你过去看看。但是假如你担心有什么风险，也是可以理解的。"

"所以，当我听说了这一切的时候，我确实为我有这一头火红色的头发而有些骄傲。我认为，假如只是这样的要求，可以说我占尽了天机。我最后决定去试一试，就让斯波尔丁把店门关上，和我一起前往那个地方。我觉得他要比我知道得多，也许会给我一些建议，当然，对于他来说也算是一个意外的休息日，因此，他非常高兴地跟我一起去了。

"福尔摩斯先生，我想如果没去过那里的人，一定不会知道世界上竟然会有那么多红头发的人，颜色的深浅都不一样。我真的不希望再看到那个应征的场面了。整条街上全部都是红头发的人。整个院子就如同一个大水果摊，上面摆着各种颜色的水果。真的没有想到一个广告居然会有如此大的影响。就不用多说那些头发的颜色了，多得离奇——有像稻草一样的黄色，还有浅浅的柠檬色、橙色、砖红色，甚至还有爱尔兰长毛猎狗那样的颜色、酱红色、土黄色等等。虽然，就像斯波尔丁所说的那样，如同我的头发这般鲜艳的火红色的倒是非常少，可是看见如此多的应聘者，我还是想回去了。我这个人不是很有自信。但是，斯波尔丁好像比我自己还迫切地希望我聘到那份工作，他甚至把我推进了人群里面，最后我终于挤进了那间被称为办公室的台阶前。这里的人还是那么多，我看到有一些人心灰意冷地从里面挤出来，还有更多想试一试的人往里面挤。我都不知道什么时候被挤进办公室里面的。"

福尔摩斯用力吸了一下鼻烟，让老先生停止了讲述。可能对这样一段描述，他需要一点时间来思考，稍后他说道，"实在有趣。这么离奇的事情真的让人难以相信。好，继续讲述有趣的事情吧。"

"除了几把木椅和一张办公桌以外，办公室里面再也没有其他的摆设。在显眼的地方坐着一个小个子男人，他的头发比我的还要红。他好像是一个负责人，当应聘者走到他的面前，他都会用挑剔的眼光打量一番，之后便找出毛病把他们打发走。那时我想，真要把这样一个人们挤破脑袋都想要获得的职位弄到手，可不是一件容易的事情。于是，我有了一点儿失望。当轮到我的时候，这个负责人表现出了相当的客气，这让我找到了一点自信。在和我谈话之前，他将门关上，将嘈杂的吵闹声挡在了门外，我们开始单独交谈。

"斯波尔丁说道: '这位是吉贝茨·威尔逊先生,他希望可以填补红发会的空缺。'出乎意料的是,这个负责人特别痛快地说道: '他真的比较适合,他是我见过的最符合要求的红发男子了。'接下来,他又站远一些,仔细地观察我的头发,一直看到他感觉我有些不好意思,才向我走来,祝贺我应聘成功。他说道: '你还有什么可犹豫的呢?但是,为了安全起见,请允许我……'他说着将手伸进我的头发里面,用力一拉,我疼得叫了起来。他终于把手松开了,说: '太好了,看来是真的,你疼得马上就要哭出来啦!特别好,请理解,这是由于我们确实遇到过两个戴假发的人,他们的头发看上去和你的头发一样好,你绝对想不到,那是使用鞋蜡做出的效果,实在是太恶心了。'

"说完这些话,他走到窗口,大声地朝着下面喊道: '已经找到填补空缺的人了!'我听到人群中发出的失望的叹息声。那些头发各色的人开始散去,最后就只剩下我和两个红头发的负责人了。外面安静下来以后,那个人对我说道: '我叫邓肯·罗斯,我也是这个慷慨的红发富商遗嘱的受益者。那么,威尔逊先生,你是不是已经结婚了?'

"'还没有。'我回答道。

"他的脸色突然变得有些阴沉,严肃地说道: '哦,这样就不是很完美了,因为红发会里的这笔基金本来是为了奖赏成年的红发男人生育更多的红头发的人。可是你还没有结婚,我感到很遗憾。'先生,你能想象到我在那个时候有多么沮丧吗?本来以为已经到手的一份美差就这样丢掉了。可是他又考虑了一会儿,对我说: '但是也没有那么严重。由于你的头发颜色实在非常纯正,我们是可以为你破例的。如果换成别人,可就没有这么幸运了!那么,你什么时候可以过来上班呢?'我思索了一下,说道: '其实,我有一个自己的小店面,所以……'

"斯波尔丁立刻替我说道: '这不是问题,你大可放心。在业务上我也是能够独当一面的。'

"我问道: '上班的时间是几点?'

"'上午十点到下午两点。'红发负责人说道。福尔摩斯先生,你也许不太了解,像我们这样的店铺大多是在晚上的时候才会有生意,特别是在周四和周五的晚上，正好那时我要给伙计发薪水，上午在这里工作非常适合我，更何况我还有一个靠得住的伙计，因此我决定接受这份工作。我对负责人说：'好，我觉得我随时都可以过来工作了，那么薪金呢？'

"'每周四英镑。'

"'我能不能先对我工作的内容了解一下？'

"'特别简单，并没有什么实质性的工作，只是挂名而已。'

"'挂名？'

"'挂名就是如果你没有具体的事情要做的时候，你也不能从这间办公室离开，或者说是这栋楼房。一旦你离开，就说明你已经放弃了这个职位，能明白吗？这是遗嘱里面的规定，我们也是照章办事。'

"我说道：'只是四个小时不离开这里而已，这对于我来说并不难。'

"邓肯·罗斯先生接着说：'还有，你也不可以以任何理由请假。你需要做的事情就是老老实实地在那里待着，否则就代表放弃。'

"'那么，具体的工作呢？'

"'就是抄写《大英百科全书》，从这个版本的第一卷开始抄写。需要你自备墨水、笔以及吸墨纸。明天你可以开始上班吗？'

"我回答道：'当然没问题。'

"'好了，就这么决定了，吉贝茨·威尔逊先生，再见，我要再次恭喜你得到了这个重要的职位。'他鞠躬将我们送出去。

"走在回家的路上，我被这突如其来的幸运弄得有些忘乎所以了。在之后一天的时间里，我满脑子想的都是这件事情。可是到了晚上，我又有些失落了。有一种无法形容的感觉总是在我的脑中缠绕着，我感觉自己好像卷入了一个阴谋或者大计划里面，但是我却一点都看不出来漏洞端倪。同时我也想不到做这样的一件事情会有什么样的意图，用这么多钱来雇人抄写《大英百科全书》？实在叫人无法理解。文森特·斯波尔丁倒是比我想得开，他想尽办法让我放心。我在那天晚上睡觉的时候，已经下定决心，不管怎样我明天都要过去工作，我要看看到底是怎么回事。

"第二天，我买了墨水、羽毛笔，还买了几张大页书写纸，就直接去了昨天去过的那个办公室。到了那里，我悬着的心放下了，一切都是特别的顺利。桌子已经布置好了，邓肯·罗斯也在那里，把所有的一切都照料妥当后，就让我从字母 A 的条目开始抄，交代完之后便离开了房间。当然，他有的时候也会进屋看看我的工作是否顺利，也许是看我有没有擅自离开。到了下午两点钟，第一天的工作便结束了，他看着我的工作成果，还表扬了我的工作。当我走出办公室的时候，他便把门锁上了。

"后来几天的工作都像第一天那样顺利。星期六，那个干事按照之前约定好的给了我四英镑。两个月来一直都是如此，我按时上下班，他按时付给我工钱。到后来，邓肯·罗斯先生有时一个上午只过来一次，到了最后，他几乎就不再到那个办公室去了。而我却想，即使这样，我也不想冒着丢掉工作的风险擅自离开那里，而且这个工作真的非常好，难道不是吗？实在是太适合我了！两个月就这样过去了。我抄写了字母 A 里面的'盔甲'、'建筑学'和'雅典'等词条。我认为很快就可以完成 A 开始 B 了，这就是我努力的结果。我花钱买了特别多的纸，我抄写的东西都快把一个架子堆满了。可是，事情突然发生了很奇怪的变化，一切都结束了。"

"都结束了？"

"确切地说，就是在今天上午，我十点钟准时到了办公室，可是门却是锁着的，而门上有一张用大头针钉着的小卡片。就是这张卡片，你们看！"

他将一张便签大小的卡片举起来让我们看，卡片上面是这样写的：

红发会已经宣告解散，特此声明。

1890 年 10 月 9 日

看着这张卡片的威尔逊先生有一些懊恼和丧气，我和福尔摩斯都忍不住为这件离奇而滑稽的事情大笑了起来，好像没有看到这个时候老先生那张着急的脸庞。威尔逊先生的脸马上涨得像他的头发一样火红，他特别愤怒地冲着我们嚷道："你们觉得这很可笑的吗？如果你们只是觉得这是一件很滑稽的事情，我觉得我就没有必要在这里浪费时间了！"

福尔摩斯马上冷静下来，大声地挽留道："对不起，实在对不起！我们并不是这个意思。"他站起来将特别愤怒地要冲出房间的威尔逊先生留了下来，说道："这样一件离奇的事情我肯定不会放弃调查的，尽管不可否认它有一些滑稽。可是对我来说，它的确是一个非常新奇的案件。那好，现在我们继续，当你发现了卡片以后你都做了些什么呢？"

威尔逊先生又坐回椅子上，平静下来说道："先生，你可以想到我当时真的是不知所措。我只好去附近找街坊们打听一下情况。可是，这里到底发生了什么事情没有人能告诉我，他们好像对此一无所知。没办法，我只好又去找了住在楼下的房东，他原来好像是一个会计。我向他询问有关红发会的事情，他居然说，他压根就没有听说过有这样一个组织。我又向他询问那个负责人邓肯·罗斯先生的情况，他的回答是从来都没有听说过这个名字。

"我说道：'就是在七号住着的那位先生啊。'

"'你说什么，难道是那个红头发的人吗？'

"'没错。'

"他说道：'他呀，根据我的了解，他名叫威廉·莫里斯，是一个律师，他是由于自己的新房还未装修好，所以才会暂时租住我的房子，哦，对了，他昨天已经搬走了。'

"我立即问道：'那你知不知道他搬到哪里去了？'

"'哦，搬到他的新律所啊，你别说，他还真把那个地址留下了。看，就在这里，爱德华王街十七号，就在圣保罗教堂的旁边。'

"从红发会出来后，我就直接到那里去了。但是，那个所谓的新律所，竟然是一个护膝制造厂，而且这个厂子里也没有什么人知道有一个叫威廉·莫里斯或者叫邓肯·罗斯的人。"

福尔摩斯问道："那后来呢？"

"我又回到了我的店铺。斯波尔丁让我静静地等待，也许用不了多久就会有来信告诉我到底发生了什么事情。我接受了这些劝告，可是，我不知道是不是因为自己做错了什么，一份这么好的工作就这样失去了。我是怎么也想不明白啊。这个时候我就想起你会经常帮助像我一样不知所措的穷人，所以我便马上来到了这里。这就是事情的全部经过。"

福尔摩斯点点头说道："你的选择是非常正确的。这看上去真的不是一件简单的案件，我非常愿意接手，尽管这件事并没有对你造成什么极大的影响。"

吉贝茨·威尔逊先生说道："难道这还不算严重吗？一周就损失了四英镑啊！对于一个穷人而言，这……"

福尔摩斯又说道："但是你却白白赚得了三十多英镑，而且还从书中学到了很多知识。你还能对给你付钱的团体有什么抱怨的吗？你根本就谈不上损失！"

"或许是吧。可是，现在对我来说，问题就是我要知道事情的真相，他们到底是什么人，为什么要和我开这样的玩笑——当然假如这是一个玩笑的话。要明白，他们也为此损失了三十二英镑啊，有谁会无聊到和别人开一个这么多钱的玩笑呢？"

"这正是我们可以为你做的事情。你还需要回答我几个问题，首先，你经常提到的那个伙计，他在你那里有多长时间了？"

"三个月了，距离这件事有一个月的时间。"

"是你去找的他吗？"

"是他看了我的广告过来应聘的。"

"应聘者很多吗？你为什么会选中他呢？"

"有十多个吧，他看上去很机灵，更重要的是工资要求非常低。"

"一半的工资？"

"没错。"

"哦，好的，说说他的模样。"

"个子不算高，却比较健壮，看上去非常机灵敏捷。看上去有三十多岁，可他的皮肤却特别的光滑。还有，他的前额上面有一块很明显的白色伤疤，似乎是被硫酸烧伤的。"

福尔摩斯看上去非常开心，他挺直了身子说道："啊！果然不出我所料。那么他的耳朵上面是不是穿有耳洞？"

"不错。他之前说过，并说在他还是个孩子的时候，一个吉普赛人给他穿的孔。"

福尔摩斯回应了一声，又陷入了沉思之中。过了一会儿，他问道："他现在还在你那里吗？"

"是的，他还在，我刚从店里过来，他在店里帮着我打理生意呢。"

"过去的两个月一直都是如此吗？"

"没错。上午的生意不是很多，下午生意才会多起来。对他自己料理店面，我还是非常放心的。"

"好了！我已经知道了很多信息，相信我用不了两天就可以给你一个准确的回复。今天是周六，那么应该会是周一，请等候着我的调查结果。"

委托人离开以后，福尔摩斯对我说道："华生，说一说你对这件事情的意见。"

我说道："现在只能说，真的是太神秘了，我没有发现任何线索。"

福尔摩斯说道："其实人们往往在知道真相的时候，才发现原本看上去很离奇的事情，其实很简单。真正让人感觉迷惑的是那种既没有特色又平淡无常的犯罪方法，就如同一个相貌出众的人，轻易地就会被辨认出来一样，但是如果长相普通的人想混在人群里面就比较容易。现在，我一定要立即着手处理这件事情。"

我说道："你看上去似乎已经掌握了一些线索，你要采取什么样的行动呢？"

他坐到椅子上，回答道："请让我先抽上三斗烟，这个是一定要做的。在这段时间最好不要和我说话。"说着他就蜷缩在椅子上面，整个身子看上去抱成了一团。他开始闭目养神起来，黑色陶制烟斗还露在蜷着的身体外面，好像是某种珍禽异鸟的那个又尖又长的嘴。我觉得他一定已经进入了梦乡，面对如此安静的场面，我也不由得困倦起来。就在我快要睡着的时候，突然见他从椅子里一跃而起，就好像是一直都没闭上过眼睛一样，看着他那炯炯的目光，感觉到他已经做好了某种决定。

他将烟斗放下，说道："今天下午萨拉沙特有场演出，就在圣詹姆斯会堂。华生，你能不能放下工作陪我几个小时？"

"没问题，我正好今天没什么事，更何况我的工作从来都不是很紧迫的，这一点你应该很清楚。"

"真是太好了，那我们现在就出发。我们就从市区那条路走，顺便吃个午饭。你对德国音乐是如何看的？我觉得德国音乐的精密以及华美往往使人深省，正适合现在启发我更为深入思考的一些事情。你可以看一下，刚好在节目单上有很多的德国音乐。我们走吧。"

正如我料想的那样，福尔摩斯取道萨克斯－科柏格广场，这里就是我们刚刚听到那个离奇故事的发起之地。这里的建筑十分破败，街道狭窄而且隐蔽。在一面带有铁栏杆的围墙里，整整齐齐地排列着几排两层的灰暗的砖房。让人感觉不可思议的是，院子里面竟然还有一片特别乱的草坪，杂草蔓延。草坪上的几株小丛月桂树，正在顽强地抵抗着周围的烟雾，才让这个地方增添了几分生气。我们很轻松地看见了那个店铺的招牌，在街拐角处的一座公寓上面，有一块棕色的木板上面写着几个白色的大字：吉贝茨·威尔逊，四周还用镀金的圆球作为装饰，毫无疑问，这就是那个红发老先生的店面。福尔摩斯慢慢地走近这家店面，最后在它的前面停了下来，仔细地观察着房子的每一个细节。他的眼睛里流露出一种经常会闪现的光芒，这代表着思索和发现。

一番观察结束了，他又踱步来到街上，看上去毫无目的地走了一圈后又回到了街角，又开始注视着这个房子。接下来他走到这家当铺的门前，用他随身携带的木质手杖使劲地在人行道上敲打，一系列动作之后，他终于来到了店门口将门敲开了。开门的是一个年轻的小伙子，看上去特别精明干练，脸上十分光滑。他以为是生意上门，便将我们迎了进去。

福尔摩斯站在门口，说道："真是有劳你了，我只是想问一下，从这里去斯特兰德怎么走。"

小伙子立刻回答道："在第三个路口右拐，第四个路口再左拐。"说完就立即退回去将门关上了。

"真的是一个精明能干的小伙子。如果我的观察没有出现失误，论精明他可以在伦敦排到第四名。假如论智慧和胆量，他绝对可以排到第三名。"从威尔逊先生的当铺离开的时候，福尔摩斯说道。

我有一些怀疑，可是我对他的见解还是表示了赞同："就像威尔逊先生所说，有这样一个伙计在身边确实能够起到非常重要的作用。我想你只不过是想印证一下吧。"

"并不是看他。"福尔摩斯眼睛一直望着前方，心不在焉地回答我。

这倒显得我有些无知了，于是问他："那又是什么原因呢？"

"其实我只是想看看他的裤子，尤其是他的膝盖。"

"哦？"

"果然和我想的一样。"

"福尔摩斯，我看到你使用手杖敲打了人行道的地面，那又是什么原因呢？"

"我亲爱的华生，请你理解我现在并不是和你在悠闲地散步聊天，当我在用心观察环境的时候，是做不到同时回答你如此多的问题的。况且，我想你应该明白，我们现在是在敌人的领土上进行侦查和活动。先这样，广场这里的情况已经了解得差不多了，现在我们绕到后面去吧。"

有的时候人们无法想象出世界上还有这样的地方，就如同把寒冷的北冰洋和热带的雨林放在一起一样，真的是让人瞠目结舌。这就是当我们从一片破落的萨克斯－科柏格广场拐到它后面时的感觉。出现在我们面前的是从市区通往伦敦西北的一条交通主干道，既繁华又现代。街道虽然宽敞了很多，可依然被来往的人填得满满当当的；人们都朝着各自的目的地涌动着，就连人行道也已经被无数的行人踩得发黑、肮脏。在街边林立的是一排装修得很豪华的商店，还有富丽堂皇的商务用楼，真的想象不到这和我们刚刚离开的那个死气沉沉的广场只有一墙之隔。

福尔摩斯避让着行人，来到街道拐角处停了下来，顺着一排店铺望去，说道："现在我要做的就是把这些店铺的顺序记住。我先想一想，华生，你应该明白，我一直都希望可以准确无误地了解伦敦的一草一木。莫蒂然烟草店！那边是一家报亭！后面呢？哦，是市区银行的科伯格分行、素食饭店以及麦克法兰马车制造厂，没有别的店铺了吧，那已经是另外一个街区了。非常好，现在我们可以结束工作去享受午餐了。来一块三明治和一杯咖啡，如何？剩下的时间刚好去听让人期待已久的提琴音乐会，动人和谐的旋律比那个红头发委托人复杂离奇的案件要有趣很多。"

提到福尔摩斯对音乐的热爱，那是大多数人没有办法企及的。不但是在欣赏方面，也包括他精湛的演奏技巧，他有的时候还会自己作曲，那些美妙的旋律就如同他缜密的推理，同样也会带给人震撼。今天下午的音乐会正符合他的口味，他特别开心地和着节拍，不停地摇摆着他那修长的手指。他一直都面带微笑，他的眼睛里面跟着旋律的起伏流露出不同的情感，有时伤感，有时多情。谁会想到这样一个感情细腻、在美妙的音乐之中沉浸的人，同时还是一个铁面、多谋、敏捷的刑事案件的大侦探呢。他便是这样一个具有双重性格的人，他兼具敏锐干练以及诗意沉静，还能够从精力充沛立即转向憔悴敏感。真的没有办法比较出究竟哪种性格在他的内心深处占据主导地位，它们时常交替展现出来。

无论是谁见到他严肃样子的时候，就是连续几天都在扶手椅中坐着苦思冥想的时候，都会认为在他思考之后所采取的果断而有效的行动都来源于他非同一般的智慧以及胆识，实际上那也是他内心存在的强烈的追捕欲望在陡然产生的如同催化剂一样的效果，而让全部的推理质变成直觉，把思维引导到最正确的方向。

在圣詹姆斯的会堂里面，一种曾经无数次出现过的感觉告诉我，福尔摩斯心中的催化剂又发挥了作用，又有一个人即将要为他的犯罪行为受到应有的惩罚。

音乐会结束以后，他看上去很轻松地跟我说道："我想你应该回家了吧？"

"没错，我正在想着呢。"

"我想我还需要在这附近花费很长的时间。我们上午所听到的离奇可笑的事情，无疑是和一桩重大的案件有所关联的。"

"重大案件？"

"所有的一切都来自一些人自以为缜密周详的策划，可能是一次非常重大的犯罪行动。让我们高兴的是，现在我们完全可以及时制止这个重大罪案的发生。有些不巧的是，今天刚好是星期六，事情就有点复杂了，在今天晚上我还需要得到你的帮助。"

"没问题，什么时候？"

"十点钟，应该没问题吧？"

"可以，我准时到达。"

"太好了！但是你一定要带上手枪，会派上用场的。"交代完之后，他转身消失在人群中。

和一个这样睿智的朋友在一起，我经常觉得自己十分愚蠢，尽管我并不觉得我比常人要愚笨——事实也的确如此。可是就像今天的种种事情，我们完全是一同经历的，看到以及听到的事情也毫无差别，可是现在他已经非常明确地告诉我，他不仅把红发主顾的离奇事情调查得明明白白，甚至把今天晚上即将要发生的事情都预想到了，可以说是整个事件的前因后果都在他的掌握之中。但对我而言，这是一件既离奇又荒唐的事情，线索混乱无章。我回到了肯辛顿的家里，脑子里面思索的还是有关今天所发生的一切，红头发老先生、红发会、抄写《大英百科全书》、A 字条，接下来就是与福尔摩斯的出行，威尔逊的当铺、精明能干的伙计、萨克斯－科柏格广场和与之毗邻又截然不同的街市，后来与福尔摩斯分别时，他所说的重大案件。我现在可以想到的只有一连串的问号：晚上的行动是怎么回事呢？要到哪里去？去干什么？我准备手枪用来对付什么人呢？我现在唯一可以想到的一个疑点就是，仍然还在当铺工作着的那个年轻小伙子，到底与案件有什么关系呢？通过福尔摩斯的话语，我感觉到他并不是一个普通人，可能这件事正是他施展出来的狡猾花招。我越想越乱，头晕晕的，后来干脆不去想了，决定等到晚上去贝克街的时候再了解真相。

九点一刻，我便动身前往福尔摩斯的家里。刚到楼下，我便发现有两辆双轮双座马车在门口停着，看来晚上的行动，除了我和福尔摩斯，还有其他人。的确如我所料，我走到楼道时就听到了他们交谈的声音。房间里面，福尔摩斯正在与两个人热烈交谈。其中一个人是警察局的官方侦探彼得·琼斯，本来我就认识他。而另一个则是个陌生人，那是一个面色暗淡、瘦高个子的男人，他的头上戴着一顶光泽闪闪的帽子，身上穿了一件质地很好的礼服大衣。

福尔摩斯一看见我就说："太好了，人到齐了。"出去所用的装备他都已经准备好了，他还把他那根有些笨重的打猎用的鞭子特意从墙上取了下来。他对我说道："华生，苏格兰场的琼斯先生是我们的老朋友了，这位是梅里韦瑟先生，参加我们今天晚上冒险行动的全部成员都在此了。"

琼斯略带傲慢地说道："华生医生，我们又一次在一起做搭档了。福尔摩斯可是一个侦探高手，他只需要一条老狗来帮助他将猎物捕获。"

梅里韦瑟好像并没有什么信心，他说道："恕我直言，我对这次行动的可行性非常担心，希望它不是徒劳的。"

琼斯，苏格兰场的这位警探趾高气扬，他说道："梅里韦瑟先生，我认为你应该有十足的信心。可能你不是很清楚，福尔摩斯先生真的有很多解决难题的办法，尽管有的时候可能会过于理论化或者空想主义。他确实具备成为一名侦探所需要的素质，有那么一两次，例如肖尔托凶杀案以及阿格拉珍宝特大盗窃案，他甚至可以做出比官方更加准确的判断。请相信，我一点都没有夸大其词。"

梅里韦瑟先生只好表示认同，说道："也许我应该选择相信你所说的这些，可是让我觉得非常遗憾的是，我在二十七年里，第一次破例星期六晚上不打桥牌！这对于我而言真的是非常不愉快。"

福尔摩斯说："我敢向你保证，今天的行动结束后，你会发现今天晚上你所下的赌注要比你之前下过的都大，而且场面会胜出你的任何一场牌局。梅里韦瑟先生，三万英镑的赌注对于你来说如何呢？而琼斯先生，约翰·克莱对你而言，应该是你参加这次行动的全部目的吧？"

"是的！他所犯下的罪行实在太多，杀人、盗窃、抢劫、诈骗，罪行累累。梅里韦瑟先生，这次他依然还是犯罪团伙的领头人，把他逮住是我警官生涯中非常重要的目标。他确实非常难对付。他出身皇族，祖父还是王室公爵。他不仅有着优越的身世，还曾经在伊顿公学和牛津大学就读过，受到了最良好的教育。也正是由于他有着超出常人的智慧，所以我们常常会在得到他的犯罪行动的消息后，也没有办法对他进行追踪。更可气的是，他可以今天在苏格兰将一个儿童床砸烂，之后却又筹款兴建一个孤儿院。就连我，都一直没有和他见过面。"

"没错，非常全面的介绍。一会儿我会和大家分享一些相关信息，因为我曾经与这个家伙交过一两次手。你说的很对，他是一个盗窃集团的领头人。可以了，时间差不多了，我想我们该出发了。你们两位坐前面的那辆马车，我和华生坐另外一辆车在后面跟着。"

一路上，福尔摩斯几乎没怎么说话。在黑暗的车厢里，他坐在座位上头向后靠着，有时还会哼着下午音乐会上的乐曲。对于我这个并不知道目的地的人来说，这段旅途确实有点长。我只能望着车窗外面闪闪发光的煤气灯，心里想着我们的行动，就这样来到了法林顿街。

福尔摩斯终于开口说话了："我想我们马上就到了。实际上，梅里韦瑟先生是一个银行董事，也正是因为这点，他才会对今天的案件产生兴趣。而琼斯虽然是一个官方侦探，但是他就是个笨蛋，可是让他和我们一起来还是有利的，毕竟他可以在必要的时候顽强而勇猛地制服罪犯，他的样子还真像一只猎狗。已经到了，他们下车正在等着我们呢。"

中午刚刚来过的这条街道，现在已经在夜幕中静静地沉睡了，白天的热闹也完全消失不见了。我们四个人在湿冷的夜色中向前走着，梅里韦瑟先生带领着我们，走过一条狭窄的通道。一直都是他在前面领路，将通道的旁门开启，我们紧跟着他走入一段小过道。接下来又来到了一扇铁门前，依然还是由梅里韦瑟先生将其打开，出现在我们面前的是盘旋而下的石板台阶，还有一扇看上去有点阴森的大门。就在这时，梅里韦瑟先生站住将提灯点燃，之后，我们沿着台阶一直向前走。一股扑面而来的泥土气息告诉我，我们正在向一个十分秘密的地下室走去。最后通过第三道门，终于来到了一个堆满了板条箱的巨大的地下室里面。

福尔摩斯把灯接过向四周看看，然后说道："你们这个地下室如果想要从上面突破，可真不是一件简单的事啊。"

梅里韦瑟先生自信地使用手杖敲打着脚下的石板说道："如果想从地下突破也是很困难的哟。"但是他立刻又惊讶地抬起头来说，"啊？这下面听上去怎么是空的啊！"

福尔摩斯马上表情严肃地说道："请你们都安静一点，这是命令，也许你在这里的所有举动都可能给我们的行动带来不利。我建议，你可以安静地在箱子上面坐着，不要干扰我们，好不好？"

穿着考究的梅里韦瑟先生只好坐在一只板条箱上面，看上去有些不解和委屈。这个时候，只见福尔摩斯已经在石板地上蹲了下来，手里提着灯仔细地照着地面上的每一个缝隙，甚至使用放大镜认真地检查。看了一会儿，他便站了起来，用非常小的声音对我们说："我们可能还要再等一个小时，时间取决于威尔逊，也就是那个当铺老板是不是安稳地入睡了。在这之前，他们不太可能会采取任何的行动。但是在之后，他们就会马不停蹄，以便为自己争取更多的时间逃跑。"

这个时候，他向我说道："华生，我想你应该很清楚，现在我们所在的地方就是这条街上一家大银行的市内分行的地下室。梅里韦瑟先生就是这家银行的董事长，我认为现在应该可以让他解释一下为什么现在罪犯会对这个地下室那么感兴趣了。"

那位董事长小声说道："我认为他们的目标可能就是在这里存放的法国黄金。因为我们也已经几次接到警告，说也许已经有人盯上这些黄金了。"

"这是你们的黄金吗？"

"没错，就在几个月前，正好我们有机会可以扩充资金，为此我们特意向法兰西银行贷得三万个法国金币，这让我们行的黄金储备量远远超出了其他分所。正如你们所见到的，现在它们就在这些板条箱里面。因为一直都没有找到合适的时间开箱取钱，所以已经在这里存放几个月的时间了。"他轻轻地拍了拍自己坐着的箱子，说道，"这个箱子里面就有两千个金币，这些金币全部都是用锡纸一层一层地夹着包装的。自从接到警告后，董事们对这件事一直都特别担心。"

福尔摩斯说道："由此可见警告还是有据可依的。那么，现在我们就要对我们小小的行动计划做一下安排。一个小时过后，事实的真相就会展现在大家的眼前。首先，我们来用布灯罩把灯蒙上。"

"我们就在黑暗中等待吗？"

"只能这样，其实我还带了一副牌过来，因为我们刚好四个人，还可以把你错过桥牌时间的遗憾给弥补上。但是现在看来，罪犯已经开始行动了，微弱的亮光以及动静都会让他们产生怀疑的，我们不能冒一点儿险，所以，我们一定要选好位置静静等候狡猾的罪犯。即使他们的计划周密而且胆大妄为，但是我敢保证我们可以打他们个措手不及。在这里，需要提醒大家的是，我们一定要谨慎行事，我可不希望还没收效，就有人受到损伤。好的，我就在这个板条箱的后面站着，你们都藏到箱子的后面去。当罪犯出现的时候，我会使用灯光提醒，你们一定要快速跑过来。华生，准备好手枪，对他们千万不要客气。"

我把已经装好子弹的左轮手枪放在我面前的木箱上面，只见福尔摩斯迅速地使用灯罩将全部的光芒都遮住了，我们陷入了一片漆黑中——周围黑乎乎的，我什么都无法看到。只有从福尔摩斯那里飘过来的灯油味，才会让我感觉到周围事物的存在。我们都静静地既兴奋又紧张地等待着信号出现的那一刻，同时忍受着地下室的阴冷潮湿，更重要的是我们还要忍受这样的异常安静所带来的压抑和不安。

福尔摩斯小声地问道："琼斯，我让你去做的事情，没有问题吧？毫无疑问，如果他们想从这里逃脱，那么退路只有那一条，就是回到当铺后，再逃到大街上去。"

"放心吧，已经有一个巡警和两个警官在当铺的前门守着呢。"

"好的，所有的事情都在我们的掌控之中了，现在需要我们做的就是安静地等待。"

这样的等待实在是太漫长了，后来我们才知道我们等待了有一小时零一刻，可是当时的感觉就像是一整夜就要这样度过了，好像从地下室走出就可以看见初升的太阳。大家都非常小心地在原地不动，一会儿的工夫就累得四肢发麻。黑暗中，我们的神经已经紧张到了极点，只有耳朵还在感受着周围的变化，这样的感觉到最后已经可以区分出每个人呼吸的声音了，即使特别的轻微；大块头琼斯那又深又粗的吸气和银行董事的轻叹声还是不太一样。就在这样好像没有结果的等待中，周围突然有了一些奇特的变化。从箱子上望过去，我竟然看到了石板地缝里隐约有亮光在闪现着。亮光从缝隙中闪出来，由很小的一点火星逐渐蔓延成一个黄色的光束，很快，地面上似乎凭空出现了一条裂缝。这时我看见一只白嫩柔软的手指从裂缝里面伸了出来，在缝隙的周围小心地摸索着。大约一分钟之后，一只手迅速地伸出了地面，但是立即又缩了回去，也将黄色的光束带走了，最后只能看见石板缝里面的一点儿火星。

过了一会儿工夫，突然发出一种巨大的响声彻底击碎了寂静，与此同时，地面上的一块宽大的白石板被推了上来，我能感觉到同伴们都屏住呼吸紧盯着那个四方的缺口。一盏提灯照在缝隙旁边一张清秀的脸庞上面，这个人向四周张望后，敏捷地支起双臂，随即半个身子都出现在缺口，接着慢慢地爬到地面上，然后站起身来。一个同伙紧跟在他的后面被他拉了上来，同伙那蓬乱的红发在黄色的灯光照耀下特别显眼。很快这两个小个子在银行的地下室里面站稳了脚。

其中一个轻声说道："所有一切都很顺利。把凿子和袋子准备好。"忽然他慌张地大叫起来："不好了！阿尔波，快跑！赶紧跳回洞去！这里交给我！"

就在这时，福尔摩斯从箱子后面一跃而出，上去一把将正在说话的罪犯领子揪住，而另一个人已经像蚯蚓似的逃回到洞里去了。我只听到了撕扯的声音，这时，琼斯冲了过去抓住了那个人的衣服下摆。一支左轮手枪的枪管在黄色的灯光中闪现了一下，但是马上听见一声鞭子抽打的声音，手枪被抽落到地上。

福尔摩斯异常平静地说："约翰·克莱，我觉得你还是束手就擒吧。"

对方也表现出了同样的冷静，说道："我对自己的处境非常清楚。可我们还会有一个人平安无事的，即使你们好像将他的衣角揪住了。"

福尔摩斯笑着说道："不会的，还有三个人在广场上面的店门口等待着他呢。"

"啊！是吗？看来你们计划得还很周到啊。真是佩服啊！"

福尔摩斯回答道："你们也同样毫不示弱。红发会的点子也很别具创意啊，而且还挺有效。"

琼斯说道："你和你的伙伴马上就能见面了。看他行动如此迅速，我想他现在应该已经在另一个洞口被捕了。把手伸出来。"

当手铐铐在约翰·克莱手腕上的时候，他说道："我希望你们的脏手不要碰到我。你们应该知道我是皇族后裔。另外，你们与我说话的时候，要使用'先生'和'请'字。"

琼斯似乎要笑出声来了，他拿着腔调说："好吧，'先生'，现在请你向台阶上面走吧，我们会安排好马车将阁下送到警察局去的，这样有问题吗？"

约翰·克莱仍然傲慢地说道："这回似乎好了一些。"

他很绅士地朝着我们三人鞠了个躬，便什么也没说跟着琼斯走上了台阶。

我们终于又回到地面上了，梅里韦瑟先生激动地说道："我实在不知道应该怎样表达我个人的感激之情，还有，我们银行该如何感谢和酬劳你们才是呢。这可以称得上是我所经历的最为严谨周密的侦破历程。另外，罪犯如此狡猾，我从来没有见过如此精心策划的盗窃案。"

福尔摩斯说道："由于之前遗留的案件，实际上我也有一两笔账要和约翰·克莱算的。为此我所付出的花销，我觉得银行一定会给我补偿吧。可是，对我而言，没有再比让我积累下更多经验更优厚的回报了，就像梅里韦瑟先生说过的。华生，红发会的这个案子，足够我们振奋一段时间了。"

第二天早晨，我在福尔摩斯的家里喝着威士忌酒，有一种前所未有的轻松。福尔摩斯终于可以把他的推理讲述给我听了，他说："华生，事情的开始所有人都能够看得出来，罪犯的意图已经特别明显，从那个红发会发布的广告一直到让威尔逊留在办公室抄写《大英百科全书》，所有这一系列的行动，目的只有一个，就是让这个善良而且不太聪明的当铺老板，每天都会有几个小时可以离开他的店铺。他们这样做真的是用心良苦，也确实有效。克莱的聪明之处就在于：他非常巧妙地利用了红头发这个难得的特征；他的那个红头发同伙也发挥了重要作用。而每周四英镑的酬劳只是一个小小的诱饵，却可以让当铺老板上他们的道。与他们计划中的万余英镑相比，这只是九牛之一毛而已。计划开始后，刊登广告，再弄个临时办公室，一个同伙怂恿当铺老板应聘那个职位。这样，就可以让当铺老板每天都会有几个小时不在店铺。实际上，我对这一切产生的怀疑，源自于我听说那个伙计只要一半工资的时候。你应该明白，一个精明的人绝对不会愿意做这种亏本生意的。"

"但是，这一系列离奇事情背后的目的你又是怎样推断出来的呢？"

"设法把老板支走，伙计就可以留在店里，最先让人联想到的便是伙计与老板娘的偷情艳事。可是我们听到威尔逊说过，他还单身，而且店里面根本连一个成年女人都没有，所以就排除了这个可能。而且这个小铺子的买卖真的是没有什么值得留恋的，不值得这样如此缜密的计划，另外还要付出几十镑的代价，所以，我便把这件事情和那个伙计的爱好联系起来。之前威尔逊不是说过他喜欢照相吗，问题的关键并不在于照相，而是他经常会借这个理由进入地下室。这才是让我破解这离奇事情的重要信息。那么，接下来我的问题就有一些针对性了，我甚至可以确定这个皮肤光滑、耳朵上有耳洞的年轻人，便是伦敦头脑最冷静、胆子最大的罪犯之一，而他的计划全部都需要在那个店铺的地下室才能完成，而且需要时日，所以威尔逊遭遇的事就变得非常清晰了。剩下的问题就是要查清他到地下室里面可能做些什么呢？除了可以挖一条通往其他楼房的地道之外，我想不到其他的原因。

"上面的这些联想，等到去察看了作案地点以后就更加清楚了。你当时对我用手杖敲打人行道表示不解，那是因为我要确定人行道下面一个地下室所在的方向。按照声音判断，它不是向前延伸。后来我们一起见到了那个家伙，虽然在之前的案子中，我们曾经交过手，可是并没有见过面。其实我已经没有必要去观察他的脸庞了，我需要印证的东西就表现在他的膝盖上面。假如你略微观察一下，就可以发现他裤子的膝盖部分有多么破旧、肮脏，所有的一切都与我的想象十分吻合。唯一需要弄清楚的问题就是地道的另一个出口究竟是在什么地方。所以说，亲爱的朋友，现在知道熟悉你所居住的城市是一件多么重要的事情了吧！当我对一排商业建筑的位置进行了对比之后才发现，实际上郊区银行和当铺其实是背靠背的，这样问题便得到了解决！音乐会结束后，我就去拜访了今天晚上这两位和我们一起同行的先生，接下来便是我们一起经历的这个非常难忘的夜晚。"

我一下子全明白了，但还是有一点小疑问："他们为什么会选择昨晚行动，你又是如何知道的呢？"

"我想这个问题很简单，多亏我们的威尔逊先生及时来到这里，把一切都讲述出来才帮了我们的忙。红发会的停业，说明他们不需要再把老板支走了，这就说明地下室里面的工程已经完工了。大多数这样狡猾的罪犯都会抓紧一切时间，决对不会无谓地浪费时间而延误时机的，同时也要尽量避免地道被发现的风险。今天晚上正好是星期六，一个对逃跑非常有利的假日，所以，再也没有比这天晚上动手更合适的了。"

我实在太佩服我的这位可爱的朋友了，虽然这并不是我第一次听到他这么精彩的推理，我赞叹道："简直是太了不起了！把这么多的线索都串联在一起，而且每一个环节都没有纰漏，现在我终于明白了为什么我们看见的以及听到的都源自于同样的事物，获得的却是不一样的感知。"

他回答道："最好打发时间的方式就是推理这些离奇的事情。"他慵懒地靠在手扶椅子上面，打了个哈欠，"平淡无奇的生活会显得很漫长，还好有这些小案件，可以让我不至于在庸庸碌碌中了此一生。"

我说道："虽然对你而言是一种消遣，但确实造福了大众！"

他耸了耸肩，说道："或许是吧，也可能还是有一点用处的，就像居斯塔夫·福楼拜在给乔治·桑的信中说到的，'人是渺小的——著作就是一切。'"

三　爱情骗局

在福尔摩斯位于贝克街的寓所里，我和他面对面在壁炉前面坐着。他说道："朋友，生活实在太美妙了，美妙的程度远远超出你的想象。有的时候在我们看来不过很平常的事情，可是我们却连想都不敢想。假如我们可以手拉着手从那个窗口飞出去，在这个大城市的上空翱翔，将那些屋顶轻轻地掀开，窥视着里面发生的不寻常的事情：奇遇、密室、争执，还有那些让人叹为观止的一系列的事情，它们一件接一件不停地发生着，造成让人很难想象的各种稀奇古怪的结果，这就会让所有老套乏味、刚看到开头就可以知道结局的小说更加滞销。"

我回答道："可是对于这些我并不相信。那些在报纸上面出现的案件，大多数都乏味无聊、俗不可耐。现实主义被警察淋漓尽致地运用在他们的报告中，毫无疑问，我们都会认为，那样的结果既没有艺术性，又很无聊。"

福尔摩斯说道："选择以及判断都是一种很有必要的手段，假如你想要产生实际的效果，光凭警察的报告根本不可能做到，因为他们报告的重点多放在了长官的陈词滥调上面，反而会对一些实质性的细节问题轻描淡写或者只字不提，他们并没有注意到这些问题才是观察者们想要了解的。很显然，实际上，往往是那些司空见惯的东西才是最不容易被人发现的。"

我微微笑了笑，摇摇头说："对你这样的想法我表示理解。很显然，你现在是整个三大洲中，所有陷入困境中的人的非正式顾问以及助手，这样你会接触到一切很不寻常的人和事。可是在这里——"我将一份晨报从地上拾起来，"我们现在来做一个实验，这是我所注意到的第一个标题：《丈夫虐妻》。半个版面都被这则新闻给占据了，但是我根本不用看完就可以想象出来里面都写了些什么。像这类文章中一定会有'第三者'出现、酗酒闹事、拳打脚踢、遍体鳞伤，还有富有同情心的姐妹或者好心的房东太太等等。即使是最差劲的作者也不可能写出比这还要粗俗的文章了。"

福尔摩斯把报纸接了过去，大致扫视了一遍，开口说道："实际上，你所列举的这个例子并不能很准确地证明你上述的观点。这是一篇关于邓达斯家分居的报道，那个案子发生的时候，我正好在整理一些和此案有关的资料，还试图要把其中的细节弄清楚。案件里面的丈夫是一个戒酒主义者，而且里面也并没有什么'第三者'出现；这个丈夫被起诉的理由是，他有一个习惯，就是他在每次吃完饭的时候，都要将他的假牙取下，并朝着他的妻子扔去。你一定会觉得，这种事情在一般叙事者的想象中是不可能会发生的……"他停了一下，"医生，给我来点鼻烟！"接下来他又继续说道，"如果从你所列举的例子来看，我赢了！"

他伸手将他那破旧的金制鼻烟壶取出来，那烟壶盖的中心镶嵌着一颗紫色的水晶，很明显，那颗水晶的光彩夺目和他朴素的作风以及简单的生活特别不搭配，于是我便加以了评论。"哦！"他解释道，"我忘了我已经有大半个月没有看见你了。这个烟壶是波西米亚国王送给我的纪念品，是为了酬谢我在艾琳·艾德勒相片的案子中对他的帮助。"

"那么，你手上的那只戒指呢？"我看着他手指上那枚光芒夺目的钻石戒指问道。

"这是一个荷兰王室送给我的。因为我帮他们破的那个案件实在不值一提，所以我就不讲述给你听了，即使你是一位会非常诚恳地将我的一两件小事都作记录的朋友。"

"那好吧，"我继续问道，"现在你手里有什么案件吗？"

"大约有十一二件吧，可是在我看来没有一件特别的，虽然它们很重要，但是都不能引起我的兴趣。我觉得往往在一些微不足道的案件里面才会有观察和分析的余地，这样的调查工作才会非常有趣味。通常罪行越大的，反而更容易调查，因为罪行越大，动机就越明显。在这些案件里面，除了从马赛来要我办的那个案件有些复杂以外，就找不到其他特别有趣的案件了。不过没准再过一会儿，就会有更有趣的案件送到我们手里，假如我没有说错的话，有一位委托人已经来了。"

说到这里，他从椅子上站了起来，走到已经拉开窗帘的窗户前面，望着楼前那灰暗又萧条的街道。我从他的肩上向外望去，对面的人行道上站着一个身材高大的女人，那女人的脖子上面围着一条毛皮围脖，头上戴着一顶宽边帽子，帽子上面插着一根大而卷曲的羽毛。虽然着装考究，但是她却神情紧张、犹疑不决地向上望着我们的窗子，她的身体在前后地摇晃着，手指在不停地拨弄着手套上面的纽扣。突然，她就像一个从岸上一跃入水的游泳者，从对岸飞速地穿过马路，紧接着，我们就听到门铃大声地响了起来。

福尔摩斯将烟头扔进壁炉里面，说道："像这样的征兆，我之前也看见过。在人行道上摇摇摆摆往往都与桃色事件有关联，她想要找人征询一下意见，但是又拿不定主意，她在犹豫到底有没有必要把如此渺小的事情告诉别人呢。这一点上也会有很多的不同。通常来讲，如果一个女人认为是男人做了什么对不起她的事情，她是不会摇晃的，往往会急促地恨不得把门铃线都拉断了。现在这个我们可以看作是一桩关于恋情的案件，但是这个女人看上去并不是特别愤怒，只是茫然若失的样子。好在她是亲自登门造访，这样我们的疑团就能够迎刃而解了。"

他还在说着时，响起了一阵敲门声，穿着罩衣的男仆进来报告说玛丽·萨瑟兰小姐来访。话音还没有落，这位叫玛丽·萨瑟兰的女客就已经站在了穿着黑色罩衣的矮小男仆的后面，就如同一艘随着领港小船扬帆而来的商船。福尔摩斯以他那独特的落落大方而又彬彬有礼的非凡态度接待了对方，他把门推上，微微地鞠了一下躬，然后示意她在扶手椅上坐下，随即便以看似那种心不在焉的神情将她打量了一番。

"你不感觉吃力吗？"他说道，"你的眼睛近视，却还要打那么多的字。"

"开始的时候的确有些吃力，"她回答道，"但是现在都不用看，我就知道字母的位置了。"她突然体会到他问话的含义，觉得特别震惊，她抬起头来看着福尔摩斯，友善的脸上露出惊惧和疑惑的神色，随后她大声问道："福尔摩斯先生，您是不是听说过我，否则您怎么会知道这一切呢？"

"请不要担心。"福尔摩斯开心地说道，"我的工作就是要知道一些事情，我要了解一些别人可能会忽略掉的地方，这可能就是我自己努力锻炼的目标。如果不是这样的话，你又怎么会选择向我请教呢？"

"先生，我是从埃斯里奇太太那里知道您的，由此才过来找您。所有的人也包括警察在内，都觉得她的丈夫已经死了，甚至不再去找寻了，但是您却轻松地找到了。福尔摩斯先生，我真的希望您也可以这样帮助我。我其实并不富有，可是除了打字会得到的那一点点薪水以外，我每年还会继承一百英镑的财产。只要可以知道霍斯默·安吉尔先生的消息，我可以……"

福尔摩斯两手十指相抵，眼睛却向天花板望着，问道："你为什么会如此着急地从家里离开，过来找我呢？"

玛丽·萨瑟兰小姐有点茫然若失的脸上再一次出现了惊讶的神色。"没错，我的到来的确很突然。"她说道，"因为看到我的父亲温迪班克先生对这件事并不关心，这让我感到非常的愤怒。他不愿意去报警，也不愿意到这里来找您，就是因为他什么都不干，只是不停地说'没事，没事'，我特别的恼火，我就把外套穿上，立刻赶过来找您了。"

"你的父亲，"福尔摩斯说，"那么，他肯定是你的继父，因为你们并不是同姓。"

"是的，我是他的继女。我称他为父亲，即使听上去很可笑，我只比他小五岁零两个月。"

"那么，如今你的母亲还健在吧？"

"没错，她还健在。福尔摩斯先生，我真的非常难过，因为我的父亲没死多久，她就重新结婚了，另外，她的年龄要比那男的小了差不多十五岁。我父亲是在托特纳姆法院路做钢管生意的。他死以后，留下了一个很大的企业，这个企业由我的母亲和工头哈迪先生继续经营，但是，温迪班克先生非要让母亲出卖这个企业，因为他是一个旅行推销员，靠推销酒维持生活，人脉还是有一些的，于是他们就如此做了，最后一共才得到四千七百英镑。假如我的父亲还在的话，他得到的数目肯定会远远超出这个。"

我本来以为福尔摩斯会觉得很厌烦，因为这样毫无头绪而且杂乱无章的叙述很无趣，恰恰相反，我发现他听得非常聚精会神。

他问道："你另外的收入是通过这个企业得来的吗？"

"先生，不是的。那是另外一笔收入，是耐德伯父遗留给我的，他住在奥克兰。具体说那是新西兰股票，利率有四分五厘。股票的金额是二千五百英镑，但是我只可以动用利息。"

福尔摩斯说道："你所讲述的这些我非常有兴趣，既然每年你都可以获得一笔一百英镑的钱，而且你自己还有工资，那么，你完全可以出去旅行，甚至过着更为舒适的生活。我认为，对于一个单身女士而言，每年只要有六十英镑的收入就能够生活得非常好了。"

"即使比这个数目还要小很多，福尔摩斯先生，我都是可以过得很好的。可是，只要我住在家里，我就不希望成为他们的负担，而且每当我和他们住在一起时，他们都会用我的钱。您可以想象一下是怎样的情形。当然，这只是暂时的，温迪班克先生每季度都会把我的利息提出来交给母亲，其实，我认为我只用打字所挣的那点钱就可以过得很好。我们那里每打一张就可以挣到两便士，一天下来可以打十五到二十张。"

福尔摩斯说道："现在，你的情况我已经了解得差不多了。这位先生是我的朋友华生医生，在他的面前不必拘束，就像在我的面前一样。请将你同霍斯默·安吉尔先生的关系全部都讲述给我们听吧。"

只见萨瑟兰小姐的脸上泛起了红晕，我发现她紧张不安地用手抚弄着夹克衫上面的镶边。片刻，她开口了："我第一次见到他的时候，是在煤气装修工的舞会上，那时我的父亲还在世，煤气装修工总是会送票给他。从那以后，他们还记得我们，还会把票送给我的母亲。温迪班克先生不希望我们去参加舞会。实际上，他从来都不希望我们到任何地方去，甚至我要去教堂做礼拜，他都会非常不高兴。但是我已经下定决心要去，我肯定是要去的，他有什么权力来管我？他说，父亲所有的朋友几乎都会出现在那里，我们去那里不太合适。除此以外，他还说，我找不到合适的衣服穿，而我那件紫色的长毛绒大衣，好像一直在衣柜里放着，从来就没取出来穿过。最后，他实在找不到其他的理由，又因为公事去法国出差了，所以我和我的母亲就跟随之前当过我们工头的哈迪先生一起去赴舞会了。就是在那里，我遇到了霍斯默·安吉尔先生的。"

福尔摩斯说："我觉得，温迪班克先生从法国回来后，知道你去过舞会他肯定会很愤怒的。"

"啊，他的态度看上去倒还可以。我记得当时他笑了笑，耸了耸肩膀，后来还说，女人总是有一套自己的做事方式，不让女人做她想做的事是没有用的。"

"对了，你说你是在煤气装修工的舞会上遇见霍斯默·安吉尔先生的？"福尔摩斯问道。

"没错，先生。那天晚上我们结识了。第二天他还打电话给我，问我们是不是都顺利地回家了。从那以后，我们还又见过面——福尔摩斯先生，我的意思是说，我和他在一起散过两次步，但是此后，我的父亲回来了，而霍斯默·安吉尔先生就不能再来我的家里了。"

"有什么原因吗？"

"有的，因为我父亲对那样的事情很反感。他总是不喜欢家里来任何的客人，他经常会说，女孩子应当安于和自己的家里人在一起，不过我却经常和母亲抱怨，我觉得每个女人都应该有自己的生活圈子，但是我却没有。"

"那么，霍斯默·安吉尔先生有没有想法办来看你呢？"

"没有，父亲一星期之后又将去法国，霍斯默来信说，在父亲走之前，我们彼此最好不要见面，这样会更保险些。不过这期间我们可以通信，而且他每天都会有信来。我早已经将信收起来了，所以父亲是不会知道这些情况的。"

"那个时候你与那位霍斯默·安吉尔先生有没有订婚呢？"

"啊，订过婚了，福尔摩斯先生。我们在第一次散步以后就订婚了。霍斯默·安吉尔先生……莱登霍尔街一家办公室的出纳员，而且……"

"是什么办公室，能说清楚一些吗？"

"这就是很麻烦的一个问题，福尔摩斯先生，有关这一点，我并不十分清楚。"

"那么，他住在哪里呢？"

"他就住在办公室。"

"你连他的地址，居然都不知道？"

"是的，我不知道……只知道在莱登霍尔街。"

"那么，你的信又寄往哪里呢？"

"寄到莱登霍尔街邮局，他本人会到那里领取。他说，假如寄到办公室去，害怕同事会嘲笑他和女人通信的，所以，我便提出使用打字机把信打出来，他本人是使用打字机给我写信的。但是他又不同意，他说，我亲笔写的信就如同和我直接往来一样，而打出来的信，他会感觉总是有一部机器隔在我们两人中间。福尔摩斯先生，这就是他喜欢我的证明，即使是一些小事情，他都会想得非常周到。"

福尔摩斯说道："这些小事情往往是最能说明问题的。一直以来，我总是相信，细节才是最重要的部分。萨瑟兰小姐，有关霍斯默·安吉尔先生的其他小事情，你还记得吗？"

"他是一个特别腼腆的人，福尔摩斯先生。他会选择晚上和我一起散步，但是不愿意在白天，因为他说他不希望被人注意到。他举止文雅，态度谦和，甚至连说话的声音都特别的温和。他跟我讲，在他小的时候患过扁桃体炎和颈腺状炎症，才导致他说话总是含含糊糊、细声细气的。他很讲究穿着，总是穿得非常整洁素雅，可是他的视力不是很好，就和我一样，所以他一直佩戴着一副浅色的眼镜，用来遮挡刺眼的亮光。"

"好的，那么当你继父温迪班克先生再去法国以后，又有什么事情发生了呢？"

"霍斯默·安吉尔先生又到我的家里来了，他还提议，我们应该赶在父亲回来之前，就把婚结了。他特别认真，并且还让我把手放在《圣经》上发誓：无论发生什么事情，我永远都要忠诚于他。母亲说，他让我发誓是没有错的，这表明他非常在意和重视你。从一开始，母亲就很喜欢他，甚至这种喜欢都超过了我。这样，当他们决定要在一个星期之内举行婚礼时，我提起父亲。可是他们两个人都叫我不要担心，事后跟他说一声就行了。母亲还说，这件事情她会和父亲好好谈的。福尔摩斯先生，其实我并不希望是这样的，我只不过比他小几岁，任何事情都要和他商量，都要得到他的许可，这听上去也太可笑了吧。但是我又不想在暗地里做任何事情，所以我还是给我父亲写了信，并寄往波尔多，那是公司驻法国办事处的所在地。但是就在我结婚的那天早晨，这封信被退回来了。"

"那么，这封信他没有收到吗？"

"没错，先生。因为这封信寄到那里的时候，他正好已经动身返回英国了。"

"福尔摩斯笑着说道：实在是太不凑巧了！那么，你的婚礼还是安排在星期五，准备在教堂里举行吗？"

"没错，先生，一点儿都没有张扬。我们的婚礼在皇家十字路口的圣救世主教堂举行。婚礼结束后，去圣潘克拉饭店吃早餐。霍斯默乘着一辆双轮双座的马车来接我们，可是当时除了他以外，我们还有两个人，刚好在那个时候街上还有另外一辆四轮马车，所以，他就自己坐上了那辆四轮马车。我们先到的教堂，随后他乘坐的四轮马车也到了。可是，当我们等着他下车的时候，却没有看见他从车厢里走出来。车夫说他也不知道人到底去了哪里，因为他是亲眼看到他坐进车厢里面的，而路上根本没有停车。福尔摩斯先生，那是上个星期五的事，从那以后，我就再也没有他的任何消息了。"

福尔摩斯说道："发生了这种事情，对你而言是很大的屈辱。"

"不会的，不会的，先生，他对我特别好，特别体贴，他是不会就这样离我而去的。您也知道，很早他就对我说过，无论发生什么事情，我都要忠诚于他；哪怕是发生什么意外，导致我们分开了，我永远都不会忘记自己许下的誓约，迟早有一天他会要求我实践这誓约的。可能在结婚的当天早晨说这样的话很不可思议，可是从以后发生的事情来看，这其中的含义已经显而易见了。"

"可以确定这应该是带有含义的。那么，你本人是不是也觉得他是遇到什么意想不到的麻烦了？"

"是的，先生，我认为他一定遇到了什么危险，不然他是不会说出那些话的。而从那以后，我想他所预料的事情终于还是发生了。"

"可是，你想过会是什么事情吗？"

"没有。"

"另外还有一个问题：这件事你的母亲是如何对待的呢？"

"她非常生气，还告诉我永远都不要再提这件事了。"

"那么还有你的父亲呢？你跟他讲过了吗？"

"讲过了，他几乎与我的想法一样，觉得应该是发生了什么意外，但是他觉得我可能会重新得到霍斯默先生的消息。按照他的说法，把我带到教堂门口，又将我一个人丢在那里，无论对任何人来说都不可能得到什么好处吧？好吧，假如他借了我的钱，或者与我结了婚之后把我的财产转给了他，那可能还算理由，可是霍斯默在钱这个问题上从来都不会依赖他人的，对于我的钱，即使是一个先令，他一直都是不屑一顾的。既然这样，还会有什么事情呢？为什么一封信都不写呢？现在我已经被折磨得快要疯掉了。"说着，她将手帕从皮手袋里面掏出来，蒙在脸上开始大声哭了起来。

福尔摩斯一边站起来一边说道："请放心，你这件案子我一定会接手的，并且我可以向你保证一定会给你一个结果的，这丝毫不用质疑。现在你不用再操心了，把担子交给我吧，更重要的是，把霍斯默先生从你的记忆里抹去吧，就如同他从你的生活中消失一样。"

"那么，您认为我们不可能再见面了吗？"

"应该是不会了。"

"那么，他究竟出了什么事呢？"

"你就把这个问题交给我吧！我希望可以知道有关这个人的准确描述，还有你现在所保留的他给你写过的信件。"

"就在上个星期六的《纪事报》上我刊登过寻找他的广告。"她说道，"就是这条广告，还有他的四封来信都在这里。"

"非常感谢，你的通信地址是？"

"坎伯维尔区，里昂街三十一号。"

"我明白安吉尔先生的地址你并不知道，那么你父亲的工作地点在哪里呢？"

"我父亲是韦斯特豪斯·马班克商行的旅行推销员。那是芬丘奇的法国红葡萄酒大进口商。"

"很好。情况你已经说得很明白了，请你把这些文件都留在这里，不要忘记我对你的劝告。就让这个事件就这么了结了吧，你的生活不要再受到它的影响。"

"福尔摩斯先生，您对我实在是太好了，但是这一点我无法做到。我一定要忠实于霍斯默，他一旦回来，我就会马上跟他结婚。"

我们的这位客人，即使她戴着一顶有些可笑的帽子，看上去显得茫然若失，但是她的那颗淳朴忠诚的心却体现出一种高尚的情操，让我们对她有了更深层的认识。她将文件放在桌子上面便转身离开了，并且表示只要我们需要她，她一定会立即赶过来的。

福尔摩斯静静思索了一会儿，他的手指与手指相互顶着，两条腿向前伸展着，眼睛盯着天花板。过了一会儿，他在架子上面将他那只陈旧不堪、满是油渍的陶制烟斗取了下来，这个烟斗对于他来说就像是他的一个顾问。他将烟丝点燃之后，便朝后靠在了椅背上面，浓浓的蓝色烟雾袅袅萦绕，笼罩在他那张充满着幽思的脸上。

忽然，他开口说道："本身那个姑娘就是一个特别吸引人的研究对象。我觉得她本人比她那小小的问题还要有趣。顺便说一下，对我来说她的问题实在再平常不过了。假如去我的案例里查阅一下1877年安多弗索引的话，就可以找到同样的例子，还有去年在海牙也有一些类似的事件发生。那都是一些老问题，我认为其中也就有那么一两个情节是新鲜的，但是这位姑娘本身却是最发人深省的。"

我说道："你好像在她的身上看到了很多我没有看出来的东西。"

"不是你没有看出来，华生，而是你并没有注意而已。你不知道该看向哪里，所以很多重要的东西你都忽略掉了。我一直都没有跟你讲过袖子有什么重要性，从大拇指的指甲中可以看出问题，或者通过鞋带也可以发现重大的问题。这样吧，现在你说一下，你在这个姑娘的外表上看出了什么呢？你来进行一下描述吧！"

"我看见的是，她头上戴着一顶蓝灰色的宽边草帽，帽子上面插着一根砖红色的羽毛。她穿着一件灰黑色的夹克衫外套，上面缝缀着黑色的珠子，边缘镶嵌着小小的黑色玉制饰物。她的上衣是褐色的，要比咖啡稍微深一些，上衣的领部以及扣子上面镶着窄条紫色的长毛绒。它手上戴着浅灰色的手套，右手食指部分已经磨破。至于她穿什么样的鞋子我并没有注意。她身材有些微胖，神态自然，哦，她还戴着一副有点下垂的金耳环，总体看上去有一种富裕之美。"

福尔摩斯轻轻地拍了拍手掌，微笑着说道："华生，我并不是在恭维你，你进步确实很大。你描述得特别好，虽然很多重要的东西被你忽略掉了，但是你已经知道了方法。你的眼睛观察颜色很敏锐。伙计，你一定不要依靠普通的印象，而是必须要集中注意细节。通常来说，我观察一个女人，首先要看的总是她的袖子。可是如果对方是男子的话，我通常会观察他裤子的膝部。就像你所看见的，这个女人的袖子上装有长毛绒，这就是透露信息非常有用的材料。手腕再向上一点的两条纹路是打字员压着桌子的地方，这看上去非常明显。手摇式的缝纫机也同样会留下这样的痕迹，但那是在左臂上，距离大拇指最远的一面，而不会像打字痕迹那样刚好横过最宽的部分。后来我又看了一下她的脸，我发觉在她的鼻梁两边都有眼镜所留下的凹痕，通过这些，我大胆地推断出近视和打字这两种说法，这使她感到特别的惊奇。"

"这让我也感到特别的惊奇。"

"后来这两个判断证明是对的，我继续往下看去，我很惊讶地发现她所穿的两只靴子，即使一眼看上去并没有什么不同，但其实它们肯定不是一双。因为一只靴尖上有带花纹的皮包头，而另一只上却没有。一只靴子上面的五个扣子中只是扣了下面两个，而另一只则是扣上第一、第三以及第五个扣子。当你看见一位年轻女性，穿戴得特别整洁，可是出门的时候却穿着不配对的靴子，靴上面的扣子只扣上一半，那说明她离家时特别匆忙，这也许算不上是一个特别厉害的推论吧。"

我问道："还有其他的吗？"福尔摩斯透彻的推理，让我产生强烈的兴趣。

"还有，我以为她在离开家门以前写过一张字条，这张字条是在她穿戴好以后才写的。你注意到她的右手手套的食指部分破了，但是你并没有注意到她的手套以及食指上都沾了紫色的墨水。她写得非常匆忙，蘸墨水的时候笔插得太深了。事情一定是在今天早晨发生的，否则墨迹是不会那么清晰地留在她手指上面的。虽然这一切一点都不复杂，但是却充满了趣味。不过我还要马上回到正题上来，华生，请把寻找霍斯默·安吉尔先生的那个启事给我读一下，好吗？"

我将那一小张印刷的字条拿到灯前读道："寻人启事：十四日晨，一位名叫霍斯默·安吉尔的先生失踪。此人身高五英尺七英寸，体格健壮，肤色淡黄，头发乌黑，头顶略秃，留着浓密漆黑的颊须以及唇髭，戴着浅色的墨镜，说话时低声细语。失踪的时候身穿金丝镶边的黑色大礼服，黑色的背心，哈里斯花呢灰裤，褐色绑腿，穿着两边带有松紧带的皮靴。挂有一条艾伯特式金链。此人之前在莱登霍尔街的一个事务所任职。如果有人……"

"好，读到这就可以了，"福尔摩斯说道，"还有那些信件，"他看了一眼说道，"没什么特点，除了有一次引用过巴尔扎克的话之外，里面并没有体现出一点有关霍斯默先生的线索。但是有一点很值得注意，它一定会让你感到惊讶。"

"这些信件都是使用打字机打的。"我说道。

"不仅如此，就连签名都是用打字机打的。你可以看一下，信的末尾处这几个字打得特别工整的'霍斯默·安吉尔'的残迹。上面有日期，你看到了，可是地址除了'莱登霍尔街'以外，并没有别的，这是多么含混。这个签名很能说明问题，实际上，我们可以说它是决定性的。"

"有关什么的？"

"我的好伙计，你难道还没有看出来这个签名和本案有什么重要的关系吗？"

"我不敢说我已经看出来了，他是不是认为一旦有人对他的毁约行为提出起诉的时候，好以此来否认是自己的签名？"

"不是的，这并不是重点。不过，我现在要写两封信，这样就可以解决问题了。一封寄给伦敦的一个商行；另外一封寄给刚才那位年轻小姐的继父温迪班克先生，我打算约他明天晚上六点钟与我们在此见面。我们不妨和男家属沟通一下。那么现在，医生，在没有收到这两封信的回音之前，我们就没有什么可做的事情了，我们暂时可以把这个小问题放一放。"

福尔摩斯推理分析细致入微，同时他精力过人，对于这一点，我是没有半点怀疑的，所以即使这是一个非常奇特的疑案，他还是表现出那种胸有成竹、从容不迫的态度，我认为这也是不可否认的。据我所知，他只有一次不是特别成功，那是波西米亚国王和艾琳·艾德勒照片案。但是，当我回想起'四签名'那样奇怪的事情以及和'血字的研究'联系起来的特别不寻常的情况时，我认为假如一个案子连他都不能解决的话，那绝对是特别繁芜复杂的疑案了。

当我离开的时候，他还是抽着他那只黑色的陶制烟斗，我相信，我明天晚上再来的时候，有关玛丽·萨瑟兰小姐的失踪新郎的所有线索，他一定已经掌握了。

但是那个时候，我正在给一个病情严重的患者进行治疗，第二天我又在病床旁边忙了整整一天，快六点钟的时候我才得到空暇，于是我便立刻跳上一辆双轮小马车直奔贝克街，因为我害怕去晚了会错过为调查这桩奇案立功的机会。当我看见夏洛克·福尔摩斯的时候，他蜷缩着瘦长的身子深陷在扶手椅中，正处于半睡半醒的状态。那一排排烧瓶以及试管散发出清新又刺鼻的盐酸气味，让人有些望而生畏。我猜他一定一整天都埋首于他酷爱的化学试验里面。

"亲爱的朋友，问题解决了吗？"我迫不及待地问道。

"解决了，就是硫酸氢钡。"

"不是的，我指的是那个谜啊！"我大声说道。

"哦，那个啊！我还以为你指的是我现在正在做实验的这种盐呢。虽然我昨天说过，这个案子一点也不神秘，可是有一些细节还是很有趣味的。唯一让人感到遗憾的是，我担心找不到一条法律可以制裁那个混蛋。"

"他究竟是谁呢？他为什么会抛弃萨瑟兰小姐呢，有什么目的吗？"我刚把我的疑问从口中说出来，福尔摩斯还没来得及回答，楼道里面就传来了一阵沉重的脚步声，然后就有人敲门。

"是詹姆斯·温迪班克先生，那位姑娘的继父。"福尔摩斯说道，"我收到了他的信，信上说他会在六点钟前来。进来吧！"进来的这个男人身体结实，中等身材，看上去大约三十多岁，胡须刮得很干净，淡黄的肤色，一副殷勤的、曲意奉承的样子。他用一双锐利逼人的灰色眼睛询问似的对我们俩扫视了一番，然后将那顶带有光泽的圆式帽子放在边架上，轻轻地鞠了个躬，之后便侧身坐在了旁边的椅子上面。

福尔摩斯招呼道："晚上好，詹姆斯·温迪班克先生！我认为这封打字的信是出自你的手吧，你在信中约定六点钟与我们见面，是吗？"

"没错，先生。我似乎来得稍微晚了一点儿，那是因为我也是身不由己呀。关于萨瑟兰小姐用那种不值一提的事情来打扰您，我表示非常抱歉，我认为还是家丑不要外扬比较好。她过来找你们并没有征求过我的意见。你们也看到了，她是一个很爱发脾气、特别容易冲动的女孩，就像你们所看到的一样，她一旦决定要做什么事就很难改变。不过对于找你们咨询，我倒不是特别介意，毕竟你们和官方的警察没有什么关系，只不过，毕竟把这种家庭的不幸让所有人都知道也不是一件令人愉快的事情，而且，还是一件徒劳无益的工作，因为您怎么会知道霍斯默·安吉尔先生这个人在哪儿呢？"

"正好相反，"福尔摩斯平静地说道，"我相信我是可以找到霍斯默·安吉尔先生的，关于这一点，我从来没有怀疑过。"

温迪班克先生听后身子突然震动了一下，手套掉在了地上，他说道："听你这么一说，我感到特别的惊喜。"

"你很意外，是吗？"福尔摩斯说，"打字也能够像手书一样突出一个人的个性。除非打字机是新的，不然两台打字机打出来的字不可能是一模一样的。有几个字母要比其他的字母磨损得会更严重一点，有的字母只会磨损一边。温迪班克先生，请你看一下自己打的这封信，字母'e'总是会有些模糊不清，字母'r'的尾巴又都有一些缺损。另外还有十四个比较

217

明显的特征。"

"我们来往的信函都是使用事务所里面的那台打字机打的，当然会有一些磨损了。"我们的客人在说话的时候，用他那发亮的小眼睛快速地瞥了一下福尔摩斯。

"温迪班克先生，现在我要跟你讲，真正的有趣研究是什么。"福尔摩斯说道，"我想我应该专门写一篇简短的专题论文来阐述一下我特别注意的一个题目，就是打字机与犯罪的关系。我的手里有四封信，是来自那个失踪男人的，它们全部都是机打的，不但所有的信中字母'e'都是模糊的，字母'r'也是全部缺尾巴，如果你不介意的话，可以使用我的放大镜看一看，一定会把我提到的那其余十四个特征弄清楚。"

温迪班克先生从椅子上跳了起来，捡起帽子，说道："福尔摩斯先生，我想我不会把时间浪费在听这类无稽之谈上面。如果你可以抓到那个人，那就把他抓住好了，抓到他的时候，记得一定要告诉我一声。"

"没问题！"福尔摩斯大步上前将门锁锁上，说，"那我现在就可以告诉你，我已经抓到他了。"

"不会吧，他在哪里？"温迪班克先生大声说道，他吓得嘴唇都变白了，眼睛直盯着福尔摩斯，他就像一只掉进了捕鼠笼里面的老鼠。

"我想你还是不要大声嚷嚷了，这对你是没有一点儿用处的。"福尔摩斯平静地说，"温迪班克先生，事情已经再明白不过了，根本不可能有错的。你认为这么简单的问题我解决不了，真的是理解有误。那实在是一个特别简单的问题！请坐下，我们来谈一谈。"

客人一下子瘫坐在椅子里，面色苍白，汗水一下子流出来了，结结巴巴地说道："这……这些还不能够威胁到我。"

"是的，恐怕是还没有达到这种程度。可是，温迪班克先生，我可以告诉你，我从来都没有见过这么自私、残酷、丧心病狂的鬼把戏。我现在把事情从头到尾地跟你说一遍，说得不对的地方你尽管提出来。"

只见我们的来客将身体缩成一团坐在椅子上，脑袋耷拉到胸前，一副彻底被打垮了的模样。福尔摩斯将脚放在壁炉台的壁角上面，手插在口袋里，身子朝后仰着，开始叙述起来：

　　"那个男人为了贪图金钱，选择和一个年龄比他大很多的女人结了婚，只要那个大他很多的女人的女儿和他们生活在一起，他就可以尽情地享用她的钱。就他们所处的地位而言，这笔钱财足够他们生活滋润。假如没有这笔钱，就完全不同了，所以他们拼了命都要将它保住。那个女儿心地善良，而且温柔多情。毫无疑问，具有她这样品貌以及收入的女孩，肯定不会一直守在家里的。可是她如果嫁人的话，这就意味着他们每年将会有一百英镑的损失，那么这位继父如何才能阻止她的亲事呢？他便想尽一切办法把她关在家中，不允许她与同样年纪的朋友们互相来往。可是没过多久，他就发现这样做不是长久之计。她突然不那么听话了，而且还坚持自己的权利，最后竟然还要去赴舞会了。这样一来，她那个鬼点子很多的继父会如何呢？他想出了一个特别毒辣的妙计。在妻子的默许以及协助下，他把自己进行了伪装，还给敏锐的眼睛戴上了一副墨镜，利用假髭和毛蓬蓬的假络腮胡子在自己的脸上做了些文章，把本来清晰的语音特意转化为柔声媚气的耳语。因为女儿近视，他的伪装看上去简直万无一失。他以霍斯默·安吉尔先生的身份出现，并且主动向女儿求爱，这样就可以避免她会先爱上其他的男人。"

　　"其实我只不过是想和她开个玩笑而已，"客人嘟嘟囔囔地说，"我们真的没有想到她会如此痴情。"

　　"绝对不会是开玩笑。那位年轻姑娘可能真的是被冲昏了头脑，真的相信她的继父去了法国，从来都没有怀疑过自己是否上了大当。她因为受到那位先生的殷勤奉承而感到兴奋，还因为这个男人也得到了自己母亲的认可，更加坚定了自己的决定。这种情况下安吉尔先生便经常来访，因为一旦这个方法奏效，事情就一定要继续进行下去。几次见面之后，他们就订了婚，这就最后保证了这个女孩的心不会转向别人。可是游戏总是要结束的，假借去法国出差也非常麻烦，所以不如设法让事情有一个戏剧性的收场，以便在年轻女孩的心中留下磨灭不掉的印象，这样就会确保她不会同意其他男子的求婚。于是，就会有手按《圣经》发誓，要白头偕老，并在举行婚礼那天的早晨暗示也许会发生某种意外的把戏。詹姆斯·温迪班克希望萨瑟兰小姐对霍斯默·安吉尔忠贞不渝，这样，在他的生死不能确定的情况下，让她在以后，至少是十年以内都不会再去听从其他男人的话。霍斯默陪她到了教堂门口，便不能再向前走了，所以他就耍了花招，从四轮马车的这扇门钻进去，又从那扇门钻了出来，便顺利地逃脱了。我觉得整个事情的经过就是这样的，温迪班克先生。"

当福尔摩斯叙说的时候，我们的客人看上去似乎恢复了一点自信，他从椅子上站了起来，苍白的脸上显露出讥诮的神态。

"可能是真的，也可能是假的。"他说道，"福尔摩斯先生，你的推理能力实在是太强了，我认为你如果再聪明一点儿才好，现在看来似乎触犯法律的是你，并不是我。我一直都没有做出什么触犯法律的事情，可是你将门锁上，单凭这件事我就能够以'人身攻击和非法拘留'的罪名对你进行起诉。"

"就像你所说的，法律没有办法制裁你，"福尔摩斯说着将锁打开，推开门，"但是我认为，没有人应该比你受到更大的惩罚。如果这位年轻女孩有兄弟或者朋友的话，他们肯定会拿鞭子狠狠地抽你的脊梁！真是该打！"见到那个男人脸上刻薄的冷笑，福尔摩斯气得涨红了脸，"虽然我的委托人没有委托我做这样的事，可是刚好我的手边有一条猎鞭，我觉得我还是要狠狠地抽……"说到这儿的时候，他立刻走过去拿鞭子，可是鞭子还没有拿到手上，这位让人不齿的人大惊失色，惊慌失措地跑下楼梯，几秒钟之后沉重的大厅门"嘭"一下关上了，我们站在窗口看见詹姆斯·温迪班克连头也不回地在马路上飞跑着。

"这个混蛋真是连禽兽都不如！"福尔摩斯一边说一边笑，接着便又一屁股坐进他的扶手椅里，"那个家伙屡次犯罪，相信总有一天会被逮住，受到法律的制裁。从几个方面来看，这个案件还是有些趣味的。"

"现在你的推理我还不能完全理解。"我说道。

"这个霍斯默·安吉尔先生的奇怪行为肯定是有什么目的，这一点是首先应该想到的，因为这一点很明确。同样我们可以很清楚地看到，唯一可以从这事件中得到好处的人只有这个继父。之后再看这个事实：继父与那个安吉尔先生从来都没有一起出现过，总是当一个人不在的时候另一个人才会出现，这一点是非常有启发性的。另外，墨镜和奇怪的说话声，就连毛蓬蓬的络腮胡子都暗示着伪装，同样这些也是具有启发性的。还有，他利用打字来签名，通过这点可以推理出她应该熟悉写信人的字迹，所以哪怕是看到一点最小的笔迹她也可以认出那应该是谁写的字。这个奇怪的做法更证实了我的怀疑。你看到，所有这些孤立的事实和许多细节凑在一起，都指向同一个方向。"

"那么，你怎样证实它们呢？"

"一旦犯人被认出，证实罪行就是很容易的事。我知道这个人工作的商行。我刚接到那份印刷出来的寻人启事的时候，就从启事对那个人的描述中，将也许是伪装的结果的部分——络腮胡子、眼镜以及声音去除掉，之后再将这份寻人启事寄给商行，让他们告诉我把伪装的部分去掉后，这个人的外貌特征是不是和他们商行里面那位出外旅行的人很像。我已经注意到了打字机的特点，我给他本人写信并寄到了他的办公地点，跟他说是否可以到这里来一趟。果然不出我所料，他就是使用打字机打的回信，从回信中可以发现他使用的打字机的很多细微的特征与那四封回信所体现的特征相符。同时邮局还给我送来了一封来自芬丘齐街韦斯特豪斯·马班克商行的信，信中说，外貌的描述和他们的雇员詹姆斯·温迪班克的特征基本相符。这就是事情的经过。"

"那么，我们该如何向萨瑟兰小姐说呢？"

"如果我把事情的真相告诉她，她是不可能相信的。有一句波斯谚语你可能还记得：'打消女人心中的痴想，险似从虎爪下抢夺乳虎。'"

四　博斯科姆比溪谷的秘案

一天早上，我和妻子正在吃早餐的时候，女仆送过来一封电报。是夏洛克·福尔摩斯发来的电报，上面的内容是这样的：可不可以抽出几天时间？英国西部为博斯科姆比溪谷惨案事来电，如果可以驾临，我会特别期待。该地的空气以及景致非常好。我希望十一时十五分从帕丁顿起程。

"亲爱的，你是怎么看的？"正在吃早餐的妻子看着我问道，"你想不想去呢？"

"我真的不知道该如何说，现在我手头上还有很多的事情要做。"

"是这样，其实安斯特鲁瑟会帮助你处理工作的。感觉你最近脸色有点苍白。我认为，应该换一下环境了，那将对你有好处，更重要的是，你一直对夏洛克·福尔摩斯侦查的案件有着极大的兴趣。"

"想想我从他的案件中获得过很多好处，假如我不去的话，实在是太对不起他了。"我回答道，"可是，如果我去的话，就必须马上收拾行李，因为现在距离出发只剩下半个小时的时间了。"

之前我在阿富汗度过了一段戎马生涯，那段经历已经把我锻炼成一个行动敏捷的人，完全可以随时动身。我随身携带的生活必需品非常简单，所以我在半小时内就带着我的旅行皮包坐上了出租马车，马车以最快的速度驶向了帕丁顿车站。夏洛克·福尔摩斯在站台上面踱来踱去。他身披一件长长的灰色的旅行斗篷，戴着一顶紧紧箍着头的帽子，这样的打扮，让他本来细长干瘦的身躯显得更加突出了。

"华生，你能来我真的很开心！"他说道，"有你这个我非常信得过的人和我在一起，情况就会有所不同了。地方上的协助往往不是毫无价值，就是带有偏见。你先去那边占着角落里的两个座位，我去买票。"

车厢里面只有我们两个乘客，福尔摩斯随身带了一大卷的报纸。他在这些报纸里面东翻西找，之后不是翻阅，就是拿笔做记录，还有的时候沉默深思，一直到我们已经过了雷丁，他突然将所有的报纸卷成一大捆，扔到行李架上面。

"你知不知道有关这个案子的一些情况呢？"他问道。

"我一点都不清楚。我好几天都没有看报纸了。"

"伦敦报纸的报道都不是特别清楚。最近的报纸我一直都在浏览，希望可以掌握一些具体的情况。根据我的推测，这件案子应该算是那种很难侦破的简单案件之一。"

"这话听上去好像有点自相矛盾。"

"可这是一个值得我们仔细思索的真理。一些非常怪异的现象通常会给你提供有价值的线索，但是，一个看上去越是毫无特征又很平常的罪行，可能就越难以证明它的当事人是谁。不过，他们已经认定这是一起儿子谋杀父亲的重大案件。"

"你的意思是那是一起谋杀案？"

"他们是这样猜测的。现在我有机会亲自侦查这个案件，我肯定不会想当然地认为是这样。我这就将到目前为止，我对这个案件了解到的全部情况，简要地给你讲述一下。

"博斯科姆比溪谷位于赫里福德郡，是距离罗斯不是很远的一个乡间地区。约翰·特纳先生是那个地区最大的农场主。早些年，他在澳大利亚发了财，很多年以前他又回到故乡。他把他所拥有的农场之一，也就是哈瑟利农场，租给了查尔斯·麦卡锡先生，查尔斯·麦卡锡先生曾经也在澳大利亚待过。他们两个人就是在那个殖民地相互熟悉的。所以，他们在定居的时候，相互很亲近地结为邻里是很平常的事情。特纳非常富有，麦卡锡成了他的佃户。可是，看上去他们依然如同过去那样，以完全平等的关系在一起生活着。麦卡锡有一个儿子，已经年满十八岁了，而特纳也有一个同样年龄的独生女。他们两个人的妻子都已经离世了。他们似乎一直都在避免与邻近的英国人有任何的社交往来，过着隐居的生活。麦卡锡父子俩经常在附近举行的赛马场上出现，他们都特别热爱运动。麦卡锡有两个仆人，一个男仆和一个侍女。特纳一家有五六口人。

"6月3日，也就是在上个星期一的下午三点钟左右，麦卡锡离家外出，他走着去了博斯科姆比池塘。实际上这个池塘就是一个小湖，它是由从博斯科姆比溪谷倾泻而下的溪流汇集而成的。那天上午，他曾经和他的仆人一起到过罗斯，他还和仆人说过，他必须要抓紧时间办事，在下午三点钟的时候他有一个特别重要的约会。可是这个约会以后，他就再也没有活着回来。

"哈瑟利农场距离博斯科姆比池塘大约有四分之一英里，有两个人亲眼看见麦卡锡从这个地段经过，其中一位是个老妇人，报纸上面并没有提到她的名字，另外一个是特纳先生雇用的猎场看守人威廉·克劳德。这两个人都宣誓作证说，当时麦卡锡先生是独自一个人路过这里的。那个猎场的看守人还说，在他看见麦卡锡先生走过去几分钟以后，麦卡锡先生的儿子詹姆斯·麦卡锡先生也从同一条路上走过去，看守人还看见詹姆斯·麦卡锡的腋下夹着一杆枪。他确信，詹姆斯·麦卡锡一路上一直都在后面跟着自己的父亲，而且那个时候这个父亲的确是在儿子的视程之内。当他晚上听说发生了那件惨案以前，并没有深想此事。

"在猎场的看守人威廉·克劳德亲眼看到麦卡锡父子先后走过，一直到看不见他们为止。博斯科姆比池塘四周稍远处全都是茂密的树林，池塘的周围长满了芦苇和杂草。佩兴斯·莫兰，一个十四岁的女孩子，是博斯科姆比溪谷庄园看门人的女儿，那个时候她正在池塘旁边的一个树林里面采摘鲜花。她说，她在那里的时候，发现麦卡锡先生和他的儿子正在树林边靠近池塘的地方；他们似乎正在激烈地争吵着，她听见老麦卡锡先生在大声地骂他的儿子；她还望见他的儿子举起了他的手，似乎要打他父亲的样子。他们那愤怒的样子以及粗鲁的行为，把她吓得快速地跑远了，回到家后她便和她的母亲说了这件事。她担心麦卡锡父子会扭打起来，因为在她离开树林的时候，他们两个人正在博斯科姆比池塘旁边争吵着。她的话音刚落，小麦卡锡跑进房来说，他看见他的父亲死在了树林里面，他是过来向看门人寻求帮助的。当时他的情绪特别激动，他的枪和帽子都没有带，在他的右手以及衣袖上都可以看到刚沾上的血迹。他带着他们到了那里，看见麦卡锡的尸体在池塘旁边的草地上。死者的头部凹了进去，似乎是被人用一种又重又钝的硬器猛击导致的。从伤痕来看，很像是他的儿子用枪托击打造成的。那支枪被扔在草地上面，距离尸体只有几步的距离。

"在这种情况下，那个年轻人当场就被逮捕了，星期二以犯有'蓄意谋杀'罪被控告上法庭，星期三将被提交给罗斯地方法官审判，现在罗斯地方法官已经将这个案件提交巡回审判法庭审理。这些就是由验尸官以及违警罪法庭对这个案子处理的主要事实经过。"

"我真的不敢相信会有比这还要恶毒的案件了。"我说道，"假如用现场作为证据来证明罪行的话，那么，现在这个案子就是这样一种情形。"

福尔摩斯思索着回答说："用现场作为证据是非常具有欺骗性的。它似乎可以很直接地证实某一种情况，可是，只要你的观点稍微做一下改变，那你也许就会发现它同样也可以准确无误地将另一种情况证实，而另外一种情况和原观点是恰恰相反的。但是，不能否认，现在的证据对这个年轻人非常不利。也许杀人犯的确是他。不过附近确有几个人，其中包括农场主的女儿特纳小姐，认为小麦卡锡是清白无辜的，而且还委托雷斯垂德承办这个案件，帮助小麦卡锡辩护。你也许还记得雷斯垂德，他就是参与'血字的研究'案件的那个警察。可是，雷斯垂德却觉得这是一个特别难办的案子，所以他才会寻求我的帮助。这就是为什么两个中年绅士以每小时五十英里的速度飞奔而来，而不是在家里吃饱早餐以后慢慢享受悠闲的理由。"

我说道："我觉得这些事实已经很明显了，所以说你接手处理这个案子，得不到多大的回报。"

他笑着回答说："找不到什么比明显的事实更能让我感到诱惑的了，更何况，也许我们能够碰巧找到其他一些雷斯垂德并没有看出来的明显事实。我们应该使用雷斯垂德没有能力使用甚至根本领悟不到的办法来肯定或者推翻他的那一套说法。你对我是非常了解的，我这样说你应该不会以为我是在吹牛吧。我们随便举一个例子，我可以特别自信地认为你的卧室的窗户是在右边的，而我认为对于这样一个不言自明的事实，雷斯垂德先生不一定会注意到。"

"可是你是如何知道的？"

"亲爱的朋友，我实在太了解你了，我知道你特别喜欢清洁，可能是一个军人独有的习惯吧。每天早上你都会刮胡子，在现在这样的季节里，你还会借着阳光刮。你在刮左颊的时候，越往下就刮得越不干净，如果刮到下巴底下的时候，就会很不干净了。毫无疑问，右边的光线比左边的光线要好。我想象不到你这么喜欢整洁的人，在两边光线都一样的情况下，会把脸刮成现在这个样子，由此我得出了判断。我之所以会举这个很简单的例子，是想用它来证明我观察问题以及推理结论的能力。这是我的强项，这也许会对我们目前正在进行的调查起到很重要的作用。正因为如此，对于在传讯中提出的一两个次要问题一定要更加的重视。"

"那是什么？"

"我推断他一定不是当场就被逮捕的，而是在回到哈瑟利农场之后才被捕的。当巡官说他被捕的时候，他说这完全是他意料之中的事，这是他应该得到的惩罚。很显然，他的这段话起到了一些作用，由此验尸陪审团心目中的其他所有的怀疑都消除了。"

我大声说道："是他自己坦白交代的。"

"不过有人提出异议，说他是清白无辜的。"

"发生了这一系列的事件以后才有人提出异议，这不免让人产生怀疑。"

"正好相反，"福尔摩斯说，"那是到目前为止，我在黑暗中获得的一线最明亮的光芒。无论他有多么的天真，他一定不会笨到连当时的情况对他非常不利这一点都察觉不到。假如他在被捕的时候，表现出的是惊讶或者假装气愤，我也许会把它看作是非常可疑的行为，因为在那样的情况下，表示出惊讶以及气愤肯定是不合乎常理的，但是对于一个诡计多端的人而言，这反而是一个妙计。他坦然地承认了当时的情况，说明他也许是清白无辜的，或者是自我把控能力极强的人。至于他所说的罪有应得，如果你仔细想想就会认为同样是合乎常理的，那便是：他就在他的父亲尸体旁边站着，而且还正好在这一天他忘记了当儿子的孝道，居然和父亲吵起嘴来，甚至就像那个提供重要证据的小女孩所说的，他还把手举起来似乎要打他的父亲一样。我认为他的那段话里是在自我谴责以及内疚，完全是一个身心健全的人应该有的表现，而不是一个犯了罪的人。"

我并不认同这种说法，于是说道："之前也有很多人被处以绞刑，但是他们的获罪证据要比现在这个案子的证据少得多。"

"他们的确是在那种情况下被绞死的，可是其中有很多人死得冤枉。"

"那么，那个年轻人自己是如何交代的呢？"

"他自己所交代的恐怕会让支持他的人失望，不过其中的确有一两点可以给人一些启示。你可以在这里找到，你自己看好了。"

他从那捆报纸里面抽出了一份赫里福德郡当地的报纸，将其中的一页翻折过来，然后指出那个不幸的年轻人交代的全部内容。

我静静地坐在车厢里的一个角落里非常认真地读了起来：

死者的独生子詹姆斯·麦卡锡先生出庭作证的内容如下：

我曾经离开家里三天，去往布里斯托尔，在上个星期一（即3日）上午回的家。可是我回到家的时候，父亲并不在家，女佣告诉我父亲和马车夫约翰·科布驱车去了罗斯。我刚到家没多久，就听见他的马车驶进院子的声音。我从窗口向外看，见到他下了车以后立刻又从院子里面走出去了，我当时并不清楚他要去哪里，于是我便拿起了枪朝着博斯科姆比池塘那个方向走去，计划去池塘那一边的养兔场看看。就像猎场的看守人威廉·克劳德在他的证词里所阐述的那样，我在路上看见了他。但是他觉得我是在跟踪我的父亲，实际上是他弄错了，我真的没有注意到父亲在我前面。当我走到距池塘还有一百码的地方，我听见有人喊'库伊'，这喊声是我和我的父亲之间经常使用的信号，于是我就立刻走上前去，看见他就在池塘旁边站着。他见到我的时候似乎感到很惊讶，并且还质问我到那里要干什么。

我们交谈了一会儿，然后就争吵起来，而且我们越吵越凶，马上就要动手打起来了，我父亲的脾气特别暴躁。我见他的火气越来越大，而且大得几乎不能控制，便转身离开了他，返回了哈瑟利农场。可是当我走到不过一百五十码左右的时候，就听见从背后传来一声可怕的喊声，我就马上又跑了回去。当我再一次看见父亲的时候，发现他已经奄奄一息地在地上躺着，头部受了重伤。我便把枪扔在一边，把他抱了起来，但他好像已经断了气。我在他的身旁大约跪了几分钟，接下来便跑到特纳先生的看门人那里去寻求帮助，因为他的房子距离我最近。当我回到那里的时候，我并没有在那附近发现任何人，我真的不知道他是如何受的伤。他并不是一个很受欢迎的人，这是由于他待人冷淡，让人难以接近。可是，据我的了解，他也没有要找他算账的仇人。对于这件事，我知道的就只有这么多。

验尸官："你的父亲在临终前，有没有跟你说过什么呢？"

证人："他含糊不清地说了几句话，可是我只听到他似乎说了'拉特'两个字。"

验尸官："你觉得这话是什么意思呢？"

证人："它是什么意思我也不知道，我觉得他当时已经神志不清了。"

验尸官："你和你父亲最后的这次争吵是因为什么？"

证人："这个问题我不方便回答。"

验尸官："可是如果我必须要你回答呢？"

证人："我真的不能告诉你。我可以向你保证，这与后来发生的那件惨案没有半点关系。"

验尸官："有没有关系要让法庭来裁决，你应该明白无误地向我说明，拒绝回答问题对你非常不利，假如以后可能提出起诉的话。"

证人："我还是坚持拒绝回答。"

验尸官："根据我的了解，'库伊'的喊声，是你和你的父亲之间经常会用到的信号。"

证人："没错。"

验尸官："那么，他还没有看见你，而且对于你已经从布里斯托尔回来的事他并不知道，却还会喊出这个信号，到底是什么原因呢？"

证人（显得特别惊慌）："这个，我就不知道了。"

一个陪审员："当你听到喊声，而且还发现你父亲已经受了重伤的时候，你有没有发现什么让你产生怀疑的东西？"

证人："我并没有看见什么让我产生怀疑的东西。"

验尸官："那也就是说看见什么了？"

证人："我立即跑回那空地的时候，思想特别混乱，情绪也非常紧张，我脑子里想到的只是我的父亲。但是，我有一个特别模糊的印象：在我向前跑的时候，在我左边的地上有一件东西。它似乎是灰色的，好像是大衣之类的东西，也许是一件方格子的呢子披风。当我从我父亲的身边站起来时，我转身去找它，可是它已经没有任何踪迹了。"

"你指的是在你去寻求帮助之前就已经不见了？"

"没错，已经不见了。"

"你能不能确定它是什么东西呢？"

"不能确定，我只是感觉到那里有一件东西。"

"它距离尸体有多远呢？"

"大约有十几码远。"

"距离树林的边缘有多远？"

"也差不多同样的距离。"

"那么，如果有人将它拿走，那一定是在你距离它只有十几码远的时候。"

"没错，可那是在我背向着它的时候。"

对于证人的审讯到此为止。

我边看着这个专栏边说："我认为验尸官说的那几句话对于小麦卡锡而言是特别严厉的。验尸官有理由提醒证人，让证人注意一下证词中相互矛盾的地方，比如他的父亲还没有见到他的时候，就已经给他发出了信号；而且验尸官还让证人注意，他拒绝交代他和他父亲谈话的细节，还有他在叙述死者临终前所说的话时所讲的那些奇怪的话，对于他非常不利。"

福尔摩斯伸着腿半躺在软垫靠椅上，说道："你和验尸官一样，都有意在突出最有说服力的要点，这样的做法会对这个年轻人不利。可是你好像还不明白，你一会儿说这个年轻人的想象力丰富，一会又说他没有想象力，这是什么意思呢？说他没有想象力，是由于他不能编造他和他父亲吵架的原因，以此来博得陪审团的同情；说他想象力太丰富，是由于从他自己的内在感官夸大地发出了些许死者临终前隐隐约约提到的'拉特'的奇怪叫声，还有那瞬间消失的衣服。不是的，并不是这样的，华生，如果这个案子我来处理，就要从这个年轻人所讲述的是真实情况这样一个观点出发，让我们来看看这样一种假设可以将我们引向什么地方。这是我的彼特拉克诗集袖珍本，你拿去看一下吧。我在到达作案现场之前，不想再谈论关于这个案子的话题了。我们去斯温登吃午饭。我觉得二十分钟之内我们就可以到达那里。"

我们经过了风景秀丽的斯特劳德溪谷，越过了河面宽阔、波光粼粼的塞文河，终于来到了罗斯这个风景极佳的小乡镇。一个瘦高个子、有着侦探派头的男人在站台上等候着我们。即使他按照附近农村的习惯，穿了一件浅棕色的风衣，而且还打了皮裹腿，但是一下子还是被我认出来了，他就是苏格兰场的雷斯垂德。我们和他一道乘车到赫里福德阿姆斯旅馆，他已经提前在那里为我们预订好了房间。

当我们坐下来一起喝茶的时候，雷斯垂德对我的朋友说道："你刚毅的个性我很了解，你肯定想立即前往案发现场，所以我已经给你们雇好了一辆马车。"

福尔摩斯回答道："你真的是太客气了。我们去不去完全由晴雨表的温度决定。"

听了这话，雷斯垂德表现得非常惊讶，说道："我不明白你这话是什么意思。"

"水银柱上面的温度是多少？我看是二十九度。没有风，天上也没有云。我这里还有一整盒没抽的香烟，另外，这里的沙发要比大多数农村旅馆里的沙发好。我觉得今天晚上我应该用不着马车了吧。"

雷斯垂德大声笑了起来，说道："相信你已经根据报纸上面的报道有了自己的推论。实际上，这个案子的案情是很清晰的，你越深入了解就会越明白。当然，对于一位女士的要求，我们真的是难以拒绝。你的大名她听说过，因此她想要征询一下你的意见，即使我一再对她说，我都办不到的事，你也是不可能办到的。啊，天啊！她的马车已经停在门前了。"

我看见一位年轻妇女急匆匆地走进了我们的房间，她是我有生以来见到过的最秀丽的女人。她蓝色的眼睛晶莹明亮，双唇微开，两颊稍微有些红晕，她当时特别激动，一副忧心忡忡的样子，这使她把往常的矜持抛到了十万八千里以外。

她大声喊道："哦，夏洛克·福尔摩斯先生！"同时不停地打量着我们两个人，终于她凭着一个女人灵敏的直觉注视着我的同伴，说道："您来了我真的很开心，我急忙来到这里是为了向您说明，我知道凶手不是詹姆斯。我希望您在着手侦查的时候就要明确这一点，不能连您自己也相信这一点。从小到大我们一直都彼此了解，对于他的缺点，没有人比我更清楚了，他这个人特别心软，就连一只苍蝇都不会杀害。所有真正了解他的人都觉得这种控告实在荒谬至极。"

福尔摩斯说道："我希望我们可以帮助他澄清。请相信我，我一定会尽力的。"

"证词你已经看过了，相信你应该有某些结论了吧？其中的漏洞和毛病你没有看出吗？难道连你自己都觉得他是凶手吗？"

"我觉得他也许是无辜的。"

她把头向后一仰，用轻蔑的眼光看着雷斯垂德大声说道："太好啦！你听见了没有？他让我有了希望。"

雷斯垂德耸了耸肩说道："我想我的同行所下的结论也太过于草率了吧。"

"可是，他才是对的。哦！我知道他是对的。这种事情绝对不是出自詹姆斯之手。关于他和他父亲争吵的原因，我敢保证，他之所以不对验尸官讲述，那是因为这中间会牵涉到我。"

福尔摩斯问道："你是如何知道这牵涉到你的呢？"

"看来时间已经不允许我再隐瞒下去了。因为我的原因，詹姆斯和他的父亲产生了特别大的分歧。麦卡锡先生急切地希望我们可以结婚。可是，我和詹姆斯从小就如同兄妹一样，有着深厚的感情。当然，他还年轻，生活经验不足，而且……而且……唔，他肯定还不想现在马上就结婚，所以他们才会吵了起来。我敢保证这是吵架的原因之一。"

福尔摩斯问道："那么，你的父亲同意这门亲事吗？"

"不同意，他也反对这门亲事。只有麦卡锡先生一个人赞成。"

当福尔摩斯用怀疑的目光看着她时，她那明艳的、年轻的脸突然一下子红了。

他说："感谢你把这个情况提供给我。假如我明天登门拜访，我能不能同时见一下你父亲？"

"我担心医生应该不会允许你见他。"

"医生？"

"没错，你没有听说吗？近些年来，我那可怜的父亲身体一直都不太好，而这件事让他的身体彻底垮了。他不得不卧病在床。威廉医生说，他的身体受到了严重的损坏，他的神经系统特别衰弱。以前在维多利亚，麦卡锡先生是唯一认识我父亲的人。"

"啊！在维多利亚！这个信息非常重要。"

"没错，是在矿场。"

"这就对啦，在金矿场。据我所知，特纳先生就是在那里发财的。"

"没错，事情确实如此。"

"特纳小姐，非常感谢。你的帮助对我有特别重要的意义。"

"你明天得到的所有消息，都要立即通知我。你一定会去监狱看望詹姆斯的。对了，如果你去了，福尔摩斯先生，请一定要转告他，我相信他是被冤枉的。"

"放心吧，特纳小姐，我一定会的。"

"现在我得回家了，因为我的爸爸病得非常严重，而且我不在的时候他总是很担心。再见，希望你们一切顺利。"说完她快速地离开了我们的房间，就和她刚进来的时候一样。很快，我们便听到她乘坐的马车在街上行驶时所发出的车轮滚动声。

雷斯垂德沉默了几分钟后，严肃地说道："福尔摩斯，我真的替你感到羞愧，你为什么要让别人对没有一丝希望的事情抱有希望呢？我自己并不是一个软心肠的人，可是，我觉得你这样做实在有些残忍了。"

福尔摩斯说道："我想我可以想出办法为詹姆斯·麦卡锡洗清罪名的。你有没有得到可以去监狱里面看望他的命令呢？"

"有，但是只能你和我去。"

"那么，现在我要重新考虑一下是不是要出去了。今天晚上，我们还有时间乘坐火车到赫里福德去看望他吗？"

"肯定有时间。"

"那么，我们就这么办吧。华生，也许你会认为事情进行得很慢，但是，这次我去只要一两个小时就可以了。"

我们三人一起走路到火车站，之后又在这个小城镇的街头闲逛了一会儿，接下来又回到了旅馆。我躺在旅馆的沙发上，随手拿起一本封面是黄色的廉价的通俗小说，希望可以从中能找寻到乐趣，来打发时间。可是那些不值一提的小说情节与我们正在侦查的这件深奥莫测的案子相比，实在太微不足道、太肤浅了，所以，我的注意力总是从小说里面虚构的情节转移到现实里来，最后我终于将那本小说扔在了一边，全神贯注地去思索着今天发生的事件。假如说这个可怜的青年人讲述的事情经过全部都是实情，那么，从他离开了他的父亲一直到听到他父亲的叫喊而匆忙回到那个林间空地的一瞬间，到底有什么怪事发生呢？或者有什么完全出乎意料和异乎寻常的灾难发生呢？这应该是一种骇人听闻的突发事故吧，但是这会是什么样的事故呢？我是一个医生，我难道不能凭借着一个医生的直觉从死者的伤痕上看出什么问题来吗？

想到这里，我拉响铃让人把当地出版的周报送过来。周报上面载有非常详细的审讯记录。法医的验尸证明书是这样写的：死者脑后的第三个左顶骨以及枕骨的左半部，由于受到钝重武器的一下猛击而导致破裂。我便试着在自己的头部比划那被猛击的位置，很明显，这一猛击来自死者的背后。这个问题在某种程度上可能会对被告有利，因为有人看见他和他的父亲是面对面争吵的。但是，光凭这一点还是说明不了问题，因为也许死者是在他转过身以后被人打死的。无论如何，还是有必要提醒一下福尔摩斯，留意一下这点也可能还是值得的。除此之外，临死前死者还喊了一声"拉特"，这又能说明什么呢？这不会是神志不清时所说的呓语吧？通常说来，突然被一击而马上死亡的人是不可能说呓语的。绝对不会的，这好像更能说明他是被什么人所谋害的。但是，它又是如何说明的呢？

为了寻找更加确切的解释，我费尽了脑汁。小麦卡锡发现了灰色衣服的情节。假如这一情况没有错，那么肯定是凶手在逃跑的时候，衣服从身上掉了下来，可能是他的大衣，而且他竟然还敢在小麦卡锡跪下来的一刹那，也就是在他背后不过十几步的地方将掉下来的衣服取走，这让人难以理解啊！关于雷斯垂德的一些建议，我并不感到奇怪。但是，由于我非常相信夏洛克·福尔摩斯的洞察力，所以，我倾向于小麦卡锡是无辜的，只要可以找到新的事实来不断加强的话，那么我相信还是有希望解救小麦卡锡的。

福尔摩斯很晚才回来。因为雷斯垂德在城里住下了，所以他是一个人回来的。

他坐下来说道："晴雨表的水银柱还是很高，希望在我们检查现场之前不要下雨，这对于我们来说非常重要。还有，我们一定要精神饱满、观察敏锐才可以，因为我们做的是一种非常细致的工作。我不希望由于长途跋涉而感到疲劳不堪的时候去做这项工作。我见到了小麦卡锡。"

"从他那里，你都了解到了什么情况？"

"没有了解到任何情况。"

"他一点线索都没有提供吗？"

"没错，他没有提供任何线索。我一直有过这样的想法：他肯定知道凶手是谁的，只是他在为其做掩饰。但是，我现在可以确定，他和其他人一样，对这件事也是迷惑不解。他并不是一个狡猾的青年，即使外表看上去很漂亮，但是我认为他还是非常忠实可靠的。"

我说道："特纳小姐是一个如此有魅力的年轻女孩，假如他真的不想和她结婚的话，我认为他实在是太没有眼力了。"

"哦，这其中还有一桩让人感到痛苦的故事呢。实际上，这个小伙子爱她爱得快要疯掉了。可是，大约两年前，那个时候他不过是一个少年，也就是他还没有真正了解她之前，她曾经离开家里五年，在一所寄宿学校里面读书。这个傻瓜在布里斯托尔让一个酒吧女郎给缠住了，而且还在婚姻登记所和她登记结了婚，你看他多傻！这件事谁都不知道，你可以想象出，他干过这件傻事之后有多么的后悔、着急，因为他并没有做任何他应该做的事，而是选择做了一件他自己很清楚绝对不应该做的事情。这样他是要受到责备的。

"他父亲在最后一次和他谈话中，极力地说服他向特纳小姐求婚的时候，他就是由于曾经干过那件特别疯狂的蠢事而急得不知所措。还有，他并没有能力供养自己，他父亲的为人又很刻薄，假如把实情告诉他，肯定会彻底被家里抛弃的。前三天他是在布里斯托尔与他那个当酒吧女郎的妻子一起生活的。那个时候，他到底去了哪里，他的父亲全然无知。这一点要注意，这是非常重要的。可是现在反而坏事变成了好事。那个酒吧女郎通过报纸，得知他遭遇大难，案情严重，也许会被处以绞刑，于是便将他抛弃了。她还写信跟他说，她本来是有夫之妇，丈夫就在百慕大码头工作，所以他们之间并不是真正的夫妻关系。我想这个消息对于备受折磨的小麦卡锡而言，也算得上是一种安慰了。"

"可是，假如他是被冤枉的，那么，谁才是这个案件的主谋呢？"

"这个问题，你记住要特别留意两点：第一，被谋杀者曾经与某人约定在池塘见面，这个人绝对不是他的儿子，因为那个时候他的儿子正在外面，父亲并不清楚儿子什么时候回来。第二，在被谋杀者知道他的儿子已经回来之前，有人听见他大声喊'库伊'！这两点是这个案子的关键。现在，假如你不反对的话，我们就来说说乔治·梅瑞丘斯吧，那些不太重要的问题我们明天再说。"

正如福尔摩斯所预料的，那天没有卜雨，早晨刚起来就是晴空万里。上午九点的时候，雷斯垂德坐马车过来接我们。我们便马上动身去了哈瑟利农场和博斯科姆比池塘。

雷斯垂德说道："今天早上有个特大的新闻。据报道庄园里的特纳先生病势严重，马上就要不行了。"

福尔摩斯说道："我觉得他大概是一个老头吧。"

"六十岁左右，侨居国外时他的身体就已经很糟糕了，他的身体一直很衰弱，现在这件事更让他受到不良的影响。麦卡锡是他的老朋友了，我还要再补充一点，他同时也是麦卡锡的大恩人呢，因为据我的了解，他将哈瑟利农场租给麦卡锡，却不曾收过麦卡锡一分钱的租金。"

福尔摩斯说道："是吗？这点确实很有趣。"

"嗯，没错！特纳先生一直都在努力帮助麦卡锡先生，这一带几乎没有人不知道特纳先生对麦卡锡先生的仁慈友爱。"

"事实真的是如此？那么，看来这个麦卡锡本来是一无所有的，特纳给了他那么多的恩惠，居然还希望他的儿子和特纳的女儿结婚，而这个女儿必定是所有财产的继承人，而且采取的又是如此骄横的态度，似乎这不过是一项计划，只要一提出来，所有的人必须都要遵循一样。你们对所有这一切难道不觉得奇怪吗？特别是，我们知道特纳本人并不赞成这门亲事，岂不是更加奇怪了吗？我所说的都是特纳的女儿亲口跟我们讲述的。你就没有根据这些情况推断出来什么吗？"

雷斯垂德说道："我们都已经使用演绎法推断过了，福尔摩斯，我认为，特意去调查，再核实事实就已经非常不容易了，我们还是不要轻率地空发议论了。"

"你说得没错，你确实认为核实事实不容易。"福尔摩斯带着风趣的口吻说。

雷斯垂德有些激动地回答道："不管怎样，我已经掌握了一个你很难掌握的事实。"

"就是……"

"就是麦卡锡是被小麦卡锡杀害的，与此不同的所有说法都是空谈。"

福尔摩斯笑着说道："不管怎么说，迷雾终究要散去。你们看，左边就是哈瑟利农场了。"

"没错，就是那里。"

那是一所占地面积很大、样式让人感觉舒适惬意的两层石板瓦顶楼房，灰色的墙上长满了密密麻麻的黄色苔藓。然而窗帘低垂，烟囱也没有冒烟，看上去有些荒凉，好像这次事件的恐怖气氛还沉甸甸地在它的上面压着。我们上前敲门，里面的女仆应福尔摩斯的要求，给我们看了她主人死去时所穿的那双靴子，也给我们看了小主人的一双靴子，虽然并不是小主人当时穿着的那双。福尔摩斯把这些靴子上的七八个不同的地方仔细地进行了测量后，要求女仆领我们到院子里面去，我们顺着院子里一条弯弯曲曲的小路走到了博斯科姆比池塘。

这时候，福尔摩斯突然变得与原来截然不同，每当他这样热切地探究线索时，总是会变成这个样子。那些只对贝克街那个沉默寡言的思想家以及逻辑学家熟悉的人，这个时候肯定认不出他来，只见他的脸色一会儿涨得通红，一会儿又阴沉得发黑。他紧蹙双眉，眉毛下面那双眼睛发射出刚毅的光芒。他脸部向下，两肩朝着前面躬着，紧闭着嘴唇，他那细长而坚韧的脖子青筋突显，如同一根根鞭绳。他张大了鼻孔，特别像一只渴望捕抓猎物的野兽。他是如此全神贯注地侦查着，假如有人向他提出问题或者跟他说句话，他全部都会当作耳边风，最多也只会给你一个非常急促而且很不耐烦的回答。

他轻轻地顺着横贯草地的这条小路快速向前行走，之后又穿过树林走到博斯科姆比池塘。那是一块沼泽地，整个地区的地面都是潮湿的，地面上有很多脚印，脚印在小路和路畔两侧长着短草的地面上散布着。福尔摩斯有时候急匆匆地向前疾走，有时会停下来一动也不动。有一次他稍微绕了一下走进了草地里。我和雷斯垂德走在他的后面，我当时兴奋地看着我的朋友的每一个行动，因为我相信他的每个行动都带有一定意义，而这个官方侦探则带着一种冷漠和蔑视的态度。

博斯科姆比池塘是一小片水域，方圆大约五十码，四围长满了芦苇，位于哈瑟利农场和富有的特纳先生私人花园之间的边界上。池塘的对岸是一片树林，由此可以看见露出树林上面的房子的红色尖顶，这就象征了这里是有钱人所居住的地方。挨着哈瑟利农场这一边池塘的树林里面，树木生长得十分繁茂；在树林的边缘和池塘一侧的那一片芦苇之间，有一片只有二十步见宽的狭长的湿草地带。雷斯垂德将发现尸首的准确位置指给我们看，因为那里的地面十分潮湿，所以我可以很清楚地看见死者倒下以后所留下的痕迹。我通过福尔摩斯脸上的热切表情以及他锐利的目光能够看出来，他会在这块被众人脚步践踏过的草地上观察出很多有价值的东西来。他转着圈，就如同一只已经嗅出气味来的狗在巡视，之后转向我的同伴问道："你到池塘里面去过，去干什么？"

"我使用草耙在四围打捞了一下。我想可能有某种武器或者其他的踪迹。可是，我的天呀……"

"哦，可以啦！可以啦！现在我没有时间听你谈论这个！这里面全部都是你向里拐的左脚的脚印。一只鼹鼠都可以对你的脚印进行跟踪。脚印就在芦苇那边不见了。唉，他们曾经如同一群水牛似的在这池塘里面打着滚，如果我在那之前就来到这里，那么事情就不会如此复杂了。看门人带着那群人就是从这里走过去的，尸体四周六到八英尺的地方全部都是他们的脚印。哦，这里面还有三对和这些脚印没有连在一起的、同一个人的脚印。"他随手掏了放大镜。为了可以看得更清楚一些，他趴在了他的防水油布上，在那期间，与其说他是在和我说话，还不如说他是在自言自语。

"这些就是年轻的麦卡锡的脚印。可以看出，他来回一共走了两次，其中有一次他跑得特别快，因为脚板的印迹特别深，而脚后跟的印迹特别模糊。这完全可以证明他并没有说谎。他发现他的父亲倒在地上就飞快地跑了过来。这里就是他父亲来回踱步的脚印。那么，这里是什么呢？这是儿子站在那里细听的时候，枪托顶端落地所留下的痕迹。还有，这个呢？哈，哈！这印迹又是什么东西所留下的呢？脚尖的！脚尖的！而且还是方头的，这并不是一般普通的靴子！这是走过来的脚印，那是走过去的，接下来又是再走过来的脚印……当然，这就是回来取走大衣的脚印。那么，这一路的脚印是从什么地方过来的呢？"

他来回巡视，有的时候脚印消失不见了，有的时候脚印又出现了，一直走到树林的边缘，来到一棵大山毛榉树的树荫下，这是附近最大的一棵树。福尔摩斯继续向前走，一直走到那一边，之后他再一次脸向下趴在了地上，而且还发出小声的得意的喊声。他在那里一直趴了很长的时间，翻动树叶和枯枝，将那些东西放进一个信封里，在我看来，那些东西像泥土。他不但使用放大镜检查地面，而且还检查了树皮。在苔藓中间有一块锯齿状的石头，他也进行了仔细的检查，还把它收藏起来了。之后他便顺着一条小道穿过树林，一直走到公路那里，在那里已经没有任何踪迹了。

"这真的是一个特别有趣的案件。"他说。这个时候，他又恢复了正常。"我认为右边这所灰色的房子肯定是一间门房，我应该去那里找莫兰说句话，或者写一个便条给他，然后我们就能坐着马车回去吃午饭了。你们可以先步行去马车那里，我很快就能跟上来。"

我们大约走了十分钟就到了马车那里，福尔摩斯带着他在树林里面捡来的那块石头也随后跟了上来，接下来我们便乘坐着马车回到罗斯。

他拿山这块石头和雷斯垂德说："雷斯垂德，这个你可能会感兴趣，因为这个东西就是杀人的凶器。"

"我并没有看到什么标志。"

"的确没有标志。"

"那你是如何知道的呢？"

"这块石头在那里放着也就是几天的工夫，因为石头下面的草还没有死。找不到这块石头是从什么地方来的痕迹，而且这块石头的形状与死者的伤痕正好吻合。除此之外任何其他武器的踪迹都没有。"

"那么谁才是凶手呢？"

"凶手应该是一个个子很高的男人，左撇子，右腿有一点瘸，脚上穿着一双后跟比较高的狩猎靴子，身穿一件灰色大衣，他抽印度雪茄，用的是雪茄烟嘴，他的口袋里面还带有一把削鹅毛笔的非常钝的小刀。此外，还有一些其他的迹象，不过，这些已经足够帮助我们进行侦查了。"

雷斯垂德笑着说："我依然还是有些怀疑。与我们打交道的英国陪审团是讲求实际的，理论上说得天衣无缝也是没有用的。"

福尔摩斯平静地说道："这个我自然会有办法。你可以按照你的方法进行，我也可以按照我的方法进行。今天下午我会特别忙，也许会乘晚班火车回伦敦。"

"让你的案子悬而不决吗？"

"不是的，对我而言，案子已经结束了。"

"那么，疑团呢？"

"疑团也已经得到解决了。"

"罪犯到底是谁？"

"就是我所描述的那个先生。"

"但是，他是谁呢？"

"实际上，想要把这个人找出来很容易。在附近这一带居住的居民并不太多。"

雷斯垂德说道："我是一个只相信实际的人。我是不会在这一带到处乱跑，去寻找一个惯用左手的瘸腿先生。如果那样，我一定会成为苏格兰场的一大笑柄。"

福尔摩斯声音冷酷地说道："那好吧，我不是没有给你机会，你的住处到了，再见，在离开之前，我会给你写一个便条的。"

雷斯垂德在他的住处下车了，我们也回到了旅馆。我们到达的时候，午饭已经摆在桌子上了。福尔摩斯一声不吭地陷于了沉思之中，脸上露出一种痛苦的表情，这种表情是处境困惑的人常有的那种表情。

餐桌收拾完之后，福尔摩斯开了口："华生，你就在这把椅子上面坐着，听我跟你唠叨几句。我还不十分确定，应该怎么办才好，我想我还要听一听你的建议。点根雪茄吧，我来阐述一下我的看法。"

"我听着，你说吧。"

"在小麦卡锡所说的情况中，有两点引起了我们两个人的注意，我的想法对他有利，而你的想法却对他不利。第一点是：根据他的讲述，他的父亲在见到他之前就喊叫了'库伊'。第二点是：死者在临死时说了'拉特'。死者当时喃喃地吐露了这几个词，可是，据他的儿子所说，只听到这个词。现在我们要从这两点出发去研究案情，我们开始进行分析的时候，可以假设这个小伙子说的全部都是真实的。"

"那么，这个'库伊'是什么意思呢？"我问道。

"他当时只知道他的儿子在布里斯托尔，所以，很显然，这个词肯定不是喊给他儿子听的。当时，他的儿子听到'库伊'这个词完全是个偶然。死者当时喊'库伊'是为了让他约见的那个人注意到他。而'库伊'很明显是澳大利亚人的一种叫法，而且还只有澳大利亚人之间才会用到的，所以我们可以大胆地设想，麦卡锡在博斯科姆比池塘约见的那个人是一个曾经在澳大利亚居住过的人。"

"那么，'拉特'这个词又是什么意思呢？"

福尔摩斯从口袋里掏出了一张折叠的纸，然后把它摊在桌上，说："这是一张维多利亚殖民地的地图，是昨天晚上我打电报到布里斯托尔去要来的。"他把手放在地图的一个地方上说，"你来念一下这是什么？"

我照着念道："阿拉特。"

他又把手举起来说："你再念。"

"巴勒拉特。"

"没错。这便是那个人喊叫的那个词，可是他的儿子只听清这个词的最后两个音节。他当时是要把杀害他的凶手的名字告诉他的儿子，即巴勒拉特的某某人。"

我高兴地说道："实在是太妙了！"

"那是很显然的。好啦，你看，现在我已经把研究的范围缩得很小了。如果暂且承认小麦卡锡的话没有问题，我们就可以肯定，这个人有一件灰色的大衣。对于一个有一件灰色大衣并来自巴勒拉特的澳大利亚人，开始我们只有一种很模糊的概念，现在看来就非常的明确了。"

"没错。"

"他是一个对这个地区特别熟悉的人，因为必须要经过这个农场或者经过这个庄园才能到达这个池塘，这样的地方，陌生人应该是不知道，也进不来的。"

"的确如此。"

"所以今天我们长途跋涉来到这里。我对场地进行了检查，对案情的细节做了进一步的了解，我还将这个罪犯是一个什么样的人跟雷斯垂德讲述了。"

"你是如何了解到这些细节的呢？"

"是通过对细小的事情进行观察所了解到的，我的方法你是知道的。"

"我知道你可以通过脚步的大小来判断出他的身高。他的靴子也可以通过他的脚印做出判断。"

"没错，那不是一双普通的靴子。"

"可是你是如何看出他是一个瘸子的呢？"

"他右脚的脚印总是没有左脚的脚印清楚，可以判断出他走路时一瘸一拐的，是一个瘸子。"

"还有，如何判断出他是左撇子的呢？"

"我想你已经注意到了在审讯中法医对死者伤痕的记载。那一击是紧靠着他背后打的，而且还是打在左侧。你可以想像一下，假如不是一个左撇子，怎么可能会打在左侧呢？父子两人正在谈话的时候，这个人就一直在树后面站着，而且他还在那里抽着烟。在那里我发现有雪茄灰，根据我对烟灰的研究，我可以断定他抽的是印度雪茄。你知道，为此我曾经花过非常大的精力，并且还写过一些专题文章对一百四十种不同的烟斗丝、雪茄和香烟的灰进行论述。当我发现了烟灰之后，我便继续在四围寻找，就在苔藓里面看见了他扔在那里的烟头。那就是印度雪茄的烟头，这种雪茄与在鹿特丹卷制的雪茄很相像。"

"那么，雪茄烟嘴是怎么回事呢？"

"我之所以说他用的是烟嘴，是因为我看到烟头根本没有被他叼在嘴里过。至于小刀嘛，是因为我发现雪茄烟的末端是用刀切开的，而不是用嘴咬开的，但是切口特别不整齐，所以我就推断是使用一把非常钝的削鹅毛笔的小刀切的。"

我说道："福尔摩斯，你已经在这个人的周围布下了天罗地网，他肯定逃脱不了啦，而且你还拯救了一个无辜者的生命，就如同你把已经套在他脖子上的绞索斩断了一样。我看到了这一切都是朝着这个方向发展的，但是那个罪犯是……"

"约翰·特纳先生来访。"旅馆的侍者一边打开我们起居室的房门，把来客引进来，一边说道。

进来的这个陌生人相貌出众，走路非常缓慢，而且一瘸一拐，肩部向下垂着，显得老态龙钟，但是他那皱纹深陷、坚定严峻的脸以及粗壮的四肢，可以感觉到他具有异常的体力和个性。他那弯曲的胡须、银灰色的头发以及富有特色的下垂的眉毛，结合在一起赋予了他尊贵而且权威的风度和仪表。但是看见他灰白的脸色、深紫蓝色的嘴唇和鼻端，我一眼就可以看出，他患有不治之症。

福尔摩斯彬彬有礼地说道："请坐在沙发上面。我想你已经收到了我的便条。"

"没错，看门人把你的便条交给了我。你说，为了避免流言蜚语，你想在这里与我见面。"

"我认为如果我到你的庄园里面去，人们肯定会议论纷纷的。"

"你让我过来有什么事呢？"他用疲倦、绝望的目光望着我的同伴，似乎他的问题已经有了答案一样。

福尔摩斯说道："没错。"这是回答他的眼色，并不是回答他的话，"是这样的。麦卡锡的一切我都知道。"

只见这个老人低下头，将双手蒙在脸上，大声喊道："上帝请保佑我吧！但是，我是不能让这个年轻人受到伤害的。我可以跟你保证，假如巡回审判法庭宣判他有罪，我一定会站出来说话的。"

福尔摩斯严肃地说道："听你这么说我感到很高兴。"

"如果不是为了我亲爱的女儿，我恐怕早就将真相说出来了。可是那样会让她特别痛心的……假如她听到了我被捕的消息，她一定会很痛心的。"

福尔摩斯说道："可能不至于要逮捕吧。"

"你在说什么？"

"我并不是官方侦探。我明白，是你的女儿要求我来到这里的，现在我是在替她办事。不管怎样都要让小麦卡锡无罪开释。"

老特纳说："我是一个即将死亡的人了。我患有糖尿病已经很多年了。我的医生说，我现在还能不能活上一个月都不知道，但是，我宁愿在自己家里死去，也不愿意在监狱里死去。"

福尔摩斯站起身来，走到桌子旁边坐下，接着拿起笔，又拿一沓纸放在面前，说道："只要你把事实的真相告诉我，我把它摘录下来，你在上面签上字，这位华生医生可以作为见证人。以后我也许会出示你的自白书，但那也是为了拯救小麦卡锡，实在没有其他办法的时候。我向你保证，除非非常必要，否则我是不会用它的。"

那老人说道："我同意。实际上，我只是不希望让艾丽斯感到震惊，还不知道我是否可以活到巡回审判法庭开庭的时候，所以这跟我的关系不大。现在我把一切都告诉你，事情经过的时间特别长，但我讲出来是用不了多长时间的。

"你对死者麦卡锡不了解，他真是一个魔鬼的化身，我说的都是实话，希望上帝可以保佑你，千万不要让他这样的人抓住你的把柄。这二十年以来，他一直把我抓住不放，我这一生都被他毁了。我首先要告诉你我是如何落到他手里的。

"19世纪60年代初，在开矿的地方。那个时候，我还是一个年轻的小伙子，特别容易冲动，也不安分守己，什么事都想做。我和坏人成了朋友，经常饮酒作乐，在开矿方面失利以后就做了强盗。我们一共有六个人，每天都过着放荡不羁的生活，还经常抢劫车站以及拦截驶往矿场的马车。我那个时候的化名是巴勒拉特的黑杰克，现在在那个殖民地，人们可能还记得我们这一伙人被叫作巴勒拉特帮。

"一天，一个黄金运输队从巴勒拉特开往墨尔本，我们在路边设了埋伏袭击了它。那个运输队护送的骑兵有六名，我们也是六个人，但是我们开枪将四个骑兵从马上打了下来，最终我们中间也有三个小伙子被击毙了，才将那笔钱财弄到手。我用手枪顶着那个马车夫的脑袋，那个马车夫就是现在的这个麦卡锡。我向上帝祷告，假如那个时候我一枪把他打死，那真是谢天谢地，但是，我并没有杀他，即使那个时候我看到他那双鬼眼睛一直在盯着我看，似乎要把我脸上的所有特征都记得清清楚楚。我们将那笔黄金弄到了手，一下子就变成了大富翁，后来来到了英国，没有受到任何的怀疑。

"在英国，我便与我的老伙计们分道扬镳。当时我就下定决心，从此以后要过安分守己的正当生活。我买了当时正在标价出售的这份产业，希望可以用自己的钱做些好事，以此对我在大发横财时的所作所为进行弥补。我还结了婚，虽然我的妻子在年纪很轻的时候就去世了，但是却给我留下了可爱的小艾丽斯。在她还是一个婴儿的时候，她的小手就比过去的任何东西都更加有效地指引我走上了正道。总之，我悔过自新，尽我自己的最大努力来弥补我过去所犯下的罪行。本来这一切都是非常的顺利，可以却被麦卡锡给毁了。

"那个时候，我到城里面去办一件关于投资的事，我在摄政街遇到了他，当时他衣衫不整，光着脚。他见到我后便上去拉住我的胳膊说道：'杰克，我们又见面了。我们和你亲如一家人。只有我们父子两人，你就把我们收留下吧。假如你不同意……英国可是一个非常杰出的奉公守法的国家，只要我喊一声随时都能够叫来警察……'就这样，他们来到了我这里，接下来我不管怎样做都摆脱不了他们，从那个时候开始，他就在我最好的土地上生活，租金全免，而我从此不得安宁，过去的事情总是忘记不了，无论我走到什么地方，他那张狡诈的狞笑的面孔总是出现在我眼前。

"等到艾丽斯长大之后情况就更加糟糕了，因为他很快就看出来，与害怕警察会知道我的过去比起来，我更害怕的是我女儿会知道我的过去。无论他想要什么，他都必须要弄到手不可，而无论是什么，我都会毫不犹豫地给他，土地、金钱、房子什么都可以，直到最后他向我要了一件我不能给的东西为止。他向我要我的艾丽斯。你也知道，他的儿子已经长大成人，我的女儿也长大成人了，大家都知道我身体一直不好，让他的儿子参与管理我整个财产，对他来说是非常受益的。可是，这件事我坚决不会同意。我绝对不会让他那该死的血统和我们家的血统混到一块去，并不是因为我对那个小伙子有偏见，而是因为他身上流着他老子的血。我坚持不同意。麦卡锡就威胁我说，即使是使用最毒辣的手段他也不在乎。所以我们就约定，在我们两所房子之间的那个池塘见面，来谈论这个问题。当我走到那里的时候，我看见他正在和他的儿子谈话，我只好拿出雪茄烟在一棵树的后面边抽边等着，想等到他独自一个人在那里的时候再过去。可是，当我听到他们所谈的话，我愤怒的情绪再也无法抑制。他正在极力促使他的儿子与我女儿结婚，根本不在乎她本人是否有什么意见，似乎我的女儿是马路上的妓女一般。我想到我和我最爱的一切被这样一个人主宰，气得快要疯掉了。难道我真的要让这个人束缚住吗？我现在已经是一个即将死去的人了，即使我的头脑还很清醒，四肢还比较强壮，但是我很清楚我的一生已经就要结束了。可是，我所记忆的往事和我的宝贝女儿啊！只要我可以让这个魔鬼保持沉默，那么，我所记忆的往事以及我的宝贝女儿都会得以保全。

"福尔摩斯先生，我是这样做了，如果再让我选择一次的话，我还是会这么做的。我的确是罪孽深重，为了赎罪，我的一辈子都不快乐，我也没有任何怨言，可是如果把我的宝贝女儿也卷进去，这是我不能容忍的。我把他打倒在地，就如同打击一头特别凶恶的野兽似的，心中没有一丝不安的感觉。他的呼喊声让他的儿子赶了回来，这个时候我已经跑到树林里面躲起来了，可是我必须得再跑回去取我的大衣，它是在我刚才逃跑的时候丢掉的。先生，这就是所有的真实情况。"

那老人在已经写好的那份自白书上面签了字。福尔摩斯说道："好啦，我没有权利审判你。希望我们永远都不会受到这样一种诱惑而不能控制自己。"

"先生，我也希望如此。你接下来想怎么办呢？"

"考虑到你现在身体的情况，我并不想继续做什么。用不了多久，你就要为你所做过的事在比巡回审判法庭还要高一级的法院里受审讯，这一点你自己也很清楚。我一定会把你的自白书保存好的。假如麦卡锡被定罪的话，我将会用到它。假如麦卡锡不会被定罪，它永远都不会被任何人知道。无论你是活着还是死去，我都会为你保守这个秘密。"

那个老人庄严地说："那好，再见了。当你自己临终之时，回想起曾经让我安然死去，相信你会感到更加安宁的。"说完这个人便摇摇晃晃地离开了这里。

福尔摩斯静静地待了很长时间，之后说道："上帝保佑我们！为什么命运总是喜欢和那些贫困穷苦而又孤立无援的芸芸众生开玩笑呢？每当听到这一类案件的时候，我都会想起巴克斯特的话，他说'夏洛克·福尔摩斯之所以可以破案还是要靠上帝的保佑'。"

福尔摩斯写了大量的有力的申诉意见，后来这些意见提供给了辩护律师。在巡回法庭上，詹姆斯·麦卡锡被宣告无罪释放。在和我们谈话之后，老特纳又活了七个月，现在已经去世了。也许会出现这样的前景：那个人的儿子和老特纳的女儿终于过上了幸福的生活，但是他们永远都不会知道，在过去的日子里，不祥的乌云曾经出现在他们的上空。

五　五个可怕的橘核

我把我所积存的福尔摩斯探案的笔记以及记录粗略地看了一遍，那是从1882年到1890年之间的。我真的不知道该如何取舍，因为我发现在我眼前摆着的这些离奇有趣的材料，简直就是浩如烟海。有一些案件已经通过报纸而广为流传，可是还有一些案件缺乏让我的朋友尽情发挥出他那奇特才能的余地，实际上，正是我朋友的这种卓越的才能才是那些报纸最希望报道的主要题材。还有一些让他那擅长于分析的才能没有办法充分表现的案件，就如同有些故事一样，成为虎头蛇尾的了。还有的案件，他仅仅弄明白了一部分，对于情节的剖析也只是出于推测，并不是通过逻辑论证来作为依据，而这些正是让我的朋友所珍视的、觉得更加准确无误的。在上面所讲述的最后一类案件中，有一个情节复杂、结局离奇的案件，让我不由得想有所表述，即使与这桩案子相关的一些真相从来都没有弄明白过，而且可能永远都弄不明白了。

在 1887 年里，我们所经手的一系列案件中，有一些特别有趣的案件，当然也有一些趣味并不是很大的案件。这些案件的相关记录，我依然还保留着。在这一年十二个月的记录的标题中，有关于如下各案的记载："帕拉多尔大厦案"；"业余乞丐团案"，这个业余乞丐团生活在一个家具店库房的地下室里面，在这里他们拥有一个超级奢侈的俱乐部；"美国帆船'索菲·安德森'号失事真相案"；"格赖斯·彼得森在乌法岛上的奇案"；还有"坎伯维尔投毒案"，我记得在最后一个案子里，当夏洛克·福尔摩斯给死者的表上发条的时候，发现这块表在两个小时前就已经被上紧了发条，从而证明了在那段时间里死者已经上床就寝的假设。这个推论对案情的侦破起到了特别关键的作用……所有这些案件，可能有一天其中的一些梗概我仍然可以记起，可是我觉得其中没有一个案件可以比我现在即将要执笔描述的这起案件记忆更深刻，因为它总是有接连不断的扑朔迷离的情节。

那个时候正是九月的下旬，秋分时节的暴风雨异常的猛烈，一整天狂风怒吼，即使在伦敦——这座人类用双手建造起来的伟大的城市——也是如此。就在此时此刻，我们也没有了从事日常工作的心情，而不得不承认伟大的自然界威力的存在。它就好像是铁笼中并未经过驯服的猛兽一样，透过人类文明的栅栏朝着人类怒吼。随着夜幕的降临，暴风雨也更加猛烈。风有时大声地呼啸，有时低声地哭泣，就如同从壁炉烟囱中发出来的婴儿的哭泣声一般。福尔摩斯在壁炉的一端坐着，他在那里编制罪案记录，建立索引，看上去十分忧郁；而我也在另一端坐着，埋头阅读一本克拉克·拉塞尔著的关于海洋的精彩小说。外面咆哮的狂风，倾盆大雨，正和小说的主题相互呼应，浑然成为一个整体了。那个时候，我的妻子也在娘家，因此在这几天，我又是贝克街故居的常客了。

我抬头看了看我的同伴说道："似乎是门铃在响。这么晚了会是谁呢？可能是你的哪位朋友吧？"

"除了你，我还会有什么朋友呢？"他回答道，"其实，我并不希望有人来访。"

"那么，也许就是哪位委托人了？"

"如果是委托人，案情一定非常严重。如果不严重的话，这样的天气谁还会出来。不过我认为这个来访者也许会是咱们房东太太的某位亲密朋友。"

福尔摩斯没有猜对，因为脚步声在过道里响起了，然后有人敲门。他伸出长臂把正在照亮着自己的那盏灯转向另外一张空椅子那边，那张椅子是就为来访者准备的。然后他说道："请进吧。"

进来的这位是一个年轻人，从外貌上来看，大约二十多岁的样子，穿着整齐，仪表堂堂，举止大方。他手中的雨伞还在不停地在流淌着水，身上穿着的长雨衣闪烁发光，可以想象出他这一路上经历了不少的风吹雨打。他借着灯光快速地向周围巡视了一番。这个时候，我看见他的脸色苍白，双目低垂。他的这种神情说明他肯定是被某种巨大的忧虑弄得很疲惫不堪。

"我想我应该向您表示歉意，"他说话间戴上了一副金丝边框的眼镜，"希望我的到来没有让您受到惊扰！我觉得我已经将暴风雨里面的泥水带了进来，致使您的房间不是那样整洁了。"

"您把雨衣和雨伞都给我，"福尔摩斯说，"我把它们挂在钩子上，过一会儿就可以干的。在我看来，您是从西南方向来的吧。"

"没错，我是从霍尔舍姆来的。"

"通过您鞋尖上沾着的那块混合在一起的黏土和白灰，我知道您是从那里来的。"

"哦。我这次来，是专程向您请教的。"

"好的，希望能帮到您。"

"您的大名我早有耳闻，福尔摩斯先生。我之前听普伦德加斯特少校说过，您是如何把他从坦克维尔俱乐部丑闻的案件里面解救出来的。"

"哦！是的。有人诬告他使用假牌行骗。"

"他对我说任何的问题您都可以解决的。"

"他实在太高估我了。"

"他还称您为常胜将军。"

"我曾经有四次失败——有三次是败于几个男人，另外一次是败于一个女人。"

"但是，这些与您无数次的胜利相比，实在是微不足道。"

"没错，总体来说，我还算是成功的。"

"那么，对于我的事，相信您也会成功的。"

"请您把椅子向壁炉这里挪一下，把您这件案子的所有细节讲述一下。"

"这是一个很不寻常的案子。"

"实际上，能够找到我帮忙的都是不寻常的案子。我这里快成了最高上诉法院。"

"但是，先生，我相信您处理过的所有案件中，肯定没有比我家族中所发生的一连串的事件更为神秘、更难以解释的了。"

"您这么一说倒使我产生了极大的兴趣。"福尔摩斯说道，"请您首先把一些主要事实告诉我们，接下来我会把我觉得特别重要的细节提出来问您。"

那个年轻人向前挪了挪椅子，把两只穿着潮湿鞋子的脚伸到炉火的旁边。

他说道："我叫约翰·奥彭肖。根据我的理解，其实我本身与这个事件关系并不是很大。那都是上一代遗留下来的问题，为了能够让您对这个事件的背景有一个大概的了解，我认为我还是要从这个事件的开始谈起。

"我的祖父有两个儿子，分别是我的伯父伊莱亚斯以及我的父亲约瑟夫。我的父亲在康文特开设了一个小工厂。在自行车很流行的时候，他把这个工厂扩展了，并且还享有奥彭肖防破轮胎的专利权，因此生意特别兴隆，最后他就将这个工厂出让，而仅靠着一笔巨款过着富裕的退休生活。

"我的伯父伊莱亚斯在年轻的时候就侨居美国，并成为佛罗里达州的一个种植园主。听说经营得特别好。南北战争期间，他曾经在杰克逊麾下作战，之后又隶属胡德部下，并升任上校。南军统帅罗伯特·李投降以后，他便解甲归田，重新返回到他的种植园，在那里又住了三四年。大约在 1869 或者 1870 年，他回到欧洲，在苏塞克斯郡霍尔舍姆旁边购置了一小块地产。即使他曾经在美国发过大财，他依然还是离开了美国，重返英国，因为他非常不喜欢黑人，对于共和党给予黑人选举权的政策他很反对。他是一个有怪癖的人，脾气极其暴躁，不高兴的时候就会言语粗鄙，性情也特别的孤僻。自从在霍尔舍姆定居后，他就深居简出，我不知道他有没有到过城镇。他有一座花园，房子四围有几块田地，他完全可以利用那个地方来锻炼身体，但是他却通常半个多月都一直在屋子里面不出来。他是一个酒鬼，而且烟瘾也非常大，他不喜欢与人交往，也不需要任何朋友，甚至和自己的亲兄弟都不相往来。

"他似乎对我并不关心，不过，实际上，他还是喜欢我的，因为他第一次见到我的时候，我那时还是一个十一二岁的小孩子。那是 1878 年、他已经回国八九年了。他跟我的父亲商量，希望我可以同他住在一起，他可以用他自己的方式来疼爱我。没有喝酒时，他喜欢和我一起玩棋。他还让我代表他和佣人以及一些生意人打交道。所以，我十六岁的时候，已经是一个有些生意经验的小主人了，所有的钥匙都由我掌管着，我可以去我想去的任何地方，做任何我想做的事情，只要别打扰到他的隐居生活就可以。但是，有一个很特别的地方，他住宅阁楼的上面有一间堆放破旧杂物的房间常年加锁，不管是我还是其他的任何人，都不能入内。这个房间是唯一一间我不能进入的。我曾经感到特别的好奇，就通过钥匙孔向屋子里面窥视。可是和想象中的一样，里面除了堆放着一大堆破旧的箱笼和大小包袱以外，并没有发现其他特别的东西。

"1883年3月的一天，一封贴着外国邮票的信，放在我伯父的餐盘前面。由于他的账单都是用现款支付的，而且他也没有什么朋友，所以对于他来说，收到一封来信是一件特别不寻常的事情。'信是从印度来的！'他一边拿起信来，一边诧异地说道，'本地治里的邮戳！这是什么情况？'他立即将信封拆开，只见从信封里面掉出来五个又干又小的橘核，嗒嗒地落在了盘子里面。我刚要张嘴大笑，可是看了一眼伯父的脸，我的笑容便立刻从唇边消失了。只见他咧着嘴唇，双眼突出，面色如死灰一般，双手在不停地颤抖着，眼睛直瞪瞪地盯着他手中仍旧拿着的那个信封。他大声叫了起来：'我的天哪，天哪，真是罪孽难逃呀！'

"'您这是怎么了，伯父？'我叫道。

"'死亡！'他说着，然后从餐桌旁边站起身来，回到了他自己的房间里，剩下我一个人在那里目瞪口呆。我把那封信拿起来，看见在封口的里层，也就是涂胶水的上端，有三个潦草地用红墨水写的K。另外，除了那五个干瘪的橘核，并没有发现别的东西。到底是什么把他吓得魂飞魄散呢？我离开餐桌上楼的时候，正好碰见他从楼上走下来，他一只手拿着一把旧得生了锈的钥匙——一定是楼顶那间放杂物的屋子的钥匙，另外一只手里还拿着一个如同钱盒一样的小黄铜匣。'他们想做什么就做什么吧，胜利者永远都是我。'他发誓赌咒地说道，'让玛丽今天给我房间里面的壁炉生上火，再让人去把霍尔舍姆的福德姆律师请来！'

"我按照他的吩咐办了。等到律师来了以后，他也把我叫到了他的房间里面。壁炉里燃着熊熊的炉火，炉栅里面有一堆黑色蓬松的纸灰烬。那个黄铜箱匣就在一旁放着，盖子敞着，没有发现里面有什么东西。不过我却惊异地发现匣子的盖上印着三个K字，和我上午在信封上面所看见的一模一样。

"'约翰，'我的伯父说道，'希望你可以做我的遗嘱见证人。我把我所有的产业以及它的有利和不利之处，全部都留给我的兄弟，也就是你的父亲。当然，你的父亲以后也会全部给你的。假如你可以平安无事地享有它们，自然是再好不过了。但是，如果你察觉到不能很好地享用它们，那么，孩子，我希望你可以把它留给你的死敌。很遗憾我给你留下这样具有两面性的东西，可是我真的不知道事情会朝着哪个方向发展，请你按照福德姆律师给你指的地方，在遗嘱上将你的名字签上吧。'

"所以，我就在律师所指的地方签上了名字，律师就把遗嘱带走了。这件奇特的事给我留下了非常深刻印象，这一点您完全可以想象到。我反复地思量，几经揣摩，还是没有办法弄明白其中的奥秘。即使随着时光的流逝，我的不安之感也随之减弱，而且并没有任何干扰我们正常生活的事情发生，可是我却摆脱不了这件事情给我留下的隐隐约约的恐怖的感觉。而且我还发现，从那件事发生之后，我的伯父也变得更加异乎寻常了。他比以前更加喜欢酗酒闹事，也更加不会置身于任何社交场所，他整天都将自己锁在他的卧室里，不与任何人见面。可是有的时候他又像发酒疯一样，从屋子里面一冲而出，手里拿着左轮手枪，在花园里面不停地狂奔乱跑，大声尖叫，还喊着什么他谁都不会怕，还说无论是人是鬼，谁都不能把他如同绵羊一样囚禁起来。等一阵激烈的突然发作过去之后，他又慌乱地快速向房间里跑去，然后还立刻把门锁上，而且还插上门闩，就如同一个内心深处装满了恐惧的人，没有脸面再虚张声势地装下去似的。每到这种时刻，即使是在特别冷的冬天，他的脸也会汗涔涔、湿漉漉的，就好像是刚从洗脸盆里面抬起头来一样。

"好了，福尔摩斯先生，我不能再挑战您的耐性了，现在我就来说一说这件事情的结局吧。那是一天夜里，他又撒了一回那样的酒疯，之后就突然跑了出去，但是这一回，他并没有像以前一样闹腾一阵后回来，这次出去他再也没有回来。我们去寻找他的时候，发现他脸朝下摔跌在花园一端有些绿色污水的坑里面。从他的身上我们并没有看见任何施行暴力的迹象，坑里的水不过就两英尺深，可是他却离奇地死亡了。因此，陪审团根据他平时的奇怪行为，断定是一起'自杀'事件。可是我很清楚他是一个怕死的人，我实在想不到他为什么会选择自杀。时过境迁。我父亲按照遗嘱继承了他的地产，还有他存在银行里的大约一万四千镑的存款。"

"等一下，"福尔摩斯插言说道，"现在我相信您所讲述的这件案子也许是我听到过的一件最离奇的案子。请把您的伯父接到那封信的日期以及他死亡的日期告诉我。"

"他收到来信的日期是1883年3月10日。死于七个星期后的5月2日。"

"非常感谢。请您继续说下去。"

"当我父亲继承了那座霍尔舍姆的房产后，他按照我的建议，对那间长年挂着锁的阁楼进行了仔细的检查。我们看见那个黄铜匣子仍然在那里，虽然匣内的东西已经被毁掉了。匣盖的里面有一个纸标签，上面写着K.K.K.三个大写的字母。下边还写有'信件、备忘录、收据以及一份记录'等字样。我们认为这可以证明我伯父所销毁文件的性质。除了很多散乱的文件以及记录我伯父在美洲的一些基本生活信息的笔记本之外，顶楼上面的其他东西都不重要。这些散乱的文件，有的是叙述在战争时期的情况，还有他荣获英勇战士称号的经过，另外还有一些文件记录着战后南方各州重建时期的许多与政治相关的内容，可以看出，我伯父曾经积极参加过反对那些由北方派来的随身只携带着一只旅行手提包到处进行搜刮的政客的斗争。

"1884年年初，我的父亲搬到霍尔舍姆去住的时候，所有的一切都还称心如意，直到1885年元月，就是元旦过后的第四天，我们正准备一起吃早餐，突然我听到了父亲的一声尖叫，看见他坐在那儿，一只手拿着一个刚拆开的信封，另一只手的掌心上面有五个干瘪的橘核。他平时总是会嘲笑我说伯父的遭遇是一个可笑的无稽之谈，可是现在他却遇到了同样的事情，他吓得大惊失色，神志恍惚。

"'为什么，这到底是怎么一回事，约翰？'他结结巴巴地问道。

"我的心突然变得如同铅一样沉重。'这是K.K.K.。'我说。他看了看信封的内层。'是的，'他大声地叫了起来，'就是这几个字母。这上面又写了些什么呢？'我便又看了那信封，然后说道：'把文件放在日晷仪上面。'

"他又问道：'什么文件？什么日晷仪？'我说：'一定是花园里的日晷仪，其他地方没有。'文件一定是被伯父毁掉的那些。'

"呸！'他壮着胆子说，'现在我们这里是文明社会，不可以会发生这种蠢事！这东西是从哪儿来的？'"

"我看了一下邮戳回答：'是从敦提寄过来的。'

"他说道：'真是一个荒诞的恶作剧。什么日晷仪、什么文件和我有什么关系？对于这种无聊的事我从来都不会在意。'

"'如果是我的话，我一定会报告给警察的。'我说道。

"'如果那会让我感觉更痛苦，还让他们讥笑，我不会干。'

"'那么，让我去报告吧？'我说道。

"'不行，你也不能去。我不希望因为这种荒唐的事自乱阵脚。'

"和他争辩是没有用的，因为他是一个特别顽固的人。我只好带着不安的心情走开了，可是我的脑袋里面全都是大祸将至的预感。

"收到来信后的第三天，我父亲便离开家去看望弗里博迪少校，弗里博迪少校是他的一位老朋友，现任朴次当山一处堡垒的指挥官。我为他的出访感到沾沾自喜，因为在我看来，他的离开也许可以使他逃离危险。事实证明我想错了。在他出门的第二天，我就收到了少校拍来的一封电报，他让我马上赶赴他那里。我父亲摔在了一个很深的白垩矿坑里，这样的矿坑在这附近是很常见的。他的头骨摔碎了，不省人事。我慌忙地跑去看他，但是他再也没有恢复知觉，很快就离开人世了。显而易见，他在黄昏前从费尔哈姆往回返，由于他对乡间道路不熟，白垩坑又没有栏杆遮挡，据此验尸官便断定他的死完全是'出于意外'。我把每一件与他的死因有所关联的事情都进行了仔细的检查，可是并未找到任何带有谋杀意图的事实。现场没有发现暴力行动的迹象，没有脚印，没有发生抢劫，也没找到关于路上有陌生人经过的记录。即使我不说您也知道，我的心情有多么的不平静，我基本可以确定：一定有人在他的周围策划了某种恐怖的阴谋。

"我在这种特殊的状况下，又继承了遗产。您也许会问我为什么不将它卖掉呢？我的答案是：由于我深信，我们家的灾难是源自于我伯父生前的某种意外事故，所以无论是在这所房子里，还是在另外一所房子里，这场灾祸我们都没有办法摆脱。

"我的父亲是在 1885 年 1 月惨遭不幸的，至今正好是两年零八个月的时间。在这段时间里，我在霍尔舍姆的生活还是很平静的。现在我已经开始认为灾祸已经远离我家，它已经跟随着我的上一代人的死去离开了。可是谁能预料到，我的自我安慰还为时过早，就在昨天早上，灾祸又再次降临了，情况和我的父亲当年经历的一模一样。"

说着，那个年轻人从背心的口袋里面拿出一个已经揉皱的信封，走到桌子的旁边，将五个又小又干的橘核放在桌子上。

"这就是那个信封，"他说道，"邮戳上面盖的地址是伦敦东区。信封里面写的依然还是我父亲收到的那封信里写的几个字：'K.K.K.'。还有'把文件放在日晷仪上'。"

"您有没有采取什么措施呢？"福尔摩斯问道。

"还没有。"

"什么也没有？"

"实话跟您讲，"他将头低下头，用他那双苍白消瘦的手捂着脸，"我真的没有任何办法。我感觉自己就如同一只可怜的兔子正在面对着一条蜿蜒前来的毒蛇。我似乎已经陷入了一个无法抗拒和残酷无情的恶魔的魔爪之中，而且无论采取任何预防措施，这个魔爪都是没有办法控制和防范的。"

"不会的！不会的！"福尔摩斯说道，"您必须采取行动啊，先生。不然，您就会很惨的！现在只有振作起精神来，别的什么都是无法挽救您的。现在还没有到泄气的时候啊！"

"我已经去找过警察了。"

"那么，然后呢？"

"可是我把情况向他们叙述之后，他们给我的只有冷淡的嘲笑。我觉得那个巡官已经形成了固定的看法，他觉得那些信纯粹是恶作剧，我的两位亲人的死就像验尸官所说的，完全是意外，所以没有必要和那些前兆联系在一起。"

福尔摩斯紧握着拳头，大声说道："真是让人难以相信的愚蠢！"

"但是他们也答应派一名警察和我一起留在那房子里面。"

"今天晚上与您一起出来了吗？"

"没有。他奉命只在房子里面待着。"

福尔摩斯又气得握紧拳头。"那么，为什么您会来找我呢？"他问道，"请再说得明白一点，为什么您一开始不来找我呢？"

"我当时并不知道您啊，直到今天我和普伦德加斯特少校谈起我的困境的时候，是他让我过来向您求助的。"

"您接到信已经有整整两天的时间了。在此之前，应当赶快采取行动。您再仔细想想除了已经向我提供的那些情节以外，您还有没有再进一步的线索，还有没有什么对我们有用的并且带有启发性的细节呢？"

"还有一件。"约翰·奥彭肖说道，然后他在上衣的口袋里面翻了半天，掏出了一张已经褪色的蓝纸，摊开放在桌子上。"我隐约记得，"他说，"那天，我的伯父正在焚烧文件的时候，我看见纸灰堆里面有一些小的没有烧着的文件的纸边颜色就是这种特殊的颜色。这张纸是我在我伯父屋子里面的地板上看见的。我是这样分析的：它是从一叠纸里面掉下来的，所以没有被焚烧掉。除了纸上面提到橘核以外，恐怕它不能给我们带来更有效的帮助。我想它可能是私人日记里的一页，很显然，上面的字迹是我伯父的。"

福尔摩斯移动了一下灯，我们两人弯下身仔细对那张纸进行观察。纸边参差不齐，确实很像从一个本子上面撕下来的。上端写有"1869 年 3 月"字样，下面是一些莫名其妙的记载，内容如下：

4 日：赫德森来。抱着同样的旧政见。

7 日：把橘核交给圣奥古斯丁的麦考利、帕拉米诺和约翰·斯温。

9 日：已经清除麦考利。

10 日：已经清除约翰·斯温。

12 日：访问帕拉诺。一切顺利。

"感谢您！"福尔摩斯说道，然后把那张纸折叠起来归还给客人，"现在我们一分钟都不能再耽搁了，而且我们已经没有时间来讨论您跟我们讲述的情况了。现在您必须立刻回家，开始行动。"

"我应该如何做呢？"

"现在只有做一件事，马上就得办，而且动作一定要快。您一定要把给我们看过的这张纸立即放入您说过的那个黄铜匣子的里面，此外，还要放进一张便条，写明其他所有的文件都已经被您的伯父烧掉了，只剩下这一张。您要记住，一定要让他们能够确信无疑。这一切都做完以后，您一定立即就将黄铜匣子按信封上所说的放在日晷仪的上面。您明白了吗？”

“我都明白了。”

“现在不要考虑报仇之类的事情。我觉得我们可以通过法律来达到那个目的。既然他们已经布下了天罗地网，我们也需要采取相应的措施。现在最重要的是怎样才能消除对您的威胁，然后考虑的才是如何来揭穿秘密，惩处罪恶的集团。”

“非常感谢您！”那年轻人说着站起身来，把雨衣穿上，“您给了我新的生命和希望，我一定会按照您的指示去做的。”

“您记住一定要快。与此同时，最重要的是照顾好您自己，因为我觉得，有一种非常现实和迫近的危险正在等待着您，这一点毫无疑问。您怎么回去呢？”

“我到滑铁卢车站乘坐火车回去。”

“现在还没到九点钟。街上的人应该还不少，所以我相信您可能不会有危险，但是，您不管怎样都要严加小心。”

“我身上带着武器呢。”

“那还好。明天我就开始着手办理您这个案子。”

“好的，我就在霍尔舍姆等着您。”

“不是的，您这个案件的奥秘是在伦敦。我将会在伦敦寻找线索。”

“那么，等过一两天我再来看您，把关于那铜匣子以及文件的消息告诉您。我会按照您的指点处理的。”他和我们握手告别。外面的狂风依然呼啸不已，瓢泼大雨不停地敲打着窗户。好像这个离奇、凶险的故事是跟随着狂风暴雨到我们这里来的，它似乎是强风中掉落在我们身上的一片落叶，现在暴风雨又把它给卷走了。

福尔摩斯静静地坐了一会儿，头向前倾着，目光注视着壁炉里面那红彤彤的火焰。接下来他点燃了烟斗，靠在椅背上，看着蓝色的烟圈一个接一个地升到天花板上。

“华生，这也许是我们所经历的案件中最离奇的一件了。”他终于做出了一个判断。

"除了'四签名'以外，可能是这样。"

"嗯，没错。除此之外，可能是这样。但是在我看来，这个约翰·奥彭肖好像正在面临着比舒尔托更大的危险。"

"可是，你是有没有什么明确的看法来说明这是怎样的危险呢？"我问道。

"我认为它们的性质是很明确的。"他回答说。

"那么，这到底是怎么回事呢？这个 K.K.K. 指的是谁呢？他为什么会不停地纠缠着这个不幸的家庭呢？"

夏洛克·福尔摩斯闭上眼睛，靠在扶手椅子，指尖合拢在一起，说道："作为一个真正理想的推理家，如果有人将事实的一个方面向他说明了之后，他不仅可以通过这一个方面推断出导致这个事实的各个方面，而且还可以推断出由此将会产生的全部后果。经过认真的思考就可以根据一块骨头准确无误地将一头完整的动物描绘出来。一个观察家，既然已经熟悉一系列事件中的一环，就应该能够正确地了解它前前后后的所有其他的环节。结果我们并未掌握到，而这结果只能靠理性才能够得到。问题只有通过研究才可以得到解决，如果我们只是凭借直觉来解决问题，那么，只能是以失败告终。但是，推理家一定要利用好他已经掌握的全部事实，才可以让这种艺术到达顶端，这是你很容易理解的，实际上，就是意味着要掌握一切知识。如果可以做到这一点，就绝对称上是一种非常难得的成就了。即便是在有了免费教育以及百科全书的今天，一个人如果想掌握对他的工作也许有用的全部知识，也是不太可能的事情。我本身就是一直朝着这个方向而努力着。如果我没有记错的话，在我们开始结交之时，你曾经就非常精确地指出过我的局限性。"

"没错。"我笑着回答道，"那是一张特别有意思的记录表。我还记得：哲学、天文学、政治学，得了零分；植物学，说不准；地质学，造诣还算深，假如仅以伦敦五十英里内任何地区的泥迹来说；化学，比较独特；解剖学，没有系统；有关惊险文学以及罪行记录是无可比拟的；是一个小提琴音乐家、拳击手、剑术运动员、律师；还是服用可卡因和吸烟的自我毒害者。那些要点都是我所分析出来的。"

福尔摩斯听到最后一项的时候，哈哈地笑了起来。"没错，"他说，"就如同我之前说的那样，现在我还是要说：一个人应该把他也许会用到的一切装进自己的头脑中。剩下的东西可以放到他的藏书室里面，有需要的时候，随时可以取用。现在，为了今天晚上我们接手的这样一桩案件，我们必须得把我们全部的资料都集中起来。劳烦你把旁边书架上的美国百科全书里面K字部的那一册给我拿过来。谢谢你！我们先来考虑一下形势，看看从中能不能作出什么推论。

"首先，我们可以从一个具有充分依据的假定开始，奥彭肖上校是因为某种重要的原因而选择从美国离开的。通常到了他那样年纪的人，是不会轻易改变他全部习惯的，他更不会放弃佛罗里达那宜人的气候，心甘情愿地来到英国过那种乡镇寂寥的生活，肯定是他出于对某人或者某事的恐惧，才会甘愿过这种英国的孤独生活，所以，我们不妨来作一个很实际的假设，可能他是由于对某人或者某事的恐惧而不得不离开美国的。至于让他感到惧怕的是什么，我们也许可以通过他的几个继承人所收到的那几次可怕的信件来推断。你有没有注意到那几封信的邮戳呢？"

"第一封是从本地治里寄出的，第二封是从敦提寄出的，第三封是从伦敦寄出的。"

"从伦敦东区寄出。你依据这个可以推断出什么来呢？"

"那些地方全部都是海港。那么，写信的人是在船上。"

"非常好，现在我们已经有了一条线索。很显然，非常有可能，当时写信的人是在一条船上。现在我们再来考虑第二点。就本地治里来说，从收到恐吓信一直到出事为止，前后一共经过了七个星期。至于敦提，大约仅仅经过三四天，这又能说明什么问题呢？"

"前者路程比较远。"

"但是信件也要经过较远的路程呀？"

"那我就不明白了。"

"我们可以这样假设：那个人或者是一伙人，乘坐的是一条帆船。看来似乎他们奇特的警告或者信号都是在他们肇事以前发出的。你看，信号从敦提来后，事情紧接着就发生了，你说有多快。假设他们是从本地治里乘轮船来的，那他们和那封信会同时到达。但是，实际上，七个星期以后才出事。我想时差就在于那七个星期代表的是信件是通过邮轮运来的，而写信的人是乘帆船来的。"

"非常有可能。"我说道。

"不但可能，而且几乎就是这样的。这就是我看出了这桩案子的紧迫性以及我特意提醒小奥彭肖一定要特别小心的原因所在。灾祸总是在发信人旅程终了之后来临的。但是这次是从伦敦来的，所以我们的时间就更加紧张了。"

"不会吧！"我大叫了起来，"这代表着什么？无情的迫害！"

"很显然，奥彭肖所带的那个文件对于帆船里的一个人或者一伙人极其重要。我觉得情况很明确，他们绝对不止一个人。如果单独一人不可能接连使两个人都死于非命，而使用的手段竟然连验尸陪审团都瞒过了，这肯定是一个集团所为，里面必然有很多的同伙，而且他们还是有勇有谋的人。他们一定要把文件弄到手不可，无论是在谁那里保存着。所以，你可以看出，K.K.K.已经不再是一个人名字的缩写，应该是一个团体的标志。"

"那么，会是什么样的团体呢？"

"你有没有……"福尔摩斯说道，他俯身向前放低声音，"你之前从来没有听说过三K党吗？"

"我从来都没有听说过。"

福尔摩斯把书放在他的膝盖上，一页一页地翻阅着。"你看这里，"随后他念道，"克尤·克拉克斯·克兰，是一个团体的名字，它来源十那种仿佛用枪击铁的声音。这个恐怖的秘密团体是由南方各州的前联邦士兵在南北战争以后组成的，并快速地在全国各地都成立了分会。其中在田纳西、路易斯安那、卡罗来纳、佐治亚和佛罗里达各州特别引人注目。它的势力被用来实现其政治目的，主要针对黑人选民使用恐怖手段，将反对他们观点的人们杀掉或者驱逐出国。首先把某种形状奇怪但又可以辨认的东西寄给受到敌视的人，这是他们将要开始行动时通常会发出的警告，比如，一小根带叶的橡树叶、几粒西瓜籽，或者几个橘核。受到敌视的人收到警告之后，可以公开宣布放弃原有的观点，或者逃奔国外。假如置之不理的话，必将遭到杀身之祸，而且他们通常使用某种奇怪的以及无法意料的方式。

"在有案可稽的案件中，好像从来都没有见过哪个与之抗衡的人可以幸免于祸，也从来没有追查到实施暴行的作案人，这是由于那个团体的组织极其严密，他们使用的方法也是特别有系统。即使有美国政府和南方上层社会极力阻止，这个团体还是在短短几年的时间里到处蔓延滋长。到了1869 年，这个三 K 党运动却突然垮台了，虽然接下来还会不时地发生这类的暴行。"

福尔摩斯将于中的书放下，又说道："我想你一定看出米了，那个团体突然垮台是和奥彭肖带着文件逃出美国在同一时间发生的。这两件事极有可能互为因果。难怪总有一些死对头一直在追踪奥彭肖以及他的家人。你应该可以理解，这个记录以及日记可能牵涉到美国南方的某些头面人物。甚至也许还有很多人，他们如果不重新找到这些东西，连个安稳觉都是不能睡的。"

"那么，我们所看见过的那一页……"

"就如同我们所预料的。如果我没有记错的话，那上面写着'送橘核给 AB、还有 C'，那就是把团体的警告传达给他们。接下来，又写道：AB 已经除掉，或者已经出国；最后还提到访问过 C；我担心这会对 C 造成很大的威胁。喂，华生，我认为，我们可以让这个黑暗的地方重新得到一线的光明了，我相信，在这同一时间里，小奥彭肖唯一的机会就是按照我告诉他的方法去做。我想，今天夜里，好像没有什么特别要说、特别要做的了，请你把小提琴给我拿过来！让我们先把这恼人的天气，还有我们同胞的不幸遭遇暂时放置脑后吧。"

清晨，天已经放晴，阳光从笼罩在这座城市上空的朦胧云雾中透出来照耀着芸芸众生。我下楼的时候，福尔摩斯已经在吃着早餐了。

"你不会责怪我没有等着你吧。"他说，"我想，我将要为小奥彭肖的案子忙上整整一天的时间。"

"你打算采取什么行动呢？"我问道。

"这应该取决于我初步调查的结果。不过，我可能不得不去一趟霍尔舍姆。"

"你不是先到那里去吗？"

"不是，我需要从城里开始。只要拉一下铃，女佣人会端杯咖啡给你的。"

我等待咖啡的时候，随手拿起桌子上面还没有打开的报纸大致看了一下。我的目光在一个标题上面停住了，同时心里打了一个冷战。

"福尔摩斯，"我大声叫道，"你晚了！"

"什么！"他放下了杯子答道，"这就是我所担心的事情。怎么会这样呢？"他说的时候表现得非常平静，但是我还是可以看出他内心非常激动。

是奥彭肖的名字和"滑铁卢桥畔的悲剧"这个标题把我的注意力吸引过来的。这个报道的内容是这样的：

昨天晚上九时至十时之间，八班警士库克在滑铁卢桥附近值勤，忽然听见有人呼救并伴有落水的声音。但是那时伸手不见五指，而且还有狂风暴雨，虽然有好多的过路者前来支援，也没有办法营救。经过水上警察的共同努力，终于将一具尸体捞获。该尸乃是一名青年绅士。从其衣袋里面取出信封，知道此人的姓名为约翰·奥彭肖，生前在霍尔舍姆附近居住。根据推测，此人也许着急赶搭从滑铁卢车站开出的末班火车，慌忙中在一片漆黑中迷路，误踩一轮渡小码头的边缘而失足落水。现场并未发现任何暴力痕迹。很显然，死者是因为意外的不幸而遇难，此事足够唤起市政当局注意河滨码头的情况。

我们一言不发地静坐了几分钟。福尔摩斯意志消沉、神情沮丧，我之前从来没有见到过他有这样的情形。

"这件事对我的自尊心造成了不可小视的创伤，华生。"他终于开口说道，"即使这是一种褊狭的感情，可是它却伤了我的自尊心，现在这件事已经变成我个人的事了。我发誓总有一天，我一定会把这帮家伙亲手解决掉的。他淋着大雨跑过来向我求救，可是我却把他打发出去送死……"他从椅子里一跃而起，在房间里面不停地走来走去，激动的情绪似乎无法控制。他深陷的双颊上浮现出了恼羞成怒的红晕，不安地把他那细长的手指一会儿交叉紧握在一起，一会又松开。

然后，他大声喊道："他们这一群魔鬼简直是太狡猾了，他们是如何把他骗到那里去的呢？那堤岸并不是去往车站的路线呀！对于达到他们的目的而言，即使是在这样一个黑夜里，那座桥上面人也是很多呀。华生，我们走着瞧，看看到底谁才是最后的胜利者！现在我要出去了！"

"你是要去找警察吗？"

"不是的，我自己来当警察。等我把网结好了，就可以来捕捉苍蝇了，但是一定要在结好网之后捕捉。"

这一整天我都一直忙于我的医务工作，夜幕时分才返回到贝克街。福尔摩斯还没有回来。一直快要到十点钟的时候，他才面色苍白、筋疲力竭地走了进来。回来后他立刻跑到碗柜旁边，大口地嚼着面包，又喝了一大杯水把它冲了下去。

"你这么饿？"我问。

"实在太饿啦！早餐以后我什么都没有吃，我都忙得忘记吃饭了。"

"什么都没吃？"

"一点都没吃，根本没时间去想它。"

"那么，情况如何呢？"

"还可以！"

"找到线索了吗？"

"他们已经在我的掌握之中了。小奥彭肖的仇一定会报的。嘿，华生，我已经精心策划过了，我们就来用其人之道，还治其人之身。"

"是什么意思呢？"

他从碗柜里面拿出来一只橘子，将它掰成几瓣，把里面的橘核挤出来，放在桌子上，然后从中选出五个，装到一个信封里面。他在那信封口盖的反面，写上"S.H. 代 J.O."。再将信封封上，然后又在上面写上"美国，佐治亚州，萨凡纳，'孤星号'三桅帆船，詹姆斯·卡尔霍恩船长收"等字样。

"当他进港的时候，这封信就会等着他了。"他有些得意地笑着说，

"我相信这封信会让他夜不能寐。他还会发现这封信一定是预兆他死亡的，就如同之前奥彭肖所遭遇到的情况一样。"

"那么，这个卡尔霍恩船长是什么人呢？"

"他就是那帮家伙的头领。其他几个人我也不会放过，只不过要先搞定他。"

"那么，你是如何得知这些的呢？"

他从衣袋里面掏出来一大张纸，上面全部都是一些日期以及姓名。

"我用了整整一天的时间，"他说，"查阅劳埃德船登记簿以及旧文件的卷宗，追查 1883 年 1 月和 2 月在本地治里港停靠过的每艘船在离港以后的航程。从登记上来看，在这两个月里，去往那里吨位比较大的船共计有三十六艘，其中一艘名叫'孤星号'的船引起了我的注意，因为虽然这艘船登记是在伦敦，可是却是使用美国一个州的名称来命名的。"

"我认为是得克萨斯州。"

"究竟是哪个州我没有弄清楚，现在也不好说，但是我知道原先它绝对是一艘美国船。"

"接下来又怎样呢？"

"我查阅了敦提的记录以后，就完全证实了我心里的猜想。因为我看到 1885 年 1 月一艘名字叫作'孤星号'的三桅帆船也有到达过那里的记录。紧接着我就查询了目前停泊在伦敦港内的船只的情况。"

"结果如何呢？"

"'孤星号'在上个星期到达了这里。我立即前往艾伯特船坞，查到今天早晨这艘船已经趁着早潮顺流而下，返航回萨瓦纳港了。我便给格雷夫森德发电报，知道这船已经在不久前驶过去了。因为风向是朝东的，我相信这船此刻已经开过古德温斯，离怀特岛没多远。"

"那么，你打算怎么办呢？"

"我要去把他逮住！据我所知，船上仅有的美国人只有他和他的两个副手，剩下的是芬兰人和德国人。我还从当时给他们装货的码头工人那里得知，昨天晚上他们三人曾经离船上岸。等他们的这艘帆船到达萨瓦纳的时候，邮船也已经把这封信带到了那里，同时萨瓦纳的警察也已经收到了海底电报，说明这三位先生是这里正在通缉的犯有谋杀罪的犯罪嫌疑人。"

但是，百密终有一疏。谋杀约翰·奥彭肖的凶手再也收不到那几个橘核了，而那几个橘核是要让他们知道，在这个世界上，还有一个比他们还要聪明、还要坚决的人正在对他们进行追捕。那年秋分时的暴风刮得比以往任何时候都要凶猛，都要持久。我们等了很长时间，希望可以得到萨瓦纳"孤星号"的消息，但是一直都杳无音讯。后来我们终于得到消息：在遥远的大西洋的某个地方，有人在一次海浪的退潮中看到漂泊着一块破碎的刻有"L.S."两个字母的船尾柱，而这也是我们所知道的有关"孤星号"命运仅有的信息。

六　神秘的乞丐

艾萨·惠特尼是圣乔治大学神学院已经离世的院长伊莱亚斯·惠特尼的兄弟。他是一个瘾君子，整天沉迷于吸食鸦片中，并且烟瘾特别大。据说，他是在读大学的时候染上这一恶习的，那个时候他有了一种很愚蠢的奇怪念头。由于那个时候他读了德·昆西对梦幻以及激情的描述，之后他就将烟草放在鸦片酊里浸泡再吸食，希望可以通过这种方式进入梦幻和激情的境界。直到后来他才像很多人一样发现这样做极容易上瘾，想戒掉特别难。多年来他便吸毒成癖难以自拔，而他的亲属和朋友们对他既怜惜又痛恨。直到今天我对他那副整天都沉迷于鸦片的神态还记忆犹新：面黄肌瘦、脸色憔悴，眼皮向下耷拉着，双眼毫无神色，他的身体缩成一团，蜷曲在一把椅子里，完全是一副落泊的倒霉相。

1889 年 6 月的一个夜晚，那个时候正是大多数人开始打呵欠的时候，可是我的门铃却骤然响了起来，我马上从椅子里坐起来，我的妻子把她的针线放在膝盖上面，脸上露出了一副极其不高兴的神情。

"有病人来了，"她说，"估计你又得去出诊了。"

我叹了口气，由于我已经忙了一整天了，早就已经疲惫不堪，而且我也刚从外面回来。

　　我听到了开门的声音和急促对话的声音，接下来就是快步走过地毯的响声。紧接着我们的房门突然大开。一位头蒙黑纱，身上穿着深色呢绒衣服的妇女，走进了我的房间。

　　"请原谅我这么晚还过来打扰您！"她开始说，可是她随即就克制不住自己了，她大步走向前，搂住我妻子的脖子，一下子伏在她的肩上哭了起来。

　　"我实在是太倒霉！"她哭着说，"我现在特别希望可以得到一点儿帮助！"

　　"啊！"我的妻子将她的面纱掀开说道，"你可把我吓坏了，原来你是凯特·惠特尼。凯特，你进来的时候我真的没有想到会是你！"

　　"我真的不知该如何是好了，只好跑过来找你。"

　　事情经常这样。很多认识的人一碰到发愁的事情，就会来找我的妻子寻找帮助，就好像黑夜里的鸟儿一定要飞向灯塔来寻求慰藉。

　　"对你的到来我们表示欢迎！你先少喝一点酒，静静地坐一会儿，再跟我们说到底发生了什么事情。我让詹姆斯去休息，你觉得行吗？"妻子说。

　　"实际上，我更希望得到大夫的指点和帮助。是关于艾萨的事情，他已经有两天没回家了。我特别担心他！"

　　对于我来说，我妻子的老朋友、老同学来找她诉说她们的丈夫给她们带来的苦恼，已经不是第一次了。我们尽可能帮助她，比如说：你丈夫在哪里你知道吗？我们可不可能替她把她丈夫找回来呢？

　　这一次看来似乎也是这样。她得到了确切的消息说，近期他的烟瘾一发作，就会跑到老城区最东边的一个鸦片馆。可是到目前为止，往常他在外面放荡的时间从来都没有超过一天，每到晚上他都会抽搐着身体，似乎马上要垮掉了一样回到家里。但是这一次不知道什么原因，他已经从家里离开四十八个小时了。猜测，现在他一定还在那里待着，和码头上的那些社会渣滓躺在一起大量地吸毒；或者在那里酣睡，以便从鸦片的作用中缓过来。

　　她确信她的丈夫一定还在那里，就是在天鹅闸巷的黄金酒店。但是，她一个年轻瘦弱的女人，根本没有能力闯进那样一个地方，再把与一群歹徒厮混在一起的丈夫带回家。

毫无疑问，现在似乎也只有这样一个办法，我陪她一起去那个地方！但是，我随即又一想，她又何必去呢？我是艾萨·惠特尼的医药顾问，通过这个关系，我对他还是有一些影响力的。我如果一个人去，可能解决得会更好些。

我跟她说好，如果她的丈夫在她跟我们说的那个鬼地方的话，我会在两个小时之内雇辆马车把他送到家里。

于是，十分钟以后，我便从我那舒适的手扶椅和起居室里起身离开了，我乘坐了一辆双轮马车，向东快速行驶。这趟差事，即使当时我已经认为有点离奇，但是后来才显示出它到底离奇到了什么程度。

但是，对于我来说，这个离奇在开始的时候，并没有显得有什么不同寻常。

天鹅闸巷是一条污浊的小巷，它在伦敦桥东沿河北岸的高大码头建筑物的后边隐藏着，位于一家出售廉价成衣的商店和一家杜松子酒店之间。到达那里后，很快我就看见了我要去探访的那家烟馆，它在一个有阶梯，向下直走有一个如同洞穴一样的黑乎乎豁口的里面。我让马车停下来等着我，然后我顺着那个阶梯走下去。这阶梯的石阶的中部已经被那些来来往往的醉汉们的双脚踩踏得高低不平。闪烁不定的油灯悬挂在烟馆门上。

借着灯光，我摸到了门的扶手，推开门后我走进一个又长又矮的房间，屋子里面全部都是浓重的棕褐色的鸦片烟的烟雾，一排排的木榻摆在墙边，就如同移民船里甲板下的水手舱一样。

昏暗的灯光下面，朦朦胧胧地可以看见一些人东倒西歪地在木榻上躺着，有的耸肩低头，有的蜷卧屈膝，还有的头颅后仰……他们在各自的角落里用他们那些失神的目光望着我这位刚刚到来的客人。

在这些黑影里，有很多地方都发出了红色小光环，微光闪烁，若隐若现，这些便是吮吸装在金属烟斗锅里面燃着的鸦片的情景。大部分人都静悄悄地躺着，但是也有一些人在自语，还有的人用一种奇怪、低沉而单调的语声交头接耳、窃窃私语。有的时候这种谈话的声音滔滔不绝，有的时候却嘟嘟囔囔。他们在尽情地谈论着自己的心事，而把人家所说的话全部都扔在耳后了。

远处，有一个小炭火盆里面燃烧着熊熊的炭火。一个瘦高的老头在盆旁边一只三足的木板凳上坐着，他两肘支在膝盖上，双拳托腮，两只眼睛一直注视着炭火。

当我走进屋的时候，一个面无血色的马来人伙计高兴地朝着我大步走来，将一杆烟枪以及一份烟剂递给我，还要将我引到一张空榻上面去吸鸦片。

"不好意思，我并不是过来久待的。"我说，"我的一位朋友艾萨·惠特尼先生，他在这里面。我是过来找他说几句话的。"

这个时候在我的右边有人蠕动起来还发出了声音。我透过昏暗的灯光看见那个人正是惠特尼。他面色苍白，眼神涣散，此时正睁大眼睛盯着我。

"天哪！是华生医生啊！"他说。看着他说话的样子，觉得他既可怜又可悲，他的每条神经好像都处于特别紧张的状态。

"华生，知道现在是几点钟了吗？"

"马上就十一点钟了。"

"是哪一天的十一点钟啊？"

"星期五，6月19日。"

"啊！不会吧！我还以为是星期三呢。今天应该就是星期三吧，你吓唬我干什么啊？"他低下头，将脸埋在双臂之间，大声地痛哭起来。

"我跟你讲，我真的没有吓唬你，今天的确是星期五。你的妻子一直在家里等着你，都已经两天了。我想你应当感到羞耻！"我气愤地说。

"没错！我应当觉得羞耻，但是我认为一定是你弄错了，华生，因为我只不过在这里待了几个小时，抽了三锅，四锅……我记不清到底抽了多少锅了。但是我还是会跟你回去。我不应该害得凯特担心，我可怜的小凯特啊！你扶我一下！雇马车来了吗？"

"我雇了一辆马上，就在外边等着呢。"

"那好，我们现在就坐车走吧。可是，我一定欠了账。你过去帮我看一下我欠了多少，华生。我现在一点精神都没有，我连自己都照顾不了。"

我从木榻间的狭窄过道走过，过道两排都躺着人。为了不至于让那令人作呕和发晕的鸦片的臭气进入到我的鼻子里面，我只好屏住呼吸。我在到处寻找这里管事的。

当我从炭火盆旁边的那个高个子走过的时候，突然感觉到有一只手用力地拉了一下我上衣的下摆，有人小声说："走过去，再回过头看我！"这两句话清清楚楚地传进了我的耳鼓。我低头一看，肯定这话是我身边的那个老头说出来的。可是，这时候的他依然和刚才一模一样，全神贯注地在那里坐着，眼睛看向眼前的火盆。他瘦骨嶙峋，皱纹满面，衰老佝偻，一支烟枪在他的双膝中间耷落着。

我就按照他说的向前走了两步，当我回过头看时，我大吃一惊，要不是我极力克制了自己，差一点就喊叫出来了。

他把身转过来，现在除了我以外，谁都看不见他。他身体的形状已经完全伸展开了，脸上的皱纹也消失不见了，昏花无神的双眼也变得炯炯有神。

这个坐在炭火盆边看着吃惊的我、对我咧嘴发笑的，居然会是夏洛克·福尔摩斯。他示意我去他的身边，随后又把身子转过去，再以侧面朝向众人的时候，立刻又显出那副哆哆嗦嗦、随口乱说的老态模样。

"福尔摩斯，"我小声地说，"你为什么到这个烟馆来呢？"

"尽可能把声音压低些，"他说，"我的耳朵很灵。如果你愿意帮个忙，先把你的那位瘾君子朋友打发走，我倒是很愿意可以跟你谈谈。"

"我有一辆马车还在外边等着。"

"那好，请先安排他坐车回去吧！对他你完全不用担心，你也可以看得出来，他现在已经没有力气再去惹是生非了。我想你应该再写一个便条，让马车夫带给你的妻子，告诉她咱俩又搭上伙啦。你先在外边等我一下，我五分钟就可以出来。"

夏洛克·福尔摩斯的请求总会那么明确，却又总是用一种特别巧妙的温和态度提出来，他的任何请求我都不好拒绝。总而言之，我认为，只要惠特尼登上马车，我的使命就可以宣告完成了。至于剩下的事，如果可以和我的老朋友携手去进行一次超乎寻常的探奇涉险，对于我来说，已经期盼很久了。而探险对于他说来，却是生活中习以为常的事情。

我把便条写好了，也帮惠特尼付清了账，然后我带他出去坐上了车，看着马车慢慢地行驶在黑夜中。过了一会儿，只见一个衰老的人从那鸦片烟馆里面走出来。没用多长时间我便和夏洛克·福尔摩斯一起行走在大街上了。

他依然还是驼着背，东摇西晃，蹒跚而行。大约这个样子走了两条街的路程。他停下来，快速地向四周打量一番，身体站直，发出了一阵爽朗的笑声。

"华生，"他说，"你可以想象到，我在注射可卡因还有其他一些你从医学观点来看也不是很好的小毛病以外，又多了一个阿芙蓉癖吧。"

"我在那里见到你肯定会感到特别的惊奇。"

"但是我在那里看见你，感到更加的惊奇。"他回应道。

"我是为了寻找一位朋友。"我说道。

"而我是为了寻找一个敌人。"

"寻找一个敌人？"我十分惊奇地问。

"没错，我的一个天然的敌人，也可以说，一个理所当然的捕获物。这样跟你说吧，华生，我现在正在进行一场极其不普通的侦查，就像我从前干过的一样，我试图从这群烟鬼的胡言乱语中发现一丝线索。如果那个烟馆里面有人认出我来，那么，我的性命就会瞬间被断送了。因为我之前曾经到那里面侦查过。那个开烟馆的无赖印度人，曾经发誓要找我报仇。在保罗码头附近的拐角处一所房子的后面有一个活板门，在那里可以听到一些奇怪的故事，比如：在月黑风高的夜里从那里经过的东西等诸如此类的故事。"

"不会吧！你说的难道是 些尸体？"

"没错，是尸体，华生。假如我们可以从每一个在那个烟馆里被搞死的倒霉蛋身上得到一千镑，那么，我们就变成财主啦。这是沿河一带最险恶的图财害命的地方。我担心内维尔·圣克莱尔进得去，出不来啊。我们的圈套就应当设在这里。"

说到这里，他将两个食指放在上下唇之间，发出尖锐的哨声，同样信号的哨声也在远处回响起，很快附近响起了一阵辘辘的车轮声以及"嘚嘚"的马蹄声。

很快，从暗中驶出来一辆高轩的双轮单马车，车两边的吊灯射出了两道黄色的灯光。"现在，华生，"福尔摩斯说，"你想不想跟我一同去呢？"

"假如我可以帮到你的话。"

"哦，信得过的伙伴肯定是能帮到我的。我在杉园的房间里面有两张床铺。"

"杉园？"

"没错，那里是圣克莱尔先生的房子。我过去进行侦查的时候就住在那里。"

"它在什么地方？"

"离李镇很近，就在肯特郡。我们大约要走二十里的路。"

"我可是什么都不知道啊。"

"当然，不过很快你就会弄清楚所有的事。上来吧！先这样。约翰，这次就不麻烦你了，这是半克朗。明天大约十一点钟，等着我。把马缰绳放开吧，再见。"

车夫下去后，福尔摩斯在马身上轻轻地抽了一鞭子，马车立即疾驰起来，又经过了一条条寂静漆黑的无人的街道，接下来，路面渐渐地宽阔起来，最后马车快速地从一座两侧有栏杆的大桥经过，桥下黑沉沉的河水慢慢地流淌着。向前望去，是一片全部是砖堆和灰泥的荒地。四野寂静，只能听见巡逻警沉重的而且有规律的脚步声，还会不时地有某些狂欢作乐者在归途中尽情地欢歌呼喊，将这片寂静打破了。一堆散乱的云慢慢地从上空飘过，少许的星星在云缝中闪烁着微弱的光芒。福尔摩斯在沉寂中驱车前进。

他的头低垂在胸前，好像进入了深思一样。我在他的身边坐着，心里想着这件新案到底是怎么一回事儿，居然会让他耗费这么大的精力，我想问，可是却又不便打断他的思绪。

我们驱车走出好几里路，即将到达了郊外的别墅区。这个时候，他才摇摇身子，耸耸肩膀，把烟斗点燃，显现出一副很得意的样子。

"你具有保持沉默的天赋，华生。"他说，"它可以让你成为特别难得的伙伴。我相信事实是这样：对我而言，与别人相互交谈是一件非常重要的事情，因为我自己的想法也许不会让人完全满意，所以我需要相互探讨。我真的无法想到，今天晚上那位可爱的年轻妇人来到门口迎接我的时候，我可以和她说些什么。"

"可是，我什么都不知道。"

"在我们到达李镇之前，我刚好可以把本案的细节跟你讲述一下。它看上去好像简单得不值一提，但是，我还是有些迷茫。不可否认，我的确有很多线索，可我却没有理出头绪来。我先把案情给你简述一下，华生，你可能在一片漆黑中发现一线光明。"

"那么，你开始说吧。"

"几年前，说得再准确一些，是在1884年的5月，有一位名叫内维尔·圣克莱尔的绅士来到李镇。这个人显然特别有钱，他购置了一座大别墅，还将庭园修整得特别漂亮，生活得很奢侈。渐渐地他便与邻近的很多人交上了朋友。1887年，他和当地一位酿酒商的女儿结婚了，还生下了两个孩子。他并没有职业，可是他在几家公司里都有投资。他照例每天早晨进城，下午五点十四分从坎农街坐火车回来。圣克莱尔先生现年三十七岁，并没有什么不良癖好，完全是一位良夫慈父，并没有与人发生过冲突。我应该再补充一句，现在他的所有债务，根据我们查明，一共有八十八镑十先令，而他在首都郡银行里面的存款就有二百二十镑。所以，他不可能由于财务的问题而感到苦恼的。

"上个星期一，圣克莱尔先生进城的时间要比平时早很多。出发之前他说有两件重要事情要办，另外还说要给小儿子带回来一盒积木。说来也巧，也就是在当天，他刚出门没多久，他的太太就收到了一封电报，说她一直在等的一个贵重的包裹现在已经寄到了亚伯丁运输公司的办事处，让她去那里取。假如你对伦敦的街道很熟悉，你应该清楚这家公司的办事处是在弗雷斯诺街。那条街有一条岔道可以通往天鹅闸巷，也就是今天晚上我们见面的地方。圣克莱尔太太吃完午饭就进城了，她在商店买了些东西，然后就去往公司的办事处，把包裹取出。在回车站从天鹅闸巷走过的时候，刚好是下午四点三十五分。你听清楚了吗？"

"我听得很清楚。"

"假如你还记得的话，星期一那天天气特别炎热，圣克莱尔太太步伐缓慢，同时向四周张望着，希望可以雇到一辆小马车，因为她发现周围的那些街道她特别不喜欢。正在她从天鹅闸巷走过时，突然听见一声喊叫，也可以说是哭声，然后她便发现她的丈夫从三层楼的窗口向下看着她，似乎是在向她招手，她吓得浑身发冷。那个窗户是开着的，她丈夫的脸她看得非常清楚，根据她的描述，说她丈夫那时激动的样子极其可怕，他拼命地朝着她挥手，可是突然间便消失不见了，似乎他的身后有一种不能抗拒的力量，猛地将他拉回去一样。她用女人所特有的敏锐的眼睛突然发现一个异常的地方，就是虽然他穿的是进城时的那件黑色上衣，但是他的脖子上并没有硬领，胸前也没有领带。

"直觉告诉她，她的丈夫可能出了什么意外，她便沿着台阶快速跑下去。因为这房子正好就是今天晚上我们所在的那个烟馆。她闯进了那栋房子的前屋，当从屋子穿过正要登上通往二楼的楼梯时，就在楼梯口，她碰到了我说过的那个印度人，那个人把她推了回来。然后又来了一个丹麦助手，他们一起将她推到街上。她的心里全部都是疑虑和震惊，快速地沿着小巷冲了出去，她真的是特别幸运，就在弗雷斯诺街头，正好碰到了正在去上班途中的一位巡官以及几名巡捕。那个巡官和两名巡捕便跟随她一起回去。即使那个烟馆的老板再三阻拦，他们还是冲进了刚才看见圣克莱尔先生的那间屋子。在那间屋子里面并没有看出他在那里待过的迹象。

"实际上，在整个那层楼的上面，除了有一个跛脚的、面目可憎的家伙好像是在那里住之外，并没有发现有其他任何人。这个家伙与那个印度人一起赌咒发誓说，那天下午没有任何人去过那层楼的前屋。对于他们的矢口否认，巡官也没有办法，而且还觉得是圣克莱尔太太的错觉。就在那个时候，她突然大喊了一声，向桌子上面的一个小松木盒猛扑过去，将盒盖掀开，从盒里倒出来一大堆儿童玩具积木，这些就是她的丈夫说要带回家去的玩具。

"她的这一发现，还有那个瘸子所表现出的惊慌失措的样子，让巡官认识到事情可能没有那么简单。他们把所有的房间都仔细地检查了一遍，结果表明所有这一切都和一件可憎的罪行有关。前屋的陈设简朴，作为起居使用。这间屋子可以通向一间小卧室，从小卧室向外望，正对的是一段码头的背部。码头与卧室窗户之间是一条狭长地段，退潮的时候是干涸的，涨潮的时候至少有四英尺深的水。卧室的窗户特别宽敞，是从下边开的。

"在检查房间的时候，发现窗框上面有斑斑血迹，另外还在卧室的地板上发现几滴血迹。在前屋中，他们猛地将一条帷幕拉开，在它的后面发现了圣克莱尔先生的全套衣服，只是缺少那一件上衣。他的靴子、袜子、帽子以及手表全部都在那里。从这些衣物上面并没有看出有什么暴行的痕迹，也没有看见圣克莱尔先生的踪影。据猜测，他应该是通过窗户跑出去的，因为并没有发现有其他的出路。通过窗框上面那些血迹来看，他要游泳逃生是不太可能的，因为这个时候，潮水刚好涨到了顶点。

"再来说说和本案有直接关系的那些歹徒们吧。那个印度人是一个有名的恶人。但是，按照圣克莱尔太太的描述，她的丈夫在窗口出现仅仅几秒钟之后，他便在楼梯脚那里了，所以这个人最多也就是这桩罪案的一个帮凶而已。他声称他对此事什么都不知道，有关楼上租户休·布恩的所有行动他都一无所知，而关于那位突然消失的先生的衣物为什么会出现在那屋子里，他也没有说出什么来。

"住在三层楼上面的那个阴险的瘸子是最后亲眼看见圣克莱尔先生的人。他的名字叫休·布恩，有一张丑恶的面孔，素为常到伦敦旧城区来的人们所熟知。他以乞讨为生，因为要躲开警察的管制，经常会装作卖蜡火柴的小贩。就在针线街向下走不远的地方，靠左手边，也许你之前注意到过，有一个小墙角，每天他就在那里盘着腿儿坐着，将少许的几盒火柴放在膝上。由于他那一副令人哀怜的样子，人们施舍给他的小钱就像雨点似的落进他在人行道上放着的那顶脏兮兮的皮革帽子里面。

"在我试图对他以乞讨为生的情况进行了解前，我曾经不止一次地对这个家伙进行过观察；可是只有对他的乞讨情况真正了解之后，我才会对他在短暂的时间内就会有如此多的收获而感到吃惊。你知道他的形象有多吸引眼球，几乎每个从他面前经过的人都会看他一眼的，一头蓬松的红发、一块难看的伤疤，一张苍白无比的脸，他的下巴就如同巴儿狗的下巴一样；一双目光锐利的黑眼睛与他头发的颜色形成了鲜明的对比，所有这些都显示出他与一般的乞丐不同。还有，他的智力也是超乎寻常的，只要过路人投给他不管是什么破烂的东西时，他都有话可说。现在我们了解到他就是在那个烟馆里面寄宿的人，而且还是最后看见我们正在寻找的那个绅士的人。"

"可是，一个瘸子！"我说，"他独自一个人能把一个年轻力壮的男子怎么样呢？"

"单凭走起路来一瘸一拐这点来看，他是一个残疾人，可是不能否认，在其他方面，很明显他是一个有力气而且营养充足的人。相信你的医学经验会告诉你，华生，一肢不灵的弱点，通常可以由其他肢体的特别健壮有力而得以弥补。"

"有道理，请继续说下去。"

"圣克莱尔太太看见窗框上面的血迹便晕过去了，是一位巡捕用车把她送回家的，即使她留在现场，对于侦查也是起不到作用的。本案由巴顿巡官负责，他们把所有的房屋都仔细地察看过了，并没有发现任何对破案有所帮助的东西。

"那个时候，他们犯了一个错误，就是没有马上将休·布恩逮捕起来，让他有几分钟的时间可以与他那个印度朋友相互串供。不过，这个错误马上便被纠正过来了。他被拘捕而且还受到了搜查，可是并没有找到任何可以给他定罪的证据。他的汗衫右手袖子上面确实有一些血斑，可是他指着他左手的第四指靠近指甲被刀割破的地方，说血是从他自己手上流出来的；还说之前他也走到那个窗户边去过，那里的血斑也是他自己的。他还发誓说从来都没有见过什么圣克莱尔先生，至于在房间里为什么会出现那位失踪先生的衣物，他和警方一样，也觉得是一个谜。而对于圣克莱尔太太说她的确是看见她的丈夫在窗前出现这一点，他认为她一定是发疯了，不然就是在做梦。最后，即使他大声抗议，还是被警察局给带走了。另一方面，巡官一直会留在那所房子里，希望在退潮以后可以找到一些新的线索。

"结果真的找到了，虽然在那个泥滩上，他们并没有找到他们担心会找到的东西——内维尔·圣克莱尔本人，而是找到了他的上衣。这件上衣就遗留在退潮以后的泥滩上。你猜一猜他们在衣袋里面发现了什么呢？"

"我猜想不出来。"

"没错，我认为你也是猜不到的。衣服的每一个口袋里都装满了便士和半便士——四百二十一个便士和二百七十个半便士。退潮时这件上衣不曾被潮水卷走，但是人的躯体就可能不一样了。在那所房子和码头之间的退潮，水势汹涌。看来极有可能是这沉甸甸的上衣留了下来，但是被剥光了的躯体却被冲进了河里面。"

"但是，他们发现的其他衣服全部都在屋子里面，难道他身上只穿了一件上衣吗？"我插嘴问道。

"不是的，华生，但是这件事也许可以自圆其说。假如布恩将内维尔·圣克莱尔推出窗外，那个时候并没有人亲眼看到这件事，他会再做些什么呢？他肯定会立即将那些泄露真情的衣服消灭掉。他可能会抓起衣服，向窗外抛出去。而他往外抛的时候，他会想到：如果那件上衣随水起浮，会沉不下去。他的时间已经不多了，因为他已经听到那位太太正在楼下吵着要上楼，可能他的印度同伙已经告诉他说有几个巡捕正在朝着这个方向跑过来。这个时候已经没有太多时间了，他便一下子冲到藏有他通过乞讨积累起来的银钱的地方。他将那些硬币尽量抓起往衣袋里面塞，这样做的目的是可以确保上衣沉入水底。他将这件上衣抛出去以后，假如不是因为听到楼下急促的脚步声，他肯定还会用同样的方法处理其他的衣服，但是在这个时候巡捕已经上楼来了，他剩下的时间只允许他将窗户关上。"

"听起来觉得也许是这样。"

"现在咱们就当这是一种有用的假定吧，因为我们并没有找到比这更好的假定。我之前说过，休·布恩被捕了而且还被关进了警察局里，可是没有办法来证实他之前有什么犯罪嫌疑。这些年来很多人都知道他是专门以乞讨为生的人。他的生活好像十分的安静，并没有给谁靠成危害。现在事情就是这样，需要解决的问题依然如同过去一样还没能得到解决。这些问题是：内维尔·圣克莱尔为什么会出现在烟馆里？他在那里到底发生了什么事？他现在在哪里？他的失踪与休·布恩有什么关系？似乎在我的经验里，并没有哪一个案件有类似这样的情形。表面看上去好像并不难，但是却出现了这么多的困难。"

当福尔摩斯把这一连串稀奇古怪的事情仔细讲述的时候，我们的马车已经飞快地驶过这座大城市的郊区，我们已经把那些稀稀落落的房子甩在了后面。马车沿着两旁有篱笆的乡间道路继续前进。他刚讲完的时候，我们已经从两个疏疏落落的村庄之间驶过，我还看见有几家窗户里面正闪烁着微弱的灯光。

"现在我们已经到了李镇的郊区。"我的伙伴说，"在我们短暂的旅途中，居然穿过了英格兰的三个郡县，我们从米德尔赛克斯出发，经过萨里的一角，最后来到了肯特郡。那树丛中的灯光你看见了吗？那里就是杉园。有一位妇女在那灯旁坐着，她心急如焚，似乎已经听见了我们马车的响声。"

"但是你为什么不在贝克街办理这件案子呢？"

"因为有很多的事情我需要在这里进行了解，同时圣克莱尔太太非常期盼我的到来，还特意给我安排了两间屋子供我使用。你尽管放心，她一定也会对我的朋友非常欢迎。华生，在我还不知道她丈夫的消息之前，我还真的怕见到她。好了，我们到啦。"

我们在一座大别墅前面把车停了下来。这座别墅坐落在庭园之中。车刚停下，只见一个马童向我们跑来，将马头拉住。我跳下车跟着福尔摩斯走上了一条通往楼前的碎石道。我们走近楼前的时候，楼门打开了，有一位白肤金发的小妇人站在门口，她身上穿着细纱布的浅色衣服，还有少许粉红色蓬松透明的丝织薄纱边在衣服的颈口以及腕口处镶着。在灯光的照射下，她看上去亭亭玉立。她一手扶门，一手半举起，表现得特别的热情。她微微弯着腰，头向前倾斜着，用渴望的目光望着我们，双唇微张似乎要说什么话，又感觉像是要提出询问的样子。

"啊？"她问道，"怎么样？"她开始还充满希望，可是看到我的伙伴摇头耸肩，一下子就表现得很失望。

"有好消息吗？"

"没有。"

"那么，是坏消息吗？"

"也没有。"

"哦，好的！快进来吧！你们一定很辛苦，足足累了这么一整天。"

"这位是我的朋友，华生医生。在之前的几个案件里，他起来了非常重要的作用，我很高兴可以把他请来和我一同进行调查。"

"见到您我真的很高兴。"她说，并热情地和我握手，"如果我们有什么招待不周的地方，我希望您能够原谅我，您应该知道我们所受到的打击来得多么的突然。"

"亲爱的太太，"我说，"我也是经过多次战役的老战士了，即使不是这样，也请您不要跟我客气，不管是对您还是对我的老朋友，如果我可以为你们做点什么的话，那么，我实在是太高兴了。"

"福尔摩斯先生，"圣克莱尔太太说，这个时候我们已经走进了一间灯光明亮的餐室，桌子上面摆好了冷餐，"我特别想问您一两个很直接的问题，希望您可以给一个坦率的回答。"

"当然没问题，太太。"

"您不要担心我的情绪。我不是歇斯底里的，也不会轻易晕倒，我只是想听听您的真实意见。"

"您指的是哪一点？"

"您说实话，您觉得内维尔还活着吗？"

福尔摩斯好像被这个问题给窘住了。

"说实在话，说啊！"她重复着。她在地毯上面站着，目光向下一直望着他，而这个时候，福尔摩斯正仰身坐在一张柳条椅上。

"说实在话，太太，我并不这么认为。"

"你觉得他死了？"

"没错。"

"他被谋杀了？"

"我不这么认为。不过也不排除这种可能。"

"他在哪一天遇害的？"

"星期一。"

"那么，福尔摩斯先生，您或许可以解释一下为什么我今天会收到他的来信，这又是怎么一回事呢？"听到这里，福尔摩斯突然像触电了一样，一下子从椅子上跳了起来。

"你说什么？"他大声问道。

"没错，就今天的事。"她微笑地站在那里，举起了手里的一张小纸条。

"可以让我看一看吗？"

"当然没问题。"

他立即将那张纸条接过来，把它摊在桌子上面，把灯挪过来，仔细地审视着。我从坐椅上站起来，从他的背后看着那张纸。信封的用纸比较粗糙，上面盖有格雷夫森德的邮戳，发信的日期正是当天，也许可以说是前一天，因为现在已经过了午夜。

"字迹很潦草，"福尔摩斯低声说道，"夫人，这个绝对不是您先生的笔迹。"

"没错，但是信封却是他写的。"

"我还认为，无论信封是谁写的，他都是去问的地址。"

"您为什么会这么说？"

"您看，这个人名是使用黑墨水写的，写完之后自行阴干。剩下的字是灰黑色，这说明写完后使用吸墨纸吸过的。假如是一气呵成，再使用吸墨纸吸过，那么就不会有一些字是深黑色的了。这个人先写的人名，过了一会儿，才写的地址，这一点可以看出，这个地址他并不熟悉。很显然，这是一件小事，但是往往一些小事会更加的重要。现在我们来看一看信吧。啊！随信还附了一件东西呢！"

"没错，有一只戒指，这是他的图章戒指。"

"您可以认定这就是您丈夫的笔迹么？"

"这是他的一种笔迹。"

"一种？"

"是他在着急时写的一种笔迹。这跟他平时的笔迹有些不同，但是我还是可以认得出来。

亲爱的：

不用担心，一切都会好起来的，虽然已经铸成一个大错，不过可能需要一些时间就可以纠正。请耐心等待。

内维尔

"这信是用铅笔在一张八开书的扉页上面写的,纸的上面并没有水纹。是的!它是今天从格雷夫森德由一个大拇指很脏的人寄出的。这个信封的口盖是使用胶水粘的,如果我推测没错的话,封这封信的人还一直在嚼着烟草。太太,您能确定这封信就是您丈夫的笔迹吗?"

"我能确定。这就是内维尔写的字。"

"还是今天从格雷夫森德寄出的。圣克莱尔太太,看来,乌云已散,虽然我不应该冒险地说危险已经过去了。"

"但是他一定是尚在人间了,福尔摩斯先生。"

"除非这封信是一种很巧妙的伪造,是为了引诱我们走入歧途。那个戒指,终究还是说明不了什么,也有可能是有人从他的手上取下来的!"

"不会,不会,这就是他的笔迹啊!"

"关于这一点也说明不了什么。这封信也许是他星期一的时候所写,一直到今天才被寄出来的。"福尔摩斯说道。

"这也不是没有可能。"

"在这段时间内,也许有很多事情发生。"

"福尔摩斯先生,您可不要总给我泼冷水。我相信他一定没事的。我们两个人之间,有一种敏锐的同感力。一旦他遭到了什么不幸,我应当可以感受到的。就在我最后见到他的那一大,他在卧室里面把手割破了,而当时我正在餐室里面,心里就想一定是他出了什么事,所以我就立即跑到楼上去。您想我对这么一桩小事都会有如此敏感的反应,对于他的死亡,我是不是也应该能感应到一点呢?"

"我见过这样的事实在是太多了,从未见过一位妇女所得到的印象还会比一位分析推理家的论断更有价值。在这封信里,确实有一个很强有力的证据支持您的看法。但是,假如您的丈夫还活着的话,而且还能够写信,那他为什么还在外面待着而不回家呢?"

"我无法想出这到底是怎么一回事,这是完全不可理解的。"

"星期一的时候,他和您分开时,说过什么吗?"

"没有。"

"您在天鹅闸巷看见他的时候是不是大吃一惊?"

"是的，特别的吃惊。"

"窗户是开着的吗？"

"没错。"

"那么，他可能会叫您？"

"是的。"

"据我所知，他发出的仅仅是很模糊的喊声。"

"没错。"

"您觉得那是一声呼救的声音吗？"

"是的，当时他还挥动着他的双手。"

"但是，那也许是一声惊讶的叫喊声。由于看见您所引起的惊奇，也许会让他举起双手，是吗？"

"这也是可能的。"

"您觉得是有人把他硬拽回去的吗？"

"他就是那样突然一下子就消失了。"

"他也许是一下子跳回去了。您看见房子里面有其他的人吗？"

"没有看见，可是那个可怕的人也承认他曾经在那里，还有那个印度人在楼梯脚下。"

"是这样的。就您所能看到的，您丈夫身上穿的还是他平常穿的那身衣服吗？"

"是的，但是硬领和领带不见了。我很清楚地看见他露着脖子。"

"他之前跟您提过天鹅闸巷吗？"

"从来都没有。"

"他之前有没有露出什么抽过鸦片的任何迹象呢？"

"从来都没有。"

"非常感谢，圣克莱尔太太。这些就是我希望弄明白的要点。我们先吃点晚饭，接下来就去休息，因为明天我们可能还要忙碌一整天呢。"

提供给我们使用的是一间特别宽敞舒适的房子，有两张床铺在里面放着。很快我就钻到被窝里去了，因为经过这一夜的忙碌，我早就筋疲力尽了，但是夏洛克·福尔摩斯却是这样的一个人：当他心里有一个不能解决的问题时，他就会连续几天、甚至一个星期，不停地进行思考，将掌握的所有情况重新地梳理，并通过各个角度去审查那个问题，一直等到水落石出，或者深信自己搜集的材料还不充分的时候才肯罢休。很快我就知道：他这是要准备通宵达旦地坐着。他把上衣和背心脱下来，换上了一件宽大的蓝色睡衣，接着就在屋子里面四处乱找，把他床上的枕头、沙发以及扶手椅上的靠垫收拢到一块。他用这些东西组装成了一个东方特色的沙发，然后盘着腿坐在上面，将一盎司强味的板烟丝和一盒火柴放在自己的面前，嘴里叼着一只欧石楠根雕成的旧烟斗，两只眼睛茫然地注视着天花板的一角。吐出的蓝色烟雾盘旋缭绕着冉冉上升。他纹丝不动地沉思着。灯光闪耀着，刚好照着他的面容，那面容如同山鹰面容一样坚定。我渐渐进入了梦乡，而他就一直这样坐着。有的时候我会大叫一声从梦中醒来，见他依然还是这样坐着。等我睁开眼睛，夏日的煦阳已经照进了房子里。烟斗依然还叼在他的嘴里，轻烟还是在缭绕盘旋，冉冉上升。整个屋里都弥漫着浓重的烟雾，前夜所看到那一堆的板烟丝，现在已经荡然无存了。

"华生，醒了吗？"他问道。

"醒了。"

"早上坐车出去玩玩怎么样？"

"没问题！"

"好的，把衣服穿上吧。都还没起来呢，但是我知道那个小马童休息的地方，我们很快就可以把马车给弄出来的。"他一边说着一边高兴地笑了起来，眼睛里闪烁着光芒，完全不像昨天夜里那个苦思冥想的他。

我穿衣服的时候顺便看了一眼表。难怪大家都还没有起床，才四点二十五分。我刚把衣服穿好，福尔摩斯就回来说马童已经在套车了。

"我要把我的小小推论检验一下。"他说道。他把他的靴子拉上后，又说："华生，我觉得你现在正在整个欧洲最笨的一个糊涂虫面前站着！我想我应该让人们一脚把我从这里踢到查令克罗斯去！但是开启这个案子的钥匙，我想我现在已经找到了。"

"在哪里呢？"我高兴地问道。

"就在盥洗室里。"他回答道。"哦，我真的不是在开玩笑。"他看见我有些不太相信的样子，就接着说了下去，"刚才我去过那里，我已经把它拿出来了，放进了格拉德斯通制造的软提包里面。我们走吧，伙计，咱们来看一看钥匙能不能对上锁。"

我们尽可能地放轻脚步迈下楼梯，走出了房子，进入了明媚的晨曦中。套好的马车已经停在了路边，那个衣服还没有穿好的马童正在马头旁边等着。我们两人便一跃而上，随后就驾着车沿着伦敦大道飞奔而去。

路上碰见几辆运载蔬菜进城的农村大车。路旁两侧的一排排别墅仍然寂静无声、死气沉沉，就好像梦中的城市一样。

"有些地方显示这是一桩奇案。"福尔摩斯说着，顺手挥了挥鞭子催马快速向前，"我承认我之前真的是没长眼睛。不过尽管聪明得晚一些，但是总要比没有觉悟好得多。"

当我们驱车经过萨里一带的街道时，这里起床最早的人也刚刚睡眼惺忪地望着窗外的曙光。马车驶过滑铁卢桥，快速地穿过威灵顿大街，然后又向右急转弯，来到了布街。

对于福尔摩斯，警务人员自然已经非常熟识了，门旁有两个巡捕向他敬礼。一个巡捕将马头牵住，另一个引我们进去。

"今天是谁值班？"福尔摩斯问。

"布雷兹特里特巡官，先生。"

"哦！布雷兹特里特，你好！"一位身材高大魁伟，头上戴着鸭舌便帽，身上穿着带有盘花纽扣的夹克衫的巡官从石板坡的甬道走过来。

"我想和你单独谈一谈，布雷兹特里特。"福尔摩斯又说道。

"没问题，福尔摩斯先生。请您到我的屋子里来。"

这是一间很小的办公室，桌子上放着一大本厚厚的分类登记簿，一架电话凸出地安在墙上。巡官在桌子旁边坐下来。

"我能为您做点什么，福尔摩斯先生？"

"这次我是为了乞丐休·布恩而来的。这个人被指控和李镇内维尔·圣克莱尔先生的失踪有关系。"

"没错，他就是被押到这里来候审的。"

"这点我已经知道了。他现在还在这里吗？"

"他在单人牢房里面。"

"他规矩吗？"

"一点都没有捣乱，但是这个坏蛋实在太脏了。"

"十分脏吗？"

"是的，现在我们能做到的就是督促他洗手。他的脸黑得就如同一个补锅匠。等把他的案子定了，得按照监狱的规定给他洗个澡。我认为，您如果见了他，您应该会同意我这个看法。"

"我现在很想见见他。"

"您想见他吗？这个不难。跟我来。您可以先把这个提包放在这里。"

"不，我想我还是要拿着它。"

"没问题，跟我来吧！"我们跟着他走下一条甬道，打开了一道上了拴的门，再经过一条盘旋式的楼梯，来到了一处墙上刷着白灰的走廊，走廊的两侧分别有一排牢房。

"他的牢房就在右手的第三个门。"巡官说着，向里面看了看。

"他睡着了。"他说，"你应该能看得很清楚。"

我们两人通过隔栅向里看，那个囚犯的脸正朝我们躺着，他正在那里熟睡，他的呼吸缓慢而又深沉。中等的身材，身上穿着和他的行当非常相称的粗料子衣服，从破烂的上衣裂缝处可以看见里面穿着一件染过色的贴身衬衫。他真的如同巡官说的那样，已经肮脏到了无法容忍的地步。但是他脸上的污垢仍然掩盖不了他那可憎的丑容：他的脸上，从眼边到下巴有一道宽宽的旧伤疤，这个伤疤经过收缩将上唇的一边向上吊起，三颗牙齿露在了外面，似乎是一直都在嗥叫的样子，两眼和前额被一头蓬松光亮的红头发覆盖着。

"真是一个美人儿，对不对？"巡官说。

"我认为他确实需要洗一洗。"福尔摩斯说，"不过，我有一个可以让他洗一洗的主意，而且还自作主张地带来了一些家伙来。"他说着便把那个格拉德斯通制造的软提包打开，从里面取出了一块特别大的洗澡海绵，这让我感觉很吃惊。

"哈哈！您真是一个喜欢开玩笑的人！"巡官轻声地笑道。

"假如您愿意做一件大好事，就把这个牢门悄悄地打开，相信马上我们就可以让他现出一副更体面的相貌。"

"没问题，那又有什么不可？"巡官说，"他这个样子不会给布街看守所增光，不是吗？"他将钥匙插进了门锁里，门开后，我们便悄悄地走进牢房。那个睡着的家伙侧了一下身子后又重新进入了梦乡。福尔摩斯弯下腰就着水罐，蘸湿了海绵，用力地在囚犯的脸上擦了两下。

"让我来给你们介绍一下，"他大声喊道，"这位就是肯特郡李镇的内维尔·圣克莱尔先生。"

这种场面我从来都没有见过。这人的脸就如同剥树皮似的让海绵剥下一层皮。那粗糙的棕色消失了！脸上那道可怕的伤疤以及那显出一副可憎的冷笑的歪唇也都消失了。在一揪之下，那一堆乱蓬蓬的红头发也全部掉了。这个时候，从床上坐起来的是一个面色苍白、愁眉不展、模样俊秀的人，一头黑发，皮肤光滑。他揉搓了一下双眼，向周围打量着，睡眼惺忪，不知所措。突然间他意识到事情已经败露，便大叫一声一头扑在床上，把脸埋在枕头里面。

"不会吧！"巡官叫道，"没错，那个失踪的人就是他。我之前见过他的相片。"

那个囚犯转过身来，摆出一副听天由命、满不在乎的架势。"就算是这样，"他说，"那么，你们要控告我犯的是什么罪呢？"

"你犯的是杀害内维尔·圣……哦，除非他们将这个案件当作自杀未遂的案子，否则他们是不会控告你犯了这个罪的。"巡官笑着说道，"我已经当了二十七年的警察，这回可真是应该得奖了。"

"假如我是内维尔·圣克莱尔先生，很显然，我并没有犯什么罪，所以，现在我是被非法拘留。"

"没有犯罪，但是却犯了一个非常大的错误！"福尔摩斯说，"你如果信得过你的妻子的话，你也许干得还会更好。"

"实际上，不是因为我的妻子，而是由于我的儿女，"那个囚犯发出了呻吟的声音，"上帝保佑，我不希望他们因为他们的父亲所做的事情而感到耻辱。我的天哪！如果说出去多么难堪啊！我该怎么办呢？"

福尔摩斯坐在他的身旁，温柔地拍了拍他的肩膀。

"假如你让法庭查清这件事情的话，"他说，"这件事情肯定会被宣扬出去的。但是，只要你可以让警务当局相信，这件事情并不足以使你被提出控告，我觉得没有什么理由一定要让所有人都知道你这个案子的详情。我相信布雷兹特里特巡官肯定会把你跟我们所讲述的这些记录下来，然后提交给有关当局。那么，这个案子就无法提到法庭上去了。"

"上帝会保佑您的！"那个囚犯热情洋溢地大喊起来，"我宁愿被拘禁，甚至被处决，我也不希望我让人感到痛苦的秘密成为家庭的污点，影响孩子们。

"你们是唯一知道我身世的人。我的父亲是切斯特菲尔德的小学校长，我在那里受过特别好的教育。我在青年时特别喜欢旅行，喜爱演戏，之后我在伦敦的一家晚报当了记者。有一天，总编辑提议要一篇反映大城市里乞讨生活的报道，我便主动要求提供相关的稿件。这就是我人生中历险的开始。我只能扮成乞丐的样子才可以收集到写文章需要的一些基本材料。我曾经当过演员，自然也学过一些化妆以及装扮的技巧，而且还曾经由于我的这种技巧而闻名于剧场的后台。这时我就使用了这种本领，首先使用油色涂脸，然后为了尽可能装成让人感到怜悯的样子，我使用一小条肉色的橡皮膏，制作出来一个特别真实的伤疤，把嘴唇的一边向上扭卷，再戴上一头的红发，搭配上适合的衣服，就在市商业区选定一个地方，看上去像是一个火柴小贩，实际上是一个乞丐。就这样，我干了几个小时，晚上回到家中，惊奇地发现我竟然要来了二十六个先令零四个便士，这给我留下了很深的印象。

"我把报道写完了，这件事情就放下没有再去想了。直到后来有一天，我为一位朋友担保了一张票据，接下来竟然收到了一张传票，让我赔偿二十五镑，由于我拿不出来这么多钱，急得实在没有办法，这才突然想起之前的经历。我请求债主给我半个月时间让我去筹款，又请求雇主可以给我几天假，然后我就化妆并装扮起来，去城里面进行乞讨。我用了十天的时间，就将这笔钱给凑齐了，还清了这笔债。

"这样一来，你们可以想象到，当我已经懂得：只要我在脸上抹上一点油彩，将帽子放在地上，静静地坐在那里，一天就可以挣两英镑的时候，再让我安心地去做那一个星期只能挣到一点点钱的辛苦工作，是多么困难的事情。是选择自尊心还是选择钱，我进行了很长时间的思想斗争，最后还是选择了金钱，所以我放弃了记者的生活，每天都坐在我第一次选定的那条街的拐角处，凭借着我那一副可怕的面容以及肮脏的外表，铜板儿把我的口袋塞满。

"我的秘密只有一个人知道，就是我在天鹅闸巷寄宿的那个下等烟馆的老板。在那里我可以每天早晨以一个邋遢乞丐的面目出现，到了晚上又变成一个衣冠楚楚的浪荡公子。我给了那个印度人很高的房租，因此他会为我保守秘密。

"没过多久，我就发现我已经积累了大笔的钱财。我不是说：任何乞丐在伦敦的街头，一年都可以挣到七百英镑，但是我有善于化妆以及应付的特殊才能，而这两个方面又都是越练越精，这就让我的乞讨生活更加的顺利。每天都会有各种各样的银币如同流水似的进入我的囊中，假如哪天收入不超过两英镑，那就算是运气不济了。

"我越发财，野心就越大。我在郊区买了栋房子，之后又结婚成了家。从来没有任何人怀疑过我的真正职业。我的爱妻只知道我在城里面做生意，却不知道我到底干些什么。

"就是上个星期一，我刚结束了一天的营生，正在烟馆楼上的房间里面换衣服，向窗外一看，忽然看见我的妻子站在街道的中间，眼睛正对着我看，这使我感到特别的恐慌，连忙用手臂把脸遮住，然后便马上跑去找我的知交——那个印度人，希望他可以阻止任何人来楼上找我。我听到了她在楼下的声音，但我知道她不会很快上来的。我立即把衣服脱下，换上乞丐的那一身装束，涂上颜色，戴上假发。这样，即使是一个妻子的眼睛也不会把这伪装看穿。但是我又想到，可能会在这屋子里面进行搜查，那些衣服也许会把我的秘密泄露出去。我急忙将窗户打开，因为用力过猛，竟然把我清晨在卧室里割破的伤口给碰破了。平常我乞讨的钱全部都放在一个皮袋里，这个时候我把其中的铜板掏出来塞进上衣兜里，然后抓起因为装满铜板而沉甸甸的这件衣服，扔向窗外，它便消失在泰晤士河里了。

本来我打算把其他的衣服也扔下去的，可是就在这个时候，有些警察冲上了楼。让我感到欣慰的是，我发现并没有人认出我就是内维尔·圣克莱尔先生，而是把我当成谋杀内维尔·圣克莱尔的嫌疑犯给逮捕起来了。

"我不知道还有没有其他的地方需要我做出解释。当时我就下定决心继续保持我化妆和装扮后的样子，所以我宁愿脸上脏一些也没有关系。我也知道我的妻子一定特别着急，我就将戒指取下，趁警察没留意的时候，托付给那个印度人，还匆忙地写了几行字，告诉我的妻子不要担心。"

"昨天那封信才寄到她的手里。"福尔摩斯说。

"我的天啊！她这一个星期是怎么熬过来的！"

"因为警察对那个印度人看得很紧。"布雷兹特里特巡官说，"我能理解，他会认为如果把信寄出去还不被发现，并不是一件容易的事情。他也许又把信转托给某个当海员的顾客，而且那个家伙又把它忘了几天。"

"应该就是这么一回事。"福尔摩斯说着，点点头表示同意，"我相信事情就是这样的。但是你从来就没有因为行骗而被控告过吗？"

"有过很多次了，可是，那么一点儿罚款对于我来说根本就不算什么。"

"不过事情一定不能再继续了，"布雷兹特里特说，"如果希望警察局别声张出去，那么，必须是休·布恩不存在了。"

"我已经非常郑重地发过誓了。"

"如果是这样，我认为我就没有必要再深究下去了。但是，如果你下次再犯，我们肯定会全盘托出的。福尔摩斯先生，特别感谢您帮助我们把这个案件查清！我真的想知道您是如何得出这个答案的呢？"

"关于这个答案，"福尔摩斯说，"是全靠坐在五个枕头上，把一盎司板烟丝抽完得来的。华生，我觉得如果我们现在就坐车去贝克街，应该可以赶上吃早饭。"

七　新蓝宝石案

圣诞节过后的第二个早晨，我的心情特别好，便前去给我的朋友夏洛克·福尔摩斯祝贺节日。

见到他时，发现他懒散地在一张长沙发上面斜靠着，身上穿着一件紫红色的睡衣，右手边放着一个烟斗架，面前还放着一堆折皱了的晨报，看上去刚刚被翻阅过。一把木制的椅子放在长沙发的旁边，一顶肮脏而且非常破烂的硬胎毡帽在椅子的靠背上面挂着。这个帽子破得几乎不能再戴了，有很多处都已经裂开了缝。一个放大镜和一把镊子在木椅的椅垫上面放着，这说明为了方便察看，那顶帽子才会以这样的方式挂着。

"你现在很忙吧？"我说，"我可能打扰到你了。"

"不会的，能有一位朋友可以和我一起讨论我的研究成果，我感到非常高兴。这是一件没有任何价值的东西。"他指了指那顶帽子，"但是有几个和它有关系的问题还是值得一谈的，可能还会给我们带来一点儿收获。"

我在他那张扶手椅上坐下，在炉火的旁边暖暖自己的双手，可以听到炉子里面的木柴在劈劈啪啪地响。严冬已经到来，窗户上面的玻璃都结满了晶莹的冰凌。

"我觉得，"我说道，"即使这顶帽子很不像样，但是它却可能与某桩性命攸关的案件有所牵连，这是一条线索，它可以指引你将某个疑团解开，还能引导你去惩罚某种犯罪的行为。"

"不是，不是，并不能说那是犯罪的行为，"夏洛克·福尔摩斯笑着说，"只能算是众多离奇的小事件中的一件而已。这块弹丸之地里，只有几平方英里，有四百万人口拥挤地在这里居住着，发生这类小事是少不了的。在这样密集的人群里，尔虞我诈，互相争逐，随时都有一些错综复杂的事件发生，有一些疑难问题看上去让人吃惊，但是却并不一定就是犯罪行为。对于这类事件，我们早就已经有经验了。"

"说的没错，"我说，"这种程度的情况不在少数，我近期新增的六个案件的记录里面，就有三个与法律完全没有关系的犯罪行为。"

"准确地说，你指的是我试图寻找艾琳·艾德勒的相片、玛丽·萨瑟兰小姐奇案以及神秘的乞丐这三个案件吧。我不否认这些小事都属于与法律没有关系的犯罪行为。你知道看门人彼得森吗？"

"知道。"

"这就是他的战利品。"

"这是他的吗？"

"不，不是，是他捡来的帽子。但是帽子的主人是谁我们并没有得到结论。请不要因为它只是一顶破旧的毡帽而把它忽视掉，而应当把它看作一个智力问题，并且需要很特别的智慧才可以解决的疑难问题。让我们先来了解一下这顶帽子的来历，它是和一只大肥鹅一起在圣诞节的早晨被送到这里来的。我相信，现在那只大肥鹅应该在彼得森的火炉上面烤着呢。事情是这样的：就像你所了解的，彼得森，一个淳朴而诚实的人，在圣诞节的凌晨，大约四点钟的时候，他刚参加完一个小小的欢庆会，正走在托特纳姆法院的那条路上，那是他回家的路，他在煤气灯下面看见前面走着一个人，那个人身材瘦高，步伐有点蹒跚，肩上还背着一只大白鹅。当彼得森从古治街的拐角经过时，走在他前面的那个陌生人与几个流氓发生了一场争吵。其中一个流氓将他的帽子打落在地上，之后他便抢起棍子准备自卫，他举着棍子向四处挥舞着，结果却将身后商店的玻璃橱窗打得粉碎。

"彼得森正打算挺身而出，帮助这个陌生人对付那群无赖，可是那个陌生人因为打碎了玻璃而感到恐慌，同时还看见彼得森，当时彼得森穿着

制服，如同警官一样向他冲来，所以便急忙把白鹅扔下，立即逃跑了，很快就消失在托特纳姆法院路后面那个弯曲的小巷里。那群流氓看见彼得森过来也吓得逃跑了。结果，就只剩下彼得森在那里，不但占领了战场，而且还掳获了这两样战利品：一顶破旧的毡帽，还有一只上等的圣诞大肥鹅。"

"他是不是应该把这些东西归还给它的主人呢？"

"我亲爱的朋友，问题就出在这里。这只白鹅的左腿上面系着一张小卡片，上面写着'献给亨利·贝克夫人'字样，还有在这顶帽子的衬里也写着姓名缩写'H.B.'。可是，在我们所居住的这个城市里，姓贝克（Baker）的人数不胜数，而名叫亨利·贝克（Henry Baker）的人也不在少数，想要在如此多的人中把失主找到，并且把东西归还给他，可是一件很让人头疼的事情。"

"后来，彼得森是怎么做的呢？"

"他知道这些细小的疑问，我会非常感兴趣，所以他随后就把这顶帽子和鹅带到我这里来了。我们把那只大肥鹅一直留到了今天早晨。即使天气特别冷，可是有迹象表明应该还是将它吃掉，不能再拖延下去了，所以我就让彼得森把它带走了，去完成一只鹅的最终使命，而我还继续保存着这位失去了圣诞节佳肴，并且尚未谋面的先生的旧帽子。"

"他没有在报纸上面刊登过寻找失物的启事吗？"

"没有。"

"那么，有关这个人的身份你又知道多少呢？"

"我只有尽量去试着推测。"

"通过这顶帽子？"

"没错。"

"你太会开玩笑了，这么一顶又破又旧的毡帽，你能从中推测出什么？"

"这是我的放大镜，我的方法你应该知道的。有关戴这顶帽子的主人有什么个性，你可以推断出一些什么来呢？"

我拿起这顶破旧的帽子，把它翻过来看了看，这是一顶圆形的非常普通的黑毡帽，硬邦邦的，而且破旧得都已经不能戴了。红色的丝绸衬里也褪色得很不成样了，上面连制帽商的商标都没有，但是正如福尔摩斯所说的，在帽子的一侧，涂写着潦草的姓名缩写字母'H.B.'。为了不会被风刮跑，主人还在帽檐穿过小孔，但是上面的松紧带已经不见了。至于其他的，好像是为了把帽子上面几块褪了色的补丁遮盖住，尽可能使用墨水把它们涂黑了，但依然到处都是裂缝，而且还布满了灰尘，好多地方都是污迹。

"我看不出来有什么。"说着我便将这顶破旧的帽子递给福尔摩斯。

"正好相反，华生，实际上，你看出来了很多问题，但是，你并没有通过所看到的东西进行推论。你实在是太缺乏信心了。"

"现在，请你跟我讲述一下，你可以通过这顶帽子做出什么推论呢？"

福尔摩斯将帽子拿在手里，用他那独特的方式对它进行审视，这方式足以代表他的思考特点。"可能这顶帽子提供给人联想的东西并不多，"他说道，"但是，有几点推论还是非常明显的，而其他几点推论几率还是比较大的。通过观察帽子的外观，我猜测，它的主人是一个非常有学问的人，而且，即使目前他已经处于困境，但是在过去的三年里，他过的日子应该还算富裕。他过去还是比较有远见的，可是，今非昔比，再加上家道中落，所以，他的精神才日渐颓废，这表明他受到了某种不利的影响，也可能是染上了酗酒的恶习，似乎这也包含他的妻子已经不再爱他这个明显的原因。"

"好了，亲爱的福尔摩斯！"

"无论怎么样，他依然还应该有一些自尊。"对我的反对，福尔摩斯并没有埋睬，仍然继续往下说，"他是 个中午人，很少外出，而且从来不锻炼身体，他的头发是灰白的，最近几天刚刚理过发，头发上面还涂着柠檬膏，这些明显的事实就是通过这顶破旧的帽子推断出来的。还有，顺便说一下，他的家里肯定没有安煤气灯。"

"你是不是在开玩笑，福尔摩斯？"

"我绝对没有开玩笑。现在推论结果我都告诉你了，难道你还不知道它们是如何得出来的吗？"

"我还是比较迟钝的，我并不怀疑这一点。我必须承认，你所说的含义我真的领会不了。举个例子来说吧，你是如何推断出这个人是很有学问的呢？"

福尔摩斯将帽子"啪"地一下扣在头上作为对我的回答。帽子不但把他的整个前额全部罩住，而且还压到了他的鼻梁上面。"这个问题一点都不难，"他说，"长着这么大脑袋的人，头脑里面一定会有些东西吧！"

"那么，你又是如何推断出现在他已经家道中落的呢？"

"这顶帽子买了应该有三年了，因为在三年前，这种平沿、帽边向上卷起的帽子还是非常流行的。这绝对是一顶质量非常好的帽子。你看看这上面的螺纹，这丝绸箍带儿以及那华贵的衬里。假如三年前这个人能买得起一顶如此昂贵的帽子，自从那以后就再也没有买过其他的帽子，那么毫无疑问，一定是他的生活发生了很大的变化。"

"看来这一点现在已经很清楚了，但是说这个人有'远见'，还说他现在'精神颓废'，这又怎样来做出解释呢？"

夏洛克·福尔摩斯笑着说："这个就能够看出他是很有远见的。"他一边说着，一边把手指放在钉松紧带用的小圆盘和环扣上，"买来的帽子是不会附带这些东西的。这个人订做了这样一顶帽子，就说明这个人真的很有远见，因为他特意使用这个方法，避免帽子会被风刮跑。可是我们可以看见，帽子上面的松紧带已经被他弄坏了，而且他还不愿意花点儿工夫重新钉上一条，通过这一点可以看出，他的精神已经不如从前了，同时这还是他意志消沉的一个明显证明。另一方面，他使用墨水涂抹帽子上面的污痕，想要把它的破旧遮盖住，这一点可以说明，他的自尊心并没有完全丧失掉。"

"你的推论有一定的道理。"

"他是一个中年人，头发灰白，并且是最近几天刚刚理过发，头上还抹过柠檬膏。这些结论都是通过对帽子衬里的下部进行仔细检查所推断出来的。利用放大镜，我看到了很多被理发师剪过的头发茬儿。这些头发茬儿都是在一起粘着的，还带有一种柠檬膏的气味。而帽子上面的这些尘土，你应该会注意到，并不是街道上夹杂砂粒的灰尘，而是房间里面那种棕色的绒状尘土。这就可以看出，大部分时间这个帽子都是在房间里挂着的，另一方面，帽子的衬里有很多的汗迹，这就可以很清楚地看出，戴帽子的人会经常出大量的汗，所以不会是一个把身体锻炼得很好的人。"

"你刚才还说过他的妻子已经不再爱他了。"

"这顶帽子几乎都快一个月没有清洗过了。亲爱的华生，假如我看到你的帽子堆积了快一个月的灰尘，而你的妻子却听之任之，可以允许你这个样子就出门拜访，我觉得你已经不再拥有你妻子的爱了。"

"但是也许他本来就是一个单身汉哪！"

"这是不会的，因为那天晚上他想要献给他的妻子一件礼物，以此来表示他的爱意，那只鹅就是他准备带回家去送给他妻子的礼物，你可不要忘记在鹅腿上系着的那张卡片。"

"以上的所有问题你都已经做出了解答，但是你对他家里没有安煤气灯的问题又是如何推断的呢？"

"假如有一滴烛油或者两滴烛油，可能是不小心滴上的，可是当我发现至少有五滴烛油的时候，我就可以非常确定：每一滴烛油都是由于经常和点燃着的蜡烛接触而滴上的。比如说，夜里上楼的时候，他也许是一手拿着帽子，另一只手拿着淌着烛油的蜡烛。无论怎么说，他都不会从煤气灯上沾上烛油，现在你相信了吧？"

"实在是太对了，你真是太厉害了，"我笑着说，"可是真的和你刚才所说的那样，这其中并没有什么犯罪的行为，可以说除了失去了一只鹅以外，并没有造成任何其他的危害，那么，你所做的这一切似乎都是在浪费精力了。"

夏洛克·福尔摩斯刚要说话，房门突然被撞开了，只见看门人彼得森冲了进来，他的脸涨得通红，带着一种因为吃惊而感到茫然的神色。

"福尔摩斯先生，那只鹅！先生，那只鹅！"他喘着粗气说。

"它怎么啦？难道它又活了，还拍打着翅膀从厨房飞出去了？"为了可以将这个人的激动面孔看得更清楚一些，福尔摩斯从沙发上转过身来。

"看，先生，你看，这是我的妻子从鹅的嗉囊里面发现的！"他伸出手，只见一颗发出夺目光辉的蓝宝石出现在他的手心里。这颗蓝宝石要比黄豆稍微小一点，晶莹剔透、光洁纯净，在他那黝黑的手心里闪烁着，就如同一道蓝色的电光。

"不会吧，彼得森！"福尔摩斯说道，"这真的是一件秘藏的珍宝啊！你应该知道你得到的是什么。"

"这是一颗钻石，先生，对不对？一颗宝石，用它来切割玻璃就如同切割油泥一样。"

"这不是一颗普通的宝石，相反，正是那颗相当珍贵的宝石。"

"难道就是莫卡伯爵夫人丢失的那颗蓝宝石吗？"我大声地喊了出来。

"是的！我近几天一直都在看《泰晤士报》有关这颗宝石的一些奇闻怪事，对于它的大小以及形状也有所了解。这颗宝石绝对可以称得上是举世无双的珍宝。只能粗略估计它的价值。即使悬赏的报酬有一千英镑，但是连这颗蓝宝石市价的二十分之一都没有达到。"

"不会吧，一千英镑！我的天啊！"看门人彼得森听了立刻跌坐在椅子上面，睁大眼睛不停地打量着我和福尔摩斯。

"那也不过是悬赏的报酬而已，并且我还知道，伯爵夫人因为某些私下的个人感情，只要可以把这颗宝石找回，即使将她所有财产的一半分给找到宝石的人，她都不会有什么意见的。"

"如果我记得没错的话，这颗宝石是她在'世界旅馆'里面丢失的。"我说道。

"事实就是这样的，12月22日，也就是在五天前，约翰·霍纳，一个管子工，被人指控从伯爵夫人的首饰匣里面窃取了这颗宝石。因为有确凿的证据可以证明他的犯罪行为，现在这个案件已经提交到了法庭。我认为我这应该还有一些有关这个事件的报道。"说着他便去那堆报纸里面翻寻，同时眼睛扫视着报纸上面的日期。最后他拿出来一张报纸，对折了一下，接下来他念道：

"'世界旅馆'偷窃宝石案。约翰·霍纳，二十六岁，一名管子工，由于本月22日从莫卡伯爵夫人首饰匣中将一颗闻名于世的名为'蓝宝石'的贵重宝石窃取走，所以被送交法院提起诉讼。旅馆侍者领班詹姆斯·赖德对本案的证词如下：发生偷窃的当天，我曾经带领约翰·霍纳去楼上莫卡伯爵夫人的化妆室内焊接壁炉上有些松动的炉栅。我和霍纳一起在那里停留一会儿工夫，之后我就被召走。等我重新回到莫卡伯爵夫人化妆室的时候，发现霍纳已经不在这里了，梳妆台也已经被人撬开，只有一只摩洛哥小首饰匣放置在梳妆台上面，里面已经空无一物。

"后来人们知道伯爵夫人习惯把蓝宝石存放在这个匣子里。赖德立即报案，当天晚上霍纳就被捕获，可是并没有从霍纳身上以及他的家中搜到宝石。伯爵夫人的女仆凯瑟琳·丘萨克宣誓证明，她曾经听到赖德发现宝石被窃时的惊呼，而且还证明她跑进房间的时候所看到的情况与上述证人所讲述的完全一致。B区布雷兹特里特巡官证明霍纳曾经在被捕的时候拼命地抗拒，还用特别强烈的措辞申辩自己并没有犯罪。鉴于之前有人证明他曾经犯过此类的盗窃案，地方法官并没有草率行事，已经将此案提交巡回审判庭处理。霍纳在审讯的过程中表现得非常激动，在判决的时候竟然昏厥，后被抬出法庭。

"警察局和法庭可以提供的情况也只有这些了。"福尔摩斯说，说完随手将报纸扔到一边，又接着说："现在我们需要解决的问题是，从被盗的首饰匣开始，一直到托特纳姆法院路被拾到的那只鹅的嗉囊为止，将其间所发生的一系列事件依次按顺序整理清楚。华生，你明白吗？我们之前说的那些小小推论很快就会表现为：这起案件的犯罪严重性大大地增加了，而无罪的可能性大大减少了。那颗宝石就在这里，那颗宝石是那只鹅带来的，而那只鹅来自亨利·贝克先生。我已经向你提供了有关这位先生的破帽子，还有一些其他特征的分析，所以现在我们要找到这位先生，并且还要把他在这起神秘事件中所扮演的角色弄清楚。想要做到这一点，开始我们一定要使用最简单的办法。很显然，这个方法就是在全部的晚报上面刊登一则启事。如果这个方法行不通，那么，我就只能再借助别的方法了。"

"启事要怎样写呢？"

"请拿给我一张纸以及一支铅笔。先这样，下面就是需要说的：'兹于古治街拐角处捡到一只鹅和一顶黑毡帽。请亨利·贝克先生在晚六点半前往贝克街二百二十一号乙询问，便可以将原物领回。'这样写既简单又明了。"

"不错，很简单，也很清楚，但是他能看到这个启事吗？"

"肯定会的，我想他一定会留意报纸的，因为对于一个穷人而言，这样的损失也可以说是非常惨重了。很显然，他因为打破了玻璃闯祸和彼得森向他逼近，而感到惊慌失措，所以除了只顾逃跑之外，没有来得及想到其他的。但是，事后他一定特别后悔，痛惜一时冲动，而将他的鹅丢下了。还有，把他的名字刊登在报上一定会让他看到报纸，因为只要认识他的人就会提醒他去看报的。彼得森，这个给你，立即把它送到广告公司，并且还要刊登在今天的晚报上。"

"刊登在哪家报纸上面呢，先生？"

"把它分别登在《环球报》《星报》《蓓尔美尔报》《圣詹姆斯宫报》《新闻晚报》《回声报》以及你所能想到的任意一家报纸上面都可以。"

"没问题，先生，现在这颗宝石怎么处理呢？"

"这颗宝石先交给我保存着吧，谢谢你，另外，彼得森，你回来的时候买一只鹅送到我这里来，因为我必须要给这位先生一只鹅来替代被你们全家人吃掉的那只。"

看门人走后，福尔摩斯将宝石拿起来对着光线认真地鉴赏起来。"果然是一颗精美绝伦的宝石，"他说，"来看看它有多么光彩夺目吧！当然，它也是罪恶的源泉。每颗珍贵的宝石都是如此。它们都是魔鬼最好的诱饵。在别的更大和更古老的宝石上，每一颗都象征着一个血腥的罪行。这颗宝石是在华南厦门的河岸上面发现的，距离现在还不到二十年的时间。它的奇异之处就在于：除了它是蔚蓝色的而不是鲜红色的以外，它具有红宝石的所有特点，即使它流传在世的时间并不长，但是已经有过一段不幸的遭遇了。因为这颗重四十谷的结晶碳，已经有两起谋杀案发生了，一起是毁人容貌的浇洒硝镪水案，一起是自杀案，另外还有几起抢劫案。谁会想到这么美丽的一个小装饰品竟然是往绞刑架上面以及监狱输送罪犯的供应商呢？我要将它锁进我的保险柜里去，还要写一封短笺给伯爵夫人，跟她说现在我们已经觅获这颗宝石。"

"你觉得霍纳这个人是无罪的吗？"

"这个不太好说。"

"那么，你觉得那个亨利·贝克与这件事有关系吗？"

"我认为亨利·贝克应该是清白无辜的。他肯定不会想到他手里的那只鹅的价值远远超出一只金子铸成的鹅的价值。无论如何，假如我的启事得到回复，我就可以用一个非常简单的测试来证实这一点。"

"在这之前我没有什么事情可做吧？"我问道。

"没有什么可做的事情了。"

"如果是这样，我会继续处理我的日常业务，但是在今天晚上，我会在你刚才说过的时间回来，我非常想知道你是如何巧妙地将这个复杂的问题解决的。"

"再见到你我会很开心的，七点钟我会吃晚饭，相信我会吃到一只山鹬。顺便说一下，考虑到最近出现的情况，我认为应该让赫德森夫人对那只山鹬的嗉囊进行检查。"

我在一个患者身上耽误了一点儿时间，所以当我重新回到贝克街的时候，都已经过了六点半了。我走近寓所的时候，看见一个身材高大的男人穿着一件带苏格兰帽的上衣，上衣的纽扣一直扣到了脖子上面。他正在屋子外面的灯光下，灯光是从一个扇形窗子里照射出来的。当我来到门口的时候，门正好打开了，我们就一起来到福尔摩斯的房间。

"你肯定就是亨利·贝克先生了。"福尔摩斯一边说话一边从扶手椅上站起身来，而且露出一种平易近人的和蔼神态。"请在壁炉旁边的这把椅子上坐下吧，贝克先生，今天晚上实在是冷，不过，能看得出你的血液循环夏天要比冬天强。哦，华生，你来得太及时了。这顶帽子是你的吗，贝克先生？"

"没错，先生，这确实是我的帽了。"

他的身躯魁伟，腰粗膀圆，头颅特别大，有一张宽阔而聪明的脸，棕色的络腮胡须越往下面越尖，而且已经呈灰白色；鼻子和面颊稍微带些红润之色，手伸出来的时候有点颤抖，这些特征便让我想到了福尔摩斯对于他特征的推测。他的黑礼服大衣已经褪了色，大衣前面的所有扣子都扣上了，领子也竖起来了，细长的手腕从大衣袖子下面露出来，但是手腕上看不到袖口或衬衣的痕迹。他说话不是很连贯，用词比较谨慎，总体说来他给人的印象是一个时运不济的学者。

"这些东西已经在我们这里保存好几天了，"福尔摩斯说，"因为我们盼望着从你的寻物启事上面可以看到你的地址。我不明白你为什么不登报呢？"

我们的客人有点不好意思地笑了笑。"现在我已经不像过去那样有钱了，"他说道，"我还以为袭击我的那群流氓早就把我的帽子以及鹅都给抢走了呢，所以要找回它们几乎没有什么希望，我不想因为此事再花费了！"

"你说得很有道理。顺便说一下，你的那只鹅，我们不得已就先将它吃掉了。"

"已经吃掉了！"我们的客人差点激动得站起来。

"没错，假如我们不那样做的话，对谁来说那只鹅都会不堪食用了。但是，我餐柜上面的那只鹅的斤两与你的鹅不相上下，而且还特别鲜嫩，同样会让你感到满意的。"

"哦，那是当然的。"贝克先生松了一口气说。

"不过，我们依然还帮你保留着你自己那只鹅的羽毛、腿、嗉囊等等，所以，如果你希望……"

突然，这个人哈哈大笑起来。"假如是把它当作我那次历险的纪念品，这些东西可能还会有点儿用处，"他说，"除此以外，我真的看不出来我的那只鹅的零碎遗物对我还有什么用处。先生，如果你允许的话，我觉得我所关心的仅仅是我所看到的餐柜上面的那只肥硕的鹅。"

夏洛克·福尔摩斯立即朝我看了一眼，稍微耸了一下肩膀。

"这是你的帽子，这是你的鹅，"福尔摩斯说道，"顺便问一下，你能不能告诉我们你的那只鹅是从什么地方买来的？我对饲养家禽比较感兴趣，我之前很少看见比你那只长得还要好的鹅。"

"当然没问题，先生，"他站起身来将刚刚得到的财产夹在腋下说，"我们当中有很多人经常会去博物馆旁边的阿尔法小酒店，因为白天我们都在博物馆里面。你能明白吗？今年，我们的好店主，他的名字叫温迪盖特，他创办了一个鹅俱乐部，考虑到我们每个星期都要向俱乐部交纳几个便士，所以圣诞节的时候，我们每个人都会收到俱乐部给的一只鹅。我一直都按时付钱。之后发生的事情你应该都知道了。先生，由于戴一顶苏格兰帽既不符合我这样的年龄，也不符合我的身份，而你让我受益匪浅，对你我表示深深的谢意。"说话间他还带着一种滑稽而自负的神态给我们两个人鞠了一躬，接下来便迈着大步走出了房间。

"到此，亨利·贝克先生的事情就结束了。"福尔摩斯一边说着一边随手把门关上了，"很显然，这件事他是一无所知的。你饿不饿？华生？"

"不是很饿。"

"那么，我认为应该把我们的晚餐改为宵夜，我们要顺藤摸瓜，以便趁热打铁。"

"没问题，当然可以。"

这是一个极冷的夜晚，所以我们都穿着长大衣，围上了围巾。屋子外面，群星灿烂，在万里无云的黑夜里闪烁着寒光。过往的行人喷出的呵气立即凝成冷雾，就如同有很多手枪在射击一样。我们发出了既清脆又响亮的脚步声。我们迈着大步从医师区、威姆波尔街、哈利街穿过，然后经过了威格摩街到了牛津街，在一个小时以内我们便来到了博物馆区的阿尔法小酒店。这是一家规模很小的酒店，位于通往霍尔伯恩的一条街的拐角处。福尔摩斯将这家私人酒店的门推开，向系着白围裙、红光满面的老板要了两杯啤酒。

"假如你的啤酒可以和你的鹅一样出色，那就可以称作是最为上等的啤酒了。"他说道。

"我的鹅！"这个人似乎很吃惊的样子。

"没错，就在半个小时之前，我和你们俱乐部的会员亨利·贝克先生谈过这件事。"

"哦，我知道了，但是你不知道，先生，实际上，那些鹅也不是我的！"

"是吗？那么，是谁的呢？"

"那是我在考文特园一个推销员那里买来的二十四只鹅。"

"是吗？他们当中几个人我认识，你指的是哪一个呢？"

"他的名字叫布莱肯里奇。"

"我认识那个人，好吧，老板，祝你生意兴隆，身体健康。我们先不打扰了。"

"我们现在就去找布莱肯里奇。"我们离开了酒店，进入了寒冷的空气中。他一边扣着外衣一边接着往下说，"一定要记住，华生，即使在这条锁链的一端，现在我们只找到了像鹅这样家常的东西，可是在另一端，我们也许会找到一个将要被判处七年徒刑的人，除非我们可以证明他并没有犯罪，但是，恐怕我们的调查只能证明他是有罪的。不管怎样，这是一条被警察忽略的调查线索，但又因为一种奇特的机缘落入了我们的手中。我们就顺着这条线索继续追查下去，一直到真相大白为止。现在我们快速向南前进！"

我们从霍尔伯恩街穿过，进入恩德尔街，接下来又走过道路曲折的平民区，到达了考文特园市场。在一些大货摊里面，有一个货摊的招牌上面写着布莱肯里奇的名字。店主有一张长脸，面容清瘦，留着整齐的络腮胡子。他正在帮着一个小伙计收摊。

"晚上好，真是一个寒冷的夜晚啊！"福尔摩斯说。

店主人向我的同伴点了点头，同时用怀疑的眼光看着他。

"看样子你的鹅都已经卖完了。"福尔摩斯指着空荡荡的大理石柜台说道。

"明天一早，我可以卖给你五百只鹅。"

"那是没有用的。"

"那好，亮着煤气灯的那个货摊上还有几只。"

"我可是别人介绍到你这里来的。"

"是谁介绍的？"

"阿尔法酒店的老板。"

"哦，没错。我之前给他送去了二十四只。"

"那些鹅可真是很好啊。那么，你是从哪里弄来的呢？"

让我感到惊讶的是，店主听到这个问题竟然勃然大怒。

"那么，好吧，这位先生，"他扬起头，手叉着腰大声喊道，"你到底是什么意思？如果有什么话就请直接说清楚。"

"我已经说得很清楚了，我就是想要弄清楚你供应阿尔法酒店的那些鹅是从谁那里买的？"

"是这样的啊，可是我并不想告诉你，就是这样的！"

"这并不是一件大事，可是我不明白你怎么会为这点小事大动肝火呢？"

"我大动肝火！假如你也和我一样被人纠缠的话，可能你也会发火的。我花大价钱买的好货，这不就可以了吗，但是你非要问：鹅是从哪里来的？你们的鹅卖给了谁？还有你们这些鹅想要换些什么东西啊？相信无论是谁听到这么多唠唠叨叨提问的时候，可能都会觉得这些鹅是这个世界上独一无二的。"

"但是我和其他提这些问题的人没有任何关系，"福尔摩斯不在意地说，"假如你不想告诉我们，这个打赌就不算数了。关于这个问题，我已经下了五英镑的赌注，我敢说我吃的那只鹅是在农村喂大的。"

"我想你那五英镑肯定要输掉了，因为它不是在农村喂大的，而是在城里喂大的。"这位老板说。

"不是这样的。"

"就是这样的。"

"我不相信。"

"你觉得你对于家禽的了解会比我内行吗？我可是从当小伙计开始就

同这些鹅打交道的人，我跟你讲，那些送往阿尔法酒店的鹅全部都是在城里喂大的。"

"我没有办法相信你的话。"

"那么，你敢和我打赌吗？"

"要是那样的话，你肯定会输钱的，因为我很清楚我不会错，但是我还是愿意拿出一个金镑的硬币和你打赌，只是为了教训你不要再这样固执。"

店主笑了起来。"比尔，给我把账簿拿过来。"他说道。那个小男孩取来一个薄薄的小账本，还有一个封面沾满油腻的大账本，把它们一起摊开放在了吊灯下面。

"看见没有，这位自信的先生，"店主说道，"我刚才还以为我的鹅全都卖光了，但是在我结束营业之前，你看见我们的店里还剩下一只鹅，这个小账本你看见了吗？"

"这是怎么回事？"

"那就是卖给我鹅的人的名单，你看清楚了吗？这一页上面标记的是乡下人，他们名字后面的数目是总账的页码，他们的账户就在那一页的上面记载着。喂！你有没有看见用红墨水写的另外一页？这一张是卖给我鹅的城里人的名单。看一下上面第三个人的名字，把它念给我听。"

"奥克肖特太太，布里克斯顿路一百一十七号——二百四十九页。"福尔摩斯念道。

"就是这样的。现在再来查看一下总账吧！"

福尔摩斯翻到了他所说的那一页，说道："就在这里，奥克肖特太太，布里克斯顿路一百一十七号，鸡蛋和家禽供应商。"

"那么，最后记的一笔账是什么？"

"12月22日，二十四只鹅，收价七先令六便士。"

"没错，是这样，你看，那么在这行的下面呢？"

"卖给阿尔法酒店温迪盖特，售价十二先令。"

"现在你还有什么可说的吗？"

夏洛克·福尔摩斯表现出一副特别懊恼的样子，随后从口袋里面掏出一个金镑的硬币扔在大理石柜台上面，带着一种让人觉得高深莫测的神情离开了。走出几步之后，他停在了一个路灯下面，用他那独特的姿势默默地笑了起来。

"如果遇到留有那种络腮胡子的人，他还不愿意泄露机密的时候，那么，用打赌的方式总是会让他吐露真情的。"他说，"我敢说，即使我打赌之前放在那个人面前一百镑，他也不可能像打赌一样，把情况都通通提供给我们。哦，华生，真是没想到，现在我们已经接近调查的尾声了。现在只剩下我们唯一需要决定的了，我们是今天晚上去这位奥克肖特太太那里，还是等到明天再去呢？通过那个粗鲁家伙的话，我们可以很清楚知道，除了我们以外，还有别人也着急知道这件事，所以，我们应该……"

突然间，一片聒噪的吵闹声将福尔摩斯的话打断了，这声音就是从我们刚刚离开的那个货摊那儿传过来的。我们回过头去看，只见一个獐头鼠目、身材矮小的人正在门口吊灯的黄色光晕下站着。那个店主人布莱肯里奇便在他的货摊的门口堵着，狠狠地朝着这个畏畏缩缩的人挥舞着拳头。

"我真的是烦透了你和你的鹅！"他喊着，"我真希望你们全部都去见鬼！如果你再跑来用那些蠢话纠缠我，我就会放狗咬你。你把奥克肖特太太带来，我会给她答复的，可是这与你有什么关系？我的鹅是从你那里头来的吗？"

"确实不是，但是话虽如此，那里面有一只鹅是属于我的呀！"那个矮个子唉声叹气地说。

"既然这样，那你应该去向奥克肖特太太要啊。"

"是她让我过来找你要的。"

"那么，你应该去找普鲁士国王要啊，这个我可管不着。我已经听够了，你赶紧给我滚开吧！"他恶狠狠地向前冲去，但是那个问话的人很快就在黑暗中消失了。

"这下好了，我们用不着到布里克斯顿路去了。"福尔摩斯对我小声说，"跟我来，我们来看看通过这个家伙可以查出些什么来。"我们从三五成群在灯火辉煌的店铺周围闲逛的人丛中穿过，我的同伴大步走上前追上那个矮个子，拍了一下他的肩膀。

那个人突然转过身来，通过路灯我可以看出这个人面色泛白，毫无血气。

"你是什么人？你要干什么？"他颤声地问道。

"实在抱歉，"福尔摩斯和气地说，"刚才我无意中听见了你和那个商贩的谈话，我想我也可能帮到你。"

"你？你是什么人？这件事情你是如何知道的？"

"我的名字是夏洛克·福尔摩斯。别人不知道的事我也很清楚，这只不过是我分内的事。"

"可是这件事情你都知道些什么？"

"可以说，这件事情的情况我全部都知道了。你费劲心思想要找到的那几只鹅是叫布莱肯里奇的那个商贩从奥克肖特太太那里买的。接着他又转卖到阿尔法酒店温迪盖特先生那里。然后他又转到他的俱乐部，而亨利·贝克先生是俱乐部的会员。"

"天啊！先生，你就是我希望见到的人，"这个身材矮小的人大声说道，同时将双手哆里哆嗦地伸出来，"我无法和你解释我对这件事是多么感兴趣。"

夏洛克·福尔摩斯把一辆路过的四轮马车喊住。"既然这样，我们就不要在这个寒冷的闹市谈论了，不如我们到一个舒舒服服的房间里面仔细地讨论这个问题吧，"他说，"但是，希望在我们出发之前，知道我有幸为之效劳的人的尊姓大名。"

这个人左右看了看，犹豫了一下说道："我的名字是约翰·鲁滨孙。"

"不是的，我指的是你的真实姓名，"福尔摩斯和蔼地说道，"做事情使用化名还是会有很多的不便之处。"

突然，这位陌生人的苍白的脸马上涨得通红。"好吧，告诉你吧，"他说，"我的真实姓名叫詹姆斯·赖德。"

"一点问题都没有，'世界旅馆'的领班。请到马车上来吧！一会儿我就会告诉你想要知道的一切。"这个小个子站在那里，不停地打量着我们，他的眼神里面有一些忧虑，又有一些希望。这正是一个处于吉凶未卜、对自己的未来没有把握的人的表情。随后他坐上了马车，到了车上我们都缄默无语，一言不发，但是我们的新伙伴却呼吸急促而且很微弱，两只手有时紧握，有时放松，可以看出他内心还是处于紧张的状态。半个小时过后，我们回到了贝克街的起居室。

"终于到家了！"我们先后走进屋子，福尔摩斯高兴地说道，"在这样的天气里，点燃熊熊炉火是非常惬意的事情。你看上去好像很冷，赖德先生。请你在这把藤椅上坐下吧。在解决你这件小事之前，我先把拖鞋换上。这回可以了，你对那些鹅的情况非常感兴趣吧？"

"没错，先生。"

"我很感兴趣，甚至更确切地说，你要知道的是哪只鹅的情况？是不是一只白色的、尾巴上面有一道黑的鹅。"

赖德激动得颤抖了一下。"啊，先生！"他喊道，"您可以告诉我这只鹅的下落吗？"

"它之前来过我这里。"

"这里吗？"

"没错，它的确是一只特别奇特的鹅。你对这只鹅如此感兴趣，我并不觉得奇怪。这只鹅死后下了一个蛋，是这个世界上最罕见的、最珍贵、最明亮的蓝色小蛋。它已经被我珍藏在我这里的博物馆了。"

我们的客人晃晃悠悠地站起身来，右手抓住壁炉架。福尔摩斯把他的保险箱打开，将那颗蓝宝石高高举起来，那块宝石光芒四射，如同一颗灿烂的寒星。赖德拉长了脸，眼睛一直盯着宝石连眼都不眨一下，不知道自己应该认领，还是应该否认。

"我认为这出戏应该结束了，赖德。"福尔摩斯平静地说，"站好了，赖德，不然你会跌到壁炉里面去。把他扶到椅子上面坐着，华生。我想他的胆量还不足以去干那些罪恶的勾当。给他倒点儿白兰地喝。好了，现在看上去他还是有些人样的。真的，他是一个多么瘦小的人哪！"

几分钟后，他又慢慢地站起身来，可是由于站立不稳马上就要倒下。好在白兰地让他的两颊有了一些血色，他又坐了下来，用恐惧的目光盯着这个谴责他的人。

"现在这个案子的每一个环节以及我需要的全部证据，我基本已经完全掌握了，所以已经没有多少事情需要你告诉我的了。不过，为了让这件案子圆满地结束，我们也把那件小事弄明白吧。赖德，你之前有没有听说过莫卡伯爵夫人的蓝宝石呢？"

"是凯瑟琳·丘萨克跟我讲的。"他吞吞吐吐地回答。

"哦，是伯爵夫人的侍女。这样一个发大财的机会，对于你来说确实非常具有诱惑力，就好像它之前也曾引诱过比你本领还要大的人一样。可是，你所用的伎俩却远远不够啊。在我看来，赖德，你就是一个生性特别狡猾的恶棍。你知道管子工霍纳之前曾经有过这类的盗窃行为，所以把嫌疑落在他的身上并不是一件难事。那么你都做了些什么呢？你和你的同谋丘萨克，你们在伯爵夫人的房间里都搞了哪些小小的布局呢？你们想办法让他进入房间里面，他走以后，你将首饰匣撬开，然后便大声呼喊房间被盗，以致这个不幸的人遭受逮捕。接下来你……"

听到这里，赖德"扑通"一下跪在了地毯上，扶着我朋友的两膝哀求道："求您看在上帝的面子上，放过我吧，想想我的父亲！再想想我的母亲！那样会让他们心碎的。我之前从来都没有干过任何的坏事！我以后再也不敢了，我发誓。我可以手按《圣经》发誓。一定不要把这件事情提交给法庭！求您看在耶稣的分上，千万不要这样做！"

"你坐回到椅子上去！"福尔摩斯厉声说道，"你现在知道磕头求饶了，但是你有没有想想可怜的霍纳，他让并不知情的罪名给送到了被告席上。"

"我可以逃走，福尔摩斯先生。我也可以从这个国家离开，先生。那么，对他的控告也就会撤销的。"

"这个问题我们会再谈的，但是，现在就把这出戏第二幕的真实情况讲给我们听听吧。你实话说，是怎样把这颗宝石放进鹅肚子里面的，而那只鹅又是如何到市场上去的呢？把事实的真相告诉我们，这是你可以平安无事的唯一希望。"

赖德舔了舔他那干裂的嘴唇。"我一定会把事实告诉你的，先生，"他说道，"霍纳被捕之后，对我而言最好的办法就是带着宝石马上逃走，因为我不知道什么时候警察可能就会想到搜查我以及我的房间，但是旅馆里面没有一个安全的地方，我便装作受人差遣走出旅馆，乘机跑到了我姐姐的家里。她与一个名叫奥克肖特的人结了婚，就住在布里克斯顿路。她在那里靠把鹅喂肥供应市场来维持生计。我觉得一路上碰到的每一个人似乎都是警察或者侦探。所以，即使那天晚上特别寒冷，但是还没有到达布里克斯顿路，我就已经汗流浃背了。我姐姐问我发生了什么事，还问我的脸色为什么这么苍白。当时我只是跟她说，是因为我被旅馆发生的那一桩珍宝盗窃案搞得心烦意乱，然后我便走进后院，抽着烟斗，计划着如何做才是万全之计。

"我之前有一个朋友名叫莫兹利，由于他曾经做过坏事，刚在培恩顿威尔服刑期满。有一天我碰到他，他跟我谈起盗窃的门径，还有怎样将赃物出手的方法。我相信他不会出卖我，因为我知道一两件和他有关的事，于是我下定决心到基尔伯恩去找他，并且还把我的秘密告诉了他。他肯定会告诉我如何才能把宝石变换成钱，但是如何才能安全地到达他那里呢？我想到了我从旅馆来的路上惶恐不安的心情，我担心我随时都有可能遭到逮捕或者搜查，当时宝石就在我背心的口袋里面。我正靠着墙看着一群鹅在我的旁边摇摇摆摆地走来走去，我突然想到一个好办法，一个一定可以瞒过精明能干的侦探的好办法。

"半个月以前，我姐姐曾经跟我说过，我可以从她的鹅里面挑选一只，作为她送我的圣诞节礼物。我知道姐姐说话是算数的，那么，不如我现在就把鹅拿走，这样我就可以把宝石藏在鹅的肚子里面，带到基尔伯恩去。我姐姐家的院子里有一个小棚子，所以我就从棚子后面赶出来一只鹅，那是一只大白鹅，尾巴上还有一道黑边。我把它抓住，又把它的嘴撬开，将宝石塞进它的喉咙里，一直塞到我的手指可以够到的地方。鹅一口就把宝石吞下去了，我摸到宝石已经顺着它的食道流入它的嗉囊里面。那只鹅拍打着翅膀用力地挣扎着，正在这时我姐姐闻声从屋里走出来，问我发生了什么事情。正在我转身和她讲话的一瞬间，那只鹅就从我的手里用力地挣脱出来，它拍打着翅膀跑到鹅群里去了。

"'你为什么要抓那只鹅啊，杰姆？'她问。

"'是这样的，'我说，'你之前不是说过要送给我一只鹅作为圣诞节的礼物吗？我摸一摸哪只鹅最肥！'

"'你的那只鹅，我们早就已经给你准备好留在一边了，我们还给它起名叫作杰姆。你看，就是在那头的那只大白鹅。我一共养了二十六只鹅，一只是送给你的，一只我们留着自己吃，剩下的二十四只是要卖到市场里去的。'

"'非常感谢，麦琪，'我说，'如果对你来说都一样的话，我还是希望可以把我刚才抓到的那只送给我。'

"'杰姆，我们留给你的那一只要比你刚才抓的那一只整整重三磅。'她说，'那是我们特意为你喂肥的。'

"'没关系，我还是想要我刚才抓的那只，我现在就想把它带走。'我说。

"'真是拿你没办法！那你就随便吧。'她有些生气地说，'告诉我，你看上的是哪一只呢？'

"'就是那只尾巴上面有一道黑的白鹅，就在那群鹅里面。'

"'那好吧，把它宰了，你就带走吧。'

"就这样，我按照姐姐说的做了，福尔摩斯先生。我带着这只鹅一路跑到基尔伯恩。我就把我所做的一切全部告诉了我的伙伴，因为他是我唯一一个可以把这件事情如实相告的人。他高兴得差点喘不上气来。我们便持刀把鹅开了膛，可是我的心立刻凉了半截，因为在鹅的嗉囊里根本没有看见蓝宝石，我就知道一定是出现了差错，所以我就快步回到我姐姐家里，可是在后院，我发现那里已经一只鹅都没有了。

"我大声喊道：'麦琪，那些鹅都送到哪里去了？'

"'我已经把它们送进经销店了，杰姆。'

"'是哪家经销店呢？'

"'考文特园的布莱肯里奇。'

"'里面是不是有一只尾巴上带黑道的鹅？和我挑选的那只一样？'我问道。

"'是的，杰姆，一共有两只尾巴上带黑道的鹅，我根本分不清它们。'

"我当然知道是怎么回事了，随后我便马不停蹄地跑到布莱肯里奇店主那里，但是他早就把所有的鹅都卖掉了，而且他就是不告诉我他把鹅到底卖到哪里去了。他今天夜里说的话你已经听到了。他总是那么回答我。

我姐姐觉得我发疯了，有时我自己也认为我是快疯了。现在，我是一个已经被打上窃贼烙印的人了，即使我并没有得到财宝，但是因为它，我已经把我的人格给出卖了。希望上帝能够宽恕我！希望上帝能够宽恕我！"

说着他便用双手捂着脸大声地哭了起来。很长一段时间，屋子里一片寂静，只能听到他沉重的呼吸声和夏洛克·福尔摩斯用手指有节奏地敲打桌沿的声音。突然，我的朋友站起身来，用力把门打开。

"快滚出去！"他说。

"你说什么，先生？哦，愿上帝保佑你！"

"别说了，快滚吧！"

事实上也确实没有什么可说的了。只听见楼梯上一阵"噔噔"的脚步声，接着传来"嘭"的一下关门声，然后从街上传来一阵清脆的跑步声。

"毕竟，华生，"福尔摩斯边说着边把手伸出去拿那只陶土制的烟斗，"现在警察局还没有请我去向他们提供他们还不清楚的案情，假如现在霍纳正处于危险境地，那就要另当别论了，但是我想这个家伙不会再出头露面控告他了，这个案件也就会不了了之。我想我在让一个人的重罪得以减轻，这也许是挽救了一个人。这个人以后就不会再做坏事了，他已经被吓得丢了魂了。如果把他送进监狱的话，也许他就会成为一个终身的罪犯。另外，现在正是大赦的时节，我们何乐而不为呢。因为偶然的机会这个奇特古怪的疑题让我们碰上了，而且这个问题的解决也就算是对它的报酬了。假如你愿意按一按铃，华生，我们还可以进行另一案件的调查，其中主要的线索还是一只家禽。"

八　"斑点带子"案

八年来，我对我的朋友夏洛克·福尔摩斯的破案方法进行了研究，记录下的案例有七十多个。我大致把这些案例的记录翻阅一下，发现有很多悲剧性的案例，也有一些是喜剧性的案例，其中很多仅仅是离奇古怪而已，但是没有一例是平淡无奇的。这是由于，与其说他的工作是为了获得酬金，还不如说是因为他对那门技艺的特殊爱好。

除了一些独特的、荒诞无稽的案情之外，他对其他的案情从来都不去理会，更不会参与任何的调查活动。可是，在这些变化多端的案例里，应该没有哪一例比萨里郡斯托克莫兰的闻名的罗伊洛特家族那一例更具有非同一般的特色了。现在谈论的这件事，发生在我和福尔摩斯交往的前期。那个时候，我们还都是单身汉，我们合住在贝克街的一套寓所里。本来我早就应该把这件事记录下来，但是，由于当时我保证会严守秘密，直到上个月，因为我为之作出过保证的那位女士不幸过早逝世，所以这种约束便得以解除。现在，是时候把真相公告于天下了，因为我的确知道，关于格里姆斯比·罗伊洛特医生的死众说纷纭，广泛流传着各种各样的谣言。这些谣言反而让这桩事情变得比实际情况还要让人震惊。

那是在 1883 年 4 月初的一天，我早上醒来的时候，看见夏洛克·福尔摩斯穿得整整齐齐的在我的床边站着。实际上，他是一个喜欢睡懒觉的人，我向壁炉架上面的时钟看看，才刚七点一刻，我感觉有些诧异地向他眨了眨眼睛，心里还有一点不高兴，因为我的生活习惯是非常规律的。

"不好意思，这么早就把你叫醒了，华生。"他说，"但是，今天早上我们可能命该如此。开始是赫德森太太被敲门声吵醒，然后她又报复似的过来把我给吵醒了，现在我又过来把你叫醒。"

"那么，是什么事，不会是失火了吧！"

"不是的，是一位委托人，似乎是一位年轻的女士到来了，她情绪特别激动，一定要见到我不可。她现在正在起居室里等着呢。你看，假如有些年轻的女士大清早就在这个大都市徘徊，而且还把正在梦乡的人从床上吵醒，我觉得那肯定是一件特别紧急的事情，他们必须得找人商量。如果这件事是一件有趣的案子，那么我相信你一定希望从一开始就能有所了解。我觉得不管怎样都应该把你叫醒，给你这个机会。"

"明白了，亲爱的老兄，那么，不管怎样我都会抓住这个机会的。"

参与福尔摩斯专业性的调查工作是我最大的乐趣，我欣赏他能够快速地做出推论，他推论的速度，就如同是单凭直觉而做出的一样，但是却总是建立在逻辑的基础之上。他就是依靠这些解决了委托人的各种疑难问题的。我急忙把衣服穿上，几分钟后就准备就绪，跟着我的朋友来到了楼下的起居室。只见一位女士正端坐在窗前，她身上穿着黑色衣服，蒙着厚厚的面纱。我们走进房间的时候她站起身来。

"早上好，小姐。"福尔摩斯大声地说道，"我是夏洛克·福尔摩斯，这位是华生医生，是我的挚友以及伙伴。在他的面前，你可以像在我的面前一样，不要有什么顾虑。哈！赫德森太太想得太周到了，看到她已经将壁炉烧旺了我很高兴。请凑近炉火来坐，我让人帮你端一杯热咖啡，我看你还在发抖。"

"我的发抖并不是因为感觉冷。"那个女人小声地说，同时，她按照福尔摩斯的提议换了个座位。

"那么，到底是什么原因呢？"

"福尔摩斯先生，是由于我感到害怕和恐惧。"她一边说着，一边将面纱掀起。我们可以看得出来，她的确正处在万分焦虑之中，让人怜悯。她脸色苍白、神情沮丧，双眸惊惶不安，就如同一头正在被追逐的动物。她的身材和相貌似乎是三十岁的样子，但是，她的头发里却夹杂着几缕银丝，表情非常憔悴。福尔摩斯快速将她从上到下打量了一番。

"你不用担心。"他身体前倾，轻轻地拍了拍她的手臂，安慰地说，"我可以毫不夸张地告诉你，相信我们很快就会把事情处理好的，我知道，你是今天早上坐火车来的。"

"这么说，你是不是认识我？"

"不是的，我注意到你左手的手套里有一张回程车票的后半截。你一定是非常早就动身的，你在到达车站之前，还乘坐过单马车在崎岖泥泞的道路上走了很长一段路程。"

那位女士大吃一惊，惶惑地注视着我的朋友。

"这里面并没什么奥妙，亲爱的小姐。"他微笑着说，"你外套的左臂上，至少有七处溅上了泥，而且这些泥迹全部都是新沾上去的。除了单马车之外，再也找不到别的车辆会这样甩起泥巴的，你只有在车夫的左面坐着才会溅到泥的。"

"无论你是如何判断出来的，你说得一点都没错。"她说，"我是六点钟以前从家里离开的，六点二十到达莱瑟黑德，之后又乘坐开往滑铁卢的第一班火车来的。先生，这样下去我会疯掉的，我实在紧张得受不了啦。一个能帮到我的人都没有，我实在很无助，现在只有一个人关心我，但是他也是个可怜的人，也是毫无办法。我听人说起过你，福尔摩斯先生，我是从法林托歇太太那里听说的，你之前在她最需要帮助的时候援助过她。你的地址就是我从她那里打听到的。哦，先生，你是不是也可以帮帮我呢？至少可以给正处在黑暗深处的我指引一条明路。我现在还没有能力酬劳你对我的帮助，但是，在一个月或一个半月以内，我就要结婚，到那时我就可以支配我自己的收入，你可以知道，我不会是一个忘恩负义的人。"

福尔摩斯转身向他的办公桌走去，把抽屉的锁打开，从里面拿出一本小小的案例簿，翻阅了一下。

"法林托歇，"他说，"啊，没错，我想起了那个案子，是一件与猫儿眼宝石女冠冕有关的案子。华生，这个还是你来之前的事呢。小姐，我只能说我很愿意接手你这个案子，我会像我之前接手你朋友的那桩案子一样。至于酬劳，我的职业本身就是我的酬劳，不过，你也可以在你觉得最适合的时候，随意支付我在这件事上可能付出的费用。那么，你现在可以把和这件事情有关的一切都告诉我们吧。"

我们的来客回答说："我对我所感到担心和害怕的东西并不清楚，我的疑虑都是由于一些极为琐碎的小事引起的。在别人眼里，这些小事看上去也许是微不足道的，在所有的人当中，甚至我最有权利取得其帮助和指点的人，都认为我所讲述的有关这件事的一切，完全是一个神经质的女人在胡思乱想罢了。他倒不是这么说，但是，我能从他安慰我的答话以及回避的眼神中感觉到。我知道，福尔摩斯先生，人们心中的种种邪恶你都可以看透。希望你可以指点我，在这样危机四伏的情况下，我该怎么办。"

"我特别认真地在听你讲，小姐。"

"我的名字叫海伦·斯托纳，我和我的继父在一起居住，他是位于萨里郡西部边界的斯托克莫兰的罗伊洛特家族——英国最古老的撒克逊家族之一——最后的一个生存者。"

福尔摩斯点点头，说："这个名字我并不陌生。"

一直以来，这个家族都是英伦最富有的家族之一，它的产业占地特别广，已经超出了本郡的边界，北至伯克郡，西至汉普郡。但是到了上个世纪，接连四代子嗣都是生性荒淫浪荡、挥霍无度之辈，到了摄政的时候，最后终于让一个赌棍弄得倾家荡产。除了几亩土地以及一座二百年的古老邸宅之外，就没有什么了，而那座邸宅也已经典押得差不多了。最后的一位地主在那里过着落魄王孙的悲惨生活。但是他的独生子，就是我的继父，意识到他一定要让自己适应这种新的情况，便从一位亲戚那里借了一笔钱，他利用这笔钱得到了一个医学学位，并且还出国到加尔各答行医，在那里，他依靠着他的医术和坚强的个性，逐渐让自己的事业发达起来。可是，因为家里几次被盗，他在愤怒之下，把当地人的管家殴打致死，因为这件事，他差一点被判处死刑。长期监禁结束后，他返回英国，性情变得极其暴躁。

"在印度时，罗伊洛特医生娶了我的母亲。她当时是孟加拉炮兵司令斯托纳少将的年轻遗孀——斯托纳太太。我和我的姐姐朱莉娅是孪生姐妹，我的母亲再婚的时候，我们才两岁。她有一笔非常可观的财产，每年的进项不低于一千英镑。我们与罗伊洛特医生住在一起的时候，她就立下遗嘱将她的全部财产都遗赠给他，但是，还附有一个条件，那就是在我们结婚以后，每年都要拨给我们一定数目的金钱。我们返回英伦没多久，我们的母亲就离世了。她是八年前在克鲁附近的一次火车事故中丧生的。从那时起，罗伊洛特医生就没有在伦敦重新开业，他带着我们一起到斯托克莫兰祖先所留下的古老邸宅里生活。我母亲给我们留下的钱足够我们应付所有的需要了，看上去我们的幸福应该是没有问题的。

"可是，就在这段时间里，我们的继父发生了特别可怕的变化。开始的时候，邻居们看到斯托克莫兰的罗伊洛特的后裔回到这古老家族的邸宅，还都特别高兴。但是他既不和邻居们交朋友，也不和他们互相往来，整天把自己关在房子里，深居简出，无论遇见什么人，都会与之发生争吵。他这种几乎癫狂的暴戾脾气，在这个家族里，是具有遗传因素的。我认为我的继父是因为长期居住在热带地方，以至于这种脾气变本加厉。让人丢脸的争吵不断地发生。其中两次，还吵到了法庭。后来，他就变成了村里人人望而生畏的人。人们一看见他，都会立即躲开，因为他拥有特别大的力气，在他发怒的时候，几乎什么人都无法控制住他。

　　"上个星期，村里的铁匠被他从栏杆上面扔进了小河里，后来我把尽我所能收罗到的钱都花掉了，才避免了又一次当众出丑。除了那些随处流浪的吉普赛人，他并没有什么朋友。他允许那些流浪的人在那一块代表着家族地位的几亩荆棘丛生的土地上扎营。他会到他们的帐篷里接受他们作为报答的殷勤款待。有的时候还和他们一起出去流浪很长时间。他还特别喜欢印度的动物。一个记者送给他一些印度动物。目前，他有一只印度猎豹以及一只狒狒，这两只动物每天都在他的土地上无拘无束地跑来跑去，村里人如同害怕它们的主人一样害怕它们。

　　"通过我所讲述的这些情况，你们应该可以想象到我和可怜的姐姐朱莉娅根本没有什么生活乐趣。人们都不愿意与我们长期相处，在很长一段时间里，所有的家务都由我们操持。我的姐姐在三十岁的时候就离开了我。她早就已经两鬓斑白了，就如同我现在的头发一样。"

　　"这么说，你的姐姐已经死了？"

　　"她死了刚好有两年的时间，我要跟你说的就是关于她去世的事情。你应该能够理解，过着我刚才所说的那种生活，我们根本无法和任何与我们年龄相仿以及地位相同的人接触。我们有一个姨妈，叫霍洛拉·韦斯法尔小姐，她是我母亲的姐妹，也是一个老处女，她在哈罗附近居住，我们偶尔会得到允许，去她家短期作客。两年前的圣诞节，朱莉娅到她家里去，在那里她与一位领半薪的海军陆战队少校相识，并和他有了婚约。我姐姐回来以后，我的继父知道了这一婚约，对此，他并没有表示反对。可是，在计划举办婚礼之前不到两周的时候，发生了可怕的事情，所以我唯一的伴侣也被夺走了。"

福尔摩斯一直闭着眼睛在椅背上仰靠着，头靠在椅背的靠垫上。这时他眼睛半睁，看了看他的客人。

"请把细节再说详细些。"他说道。

"这对我来说并不困难，因为在那个可怕的时刻，发生的所有事情，全部都深深地印在了我的记忆里。我之前说过，庄园的邸宅特别的古老，现在只有一侧的耳房还住着人。这一侧的耳房的卧室是在一楼，房子的中间是起居室。这些卧室中，罗伊洛特医生住在第一间，我的姐姐住在第二间，我住在第三间。这些房间相互之间并没有连接，但是房门都是朝着一条共同的过道开的。不知道我说明白了没有？"

"很明白。"福尔摩斯说道。

"三个房间的窗子都是朝着草坪开的。那个可怕的晚上，罗伊洛特医生很早就回到了自己的房间，但是我们知道他并没有就寝，因为他那强烈的印度雪茄烟味把我的姐姐熏得很难受，他抽这种雪茄已经上了瘾。所以，她从自己的房间离开，来到我的房间待了一会，跟我谈起她快要举行的婚礼。十一点钟的时候，她便起身准备回自己的房间，但是当她走到门口的时候又停了下来，回过头来。

"'听我说，海伦，'她说，'你有没有在夜深人静的时候，听到过有人吹口哨？'

"'我从来都没有听到过。'我说。

"'我想你在睡着的时候，不应该会吹口哨吧？'她问道。

"'肯定不会，你为什么会问这个呢？'

"'因为最近这几天，大约清晨三点钟，我总能听见很清晰的口哨声。我是一个睡不沉的人，有一点声音就会被吵醒。我说不好那个声音是从哪

里传来的，也许是从隔壁的房间，也许是从草坪里面。我那时就想，我应该问问你有没有听到。'

"'没有，我从来都没有听到过。估计是种植园里那些讨厌的吉普赛人。'

"'很有可能。但是如果声音是从草坪那里传过来的，你应该也会听到的。'

"'啊，可是，我往往睡得要比你沉。'

"'那好了，无论怎样，这没有多大关系。'她扭过头看着我笑了笑，然后就把我的房门关上了。一会儿工夫，我就听到她用钥匙锁门的声音。"

"为什么这么做？"福尔摩斯说，"在夜里的时候，你们总是将自己锁在屋子里吗？"

"是的，一直是这样。"

"为什么呢？"

"我之前和你提到过，医生养了一只印度猎豹和一只狒狒。如果不把门锁上，我们会感到非常害怕的。"

"是这样。请继续往下说。"

"那天晚上，我怎么都睡不着。我有一种大祸临头的感觉。我之前跟你提过我和我的姐姐是孪生姐妹，你知道的，孪生姐妹血肉相连的心有多么的微妙。那天晚上是一个暴风雨之夜，外面狂风怒吼，雨点劈劈啪啪地敲打着窗户。突然，在风雨嘈杂声中，传来一声女人惊恐的狂叫，我听出那是我姐姐的声音，我便从床上一下子跳了起来，顺手拿起一块披巾裹在身上，立即冲向过道。就在我开启房门的时候，我似乎听到一声我姐姐所说的那样的口哨声，随后，又听到哐啷一声，就好像一块金属制的东西倒在了地上。当我顺着过道跑过去的时候，发现我姐姐的门锁已经打开，房门正在慢慢地移动着。我吓呆了，双眼一动不动地看着，不知道会从门里出来什么东西。借着过道的灯光，我看见我的姐姐出现在房门口，她的脸因为过度恐惧变得雪白如纸，双手摸索着寻求援救，她的整个身子好像醉汉一样在摇摇晃晃。我跑上前去，双手把她抱住。

"这个时候，她似乎已经双膝无力。她跌倒在地，就好像一个正在经

受剧痛的人那样翻滚扭动，她的四肢不停地抽搐着。开始我还以为她没有认出是我，可是当我俯身去抱她的时候，她突然发出凄厉的叫喊声，我一辈子都忘不了那个叫声。她叫喊的是，'唉，海伦！天啊！是那条带子！那条带斑点的带子！'感觉她好像言犹未尽，还打算要说些别的什么，她的手举在空中，指向医生的房间，可是抽搐又一次发作了，她说不出话来。我大步奔跑出去，大声喊我的继父，他穿着睡衣，慌忙地从他的房间赶过来。他来到我姐姐身边的时候，我姐姐已经几乎没有了呼吸。即使给她灌下了白兰地，还请来了村里的医生，但是所有的努力都是白费，因为她已经奄奄一息，一直到咽气的时候，再也没有苏醒过来。这就是我那唯一的姐姐的悲惨结局。"

"等一下，"福尔摩斯说，"你能十分确定听到那口哨声以及金属的碰撞声吗？你可以保证吗？"

"本郡的验尸官在调查时也问过我同样的问题。我是听到了，它给我非常深的印象，但是在猛烈的暴风雨声中，还有老房子嘎嘎吱吱的一片响声中，我听得也不一定清楚。"

"你姐姐穿的还是白天的衣服吗？"

"不是，她穿的是睡衣。她的右手中有一根烧焦了的火柴棍，左手里有一个火柴盒。"

"可以看出，在出事的时候，她划过火柴，而且还向周围看过，这一点非常重要。验尸官得出的结论是什么呢？"

"他特别认真地对这个案子进行了调查，因为在那个郡里大家早就知道罗伊洛特医生的品行，但是他并没有找出什么可以说服人的致死原因。我证明，房门都是用室内的门锁锁住的，窗子也是用带有宽铁杠的老式百叶窗护挡着，每天晚上都会关得非常严。墙壁也仔细地敲过，四面也都非常坚固，地板也经过了彻底检查，结果都是一样。烟囱倒是非常宽阔，但是，也已经用四个大锁环闩上了。所以，可以肯定我姐姐在遭到不幸的时候，只有她一个人在房间里面。还有，在她的身上并没有发现任何的暴力痕迹。"

"会不会是毒药呢？"

"为此医生们进行了检查，可是并没有查出什么来。"

"那么，你觉得这位不幸的女士的死因是什么呢？"

"即使我想不出是什么东西吓坏了她，但是我相信导致她死亡的原因纯粹是由于恐惧和精神上的震惊。"

"那个时候种植园里有吉普赛人吗？"

"有，那里几乎总会有一些吉普赛人。"

"从她提到的带子，带有斑点的带子，你能推想出什么来吗？"

"有时我认为，那也许是精神错乱时所说的胡话；有时又觉得，也许指的是某一帮人，可能指的就是种植园里那些吉普赛人。他们当中有很多人头上戴着带点子的头巾，我不知道这是不是可以说明她所使用的那个奇怪的形容词。"

福尔摩斯摇摇头，似乎这样的想法完全不能让他感到满意。

"这其中还大有文章。"他说，"请继续讲下去。"

"从那个时候开始，至今已经过去两年了，最近，我的生活比以往更加孤单寂寞。然而，就在一个月前，很高兴有一位认识多年的亲密的朋友向我求婚。他的名字叫阿米塔奇——珀西·阿米塔奇，就是居住在里丁附近克兰霍特的阿米塔奇先生的二儿子。对于这件婚事，我继父并没有表示异议，我们便商定在春天的时候结婚。两天前，这所房子西边的耳房开始进行修缮，我卧室的墙壁被钻了一些洞，所以我必须要搬到我姐姐死在其中的那个房间里去住，睡在她睡过的那张床上面。就在昨天晚上，我睁着眼睛躺在床上，想着她那可怕的遭遇，在寂静的深夜里，我突然听到了曾经预兆她死亡的轻轻的口哨声，可以想象一下，当时我被吓成什么样子！我跳了起来，点着了灯，可是在房间里面什么都没看到，但是我被吓得魂不附体，再也不敢重新上床。我把衣服穿上，天刚一亮，我便悄悄地出来，在邸宅对面的克朗旅店雇了一辆单马车，坐车去了莱瑟黑德，接着又从那里来到了你这里，我来这里的目的就是要向你请教。"

"你这样做是很明智的。"我的朋友说，"但是，你是不是把全部情况都告诉我了？"

"没错，全部都告诉你了。"

"罗伊洛特小姐，实际上，你并没有全部告诉我。你在袒护你的继父。"

"你这是什么意思呢？"

为了更直接地回答她的话，福尔摩斯将遮住我们客人放在膝头上那只手的黑色花边袖口的褶边拉起来。我们客人白皙的手腕上，有五小块乌青的伤痕，那是四个手指以及一个拇指的指痕。

"你之前遭受过虐待。"福尔摩斯说。

这位女士满脸涨红，把受伤的手腕遮住说："他是一个身体非常健壮的人，他可能不知道自己的力气有多大。"

大家沉默了半天，在这段时间里福尔摩斯用手托着下巴，一直看着噼啪作响的炉火。

最后他说道："这是一件极其复杂的案子，在决定需要采取什么步骤之前，我希望能够了解到的细节实在是太多了。但是，现在我们的时间已经非常紧急了。如果我们今天到斯托克莫兰去，我们能否在你继父不知道的情况下，查看一下这些房间呢？"

"真的很巧，他说过今天要进城办理一些特别重要的事情。他也许会一整天都不在家，这就不会对你有什么妨碍了。眼下我们有一位女管家，但是她也已经年迈而且愚笨，把她支开并不困难。"

"太好了，华生，你想跟我走一趟吧？"

"没问题。"

"那好，我们两个人去。你自己有没有什么要办的事情？"福尔摩斯问我们的委托人。

"既然已经到了城里，有一两件事我要去办一下。可是，我会乘坐十二点钟的火车赶回去，以便及时在那里等候你们。"

"午后刚过的时候，你就可以等候我们。我自己有一些业务上的小事需要料理一下。你要不要再待一会吃点早点呢？"

"不用，我得走啦。把我的烦恼告诉你们以后，我的心里舒服多了。我盼望着下午可以再见到你们。"她将那厚厚的黑色面纱拉下来蒙在脸上，悄悄地从房间走了出去。

"华生，你有没有什么感想？"福尔摩斯向后一仰，靠在椅背上问道。

"我认为，这是一个特别阴险毒辣的阴谋。"

"真的是够阴险毒辣的。"

"但是，就像这位女士所说的地板和墙壁并没有受到什么破坏，通过门窗和烟囱是不能钻进去的，如果这些情况没有错的话，那么，她姐姐莫名其妙死去的时候，无疑是一个人在屋子里面的。"

"但是，那半夜的哨声是为什么呢？那女人在临死的时候，说的那些奇怪的话又怎么来解释呢？"

"我想不出来。"

"半夜的哨声和这位老医生关系特别密切的一群吉普赛人的出现，足以让我们相信医生想要阻止他的继女结婚；那句临死时说的关于带子的话，最后还有海伦·斯托纳小姐听到的哐啷一下的金属碰撞声，你如果将所有这些情况都联系起来，沿着这些线索就能够把这个谜解开。"

"但是，那些吉普赛人都做了些什么呢？"

"我想象不出来。"福尔摩斯回答道。

"我认为任何这一类的推理都会有很多的缺陷。"

"我也认为是这样的。就是因为这个原因，所以我们今天才要去斯托克莫兰。我要看看这些缺陷是没有办法弥补的，还是能够解释得通的。但是，真是见鬼了，这究竟是怎么回事呢？"

我伙伴这声突如其来的喊叫，是由于我们的门突然让人给撞开了。一个彪形大汉出现在房门口。他的装束特别奇怪，好像一个专家，又像是一个庄稼汉。他的头上戴着黑色大礼帽，身上穿着一件长礼服，脚上穿着的却是一双有绑腿的高筒靴，手里还拿着一根猎鞭。他真的特别高大，他的帽子已经擦到房门上的横楣了。他块头大得都快要把门的两边堵得严严实实了。他那张布满皱纹、被太阳炙晒得发黄、充满邪恶神情的宽脸，一会儿转向我，一会儿转向福尔摩斯。他那双凶光毕露的深陷的眼睛以及那细长的高鹰钩的鼻子，让他看上去简直是一只老朽、残忍的猛禽。

"你们两个谁是福尔摩斯？"这个怪物问道。

"先生，是我，真是失敬，你是哪一位？"我的伙伴和蔼地说。

"我是斯托克莫兰的格里姆斯比·罗伊洛特医生。"

"医生，"福尔摩斯平静地说，"请坐。"

"别跟我来这一套，我知道我的继女来过你这里，因为我一直在跟着她。她跟你都说了些什么？"

"都这个时候了，今年的天气还是这么冷。"福尔摩斯说。

"她到底对你说了些什么？"老头愤怒地叫喊起来。

"但是我听说番红花会开得很好。"我的伙伴谈笑自如地接着说。

"你要搪塞我，对不对？"我们这位新客人向前跨了一步，挥动着手里的猎鞭说，"我知道你，你是一个无赖！我很早就听说过你。你是福尔摩斯，一个很爱管闲事的人。"

我的朋友略微一笑。

"福尔摩斯，爱管闲事的家伙！"他更加笑容可掬。

"福尔摩斯，你这个苏格兰场的自命不凡的芝麻官！"

福尔摩斯大声地笑了起来。"你的话真是太幽默了。"他说，"你出去的时候顺便把门带上，因为明明有一股穿堂风。"

"我说完话就会走，你竟然敢干预我的事情。我知道斯托纳小姐到这里来过，我一直在跟着她。我可不是一个好惹的人！你看这个。"他立刻向前走了几步，拿起火钳，用他那双褐色的大手将它扳弯。

"小心点不要让我抓住你。"他大声地喊着，然后把扭弯的火钳扔到壁炉里，大步地走出了房间。

"他真的很像一个和蔼可亲的人。"福尔摩斯大笑着说，"虽然我的块头没有他的大，但是如果他在这里多待一会儿，我会让他看看，我的手劲不会比他的小多少。"说着，他将那条钢火钳拾起，猛一使劲，又将它重新弄直了。

"真的很好笑，他竟然会如此蛮横地把我和官厅侦探人员混为一谈！但是，这样一段小插曲却给我们的调查增添了风趣，我唯一希望的是我们的小朋友不会因为自己的粗心大意，被这个畜生跟踪而遭受什么折磨。好了，华生，让他们开早饭吧，吃完饭我要步行到医师协会去，我希望在那里可以弄到一些有利于我们处理这件案子的材料。"

夏洛克·福尔摩斯回来的时候已经快到一点了。他手里拿着一张蓝纸，上面潦草地记录着一些笔记以及数字。

"那位已故的妻子的遗嘱我已经看到了。"他说，"为了确定它确切的意义，我不得不把她遗嘱里面所列的那些投资有多大的进项计算出来。其所有的收入在那位女人去世的时候略少于一千一百英镑，现在，因为农产品价格下跌，最多不超过七百五十英镑。在每个女儿结婚的时候，都有权利索取二百五十英镑的收入。所以，很显然，如果两个小姐都结了婚，这位医生剩下的收入就很少了，甚至即使有一个女儿结了婚，他也会很狼狈的。看来，我上午的努力没有白费，因为它可以证明他有着很强烈的动机来防止这一类事情的发生。华生，如果现在不抓紧时间的话就很危险了，特别是那老头现在已经知道我们对他的事很感兴趣，所以，如果你已经准备好了，我们就去雇一辆马车，立即前往滑铁卢车站。假如你已经悄悄地把你的左轮手枪揣在口袋里面，我将特别感激。对于可以将钢火钳扭成结的先生，一把埃利二号是最能解决争端的工具了。我认为我们的全部需要就是这个东西连同一把牙刷。"

在滑铁卢，我们刚好赶上一班开往莱瑟黑德的火车。到站以后，我们从车站旅店雇了一辆双轮的轻便马车，顺着萨里单行车道行驶了五六英里。那天的天气特别好，阳光明媚，晴空中飘着白云。树木以及路边的树篱刚刚露出了第一批嫩枝，空气中散发出令人心旷神怡的湿润的泥土气息。我感觉这春意盎然的景色与我们从事的这件不祥的调查形成了一个奇特的对照。我的伙伴坐在马车的前部双臂交叉着，帽子耷拉下来把眼睛遮住，头垂到胸前，陷入在深深的沉思之中。可是他却猛地抬起头来，拍了一下我的肩膀，指着对面的草地。

"你看，那边。"他说。

那是一片树木茂密的园地，顺着有点陡的斜坡一直向上延伸，在最高的地方形成了一片密密的丛林。树丛中矗立着一座特别古老的邸宅的灰色山墙以及高高的屋顶。

"那就是斯托克莫兰？"他问道。

"没错，先生，那里就是格里姆斯比·罗伊洛特医生的房子。"马车夫说。

"那里正在大兴土木。"福尔摩斯说，"我们就是要去那里。"

"村子在那里。"马车夫指着左面的一簇屋顶说，"但是，如果你们是去那幢房子那里，你们这样走还会近一些：从篱笆两边的台阶跨过，再顺着地里的小路行走。就在那里，就是那位小姐正在走着的那条小路。"

"那位小姐一定就是斯托纳小姐。"福尔摩斯用手遮住眼睛，仔细地看着说，"没错，我觉得我们最好还是按照你的意思办。"

我们付了车钱下了车，马车便嘎啦嘎啦地朝莱瑟黑德行驶回去了。

当我们走在台阶上面的时候，福尔摩斯说："我觉得让这个家伙把我们当成是这里的建筑师，或者是来这里办事的人比较好，这样可以避免一些麻烦。中午好，斯托纳小姐。你看，我们是说到做到的。"

我们这位委托人大步走上前来迎接我们，脸上流露出高兴的笑容。"我一直在急切地期盼着你们的到来。"她热情地和我们一边握手一边大声说道，"一切都非常顺利。罗伊洛特医生已经进城了，他傍晚之前应该是不会回来的。"

"我们已经高兴地认识了医生。"福尔摩斯说，然后他把事情的经过大致地向斯托纳小姐叙述了一番。我发现斯托纳小姐的整个脸以及嘴唇都变得刷白。

"太可怕了！"她叫道，"那么，他一直都在跟踪我。"

"应该是这样。"

"他实在太可怕了，我无时无刻不在他的控制中。他回来后会说些什么呢？"

"他一定会保护他自己的，因为他也许会发现，有比他还要狡猾的人正在跟踪他。今天晚上，你必须要把门锁上，千万不要让他进去。假如他很狂暴，我们就把你送到哈罗你姨妈的家里。现在，我们必须得抓紧时间，因此，请马上把我们带到需要检查的那些房间。"

这座邸宅是使用灰色的石头砌成的，石壁上布满了青苔，中间位置高高矗立，两侧是弧形的边房，如同一对蟹钳向两边延伸。一侧的房子窗子全部都已经破碎，使用木板堵着窗户，房顶也有一部分坍陷了，完全是一副荒废残破的景象。房子的中间位置也是好多年未修理过了。但是，右首那一排房子却比较新，窗帘低垂，烟囱上蓝烟袅袅，看来这里就是这家人居住的地方。一些脚手架靠山墙竖着，墙的石头有一些已经被凿通，但是我们到达那里的时候，并没有发现有工人的痕迹。福尔摩斯在那块粗略修剪过的草坪上慢慢地走来走去，十分认真地检查着窗子的外部。

"这里我想就是你之前的寝室，中间是你姐姐的房间，和主楼挨着的那间是罗伊洛特医生的卧室。"

"是的，完全正确。可是现在我在中间那个房间睡觉。"

"这也许是因为房屋正在修缮中。顺便说说，那座山墙好像并没有加以修缮的需要吧？"

"确实是不需要的，我敢断定那只不过是让我搬出自己房间的一个借口罢了。"

"这说明一定有问题。是的，这狭窄边房的另一边是那一条三个房间的房门都朝着它开的过道。里面肯定也会有窗子的吧？"

"是的，不过是一些特别窄小的窗子。非常窄，人是不可能钻进去的。"

"既然你们两个晚上都把自己的房门锁上，想通过那里进入你们的房间也是不可能的。现在，请你先到你的房间里去，并且把百叶窗闩上。"

斯托纳小姐按照福尔摩斯的吩咐做了。福尔摩斯非常仔细地检查了开着的窗子，然后他使用各种方法试图打开百叶窗，但是怎么也打不开，甚至连一条能容下一把刀子插进去把闩杠撬起来的裂缝都找不到。接着，他使用凸透镜检查了合叶。合叶是铁制的，很牢固地嵌在坚硬的石墙上。"嗯，"他有些困惑不解地搔着下巴说，"我的推理肯定有些说不通的地方。如果将这些百叶窗闩上，人是不可能钻进去的。好吧，我们来看看里面有没有什么线索可以帮我们把事情的真相弄清楚。"

一道小小的侧门通向刷得雪白的过道，三间卧室的房门也都朝着这个过道。福尔摩斯不想检查第三个房间，所以我们立即来到了第二个房间，这里就是现在斯托纳小姐的寝室，也是她姐姐不幸在里面去世的那个房间。这是一间非常简朴的小房间，按照乡村旧式邸宅的样式盖的，有很低的天花板以及一个开口式的壁炉。房间里面有一只带抽屉的褐色橱柜，另外还有一张很窄的罩着白色床罩的床，窗子的左侧有一个梳妆台。这些家具再加上两把柳条椅子，就是房间里面的所有摆设了。房间正当中的位置还有一块四方形的威尔顿地毯。房间四周的木板以及墙上的嵌板是蛀孔斑斑的棕色栎木，非常陈旧，而且还褪了色。看样子当年在建筑这座房子的时候，这些木板和嵌板就已经有了。福尔摩斯搬了一把椅子到墙角，静静地坐在那里，他的眼睛却不停地前前后后、上上下下巡视着，他的观察细致入微，房间的所有细节他都注意到了。

然后，他指着悬挂在床边的一根有些粗的铃拉绳问道，"这个铃通什么地方的？"那绳头的流苏就搭在枕头上面。

"是通向管家的房间。"

"它看上去比别的东西都要新一些。"

"没错，近两年才装上的。"

"这应该是你的姐姐要求安装的吧？"

"不是的，她从来都没有跟我说用过它。如果我们想要什么东西都得自己去取。"

"看样子真的没有必要在这里安装这么好的一根铃绳。抱歉，请给我几分钟时间搞清楚这地板。"他趴下身去，手里拿着他的放大镜，快速地前后匍匐移动，特别认真地检查木板之间的裂缝，然后又对房间里面的嵌板也进行了同样的检查。然后，他来到床前，目不转睛地打量了它半天，又顺着墙上下来回看。接着他将铃绳握在手中，突然用力拉了一下。

"难道这只是用来做样子的。"他问，"这不响吗？"

"是的，上面根本没有接上线。这真的很有趣，现在你可以看清，绳子正好是系在小小的通气孔上面的钩子上。"

"这个做法实在有意思！我之前从来都没有注意到这个。"

"真是太奇怪了！"福尔摩斯手拉着铃绳喃喃地说，"这个房间里有一两个很特别的地方。比如，造房子的人是多么的愚蠢，竟然把通气孔朝向隔壁的房间，花费同样的工夫，他本来是可以将它通向户外的。"

"那也是最近发生的事。"这位小姐说。

"是和铃绳一起安装的吗？"福尔摩斯问。

"没错，有几处小改动都是在那个时候进行的。"

"这些东西简直太有趣了，摆设的铃绳以及这不通风的通气孔。你如果允许的话，斯托纳小姐，我们到里面那一间去检查一下。"

格里姆斯比·罗伊洛特医生的房间要宽敞一些，但是房间里面的陈设也是特别简朴。一张行军床，一个摆满了书籍的木制小书架，书架上面的书籍大多数都是技术性的，床的旁边摆着一把扶手椅，还有一把普通的木椅靠着墙放着，墙边还放着一张圆桌以及一只铁制的大保险柜，这些都是一眼就可以看见的主要家具和杂物。福尔摩斯在房间里面慢慢地绕了一圈，并仔细地将所有物品都检查了一遍。

他拍了拍保险柜问道："这里面都是什么？"

"是我继父业务上的文件。"

"那么，你是见过里面是什么样的了？"

"只有一次，那是几年前的时候。我记得里面装的全部都是文件。"

"比如，里边会不会有一只猫呢？"

"怎么会呢，真是奇怪的想法！"

"那么，看看这个！"他从保险柜上面拿出一个盛奶的浅碟。

"不会，我们没有养猫，但是有一只印度猎豹和一只狒狒。"

"没错，当然！一只印度猎豹几乎就是一只大猫，但是，我敢肯定如果要满足它的需要，一碟奶恐怕不够吧？另外，我得确定一下另外一件事。"说着，福尔摩斯蹲在木椅前，认真检查椅子面。

"谢谢你，我想基本可以解决了。"片刻，福尔摩斯站了起来将手中的放大镜放入衣袋，"哦，这里有一件很有趣的东西！"

原来挂在床头上的一根小打狗鞭子引起了福尔摩斯的注意。那是一根卷着的鞭子，而且还打成结，鞭绳盘成了一个圈。

"这件东西你怎么看，华生？"

"那只不过是一根很普通的鞭子，但是我不明白的是，为什么要把它打上结呢？"

"不会那么普通吧！天啊，这真是一个万恶的世界，一个聪明人的脑子如果用在为非作歹上，那简直是糟糕透了。我想我现在已经察看完了，斯托纳小姐，假如你允许的话，我们可以到外面的草坪上走走。"

我从未见到过我的朋友在离开调查现场的时候，脸色那样严峻过，也可以说，表情是那样的阴沉。我们在草坪上面来来回回地走着，不管是斯托纳小姐还是我，都不想打断他的思路，一直等到他自己从沉思中"苏醒"过来为止。

"斯托纳小姐，"他说，"你一定要记住在所有方面都必须按照我所说的去做。"

"放心，我一定会照办的。"

"现在事情已经非常严重，不能有片刻的犹豫。你的生命也许就取决于你是否会听我的话。"

"我可以向你保证，所有的一切我都听从你的吩咐。"

"首先，我和我的朋友都必须在你的房间里过夜。"

我和斯托纳小姐都惊愕地看着他。

"没错，一定要这样，让我来解释一下。我相信，那里就是村里的旅店？"

"没错，那是克朗旅店。"

"非常好。从那里可以看得见你的窗子？"

"当然可以。"

"你继父回来的时候，你记得一定要假装头疼，把自己关在房间里面。接下来，当你听到他夜里就寝后，你就将你那扇窗户的百叶窗打开，把窗户的搭扣解开，把灯摆在那里作为给我们的信号，然后带上你可能会用到的东西，偷偷地回到你之前住的那个房间。我相信，即使是正在修理，你还是可以在那里住一宵的。"

"是的，没问题。"

"剩下的事情交给我们处理就好了。"

"但是，你们要怎么办呢？"

"我们要去你的卧室里过夜，我们得调查打扰到你的这种声音是从哪里来的。"

"福尔摩斯先生，我相信你已经有了主意。"斯托纳小姐拉着福尔摩斯的袖子说。

"可能是这样。"

"那么，我恳求你们一定要帮帮我，能告诉我，我姐姐是因为什么死的吗？"

"我想等我掌握了更确切的证据以后再告诉你。"

"那你至少可以告诉我，我的想法是不是正确的，她可能是突然受到惊吓而死的。"

"不是的，我觉得并不是那样，我觉得应该有某种更为具体的原因。先这样，斯托纳小姐，我们得马上离开你了，因为，如果罗伊洛特医生回来看见我们，我们的这次行程就真的是徒劳的了。再见，一定要勇敢，只要你按照我告诉你的去做，你就放心好了，我们会很快把威胁着你的危险解除掉。"

福尔摩斯和我没费什么周折就在克朗旅店订了一间卧室以及一间起居室。房间在二楼，我们可以通过窗子俯瞰斯托克莫兰庄园林荫道旁的大门和住人的边房。黄昏的时候，我们看见格里姆斯比·罗伊洛特医生驱车回来了，他那硕大的身体在帮他赶车的瘦小的少年身旁出现时，显得极为突出。那个男仆很费劲地将沉重的大铁门打开，我们听见了医生嘶哑的咆哮声，还看到了他因为愤怒而对那个男仆挥舞着拳头。马车继续向前行。过了一会儿，我们看到树丛里突然有一道灯光照耀出来，原来是有一间起居室点上了灯。

这个时候，夜幕已经逐渐降临，我们正坐在一起聊着天。"华生，你知道吗？"福尔摩斯说，"今天晚上你和我一起来，我确实不无顾虑，因为的确有着很明显的危险因素。"

"我可以助你一臂之力吗？"

"你在场也许能起到很重要的作用。"

"那么，我当然会来。"

"真是太感谢了！"

"你意识到了危险。很显然，你在这些房间里看到的东西远远比我看见的多得多。"

"也不是，但是我认为，我也许稍微多推断出一些东西。我想你也会和我一样看到了所有的东西。"

"除了那根铃绳之外，我并没有发现别的值得注意的东西。至于那东西有什么用途，我想象不出来。"

"那个通气孔你也看到了吧？"

"我看见了，但是我认为在两个房间之间开个小洞，也不是什么奇怪的事。那洞口那样窄小，就连个耗子都钻不过去。"

"在我们还没来斯托克莫兰的时候，我就知道，我们会发现一个通气孔。"

"真的吗，亲爱的福尔摩斯？！"

"没错，我知道的。你记得那时她在叙述中曾经提到她姐姐能闻到罗伊洛特医生的雪茄烟味。那么，这就说明在两个房间当中肯定是有一个通道的。但是，它只能是特别的窄小，否则在验尸官的询问中，就会被提到。所以，我推断是一个通气孔。"

"但是，那又能说明什么呢？"

"至少在时间上有着很奇妙的巧合，凿了一个通气孔，挂了一条绳索，在床上睡着的一位小姐丢了性命。这些难道还不能引起你的注意吗？"

"其间有什么关联，我还是看不透。"

"你有没有注意到那张床有什么特别的地方？"

"没有。"

"它是使用螺钉固定在地板上的。你见到过一张那样固定的床吗？"

"我似乎没有见到过。"

"那位小姐不能移动她的床。那张床肯定总是保持在同样的位置上，既对着通气孔，又对着铃绳——我们暂且这么不准确地称呼它，因为很显然，它从来都没有被当作铃绳用过。"

"福尔摩斯，"我大声叫了起来，"我好像隐约领会到你在暗示着什么。我们正好可以避免让某种阴险而可怕的罪行发生。"

"简直是太阴险可怕了。一个医生堕入歧途，罪魁祸首就是他。他不但有胆量，而且还有知识。帕尔默和普里查德就在他们这一行中名列前茅，但是这个人更高深莫测。可是，华生，我认为我们会比他还要高明。不过在天亮之前，我们担心害怕的事情还会有很多。看在上帝的分上，我们先来换换脑筋，静静地抽上一斗烟。在这段时间里，尽量想点开心的事情吧。"

大约九点钟左右，从树丛里透过来的灯光熄灭了，庄园邸宅那边一片漆黑。两个小时过去了，时钟在打十一点的时候，突然我们的正前方出现了一盏孤灯，明亮的灯火照射出来。

"那就是我们的信号，"福尔摩斯跳起来说，"是从中间那个房间里照出来的。"

我们离开这里的时候，他和旅店的老板说了几句话，告诉他我们有一个很熟悉的朋友需要连夜去访问，也许会在那里过夜。很快，我们便来到了漆黑的路上，凉飕飕的冷风吹打在脸上，在朦胧的夜色中，昏黄的灯光在我们的前面闪烁着，引导着我们去完成一个重大的使命。

由于山墙很多年没有修理，到处都是残墙断垣，我们很轻松就进入了庭院。我们从树丛中穿过，又越过草坪，正要通过窗子进屋的时候，突然有一个丑陋畸形的孩子似的东西，从一丛月桂树中窜出来，扭动着四肢纵身跳到草坪上，马上飞快地跑过草坪，消失在黑暗里。

"哎呀！"我小声地喊了一声，"你看到了吗？"

这时候，福尔摩斯和我一样，也被吓了一跳。他在激动中用老虎钳般的手将我的手腕攥住。接下来，他小声地笑了起来，把嘴唇凑到了我的耳朵旁边。

"这一家子真是不错！"他低声地说，"这就是那只狒狒。"

我忘记了医生所宠爱的奇特动物，除了狒狒，还有一只印度猎豹呢，它也许随时都会趴在我们的肩上。我按照福尔摩斯的样子，把鞋脱下，钻进了卧室。一直到这个时候，我才感到放心一些。我的伙伴悄悄把百叶窗关上，把灯挪到桌子上面，向屋子的四周看了看。屋子里的一切都和我们白天见到的一样。他蹑手蹑脚地走到我的跟前，把手圈成喇叭的形状，再次对着我的耳朵轻声说："尽管是特别小的声音，也会破坏我们的计划。"声音小得我刚能听出他说的是些什么。

我点头表示我明白了。

"我们一定要摸黑坐着才行，不然他会从通气孔察觉到亮光的。"

我接着点了点头。

"千万不要睡着，这关系到你的性命。准备好你的手枪，我们也许会用得着它，我在床边坐着，你在那把椅子上坐着。"

我把左轮手枪取出，放在桌子角上。

福尔摩斯拿出来一根又细又长的藤鞭，将它放在身边的床上。床的旁边还放了一盒火柴以及一个蜡烛头。之后，他把灯吹灭了，我们就在黑暗中待着。

那次可怕的守夜我怎么都忘不了。一点响声我都听不见，甚至连喘气的声音都听不见。但是我知道，我的伙伴正在睁大眼睛坐着，就在离我很近的地方，而且也和我一样处于神经紧张的状态。百叶窗将照进房间里最小的光线都遮住了。我们就在这伸手不见五指的黑夜中等待着。外面偶尔会传来猫头鹰的叫声，有一次就在我们的窗前，还传来一声长长的好像猫似的哀鸣，这说明那只印度猎豹正在到处乱跑。我们还听到了远处教堂深沉的钟声，每隔一刻钟都会沉重地敲响一次。在我感觉中，每刻钟都是那么的漫长！十二点、一点、两点、三点，我们一直静静地在那里端坐着等待着可能会出现的任何情况。

突然，有一道瞬间即逝的亮光从通气孔那个方向闪现出来，然后便是一股燃烧煤油和加热金属的强烈气味。隔壁的房间里有人点着了一盏遮光灯。我听到有轻轻的挪动声。然后，一切又都沉寂下来，但是那气味却越来越浓。我竖起耳朵坐了整整半个小时，突然，我听到了另一种声音，那是一种特别柔和轻缓的声音，就好像烧开了的水壶在嘶嘶地喷着气。在我们听到这种声音的一瞬间，福尔摩斯从床上跳了起来，将一根火柴划着，用他的那根藤鞭使劲地抽打着那铃绳。

"你看到了没有，华生？"他大声地喊着，"你看见了吗？"

但是我什么都没有看见。就在福尔摩斯划着火柴的时候，我听到了一声低沉、清晰的口哨声。但是，我疲倦的眼睛被这突如其来的耀眼亮光照射，所以我没有看清我的朋友正在用力抽打的是什么东西，但是我却看到，他的脸十分苍白，满脸恐怖以及憎恶的表情。

这时，他已经停止了抽打，向上望着通气孔，接着在黑夜的寂静之中，突然听见一声我从来没有听到过的可怕的尖叫声爆发出来，而且叫声越来越高，这是交织着痛苦、恐惧以及愤怒的让人恐怖的尖声哀号。这个喊声把远在村里，甚至远在教区的人们都从熟睡中惊醒过来。这一叫声让我们毛骨悚然。我在那里站着一动不动，呆呆地看着福尔摩斯，他也呆呆地看着我，直到最后，回声渐渐消失，一切又恢复了之前的寂静时为止。

"这是怎么回事？"我忐忑不安地说。

"意思是事情就这样结束了。"福尔摩斯回答道，"总的来看，这也许是再好不过的结局了。带上你的手枪，我们到罗伊洛特医生的房间里去。"

他把灯点着了，带头走过过道，表情极其严峻。他敲了两下卧室的房门，里面并没有回音，他随手转动了门把手，进入房内，我紧跟在他的身后，手里拿着扳开了击锤的手枪。

一幅奇特的景象出现在我们的眼前。桌子上面放着一盏遮光灯，遮光板半开着，一道亮光照在柜门半开的铁保险柜上。格里姆斯比·罗伊洛特医生在桌子旁边的那把木椅上坐着，身上披着一件很长的灰色睡衣，一双赤裸的脚脖子从睡衣下面露出来，两脚套在红色土耳其无跟拖鞋里面，我们白天看见的那把短柄长鞭子横搭在他的膝盖上。他的下巴向上翘起，他的一双眼睛僵直地、恐怖地盯着天花板的角落。一条异样的、带有褐色斑点的黄带子在他的额头上绕着，那条带子好像紧紧地缠在了他的头上，我们走进去的时候，他没有作声，一动不动。

"带子！带斑点的带子！"福尔摩斯小声地说。

我向前跨了一步，看清了他那条异样的"头饰"开始蠕动起来，一条又粗又短、长着钻石型的头部和胀鼓鼓的脖子、令人恶心的毒蛇从他的头发中间钻了出来。

"这是一条沼地蝰蛇！"福尔摩斯大声喊道，"这是印度最毒的毒蛇。医生被咬后十秒内就已经死去了。真是恶有恶报，想要害别人而挖的陷坑，自己却掉进去了。让我们先把这畜生弄回到它的巢里去，之后我们就把斯托纳小姐转移到一个安全的地方，再让地方警察知道发生了一些什么事情。"

说话间，他迅速地从死者膝盖上面取过打狗鞭子，将活结甩过去，把那条爬虫的脖子套住，将它拉了起来，然后伸长了手臂提着它，扔到了铁柜子里面，随手关上了柜门。

斯托克莫兰的格里姆斯比·罗伊洛特医生死亡的真实经过就是这样的。这个叙述已经够长的了，关于我们是怎样将这悲痛的消息讲述给那个吓坏了的小姐的；又是怎样乘坐早车把她送到哈罗，并交给她好心的姨妈照看；警方是怎样调查得出了最后结论的，认为医生是在不明智地玩弄他豢养的危险宠物时丧生的等等，在这里我就不一一赘述了。关于这个案件我还不太清楚的一些情况，在第二天回城的路上福尔摩斯告诉了我。

"亲爱的华生，"他说，"我之前得出了一个错误的结论，这表明根据不充分的材料进行推论是非常危险的。那些吉普赛人的存在，那可怜的小姐使用了'band'这个词，这无疑是说明她在火柴光下仓惶一瞥时所看见的东西，这所有的情况足够把我引向一个完全错误的线索。当我认识到那个对室内居住的人所造成的威胁，既不是来自窗了，也不是来自房门，我马上又重新考虑了我的想法，可以说，只有这一点是我的成绩。正如同我之前对你说过的那样，那个通气孔和那个悬挂在床头的铃绳，很快就把我的注意力吸引过去，当我发现那根绳子只是一个幌子，而那张床还被螺钉固定在地板上的时候，这两件事马上让我产生了怀疑，我觉得那根绳子起到的只不过是桥梁的作用，就是为了便于什么东西钻过洞孔到床上来的。我马上就想到了蛇，我知道医生豢养了一群从印度运来的动物，当我把这两件事情联系在一起的时候，我便认为我的思路应该是没有问题的。

"使用一种任何化学试验都无法检验出来的毒物，这个想法正是出自一个接受过东方式锻炼的聪明而又冷酷的人。站在他的立场，这种毒药可以快速地发挥作用是一个可取之处。的确，如果哪一位验尸官可以检查出那毒牙咬过的两个小黑洞，也可以称得上是一个眼光极其敏锐的人了。然后，我想起了那个口哨声。当然，天刚亮时他就得把蛇召唤回去，以免它被他想要谋害的人看到。他训练的那条蛇听到他的召唤声就会回到他那里。他会在他觉得最合适的时候把蛇送过通气孔，他相信蛇会顺着绳子爬到床上。蛇可能会咬或者不会咬床上的人，她也许某天晚上会侥幸免于遭难，但是迟早有一天她是逃不掉的。

"我还没有走进他房间的时候就已经得出了这个结论。通过检查他的椅子，我推断，他经常会站在椅子上面，为了能够得着通气孔这个还是很有必要的。看见保险柜上面的那一碟牛奶，还有鞭绳的活结，就更加证实了我的怀疑。斯托纳小姐听到了金属的哐啷声，很显然是由于他的继父着急要把他的那条可怕的毒蛇关进保险柜里所发出的。一旦作出了决定，你已经知道了我采取一些什么步骤来验证这件事。当我听见那东西嘶嘶作声的时候，我相信你一定也听到了，我马上把灯点着并且抽打它。"

"结果又把它从通气孔赶了回去。还导致它在另一头反过去扑向它的主人。我那几下藤鞭子把它抽打得无法忍受，激起了它毒蛇的本性，所以它就会对第一个见到的人狠狠地咬了一口。这样一来，格里姆斯比·罗伊洛特医生的死我也有间接的责任。凭良心说，我大可不必为此感到内疚。"

九　工程师的意外业务

在我们密切交往的那些岁月里，我的朋友夏洛克·福尔摩斯处理的所有问题中，引起他注意的案子只有两个是通过我介绍的：一个是哈瑟利先生大拇指的案子，另一个案子是沃伯顿上校发疯案。

在这两个案子中，对一位既机敏又有着独到见解的读者而言，后一个案子也许更值得探讨。但是，前一个案子，开始就特别奇特，事情的细节又特别具有戏剧性，所以它可能更值得记述，虽然它并没有使用多少我的朋友取得卓越成就时所使用的那些推理演绎法，但是我相信，在报纸上这个故事已经登载过很多次了。不过，也只是像其他诸如此类的叙述一样，只是用了半栏的篇幅笼统地登出来，结果并没有引起人们的注意。所以，还不如让事实慢慢地展现在你的眼前，并且让案情之谜跟随着每一个让人能够进一步了解的事实真相的新发现，渐渐地得到解决，这样可以更加引人入胜。当时的情景，给我很深的印象，即使时光流逝，事情已经过去两年了，我依然还记忆犹新。

我现在要讲述的这个故事，是在我结婚后不久的1889年的夏天发生的。那个时候，我已经重新开业行医，而把福尔摩斯一个人舍弃在贝克街的寓所里，即使我还会经常去探望他，甚至有的时候还劝说他，把他那豪放不羁的习性去掉，到我家来做客。我的业务一天比一天多，正巧我的住处距离帕丁顿车站比较近，有几位铁路员工来到我这里看病。因为他们当中的一位所患的痛苦缠绵的病被我治好了，他便到处大肆宣传我的医术，尽量把他可以对之施加影响的所有病人都送到我这里来诊治。

一天早晨，快到七点钟的时候，女佣人的敲门声把我吵醒了。她跟我说，从帕丁顿来了两个人，正在诊室里等候着。我慌忙把衣服穿上，迅速走下楼去。因为我的经验告诉我，铁路上来的人，病情大都是非常严重的。我下楼后，我的那个老伙伴，铁路警察从诊室里面走了出来，并把门随手紧紧地关上。

"我把他带到这里来了。"他的大拇指举到肩头向后指了指，悄悄地说，"他现在的问题不大了。"

"发生了什么事情？"我问道，看到他的举止，我觉得他好像把一个怪物关进了我的房间里。

"一个新病人。"他悄悄地说，"我觉得还是我亲自把他送过来为好，这样他就不会溜掉了。我得走了，大夫，我和你一样，也得去值班，他现在在里边已经安然无恙了。"说完，这位忠实的介绍人就走掉了，我还没来得及向他道谢。

我走进诊室，看见有一位先生坐在桌子的旁边。他穿着朴素，身穿花呢衣服，头上戴的一顶软帽在我的几本书上面放着。他的一只手裹着一块手帕，手帕上面全部都是斑斑点点的血迹。他看上去很年轻，最多不超过二十五岁，长相英俊，但是面色特别苍白。给我的感觉是，他正在用他的全部意志来控制因为某种剧烈的震动所产生的痛苦。

"非常抱歉，这么早就把您给吵醒了，大夫。"他说，"夜里的时候，我遇到了一件特别严重的事故。今天早晨我便乘坐火车来到这里，正在帕丁顿车站打听在哪里可以找到医生的时候，被一位特别热心的好心人护送到了这里。我给过女佣人一张名片，我看到她把名片放到了旁边的桌子上。"

我将名片拿起来看了一下，名片上面印着：维克托·哈瑟利先生，水利工程师，维多利亚街十六号甲（四楼）。这便是这位客人的姓名、身份以及地址。"对不起，让您久等了。"我一边说一边在我的靠椅上坐下来，"可以看得出来，您刚刚坐了一整夜的车，本来夜间乘车是一件很单调乏味的事情。"

"这一夜，我并不是单调乏味的。"他说着不禁大声笑起来，笑声很大很尖。他身子向后靠在椅子上，捧腹大笑个不停。他的笑声使我产生了很大的反感。

"不要笑了！"我喊道，"快冷静下来吧！"我从玻璃水瓶里给他倒了一杯水。

但是，这似乎没有起到作用，他正在歇斯底里大发作。这是一种性格坚强的人在度过一场巨大危难以后所产生的歇斯底里。很快，他又清醒过来，面色苍白，精疲力竭。

"我可真是出了大洋相。"他气喘吁吁地说。

"你把这个喝下去吧。"我在水里加了一些白兰地。他喝过后，没有血色的双颊变得有点红润了。

"这回好多了！"他说，"那么，请大夫帮我看一看我的大拇指吧，确切地说，看一看我的大拇指原来所在的部位。"

他把手帕解开，伸出手来。即使是铁石心肠的人也会对这个场面目不忍睹的！只见四根突出的手指和一片鲜红可怕的海绵状断面，本来这里应该是大拇指的部位，但是，大拇指已经被齐根剁掉或者是硬拽下来了。

"不会吧！"我喊着，"如此可怕的创伤，一定流了很多血。"

"没错，的确流了很多血。受伤之后我便昏迷过去，我相信有很长一段时间我失去了知觉。当我苏醒过来的时候，我看见它还在流着血，于是我就把手帕的一端紧紧地缠在手腕上，还用一根小树枝把它绷紧。"

"包扎得太好了！您完全可以当一名外科医生！"

"这是一项水利学问题，也属于我的专业知识范围之内的。"

"这是用一件特别沉重而且锋利的器具砍的。"我一边检查伤口一边说道。

"似乎是用屠夫的切肉刀砍的。"他说。

"这应该是一件意外的事故，对吗？"

"肯定不是。"

"为什么？难道是有人故意凶残砍的吗？"

"是的，的确极其凶残。"

"太吓人了。"

我用海绵清洗了伤口，并揩拭干净将它敷裹好，又用脱脂棉和消毒绷带把它包扎起来。他在那里躺着，即使他不时地咬紧牙关，但却没有因为疼痛而动一动。

包扎好后，我问道："现在您感觉怎么样？"

"太好了，您的白兰地和绷带，让我感觉自己变成了另外一个人，之前我特别的虚弱。我还有很多事情要去办。"

"我建议您最好还是不要谈这件事。可以看出，这对您的神经是一种很大的折磨。"

"不会了，现在不会了。我还要把这桩事情报告给警察，可是，不瞒您说，如果没有这个伤口为证的话，他们是不可能相信我的话，因为这是一件很不寻常的事情，但是我又没有什么证据可以证明我所讲述的是真实的。而且，即使他们相信我，我可以提供的线索也是模糊不清的，他们能不能为我主持正义还是一个问题。"

"这样啊！"我说道，"如果您想要解决什么问题，您可以去找我的朋友福尔摩斯先生。在你去找警察之前，不妨先去找找他。"

"哦，这个人我之前听说过。"我的客人回答说，"如果这个案子让他受理，我会特别的高兴，即使同时也会报告给警察。您可以为我介绍一下吗？"

"我不但为您介绍，我还会亲自陪您去走一趟。"

"那实在是太感谢您了！"

"我们雇一辆马车一块儿去，现在我们也许还能赶上和他一起吃点早餐。这样做您的身体可以吗？"

"没问题，如果不把我的遭遇讲一讲，我的心里就会不舒坦。"

"那好，我让佣人帮我们去雇一辆马车，我去去马上就会来。"我快速跑到楼上，简单地跟妻子说了几句话。五分钟后，我便与这位新相识坐上了一辆双轮小马车直奔贝克街。

就像我所想象的那样，夏洛克·福尔摩斯穿着晨衣正在他的起居室里一边踱步，一边读着《泰晤士报》上刊载的寻人、离婚等启事的专栏，嘴上叼着烟斗。这个烟斗里面装的还是前一天抽剩下的烟丝以及烟草块。这些东西是被小心地烘干了以后就堆积在壁炉架的角落里。他和蔼可亲地接待了我们，还吩咐把咸肉片以及鸡蛋拿来和我们一起饱餐一顿。吃过早餐后，他让我们的新相识在沙发上坐下，放在他的脑后一个枕头，还在他的手边放了一杯掺水的白兰地。

"可以看出您的遭遇极其不寻常，哈瑟利先生。"他说，"请您就在这里随便躺躺，千万不要拘束。请把您的经过讲述给我们听，感觉累的时候就稍休息一下，喝口酒提提神。"

"非常感谢。"我的病人说，"自从医生帮我包扎以后，我就觉得自己判若两人，而我觉得您这顿早餐让整个治疗过程臻于完满。我尽量不会占用太多您的宝贵时间，所以，我就开始叙述我的奇怪经历吧！"

福尔摩斯在他的大扶手椅里坐着，脸上显出一副疲倦困乏的样子，把他那敏锐和热切的心情掩饰住了。我在他的对面坐着，我们静静地听着我们的客人讲述着他那桩稀奇的故事。

"我跟你们讲，"他说，"我是一个孤儿，还是一个单身汉，一个人在伦敦生活。就职业来说，我是水利工程师，在格林尼治著名的文纳和马西森公司的七年学徒生涯中，我积累了这一行极为丰富的经验。两年前，我的学徒期满。我那可怜的爸爸去世以后，我又继承了一笔非常可观的钱。所以我就下定决心自己开业，在维多利亚大街租了几间办公室。

"我认为，每个人都会发现，第一次独自开业是一件特别枯燥的事情。这对于我来说，更是如此，两年间，我只受理过三次咨询和一件小活儿，这些就是我的职业给我带来的全部工作。我的收入一共有二十七英镑十先令。每天的上午九点到下午的四点，我都会在我小小的办公室里期待着，一直到心灰意冷为止。后来，我终于意识到，也许永远都不会有任何一个主顾上门了。

"就在我昨天正要离开办公室的时候，办事员进来通报我，有一位先生因为业务上的事情想要见我，同时还把一张名片递给我，名片上面印着莱桑德·斯塔克上校的名字，紧跟着上校本人就走进屋里。他中上等身材，但是特别瘦削，我从未见到过如此瘦削的人。他的整个面部瘦削得就剩下鼻子和下巴了，两颊的皮肤在凸起的颧骨上紧绷着。他这种憔悴的模样看上去应该是天生的，并不是疾病所导致的，因为他目光炯炯，步伐轻快，举止自如。他穿着简朴整齐。据我判断，他的年龄大约将近四十岁。

"'是哈瑟利先生吗？'他说，话中带有一点儿德国的口音，'哈瑟利先生，有人向我推荐说，您不仅精通业务，而且为人非常小心谨慎，还可以保守秘密。'

"我给他鞠了一躬，就如同一个青年那样，听到此类恭维的话就觉得有些飘飘然。'我能冒昧地问一下，是谁把我说得这么好呢？'

"'哦，这个目前我还是不告诉您比较好。我还听说您不仅是一个孤儿，还是一个单身汉，而且还独自一个人在伦敦居住。'

"'完全正确。'我回答说，'但是希望您可以理解，我不知道这些和我的业务能力有什么关系，我知道，您应该是为了一件和业务有关的事情来找我洽谈的。'

"'确实如此，但是您会发现我不会有半句废话。有一件工作我们要委托您，但是最重要的是必须得保密，一定要保密，你能明白吗？当然，我们也知道，一个独居的人要比一个与家属生活在一起的人，保密工作会做得更好。'

　　"'这个您可以不用怀疑,'我说,'如果我向您保证严守秘密,那么,我就一定会做到的。'

　　"在我说话的时候,他一直目不转睛地盯着我,我好像从来没有见过如此猜忌多疑的眼神。

　　"'好了,'他说,'那么,请您作出保证。'

　　"'没问题,我保证能做到。'

　　"'这件事情的事后,还有整个事情进行的过程中,必须彻底保持缄默,绝对不能提及这件事,无论是口头上还是书面上都不能提,可以做到吗?'

　　"'我都已经向您保证过了。'

　　"'实是是太好了。'突然间他跳了起来,快速地跑过房间,砰地把门推开了,外面的过道上没有一个人。

　　"'没问题!'他走了回来,'我知道有的时候办事员们会对他们东家的事情非常好奇。现在,我们可以安全地进行交谈了。'他把椅子拉过来,紧贴在我的身边,再一次用充满怀疑和探索的眼光打量着我。

　　"看到眼前这个瘦骨嶙峋的人的古怪行为,我的心里突然有一种反感和恐惧,即使是担心会失去主顾,我也抑制不住地流露出来不耐烦的情绪。

　　"'请说一说您的事情吧,先生,'我说,'我的时间是非常宝贵的。'希望上帝能够饶恕我说的后一句话,但这句话是脱口而出的。

　　"'工作一个晚上给你五十个基尼,你觉得合适吗?'他问。

　　"'已经很多了。'

　　"'我说的虽然是一个晚上的工作,其实也许只需要一个小时就可以,我其实是想向您请教关于一台水力冲压机齿轮脱开的事情。只要您可以指出毛病出在哪里,我们自己很快就会将它修好的。关于这样一桩委托,您认为怎么样?'

　　"'工作看起来并不困难,报酬却特别的优厚。'

　　"'是的,我们希望您今天晚上乘坐末班车来。'

　　"'去哪里呢?'

　　"'到伯克郡的艾津去。那是靠近牛津郡的一个小地方,距离雷丁不到七英里。帕丁顿有一班车会在十一点十五分左右送您到那里。'

"'非常好。'

"'我会乘坐一辆马车来接您。'

"'那么，是还要坐马车赶一段路程了？'

"'没错，我们那个小地方是在乡下，距离艾津车站足足有七英里。'

"'听您这么说，在午夜前我们是不会赶到那里了。我觉得应该赶不上回程的火车，那么，我就会在那里过夜了。'

"'没错，我们会为您安排过夜的地方。'

"'我觉得不是很方便，我能在方便的时候过去吗？'

"'我们建议您最好能晚上来，就是为了补偿您的不便之处，我们才会对您这个默默无闻的年轻人，出那么大的价钱。如果用这个价钱来请教您这一行里面最高明的人士也足够了。当然，假如您要把这笔业务推掉的话，现在还可以。'

"我一想到那五十个基尼，还有这笔钱对于我来说会起到多大的作用。我就下了决心。'请不要误会，我不是这个意思，'我说，'我会特别高兴地满足您的愿望。我更想清楚地了解一下，您想要我做的是什么工作。'

"'对啊，我们希望您能够保证严守秘密，这个自然会让您产生好奇心，我们并不想委托您办一件事情，它的底细还不能让您知道。我觉得，应该不会有人偷听吧？'

"'不会的。'

"'那好，事情是这样的，您也许知道，漂白土是一种极其贵重的矿产，在英国，只能找到一两处有这种矿藏的地方。'

"'这个我也听说过。'

"'不久前，我在距离雷丁不到十英里的地方购置了一小块地，一块特别小的地。我非常幸运地发现，其中的一块地里有漂白土矿床。所以，经过探察之后，我发现这个矿床是特别小的，但是它却连接了左右两个特别大的矿床。可是，这两处都在我邻居的地里。这些善良的人们，他们的土地里蕴藏着和金矿一样贵重的矿藏，他们居然一点儿都不知道。很显然，我要在他们还没发现他们土地的真正价值之前，把他们的土地买下来是非常划算的。但是，不幸的是我的资金不允许我购买这块土地，所以，我就找了几个朋友秘密商量了此事。他们提议我应该悄悄地、秘密地将我们自己那小块矿床进行开采，使用这种方法来筹集购买邻居土地的资金。到现在为止，我们这么干已经有一段时间。

"'为了方便操作，我们在那里安装了一台水压机。就如同我之前已经说过的那样，这台机器出了问题，我们希望可以得到你的指点。我们小心谨慎地保守着秘密，但是，如果有人知道我们曾经请过水利工程师到我们的小房子来，那么，很快就会引起人们的注意。等到那个时候，如果人们知道了真相，得到这些土地以及实行我们的计划就全都完了。这就是我希望您保证不要向任何人透露您今天晚上要去艾津的原因。希望这一切我已经都讲得很清楚了。'

"'是的，我听得很明白，'我说，'唯一没有弄太明白的一点是，水压机对你挖漂白土会起到什么作用？据我所知，漂白土就像是从矿坑里面掏沙砾那样挖出来的。'

"'啊，'他毫不在意地说，'我们有我们自己的办法，我们会把土碾压成砖坯，这样在搬运的时候就不会泄露它们究竟是什么东西。但那只是一些细节而已。现在我全部的秘密都已经透露给您了，哈瑟利先生，并且向您表明了我特别信任您。'他一边说一边站起身来，'那么，我们十一点十五分在艾津见。'

"'我一定会到那里去的。'

"'千万不要跟任何人说。'最后，他又用怀疑的眼光凝视了我半天，然后，他用那湿冷的手和我握了一下，就急忙地走出了房间。

"接下来，就像您们两位能够想象出来的，当我冷静下来，全盘考虑这件事情时，我对我所接受的这件突如其来委托给我的业务感到特别惊讶。当然，一方面是因为很高兴，因为如果让我给这个任务定价格，他出的酬金至少是我所要求的十倍，并且也许由于这次任务，可以促成其他一些任务。另一方面，我主顾的那副尊容和举止，让我感到非常不愉快，我认为他对漂白土的解释，不足以证明我必须在深夜前往的必要性，也不足以说明他为什么会如此担心，唯恐我会和别人谈及这件差事。无论如何，我把一切恐惧都置于脑后，饱餐了一顿晚饭后，驱车前往帕丁顿，然后就上了路，严格遵守主顾要求我守口如瓶的禁令。

"在雷丁，我不仅要换车，还必须得更换车站。我正好赶上了开往艾津的最后一班火车，十一点钟以后，我便到达了那个灯光暗淡的小站。我是唯一一个在那里下车的乘客，除了一个提着灯笼，看上去有些发困的搬运工人以外，站台上没有一个人。然而在我走出检票口的时候，我看见了我早上结交的那位相识，他正在另一边没有灯光的暗处等着我。他一言不发就把我的胳膊攫住，让我快速登上一辆一直敞着车门的马车。他把两边的窗子拉上，敲了敲马车的木板，马就快速地奔跑了起来。"

"只有一匹马吗？"福尔摩斯突然插话问道。

"是的，只有一匹。"

"您有没有注意到它的颜色？"

"我留意了，当我跨进车厢的时候，借着边灯我看了一看，是一匹栗色的马。"

"那么，它看上去生气勃勃还是很蔫呢？"

"生气勃勃，毛色特别光润。"

"谢谢！抱歉，打断了您的话，您的叙述非常有趣，请您继续往下讲。"

"就这样，我们便上了路，马车至少行驶了一个小时。之前莱桑德·斯塔克上校说过只有七英里远，但是我感觉，通过我们行进的速度以及所花的时间，肯定有将近十二英里的路程。整个行程中，他一直默默地在我的旁边坐着，有几次我向他那个方向瞟过去，感觉他一直在非常紧张地看着找。那个地方的乡间道路感觉并不是很好，因为车子颠簸得非常厉害，把我们弄得东倒西歪。我试图向窗外看去，想要看一看我们到了什么地方。可是窗子是毛玻璃的，除了经过有灯的地方会看到一片很模糊的亮光之外，什么也看不到。我不时会找几句话来打破旅途的沉闷，但是上校也只是用只言片语来回答我，所以，话就无法谈下去了。

"最后，马车走完了这段崎岖不平的路，又平衡地行驶在砾石路上，等马车终于停了下来后，莱桑德上校从马车上跳下来，我跟在他的后面，他突然一把把我拉进了就在我们面前敞开的大门。我们好像是刚跨出马车就进入了大厅，所以，我连粗略地瞥视一下房子正面的机会都没有。我刚跨进门槛，就听见我身后的门砰的一声重重地关上了。我隐隐约约可以听到马车离开时吱吱嘎嘎的车轮声。

"房子里面一片漆黑，上校摸索着寻找火柴，还低声地嘟囔着。就在这时，走廊的另一端有一扇门突然被打开，一道长长的金色亮光向我们这里射来。灯光越来越亮，接着有一个女人出现在这里，她掌着一盏灯，高高地举在头顶上，她向前探身注视着我们。我看得很清楚，她长得特别漂亮，灯光照在她那黑色的衣服上，通过反射出来的光泽我可以看出那是非常华丽的衣料。她讲了几句外国话，听口气似乎是在问话。当我的伙伴粗暴简短地回答时，她显得特别的吃惊，差一点把手里的灯掉下来。斯塔克上校走到她的身边，贴近她的耳朵小声地说了些什么，然后就将她推回她出来的那个房间里。接着他手提着灯又向我走来。

"'您可能需要在这个房间里稍等几分钟，'他说着，然后把另一个房间的门推开。这是一间很静、陈设也很简单的小房间。房间的中间有一张圆桌，有几本德文书散乱地堆在上面。斯塔克上校把灯放在门旁边一架小风琴的顶上。'我不会让您等太长时间的。'说着，他就消失在黑暗中了。

"我望着桌子上的书，即使我看不懂德文，但是我还是能够看出其中有两本是科学论文，其他的是诗集。我走到窗口，希望可以看一看乡间的景色，但是百叶窗的窗子被一扇关闭得很严的栎木窗遮住了。房间里面出奇的安静，一座旧钟在走廊里的某个地方滴答滴答地响着。除此之外，全部都是死一般的沉寂。渐渐地我有一种很模糊的不安的感觉。这些德国人到底是些什么人？他们居住在这穷乡僻壤在干些什么勾当呢？这个地方又是哪里呢？我只知道这里距离艾津大约十英里，但是我连东西南北都分不清楚。

"就这个地方的位置而言，雷丁也许还有其他一些大镇子的位置都是在这个半径范围之内，所以这个地方也许不是特别偏僻。但是，这里是那么的寂静，可以十分确定是在乡间。我在房间里面踱来踱去，小声地哼着小调来壮胆，并感觉到我来到这里完全是冲着那五十基尼的酬金来的。

"在极度寂静之中，我所在的那个房间的门突然慢慢地被推开了，事先没有听到一点响声。那个女人在门缝里站着，身后是黑暗的大厅，我那盏灯昏黄的灯光照在她那热切又美丽的脸上。我一眼就看出她惶恐不安的神色，这个情景让我感觉胆战心寒。她哆哆嗦嗦地把一只手指举起，并警告我不要作声，迅速地对我说了声不是很像样的英国话。她就如同一匹受惊的马驹，慌忙地回顾着身后的阴暗处。

"'我如果是您，我肯定会跑掉的。'她说。看来她是在尽力让自己讲得平静一些，'我如果是您，我肯定会跑掉的，我是不会留在这里的。留下来对您没有任何好处。'

"'可是，夫人，'我说，'我为工作而来的，我得看一看机器，才能从这里离开。'

"'不要再等了。'她接着说，'您可以从这扇门走出去，没有人会阻拦您的。'她见我微笑着摆摆头，突然摆脱了局促的状态，她向前迈了一步，两只手紧紧地握在一起。'看在上天的分上！'她小声说，'您现在逃跑还来得及，抓紧时间吧！'

"但是我这个人天生就很固执，在从事某项工作遇到阻碍的时候，就会更加坚持。我想到我那五十基尼的酬金，那一趟疲惫的旅行，还有看上去摆在我面前的这个并不愉快的夜晚，是不是要让这一切都毫无回报地就这样结束呢？我为什么不选择把委托给我的任务完成，再领取我应得的报酬之后再离开呢？就我所看到的，她也许是一个偏执狂的女人，所以，即使她的神态给我的震动远远超出了我所愿意承认的程度，但是我还是态度坚定，依然对她摇摇头，向她证明我要留在那里的决心。她正准备重新提出恳求的时候，突然听见楼上有很大的关门声，然后就听到楼梯上的一阵脚步声。她倾听了片刻，把双手举起来做了一个绝望的姿势，便和她来的时候一样，悄无声息地消失在黑暗中。

"莱桑德·斯塔克上校带着一个身材矮胖、双下巴的褶痕上长着栗鼠胡须的人进来了。上校给我介绍他是弗格森先生。

"'这位是我的经理兼秘书。'上校说，'顺便说一下，我记得刚才我是让这扇门关着的。我害怕穿堂风吹着您。'

"'正好相反，'我说，'是我又将这个门打开的，因为我觉得这个房间有点憋闷。'

"他用怀疑的眼神看了我一眼。'那么，我想我们还是着手进行我们的事吧，'他说，'弗格森先生和我要带您去上面看看机器。'

"'没问题，我最好还是把帽子戴上吧。'

"'哦，这个没有必要，就在这所房子里面。'

"'啊？你们在房子里面挖漂白土？'

"'不是，不是。这不过是我们压砖坯的地方，但是这没有关系。我们希望您做的只是检查一下机器，并让我们知道是哪里出了问题。'

"我们一起上了楼，上校提着灯走在前面，我和那个胖经理在他后面跟着。这是一座很古老的迷宫一样的房子，有很多的走廊、过道、狭窄的盘旋式楼梯、低矮的小门，由于几代人的践踏，所有的门槛都已经向下凹陷了。在底层的地板上面没有铺地毯，也没有发现安放过家具的痕迹，墙上的灰泥已经剥落，绿色肮脏的污渍上还在冒出湿气。我尽可能地摆出一副没在意的姿态，但是那位夫人的警告我尚未忘记，尽管我并没有把它当回事，我还是特别留意着我的两位伙伴。弗格森看上去是一个乖僻沉默的人，可是从他所说的几句少许的话里，还是可以判断出他至少是一位同胞。

"最后，莱桑德·斯塔克上校在一扇矮门前站住了，打开了锁，门内是一个很小的方形房间，我们三个人不能一起进去。弗格森留在外面，上校领我走了进去。

"'我跟你讲，'他说，'实际上，我们现在是在水压机里面，如果谁把它开动的话，那么，对于我们来说将是一件特别不愉快的事情。这个小房间的天花板，其实就是下降活塞的终端，它下落到这个金属地板上时带有几吨的压力。在外面有一些小的横向的水柱，里面的水受到压力后就会按照您所熟悉的方式传导和增加所受的压力。让机器运转并不困难，只是在运转的时候有点不太灵活，会有一小部分的压力被浪费掉。请费心查看一下，并告诉我们如何才能修好它。'

"我从他的手里拿过灯，很彻底地对那机器进行了检查。这真的是一台庞大的机器，可以产生非常大的压力。但是，当我走到外面，压下操纵杆的时候，就听到有飕飕的声音，我立刻就知道这台机器里有细微的裂隙，裂隙使得水能经由一个侧活塞回流。经过检查表明传动杆头上的一个橡皮垫圈已经皱缩了，所以塞不住在其中来回移动的杆套。很显然，这是浪费压力的原因，我向我的伙伴指出了这一点。他特别认真地听着我的话，并向我问了几个如何才能把这台机器修理好的实际问题。

"和他们交代明白之后，我回到机器的主室内。为了让我的好奇心得到满足，我认真地打量着这个小房间。只要看一眼就能明白，有关漂白土的故事，绝对是编造的，因为如果觉得这个功率如此大的机器竟然是为了这么不恰当的目的而设计的，那简直就是荒唐可笑。房间的墙壁是用木头做的，可是地板却是由一个大铁槽构成的。当我开始察看它的时候，我发现上面积了满满一层金属积屑。我弯下腰去，正拿手指去挖，想要看看究竟是什么东西的时候，突然听到一声德语的低沉的惊叫，同时看到上校那张死灰色的脸正向下看着我。

"'你在那里做什么呢？'他问道。

"由于他精心编造的故事把我给骗了，因此我特别的生气。'我正在欣赏您的漂白土，'我说，'我想假如我知道了使用这台机器的真正目的，我也许能向您提供更多的有关更好地利用它的建议。'

"但是话刚说出口，我马上就为自己鲁莽的话感到后悔了。他的脸色变得极其难看，灰色的眼睛里面射出了邪恶的光芒。

"'非常好，'他说，'关于这机器的一切你会知道的！'他向后退了一步，砰的一声把小门关上了，把插在锁孔里的钥匙转动了一下。我向门冲去，用力地拉着把手，但是这门关得特别严实，即使我连踢带推，它却还是纹丝不动。

"'喂！'我大声地叫起来，'喂，上校！快放我出去！'

"这个时候，在寂静之中，我突然听到了一种声音，这个声音使我一下子急得心都快跳出来了。那是杠杆的铿锵声以及水管漏水的飕飕声。他把机器开动了。灯还在地板上，是我检查铁槽的时候放在那里的。借着灯光我看见了黑黢黢的房顶正在缓慢地、摇摇晃晃地朝我压下来。没有人比我更清楚，在一分钟内，它的压力足以把我给碾成烂肉酱了。我大声地呼喊，使劲地用身体撞门，用手指抠门锁。我苦苦地哀求上校把我放出去，可是我的呼喊被无情的杠杆铿锵声所淹没。我的头顶距离房顶只有一两英尺远了，我举起手就可以摸到那坚硬粗糙的表面。

"这个时候，有一个念头突然从我的心里掠过，我想到一个人死亡时的痛苦在很大程度上都取决于临死时的姿势。假如我是趴着的，重量就会落到脊椎骨上。一想到压断骨头时那可怕的嘎吱声，我不禁浑身发抖。可能另一个姿势要好一些，但是我是否有胆量仰面躺在那里眼看着那一团致命的黑影摇摇晃晃地朝我压过来呢？我已经不能站直了，我的眼光突然落在一件东西上面，心里迸发出了希望的火花。

"我之前说过，虽然房顶和地板是铁的，但是墙壁是木头的。我最后环顾一下四周，发现两块墙板之间透过来一线微弱的黄色亮光。随着一小块嵌板被向后推去，亮光也越来越强，就在一瞬间，我真的不敢相信这里就是一扇死里逃生的门。我马上就从那里冲了出去，失魂落魄地在墙的另一边躺着。我身后的嵌板又合上了，但是那盏灯的碎裂声，还有片刻后两块铁板的撞击声，证明我是如何千钧一发地脱了险。

"我是被人发疯一般拉扯着我的手腕才苏醒过来的。我发现自己躺在一条狭窄走廊的石头地面上，一个女人右手拿着一根蜡烛，俯身用她的左手用力地拉着我。这个女人不是别人，正是那位好心的朋友！之前我是多么的愚蠢，拒绝了她的警告！

"'快点！快点！'她上气不接下气地喊着，'他们很快就要到这里来了，他们会发现您不在那里的。哎呀，不要再浪费这宝贵的时间啦，快点！'

"这一次，我并没有无视她的劝告。我蹒跚地站了起来，和她一起沿着走廊跑去，然后又跑下一条盘旋式楼梯。楼梯下面是另一条宽阔的过道。就在我们刚跑到过道的时候，我们听到奔跑的脚步声以及两个人的叫嚷声。一个人在我们刚才待的那一层，另一个在他的下一层，两个人相互呼应着。我的向导停了下来，就像一个无路可走的人那样向四周看看，紧接着她把一扇通向一间卧室的房门推开，皎洁的月光从窗户照进了卧室。

"'这是您唯一的逃生机会了，'她说，'特别高，但您也许可以跳下去。'

"就在她说话的时候，莱桑德·斯塔克上校的灯光在过道的尽头处闪现着。我看到莱桑德·斯塔克上校快速跑来的瘦削的身影，他一只手提着提灯，另一只手拿着一把像屠夫的切肉刀一样的凶器。我拼命地跑过卧室，用力推开窗户向外望去。月光下的花园看上去是那么恬静、那么芳香、那么有生气，它就在下面不超过三十英尺的地方。我爬到了窗台上面，但是我不知道这个正在追赶我的恶棍会如何处置我的救命恩人，我踌躇着，所以没有跳下去。因为如果她被欺负，我决定无论自己有多么的危险，我都要回去援助她。这个念头刚在我的脑海里闪现，他就已经到了门口，试图要推开她闯过来，但是她伸开两臂把他抱住了，用力向后推他。

"'弗里茨！弗里茨！'她用英语大声喊着，'不要忘记你上次事后答应我的诺言。你说过再也不会发生这种事情了。他是不会说出去的！哎呀，他是不会说出去的！'

"'你疯了吧，伊利斯！'他大喊着，用力从她的双臂中挣脱出来，'我们会毁在你手里的。他知道的太多了，让我过去！'他将她摔倒在一边，跑到窗口，他用那沉重的凶器朝我砍来。这个时候我的身子已经离开了窗口，当他砍下来的时候，我的两手还抓着窗台。我感觉到一阵隐痛，松开了手，我便掉到了下面的花园里。

"我只是震动了一下，并没有摔伤，我赶快站了起来，拼命冲到矮树丛中，我知道我并没有脱离危险。可是，我正向前跑的时候，突然感到一阵要命的晕眩和恶心。我看了一眼那只疼得阵阵抽搐的手，这时我才看见我的大拇指被砍掉了，血从伤口不停地向外涌。我竭尽全力用手帕把伤口包好，这时突然感觉一阵耳鸣，我就昏厥过去了，倒在了蔷薇的花丛中。

"我不知道自己昏迷了多久，感觉时间一定很长，因为当我苏醒过来的时候，正是星沉月落，旭日东升，露水把我的衣服全部浸湿了，伤口的血浸透了袖子。剧烈的疼痛马上让我回忆起夜里的危险遭遇，一想到我也许还没有摆脱正在追赶我的人，我立刻就跳了起来。但是让我感觉惊讶的是，当我向周围张望的时候，既看不到房子，也看不到花园。原来我一直在紧挨着公路的树篱的一个角落里躺着，前面不远处是一座长长的建筑物。当我走近看的时候，发现那座建筑物就是我昨天晚上下车的那个车站。如果不是因为我手上这个吓人的伤口，在这段可怕的时间里所发生的一切，感觉也许只不过是一场噩梦而已。

"我迷迷糊糊地走进车站，询问了早班火车的时间，知道一小时内会有一班开往雷丁的火车。我看见值班的还是我来的时候在那里的那位搬运工。我问他有没有听说过莱桑德·斯塔克上校这个人，看上去他并不知道这个名字；我又问他有没有注意到昨天晚上等候我的一辆马车，他说没有；问他这附近有没有警察局，他说三英里外有一个。

"对于我的情况来说，这段距离实在是太遥远了。我决定回到城里之后再去报警。回到城里时刚六点多一点，我要先去包扎伤口。很荣幸这位医生可以陪送我来到这里，我把这个案子托付给您，我会完全听从您的意见。"

听他讲完这段不寻常的经历后，我们两个人静静地坐了一会儿，然后，夏洛克·福尔摩斯从架子上拿出一本贴剪报的笨重的大本子。

"这里有一则广告，我想你们会感兴趣的，"他说道，"大约一年前，几乎所有的报纸上面都刊登过。听我给你们念念：'寻人。杰里迈亚·海林先生，现年二十六岁，职业为水利工程师，于本月九日晚十时从寓所离开后下落不明。身穿——'

"等等，等等。我想，这表示上一次上校要对他的机器进行大检修。"

"天哪！"我的病人叫道，"那么这就解释了那夫人所说的话。"

"很显然，上校是一个极其冷酷的亡命之徒，他不会让任何东西妨碍他罪恶的计划，就如同那些彻头彻尾的海盗一样，他们决不会在被他们俘获的船上留下活口。好了，接下来的每一分钟都非常宝贵，所以，如果您还能坚持住，我们现在必须要赶到苏格兰场去报案，这是我们去艾津要做的第一步措施。"

"大约三个小时以后，我们一起坐上了火车，从雷丁出发前往伯克郡的小村子。一起同行的人有夏洛克·福尔摩斯、那个水利工程师、苏格兰场的布雷兹特里特巡官，还有我和一位便衣侦探。布雷兹特里特在座位上把一张本郡的军用地图铺开，又快速拿出圆规以艾津为中心画了一个圆圈。

"就在这里。"他说，"这个圆圈是以这个车站为中心、十英里为半径画的。我们要找的那个地方应该是在靠近这边线的某个地方。先生，我记得您好像说的是十英里。"

"马车跑了整整一个小时。"

"您觉得他们是在您昏迷时把您从那么老远送回来的吗？"巡官继续问道。

"我想他们是这样做的。我隐隐约约感觉好像是被抬起来运到什么地方。"

"让我不能理解的是，"我说，"他们为什么发现您昏迷在花园里的时候，会饶了您呢？也许是因为那个女人向那个坏蛋求情，那个坏蛋心软了？"

"我觉得不太可能。我一生中从未见过比那还要冷酷的面孔。"

"哦，我们很快就会弄清楚这一切的。"布雷兹特里特说，"看，这个圆圈我已经划好了，我唯一希望知道的是在哪一点上，我们可以找到我们要找的那个家伙。"

"我认为我可以指出来。"福尔摩斯平静地说。

"是吗，现在？"巡官叫了起来，"想必您已经做出了判断！那么，让我们看看谁与您的看法一致。我认为是在南面，因为那一带的乡间更为荒凉。"

"我认为是在东面。"我的病人说。

"我认为是在西面。"那个便衣侦探说道，"那一带有好几个特别僻静的小村子。"

"我认为是在北面。"我说，"因为那一带没有山，而我们的朋友说他注意到马车并没有上过坡。"

"唉！"巡官笑着说道，"我们的意见分歧很大啊。我们兜了一个圈子，您这决定性的一票投给谁呢？"

"你们全部都错了。"

"可是我们不可能全错呀！"

"哦，真的，你们全部都错了。跟你们说一说我的观点。"福尔摩斯将手指放在圆圈的中心，"实际上，我们会在这里找到他们的。"

"可是，那十二英里的路程是怎么回事呢？"哈瑟利气喘吁吁地说。

"去时六英里，回来时六英里。这是再简单不过的了。您之前说过，当您坐上马车的时候，那匹马看上去精神饱满、毛色光泽。假如它已经赶了十二英里那么难走的路，不可能会是那个样子的。"

"的确，也许就是这么一个诡计。"布雷兹特里特若有所思地评论说，"当然，至于这个匪帮是什么性质的已经很明显了。"

"那当然是很明显的啰。"福尔摩斯说，"他们是大量伪造货币的罪犯，他们利用那台机器铸造合金来代替白银。"

"我们发现有一伙机灵的坏家伙，干着这个行当已经有一段时间了。"巡官说，"他们一直在大批量地铸造半克朗硬币。我们甚至一直跟踪他们到了雷丁，然后就没有线索了，因为他们使用了一种可以掩蔽他们踪迹的方法。这就可以看出他们是精于此道的惯犯。可是现在，得感谢这次侥幸的机会，他们肯定是无法逃脱了。"

事实证明，这位巡官错了，命中注定这些罪犯不会落入法网。当我们乘坐的火车驶进艾津车站的时候，只见一股巨大的浓烟从附近的一个小树丛后面滚滚而上，就像一片硕大无比的鸵鸟毛在美丽的田园上空悬挂着。

"难道是房子失火了吗？"火车喷着气开出车站的时候，布雷兹特里特问道。

"没错，先生。"车站站长回答说。

"这是什么时候起的火？"

"听说是在昨天夜里起的火，先生。火越烧越旺，现在已经是一片火海了。"

"这是谁的房子呢？"

"是比彻医生的。"

"请告诉我，"工程师插了一句，"比彻医生是不是一个德国人，特别瘦削，鼻子又长又尖，是不是？"

站长大声笑了起来，说道："不是的，先生，比彻医生是一个英国人，在我们这个教区里还找不到一个人比他穿得还要讲究。据我了解，有一位先生和他在一起居住，那位先生是外国人，还是一个病人，看上去特别瘦削，如果您请他饱餐一顿上好的牛排，他都不会觉得油腻。"

站长的话还没有说完，我们就已经急忙朝着失火的方向跑去。这是一条一直通到一座低矮的小山顶上面的路。很快在我们面前出现一座高大的白灰粉刷的建筑物。每一扇窗、每一道缝都在向外喷着火舌，有三辆救火车正徒劳地在前面的花园里尽力想把火势压下去。

"就是这里！"哈瑟利非常激动地喊着，"看这沙石路！那边的蔷薇花丛就是我曾经躺过的地方。那第二扇窗就是我跳出来的地方！"

"那么，"福尔摩斯说，"现在您已经算报仇了。很明显，是那台机器把您留在那里的油灯压碎的时候烧着了木板墙。他们在追赶您的时候太激动了，所以当时并没有发觉。您现在睁大眼睛看一看，人群里面有没有您昨天晚上见到的那几位朋友？不过，我担心他们目前已经走出足足有一百英里了。"

事实真的就像福尔摩斯所担心的那样。从那一天起直到现在，不管是那位漂亮的女人、那个阴险的德国人，还是那个乖僻的英国人，他们的踪迹再也没有人知道。当天清晨，有一位农民曾遇到一辆马车，马车载着几个人以及几只沉重的大箱子，朝着雷丁的方向快速地驶去。但是这些亡命之徒逃到那里之后就音信全无了，就连我的朋友福尔摩斯，也无从发现哪怕只是一点点关于他们去向的线索。

消防队员们发现房子里面的布置特别奇怪，他们为此感到很伤脑筋，更让他们感到蹊跷的是在三楼的一个窗台上他们发现了一截被砍下不久的大拇指。大约是日落西山的时候，他们终于控制住了这场大火，可是房顶已经烧塌了，整个现场已经成为一片废墟，所以除了一些弯曲的汽缸和铁管了之外，我们可怜的朋友为之付出巨大代价的那台机器，竟然没有留下任何其他的遗迹。我们在一间偏房里发现了大量的镍锭和锡锭，但是却没有发现硬币。这情况似乎能够说明为什么那几个人离开时携带着那些沉重的大箱子。

如果不是那块松软的泥土给我们留下了清楚的足迹，我们这位水利工程师是怎样被从花园里被送到他恢复知觉的那个地方，也许都永远是一个谜。很显然，他是被两个人抬过去的。一个人的脚特别小，另外一个人的脚却出奇的大。总的来说，也许那个沉默寡言的英国人，似乎不像他的同伙那么胆大妄为，也可以说不像他的同伙那么凶残。是他和那个女人把我们可怜的朋友一起抬离险地的。

当我们坐上火车返回伦敦的时候，我们的这位工程师心情低沉地说："唉，这件事对我而言真是糟糕透了，我不但丢掉了我的大拇指，而且还失去了五十基尼的酬金，我得到的是什么呢？"

"你得到了经验！"福尔摩斯笑着说，"您要知道，如果间接地说，这也许是有价值的。只要把这件事情宣扬出去，您的事务所可能会获得很好的声誉。"

十　新娘失踪案

圣西蒙勋爵的婚事，还有它那离奇的结局，已经不再是这位不幸的新郎所处的上流社会圈子里那些人们感兴趣的话题了。新的丑闻以及更加刺激的详细情节，已经让人们不再提及四年前这个戏剧性的事件。然而，因为我有理由认为这个案件的所有真相从来都没有向公众透露过，而且我的朋友夏洛克·福尔摩斯在弄清这件事情的过程中做出了非常大的贡献，所以我认为，如果不把这个不寻常的事件作一个简单的叙述，那么对他的业绩的任何记录都不算是完整的。

那还是在我结婚的几个星期前，我还和福尔摩斯一起在贝克街居住。一天午后，福尔摩斯散步回来，看到桌子上面有他的一封来信。那段日子，我整天都在家里待着，那天突然开始下雨，再加上阵阵秋风，我的胳膊又有些隐隐作痛了，这是因为当年参加阿富汗战役的时候，一颗阿富汗少枪子弹一直还残留在里面。我在一张安乐椅上躺着，两脚搭在另一张椅子上，把自己埋身在一堆报纸里。直到最后，我的脑袋里面全部都是当天的新闻，才把报纸丢开，懒洋洋地在那里躺着，望着桌子上面的那封信，信封上面的巨大饰章以及交织的字母，心里猜想着这封信会是哪位贵族给我的朋友写的呢？

"这里有一封很时髦的书信。"他进屋的时候，我说，"如果我没有记错的话，你早晨的那些信来自一个鱼贩和一个海关检查员。"

　　"没错，我收到的来信中大部分都有引人入胜的地方。"他笑着回答道，"往往越是那些出身卑微的人的来信越是有意思，但是这封信看上去又似乎是一张不受欢迎的社交上用的传票式的信，感觉是那种让你厌烦或者是让你需要说谎的信。"

　　他把信封拆开，把信的内容浏览一遍。

　　"哦，你过来看，看上去还是一件很有趣的事呢。"

　　"那么，并不是社交来信了？"

　　"不是，是业务性的。"

　　"委托人是一位贵族？"

　　"是英国地位最高的贵族之一。"

　　"太好了，老兄，祝贺你。"

　　"华生，跟你说实话，对我而言，我并不太在意委托人的社会地位，我的兴趣主要是在案情上面，但是也许在这个新案件的调查中，有关他的社会地位的情况也是需要重视的。你一直在认真地阅读近期的报纸是吗？"

　　"看上去好像是这样的。"我指了指角落里的那一大堆报纸沮丧地说，"我找不到其他的事情可做。"

　　"还算幸运，我想你应该能告诉我一些关于这件事情的最新情况。我是除了犯罪的消息以及寻人启事之外，其他的新闻我一律都不看。寻人启事总是能提供丰富的信息，会让人有所启发。最近发生的事你已经留心了，一定也看过关于圣西蒙勋爵和他的婚礼的相关消息吧？"

　　"哦，没错，这个消息我是带着极大的兴趣来阅读的。"

　　"太好了，给我写这封信的人就是圣西蒙勋爵，我给你读一读，而你一定要再仔细地翻一翻这些报纸，然后告诉我有关这件事情的消息。他是这样写的：

　　"亲爱的夏洛克·福尔摩斯先生，巴克沃特勋爵跟我说，你的判断能力以及分析能力绝对值得信赖，所以，我便决定登门拜访，就是向你请教和我的婚礼有关的让人痛心的意外事情。这一案件苏格兰场的雷斯垂德先生已经受理，但是他很明确地告诉我，他没有理由拒绝与你的合作，他甚至觉得与你的合作也许可以起到作用。我会在下午四点时造访，届时你如果有其他的安排，我希望你稍后仍然可以与我见面，因为我的这件事情极其重要。你忠实的圣西蒙。"

福尔摩斯一边叠信一边说："这封信是从格罗夫纳大厦发出的，是使用鹅毛笔书写的，这位尊敬的勋爵还不小心在他右手小指的外侧沾上了一滴墨水。"

"他说四点钟过来，现在三点，还有一个小时的时间。"我说道。

"那么，我想在你的帮助下，我还可以把这件事情弄得更明白一些。请你翻一下这些报纸，把有关的摘录按照时间顺序排好，我来查一下有关我们这位委托人的资料。"他从壁炉架旁的一排参考书中拿出一本红色封面的书。"就在这里了，"他说着坐下来，把书放在膝盖上翻开，"罗伯特·沃尔辛厄姆·德维尔·圣西蒙勋爵，巴尔莫拉尔公爵的次子。哟！勋章，天蓝的底色，黑色中带上三个铁蒺藜。1846 年出生，现年 41 岁，正好是结婚的年龄。在上届政府中曾担任过殖民地事务大臣。那位公爵，他的父亲之前任过外交大臣。他们都继承了安茹王朝的血统，是它的直系后裔，母系血统为都铎王朝。哦！不过这些似乎都没有什么价值。华生，我觉得你还需要给我提供一些更有用的情况。"

"我轻而易举地就找到了想要了解的情况。"我说，"事情没有发生多久，我的印象还比较深。但是，我没有告诉你，是因为我知道你手里正有一件案子，而你还不喜欢受到其他事情的打扰。"

"哦，你说的是格罗夫纳广场家具搬运车那件小事吧。现在已经彻底弄明白了。其实从一开始就是很明显的。请你把在报纸上所能搜集到的结果跟我说一下吧。"

"这是我找到的第一则消息，登在《晨报》的启示栏中。日期是，你看一下，几周之前：

"据说一场婚礼已经都安排妥当，如果传闻是真的，近期就会举行婚礼。巴尔莫拉尔公爵的次子罗伯特·圣西蒙勋爵将会和美国加利福尼亚州旧金山阿洛伊修斯·多兰先生的独生女哈代·多兰小姐缔结秦晋之好。"

"简明扼要。"福尔摩斯说着，把他那又长又瘦的脚向火炉旁边挪了一下。

"就在同一周，关于此事，一份社交界的报纸上面出现一则更加详细的报道。看，就在这里：

"很快，婚姻市场上便出现了要求保护性政策的呼声，由于目前正在泛滥的自由贸易式的婚姻政策，对我们的英国同胞非常不利。大不列颠名门望族的公子王孙们，不断地被来自大洋彼岸的美女所掌控。上周的时候，那些被掠走的被他们看作胜利品的名单上，又增加了一位重量级的人物，那就是圣西蒙勋爵。圣西蒙勋爵二十多年来从来没有坠入过情网，现在却已经正式宣布，他很快就会和加利福尼亚百万富翁的女儿哈代·多兰小姐结婚。多兰小姐是一个独生女，她凭借着优雅的体态以及惊人的美貌，在韦斯特伯里宫的庆典宴会上，引起了人们的极大注意。听说，她嫁妆的价值要远远超过六位数，也许还会更多。因为近年来巴尔莫拉尔公爵不得不出卖自己的藏画，这已经成为公开的秘密了，而圣西蒙勋爵除了伯奇穆尔荒地那一点微薄的产业以外，几乎一无所有。所以这位加利福尼亚的美女通过这次联姻，使她轻易地由一个共和党人成为大不列颠的贵妇。毫无疑问，她占到的便宜不止这一方面。"

"还有其他的吗？"福尔摩斯有些疲倦地问道。

"有，还有很多呢。《晨邮报》上面有一则消息说：婚礼会尽量简单，还计划在汉诺佛广场的圣乔治大教堂举行，届时将只邀请几位至亲和好友参加。婚礼结束以后，新婚夫妇以及亲友将返回阿洛伊修斯·多兰先生在兰开斯特盖特租用的寓所。过了两天，也就是上星期三的时候，有一个简单的通告，宣布已经举办过婚礼了，新婚夫妇的蜜月将在彼得斯菲尔德附近的巴克沃特勋爵别墅度过。这就是新娘失踪之前的全部报道。"

"在什么之前？"福尔摩斯惊讶地问道。

"这位女士失踪之前？"

"哦，新娘是在什么时候不见的呢？"

"婚礼之后，正在吃早餐的时候。"

"确实比原来想象的有趣多了。实际上，也是极具戏剧性的。"

"没错，正是因为它非同寻常，所以才会引起我的注意。"

"通常新娘们的失踪都是在举行婚礼仪式之前，当然偶尔也会有在蜜月期间失踪的，但是，我还是想不起来有哪一件会像这一次这样及时。快把所有的细节都给我讲述一下。"

"我可事先跟你说明，这些材料还不算完整。"

"可能我们把它们联系起来会更好。"

"是这样的，昨天的晨报上有一篇报道描述得比较详细，我给你读一读。标题是《上流社会婚礼中的奇怪事件》，内容是这样的：

"在罗伯特·圣西蒙勋爵举行完婚礼之后，发生的不幸事件，让他们一家沉浸在惊恐之中。就像昨天报纸上面简单的报道一样，婚礼是在前天上午举行的。直到现在，也许才能对流传的各种奇怪传闻加以证实。即使当事各方想方设法掩盖，但是这件事已经引起了人们的极大关注，因此对已经成为公众重点谈论的事，如果故意不理睬，是非常不明智的。

"婚礼是在汉诺佛广场的圣乔治大教堂举行的，仪式极其简单，特别低调。除了新娘的父亲阿洛伊修斯·多兰先生、巴尔莫拉尔公爵夫人、巴克沃特勋爵、尤斯塔斯勋爵和克拉拉·圣西蒙小姐（新郎的弟弟和妹妹）以及艾丽西亚·惠延顿夫人之外，没有其他人参加。婚礼结束后，参加婚礼的人就前往兰开斯特盖特的阿洛伊修斯·多兰先生的寓所。早餐早就已经准备好了。这个时候，似乎有一个女人（目前还不知道其姓名）引起了一些麻烦。她在新娘以及新娘的亲友后面跟着，想要强行闯进寓所，还说她有权利向圣西蒙勋爵提出要求。经过很长时间的纠缠，管家和仆役才把她赶走了。幸好，这个时候新娘已经进入室内和亲友一起共进早餐了。但是她突然感觉身体不舒服，便回到了自己的房间，她离开了很长时间，一直都没有返回。人们开始议论起来，所以她的父亲就去找她。她的女仆说，她只是在卧室停留了一会儿，就穿上一件长外套，戴着一顶无边软帽，慌忙地下楼到走廊去了。另外还有一个男仆说他也看见过一个这样打扮的太太离开了寓所，但是他不能确定那就是他的女主人，他还以为她仍然和大家在一起。阿洛伊修斯·多兰先生知道女儿失踪之后，马上与新郎一起和警方联系，目前警方正在大力调查，这件离奇的事件可能很快就会真相大白。但是，一直到昨天深夜，失踪的新娘还是下落不明，于是出现了很多关于这件事情的谣言，甚至有人觉得新娘也许已经遇害。据说警方还拘留了那个引起麻烦的女人，认为她也许是因为妒忌或者出于某种原因而拐走了新娘。"

"只有这么多吗？"

"另外一份晨报上虽然只有一条很短的消息，但是却很具有启发性。

"内容是这样的：肇事的那个女人就是弗洛拉·米勒小姐，目前已经被逮捕。她之前好像在阿利格罗做过芭蕾舞演员，与新郎结识已经很多年了。

"然后就没有更多的细节了。现在单凭报纸上发表的信息来看，你好像已经掌握了全部的案情。"

"看上去的确是一件非常有趣的案子。不管怎样，我也不能放过它。门铃好像响了，已经四点多了，可以肯定，是我们那位出身显贵的委托人来了。华生，千万不要离开，因为我希望有一位见证人，哪怕仅仅是为了检验一下我的记忆力。"

"罗伯特·圣西蒙勋爵到了。"仆童进来给我们报告。

只见进来的这位，相貌看上去很惹人喜欢，感觉是一位很有教养的绅士，一双镇静的大眼睛就如同习惯发号施令的人们所特有的那样，高高的鼻子，微微上翘的嘴角显得很有生气，面色苍白。他的行动比较敏捷，但是给人一种外表与他的年龄不相符的感觉。走路的时候背显得有点驼，膝盖有点弯；他摘掉帽檐高高卷起的帽子时，我发现他头部周围的头发已经灰白，头顶还有点秃。他的穿着几乎称得上是浮华：黑色的大礼服、高高的硬领、白色背心、黄色手套、漆皮鞋和浅色的绑腿。他缓慢地走进房间，眼睛环顾了一下四周，右手晃动着系金丝眼镜的链子。

"幸会，圣西蒙勋爵。"福尔摩斯站起身来，鞠了一下躬说，"请您在这张藤椅上坐下。这位是我的同事和朋友，华生医生。您向火炉前靠近一点，和我们说一说这件事情吧！"

"你可以想象到，对于我来说，这件事是极其痛苦的，福尔摩斯先生，现在我已经精疲力竭了。我知道你处理了很多类似的案子，尽管你之前那些案子的委托人的社会地位和这次委托人的地位差距很大。"

"差距很大？哦，是的，这一次委托人的社会地位下降了。"

"抱歉，能再说一遍吗？"

"好的，我上一个案子的委托人是一位国王。"

"哦，是吗？我没有想到，是哪一位国王呢？"

"斯堪的纳维亚国王。"

"什么，难道他的妻子也消失了吗？"

"抱歉，"福尔摩斯心平气和地说，"就如同我承诺对你这件事情保密一样，其他委托人的事情，我也同样会保密。"

"当然，这没问题，完全正确，请原谅，有关我这个案子，我想将所有有助于你判断的情况无所保留地告诉你。"

"谢谢，报纸上面的所有报道我都已经看过了，我想知道，我是不是可以认为这些报道全部都是属实的，比如这篇有关新娘失踪的报道。"

圣西蒙勋爵快速看了一下说："没错，这篇报道全部属实。"

"但是，无论什么人在做出判断之前，都需要知道一些补充材料，我想我可以直接问你一些我需要知道的情况吧？"

"没问题，请问吧。"

"你第一次见到哈代·多兰小姐是在什么时候？"

"是一年以前，在旧金山。"

"那时你正在美国旅行吗？"

"是的。"

"那个时候，你们订婚了吗？"

"还没有。"

"那有没有开始友好的往来呢？"

"我很高兴能和她交往，这一点她也能知道。"

"她的父亲特别富有？"

"据说是大洋彼岸最富有的人。"

"那么，他是如何发财的呢？"

"开矿。在几年前，他还一无所有，但是，他突然挖到了金矿，所以就投资开发，从此便飞黄腾达，成了暴发户。"

"现在你来说一说你对这位年轻的女士——你的妻子的印象如何？"

这位贵族眼镜上的链子被晃动得更加快了，他眼睛一直盯着壁炉。"你也知道，福尔摩斯先生。"他说，"我的妻子一直到了二十岁，她的父亲才发财。在这期间，她自由地在山上或者树林里面游荡，所以，她所受的教育，并不是来自于老师的传授，而是来自于大自然的熏陶。用我们英国人的话来说，其实她就是一个野孩子，她的性格泼辣、粗野，而且还任性，不受任何传统习俗的束缚。她是一个急性子，甚至可以说有一些暴躁，她很草率地就会做出决定，做起事来也从来不顾后果。另一方面，如果不是看在她是一位高贵的女人的份上，"他轻轻咳一下，"我肯定不会让她享受我所拥有的高贵的称号。我相信她会做出英勇的自我牺牲，所有有损名誉的事情都是她所不愿意做的。"

"你有没有她的照片？"

"我随身带着呢。"

说着，他拿出一个小盒子并打开，给我们看了一位极其漂亮的女人的整个面容。实际上，那不是一张照片，而是一个袖珍象牙雕像。艺术家充分发挥了她那光亮的黑发，又大又黑的眼睛以及樱桃小嘴的感染力。福尔摩斯认真地看了雕像很久，才把它还给了圣西蒙勋爵。

"这位年轻的小姐来到伦敦以后，你们又重叙旧情了吗？"

"是的，她的父亲带她来参加伦敦的岁末社交活动。我见了她几次，接下来我们就订了婚。"

"我听说她带来了特别丰厚的嫁妆？"

"嫁妆极其丰厚，不过和我们家族的通常情况差不多。"

"既然婚礼都举行了，那么，这份嫁妆自然就属于你了？"

"但是，我还没有问过这件事。"

"这是肯定的。婚礼的前一天你和多兰小姐见过面吗？"

"我们见过。"

"你感觉她的精神好吗？"

"比任何时候都要好，她一直都在说着我们未来应该怎么做。"

"是吗？真的很有趣，那么，结婚那天早上她有什么表现？"

"那天她特别开心，至少在婚礼结束前都是这样的。"

"那么，你有没有注意到她后来有什么变化呢？"

"哦，说实话，后来我发现了我之前从来没有见过的反常情况。她有一点急躁，但是，那是一件小事，根本就不算什么，而且和这个案子根本不可能有关联的。"

"即便如此，请你还是说一说吧。"

"她真的是有点孩子气，当我们朝着教堂的法衣室走的时候，她手里的花束掉了，当时她正走过前排的座位，花束就掉在了座位前。座位上的先生把花束捡起来递给她，花束应该没有受到任何损害。但是，我和她说起这件事的时候，她的回答极其生硬，在回家的路上，她坐在马车里，似乎仍然因为这件小事而心神不安。"

"哦，你指的前排坐着的那位先生，难道当时教堂里面还有一般的群众吗？"

"哦，没错，在教堂开门的时候，不可能不让他们进去。"

"这位先生也有可能是你妻子的朋友吧？"

"不可能，我称他为先生完全是出于礼貌，他是一个再普通不过的人了，我几乎都没有注意到他的外貌。我认为，我们说的真的有些离题了。"

"圣西蒙夫人婚礼结束回来的时候，心情完全不像她去的时候那样愉快了。那么，当她回到她父亲寓所的时候，她都做了些什么事情呢？"

"我看到她和她的女佣人在说话。"

"她的女佣人是什么人呢？"

"她的名字叫艾丽丝，美国人，和她一起从加利福尼亚来的。"

"一位特别忠实的佣人？"

"这样说似乎有些言过其实，不过看上去她和她的女主人的关系很密切，她们之间并没有什么礼仪，当然，在这方面，他们美国人的观念和我们还是有差距的。"

"她和这位艾丽丝交谈了多长时间？"

"大约有几分钟，我当时正在想别的事情。"

"那么，她们谈话的内容你有没有注意到呢？"

"她提到了有关占领别人土地的事情，她经常会这样说一些美国俚语，我听不懂她说的是什么。"

"有的时候美国俚语还是很形象的，那么，婚礼结束以后，你的妻子与佣人谈过话以后又做了些什么事情呢？"

"她去了吃早餐的房间。"

"是你挽着她的手进去的吗？"

"不是的，她一个人进去的。她向来都不注意这些礼节。在我们坐下大约十分钟后，她突然站了起来，说了几句道歉的话，就离开了房间，从此再也没有回来。"

"但是，我听说，她的佣人艾丽丝在作证时说，她出去的时候在婚礼服外还穿了一件长外套，戴着一顶无边软帽。"

"是这样的，后来还有人看见她和弗洛拉·米勒一起走进了海德公园，弗洛拉·米勒就是那天早上在多兰寓所制造了一点麻烦的那个女人，现在她已经被拘留了。"

"没错，我想知道一些关于这个年轻女人的更详细的情况，还有你和她之间的关系。"

圣西蒙勋爵耸了耸肩，眉毛一扬说："我们已经交往很多年了，是特别友好的关系。她之前经常在阿利格罗。我待她非常好，她对我应该没有什么可抱怨的。但是，福尔摩斯先生，你也知道女人就是那么一回事。弗洛拉是一个可爱的小东西，但是性子特别急，而且她很热切地恋着我。当她听到我要结婚的时候，我收到过她寄来的几封可怕的信。实际上，我就是害怕万一会在教堂里出丑，才决定要悄悄地举行婚礼。正好是我们回来的时候，她来到了多兰先生的门口，不顾一切地往里闯，用很难听的话辱骂我的妻子，而且还威胁她。但是事先我已经预料到有发生这种事的可能性，所以就在那里安排了两个便衣警察，很快，他们就把她赶出去了，当她意识到吵闹是解决不了问题的时候，就平静了下来。"

"那么，你的妻子听到这些了吗？"

"谢天谢地，这些她都没有听到。"

"后来，有人看见你的妻子是和这个女人一起走的。"

"没错，这正是苏格兰场的雷斯垂德先生把这件事情看得特别严重的原因。他认为是弗洛拉把我妻子骗出去的，而且还设下了某种圈套。"

"哦，这也是一种可能。"

"您是这么认为的吗？"勋爵问道。

"我并没有确定就是这样，而你自己也并不相信有这种可能吧？"

"我觉得弗洛拉就连一只苍蝇她都不会伤害的。"

"但是，有的时候妒忌是可以神奇地让一个人的性格发生变化的。你能不能告诉我，关于这件事情你自己是怎么分析的呢？"

"哦，可是，我到这里是为了寻求答案的，并不是来发表自己见解的，全部的事实我已经都告诉你了。既然你问我，我就说说我的想法。我认为也许是由于这件事情的刺激，还有她意识到她的社会地位一下子提升了那么多，致使她的精神有点儿错乱。"

"你是说，她一下子就精神错乱了？"

"没错，当我一想到她居然会抛弃了——我不想说我，但是这是很多女人想要得到却又得不到的——我实在想不出其他的解释。"

"当然，这也是一种可能的假设。"福尔摩斯笑着说，"现在，圣西蒙勋爵，我想绝大部分情况我已经都掌握了，我还要再问一个问题，在你们的早餐桌边坐着，是不是可以看到窗外的情况呢？"

"可以看到马路的对面以及公园。"

"就是这样，好了，我想没有必要再耽误你的时间了，我会再与你联系的。"

"希望你有足够的运气来解决这个问题。"我们的委托人站起来说。

"我想我已经解决了。"

"哦！你说什么？"

"我说这件案子我已经解决了。"

"那么，我妻子现在在哪里呢？"

"那是我很快就可以提供的一个细节。"

圣西蒙勋爵摇了摇头。"恐怕这件事情需要一个比你和我更聪明的脑袋才行。"他说着，行了一个庄严的老式鞠躬礼，便走出去了。

"圣西蒙勋爵居然会把他自己的脑袋和我的脑袋相提并论，简直太荣幸了。"夏洛克·福尔摩斯大声地笑了起来，"我想通过这么长时间的询问，我得来一杯威士忌和一支雪茄烟才行。在我们的委托人进门之前，我就已经对这个案子得出了结论。"

"亲爱的福尔摩斯，你简直太了不起了。"

"我这里有好几个和这个案件类似的记录，但是，就如同我前面说过的那样，没有一个案件像这一个案件这样干脆。我的全部调查进一步肯定了我的推测。有的时候旁证是非常具有说服力的。就像梭罗所说：如同你在牛奶里面发现了一条鳟鱼一样。"

"可是，你所听到的我也听到了呀？"

"现在你缺乏对我起了很大作用的之前案件的一些知识。很多年前在阿伯丁曾经发生过一个类似的案子。普法战争后一年，慕尼黑也发生了一个特别相似的案子。这又是这类案件的一个。哦，雷斯垂德来了。你好，雷斯垂德，餐具的柜子上面有一只特大号的酒杯，盒子里面有雪茄烟。"

这位官方侦探穿着粗呢大衣，佩戴着一条老式的领带，一身水手打扮。他手里提着一只黑色的帆布提包，简单地问候了我们一声便坐了下来，接过一根雪茄烟点了起来。

"发生什么事了？"福尔摩斯眨了眨眼睛问道，"你看上去好像不太开心。"

"的确是不顺心，就是因为圣西蒙勋爵结婚这件倒霉的案子，我到现在还一点头绪都找不到。"

"是吗？你让我觉得太吃惊了。"

"有谁见过如此糟糕的案子呢？似乎每一条线索都从我的手中溜过去了。我整天都是因为这件事情在忙。"

"你的衣服看上去都湿了。"福尔摩斯的一只手搭在他那粗呢大衣的胳膊上说。

"没错，我正在塞彭廷湖里打捞。"

"不会吧，你在捞什么呢？"

"我在捞圣西蒙勋爵夫人的尸体。"

福尔摩斯靠在椅子上仰头大笑起来。"你应该没有在特拉德尔加广场的喷水池里打捞过吧？"他问道。

"什么？你这话是什么意思？"

"我相信你在那里找到这位女士的机会和在其他地方找到一样多。"

雷斯垂德失落地朝着我的同伴瞪了一眼，然后大声地说："就好像你什么都知道似的。"

"是的，这件事情我也是刚听说，但是我已经作出了判断。"

"哦，真的吗？那么你觉得塞彭廷湖和这件事情没有关系？"

"一点关系都没有。"

"那么，你来解释一下我们为什么会在那里找到这些东西呢？"他一边说一边把他的包打开，拿出一件波纹绸的婚礼服、一双白缎子鞋和一顶新娘花冠以及面纱，他将它们乱七八糟地放在了地板上。这些东西被水浸透了，而且还褪了色。"还有这个。"说着，他又将一枚崭新的结婚戒指放在了这堆东西的上面，"福尔摩斯先生，这个难题请你来作一下解决吧。"

"哦？是吗？"我的朋友说着，向空中吐出一个个蓝色的烟圈。"这些东西就是你从塞彭廷湖中捞上来的吗？"他问道。

"不是的，是一个园丁发现的，当时它们正在湖边漂着。我们已经核实过，这就是她的衣服，我认为既然衣服在那里，尸体一定就在不远处。"

"根据你的这个推理。每个人的尸体在自己的衣柜旁边都能找到。请问你要通过这个得出什么结论？"福尔摩斯问道。

"有证据可以证明弗洛拉·米勒和这个失踪案有关系。"

"恐怕你想找到这样的证据并不是一件容易的事情。"

"你真的这样认为吗？"雷斯垂德很不高兴地叫起来，"福尔摩斯先生，你的演绎和推理恐怕不那么实用吧？几分钟之内你就犯了两个错误，这些衣服的确与弗洛拉·米勒小姐有关系。"

"为什么这么说？"

"衣服上有一个口袋，口袋里有一个名片盒，在名片盒里发现了一张便条，可以看一下，就是这张便条。"他说着把便条扔到面前的桌子上，"让我给你读一读：

一切都准备好以后，你就会看到我，然后你马上就出来。

F.H.M.

"我现在可以肯定的一点就是，圣西蒙勋爵夫人是被弗洛拉·米勒骗走的。很显然，她和她的同谋应该对这件失踪案负责。这就是用她的名字的首字母签名的那张便条，一定是在门口悄悄递给这位夫人的，以便她们可以更好地诱导她。"

"非常好，雷斯垂德。"福尔摩斯笑着说，"你太厉害了，我来看一下。"他漫不经心地拿起那张纸条，但是他的注意力很快又被吸引住了，还高兴地大声叫起来，"这的确非常重要。"

"哈哈，你也看出它的重要性了。"

"没错，特别重要，祝贺你。"

雷斯垂德高兴地站了起来，随后又低头看了一眼，大声地叫起来："不会吧，你看反了。"

"不会，我看的才是真正的正面。"

"你简直疯了，那怎么可能是正面呢？这里才是用铅笔写的便条。"

"在这里，你看，这里看上去是一张旅馆的账单，让我感兴趣的是这个。"

"那个我已经看过了，上面的内容没有任何价值。"雷斯垂德说，"十月四日，房间八先令，早饭二先令六便士，鸡尾酒一先令，午饭二先令六便士，葡萄酒八便士。这些能说明什么问题呢？"

"虽然你没有从中看出什么来，但是它们仍然非常重要。至于便条，也特别的重要，至少这些首字母的签名非常重要。"

"我浪费的时间已经够多的了。"雷斯垂德说着站了起来，"与壁炉旁边编出来的理论相比，我更相信艰苦的工作，再见，福尔摩斯先生，接下来，我们还是看谁先把事情弄清楚吧。"他把东西收拾起来把它们塞进提包，然后朝着门口走去。

"还是给你一点暗示吧，雷斯垂德。"在对手准备出门的时候，福尔摩斯平静地说，"我可以把这件事情的真相告诉你，圣西蒙勋爵夫人是一个神话式的人物，无论是过去还是现在，都不存在这样一个人。"

雷斯垂德忧郁地看了我的同伴一眼，再转过头来看了看我，在前额上轻轻地拍了三下，摇了摇头，然后离开了。

他刚把身后的门关上，福尔摩斯就站起来穿上了外套。"这家伙说的户外工作不是没有道理。"他说，"所以，华生，我想你必须得单独在这里看一会儿报纸了。"

福尔摩斯从这里离开的时候是五点多，但是我并没有感觉孤独，因为还不到一个小时，就有一个点心铺的伙计送过来一个平底的大盒子。盒子打开后，我很惊奇地看到了一份特别丰盛的冷食晚餐摆在我们稍显寒酸的住所的餐桌上：一对山鹬、一只野鸡、一块肥鹅肝饼以及几瓶陈年老酒。全部都摆好以后，不速之客说了一句他们只是按照吩咐送到这里来的，接着就像天方夜谭里面的精灵一样突然间不见了。

还不到九点的时候，福尔摩斯便迈着轻快的步子走进了房间。他表情严肃，但是眼睛却很有神，可以看得出，他的调查并没有让他失望。"他们已经把晚餐摆好了。"他开心地搓着手说。

"你似乎是在等待客人的到来，他们一共摆了五份。"

"没错，一定会有客人顺便来访的。"他说，"真是奇怪，为什么圣西蒙勋爵现在还没有来到。哈哈，我想我已经听到他上楼的脚步声了。"来的人真的是圣西蒙勋爵，他把眼镜上的链子晃得比上次还要厉害，脸上有些不安的神情。

"我的信你收到了吗？"福尔摩斯问道。

"收到了，信的内容确实使我太震惊了，可是你有证据能证明吗？"

"是的，我有足够的证据可以证明。"

圣西蒙勋爵如同泄了气的皮球一样瘫坐在椅子上，一只手扶着前额。

"难以想象公爵大人如果知道他的儿子受到这样的羞辱会怎么样呢？"福尔摩斯自顾自地说。

"你误会了，我并不觉得这是羞辱，只是一场误会而已。"

"啊？如果你能保持这种观点就对了。我认为没有谁应该受到责备，虽然，这位小姐在处理这件事情的时候有点突然，但是，我想象不到她还能找到其他什么更好的办法了。没有母亲在身边，又找不到其他人可以帮她出点主意，她也许只能这样了。"

"不是，这简直是蔑视，公然的蔑视。"圣西蒙勋爵用手指敲着桌子说。

"你一定要宽恕这位可怜的姑娘，她的处境是别人不曾经历过的。"

"我绝对不会宽恕她的，我真的非常生气，我被她可耻地玩弄了。"

"我似乎听到门铃响了。"福尔摩斯说，"没错，楼梯口有脚步声。假如我无法让你对这件事看开的话，圣西蒙勋爵，我请来了一位比我更能说服你的人。"说完，福尔摩斯把门打开，进来的是一位女士和一位先生。

"圣西蒙勋爵，"他说，"让我介绍一下，这位是弗朗西斯·海·莫尔顿先生和他的夫人。这位女士，你是见过的。"

一见刚进来的人，我们的委托人便从椅子上一跃而起，笔直地站在那里，双眼下垂，把一只手插进了大礼服的前胸，显出一副受到伤害的样子。那位女士向前走近几步，向他伸出手，可是他还是不想抬起头来看她一眼，他这样做也许是为了证明他的决心，因为她那恳求的眼神无法让人拒绝。

"你一定生气了，罗伯特。"她说，"没错，你是有理由生气的。"

"你不用给我道歉。"圣西蒙勋爵满怀妒忌地说。

"哦，没错，我知道我把你伤得太深了。本来在我出走之前应该跟你说一声的，但是当时我的心里很乱，从我又见到了弗兰克的那一刻起，我就不知道自己都说了些什么，又做了些什么。我真是觉得有点奇怪，那时我居然没昏倒在圣坛前。"

"莫尔顿太太，你可能希望在你进行解释的时候，我和我的朋友离开一会儿吧？"福尔摩斯说道。

"允许我把我的看法说一说，"莫尔顿先生说，"我认为在这件事情上，我们保密得已经很过分了，对我而言，我真的愿意整个欧洲以及美洲的人们都能知道事情的真相。"正在说话的这位先生瘦长结实，皮肤黝黑，脸刮得特别干净，面部轮廓分明，言谈举止机警而不失礼仪。

"那么，现在我就把我们的故事讲给你们听吧。"那位女士说，"我和弗兰克是1884年在洛杉矶附近的麦圭尔营地认识的，那个时候，我的父亲已经在经营一个矿场了。我和弗兰克订了婚。突然有一天我的父亲挖到了一个金矿，发了财，但是与此同时，可怜的弗兰克的矿脉却越来越小，最后完全消失。我的父亲越来越富有，弗兰克却越来越穷。所以，为了不让我们的婚姻继续下去，父亲就把我带到了旧金山，尽管如此，弗兰克却不愿意就此放弃我们这段感情。所以他随后就来到那里，并且我们还瞒着我的父亲偷偷约会，因为如果父亲知道的话，他会更加生气，所以我们就自己做了安排。

"弗兰克说，他要出去发一笔财，一直到像我的父亲一样有钱时再回来娶我。我也答应会等他一辈子，只要他还在这个世上，我就不会嫁给别人。'那么，我们为什么不立刻结婚呢？'他说，'如果那样我就会放心的，以免等我回来的时候，别人会不承认我是你的丈夫。'就这样，我们商量好以后，他把一切都安排妥当，还请来一位牧师，为我们举行了婚礼，后来弗兰克就出去开始创业，而我又回到了父亲身边。

"后来我了解到弗兰克到了蒙大拿，又到亚利桑那探矿。之后我又了解到他到了墨西哥。我在报纸上看到有一篇有关一个矿工营地遭到亚利桑那州印第安人袭击的长篇报道，我在死亡者的名单之竟然发现了我的弗兰克。看完之后我就晕了过去，然后便卧床数月。我的父亲还以为我得了绝症，带我寻访了好多旧金山的医生。一年多来，我就没有再听到有关弗兰克的任何消息，所以我就真的以为弗兰克已经不在人世了。后来，圣西蒙勋爵到旧金山来，我们又来到伦敦，和他订了婚，父亲高兴极了，但是我总感觉我的心已经交给了我可怜的弗兰克，世界上再也找不到其他男人可以取代他在我心里的位置。

"尽管这样，我和圣西蒙勋爵结婚了，我当然也会尽一个妻子的义务。虽然我们不能控制爱情，但可以控制自己的行为。当我和勋爵一起走向圣坛的时候，我满心希望就是尽量做好他的妻子，但是你们知道吗，当我走到圣坛栏杆前面的时候，我回过头，突然发现弗兰克就站在第一排看着我。我当时还以为是他的鬼魂现身。但是当我再次看的时候，他仍然站在那里，眼里露出几分疑惑，像是在问我，看到他究竟是高兴还是难过。奇怪的是我自己竟然没有昏过去，可是我也感到天旋地转，牧师说的话我一个字都没听清，只是感觉像蜜蜂鸣叫一样在耳边嗡嗡作响。我真的不知道该如何是好，难道我应该打断正在进行的仪式，在教堂里闹出一场风波吗？我又看了弗兰克一眼，他似乎明白我在想什么，因为他将食指放在唇边，示意我不要轻举妄动，然后我见他在一张纸上面草草地写了几个字。我知道他一定是给我写的。在出来经过那排座位的时候，我故意把花束掉在地上，他拾起花束递给我的同时，便悄悄地把纸条塞给了我。纸条上面只有一行字，让我收到他发出的信号，就跟他走。我自然要做的就是尽一个妻子的义务，所以我决定全部按照他的要求去做。

"回到寓所后，我便告诉了我的女佣人，在加利福尼亚的时候，她和弗兰克就认识，而且一直还是好朋友。我告诉她什么都不要说，把东西清理好，把我的外套准备好。我知道我应该和圣西蒙勋爵说一下，但是我真的很难在他母亲以及那些大人物的面前开口，所以便下定决心，先不辞而别，以后再找机会跟他解释。在进餐间坐了还不到十分钟，我就透过窗子发现弗兰克在马路的另一边向我招手，接着他就走进了公园。我便穿戴好了我的东西，溜出来，跟上他，这个时候有一个女人和我说了一些有关圣西蒙勋爵的事情。听她说的意思，她好像在结婚前也有一些自己的秘密，但是我设法摆脱了她，很快就和弗兰克会合了。我们一起上了马车，来到他在戈登广场租下的寓所，经过这么多年的等待，这一次我才算真的结婚了。弗兰克曾经在亚利桑那州被囚禁过，但是他逃了出来，来到旧金山，听说我还以为他已经死了，并且还到了英国，他追到这里，终于在我举行第二次婚礼的这天早上找到了我。"

"我也是在报纸上面看到的。"弗兰克解释说，"报纸上有教堂的名字，但是并没有提及女方的住址。"

"然后我们就谈论接下来应该怎么办。弗兰克希望完全公开，但是我不想面对这一切，我希望自己从此以后从人们的视线里消失，再也不见到他们中的任何一个人，只是给我父亲留张字条证明我还活在这个世上就可以了。一想到那些爵士、夫人们还围在餐桌旁等着我回去，我心里就特别的不安。为了给人们一种假象，不让他们找到我，弗兰克便将我的结婚礼服以及其他东西捆在一起，扔到了一个没有人知道的地方。如果不是这位好心的福尔摩斯先生今天晚上找到我们的话——虽然我不知道他是如何找到我们的——也许明天我们就在巴黎了。他善意而又明白地指出，弗兰克是对的，是我错了。假如我们一直保密下去的话，也许会犯很严重的错误。然后，他还愿意给我们一个可以单独和圣西蒙勋爵谈话的机会，所以，我们来到了这里。好了，罗伯特，现在整件事情，你都已经弄明白了。对于我给你带来的伤害，真的非常抱歉，希望在你的心里，我不是那么卑鄙。"

圣西蒙勋爵那僵硬的姿势一点儿都没有放松，而是一直在皱着眉头，紧绷着嘴唇，听着这个冗长的叙述。

"真是有些承受不了。"他说，"这样公开讨论我个人的私事，我真的很不习惯。"

"那么，你不愿意原谅我了？你能不能在我走之前和我握一下手呢？"

"当然没问题，如果这样做可以让你觉得开心的话。"他伸出手来，冷淡地握了一下她伸过来的手。

"我原本还希望，"福尔摩斯提议说，"你可以同我们一起共进一次友好的晚餐。"

"我想你的要求可能有点过分了。"圣西蒙勋爵回答说，"我被迫可以默认近期发生的事情，但是我不会觉得开心。我想如果你们允许的话，现在我就和大家说声晚安。"说完他便向我们鞠了一躬，接着便昂首阔步地走出了房间。

"那么，我认为你们夫妇至少会给我这个面子吧。"福尔摩斯说，"能够与一个美国人结识，总算是一件让人愉快的事。莫尔顿先生，包括我在内的很多人都会相信，很多年前一位君主的愚蠢行为和一位大臣的错误，将不会影响我们的子孙在某一天成为同一个世界大国的公民，在这个国家的国土上飘扬着米字旗和星条旗镶嵌在一起的国旗。"

"这真是一件很有趣的案子，"当我们的客人离开后，福尔摩斯说，"因为它非常清楚地说明这件在开始看上去似乎无法解释的事件，后来解释起来却如此简单，因为这位女士所叙述事情发生的先后次序真的是很清晰。但是，在另一些人，比如，苏格兰场的雷斯垂德先生看来，再也找不到比这件事情的结局更离奇的了。"

"那么，难道你的思路一点都没有出差错吗？"

"开始的时候，就有两件事情特别清楚：一是本来那位女士是很愿意举行婚礼的；二是她在回到家以后几分钟的时间就反悔了。很显然，一定早上的时候发生了什么事情，让她改变了主意。那会是什么事情呢？出门以后，她不可能与任何人说过话，因为新郎一直在她的身边。那么会不会是因为她看到了什么人呢？如果是，这个人一定是来自美国，因为她来英国的时间并不长，不可能有谁对她产生如此大的影响，以至只是看了一眼，就会让她把结婚这样重大的事情都推掉了。

"你看，经过不断的排除，我们已经能够得到一个结论，她也许看到了一个美国人。那么，这个美国人会是谁呢？为什么会对她产生如此大的影响呢？也许是她的情人，还有可能是她的丈夫。我知道，她年轻的时候是在艰难而又奇特的环境中度过的。在听到圣西蒙勋爵的叙述以前，我知道的只有这些。当他把下面这些情况告诉我的时候：新娘见到了坐在第一排的一个男人，态度发生了变化；手里的花束掉了，很显然是为了索取字条之类的东西；后来又向女仆求助以及提到的强占别人土地，这是一个富有深意的暗示，整个案情就很清晰了。她和一个男人走了，这个男人不是他的情人，就是她过去的丈夫，而且极有可能是她的丈夫。"

"那么，你又是如何找到他们的呢？"

"本来应该没有那么容易的，但是我的老朋友雷斯垂德先生手中已经掌握了很有价值的线索，遗憾的是他自己却没有意识到。那个姓名的首字母固然重要，但更为关键的是那个结账单，因为这说明他们在一周之内曾经在伦敦一所最高档的旅馆结过账。"

"你是如何推断出是在最高档的旅馆呢？"

"我是根据昂贵的价格推断出来的，你看：八先令一个床位，八便士一杯葡萄酒，肯定是一家最高档的旅馆。在伦敦收费如此高的旅馆并不多。当我在诺森伯兰大街问到第二家旅馆的时候，就在登记簿上看见有一位名叫弗朗西斯·莫尔顿的先生，在一天前刚刚离开。在查看他名下账单的时候我正好看到雷斯垂德给我们看过的账目。我又在留言簿中看到这位先生要求把他的信件转到戈登广场二二六号。我很快便赶到了那里，非常幸运的是，这对爱侣正好在家。我以长辈的身份向他们提出建议，并向他们指出，不管从哪个角度来说，他们都应该向公众，特别是圣西蒙勋爵，把他们的处境解释清楚。我邀请他们到这里和他见面，就像你所见到的一样，他们遵守了约定。"

"遗憾的是，结局并不太理想。"我说，"他未免有些太不大度了。"

"哈哈，华生，"福尔摩斯笑着说，"假如是你经历过求婚、订婚、结婚等一系列麻烦之后，到最后却发现你的妻子以及财产都不翼而飞了，恐怕你也大度不起来。我想我们也不必太过苛求圣西蒙勋爵，并且希望我们自己不要在某一天也落到这样的地步。请把椅子挪近一些，把我的小提琴给我拿过来。现在，我们还需要想想怎样才能消磨这凄凉的秋夜呢。"

十一　绿玉皇冠案

一天早晨，我在凸肚窗前面站着欣赏外面的街景。"福尔摩斯，"我说，"有一个疯子正朝着咱们这里走来。真是可怜，他的家里人竟然放心让他自己跑出来。"

我的朋友缓慢地从扶手椅里站了起来，将双手插在晨衣的兜里，向我的背后望过去。这是一个晴朗明亮的二月的清晨。地面上堆积着前一天下的厚厚积雪，在冬日的阳光下熠熠发光。堆积在贝克街马路中心的雪，被过往的车辆辗出一条带状的轨迹，已经变成灰褐色。但是在人行道两侧堆积的高高的雪，却仍然如同刚下过那样洁白。虽然灰色的人行道已经被人打扫过，但还是很滑的。路上的行人要比以往少很多。其实，从大都会车站方向朝着这边走来的，除了这位由于行为古怪而引起我注意的孤零零的先生以外，就再也没有其他的人了。

这个人看上去五十岁左右，身材高大，脸庞丰腴，相貌非凡，仪表堂堂。虽然他的衣着色泽有些暗淡，但是并没有将它的时尚遮掩住。他身上穿着一件黑色的大礼服，头上戴着一顶有光泽的帽子，脚上穿着一双样式很优雅的有绑腿的棕色高筒靴，裤子是珠灰色的，剪裁也比较考究。但是，和他端庄尊贵的外形相比，他的行动却显得有些滑稽，因为他正在使劲地跑着，偶尔还会小小地蹦跳几下，很像一个已经很疲惫的人，在拼命地摆脱别人在往他身上施加的压力。他在跑的时候，两只手机械地上下挥动着，脑袋也是晃来晃去的，致使他的面部表情看上去如同抽筋一样，显得极其难看。

"他究竟怎么了？"我不禁问道，"他好像是在查看这些房子的门牌号码呢。"

"他正在找我们这里。"福尔摩斯搓着手得意地说。

"他正在找我们这里？"

"没错，看他的表现，我觉得他应该是来问一些和我职业有关的事情。哈！我刚才不是和你说过吗？"正说着，那个人已经气喘吁吁地冲到了我们寓所门口，用力地按着门铃，声音大得整栋楼都可以听见。

很快，他就出现在我们的房间里了，仍然还在喘着粗气，两手比划着手势，眼睛里充满了忧郁和失望。见到这个情形，我们收起笑容，他让我们感到震惊和同情。他一时还说不出话来，身子颤动着，两手抓着头发，就好像一个失去理智的人。他突然跳起来把头向墙壁使劲地撞去，我们立即一起把他拉住，并把他拖到了房子的中间。福尔摩斯把他按在一张摇摇椅上坐下来，自己坐在他的旁边，轻轻拍着他的手安抚着他，并和他聊了起来。他的声音非常有磁性，语调也非常轻松，让人很有安全感。

"你到我这里来，是要找我说一说你自己的事情，对吗？"他说，"你这么匆忙地一路跑来一定很累了，先稍微休息一下，等你缓过劲儿来，我会很高兴倾听、研究你所提出的任何问题。"

那个人的胸部剧烈起伏着，一两分钟后，他极力把情绪稳定了下来，然后用手帕擦了擦额头，抿着嘴，转过身面朝着我们。

他说："你们肯定把我当成疯子了吧？"

"我认为，你一定是遇到了非常棘手的问题。"福尔摩斯说道。

"天知道我遇到了怎样的麻烦！它来得实在是太突然，又如此可怕，让我彻底失去了理智。我也许还会受到公众的羞辱，哪怕一直以来我给别人的印象都是没有瑕疵的。家家都有本难念的经，这就是命中注定的。偏偏祸不单行，这可怕的两桩事居然会同时降临，我几乎快要疯掉了。退一万步来说，如果这件事只是对我一个人造成影响也还好，可如果这件事不能得到解决，将会牵连到我国那个高高在上的人啊！"

"先生，你先冷静下来，"福尔摩斯说，"先告诉我们你是谁，你到底遇到了什么事情。"

"我是谁，"我们的客人回答道，"你们可能听说过的，我是针线街霍尔德 - 史蒂文森银行的亚历山大·霍尔德。"

我们确实听说过这个名字，他是伦敦城里第二家最大私人银行的主要股东。到底是什么事情会让他——伦敦一位第一流公民——落到这样的地步呢？我们非常好奇，等待着他缓过劲来给我们讲述他的遭遇。

"我认为时间非常宝贵，"他说，"所以当警厅巡官跟我建议来找你们寻求帮助的时候，我便立即赶到这里来了。因为马车在雪地上会走得很慢，所以我先乘地铁，之后再快步赶来贝克街的。因为我平时缺乏锻炼，所以我刚才气都喘不过来，现在我感觉好些了，我尽量简单明了地把事情的经过告诉你们。

"你们应该都知道，如果一家银行想要有所成就的话，它就必须得依靠有利的投资，同时还要依靠可以增加业务联系以及增加存户的数量。最有效的获利方法之一就是在非常可靠的担保之下，把钱放贷出去。近几年以来，这样的生意我们做了很多，很多有头有脸的人都用他们珍藏的名画、书籍或金银餐具作为抵押，向我们贷了大数额的款项。

"就在昨天上午，我在银行的办公室里，有一个职员递给我一张名片。光看名片上面的名字就把我吓了一跳。这个人的名字，尽管是和你们讲，我也最多只能透露它是全世界家喻户晓的，一个在英国最崇高、最尊贵的名字。他一进来，真的是让我受宠若惊，当我正要对他的莅临表示谢意的时候，他却一本正经地和我谈起了正事，就像是布置给他的他很不愿意处理的任务，意图让它很快结束一样。

"'霍尔德先生，'他说，'我听说你们经常办理贷款业务。'

"'假如抵押品值钱的话，我行是会办理这类业务的。'我回答说。'我着急用钱，'他说，'一定要立刻得到五万英镑。当然，这只是一笔小数目，我本来可以从我的朋友那里弄到哪怕是它十倍的数额，但是我想要把它当成一桩正事来办，而且还要由我亲自来办。你应该清楚，以我的身份，随便接受别人给我的好处是一件很不好的事情。'

"'我冒昧地问一下，您什么时候可以还上呢？'我问。

"'下个星期一我就会有一大笔钱要到期收回了，到时我归还这笔借款是绝对没问题的，不管利息多少，只要是在合理的范围之内。不过对于我来说，最重要的是必须马上得到这笔钱。'

"'我认为我应该怀着愉快的心情把我私人的钱借给您的，这样您就不需要办理任何手续了，'我说，'但是如果这样的话，没有可以支配的钱，我的生活将会陷入困境。还有，假如公事公办的话，为了保证我的合伙人的利益，即便是您，也必须得按照规定提供相应价值的物品作为担保。'

"'我倒希望你可以这样做。'他说着便把放在他座椅旁边的一只黑色四方形摩洛哥皮盒拿了起来，'绿玉皇冠你肯定听说过吧？'

"'这是我们帝国最珍贵的一件公共财产。'我说。

"'没错！'他说完，把盒子打开。衬托在那柔软肉色天鹅绒上面的，就是他所说的那件华丽的珍宝。他接着说：'这里有三十九块大绿宝玉，上面的镂金雕花是无价之宝。这顶皇冠的最低估价也要值十万英镑。我打算把它作为抵押品放在你这里。'

"我拿起这个贵重的盒子，有些不知所措地把眼光从盒子转向这位高贵的委托人。

"'你是在怀疑它的价值吗？'他问。

"'不是的，我只不过是拿不准……'

"'至于我把它留在这里是不是合适，这个你尽管放心好了，如果我没有把握在四天之内能把它赎回的话，我是无论如何不能这么做的。这只不过是一种形式而已。用它来作抵押够吗？'

"'当然没问题。'

"'霍尔德先生，你要知道，我之所以会这样做，是因为对你非常信任。我托付于你的事情，不但要小心谨慎，而且还要避免因为此事而产生的任何流言蜚语，最重要的还是要对这顶皇冠采取一切可能的防范保护措施，假如它受到任何的损坏，毫无疑问，肯定会是一起所有人都关注的大丑闻。它也不能有任何的损坏，因为这所有的绿玉都是独一无二的，如果损坏一个就好像是整个都丢失了一样。它们全部都是不可复制的。我现在无限信任地把它托付给你，星期一上午我就会亲自前来赎回。'

"看见我的委托人着急离去，我就不便再说什么，立即叫出纳员取了五十张票面一千英镑的钞票给了委托人。当我再次独自一人在办公室的时候，看着放在我面前桌子上的这只贵重的盒子，一想到要承担如此巨大的责任，我就觉得有点忐忑不安。很显然是由于它是一件国宝，如果它发生任何意外，随之而来的一定是可怕的公愤。我已经开始后悔为什么会同意负责保管它。但是，既然没有办法改变了，我只好把它锁在我的私人保险箱里面，然后继续工作。

"到傍晚时分，我就想把如此贵重的东西放在办公室里好像并不安全。在这之前，银行的保险箱曾经被人撬过，万一轮到我的保险箱被撬呢？一旦出了这种事，我就会吃不了兜着走的，所以我就决定在随后的几天，上下班都要随身携带着这只盒子，让它和我寸步不离。这样决定了之后，我就雇了一辆马车，带着这件珍宝回到在斯特里特哈姆的家。我把它拿到了楼上，锁在我起居室里面的大柜橱里，这才感觉稍微松了口气。

"福尔摩斯先生，现在我给您介绍一下我家里的情况，因为我认为你应该对整个情况有一个很全面的了解才行。我的马夫和听差睡在房子的外面，因此，完全可以把这两个人撇开不谈。我有三个女佣人，她们都已经照料我很多年，都是绝对靠得住的，这个不用怀疑。另外还有一个叫露茜·帕尔的帮手，虽然她只在我家里服侍了几个月，但是她非常优秀，我对她特别满意。她是一个很漂亮的姑娘，有的时候还会引来一些爱慕者在她的周围转来转去，这是我们在她身上发现的唯一的不足之处。但是不管从哪方面讲，我们都绝对相信她是个好姑娘。

"这些就是关于仆人方面的情况。我的家庭非常简单，用不着花很多时间来介绍。我是一个鳏夫，只有一个独生子阿瑟。我对他感到很失望，福尔摩斯先生，真是让人难过啊，这都是我的错。大家都说是我把他给宠坏的，也许是这样的。自从我的爱妻去世以后，我想只有他一个人是我必须疼爱的，甚至看到他有一丁点儿不高兴，我都会很难受。我对他一直都是有求必应的。如果之前我对他严厉一些，可能对我们俩都会好些，可是我所做的一切都是为了他好。

"自然我也希望他将来可以继承我的事业，但是他不是那块料，不但放荡，而且还非常任性。说实话，我甚至不放心让大笔的款项经他的手。虽然他还年轻，但已经是一家贵族俱乐部的会员，他在那里风流潇洒，很快就和一批挥霍成性的富家子弟成了亲密的朋友。他学会了在牌桌上下赌注，在赛马场上胡乱花钱，有时甚至还跑来求我给他预支一些零花钱去还赌债。他不止一次地想要与他那帮损友断绝关系，但是在他的朋友乔治·伯恩韦尔爵士的怂恿下，他又一次次地被拉了回去。

"在我看来，像乔治·伯恩韦尔爵士这样的人可以影响他，是十分正常的，我儿子经常把他带到家里来，我感觉我自己有时都会被他的翩翩风度所诱导。他比阿瑟的年纪大，是一个玩世不恭的人。什么地方都去过，什么世面也都见过，不但能说会道，而且品貌不俗。但是如果抛开他的外表魅力，静下来想想他的为人时，他那冷嘲热讽的谈吐，还有我感觉到他看人的眼神，我相信他是一个完全靠不住的人。我是这样想的，小玛丽也是这样想的，她有一种女性天生具备的洞察一个人品性的本领。

"说到这里，现在需要说一说的就只剩下玛丽一个人了。玛丽是我的侄女，五年前我的兄弟就去世了，把她孤苦伶仃地遗留在这个世界上，我便一直抚养着她，甚至把她当作我的亲生女儿一样对待。她是我家里的阳光，特别的温柔、可爱、美丽，还特别会管理和操持家务，具有妇女应有的那种文雅恬静、温顺的气质。她就是我的左右手，如果没有她，我都不知道该怎么办才好。只有一件事她违背了我的意愿，那就是我的儿子真心喜欢她，两次向她求婚，但是她都没有接受。我认为在这个世界上，也只有她能够把我的儿子引导到正路上来。我认为他婚后的生活一定会有所改变的。但是现在，哎！已经没有办法挽回了，永远都不能挽回了。

"福尔摩斯先生，现在我家里所有人的情况你都了解了，下面我就把这件不光彩的事情说给你听。那天晚上我吃完晚饭在客厅里喝咖啡的时候，就把抵押借钱的事讲给阿瑟和玛丽听，而且还把那件珍贵的宝物现在就在屋子里面的事情告诉了他们，我只是没有提委托人的名字。我敢肯定露茜·帕尔在端来咖啡以后就离开了房间，但是她出去的时候有没有带上门，我就不能确定了。玛丽和阿瑟听了后非常感兴趣，还表示特别想看一下这顶著名的皇冠，但是我跟他们说还是不要去动它为好。

"'你把它放在什么地方了呢？'阿瑟问道。

"'放在我自己的柜子里面了。'

"'哦，希望夜里不会有人把它偷走。'他说。

"'我已经把柜子锁上了。'我说。

"'哎，你的那个柜子即使是一把旧钥匙都可以打开的。我小的时候就用厨房食品橱的钥匙打开过它。'

"他经常说话轻率，所以他在说这些的时候我根本没有在意。那天晚上他跟着我到我的房间里，脸色极其阴沉。

"'爸爸，'他垂着眼皮说，'你能给我二百英镑吗？'

"'不行，不可能！'我严厉地说，'在金钱方面我对你一向都太过慷慨了！'

"'你一直都是非常仁慈的，'他说，'我一定要有这笔钱不可，不然，我一辈子都没有脸再进出那个俱乐部了！'

"'那是再好不过的了！'我大声嚷着。

"'没错，但是你不能让我灰溜溜地从那里离开吧，'他说，'那么丢脸的事情我可做不到。我一定要想办法筹到这笔钱。如果你不给我的话，那我就只能想其他的办法了。'

"我当时特别生气，因为在这个月里他已经找我要了三次钱了。'你别想从我这里得到一个便士，'我大声说。他向我鞠了一躬，一言不发地离开了房间。

"他走以后，我把大柜橱打开，查看我的宝物是不是还安然无恙，检查无恙后，我又将柜子锁上，接着开始到房子各处巡视，看看一切是否正常，有没有什么差错。这些平时都是玛丽的工作，但是我认为，最好我还是亲自巡视一下。当我下楼的时候，我看见玛丽一个人在大厅的边窗那里，我走近她的时候，她把窗户关上而且还插上了插销。

"'请您告诉我，'她的神情好像有些慌张地说，'是您让侍女露茜今天晚上外出的吗？'

"'我当然没有。'

"'我看见她刚从后门进来。我觉得她刚才一定到侧门去见了什么人，这样好像很不安全，一定要制止她。'

"'明天早上，你一定要跟她说说，如果你希望我去说的话，那我就去跟她说。你确定每个地方都关好了吗？'

"'确定。'

"'那好吧，晚安！'我亲了一下她就上楼到卧室去了，很快便睡着了。

"我尽量把全部经过都讲给你听，福尔摩斯先生，可能这和案件有关系。如果我有哪一点没有说清楚，你一定要提出来。"

"在我看来，你讲得已经很清楚了。"

"现在到了最关键的情节了。我是一个睡不沉的人，而且我的心里还装着事，所以我睡得比平时还易惊醒。大约在凌晨两点钟的时候，屋里的响声把我给惊醒了。我还没有完全清醒那声音就消失了，感觉好像某个地方有一扇窗户轻轻被关上了。我便侧着身子仔细地听着。突然，隔壁的房间里传来了清晰的、轻轻的脚步声，这声音让我感到特别害怕。我便带着恐惧悄悄地下了床，从起居室的门缝朝着那个方向看过去。

"'阿瑟！'我大声叫了起来，'你这个流氓，你这个贼！你竟然会动那顶皇冠！'

"我放在那里的煤气灯还半亮着，我那个不争气的孩子就在灯的旁边站着，手里拿着那顶皇冠，身上只穿着衬衫和裤子。他好像正在用力扳它，也可以说是在拗着它。听到了我的叫声，他的手一松，皇冠掉到了地上，他的脸如同死灰一般。我立刻把皇冠抢过来进行检查，发现有一个金质的边角处的三块绿玉不见了。

"'你这个混蛋！'我气得发疯似地喊了起来，'你把它给弄坏了！你会让我一辈子都抬不起头的！你偷走的那几块宝石在哪里呢？'

"'我偷走的？！'他叫了起来。

"'没错，你这个贼！'我一边吼一边用力地摇晃着他的肩膀。

"'我并没有丢掉什么啊，也不可能会丢掉什么的。'他说。

"'这里有三块绿玉不见了。你知道它们在什么地方！你非要我说你不但是贼，而且还是一个骗子吗？你不是正试图把另外那块绿玉也扳下来吗？'

"'你到底有没有骂够？'他说，'我已经无法忍受了。既然你认为是我偷的，这件事情我就不想再提了。明天一早我就会离开你到其他地方去谋生。'

"'你一定会被警察逮到的！'我气急败坏地喊着，'这件事情我一定会追究到底的！'

"'你不会从我这里知道任何情况的。'我没有想到他竟然会一反常态如此激动地说话，'如果你要报警，那就让警察去搜查吧！'

"'由于我大声、愤怒的吼叫，家里所有人都惊动了。玛丽第一个冲进了我的房间，一看见皇冠以及阿瑟的脸色，她就明白了事情的全部，她发出一声尖叫，然后便昏倒在地了。我马上让女佣去报警，请他们立即进行调查。一位长官带着一名警员进屋来，阿瑟两臂交叉着悻悻地站着，问我是不是要控告他偷窃。我回答他说，既然这顶弄坏了的皇冠属于国家财产，这就不是私事而是一桩公事了。我必须得把一切都交给法律。'

"'可是至少，'他说，'你现在就让他们逮捕我吧？如果你愿意让我从这间屋子离开五分钟，我们双方都会受益。'

'这样你就可以逃掉了，是吧？也许会把偷的东西藏起来。'我说。这时我意识到我的处境真的太可怕了，我恳求阿瑟，让他知道这件事情的重要性，这件事不但关系到我的荣誉，而且还关系到一位比我高贵得多的人的荣誉，也许会制造出一桩震惊全国的丑闻。但是他能让这一切不会发生，只要他告诉我，他把那三块绿玉藏到什么地方了。

"'这件事情你应该正视才对，'我说，'你都被我抓到了还想抵赖，你这样做只会让你的罪行更重。现在你唯一能做的补救办法，就是告诉我们你把绿玉藏到了什么地方，只要你告诉我，所有的事情我都当没发生过，过去的事全部一笔勾销。'

"'你还是把你的宽恕留给那些向你恳求宽恕的人吧。'他轻蔑地笑着答道，随后便转身离开了。我见他已经固执到任何语言都无法说动的地步了，只好让那位长官把他控制起来，并且马上进行了全面的搜查。他的身上、他所住的房间，以及把他可能藏宝石的每一个角落都搜查了一遍，但是都没有发现宝石的痕迹。即使我们威逼利诱，这个倒霉孩子还是一句话都不愿意讲。今天早上，他就被送进了牢房，而我在办完了警方要求我办的全部手续之后，就急忙赶到你这里来寻求帮助，希望尽量早日侦破此案。警察那边暂时还一无所获。在钱这方面，你尽管放心，任何你认为有必要的花费都尽管提出来，我已经悬赏一千英镑。天啊，我该如何是好啊！我的信誉、我的宝石，还有我的儿子，一夜之间我就全部都失去了。啊！我现在该怎么办呢？"

他用双手抱紧脑袋，身体一直在不停地颤抖，好像是一个说不出痛苦的孩子在自言自语。

福尔摩斯平静地坐了儿分钟，皱了皱眉头，眼睛一直看着炉火。"你平时会接待很多的客人吗？"他问。

"也就是我的合伙人以及他们的家人，偶尔还会有阿瑟的朋友，最近乔治·伯恩韦尔来过几次，再就没有其他什么人了。"

"你经常出去参加社交活动吗？"

"阿瑟经常会去。玛丽和我在家里待着。我们俩都不想去。"

"对于一个年轻姑娘而言，这真是极其少见啊！"

"她喜欢安静，而且，她也不算很年轻了，她已经二十四岁了。"

"这件事，按照你的说法，似乎也让她很震惊。"

"特别的震惊！她也许比我都要震惊。"

"你们两个人都觉得你的儿子有罪吗？"

"这还有什么可怀疑的呢，我亲眼看见他把皇冠拿在手里。"

"我不觉得这就是确凿的证据。皇冠的其余部分有没有损坏呢？"

"有，它被扭歪了。"

"那么，你有没有这样想过，他可能是想把它弄直呢？"

"哦！上帝保佑！你是在帮着他说话吧，可是这个理由真的让人难以信服。他到底在那里做什么呢？如果他是无辜的，他为什么不解释明白呢？"

"正是如此，如果他有罪的话，为什么不随便编个谎言呢？在我看来他的沉默有两种解释，这个案子有几处奇怪的地方。对于把你从睡梦中惊醒的声音，警方是如何判断的？"

"他们觉得这也许是阿瑟关他卧室门的声音。"

"真有意思！好像一个作案的人非得大声关门把全家吵醒不可似的。好吧，那么有关这些宝石的失踪他们是如何解释的呢？"

"他们此刻正在敲打地板，搜查家具，希望可以找到它们。"

"他们有没有想到去房子外面搜一搜呢？"

"搜过了，他们干劲十足，把整个花园都翻了个底朝天。"

"说到这里，亲爱的先生，"福尔摩斯说，"很明显，这件事情并不像你或警察所想的那么简单。在你们看来，这就是一桩很普通的案件，但在我看来它好像极其复杂。看看你们都分析出来一些什么，你认为是你的儿子从床上下来，冒着很大的风险，进入你的起居室，把你的柜子打开，拿出那顶皇冠，费了很大的力气从上面扳下了一小部分，又到了其他什么地方，把三十九块绿玉中的三块藏在了一个任何人都不知道的地方，然后又拿着剩下的三十六块回到房间里来。那么我来问你，你认为这个假设能说得通吗？"

"但是还能做出什么假设呢？"这位银行家做出一个失望的姿态无奈地说着，"如果他没有不良的动机，那么他为什么不解释清楚呢？"

"这就是需要我们做的工作，把事情弄清楚。"福尔摩斯回答说，"所以现在，霍尔德先生，如果你愿意的话，我们就一起去你斯特里特哈姆的家里走一趟，花上一个小时的时间，来详细地查看一下。"

我的朋友坚持让我和他们一起去调查，刚好我也特别热切地希望可以一起去，因为刚刚听到的陈述，深深地激起了我的好奇心以及同情心。我承认，有关这个银行家的儿子是不是罪犯这点，当时我和这位可怜的父亲想法一致，都觉得这是很明显的事情，但是对于福尔摩斯的判断力，我也是毫不怀疑的，既然他对大家所接受的解释有所怀疑，那么他肯定是有某种理由认为这件事情还有其他可能性。在去南郊的整个路程中，他一直在那里静静地坐着，下巴贴到胸口上，把帽子拉下来遮住眼睛，沉浸在深深的思考之中。我们的委托人，因为有了一线新的希望，马上有了新的勇气和信心，他有时甚至还会和我谈起他业务上面的一些事情。我们坐了一会儿火车，又走了一段很短的路程，就来到了这位大银行家所居住的不是很豪华的费尔班寓所。

费尔班是一所特别大的用白石砌成的房子，距离马路有些远。一条双行道穿过一块积雪的草坪，一直通往紧闭着的两扇大铁门。大铁门右边有一小丛灌木和一条狭窄的、两旁有小树篱的小径连接着，这条小径从马路口一直通到厨房门口，成为零售商的进出小道。左边还有一条小道通到马厩，这条小道不在庭院里面，是一条并不很常用的公共马路。福尔摩斯让我们在门口站着，他自己绕着房子慢慢地步行一周，经过屋前，顺着小贩走的小道，再绕到花园的后面，进入通往马厩的小道。他这样来回走了很长一段时间，霍尔德先生和我索性进屋，在餐室的壁炉旁边等着他。当我们正在静静地坐着的时候，有人把房门推开了，只见一位年轻的女士走了进来。她中等稍高的个头，身材非常苗条，漆黑的头发和眼睛在她苍白皮肤的衬托下显得格外的黑。我想不起之前什么时候见到过脸色如此苍白的妇女。她的嘴唇也是没有一点血色的，眼睛因为哭泣而显得红肿。她静悄悄地走进来，给我的感觉是，她的痛苦还要高于银行家今天早上所描述的，因为一看她就是一位个性很强而且具有极强自制力的女性，这就更加的引人注目。她完全没有顾忌我的存在，径直走到了她的叔父跟前，以女性的温情抚摸着他的头。

"你是不是已经命令将阿瑟释放了，对不对，叔叔？"她问。

"没有，我没有，我的姑娘，这件事一定要彻底追查的。"

"但是我相信他是无辜的。你应该知道女人们的第六感往往很准的。我知道他没有做什么错事，你如此严厉地对待他，你一定会后悔的。"

"那么，如果不关他的事，他为什么不作任何的解释呢？"

"不知道。可能他是因为你这样怀疑他而感到恼怒。"

"我为什么不怀疑他呢？因为我确实看见他把那顶皇冠拿在手里的。"

"我想他只不过是把它拾起来而已。哦，相信我的话吧！他并不像你想的那样。这件事就这样算了吧，别再提它了。想到我们亲爱的阿瑟被抓进了监狱，是多么可怕啊！"

"如果找不到绿玉，我绝对不会罢休的，绝对不会，玛丽，因为你对阿瑟有感情，所以你看不到他给我带来的严重后果。这件事不可能就这么算了，我从伦敦请了一位先生过来，要更加深入地调查这件事。"

"是这位先生吗？"她转过身来看着我问道。

"不是，是这位先生的朋友。那位先生需要一个人走走。他现在就在马厩那条小道那边。"

"马厩那条小道？"她的黑眉毛朝上一扬，"他是希望在那里有所发现吗？哦，我想这就是他吧。我相信，先生，你一定可以证明我所说的是真的，我的堂兄阿瑟肯定是无辜的。"

"我完全赞同你的看法，而且我也相信，只要有你在，我们就可以证明这一点。"福尔摩斯一边答话，一边走回擦鞋垫上将鞋底下面的雪蹭掉，"能和玛丽·霍尔德小姐谈话真的很荣幸，我可不可以问你一两个问题呢？"

"先生，如果可以把这件可怕的事情弄清的话，就请随便问吧。"

"你在昨天夜里没有听见什么吗？"

"没有，我听见了我的叔父大声说话后，我才下来的。"

"你昨天晚上把门窗都关上了，但是有没有把所有的窗户都闩上呢？"

"全部都闩上了。"

"今天早上这些窗户是不是仍然还闩着呢？"

"是的，全部都还闩着。"

"你有一个女仆，她有一个情人是吧？我知道你昨天晚上曾经跟你的叔叔说过，说她出去和他见面来着？"

"没错，就是那个在客厅里侍候的女仆，叔叔谈到关于皇冠的话可能被她听见了。"

"我明白，你的意思是说，可能是她出去把这件事情告诉了她的情人，这顶皇冠可能是他们两人密谋盗窃的。"

"可是这些空洞的理论又有什么用呢？"银行家不耐烦地嚷了起来，

"之前我不是跟你说过，当时是我亲眼见到阿瑟手里拿着那顶皇冠吗？"

"先别急，霍尔德先生。我们一定会把这件事情弄清楚的。霍尔德小姐，关于这个女仆，我想你是看见她从厨房门附近回来的，对不对？"

"没错，当我去查看那扇门是不是闩好的时候，我正好碰见她偷偷地溜了进来。我也看见那个男人就在暗地里。"

"那么，你认识他吗？"

"是的，我认识！他就是给我们送蔬菜的菜贩。他的名字叫弗朗西斯·普罗斯珀。"

"他在门的左侧站着，"福尔摩斯说，"也就是说，远离需要进入这扇门的路上？"

"没错，就是这样。"

"他还是一个装有木头假腿的人，对吗？"

突然，这位年轻小姐富于表情的黑眼珠显得有些害怕。"啊？你真的像一个魔术师啊。"她说，"这个你是如何知道的？"当时她面带笑容，但是福尔摩斯瘦削而热切的脸上并没有讨好对方的笑容。

"我真想现在就到楼上去。"福尔摩斯说，"我也许还要到房子的外边再走一趟，我在上楼之前最好再看看楼下的窗户。"

他快速地从一个个窗户前面走过，只是在那扇能够从大厅向外看到马厩小道的大窗户前面停了一下。他把这扇窗户打开，用随身携带的高倍放大镜非常认真地检查着窗台，最后他说，"现在我们可以到楼上去了。"

这位银行家的起居室是一间布置非常简朴的小房间，地上铺着一块灰色的地毯，上面放着一个大柜橱以及一面长镜子。福尔摩斯先来到大柜橱跟前，一直盯着上面的锁。

"这个锁是使用哪把钥匙打开的？"他问道。

"就是我的儿子所说的，那把开贮藏室食品橱锁的钥匙。"

"那么，它在你这里吗？"

"就是在化妆台上面放着的那把钥匙。"

福尔摩斯拿过钥匙，把大柜橱打开。

"这是一把没有声音的锁，"他说，"难怪你没有被它吵醒。我想这就是装那皇冠的盒子吧，我们必须得看一下。"他把盒子打开，然后把皇冠取出来放在桌子上面。这是一件特别华丽的珠宝工艺品，我从来没有见过像那三十六块绿玉那样漂亮的玉石，真的是非常精美。皇冠的一边有一道裂口，一个角上有三块绿玉被扳掉了。

"现在，霍尔德先生，"福尔摩斯说，"这个边角与那个丢失绿玉的边角是对称的。我请你试一试，看能不能把它扳开。"

那个银行家惊慌地向后退了几步，说道："我连做梦都不敢去扳它。"

"那么，让我来试试看。"福尔摩斯猛然用力去扳它，但是显然扳不动。"我认为它还是有点松动了，"他说，"虽然我的手指特别有力气，但要如果扳开它也是非常费劲的。一个普通人是扳不开它的。好了，霍尔德先生，如果我真的把它扳开了，会是什么情况呢？那就会发出如同枪响一样的声音。你敢说，这一切是发生在距离你的床只有几步之遥的地方，但是你却没有听见一点声音吗？"

"我什么都不敢想，什么问题也看不出来。"

"但是接下来，事情可能会越来越清楚的。你是怎么想的，霍尔德小姐？"

"我和我的叔叔一样感到很困惑。"

"当你看到你儿子的时候，他没有穿鞋，哪怕是连拖鞋都没有穿，是吗？"

"除了裤子和衬衫之外，他什么都没有穿。"

"谢谢你。我们确实从这次询问中受益匪浅，实在是太幸运了，如果我们没有把这件事情弄清楚的话，那就是我们的无能了。霍尔德先生，希望您允许我再去外面继续看看。"

他要求让他独自一个人去，他的理由是，如果人多了会留下一些不必要的脚印，也许会对他的工作造成干扰。他大约工作了一个多小时，最后回来的时候，他的脚上全部都是积雪，而他的面部表情还是那样神秘莫测。

"我觉得这里需要看的我都已经看过了，霍尔德先生。"他说，"我认为现在我应该做的就是回到我的住所去。"

"但是，福尔摩斯先生，那些绿玉，它们到底在什么地方呢？"

"这个我说不好。"

"那么，我是不是永远都无法找回它们了！"这位银行家搓着双手大声地说，"还有我的儿子呢？你不是已经给了我希望吗？"

"这一点是不会改变的。"

"那么，我的天哪，昨天晚上在我屋子里究竟发生了什么事情呢？"

"如果明天上午九点到十点之间，你可以到我贝克街的住所来，我会高兴地、尽我的所能把它讲清楚。我想，你已经全权委托我帮你办这件事情，只要我把那些绿玉找回来，你是不会限制我要求的可能开支，对吗？"

"只要能把它们找回来，我愿意付出我所有的财产。"

"非常好，在明天上午之前我会继续调查这件事情的。再见，也许在傍晚之前我还要再来这里一趟。"

毫无疑问，现在我的伙伴对这件案子已经有十足的把握了，至于他到底有了一些怎样的结论，我是毫不知情的。在我们回家的路上，有很多次我都试图从他那里打听点眉目，但是他总是把话题转移了，最后，我只好遗憾地放弃了。不到下午三点，我们就回到了自己屋里。他急忙走进了他的房间，几分钟后便把自己打扮成一个流浪汉出来。他把领子翻上去，穿着磨得发光的破外衣，打着红领带，还穿着一双破旧的皮靴，完全是一个典型的流浪汉模样。

"我这样打扮还行吧。"他一边说一边对着壁炉上面的镜子照了照，"华生，我非常希望你可以和我一起去，但是恐怕不行，我也许会找到有关这个案子的线索，也许会白忙活，但是很快我就能知道是哪种情形。我希望在几个小时之内就可以回来。"他从餐柜上的大块牛肉上面割下来一块，夹在两片面包中间，然后把这干粮塞进口袋，就出发探险去了。

我刚喝完茶，就看见他兴高采烈地回来了，手里还拿着一只边上有松紧带的旧靴子。他把那只旧靴子扔在角落里就去倒茶喝。

"我只是从这里经过顺便进来看一下，"他说，"我马上还要走。"

"到哪里去呢？"

"哦，我去西区那边（伦敦西区是富人聚居的地方）。也许很长时间以后我才会回来。如果很晚我还没有回来，你就不要等我了。"

"事情有什么进展吗？"

"哦，有进展，没有太大的困难。我离开你后又到斯特里特哈姆去了，只是没有到屋里去。那个小疑点真的很有趣，我是不会轻易放过它的。我不能光在这里坐着闲聊天，我必须要把这身下等人的衣服脱下来，重新把我自己那套上等人的衣服穿上。"

从他的一举一动可以看得出来，他肯定有比他所透露的还要丰富的信息。他的眼睛里绽放着光彩，面颊上还泛出了红晕。打扮好后他就出去了，几分钟以后，我听见大厅的门砰地一声关上，我就知道，他又一次出发去做他天生就喜欢的事情了。

我一直等到了半夜，都没见他回来，我便回房去休息了。因为他为了跟踪一个线索，连续几天几夜都在外面是常有的事，所以他今天迟迟不归我并没有感到奇怪。我不知道他是什么时候回来的，但是当我早晨下楼去吃早餐的时候，他已经在那里坐着了。他一只手端着咖啡，另一只手拿着报纸，精神饱满，面容整洁。"抱歉，华生，我没有等你下来就先吃起来了。"他说，"是因为今天上午我们的委托人和我们有约。"

"怎么，现在都已经过九点钟了。"我说道，"我觉得一定是他在叫门。我听见门铃响了。"

没错，正是我们那位金融家朋友到来了。他身上发生的变化让我觉得特别惊讶，他宽阔又结实的脸庞消瘦而瘪下去了，他的头发似乎比以前更灰白了，一副萎靡困顿的倦容，比前一天早晨那种狂暴的样子更加痛苦，进来后他沉重地跌坐进我推给他的扶手椅上。

"真不知道我上辈子做了什么缺德的事，让我现在受如此残酷的折磨。"他说，"仅仅两天的时间，我就从一个幸福、富裕、无忧无虑的人，沦落到一个要过着孤独和不光彩晚年生活的人。真的是祸不单行啊。我的侄女玛丽也抛弃了我。"

"她抛弃了你？"

"没错。今天早晨我发现她的床一夜都没有人睡过，她的房间也已经是人去楼空，她在大厅的桌上给我留了一张便条。我昨天晚上曾经忧伤但不是气愤地对她说，如果她可以和我的儿子结婚，也许他本来一切都会变好的。我这样说可能有点欠考虑，她在便条里这样说：

我最亲爱的叔叔：

我想我已经给你带来了麻烦，如果我采取了另外的一种方式，这可怕的事情也许永远都不会发生了。这种想法在我心里抹不去，我再也不能快乐地在你的屋檐下住着了，我认为我必须要永远离开你。请不要担心我的前途，因为我自己有住的地方，所以，一定不要找我，因为那是没用的，反而会帮我的倒忙。无论我是生还是死，我永远是

你亲爱的玛丽

"她这张便条是什么意思呢，福尔摩斯先生？你觉得这暗示她会自杀吗？"

"不是的，根本不是这么回事。这可能就是最好的解决办法。我相信，霍尔德先生，你的所有苦恼马上都会结束了。"

"啊！你确定吗？你听到什么了，福尔摩斯先生，你是不是听到了什么消息呢？那些绿玉在什么地方？"

"你不觉得一千英镑一块绿玉的价钱太高了吗？"

"我愿意付一万英镑。"

"没有这个必要，三千英镑就可以了。另外，还需要一笔小小的酬金。支票簿你带了没有？这支笔给你，开一张四千英镑的支票就可以了。"

这位银行家神色茫然地开了一张支票。福尔摩斯走到他的写字台前面，把一个小小的三角形的纸包取出来，打开纸包，三块绿玉就在里面。福尔摩斯将它们放在桌子上。

我们的委托人发出一声惊喜的叫声，一把将它们抓在手中。

"你把它们弄到手了！"他激动地说，"我有救了！我有救了！"

这喜悦的表现就像他之前的愁苦一样激烈。他把这几颗重新获得的绿玉紧紧地贴在胸前。

"另外，你还欠了一笔债，霍尔德先生。"福尔摩斯非常严肃地说。

"欠债！"他拿起一支笔，"欠多少，我马上还。"

"不是，这笔债不是欠我的。你应该对那个高尚的小伙子，也就是你儿子，认真地道歉，他把这件事揽在了自己的身上，如果我有这样一个孩子的话，我也会感到很骄傲的。"

"那么，这不是阿瑟拿走的了？"

"我昨天就跟你说过，今天我再重申一遍，真的不是他。"

"你确定是这样？那么我们立刻去他那里，让他知道已经弄清了事情的真相。"

"他都已经知道了。我把事情全部理清后找他谈过，可是他不愿意告诉我实情，所以我就把我的推测跟他说了，他听完后不得不承认我是对的，而且还补充了我还没弄明白的几个细节。你今天早上的收获一定可以让他开口。"

"我的天啊！那么，快把这离奇的谜底告诉我吧！"

"好吧，我把事情的来龙去脉跟你讲清楚，从头讲给你听。首先，我认为这话很难说出口，可能你也会听不进去，可是我还是要说，那就是乔治·伯恩韦尔爵士与你的侄女玛丽有私情。现在他们两个人已经一起逃走了。"

"玛丽？不会吧！"

"不幸的是，这就是事实。当你们把这个人引入你们家的时候，不管是你还是你的儿子，对他的真实脾性都不是很了解。他就是英国最危险的人物之一，一个潦倒的赌徒，一个穷凶极恶的流氓，还是一个没有良知的人。你的侄女对这种人一无所知。当他对她山盟海誓，就像他之前向众多其他女人所做的一样的时候，她便很感动，感到自己非常幸福。这个恶魔知道怎样使用花言巧语来利用她，而且几乎每天晚上都会和她幽会。"

"我不能，也绝对不会相信这种事的！"银行家的脸色灰白地喊道。

"那么，我就来告诉你，前天晚上你家里所发生的一切。你的侄女，当她觉得你已经回到你的房间去以后，就悄悄地溜下来在那扇朝向马厩小道的窗口和她的情人谈话。由于他的脚长时间地在那里站着，因而会深深地印透了地上的雪。她和他谈起了那顶皇冠。这个消息燃起了他对绿玉的邪恶贪欲，他就强迫她听从他的意见。我不怀疑她还是很爱你的，但是往往会有这种女人，她们对情人的爱要远远胜过对其他所有人的爱，而我认为她一定也是这样的女人。她还没有听完他的授意，就看见你下楼来，于是立即把窗户关上了，并和你讲了那个女仆和她那装木头假腿的情人的越轨行为，那也是事实。

"你的儿子阿瑟和你谈完话以后就上床睡觉了，但是他由于欠俱乐部的债而心神不宁，很难入睡。在半夜的时候，他听见门外有轻轻的脚步声，他就起床向外面偷看，让他吃惊的是他的堂妹正蹑手蹑脚地偷偷沿着过道走去，接下来就消失在了你的起居室里。阿瑟十分惊讶，便匆忙地随便披上一件衣服站在了暗地里，要看看到底是怎么回事。很快他看见玛丽又从你的房间里走出来了，他在过道灯光的映照下发现她手里拿着那顶珍贵的皇冠走向楼梯，他不知所措，便跑过去藏在靠近你门口的帘子的后面，他在那里看到了下面大厅里所发生的一切：她偷偷地把窗户打开，又把皇冠从窗户里递出去，交给了暗地里的什么人。然后又把窗户重新关上，从特别靠近他站立的地方经过，匆忙地回到了她的房间。

"只要她还在现场，他就不会采取任何行动，因为他不忍心揭露他心爱的女人这可耻的行为。但是她刚想走开的时候，他马上想到了你会因为这件事情被蒙黑，因此他急忙跑下楼去，他披着衣服，光着脚，把那扇窗户打开，跳到了外面的雪地里，顺着小道跑过去，在月光里他看见一个黑影。乔治·伯恩韦尔爵士正要逃跑，但是阿瑟把他捉住了，两个人便争抢了起来，阿瑟抓着皇冠的一端，他的对手抓着皇冠的另一端。争执时你儿子还揍了乔治爵士一拳，把他的眼部打伤了。这个时候，似乎有什么东西突然被拉断了，当时你的儿子发现皇冠已经在他的手里，就急忙跑回来了，把窗户关上，跑上楼到你的房里，正在他使劲地把皇冠弄正的时候，你就出现了。"

"怎么会是这样？！"那个银行家捏了　把汗说。

"当时他还以为你会表扬他，但是你却对他谩骂，你的行为激起了他的怒火，他不能为了自己脱身而出卖了其他人，而且那个人还值得他认真考虑是否要手下留情。他觉得应该有骑士风度，所以就把秘密隐藏起来了。"

"这就是玛丽为什么一见到那顶皇冠就发出一声尖叫昏了过去的原因。"霍尔德先生大声喊着，"我的天啊！我真是一个瞎了眼的蠢人！没错，他曾经要求过我让他出去五分钟！这亲爱的儿子原来是想要到争抢的地方去寻找皇冠丢失的部分。我是多么无情地冤枉了他啊！"

"当我来到你的屋子时，"福尔摩斯继续说着，"我四周仔细地察看了一下，看看雪地里能不能找到有助于我调查的线索。我知道从前天晚上一直到现在都没有下过雪，在这期间正好还有重霜保护着印迹。我从商贩所走的那一条小路经过，可是脚印已经被践踏得没有办法辨别了。但是，在它这一边，距离厨房门稍远的地方，我发现有一个女人在那里站着和一个男人谈话的时候留下的痕迹。那里有一个脚印是圆的，这就说明这个人有一条木制的假腿。我甚至可以断定他们被人惊动了，因为我发现了那个女人立刻跑回到门口的痕迹，这可以通过雪上前脚印深、后脚印浅看出来。看来那个装有木头假腿的人在那里停留了一会儿才离开的。我猜想他们也许是那个女仆和她的情人。关于他们的事情你已经跟我说过。后来我经过调查证明的确是这样的。我在花园里绕了一圈，除了杂乱的脚印之外，没有其他任何发现，这些杂乱的脚印是警察留下的。我在通往马厩的小道，发现了雪地上面的一段很乱很长的脚印。

"在那里我发现了两个穿靴子的人留下的脚印，另外还有两个，我很高兴地看到其中一个是光着脚的人的脚印。我根据你之前告诉过我的话，很快就推断出这两个脚印是你儿子留下的。前面两个脚印是来回走留下的，而另外两个则是跑得特别快的脚印，而且他的脚印在有些地方盖在那个穿靴子的脚印上面，很显然，他是在后头赶过去的。我便顺着这些脚印走，发现它们通向大厅的窗户，那穿靴的人在这里等候时把附近的雪都踩化了。接着我到另外一边，这里从那小道走下去大约有一百多码。另外，我看出那个穿靴子的人还曾转过身来，地面上的雪被踩得纵横交错，狼藉不堪，似乎在那里发生过一场搏斗，而且我还发现那里有溅下的几滴血，这更加证实了我的推测。这个时候，那个穿皮靴的人又沿着小道跑了，在那里还有一小摊血，这说明他受了伤。当他来到大路上另一头的时候，我看见人行道边已经被清扫过，线索就此中断了。

"你是否记得，在刚进入屋子的时候，我使用放大镜检查过大厅的窗台和窗框，我看出有人从这里进出过。我可以分辨出脚的轮廓，因为一只湿脚跨进来的时候在这里踩过。在那个时候，这里所发生的事情我就已经形成了初步的看法。也就是说，有一个人曾经在窗子的外面守候过，一个人把绿玉皇冠带到了那里，而你的儿子正好看见了这一切。他就去追那个贼，还和他发生过争斗；他们两个人一起抓住那皇冠，一起用力争抢，才会造成并非是单独一个人所能造成的损坏。他把战利品夺回来的时候，却有一小部分留在了他对手的手中。当时我能弄清的就只有这些。现在的问题是，那个人是谁？又是谁把皇冠拿给他的？

"我记得有一句古老的谚语说：当把不可能的情况都排除后，那么，剩下的情况，即使是多么的不可能，都必定是真实的。我知道，皇冠一定不是你拿到下面来的，所以剩下来只有你的侄女和女仆们。但是如果这件事是女仆们干的，那么，你的儿子怎么会替她们顶罪呢？这找不到合理的理由。正是因为他喜欢他的堂妹，所以他要为她保守这个秘密，这样就可以解释通了。而且这个秘密还是一件不光彩的事，他就更会这样做了。我记得你说过之前看到她在那扇窗户前逗留过，后来当她看到皇冠的时候就昏过去了，我的猜测就变成了十分肯定的事实。但是，谁才是她的共谋者呢？肯定是一个情人，因为还会有谁在她的心里可以超过她对你的爱和感激之情呢？我知道你的交际并不广，结交的朋友也是有限的，乔治·伯恩韦尔爵士却是其中之一。我之前曾经听到过他已经被好多妇女列入黑名单。穿着那双皮靴而且还持有那失去的绿玉的人一定就是他。即使他知道阿瑟已经发觉是他，但是他依然相信自己会安然无恙，因为如果这个小伙子吐露一个字的话，必将会危及他自己的家庭。

"好了，凭你自己良好的辨别力就可以猜到我采取的第二个步骤是什么。我打扮成流浪汉的样子去了乔治爵士的住处，还买通了他的贴身仆人，得知在前天晚上他的主人把头划破了。最后我还花了六个先令将一双他主人已经扔掉的旧鞋买到手。我带着那双鞋来到斯特里特哈姆，经过核对，这双旧鞋和那个脚印完全相符，没有丝毫差别。"

"昨天晚上，我看见了一个衣衫褴褛的流浪汉在那条小道上。"霍尔德先生说。

"没错，那个流浪汉就是我。我认为我所要查的都已经查到了，所以我就回家去换衣服。这里有一个微妙的角色需要我扮演，因为我觉得一定不要起诉，才不会让这桩丑闻为公众所知，而且我很清楚，这样狡猾的一个恶棍一定可以看出，在这件事情上，我们很被动。我登门去找他，开始的时候，他自然不会承认这一切。当我向他讲了发生的具体情况后，他从墙上拿下一根护身棒试图威吓我。可是，我事先知道我要对付的是什么人，在他举起棒打击之前，我迅速把手枪对准他的脑袋，这时他才开始有点理性。我跟他说我们可以出千镑一块把他手里的绿玉买走。他这才显出一种后悔的样子。'哎哟，真不巧！'他说那三块绿玉已经被他以六百英镑的价格卖给了别人。在我答应不会告发他之后，他很快就把收赃人的住址告诉了我。

我找到了那个人，经过和他多次讨价还价以后，我以一千镑一块的价格将绿玉赎了回来。然后我就去找了你的儿子，跟他说所有的一切都已经办妥了。在艰难辛苦的一天之后，两点钟左右，我终于能够上床睡觉了。"

"这一天可以说是把英国从一桩受人鄙视的大丑闻中救了出来。"银行家说着站起身来，"先生，我真不知道自己该说些什么来感谢你，但是您为此所做的一切我是不会辜负您的。你的本领真是让我大开眼界。我想现在我应该马上去找我亲爱的儿子，为我冤枉了他而向他道歉。那可怜的玛丽，真是把我的心给伤透了。我想你的本领再大，恐怕你也不知道她现在在什么地方吧！"

"我可以很确切地说，"福尔摩斯回答说，"乔治·伯恩韦尔爵士在哪里她就会在哪里。同样，我还能够肯定地说，不管她犯了什么罪，他们很快就会受到严厉的制裁。"

十二　褐色山毛榉宅案

"一个人因为艺术而热爱艺术，"夏洛克·福尔摩斯把《每日电讯》报的广告专页扔到一边，说道，"通常最大的乐趣都是从最简单、最平凡的展示中得到的。华生，根据我的观察，从你对我们那些案件所做的记录来看，你已经把握住了这个真谛，这让我感到很开心。还有，我再说一说，你偶尔加以润色，突出的不是那些我参与侦破的著名案件和引起轰动的审讯，而是那些也许案情本身比较琐细的案件，正是因为在破解这类案件的时候，才会发挥推论以及逻辑综合分析的才能，这正是我们进行研究的特殊范围。"

"但是，"我微笑道，"在我记录的时候，我不可能完全避免去追求轰动效应的做法。"

"你也许曾经犯过错误。"他一边说着，一边用火钳将一块炽热的火炭夹起来，把装在他那只长嘴樱桃木烟斗里的烟丝点燃。当他和人发生争论的时候，经常会使用这只烟斗吸烟，当他思考问题的时候，往往会用那只陶制烟斗。"可能你的错误在于总是要把每项记录都写得生动活泼，而不是把记录限制在记叙就事物因果关系的严谨推理上面，但是通常因果关系的严谨推理才是事物唯一真正值得注意的特征。"

"我觉得，在这个问题上我对你是完全公正的。"我说道，语气略微有点冷淡。因为有很多次我都注意到，在我这位朋友的奇特性格里，有一种极强的自负因素，这让我感觉很不舒服。

"不是的，不是因为我自私自利，也不是因为我自吹自擂。"他回答道。他和往常一样，并不是针对我的言辞，而是针对我的思想。"假如我希望公正对待我的技艺，那是由于这种技艺不是单纯属于某个人，那是一种超越我个人的东西。犯罪是非常普遍的现象，逻辑却是非常罕见的思想。因此，你应该详细记录一下逻辑推理，而不是记录犯罪的经过，不过你却把本来应该是一系列的讲座降低到一连串的故事。"

那是一个初春的寒冷早晨，我和福尔摩斯在位于贝克街的老房子里，吃完早餐以后，面对面在熊熊的炉火旁边坐着。一团浓雾从两排暗褐色的房子之间滚滚而来。透过黄色的浓雾团，我看见街对面的窗户时隐时现，模糊一片。我们把煤气灯点燃，灯光照射在白色台布上，同时，投射在反射着光亮的瓷器以及金属餐具上面，因为当时餐桌还没有收拾。整个早晨夏洛克·福尔摩斯一直沉默不语，不停地翻阅着一份份报纸上面的广告栏，最后，他结束了埋头查找，看上去情绪有些不快，便开始教训我的文笔上面所出现的问题。

"这个时候，"他稍微停顿一下，一边盯着炉火，一边坐着抽他的长烟斗，说道，"应该不会有人指责你那种追求轰动效应的做法，因为在那些让你产生兴趣的案件里面，很多时候并不是法律意义的犯罪行为。我曾经尽力帮助解决的一些小问题，比如波希米亚国王的那桩小事、玛丽·萨瑟兰小姐的奇异经历、那个神秘乞丐的疑难问题、那桩贵族单生汉的事件，等等，全部都不属于法律范围以内的事情。即使你的本意是努力在避免追求轰动效应，但是我担心你的记述有些近乎琐屑了。"

"结果也许是这样。"我回答道，"可我所使用的手法却是新颖的，而且还很有趣味。"

"我亲爱的伙伴，广大人民群众是不善于观察的，他们根本不可能根据一个人的牙齿分析出他是一个编织工，也不可能根据一个人的左拇指分析出他是一个排字工，他们才不会去管分析和推论的细微差别呢！但是，假如你写得太过琐屑，我也不能指责你，因为现在已经不是作大案的时代了。人们已经不具有昔日的那种冒险和创新精神了，至少刑事犯罪分子不具备那种精神。就拿我自己的这桩小买卖来说，好像也降格成了一家代办处而已，只会办理一些帮人家寻找丢失的铅笔，还有替寄宿学校的女学生出出主意这类琐事。我认为，无论怎样，我的事业终于还是落到谷底了。我想，今天早上我收到的这封短信，就标志着我的事业已经降到了最低点。你来读读吧！"他把一封弄皱的信扔向我。

这是前天晚上从蒙塔格街区寄来的信，内容如下：

亲爱的福尔摩斯先生：

我急切希望能得到你的指教，内容是有关我是不是应该接受聘请，去做一名家庭女教师。如果你方便的话，我会在明天十点三十分前去拜访你。

你忠实的维奥莱特·亨特

"这位年轻女士你认识吗？"我问道。

"并不认识。"

"现在都已经十点半了。"

"对，这肯定是她在拉门铃。"

"这件事情可能要比你想象的更有趣。那桩蓝宝石事件你还记得吗？开始看上去不过是一时的兴致而已，结果却变成了一件特别认真的调查活动。这件事情可能也同样如此。"

"希望如此吧。很快我们的疑问就会有答案了。如果我没有搞错的话，当事人这就过来了。"

话音还没有落，房门就打开了，一位年轻的女士走进房间。她穿着朴素，不过收拾得却非常整洁，面容活泼，看上去聪明伶俐，满脸都是雀斑，就如同雏鸠蛋的蛋壳，她的举止轻快，感觉她是一个为人处世很有主见的女人。

"希望你能原谅我的叨扰。"我的同伴站起身去迎接她的时候，她说道，"我遇到了一桩特别奇怪的事情，因为我没有父母，也没有其他的亲属，没有办法向任何类似的人讨教，所以我认为你也许可以告诉我应该怎么办。"

"请坐，亨特小姐，能为你效劳我感到很开心。"

我可以看出，这位新委托人的举止以及谈吐给福尔摩斯留下了不错的印象。他用探视的目光打量了她一番，接着变得从容起来，眼皮耷拉下来，两只手的指尖顶在一起，静静地听她讲述她的经历。

"我已经在思朋斯·芒罗上校的家里担任了五年的家庭女教师。"她说，"但是在两个月前，因为上校奉命到加拿大新斯科舍省的哈利法克斯就职，他把他的几个孩子也带到美洲去了，所以我就失业了。我刊登了求职的广告，也按照报纸上面的招聘广告前去应征，可是都没有结果，最后我那一笔很少的积蓄也快要用完了，我没有办法，不知道该如何是好。

"西区有一家著名的家庭女教师介绍所，名字叫作韦斯塔韦介绍所，每个星期我都会到那里询问，看有没有适合我的职业。这家介绍所创办人的名字就叫韦斯塔韦，但是经理是一位名叫斯托珀的小姐。她在自己的小办公室里坐着，求职的妇女都在接待室里等候，然后逐个被叫进屋里，她查阅登记簿，看看有没有适合她们的职业。

"就在上个星期的时候，我被叫进了那间小办公室，看见斯托珀小姐并不是单独一个人在里面，还有一个身材很胖的男人在她旁边坐着。那个人的下巴又大又厚，一层摞一层，根本看不见脖子，他满脸堆笑，还戴着一副眼镜，仔细看着进来求职的妇女。当我走进办公室的时候，可以感觉到他在椅子上面抽动了一下，很快就转身面对斯托珀小姐。

"'这位就可以，'他说，'我不能要求比这还要好的了。太好了！太好了！'他的样子特别的热情，搓着双手，表现得非常亲切。他的神态看上去是那么随和，让人看一眼就会觉得很愉快。

"'你是过来寻找工作的吗，小姐？'他问道。

"'没错，先生。'

"'是不是做家庭女教师？'

"'没错，先生。'

"'你的薪水要求是多少？'

"'我之前在思朋斯·芒罗上校家里任职的时候是每月四镑。'

"'啊！可恶啊——真是可恶啊！'他一边嚷着，一边伸出一双肥胖的手在空中挥舞，显得情绪特别激动，'对如此有吸引力和造诣的女士，怎么会有人好意思给出这么少得可怜的薪水呢？'

"'我的造诣吗，先生，也许不及你想象的那么高。'我说，'我只懂一点法文，懂一点德文、音乐以及绘画——'

"'啊！'他叫道，'这些都不是主要的问题，重要的是你有没有具备一位有教养的女士应该有的举止和风度，简单来说就是这个意思。如果你没有，那你就不适合于教育那个孩子，因为未来也许有一天，这个孩子会对国家的历史起到很大的作用；但是假如你有，那么，怎么会有一位先生好意思要求你屈尊接受少于三位数的年薪呢？小姐，你在我这里的起始薪水，是一年一百磅。'

"福尔摩斯先生，你可以想象得到，对于我这样的穷人而言，这样的待遇真是让人觉得难以相信。这位先生似乎看出我脸上表露出来的怀疑神色，就把钱包打开，抽出一张钞票。

"'我还有一个习惯，'他说，同时脸上露出了迷人的微笑，他笑起来两只眼睛在肥胖的白脸上变成两条发亮的细缝，'那就是我会给年轻的女士们预付一半薪金，好让她们用来应付旅途的一点开支，也可以添置一些衣服！'

"如此有魅力又体贴人的男人我从来都没有遇到过。要知道，我当时还有食品商贩的债未还，对我来说，这笔预付款能帮我解决很大的问题。但是，我总觉得在整个洽谈的过程中，有些地方不太自然，所以我就希望可以多了解一些情况之后再做决定。

"'请问你在哪里居住，先生？'我问道。

"'汉普郡。非常迷人的乡村地区。宅子的名字叫作褐色山毛榉，距离温切斯特只有五英里。我亲爱的小姐，那里是最美丽的乡村，房子是一座极其可爱的古老乡村宅子。'

"'那么我的职责是什么呢，先生？我非常想知道我去了需要做一些什么工作。'

"'陪一个小孩子，一个只有六岁大的非常可爱的小淘气。啊，如果你能亲眼看见他用拖鞋打死蟑螂就好啦！啪！啪！啪！眼睛你都还没来得及眨，三只就已经报销了！'他将身子靠在椅背上，笑得眼睛又眯成了一条缝。

"孩子的这种玩耍天性让我感到很吃惊，但这位父亲的笑声让我觉得，可能他只是说着玩玩。

"我问道：'照管一个孩子，是我仅有的工作吗？'

"'不是，这并不是你仅有的工作，我亲爱的年轻小姐。'他大声说道，'你拥有聪明的头脑，我相信你可以想到，你的职责就是要听从我妻子的任何命令，她的命令总是适于一位小姐去遵从。你看，没有什么困难，对吧？'

"'我很高兴可以成为对你们有用的人。'

"'真是太好了。就比如服装吧，我们都喜欢追求时尚，品味有些与众不同，但是并没有什么坏心眼。假如我们要求你穿上一件给你的服装，你不会对我们一时兴起的怪念头持反对意见吧？'

"'当然不会。'我嘴上这样说，但是心里却对他的话感到很吃惊。

"'让你坐在这里，或者是坐在那里，这不至于惹你生气吧？'

"'哦，不会的。'

"'或者要求你到我们那里之前，可以把头发剪短呢？'

"我真的不敢相信自己的耳朵。福尔摩斯先生，你瞧，我的头发长得如此浓密，还是一种非常特别的栗色，一直被认为具有艺术美感，我做梦都不会想到就这样随便地把头发剪掉。

"'恐怕这是完全不可能的。'我说。他瞪着小眼睛一直注视着我。当我说这句话的时候，可以看见，他的脸上掠过一道阴影。

"'恐怕这是很有必要的。'他说，'这是我妻子的一个小小的喜好，而夫人们的喜好，小姐，你要知道，她们的喜好是必须要认真考虑的。这么说来，你是不打算将头发剪掉啦？'

"'没错，先生，我真的不能这样做。'我用特别坚定的口吻回答道。

'哦，好吧，那么这件事就算了吧。真的非常遗憾，因为你在别的方面都比较合适。既然那样，斯托珀小姐，我最好还是多看几位其他的年轻女士。'

"那位女经理一直坐在那里不停地翻阅着文件，在我们两个人交谈过程中，她一句话都没有说。可是现在看着我，满脸不耐烦的神色。我不禁怀疑，由于我的拒绝，可能她会失掉一笔很可观的佣金。

"'那么，你是否愿意把自己的名字留在登记簿上面？'她问我。

"'请保留一下吧，斯托珀小姐。'

"'嗯！实际上，保留下来也是没有用的，既然你把这么优越的机会都拒绝了，'她说话非常尖刻，'恐怕你也别想指望我们再帮你找到一个这么好的机会了。再见，亨特小姐。'她敲了一下桌子上的信号锣，一个听差就进来将我带了出去。

"接下来，福尔摩斯先生，我就回到了住处，当我看到食橱里面的食物已经很少了，还有两三张没有支付的账单在桌子上面放着的时候，我就开始自责，不知道自己是不是做了一件非常愚蠢的事情。虽然这些人有奇怪的癖好，而且还希望别人可以顺从他们异乎寻常的要求，但是毕竟他们愿意为自己的怪癖付出代价。在英国，家庭女教师挣到一年一百磅的薪水实在不是一件容易的事情。再说，我的头发再好对我又有什么用呢？很多人把头发剪短后看上去还更加的好看了，也许我也应该像她们一样才好。

"第二天，我对自己是不是犯了一个错误感到疑惑，到了第三天我对此感到确定无疑了。我几乎压住了自己的傲气，甚至打算重新前往介绍所，去问一下那个位置是不是还空着。就在那个时候，我收到了那位先生写来的这封亲笔信。我已经把它带来了，我来读给你听。

亲爱的亨特小姐：

　　承蒙斯托珀小姐的好意把你的地址告诉了我，我在这里写信是想问问你，是不是愿意重新考虑一下你的决定。我的妻子特别希望你能来，由于我对你的描述把她深深地吸引了。我们愿意每季度付给你三十镑，也就是一年一百二十镑，用来补偿由于我们的癖好给你带来的小小不便。毕竟我们的要求并不是特别的苛刻。我的妻子喜欢特别深的铁青色，她希望你早晨在室内可以穿这种颜色的服装。不过不需要你自己花钱新置，因为我们会提供这样的衣服，这衣服原属于我的女儿艾丽丝（现在美国费城），我估计，你穿这件衣服肯定会很合身。至于指定你坐在这里或者那里，或者要求你按照指定的方式来消遣，希望这些不会让你觉得不便。至于你的头发，要求把头发剪短无疑非常可惜，虽然我们的会面特别短暂，但我仍不禁对你的一头特别美丽的秀发大为赞赏。但是，我恐怕还是得要求你剪成短发，希望增加薪水可能会让你的损失得以补偿。你在照管孩子这方面，还是比较轻松的。希望你一定要前来，我将用轻便马车到温切斯特去接你。请把你乘坐的火车班次告诉我。

你的忠实的杰夫罗·鲁卡塞尔于温切斯特附近，褐色山毛榉宅

"这封信就是我刚收到的，福尔摩斯先生，现在，我已经决定要接受这个位置。但是，我觉得，在采取这最后一步之前，还是把整个事情的来龙去脉全部都告诉你比较好，请你代为考虑。"

"哦，亨特小姐，既然你已经打定了主意，这个问题也就得到解决啦。"福尔摩斯微笑道。

"看来，你并不反对我接受它？"

"我承认，如果我有一个妹妹，我并不希望她去申请这样的工作。"

"这究竟是什么意思呢，福尔摩斯先生？"

"我并没有详细的资料，所以还不好判断情况。可能你已经形成了自己的想法。"

"哦，我认为可能的解释只有一种。鲁卡塞尔看上去脾气很好，是一个特别和蔼的人，但是他妻子也许是一个疯子，对此他想保守秘密，以免人们会把她送进疯人院。所以他要从各方面满足她的癖好，只是为了防止她的神经病发作。"

"这种解释也是可以说得过去的。根据你所介绍的情况，实际上非常有可能就是这样的。不管怎样，对于一位年轻小姐而言，那都不会是一户好人家。"

"但是，他们给的钱非常有诱惑！福尔摩斯先生，钱给得相当多啊！"

"嗯，是的，薪水当然很优厚，可以说实在太优厚了。这就是我担心的原因，他们为什么会给你一年一百二十镑，本来他们可以出四十镑挑选一个人，这背后一定有某种特别强烈的理由。"

"我想，我把情况都告诉了你，假如以后我会请你帮忙，你心里就有

数了。再说了，有你在我的背后支持我，我感觉自己的胆子大多了。"

"哦，你可以怀着这样的想法去那里。我可以向你保证，你的小问题也许会成为我这几个月中最为关注的事。通过你的介绍，很明显，有些特征是非常新奇的，如果你觉得有疑虑或者遇到什么危险——"

"危险！你能否想到会有什么样的危险？"

福尔摩斯神情郑重地摇摇头。"如果我们可以把它明确地指出来，那就不算是危险了。"他说，"但是，无论白天还是夜晚，只要你给我发一个电报，我随时都会去帮你的。"

"这样就足够了。"她高兴地从座椅上面站起来，脸上的焦虑一下子就消失了。"我现在可以安心地去汉普郡了。我马上给鲁卡塞尔先生写信，今天晚上我可怜的头发将牺牲掉，明天就动身去温切斯特。"她说了几句感谢福尔摩斯的话，向我们俩道别后，就匆匆离开了。

当我听到她下楼时的步伐既轻快又坚定的时候，说道："看上去她是一位有能力把自己照顾好的年轻姑娘。"

"她需要具备这样的能力。"福尔摩斯语气平静地说道，"如果过了很多天我们还没有得到有关她的任何消息，那么一定是我错了。"

果然，事情被我朋友的预言说中了。已经过去两个星期了，在这期间我的心里经常会想到她，真不知道这个孤单的女孩会误入什么奇怪的人生歧途中。非凡的薪水、奇怪的条件、轻松的工作，一切都可以看出情况不正常，但是由于我自己缺乏能力，判断不出来这是一种癖好还是一个阴谋，也不知道那个雇主是一个慈善家还是一个恶棍。我发现，福尔摩斯经常一坐就是半个小时，紧皱着眉头，一个人坐在那里出神。但是，我一提到这事，他就把大手一挥，不耐烦地避开："资料！资料！资料！没有土就做不出砖来！"可是最终他通常都会咕哝着说，他绝不会让自己的妹妹去接受这样的工作。

一天深夜，我们终于收到了她发来的一封电报。当时我正要上床睡觉，而福尔摩斯正要专心搞他的一项化学研究，对于那样的研究，他特别着迷，经常通宵达旦沉湎其中。一旦遇上这种情况，我在晚上离开的时候，他弯腰面对着曲颈瓶和试管，等到第二天的早上，我到楼下吃早饭的时候，见他还是那种姿势。这天夜里，他把黄色的信封打开，扫了一眼电报内容，就扔给我。

"立即查一下火车时刻表。"说完他又接着搞他的化学研究。

电文简短而且紧急：

请在明天中午来温切斯特的黑天鹅旅馆。务必要来，我已经没有任何办法了。

亨特

"你愿意和我一起去吗？"福尔摩斯抬起头看了我一眼，问道。

"非常愿意。"

"那就查一下火车的时刻表。"

"九点半有一班车，"我在火车时刻表上查找着，"十一点半到温切斯特。"

"时间正好。那么，恐怕我要把这项丙酮分析推迟一下了，因为明天早上的精神体力一定要处于最佳的状态。"

第二天的十一点钟，我们已经在前往英格兰旧都的途中了，一路上，福尔摩斯一直都埋头翻阅着晨报，但是，越过边界进入汉普郡的时候，他就把报纸放在一边，开始欣赏美丽的风景。那是一个理想的春日，蔚蓝色的天空中还有一些蓬松的白云，阳光特别的灿烂，早春的空气中仍然还带着微寒，让人精神爽快，更有活力。周围一片乡村美景，远处奥尔德肖特市周围舒缓起伏的山丘上，草木刚叶嫩绿。青翠的新绿之间，不时隐现出红色和灰色的农舍小屋顶。

"多么美丽清新的景色啊！"从雾气笼罩的贝克街离开，周围的景色使人耳目为之一新，我不禁热情赞叹道。

但是福尔摩斯却沉重地摇了摇头。

"你知道吗，华生？"他说，"我观察每一事物都必然会和我所研究的特殊问题联系在一起，这就是具有我这样性格倾向的人的一种祸因。树丛间星罗棋布的房屋，给你的感觉是其中的美丽景色，但是我看到这种景象，心里面唯一想法就是这些房子四邻不靠，如果在一所房子里面发生犯罪的行为，那么，将不容易得到应有的惩罚。"

"不会吧！"我叫了起来，"这些可爱的古老村舍怎么可能会和犯罪联系在一起呢？"

"它们经常会使我的心里充满某种恐怖感。华生，我有一个观念是根据经验得来的，这个观念就是：即使是在伦敦的最底层、最简陋的小巷里，那里的犯罪记录也不会比让人赏心悦目的美丽乡村里更恐怖。"

"你可别吓唬我！"

"但是这个道理是很明显的，在城市里，公众舆论的压力往往可以解决法律没有办法做到的事情。如果听到受虐待挨打孩子的哀叫声，听到醉汉殴打家人的喧嚣声，相信无论哪条小巷里的人们都会表示同情或者愤怒，而且，完整的司法机构近在咫尺，一旦有人报案，司法机器就会马上启动，犯罪与被告席之间的距离近在咫尺。但是看看这些散布在田野上的房子吧，房子之间的距离特别远，在里面居住的大多都是一些愚昧无知的乡民，并不知道多少法律知识。想想看，这里如果有隐藏的邪恶，外界却一点都没有察觉。如果找我们求助的这位女士是住在温切斯特，那我绝对不会为她担忧。如果她住在五英里以外的乡下，那一定是非常危险的。但是，很显然，她的个人安全还没有受到威胁。"

"是的。既然她可以来温切斯特和我们见面，就说明她可以自由地从那里离开。"

"没错。她有行动自由。"

"那么，会是什么样的事情呢？你能不能做出点分析解释呢？"

"我之前假设过七种不同的解释，根据我们迄今为止所了解的情况，每一种解释都能说得通，但究竟哪一种解释才是正确的呢？只有等得到新的信息以后，才可以确定，相信我们很快就能知道新的信息了。看，那边就是教堂的尖塔，过不了多久，亨特小姐就会把全部情况都告诉我们的。"

"黑天鹅旅馆"是市区主要大道上一家著名的旅店，距离火车站特别近。到了那里，我们看见那位年轻小姐正在等候我们，她已经预订了一个房间，帮我们叫的午餐也已经在桌子上摆着了。

"你们能过来我实在太开心了！"她诚恳地说，"特别感谢你们二位，我真的不知道该怎么办了。总之，你们的忠告对我来说非常的宝贵。"

"请告诉我们你遇到了什么事情。"

"我马上讲给你们，而且我还要抓紧时间讲，因为我答应鲁卡塞尔先生在三点钟以前赶回去，今天早上我跟他请假到城里来，但是他并不知道我来办什么事。"

"请你按照事情的发生顺序一件一件讲。"福尔摩斯把两条又瘦又长的腿伸到了火炉的旁边，情绪镇静下来，准备倾听。

"首先我可以说，其实，我并没有受到鲁卡塞尔先生和夫人的虐待，我这样说对他们是公平的，但是我不能理解他们，我心里对他们还是特别的不放心。"

"你不能理解他们的是什么呢？"

"他们为自己的行为所提出的理由。我来按照事情发生的先后顺序进行讲述吧。我刚来到这里的时候，鲁卡塞尔先生就在这里接的我，用他的两轮马车把我接到了褐色山毛榉宅。就像他之前说的一样，这里环境极其优美。但是房子本身却一点也不美。那是一幢方方正正的大房子，外墙粉刷的是白色，但是让潮湿的气候侵蚀得污渍斑驳。房子四周都是空地，三面有树林，另一面是一片倾斜的土地，距离房子门前大约一百码的地方是南安普敦公路的一个弯道。屋前的这片地属于这所房子，但是周围的树林是萨瑟顿领主的部分禁猎地。房子的厅门正对着的地方长着一片褐色山毛榉树，所以这所宅子便以褐色山毛榉命名。

"我的雇主驱车把我接回家，他还和原来一样和蔼可亲。那天晚上他就把我介绍给他的妻子和孩子认识。福尔摩斯先生，当时在贝克街上你们寓所里面，我们曾经做过可能的猜想，结果和事实并不符合。鲁卡塞尔太太并没有疯，反而她是一位性格恬静、面色苍白的女人，比她的丈夫年轻很多，我估计她也就二十多岁，但是他至少也有四十五岁了。通过他们的谈话我得知，他们结婚已经有七年了。他原来的妻子去世了，他和前妻的独生女儿去了美国费城。私下鲁卡塞尔先生对我说，他的女儿之所以会离开他们，是因为她对继母有一种不理智的反感。既然他的女儿也有二十多岁了，我完全可以理解，她和父亲的年轻妻子在一起，一定会特别的不舒服。

"据我观察，鲁卡塞尔太太不管是心灵还是外表都再平常不过了，对于她，我既没有什么好感，也没有什么坏印象。在家里她是一个无足轻重的人。不难看出，她是一个贤妻良母，一心一意地爱着她的丈夫以及她的儿子。她那对淡灰色的眼睛不时地左顾右盼，一旦发现他们有任何一点小小需求的时候，就会尽可能想办法满足他们。他对妻子也很好，只是方式有些直率，比较喧闹。总体来说，看上去他们两个是一对幸福的夫妇，但是私下里这个女人表现出一种悲哀，经常会沉浸在沉思中，脸上露出特别悲哀的神色。我发现她很多次在偷偷地掉眼泪。有的时候我觉得她也许是因为她孩子的坏脾气。说到那个孩子，我还从未见过娇惯得如此糟糕、心地如此恶劣的小家伙呢。他的个子看上去要比同龄人小，但是脑袋却大得出奇，跟他的身躯特别不成比例。他整天不是疯玩，就是绷着脸闷闷不乐，唯一的乐趣好像就是对一些弱小的动物施加酷刑。在设套捕捉老鼠、小鸟以及昆虫方面，他表现出非常了不起的才能。但是这个家伙我还是不谈了，福尔摩斯先生，他和我的事情关系并不大。"

"你所讲的全部细节我都很乐意听，"我的朋友说道，"无论你觉得和你关系大不大。"

"好吧，我尽量不漏掉任何重要的事情。这个家里有一个情况使我感到特别不愉快，就是那些仆人们的外表和行为。家里面只有两个仆人，一个男仆和他的妻子，男仆的名字叫托勒，那个人粗鲁笨拙，头发和连鬓胡子全部都已经花白了，一直都是酒气熏人。从我到那儿开始，有两次他都喝得烂醉，可鲁卡塞尔先生好像熟视无睹，一点儿都不在乎。男仆的妻子是一个身材高大的强壮女人，长相让人厌恶，和鲁卡塞尔太太一样很少说话，但是远远没有她和气。这夫妻俩真是最让人讨厌的一对。好在我大部分时间不是在育儿室待着，就是在我自己的房间里待着。这两个房间相邻，都是在房子的一个角落。

"我到了褐色山毛榉宅之后，刚开始的两天生活得很平静。第二天，鲁卡塞尔太太吃过早餐后到楼下来，低声和她的丈夫说了几句话。

'啊，是的，'他转向我，'我们特别感谢你，亨特小姐，因为你为了迁就我们的癖好将自己的头发剪短了。我向你保证，这丝毫没有影响到你的容貌。我们现在来看一看，你把这铁青色的长裙穿上是不是合适。那条裙子已经放在你房间的床上了，如果你愿意把它穿上，那么我们两人都会特别感谢你。'

"放在那里让我穿的长裙是一种天蓝色，面料上等的哔叽，但是一眼就可以看出之前有人穿过。这条裙子简直就像给我量身订做的一样，非常合适。鲁卡塞尔先生和夫人看见我穿着那条裙子下来，他们都高兴极了，情绪中还透着一种很强烈的夸张。他们开始是在客厅等着我下来的。客厅特别的宽敞，占据了整个房子的前半部分，有三扇落地窗，靠中间的那扇窗子摆放着一把椅子，椅背朝着窗户。他们让我坐在这把椅子上面。然后，鲁卡塞尔先生在房间的另一边来回踱步，同时给我讲了一连串笑话，我从来都没有听过如此好笑的故事。你们肯定想不到他有多么的滑稽，我不停地笑着，最后都笑累了。但是鲁卡塞尔夫人很缺乏幽默感，她的脸上就连一丝的微笑都没有，只是双手搭在膝盖上在那里端坐着，一脸忧愁和焦虑神色。大约一个小时以后，鲁卡塞尔先生突然说，该开始今天的工作了，我可以更换衣服到育儿室里面去照看小爱德华了。

"过了两天，同样的表演又从头到尾重复了一遍，和之前的完全相同。我又一次更换衣服，再次在那扇窗户的旁边坐下，听着我的东家用无与伦比的方式讲述那些说不完的滑稽故事。我又一次禁不住大笑起来。后来，他把一本廉价小说递给我，并将我的坐椅向旁边移动了一点，避免我自己的影子把书挡住。他让我读给他听。我从其中一章的当中开始朗读，读了大约有十分钟，一个句子才读到一半的时候，他突然让我停下来，要我去更换衣服。

"福尔摩斯先生，你应该能想象得到，我感到非常的好奇，不明白像这样异乎寻常的表演到底是什么意思。我注意到，他们每次都是这样安排，不让我的脸朝向那扇窗户，所以，我就特别希望可以看看外面，想知道我的背后究竟是什么。开始的时候，似乎根本无法回头看，但是很快我就想到了一个办法。我有一面小化妆镜被打碎了，我灵机一动，把一个镜子碎片偷偷地藏在手帕里。在接下来的一次表演中，我趁着正在大笑的时候，把手帕举到眼睛跟前，稍微进行调整，就可以看到身后的景象了。刚开始的时候让我感到很失望，因为我什么都没有看到。

"至少，第一眼我什么都没有看见，但是第二眼望去，我察觉到南安普敦公路那边有一个男人，那个人留着小胡子，身上穿着灰色的衣服，正在朝着我们这里眺望。那是一条干线公路，平时路上都会有人来来往往，但是这个人是在外面院子的栅栏上倚着，认真地向这边张望。我将手帕放低，瞥了鲁卡塞尔夫人一眼，看到她的目光无比锐利，正在紧紧地盯着我看。她什么都没有说，但是我相信她猜出了我的手里拿着一面镜子，也猜出背后的情形我已经看到了。她马上站起身。

"'杰夫罗，'她说，'那边路上有一个很无礼的家伙，那个人正在盯着看亨特小姐呢。'

"'是你的朋友吗，亨特小姐？'他问。

"'不是的，我在这儿没有一个认识的人。'

"'哎呀！这实在是太无礼了！请你转过身去挥挥手，让他走开。'

"'还是不要理他的好。'我说道。

"'如果不告诉他，恐怕他会经常在这里游荡的。请你转过身，就这样向他挥挥手，让他走开。'

"我按照他吩咐的做了。鲁卡塞尔夫人马上把窗帘放了下来。这是在一个礼拜前所发生的事了，从那以后，就再也没有让我坐到窗户的那边，再也没有让我穿过那身蓝衣服，我也没有再看到路上的那个男人。"

"请继续讲，"福尔摩斯说，"你叙述的情况也许非常有价值。"

"我担心你会认为我说得不太连贯，我叙述的不同事件之间也许很少有关联。就在我刚到褐色山毛榉宅的头一天，鲁卡塞尔先生带我去看距离厨房门外很近的一间小屋。我们走近那里的时候，听见一根链条当啷作响，还有一头大动物正在走动的声音。

"'从这里向里看！'鲁卡塞尔先生示意我从两块木板中间的缝隙向里看，'你觉得它漂亮吗？'

"我朝里面张望，看见里面一片黑暗，只能隐约看到两只闪闪发亮的眼睛以及一个蜷伏在那里的模糊身躯。

"'不要害怕，'我的东家看见我很吃惊，不禁笑道，'那是我的獒犬卡罗。我说它是我的，其实只有我的饲养员老托勒才对付得了它。我们一天只喂它一次，还不能喂得太多，这样它才会有一股冲劲。每天晚上，托勒会把它放出来，假如有哪个人敢私自闯进院子里，那么就只有上帝保佑他可以从犬牙里逃生了。看在上帝份上，天黑之后，无论有什么事情，你都不要从那道门槛跨过，否则就会威胁到你的生命。'

"他的这个警告并不是说着玩的。在两天后的夜里，大约在凌晨两点钟的时候，我偶然从卧室窗口向外眺望。那天晚上的月光非常皎洁，将屋前的草坪照得特别亮，就像白昼一样清楚。我在那里站着，眼前这美丽宁静的景色使我着迷，突然间，我发现有一个东西在褐色山毛榉树的阴影下移动。那东西后来在月光的照耀下出现了，我看得很清楚，原来是一只如同小牛犊那么大的大型犬，它的毛色棕黄，下巴耷拉着，黑黢黢的鼻子，巨大的身躯瘦骨嶙峋。它缓慢地穿过草坪，消失在另一边的阴影里了。这个可怕而无声的哨兵在我心里激起了一个寒战。就是看到任何一个窃贼，都不会把我吓成这样。

"下面我还有一桩特别奇怪的经历要告诉你。你知道在伦敦的时候，我已经把头发剪短的。我把剪下来的粗粗一大卷头发塞到我的箱子底下。一天晚上，我把小孩子安顿好上床后，我就开始检查房间里的家具，整理我自己的东西，也算是一种消遣吧。房间里有一个旧衣柜，上面的两只抽屉没有锁，里面什么都没有，下面的一只抽屉是锁着的。我就把我的衣物拿出来装在上面的两只抽屉里面，但是还有很多东西找不到地方放。不能使用那第三只抽屉，让我觉得有些懊恼。当时我就有一个念头，认为这个抽屉可能是有人不经意间随便锁上的，就把我自己的一大串钥匙拿出来试着把它打开。没想到试的第一把钥匙就把锁打开了。我便拉开抽屉，看见里面只有一样东西。我相信你们永远都猜不到是什么东西——是一卷头发！

"我把头发拿起来仔细看。头发的特殊色泽以及粗细都和我的一模一样。眼前看到的是不可能的事情啊，我的头发怎么会在这个抽屉里锁着呢？我双手颤抖着，将我的箱子打开，把里面的东西全部都倒了出来，从箱底把我的那卷头发抽出来，将两卷头发放在一起，我和你们保证，两卷头发没有丝毫差别。这简直是太离奇了，我感到莫名其妙，不知道是怎么回事。我把那卷奇怪的头发放回抽屉里，没有和鲁卡塞尔夫妇提过此事，因为我认为不应该将他们锁住的抽屉打开。

"福尔摩斯先生，你也许已经注意到，我天生就喜欢留心观察各种不同的事物。没用多久，整个房子的轮廓就已经清晰地印在我的脑子里面了。房子一侧的厢房看来几乎没有人住。房子的一扇门正对着那一侧的厢房，这扇门也可以通往托勒一家住的外屋，可是平时这扇门一直都是锁着的。有一天我正要上楼时，碰见鲁卡塞尔先生从这扇门过来，手里拿着钥匙。

他那张胖胖的面孔平时总露出愉快的神色，但是这一次他的脸色却和平时大不一样。他眉头紧皱，怒气冲冲，两颊涨得通红，太阳穴青筋毕露。他把那扇门锁上，急匆匆地从我的身边擦过，一句话都没有说，也没看我一眼。

"这让我感到特别的好奇，所以，我带着照看的孩子到院子里散步的时候，就兜了一个圈子溜到房子的那一侧，想看看房子这一部分的窗户。那里一排有四个窗户，其中三个窗户肮脏不堪，第四个窗户的窗板关着。很明显，这些房间都没有人居住。我来回走动，不时地朝着这些窗户瞅一眼。就在这个时候，鲁卡塞尔先生出来走到我跟前，他看起来和往常一样欢乐愉快。

"'啊！'他说，'我亲爱的年轻小姐，如果我一声不吭地从你的身边走过，请一定不要怪我粗鲁无礼。我刚才心里有事，着急处理一些事务。'

"我告诉他可以放心，我并不会认为是他冒犯了我。我说：'顺便问一下，似乎这边厢房上面有许多空房间，其中一间的窗板是关着的。'

"'我有一项业余爱好，就是喜欢照相，'他说，'我在上面布置了一间暗室。哎呀！到我们这里来的这位年轻小姐是多么细心啊！真的没有想到！真的没有想到啊！'他嘴上用的是开玩笑的口吻，但是他看我的时候，目光里并没有俏皮神色。从他的眼睛里，我只看到了怀疑和烦恼，却没有诙谐。

"福尔摩斯先生，自从我知道那边房间里有些东西是对我有所隐瞒的，我就更加希望看个究竟了。虽然我和别人一样有好奇心，但是我的这种渴望不仅仅出于好奇，还是一种责任感，我的直觉告诉我，把里面的秘密揭开似乎是做了某种好事。人们通常会说，女人有一种本能。可能就是女人的那种本能使我有了那种感觉。无论怎么说，我的确有这种感觉。我密切地留意着，想找机会走进那道门，进入禁区。

"就在昨天，我终于有了这个机会。我应该告诉你，除了鲁卡塞尔先生外，托勒和他的妻子也在那边闲置的房间里面做过一些事情。有一次，我还看见托勒带着一个大黑布袋从那边的厢房里出来。这段时间，他特别爱酗酒。昨天晚上他又喝醉了。我上楼的时候，看见钥匙还在门上插着，我丝毫没有怀疑，那一定是他糊里糊涂忘记的。当时，鲁卡塞尔先生和太太都在楼下，孩子也和他们在一起，对我来说，是一个再好不过的机会了。

我轻轻地转动钥匙，打开了那扇门，偷偷地溜了进去。

　　"我的面前是一条小走廊，走廊的墙上并没有贴壁纸，地上也没有铺地毯。走廊尽头有一个直角转弯。转过这道弯，走廊上有并排的三扇门，第一扇门和第三扇门是敞开的，里面的房间都是空的，积满灰尘，环境阴冷。其中一间有两扇窗，另一间只有一扇窗，窗子的玻璃无比肮脏，把傍晚的光线遮挡住了，里面晦暗朦胧。中间那扇门是关着的，外面横着一根粗铁杠，铁杠是用铁床的床帮子改做而成的，一头用挂锁和墙上的一个环子锁在一起，另一头用一根粗绳绑在门框上面。这扇门也上了锁，钥匙并不在上面。很明显，这扇封锁起来的门和外面关了窗板的窗户是同一个房间。从下面门缝露出的微弱光线来看，那个房间里面并不是特别黑。里面应该有扇天窗，光线可以通过上面透进来。

　　"我在走廊里面站着，看着那扇不祥的屋门，心中猜想着，不知道里面究竟藏着什么秘密。突然，我听见房间里面有脚步声，借着房门下面缝隙透出来的微光，我发现有一个人影在来回走动着。福尔摩斯先生，当时我心里立刻有一阵莫名的恐惧，紧绷的神经好像崩溃了一样，我失去了理智，掉头就跑，似乎觉得有一只可怕的手在后面拉着我的衣裙。我快速穿过走廊，跨过那扇门，跑到了外面，却闯进了鲁卡塞尔先生的怀里。他正在外面等着呢。

　　"'哈，真的是你。'他微笑道，'我发现门开着，就知道一定是你。'

　　"'啊，真是吓死我了！'我喘着气说。

　　"'我亲爱的年轻小姐！我亲爱的年轻小姐！'——你不知道他的态度有多么的亲切，多么的体贴，'我亲爱的年轻小姐，是什么把你吓成这个样子的呢？'

　　"他说话的声音就像是在哄孩子一样。他做作得有些过分了，我敏锐地提防着他。

　　"'我实在是太蠢了，真的不应该走进那边厢房的空房子。'我回答说，'里面光线太昏暗，实在凄凉，简直太可怕了！吓坏我了，把我吓得跑了出来。哦，里面死气沉沉，静得吓人！'

　　"'就这些吗？'他死死地盯着我问道。

　　"'怎么？还有什么吗？'我问他。

"'你觉得我为什么要将这道门锁上？'

"'我的确不知道。'

"'就是不想让闲人进去，你知道了吗？'他的脸上仍然挂着无比亲切的微笑。

"'如果我知道，我肯定——'

"'好了，你现在知道了！如果你再敢跨过那个门槛——'说到这里，他的和蔼微笑顷刻之间变成露齿狞笑，他眼露凶光看着我，整张脸就如同魔鬼一样，'我就把你扔给那条獒犬。'

"当时我被吓得都忘了自己后来又做了些什么。我想我应该是离开他快速进了自己的房间。我不知道我究竟是怎么回去的，只发觉自己已经在床上躺着，浑身上下不停地颤抖着。然后我就想到了你，福尔摩斯先生。如果没有人给我出个主意，我就再也不能继续在那里待下去了。我对那所房子，那个男人，那个女人，那些仆人都充满了恐惧，甚至还有那个孩子，那里所有的人都让我感到害怕。如果可以把你们带到那里去就好了。当然，我其实可以逃离那所房子的，但是我的好奇心就像我的恐惧心一样强烈。很快我就打定了主意，就给你发了一份电报。我戴上帽子，穿上外衣，走到大约半英里以外的邮局，回去的时候，感觉心里踏实了很多。

"我走进大门的时候，心里不觉地惊慌起来，担心那只狗已经放出来了，但是我想到托勒那天晚上已经喝得烂醉如泥，我还知道这家里只有他可以对付那只凶猛的畜生，所以其他人是不会冒险把它放出来的。我偷偷地溜了进去，结果平安无事。夜里，我想到很快就可以见到你们，高兴得躺在床上大半夜都没有合上眼。今天早上，我请假到温切斯特来并没有遇到丝毫的困难，但是我必须得在三点钟之前赶回去，因为鲁卡塞尔夫妇要出去做客，今天晚上不在家，所以我必须要照看孩子。我已经把经历全部都跟你们讲述了，福尔摩斯先生。如果你能告诉我这一切到底意味着什么，我会特别的高兴。最重要的是，请告诉我应该怎么办呢？"

这个离奇的故事让福尔摩斯和我都听得着了迷。我的朋友站起身来，两只手插在衣袋里面，在房间里踱来踱去，看上去脸色极其严肃。

"托勒是不是仍然醉酒未醒？"他问道。

"没错。我听见他妻子对鲁卡塞尔太太说，她拿他一点办法都没有。"

"那太好了，鲁卡塞尔夫妇今天晚上还要出门？"

"没错。"

"那里有没有地下室以及一把结实的好锁？"

"有一间酒窖。"

"亨特小姐，从你处理这件事情的经过来看，我觉得你是一个特别机智勇敢的姑娘。你可不可以再做一件大事？如果我觉得你不是一个特别卓越的女性，我就不可能会提出这样的要求。"

"我会尝试一下，需要我做什么事？"

"我的朋友和我会在七点钟到达褐色山毛榉宅。到时候鲁卡塞尔夫妇已经出门了。希望在那个时候托勒还是醉得不能动弹。家里面只有托勒太太一个人了，但是她能发出警报。如果你可以把她支使到地窖里去干一些杂活，再趁机把她锁在里面，那么，这件事情就好办了。"

"我可以这么做的。"

"简直太好了！那么，我们就来彻底调查一下这件事情。当然，只有一种解释可以说得通，他们请你去那里的目的就是为了扮演某个人，而那个人被囚禁在了那间屋子里面。那是很明显的。至于这个被囚禁的人，我可以肯定就是他的女儿艾丽斯·鲁卡塞尔小姐，假如我没有记错的话，他们说她去了美国。毫无疑问，你被选中的原因就是你的身高、身材和你的头发色泽都和她的一模一样。你的好头发被剪掉，也许是因为她之前患过某种疾病，所以，你也必须要牺牲掉自己的头发。你看见的那缕头发纯属偶然。很可能那个公路上的男子是她的一位朋友，也许就是她的未婚夫，因为你穿着那个姑娘的衣服，你的身材和笑声也和她非常的相像，所以他看到你，又看到你做的手势，他就相信鲁卡塞尔小姐生活得很好，已经不再需要他了。夜里放出那条狗，就是为了防止他和她接触。所有这一切都已经非常清楚了。现在看来，这桩案子最重要的一点，就是那个小男孩的性情。"

"这和小孩子有什么关系呢？"我不禁地叫出了声。

"亲爱的华生，你是一名医生，通过很多的病例渐渐知道，如果想了解一个孩子的性格倾向，首先需要研究他父母的性情。你没有想过如果反过来这个道理也一样适用吗？我经常会研究孩子，从中可以洞察出父母的真实品格。这个孩子的性格极其残忍，而且残忍只是为了过瘾。按照我的猜想，他的这种性格可能来源于他那个满脸堆笑的父亲，也可能源于他的母亲，但是，不管怎样，这对他们控制中的那个可怜的姑娘都是非常不利的。"

"我相信你分析得实在太对了，福尔摩斯先生。"我们的委托人大声说道，"你的这番话让我想起了很多事，使我确信你的分析是准确无误的。我们一刻也不能耽搁了，马上去营救那个可怜的人吧！"

"我们一定要谨慎周到，因为我们的对手是一个特别狡猾的家伙。我们在七点钟之前不能行动，七点的时候我们就会去与你会合，相信我们很快就会解开这个谜团的。"

我们约定，将两轮马车停在路旁的一家小客栈里面，七点整到了褐色山毛榉宅。夕阳的余晖中，那片深绿色林子的叶子闪闪发亮，如同擦亮的金属。即便亨特小姐并没有站在门口台阶那里迎接我们，我们也可以凭借着那片树林认出这幢房子。

"你都处理好了吗？"福尔摩斯问。

这时从楼下某处传过来响亮的撞击声。"托勒太太在地窖里面呢。"她说，"她的丈夫在厨房地毯上睡着呢。这一串钥匙就是他的，和鲁卡塞尔先生那串钥匙一模一样。"

"你做得实在太漂亮了！"福尔摩斯热情地夸奖她，"你在前面带路，我们立刻就可以看见这桩犯罪的现场了。"

我们沿着楼梯而上，把那扇锁上的房门打开，顺着走廊向里走，一直来到亨特小姐所说的那个障碍物前面。福尔摩斯把绳索割断，挪开那根闩门的粗铁杠，然后用那串钥匙一把一把在门锁上试，但是所有的钥匙都打不开锁。房间里没有一点声音，寂静中，福尔摩斯的脸色阴沉了下来。

"我认为我们来得还不算晚。"他说，"亨特小姐，我看只有硬闯了。华生，用肩膀试一试，看我们可不可以把门撞开。"

这是一扇并不结实的旧门，我俩一起用力撞，刚撞了一下，门就破了。我们俩一起冲了进去。屋子里没有陈列着家具，空荡荡的，只有一张充当床的草垫子、一张小桌子，还有一筐衣服。天花板上，天窗是开着的，囚禁的人已经消失不见了。

"这里有过丑恶的行为。"福尔摩斯说,"我想亨特小姐的意图已经被那个家伙猜到了,他抢先一步把受害者弄走了。"

"他是怎么弄出去的?"

"通过天窗。我们很快就能看出他是如何弄出去的。"他趴住天窗,一个翻身登上屋顶。"啊,是的。"他大声说道,"这里有一架很长的梯子,一头在屋檐上靠着,他就是从这儿弄出去的。"

"这不太可能啊。"亨特小姐说,"鲁卡塞尔夫妇出去的时候,这里还没有梯子。"

"他刚刚回来搬的,我跟你说过,他是一个无比狡猾的危险人物。我听到有人上楼的脚步声了。这肯定就是他。华生,你最好准备好手枪。"

他的话音刚落地,只见一个人堵在房门口。这个人身材魁伟,体型肥胖,手里还拿着一根沉重的木棍。亨特小姐一看到他,马上尖叫一声,蜷缩着身子靠在墙上。但是夏洛克·福尔摩斯纵身走向前,镇定地面对着他。

"你这个混蛋!"他说,"你的女儿在哪里?"

这个胖子向四周扫视一圈,又抬头看了看上面打开的天窗。

"这话应该由我来问你们!"他厉声喝道,"你们这帮贼!这回总算把你们逮住了,对不对?现在你们已经在我手掌心里了,我应该好好伺候你们才对!"他转身出门,快速地跑下楼。

"他想要放那条狗!"亨特小姐大声喊道。

"我这里有左轮手枪!"我说。

"快把前门关上!"福尔摩斯大声喊道。我们一起冲到了楼下,还没到门厅,就听见了猎犬的狂吠声,接着就听见一阵痛苦的尖叫声,还有令人恐怖的撕咬声,让人听了毛骨悚然。一个红脸老头晃着胳膊从一道边门走出来。

"我的天哪!"他高声喊起来。"有人把狗放了出来。它已经两天没吃东西啦。快点,快点,不然就来不及了!"

我和福尔摩斯快速飞奔出去,绕过墙角,托勒在我们身后紧紧跟着。只见那边有一只巨大而饥饿的野兽,它的嘴巴和鼻子已经陷进鲁卡塞尔肥胖的喉咙里面,他倒在地上折腾着,拼命地号叫着。我跑过去,一枪就把那恶犬的脑袋打开了花。它倒下了,但是锋利的白牙依然还嵌在他那肥厚脖子的褶皱里。我们劲了很大的劲才把人和狗分开。我们把受伤的人抬到房子里。他还没有死，但是已经血肉模糊，模样可怕极了。我们把他安置在客厅的沙发上，让托勒去通知他太太。老托勒已经被吓得清醒了过来。我尽力设法减轻他的痛苦，我们都聚在他的身边忙乱。这个时候，房门打开了，一位身材瘦高的女人走了进来。

"托勒太太！"亨特小姐大声喊道。

"亨特小姐，鲁卡塞尔先生一回来，就先把我给放出来了，之后才上去找你们。小姐，可惜你没有把自己的想法告诉我，我本来可以告诉你的，你所做的完全是白费力气。"

"哦！"福尔摩斯敏锐的目光盯住她，说，"很显然，这件事情托勒太太知道得比谁都多。"

"是的，先生，我的确知道。我愿意把心里知道的事情全部都说出来。"

"那就请坐吧，说给我们听听。我不得不承认，我还有几点没有弄明白。"

"很快你就会都知道的。"她说，"要是我早点从地窖里面出来，你们早就知道了。如果这件事情闹上治安法庭，你们可记住了，我可是你们的朋友，是站在你们一边的。我也是艾丽丝小姐的朋友。

"在这个家里，艾丽丝小姐从来都没有舒坦过，自从她的父亲再娶后，她一直就没有舒坦过，家里谁都不理她，她说啥也都没有人听。后来她在朋友家里遇上了福勒先生，从那以后，她的日子就更加艰难了。我听说，艾丽丝小姐有属于自己的财产，那可是她的母亲死后遗嘱上说明的。但是她自己就是不开口，一味地忍让，直到现在都没有为自己的权利说过一句话，全都任凭他的父亲鲁卡塞尔先生处理。鲁卡塞尔先生心里非常明白，跟女儿一起过就什么都有，如果她嫁了男人，肯定会把该拿的东西都拿走的，法律可是那样规定的呀。所以鲁卡塞尔先生就想了个坏主意，让女儿签个字据，上面说，无论她结婚或者不结婚，她的钱全部都要由他们保管。她不签，鲁卡塞尔先生就一直折腾她，后来，她得了脑膜炎，病了整整六个礼拜，最后好不容易才缓过来，可是也已经没有个人样了，把一头漂亮的头发也剪短了。但是与她相好的年轻人仍然没有变心，还是一心一意地喜欢她，他是一个真正的好男人呐。"

"啊，"福尔摩斯说，"谢谢你能把这些情况告诉我们，这样一来，我们对这件事情就已经有了全面的了解，至于其他的情况，我完全可以推断得出来。我敢说，鲁卡塞尔先生因而就把女儿监禁了起来。"

"是的，先生。"

"他特意把亨特小姐从伦敦请来，目的就是为了摆脱福勒先生的纠缠？"

"说得没错，先生。"

"但是福勒先生是一个不屈不挠的人，就如同一个好水兵，他堵在房子的外面不走。后来他找到了你，既花钱，又说理，让你相信你们两个人有着共同的利益。"

"福勒先生说话特别的随和，出手也很大方。"托勒太太平静地说。

"他想办法让你的男人不缺酒喝，趁你家主人出门的时候，就架好一个轻便的梯子。"

"先生，正是如此，你所说的这些就和发生过的事情一样。"

"我们应该感谢你，托勒太太，"福尔摩斯说，"因为你把让我们伤脑筋的情况帮我们弄清了。现在村里的那位外科医生和鲁卡塞尔夫人就要来了。华生，我认为咱们最好把亨特小姐护送回温切斯特去，因为我觉得咱们在这里的身份不太合法。"

门前生长着褐色山毛榉树的不祥宅子里的谜就这样被我们解开了。鲁卡塞尔先生活了下来，但是从此以后，他的精神彻底崩溃了，靠着爱他的妻子的护理，他才能够苟延残喘。他家的两个老佣人还和他们在一起生活着。也是因为他们对鲁卡塞尔家的往事知道得太多，鲁卡塞尔先生很难把他们辞退。鲁卡塞尔小姐和福勒先生一起出走了，第二天，他们就在南安普敦领了结婚证书。由于政府的指派，现在福勒先生赴非洲岛国毛里求斯任职。

关于维奥莱特·亨特小姐，我的朋友福尔摩斯的行为让我有些不满意，因为他继续潜心研究着他感兴趣的诸多问题，她不再是其中的核心人物，他对她也没有表现出更多的兴趣。现在，她是沃尔索耳地区一家私立学校的校长。有理由相信她在工作中会做出很大的成绩。